VLTAVA
Belvedere
Pod Letnou
Na Františku
Občanská plovárna
Akademický dům
Vojenská plovárna
Mánesův Most
Sněmovna (Parlament)
Starý žid. hřbitov
Josefovská ul.
Universita
Veleslavínova ul.
Platnéřská
Klementinum
Křižovnické nám.
Karlův most
Karlova ul.
Sv. Salvator
Křižovnický klášter
Staroměstská Radnice
Staroměstské nám.
Týnský chrám
Jakubská
Masná
Dlouhá
Benediktská
Náměstí Republiky
Obecní dům (Repräs.)
Celetná ul.
Prašná brána (Pulverturm)
Ovocný trh
Karolinum
Stavovské divadlo
Na Příkopě
Nekazanka
Panská
Plodinová bursa
Železná ul.
Melantrichova
Michalská
Havelská
Rytířská
Uhelný trh
Jilská
Husova
Řetězová ul.
Anenská ul.
Náprstkova ul.
Betlémská
Skořepka
Konviktská ul.
Bartolomějská
Policejní ředitelství
Perštýně
Národní
Kločin
Masarykovo nábř.
Slovanský ostrov
Klášter Uršulinek
Ostrovní
Voršilská
Mikulandská
Purkyňova ul.
Vladislavova
Jungmannova třída
Jungmannovo nám.
Marie Sněžné (Maria Schnee K.)
Václavské náměstí
Jindřišská
Bredovská
Hauptpost
Bursa
Vodičkova
Palackého
Vjámě
Ve Smečkách
Krakovská
V jirchářích
Deutsche ev. K.
Opatovická
Spálená
Lazarská ul.
Zemský trestní soud (Strafgericht)
Hopfenštokova
Řeznická
Školská
Myslíkova
Na Zbořenci
Žitná
Na Struze
Vojtěšská
Pštrossova
Šítkova
Riegrovo nábř.
Na Florenci
NOVÉ MĚSTO
STARÉ MĚSTO (ALTSTADT)
Mezibranská
Štěpánská ul.
Na Rybníčku
Sv. Štěpán
Hálkova ul.
Karlovo nám.
Česká technika
Riegrovo nám.
Resslova ul.
Sv. Ignác
Ječná ulice
Podskalská
Jenštejn
Václavská
Trojanova ul.
Palackého nábř.
Na Moráni
Vojenská nemocnice
U nemocnice
Všeobecná nemocnice
Sv. Kateřina
Kateřinská
Lípová ul.
Salmovská
Ke Karlovu
Vodojem
Tyršův
Nám. Petra Osvobodit.

Alice Rühle-Gerstel

Der Umbruch oder Hanna und die Freiheit

Alice Rühle-Gerstel

Alice Rühle-Gerstel

Der Umbruch
oder
Hanna und die Freiheit

Ein Prag-Roman

Herausgegeben
und mit einem Nachwort
von Marta Marková

AvivA

I. Teil

1. Kapitel

Schon der zweite Winter – Ernst könnte einer von den andern sein – Hanna muß und kann weg – Karl ist wunderbar, aber er kennt keine Abgründe – Ein Gesicht im Spiegel – Mißtrauen gegen Aktentaschenherren und feine Damen – Wir hätten kämpfen sollen – Deutschland, Deutschland!

Die Sitze in dem langen, weißen Autobus hatten blanke stählerne Armlehnen und federten leicht. Es war warm, viele Fahrgäste hatten die Fenster heruntergelassen, sie liefen geräuschlos in wohlgeölten Schienen. Man saß wie in einem Privatauto. Alles so perfekt, so sauber, so gut in Funktion, man spürte kaum, wenn der Fahrer an den steil aufsteigenden Kurven die dritte Geschwindigkeit einschaltete.

Draußen war es sonntäglich. In den Dörfern standen Menschen in Grüppchen beisammen, wie eh und je an Sonntagen, die Felder lagen braun, schon zur Wintersaat vorbereitet, Wintersaat, nun schon das zweite Mal, und man hatte gedacht, keine drei Monate würde das Bestand haben. An einer Biegung tauchte ein glänzendes Wasser auf, eine Talsperre, an einemUfer waren Zelte aufgebaut, hier müßte man aussteigen können, dachte Hanna, baden gehen, dann Feuer machen und Kaffee kochen. Vor drei Jahren waren sie in Bayern auf Ferien gewesen, sie und Karl, die Isartalsperre war viel wilder und grünergewesen als diese hier. Das war lange her. Hanna wußte nicht recht, ob sie seither überhaupt noch einmal einen Sonntag auf dem Land verbracht hatte ... Schon waren Wasser und Zelte vorüber, der Autobus schraubte sich höher hinauf, die Luft war klar, sommerlich, als sollte nicht binnen kurzem ein zweiter Winter kommen.

Hanna ließ sich wiegen in dem federnden Sitz, der Anstieg und die Kurve schläferten sie leise ein, als führe sie wirklich in ein Wochenende, als wäre heute Sonntagausflug, alles so friedlich, es riecht so gut nach Sommerwind, er kommt durch dieFenster herein, die sich so geräuschlos herunterdrehen, dort fliegen Schwalben, wieso sind jetzt noch Schwalben da, sonst waren die im Oktober schon fort. Vielleicht ist es nicht Oktober, vielleicht ist es März, und die Felder werden gleich hellgrün werden. Man weiß nicht mehr recht, die Monate nicht, die Jahre nicht, man weiß nicht mehr recht, wie das Leben ist.

Der Autobus war voll, zwischen den Sitzen standen sogar einige Leute; alle trugen Rucksäcke, die Männer in kurzen Hosen, die Mädchen ohne Hut. Eine Musikkapelle war auch dabei, das heißt, ein paar Burschen, zu denen eine Pauke und eine Posaune gehörten, die fuhren wohl zu einem Fest. Im nächsten Ort stiegen sie aus, der Autobus hielt mitten auf dem Marktplatz. »Weißes Roß« stand auf dem Gasthausschild, und davor eine Estrade aus Brettern, rechts und links gekreuzte Fähnchen, viele Menschen, da waren auch die Trommler und die Trompeter schon, fehlten nur noch Pauke und Posaune, dann kann's losgehen. Viele Fahrgäste beugten sich aus dem Fenster, hoben den Arm zum Gruß. Ernst auch. Na ja, vielleicht ist es besser. Diese Fahrt, und diese Luft, Landluft, Sonntagshimmel, mein Gott, man möchte an nichts denken dürfen, müde, müde, aber man muß straff sein, wenigstens ein paar Stunden noch.

»Wie unser Volk auflebt in der neuen Freiheit!« sagte Ernst. Hanna schaute ihn entsetzt an, er zwang ihren Blick, daß er sich sofort wieder versteckte, hat sie einen Augenblick geglaubt, daß er das wirklich meinte? Er ist so blond, so frischgewaschen, ach und auch er hat dieses unwissende und überzeugte Gesicht, wie die andern, könnte einer von den andern sein.

Hanna durchzuckt ein Schrecken. Plötzlich weiß sie, warum und wohin sie hier fährt. Sie zwingt sich zu einem vertrauensvollen Gesicht.

»Und wie wunderbar jetzt alles funktioniert«, sagt sie. »Dieser herrliche Autobus ...« Das letzte ist sogar wahr. Es waren neue Autobusse auf dieser Linie eingestellt worden. Obzwar, vielleicht auch früher schon. In Preußen früher schon, jedenfalls. Diese Strecke kennt sie nicht. Aber sie muß ja gar nicht reden, die andern reden auch nicht. Sie schauen zum Fenster hinaus.

»Jetzt sind wir gleich da«, sagte Ernst. Rechts an der Straße steht ein schönes Hotel, so ritterburgartig sieht es aus.

»Hier haben früher die Juden und die Schieber ihre Orgien gefeiert«, sagt hinter ihr jemand zu seinem Nachbarn. Der Nachbar, wie sie hört, eine Nachbarin, antwortet: »Die haben wir aber mit eisernem Besen hinausgefegt!« Besen wie Bäsen. Komisch klingt eine Überzeugung in sächsischem Dialekt. Vielleicht ist es gar keine Überzeugung. Vielleicht reden die auch nur so, so wie wir. Sie reden für uns, wir reden für sie, was jeder wirklich denkt, weiß keiner. Wir haben's vergraben. Und auch ansehen kann man's niemandem.

Das sieht man doch bei Ernst. Gut für den Jungen, er kann ja nicht weg.

Als sie schon ausgestiegen sind, auf der Landstraße in der Sonne bergan wandern, geht ihr auf, daß sie nicht nur weg muß, sondern auch weg kann. Daß das auch ein Dürfen ist. So einer wie Ernst kann nicht weg, hat Familie, kein Geld, kann keine fremde Sprache, hat nirgendwo in der Welt einen Ort, wohin er gehen könnte. Bis er eines Tages doch weg muß. Haben ja so viele wegmüssen, die waren wie er. Hab ich's am Ende gut? denkt sie gequält, und wie ein Hellseher sagt Ernst: »Du hast's gut, Genossin, Du kannst weg!« Eine kleine Spitze Vorwurf ist darin. Gerade weil sie sich eben bewußt ist, daß sie zugleich in die Verbannung geht und in die Befreiung, gerade darum will sie sich rechtfertigen.

»Ich mußte weg, Genosse. Seit April, seit sie meinen Mann geholt haben, war es nur noch eine Frage der Zeit.

Diese Professorswitwe war schließlich doch nur eine Sympathisierende ... es war ja genug, daß sie mich all die Monate als ›Cousine aus Wien‹ bei sich beherbergt hat, und hat mir noch die Stellung beim spanischen Konsulat verschafft, der österreichische Gesandte war ein Verwandter von ihr. Als unsere Zelle hochging, hab ich gesehen, daß ich wegmuß. Ich hatte den Abziehapparat und soviel Material, und Du weißt doch, wie sie im Columbia-Haus verhört werden – nicht alle halten da stand. Vielleicht haben sie recht, wenn sie mich hineinreißen. Intellektuelle, Ausländerin ... es wird eventuell dadurch leichter für sie ...«

Der Proletarier schaut mißtrauisch.

»Dich hineinreißen ... ?«

Er glaubt an Heroismus und stoisches Schweigen selbst unter Fußtritten. Hanna schämt sich, vielleicht hat er recht, man soll blind sein, alle sind Helden, und die von der Zelle verraten sie schon nicht, sie hätte bleiben können, weiter arbeiten, und in Berlin kann man sich doch immer verstecken, vielleicht geht sie wirklich nicht nur, weil sie muß, auch weil sie kann ... Weg von Deutschland, von der Arbeit, von denen, zu denen sie gehört, weg von Karl. Jetzt geht sie weg von Karl. Sie geht in ihren flachen Wanderschuhen, mit nichts als einem Rucksack auf dem Rücken, ohne Hut, wie deutsche Mädchen auf einem Sonntagsauflug, die Landstraße hinan, weg von Deutschland, weg von Karl, geht weg.

»Hast Du eigentlich Geld?« fragt Ernst in ihre Gedanken hinein.

Karl ist in Plötzensee. Sie hat ihn nie besuchen können. Natürlich nicht, man hätte sie doch sofort geschnappt. Zum Prozeß ist sie aber gegangen, es waren soviele Leute, in Berlin kennt mich keiner, hoffentlich. Sie war so wienerisch elegant, in einem Kleid und großen Hut der sympathisierenden Professorswitwe, es war nicht sehr gefährlich, und wenn auch, es war ihr alles egal. Sie hatte Karl sehen müssen, von fern wenigstens. Wie gut er sich benommen hat! Wie Artjom in Ehrenburgs »Michael Lykow«, so ist Karl; und Hanna ist so, daß ihr, wo es um Leben und Tod geht, noch Figuren aus der Literatur einfallen und daß sie sich deswegen etwas verachtet.

Er hatte einen ganz kahl geschorenen Kopf. So fremd und hager hat er ausgesehen. Hanna tat es leid um seine schönen, lockigen, schon etwas angegrauten Haare.

»Wie konnten Sie sich mit diesen Untermenschen einlassen? Sie sind doch ein gebildeter Mensch!« hat der Richter gefragt. Manche haben noch so eine Art Courtoisie gegen Standesgenossen ... »Ein Arzt noch dazu! Der sollte doch besondere Würde an den Tag legen, auch in seinem Privatleben!«

»Meine Würde habe ich darin gesucht, denen zu helfen, die Sie Untermenschen nennen«, hat Karl geantwortet. Wunderbar ist Karl. Hätte er nicht auch schweigen können? Oder etwas Unverbindliches sagen? Er schadet sich doch, nicht auszudenken, was ihn das kosten kann, das Leben kann es ihn kosten, Hanna hat in sich hineingeschrien unter ihrem eleganten Wiener Sommerhut, aber sie ist auch glücklich gewesen, weil Karl nicht versagt hat. Dann hat sie fast nichts mehr gewußt bis zum Urteil: Zweieinhalb Jahre Zuchthaus, vier Monate sind durch die Untersuchungshaft verbüßt, Angeklagter, nehmen Sie das Urteil an? Er hat das Urteil angenommen. Leb wohl, Karl. Bis Oktober 1936, leb wohl, Geliebter, Kamerad, leb wohl, ich bleib Dir treu.

Sie wandert die Landstraße hinan, weg von Karl, weg von Deutschland.

Die Luft ist so klar, die Linie der Berge ganz dünn links drüben, rechts leichtes Hügelland, die Straße besäumt mit roten Ebereschen.

»Geld? ... Ich habe genug. Fünfhundert Mark.«

Sie greift nach der Brust, wo das Säckchen verwahrt ist. Fünfhundert Mark – viel Geld, denkt sie, die Arbeiter bekommen jetzt kaum noch siebzig Prozent von ihrem früheren Lohn, und der war schon nicht hoch. Immer wieder dieses schlechte Gewissen, dabei ist sie doch nun wirklich arm, ihre schöne Wohnung, mit all ihren Büchern und Möbeln ist nicht mehr, das Bankguthaben beschlagnahmt, Vermögensverfall ausgesprochen zugleich mit dem Steckbrief.

Der junge Mann schweigt. Er hat diese Frau erst gestern kennengelernt, als sie, es war schon dunkel, zu ihm in die Proletariervorstadt kam, aus der wildledernen Handtasche ein vielfach gefaltetes Papier zog, den Ausweis, Hanna Last, Parteimitglied seit 1923, ist über die Grenze zu bringen. Nach eineinhalb Jahren illegaler Arbeit ist man vorsichtig. Sie hat ihm erklärt, warum sie so elegant angezogen ist, natürlich, Ernst weiß, daß in der Partei nicht nur Arbeiter sind, und hat sich manchmal gedacht, es wäre besser, wenn nur Arbeiter drin wären und man diesen Aktenmappenherren und feinen Damen keinen Zutritt gelassen hätte, vielleicht wäre es dann anders ausgefallen 1933. Aber er weiß auch, daß man Verbindungen braucht, daß es gut ist, Leute zu haben in den Banken, in den Zeitungen, in den Gesandtschaften ... die da sagt ja auch, daß sie irgendwo gearbeitet hat im spanischen Konsulat; ja, er weiß das, der Schlosser Ernst Leunert, und er fügt sich, Disziplin über alles; aber hier, wo er neben ihr die Landstraße hinansteigt, packt ihn doch wieder das Gefühl der Eifersucht; die Partei, die Geliebte, das hat im Grunde nicht sein sollen, mit Aktentaschenherren und eleganten Damen, das war für uns gedacht, nur für uns, für die echten, die wir kämpfen und wissen und glauben, weil wir von klein auf gesehen haben, wie's ist. Die andern haben's aus Büchern gelernt, waren schon woanders, ehe sie zu uns kamen. Nun, viele haben gut gearbeitet, wie wir, und sie sind eben geschickter in vielem; viele haben's ja auch bezahlen müssen, daß sie freiwillig zu uns gekommen sind, der Mann von der da zum Beispiel, wenn's wahr ist, was sie erzählt, aber sie hatte den Zettel vom Berliner Verbindungsmann, wird also wohl in Ordnung sein.

»Willst Du hier schlafen, Genossin?« hat er gefragt, und

seine Frau, die nur schwieg und schaute, hat Kaffee gebracht.

»Wenn es geht, Genosse ...«, hat Hanna geantwortet. Sie war nie in Dresden gewesen, einmal nur als junges Mädchen mit den Eltern zu einer Ausstellung, vor dem Krieg, sie sind über Sonntag von Prag hinausgefahren. »Hinausfahren« sagte man, wenn man Deutschland meinte. Sie erinnerte sich an nichts, nur an einen Pavillon mit Belehrungen über hygienisches Essen und ein Plakat, das sagte: »Wurst ist Vertrauenssache«. Der Vater hatte das in Prag später oft erzählt: »Diese Reichsdeutschen ... sie nehmen alles so ernst ... alles ist eine Weltanschauung, sogar die Wurst«, und er und seine Freunde hatten gelacht. Keinen Menschen kannte sie in Dresden, und ins Hotel konnte sie unmöglich.

»Ja, ich weiß wirklich nicht, wo ich sonst übernachten soll.«

Die Frau überzog das Bett des Mannes, neben dem ihren, und machte ihm auf der Küchenbank ein Lager zurecht. Der Mann ging mit zwei Kannen auf den Hof, Wasser holen, hier gab es keine Leitung. Auf dem Tisch lag der »Angriff«. Hanna schaute hinein ... Was jetzt alles gebaut wird, so viele neue Autostraßen, das ist doch alles Kriegsvorbereitung. Die aus den Konzentrationslagern müssen das machen, Heinz ist drin, Wolfgang ist drin, viele, viele. Dann gingen sie schlafen, es war schon nach Mitternacht.

Sie kannte dieses Übernachten bei Genossen, unter dem dicken Federbett, die Kinder schlafen nicht ein, weil eine Fremde im Zimmer ist, und das Fenster kann man auch nicht aufmachen, und doch hatte sie's immer wieder angenommen,wenn sie von Halle aus ins Land gefahren war, Vorträge und Versammlungen halten. Damit die Genossen nicht das Gefühl haben, die Intellektuelle ist hochnäsig. Heute war es keine Sache des Entgegenkommens; die letzte Nacht in Deutschland, wo denn sollte sie sie verbringen als bei Kameraden. Die Frau neben ihr schlief schon, sie warf sich hin und her. Hanna lag mit offenen Augen. Früher, in ähnlichen Fällen, hatte sie sich oft geärgert über die verdorbene Nacht, und Karl hatte immer wieder gesagt: »Wenn Du das machst, dann beklage Dich nachher nicht. Du hättest ja auch ins Hotel gehen können. Das sind alles Einbildungen von Dir, daß die Genossen das übelnehmen ...« Einmal, kurz nachdem er in Halle eine Sexualberatungsstelle eröffnet hatte, war Karl nach einem kleinen Ort gefahren, um dort zu reden. Als er am Bahnhof ausstieg, fand er die Zäune und Häuser beklebt mit einem schnurrigen Text: »In letzter Stunde und durch raschen Zugriff des Parteivorstandes ist es uns gelungen, des Genossen Dr. Karl Last habhaft zu werden. Dr. Last, einer der besten Kenner des menschlichen Sexuallebens, spricht heute abend, acht Uhr, über seine Abgründe in der ›Reichskrone‹. Freie Aussprache. Genossen, erscheint in Massen! Der Ertrag der Tellerversammlung für das Komitee zur Abschaffung des Paragraphen 218«. Karl war nicht beschwert von Hannas Sorgen über die leichte Verletzlichkeit der Proletarier. Er stammte selbst aus der bescheidenen Welt eines Wirtschaftsgärtners und zog es vor, im Hotel zu wohnen. An jenem Abend aber hatte er dem kränkenden Lächeln des bürgerlichen Stammtisches im einzigen Herbergslokal des Ortes zu entrinnen gesucht und daher die Einladung eines Genossen in dessen Wohnung angenommen. Als es zu Bett ging, stellte sich heraus, daß er es mit dem jungen Ehepaar teilen mußte – das Plakat hatte anscheinend eheliche Zurückhaltung vor ihm als überflüssig erscheinen lassen. Hanna lächelte in der Dunkelheit. Einer der besten Kenner des menschlichen Sexuallebens... gewiß. Karl hatte Bücher und Broschüren zu diesem Thema geschrieben, Vorträge gehalten, Beratungen und Hilfsdienste erteilt. Aber Abgründe ... er sah sie nicht in der Liebe und hatte sie wohl nie verspürt. Er liebte rasch und resolut, ohne viel Aufhebens, gesund, frisch, bewußt, wie er lebte ... Dies wenigstens, die Abstinenz der Haft, würde für ihn nicht schlimm sein. Er verstand es, sein sinnliches Leben vollkommen abzuschalten, wenn es sein mußte. Hanna dachte mit Neid daran. Bei ihr war das alles anders. Aber darüber durfte heute ganz gewiß nicht gegrübelt werden ... Schließlich war sie doch eingeschlafen. Aber schon um fünf Uhr früh hatten die Kinder sie wieder geweckt.

Hanna zog aus dem Koffer einen Sportrock, eine Hemdbluse, einen grauen Sweater und eine Baskenmütze, Wanderschuhe, einen Rucksack. In den Rucksack packte sie etwas Wäsche, ihre Schuhe, das elegante Complet, das den Abend zuvor das Mißtrauen der Arbeiterfamilie erregt hatte.

»Den Koffer könnt Ihr vielleicht mal brauchen«, sagt sie mit unfreier Stimme. Und damit sie ja nicht denken sollten, sie wolle sich für die nächtliche Gastfreundschaft revanchieren, und das bürgerlich fänden, fügte sie schnell hinzu:

»Ich weiß wirklich nicht, wo ich ihn hintun soll, Ihr tut mir einen Gefallen ...« Sie sagte »Ihr«, obzwar nur die Frau im Zimmer war. In der Partei duzten sich alle; aber den unpolitischen Frauen der Genossen gegenüber wollte Hanna das Du nie frei über die Lippen, sie vermied es, wenn es irgend ging.

»Und der Hut? Darf ich den auch dalassen?« Sie fragte es etwas verlegen. Es war derselbe breitrandige Florentiner, den sie bei Karls Prozeß getragen hatte. Die Schlossersfrau hatte ihn aufgesetzt und war vor den kleinen Spiegel getreten, der auf der Kommode stand zwischen einer Vase mit künstlichen Mohnblumen und einem vergilbten Familienbild. Unter der Krempe des fremdartigen Hutes hervor schaute die Arbeiterfrau auf Hannas Gesicht, das hinter und etwas über dem ihren im Spiegel erschien.

Wie jeder, der in Hannas Gesicht blickte, sah sie zuerst die Augen, dunkle, brennende Augen, die größer schienen, als sie waren, weil sie unter sehr langen Wimpern in schwärzlichen Höhlen lagen. Augen mit einem Blick, der nicht nach außen, sondern nach innen ging, in einen nur geahnten Hintergrund. Sah darüber die starken, dunklen, etwas männlichen Brauen, deren eine etwas höher war als die andere, wodurch das Gesicht einen fragenden Ausdruck bekam; und über der hellen, geraden Stirn das blonde, dicke, nach Männerart verschnittene Haar, eine Tolle in der Mitte und glatt und knapp hinter den Ohren. Halb von dem großen Hut verdeckt, sah sie die dünne, stark vorspringende und etwas aufgebogene Nase, den Mund, der wie die Augen nach innen zu weisen schien, wenn er geschlossen war, beim Sprechen sich aber voll nach außen wölbte; das schmale Kinn, das ein Grübchen trug, und ein Stück des knabenhaft sehnigen Halses über der wollenen Sportkrawatte. Wie den Abend zuvor, wußte die Frau auch jetzt wieder nicht, ob sie dieses Gesicht schön oder häßlich finden sollte. Es schien ihr, als paßten die Augen nicht zu dem Haar, der Mund nicht zu den Augen. Ein Gesicht, das weder zu ihrer Vorstellung von Schönheit, noch zu der von Häßlichkeit stimmte. Trotz des Blonds wirkte es auf sie fremdartig, denn Hannas Haut war brünett und an den Wangen und auf der Oberlippe lag ein leichter dunkler Flaum. So entschloß sie sich, das Gesicht »fremdartig« zu finden, wie sie die ganze Person und ihr Gehabe fremdartig gefunden hatte, seit sie vergangene Nacht bei ihnen eingetreten war. Hanna hielt sich nicht gut, der Rücken war etwas gerundet, und da sie auf hohen Beinen stand, schien es der kleinen, stämmigen Frau, als sähe sie auf sie herab.

Hanna aber sah nicht auf sie herab, sah sie überhaupt nicht an und bemerkte nicht, daß der hellblaue Blick der Schlossersfrau mit schüchtern-beklommener Neugier an ihrem Gesicht hing. Sie sah sich selber an, im Spiegel, und da sie selbst es war, auf die sie schaute, ging ihr Blick auch jetzt gleichsam nicht nach außen, sondern nach innen. Sie sah müde in ihre eigenen Augen und fand, daß die bläulichen Ringe, die sie umzogen, heute, nach der schlaflosen Nacht und den Aufregungen der letzten Tage, ganz besonders widerwärtig aussähen. So falsch romantisch, fand sie. Die hochgezogene Braue erinnerte sie an ihren Hund – ob der wohl noch lebte? – der hatte immer das eine Ohr heruntergeklappt, wenn er nicht wußte, ob er das, was er zu tun Lust hatte, auch tun dürfte. Mit so schiefen Brauen konnte man kein schlichtes und sachliches Gesicht zustandebringen, das hatte sie oft schon gewußt, und mit einer so lächerlichen Stupsnase, so einer Guck-in-die Welt-Nase, konnte man sich keine großmütigen Gefühle erlauben, auch wenn man sie empfand. Das einzige in ihrem Gesicht,womit sie einverstanden war, war der Mund; er sah so bittend aus, so wartend, so bereit. Ein zu allem fähiger Mund. Zu allem fähig, ja, das wollte sie gern sein. Zu allem bereit. Und die Härchen auf der Oberlippe ... mit denen hatte sie sich seit langem abgefunden, auch erst kürzlich wieder, als das Tippfräulein in der spanischen Gesandtschaft in Berlin ihr entgegenkommend angeboten hatte, sie ihr mit einer Pinzette »schmerzlos und für immer« auszuzupfen.

Auch Hanna wußte nicht, wie sie ihr Gesicht eigentlich finden sollte. Schön erschien es ihr auf keinen Fall; auch häßlich nicht; aber so mußte es wohl wirken, denn sie konnte sich nicht erinnern, daß ihr je ein Mensch etwas Angenehmes über ihr Aussehen gesagt, konnte sich aber sehr wohl erinnern, daß ihr das früher oft wehgetan hatte. Plötzlich, als sie daran dachte, tauchte eine Szene aus der Tiefe des Vergessens auf. Mehr als zwanzig Jahre mußte es her sein, vor dem Krieg noch, da war sie mit ihren Eltern in Scheveningen gewesen und hatte sich in einer Strandkabine das Badezeug angezogen, zugleich mit einem jungen Mädchen, das sie während des Sommeraufenthalts dort kennengelernt hatte. Beide waren aus der Kabine gesprungen und zum Meer hingelaufen, die andere voran, im hellblauen Trikot, schlank, zierlich, ebenmäßig gebaut, weißhäutig, und Hanna hinterdrein mit ihren langen baumelnden Armen, dem etwas gebeugten Rücken (»Hanna, halt Dich gerade!« tausendmal hatte sie es gehört und sich doch nicht aufgerichtet,) auf ihren überlangen, mageren Beinen. Da hatte sie hinter sich eine Männerstimme sagen gehört: »Die Kleine ist entzückend. Die Lange ist nicht schön, aber sie hat Charakter.« Dieses »aber« war es, das jetzt aus tiefer Versunkenheit in ihr auftauchte. »Nicht schön, aber« ... Alles bei ihr war »aber«.

Meine Augen sind klein, aber sie sehen groß aus, meine Haare sind blond, aber sie wirken dunkel, mein Mund will ja, aber er sagt nein ...

Dann schaute sie von sich weg, auf die kleinere Frau, und rückte ihr den Hut zurecht. An der breiten Krempe erschienen Hannas Hände, langfingrige und kräftige, sehr schöne Hände, mit etwas aufgebogenen Fingerspitzen. »Vergnügungssüchtige Hände« hatte Karl lächelnd gesagt ... »Hände, die wegwollen.« Die Hände bogen an dem feinen Hut herum, aber er wollte sich durchaus nicht zu dem stämmigen roten Gesicht passen. Die Schlossersfrau merkte es auch.

»Wollen Sie ihn nicht haben, Frau Leunert?« Nun hatte sie doch »Sie« gesagt!

»Ich werde ihn meiner Cousine geben. Die ist im Büro, und ihr Bräutigam ist Kinomusiker. Unsereiner kann mit so einem Hut nicht gehn ...«

Unsereiner – das hatte wieder so geklungen, wie sie es schon so oft gehört hatte: Du gehörst nicht zu uns. Aber es war keine Zeit mehr gewesen, weder zu Gesprächen, noch zu Grübeleien. Der Autobus ging um sieben Uhr vom Hauptbahnhof ab, und sie hatten sich eilen müssen.

Das war vor vier Stunden gewesen, weit, weit lag es zurück.

»Lieb sind Deine Kinder«, sagte Hanna. Sie kann doch nicht immerfort so stumm neben diesem Genossen dahergehen.

»Das sollen einmal gute Klassenkämpfer werden!« antwortet der Junge. Es klingt stolz, aber auch müde. Sollen denn die Kinder dereinst auch nichts anderes haben als er, Arbeit, Kargheit, später Empörung, mit der man meistens nichts anfangen kann, die Partei, wieder Arbeit, nachts Zettelankleben, abends in die Versammlung, und jetzt: Gefahr jede Stunde, Zähnezusammenbeißen ... sollten denn die Kinder nicht dereinst etwas Besseres haben?

Hanna spürt es und will etwas Versöhnliches sagen:

»Wenn die groß sind, gibt's keinen Klassenkampf mehr, Genosse. Dann sind wir im Sozialismus! Wie in der Sowjetunion!«

»Wie in der Sowjetunion«, bestätigt Ernst. Sowjet betont er auf der zweiten Silbe und hat ein unwissendes und überzeugtes Gesicht.

Sie wanderten über die Landstraße, der Himmel wurde immer größer, so ein riesiger Himmel, und darunter die Farben, das Braun der Scholle (ein Wort so neudeutsch, man möchte es gar nicht denken, aber zu diesem Braun kommt einem kein anderes in den Sinn), grün, dunkelgrün der Wald, der abseits von der Straße sich an die Hügel schmiegt, und zuerst, nah, das klatschende Rot der Ebereschen. Da vorn scheint die Welt zu Ende zu sein. Die Kammlinie zog sich quer über den Blick, geradeaus kleine, weiße Häuschen mit grauem Schieferdach, so winzig unter dem großen Blau des Himmels.

»Zinnwald«, sagt Ernst. »Nun sind wir bald da. Im Winter kannst Du hier nur mit Skiern fort. Die Häuser sind dann kaum zu sehen vor Schnee. Hier siehst Du die Stangen, zur Orientierung für die Skiläufer. Hier rechts, hier gehen wir.«

Fast tat es Hanna leid, von der lichten Landstraße Abschied zu nehmen. Man war so sicher zwischen ihren Bändern geschritten. Geleise ... immer doch sucht man nach Geleisen; auch wenn sie nirgends hinführen.

Sie waren rechts abgebogen und gingen auf den Wald zu, zwischen den Skistangen.

»Hoffentlich kommst Du gut durch. Es ist jetzt alles voll von Posten ... Oder soll ich Dich bis drüben begleiten ...?«

»Nein, Genosse. Warum sollst Du Dich noch weiter exponieren; in Gefahr bringen, meine ich. Ich komme schon durch ...

Ich habe siebzehn Jahre in Deutschland gelebt, und nie hat mich jemand für eine Deutsche gehalten. Die Grenzposten werden da keine Ausnahme machen.« Sie lächelte ein bißchen. »Die Polizei ist ja nicht sehr schlau, unter keinem Regime, das ist unser Glück.«

Deutschland, Deutschland, siebzehn Jahre, und immer eine Fremde geblieben, und jetzt fort von Deutschland, wer weiß, wann man wiederkommt, ein Stück Herz bleibt da; als Pfand bleibt ein Stück Herz da. Ich gehe ja nicht wirklich weg, ich mache einen Sonntagsausflug, mit nichts als einem Rucksack auf dem Rücken, ohne Hut, wie deutsche Mädchen. Im letzten Augenblick will Hanna nicht. Könnte sie nicht umkehren, in Dresden bleiben, wo keiner sie kennt, weiterarbeiten, weiterwarten, wohin will sie denn eigentlich, ein Kommunist läuft nicht davon, Karl ist auch nicht davongelaufen, Heinz nicht, Wolfgang nicht, viele, viele. Das alles hat sie schon viele Male gedacht, überlegt, es kommt nichts Neues dabei heraus, es quält nur wieder.

Wie viele Fremde, die in Deutschland leben, liebte Hanna dieses unzugängliche Land, in dem sie nicht hatte heimisch werden können; liebte das ungestüme und dabei bedächtige Temperament der Menschen, ihre Zuverlässigkeit, in allen Dingen des Alltagslebens und der Arbeit, diese kluge Verringerung des Reibungsverlusts ... alles lief so wohlgeölt wie die Fenster in dem langen weißen Autobus vorhin. Und die Arbeiterbewegung, so viel war da getan worden und so mächtig war alles gewesen, so gut organisiert ... sonderbar; im März vorigen Jahres war ein Hebel umgeschaltet worden, und die Welt hatte sich ans Herz gegriffen, aber am nächsten Tag schon war alles weitergelaufen, wie vorher, nur die Fahnen waren andere, die Menschen waren andere, aber alles war weitergegangen, mit geringstem Reibungsverlust.

»Wir hätten kämpfen müssen«, dachte Hanna verquält, sie dachte es zum hundertsten Mal, wie viele, wie sehr viele. »

Wir waren zu ordentlich. Wir haben auf die Parole gewartet, es kam keine ...«

»Jetzt werde ich lieber umkehren«, sagte Ernst. »Ich bin in letzter Zeit oft hier oben gewesen, kann sein, daß sie mich schon auf dem Piek haben. Und für Dich ist es auch besser, Du kannst tschechisch sprechen, wenn Dich einer was fragt ...«

»Ja, Genosse, natürlich. Du kehrst jetzt besser um«, sagte Hanna mechanisch. Sie war noch tief in Deutschland drinnen, und es lag ihr nicht viel dran, heil hinauszukommen.

»Du gehst hier in den Wald hinein. Hältst Dich rechts. Es geht ziemlich steil hinunter, etwa zehn Minuten. Dann bist Du in Böhmen.«

»In Böhmen«, sagten sie alle. Das neue Wort kam ihnen nicht leicht vom Munde. Hanna selbst hatte es selten gebraucht: Tschechoslowakische Republik. Als sie fortgegangen war, um in Heidelberg zu studieren, war es noch Böhmen gewesen, Kronland von Österreich, Prag eine Provinzhauptstadt. Seither war sie nur wenige Male wieder heimgekommen, zum Begräbnis der Mutter, und dann wieder zum Begräbnis des Vaters, und vor drei Jahren einmal mit Karl zu einem Kongreß. Jedesmal nur für ein paar Tage, und hatte sich dabei ganz als Fremde gefühlt, und als Fremde war sie empfangen worden.

»Wenn Du dann auf ebeneres Gelände kommst, mußt Du wieder links abbiegen, ziemlich scharf links, damit Du auf die Straße triffst. Na, und dann ist ja keine Gefahr mehr.«

»Danke, Ernst. Ich glaube, jetzt solltest Du umkehren. Da hinten kommen Leute. Und hab vielen Dank. Und ... schreib mir zwei Zeilen, wie Du nach Hause gekommen bist.«

»Schreiben? Wohin denn?« Ernst lachte, ein bißchen erstaunt. Als ob wir im tiefsten Frieden lebten. Die scheint ja einen schönen Begriff zu haben von Illegalität. Wer weiß, wer das ist, jetzt hat sie meine Adresse. Na, geredet hab ich ja weiter nichts, nur allgemeinen Kram.

»Freilich, das ist ja wahr. Man ist manchmal so dumm und sentimental. Also dann, alles Gute, Genosse! Hoffentlich sehen wir uns bald wieder, und dann ist alles anders und gut ...«

»Komm gut hinüber, Genossin! Und vergiß nicht: die Emigranten haben dort auch was zu tun! Wenn die Partei einem erlaubt hinauszugehen, muß er drüben tüchtig weiterarbeiten ...«

Wie grob das klingt. Als ob sie fortliefe von der Pflicht. Dieses letzte Wort in Deutschland, es ist so deutsch, so schulmeisterhaft – und so richtig! Es tut ihr weh, aber es freut sie doch auch, immer wieder soll man angefordert werden, gut ist das, immer wieder »antreten« müssen, das hält einen aufrecht.

»Ohne Sorge, Genosse!« Sie sagt es mit Würde, fast mit Heiterkeit.

»Jeder an seinem Platz. Wo immer wir sind, ist revolutionärer Boden, hat Marx gesagt.«

»Na, dann also ... Rot Front!«

»Rot Front, Genosse!«

Er geht, Hanna fühlt es wie: er tritt ab. Das Marxzitat hat ihn wieder beruhigt. Hanna dreht sich nicht um und geht in den Wald hinein, nach Böhmen, in die Heimat.

2. Kapitel

Explodierpflanzen, Kristalle, ein Leierkastenmann – Sprachenstreit – Eigenmächtigkeit untergeordneter Organe – Erinnerung an einen Finger – Traumhafte Straßenkreuzung – Subversive Elemente – Olmützer Quargeln, Juden und Kommunisten – Im Elternhaus wohnt keiner mehr – Razzia – Fräulein Aschbach wird erkannt

Im Wald war es dunkel, feucht und kühl. Die Fichten standen eng und hoch beisammen, tiefgrün gegen den blauen Himmel, der in kleinen Fetzen herunterhing. Der Boden war üppig von Nadelfall, Lattich und mancherlei wässrigem, schlingerigem Kraut, alles so saftig, stumm, geschlossen. Vor Minuten noch war Hanna in der Taghelle bergan geschritten, nun kroch und sprang sie bergab im Dunkel. Wieso ist es in Deutschland so hell? Wieso ist es in Böhmen so dunkel? Ach, heute nimmt alles gleich ein symbolisches Gesicht an. Es liegt einfach daran, daß auf der deutschen Seite die Straße zwischen Feldern lief, der Wald weitab lag, und daß man hier mitten im Dickicht ist.

Aber als sie nach ein paar Minuten die Straße fand, lichtete es sich dennoch kaum. In Deutschland waren viele Leute vor ihnen, hinter ihnen, neben ihnen gezogen, Autos waren vorübergebraust, weithin hatte man Leben gesehen. Hier war alles ganz still; die Straße schien durch ein verlorenes Gebiet zu ziehen, von hohen Bäumen geschützt, die den Zugang zu verwehren schienen. Von der Talseite her fuhr und ging heute wohl keiner mehr zum Kamm empor, es war schon mittag vorüber; und bergab fuhr und ging auch keiner, die Grenze war dazwischen.

Hanna war fast fröhlich, weil sie so allein ging. In den letzten Monaten war sie so selten allein gewesen. Die Stille hüllte sie ein, und all ihre Sinne sogen den Geruch des Waldbodens auf. »Waldmoder« nannte sie diesen Geruch, er war modrig und frisch zugleich, saftiges Leben des Vegetativen, nichts Animalischem vergleichbar. Wenn sie Karl morgens im Schlaf antraf – es kam nicht oft vor, denn Karl war ein schneller Aufwacher, aber Hanna brauchte lange, bis sie sich langsam ins Bewußtsein des Tages durchwühlte aus dem weichen Nichtwissen – wenn sie Karls Mund betraf, der unter geschlossenen Augen leicht geöffnet atmete, hatte sie oft gesagt: Du riechst nach Waldmoder ... und hatte ein Entzücken verspürt, Schauder tiefster Naturverbundenheit, wie seit Kindheit nicht. Wie an Karls Munde einst zog es sich auch jetzt in ihrem Körper schmerzhaftselig zusammen, die Muskeln am Halse spannten sich, die Kehle war trocken, während die Nasenlöcher gierig flatterten, einsogen den tiefen, wasserreichen Waldpflanzengeruch.

Sie bückte sich, um mehr zu riechen und besann sich darauf, was Karl ihr vor Jahren erzählt hatte, von seiner Rückkehr aus russischer Kriegsgefangenschaft. Am Grenzbahnhof hatten sie gestanden, tausend Deutsche, die entlassen werden sollten in die Heimat, tausend Russen, die von drüben einlangten. Der Transportzug aus dem Westen hielt auf freiem Feld, die Deutschen wanderten von Osten her im Gänsemarsch zum Zug, während die Russen, die ihm entstiegen waren, in entgegengesetzter Richtung, landeinwärts abmarschieren sollten. Zwischen beiden Reihen patrouillierten mehrere Beamte, die rechts und links die Kommenden und die Gehenden abzuzählen hatten. Die deutschen Kriegsgefangenen gingen brav einer hinter dem andern aus Rußland hinaus, mit den Russen aber war's hart zu zählen, denn jeden Augenblick sprang einer aus der Reihe, warf sich auf die frühlingsschlammige Erde, mit dem Gesicht in den braunen Dreck, und küßte die Erde der Heimat ... Ja, das sind die Russen, dachte Hanna gerührt, noch 1931, als sie mit einer Delegation drüben gewesen war, hatte man unter dem neuen Traktoren- und Fünfjahresplangeist, unter dem knappen, amerikanischen Eilmarsch des Volkes dieses Küssen der Heimaterde gespürt.

Hanna neigte sich über den grünen Waldboden und fühlte sich hingegeben, Karls Mund war es und zugleich der Wald. Eine kleine Blindschleiche glitt an ihrer Hand vorbei und sie griff in das Grüne; da knackte es leise und ein heller Stengel ringelte sich aus einer Blatthülle hervor. »Explodierpflanzen!« murmelte Hanna, ein großes Entzücken fuhr in sie ein und mit einem Mal war ihre ganze Kindheit da. Wie hatte sie doch bisher nicht bedacht und wahrgenommen, daß sie ja in der Heimat war; in der Heimat nicht nur, weil sie die Grenzlinie überschritten hatte, hinter dem hellen Deutschland, sondern in einem viel dringlicheren, viel intimeren Sinne noch: in diesen paar Quadratkilometern, die sie nun, bis zur Bahnstation Teplitz, zu durchwandern hatte, war ein großer, ein bedeutsamer Teil ihrer Kindheit abgelaufen.

Die Eltern hielten nicht allzuviel vom Schuldrill, einen Monat vor Schulschluß hatte der treue Hausarzt, der fortschrittlich von Sport und Sichtummeln im Freien schwärmte, alljährlich ein Attest geschrieben, des Inhalts, daß die Kinder dringend Erholung brauchten, und Hanna und Heini waren mit dem »Fräulein« und der deutschen oder der tschechischen Großmutter nach Eichwald in das freundlich-altmodische Sommerhotel gezogen. Von Juni bis September waren sie nun losgelassen, der langweiligen Schule, den unzärtlichen Eltern entwichen, und lebten von früh an bis zum ferienhaft späten Schlafengehen in Garten und Wald. Auf der Zinnwalder Straße waren sie unendliche Male spazieren gegangen, hatten Explodierpflanzen zwischen den Fingern zerdrückt, daß mit kleinem Knall der geringelte Stengel heraussprang, hatten vielerlei Pilze gesucht und zwischen den am Straßenrand aufgeschichteten Schottersteinen Stücke silbrigglänzenden Glimmerschiefers, die sie, wer weiß warum, »Kristalle« nannten. Bis Zinnwald freilich waren sie nie gekommen; Deutschland, das lag so fern dem alten Österreich wie jetzt der neuen Tschechoslowakei, man fuhr hinaus, nur wenn man mußte. Auf der Zinnwalder Straße nun also schritt Hanna und roch »Waldmoder«, bückte sich hin und wieder nach einem Blatt, nach einem Stein, nach einem Käfer, und fühlte entzückt die Heimat. Und da tönte auch hinter der Biegung das Lied von »Andulka«, dem »lieben Kind«, herauf, und als sie mit wenigen Schritten den Leierkastenmann erreichte, hatte er wahrhaftig noch die alte, österreichische Veteranenmütze auf. Er hielt zu kurbeln inne und streckte ihr die Hand hin, sie sah, daß er blind war. Der erste Mensch, den ich in meinem Lande treffe, ist blind, dachte Hanna, ist das auch wieder ein Symbol? Sie zog das Portemonnaie und gab ihm ein Zwanzighellerstück, »Pozdrav Pán Bůh«, sagte sie beklommen, und der Alte erwiderte: »Vergelts Gott!« Freilich, hier im Grenzgebiet ist ja alles deutsch, aber sie hatte wenigstens ein paar erste tschechische Worte gesprochen, sie wußte ja gar nicht, wie das nun gehen würde mit der langentwöhnten Sprache.

Zuhause hatte man meist deutsch geredet, und die Kinder hatten die deutsche Volksschule besucht. Aber später war Heini dann auf die tschechische Handelsschule und Hanna ins tschechische Mädchengymnasium »Minerva« geschickt worden, der tschechischen Mutter zuliebe, und weil der Vater meinte, man solle beide Landessprachen perfekt beherrschen, wenn man schon in dieser doppelsprachigen Stadt zu leben hatte, anstatt im stets ersehnten, liebenswürdigen Wien. Hätte der Vater ahnen können, wie sonderlich diese für die Vorkriegszeit ungewöhnliche Erziehungsmaßnahme der Tochter dereinst zustatten kommen würde! Damals hatten die Kinder mitten hineinbeißen müssen in den jahrhundertealten Apfel des Sprachenstreits. Schon der Umstand, daß ein Prager Deutscher eine Tschechin zur Frau hatte, war außergewöhnlich und brachte es mit sich, daß die Aschbachs weder in der deutschen noch in der tschechischen Gesellschaft rechten Anschluß fanden und daß es so gut wie gar kein geselliges Leben im Hause gab. Die Kinder nun gar in die tschechische Schule schicken ... immer blieben sie dort ein wenig die Außenseiter; ihre Kameraden durften sie nicht besuchen, nicht zu sich einladen. Eben auch darum waren die Eichwalder Sommer solch schöne Erinnerung: dort hatte man reichlich Spielgefährten gehabt, Kinder aus Aussig und Teplitz und sogar eine Familie aus dem sagenhaft fernen Berlin, deren älteste Tochter Marie nicht, wie man erwartet hätte, Mizzi, sondern Mariechen gerufen wurde ...

Da ist der Aufstieg zum Bahnhof Moldau, und das Gasthaus sieht noch genau so aus, wie damals! Hanna setzte sich auf eine der lehnelosen Holzbänke, bestellte sich ein Glas Milch und ein Käsebrot. Im schattigen Garten saßen nur wenig Leute. An den Zwetschgenbäumen hingen noch einige letzte Früchte, nächste Woche hat Karl Geburtstag, da hat er immer Zwetschgenkuchen bekommen, das war sein Lieblingskuchen. Als sie daran denkt, ist Hanna plötzlich wieder in der Gegenwart, in der schrecklichen, ungewissen, gefährlichen, und mitten aus der Gegenwart tritt plötzlich ein Feldgendarm in den Gastgarten der Kindheit, nicht in altösterreichischer blaugrauer Uniform, sondern in grünlicher, neuer, und er hat keinen Tschako mehr, sondern eine Tellermütze mit einem kirschroten Streifen, und ein Gewehr auf der Schulter.

In Hanna zuckte es. Noch war sie kaum zum Bewußtsein der Freiheit gelangt, und schon verstand sie, daß Gefahren neuer Art auf sie warteten. Neuer Art? Ach, wohl nur in neuer Gewandung. Nicht über die sowjetrussische Grenze ja war sie gegangen. (Seufzer der Sehnsucht.) Hier in der freien demokratischen Republik war ihresgleichen genauso der Feind wie dort drüben, von wo sie herkam.

In Hanna zuckte es, und mit Grund. Sie hatte keine Papiere. Ihr Paß war vor einem halben Jahr abgelaufen und an Verlängerung natürlich kein Gedanke. Im spanischen Konsulat hatte sie viele ausländische Zeitungen gelesen, deren Verbreitung in Deutschland schon längst verboten war. Und unter den großen und bedeutenden Nachrichten hatte sie dann und wann auch kleine und unbedeutende gefunden, darüber, daß die Grenzgendarmen in den Deutschland benachbarten Ländern schon etliche Flüchtlinge, die sie ohne gehörige Papiere in der Grenzzone angetroffen, an ihre deutschen Kollegen zurückspediert hätten. In der Presse der betreffenden Länder hatte es dann Debatten über Demokratie, Asylrecht und Schutz vor lästigem Ausländer-Zuzug gegeben, und in kleingedruckten Interviews hatte der oder jener Hochgestellte die »Eigenmächtigkeit untergeordneter Organe« bedauert. Die deutschen Zeitungen ihrerseits hatten diesen Bissen, mit patriotischer Sauce übergossen, wiederum den geheimen Oppositionellen aufgetischt: die sollten sich's nur nicht einfallen lassen auszurücken, denn jeder Deutsche, gleich welchen Bekenntnisses, würde von den Tschechen zuerst in schmutzigen Polizeiverliesen gemartert und dann den deutschen Behörden und ihrer gerechten Strafe zugeführt ...

Der Anblick des Feldgrünen mit der rotbestreiften Tellermütze und dem streitbaren Gewehr wurde so für Hanna sogleich zum negativen Gegenstück des Leierkastenmannes: hatte jener ihr, vor Minuten noch, ein Gefühl des Zuhauseseins und wehmütiger Geborgenheit zugespielt, dieser brachte ihr schneidend zum Bewußtsein, daß sie hier in der Heimat – wie in der Heimat drüben! – eine unwillkommene Fremde war.

Der Gendarm hatte sich an den Nebentisch gesetzt und ein Bier bestellt. Er spricht tschechisch. Hier, im deutschen Gebiet ist alles, was staatlich ist, tschechisch. Die kleinlich-bösartige Minderheiten-Politik des alten Österreich hat im neuen Staat kleinlich-bösartige Nachfolge gefunden, und zum ersten Mal geht es Hanna durch den Kopf, daß an dem, was der »Völkische Beobachter« über die Sudetendeutschen schreibt, unter all dem widerlichen Schwulst doch vielleicht etwas Wahres ist. Der alte Wirt vom »Grenzgasthof« hat nicht viel mehr als drei Worte tschechisch erlernt, aber seine Enkeltöchter gehen wohl schon in die tschechische Schule nach Niedereichwald, damit sie die Gäste besser bedienen können. Allmählich wird alles umgemodelt; wie bei uns, denkt Hanna, nur daß es hier um die Worte geht und dort um die Gesinnung – vielleicht hier auch schon um die Gesinnung und vielleicht dort auch nur um die Worte ... man kann das schwer trennen. Es gibt keine Gedanken ohne Worte. Was man nicht sagen kann, kann man auch nicht denken. Und in irgendeiner Sprache muß man es eben sagen ...

Hanna legt sich in ihrem schönsten Tschechisch eine komplizierte Erzählung zurecht, für den Fall, daß der Gendarm etwa nach ihren Papieren fragen sollte. Der erste Kampf auf Heimatboden ... Aber es kommt nicht dazu. Der Gendarm zahlt sein Bier, sagt gleichgültig »Pozdrav Pán Bůh« und schlendert die Straße hinan, nach Zinnwald zu. Auch Hanna zahlte und ging.

Nachdem sie eine Weile gewandert war, wurde sie mit einem Mal sehr müde. Die letzten Nächte hatte sie kaum geschlafen und heute morgen war sie fast vier Stunden gewandert. Mit dem Rucksack auf dem Rücken und dem schweren Gepäck auf der Seele marschierte es sich nicht leicht. Sie setzte sich auf einen Baumstumpf am Straßenrand. Ein Autobus kam den Berg heruntergerumpelt. Vielleicht könnte man mit dem Autobus fahren? Es ist auch nicht gefährlicher, als zu Fuß zu gehen. Hanna winkte und stieg ein. Zwei alte Weiber mit Tragkörben waren die einzigen Fahrgäste. Sie saßen hinten im Wagen und sprachen einsilbig im erzgebirgischen Dialekt. Aber als der Autobus an einem hölzernen Kruzifix vorüberfuhr, bekreuzigten sie sich: Leierkästen und Kruzifixe gibt es nicht auf der deutschen Seite, dachte Hanna, wenn auch die Sprache die gleiche ist; die Grenze ist dazwischen ...

Hanna hatte sich vorn hingesetzt und sah dem Chauffeur zu. Mit einer Hand hielt er das Volant, mit der andern die Tür, deren Schloß nicht funktionierte. Wenn er sie ab und zu losließ, um die Zigarette aus dem Mund zu nehmen, flog die Tür krachend auf und hing lächerlich-hilflos nach dem Wald zu, als wolle sie ihn in den Wagen hereinholen. Dann beugte sich der Fahrer hinaus und fing sie wieder ein. Ein Zettel schaukelte vor dem Fenster, mit einer Haarnadel befestigt: Zinnwald – Teplitz. Hanna mußte lachen, während sie auf den ausgeleierten Federn auf und ab geschleudert wurde. Der tadellose weiße Autobus, mit dem sie heute früh von Dresden bis Altenberg gefahren war, und nun dies rührende Wrack. Die Grenze ist dazwischen. Zwei Länder reichen sich die Hand auf einem schmalen Gebirgskamm, der noch dazu sechs Monate im Jahr unterm Schnee liegt. Dahinter fällt nach einer Seite hell, nickelglänzend, blankgeputzt, wohlgeölt das eine Land zu Tal, auf der andern stürzt das andere herab, dunkel, feucht, achtlos, mit Klappern und Rumpeln. Heute ist alles voll Symbolik. Nicht vergleichen, denkt Hanna, vergleichen, vergleichen, der Urgrund aller Wissenschaft und allen Unheils. Jedes Ding und jeden Menschen mit dessen eigenen Maßen messen, hat Karl immer gesagt. Nicht schielen, geradeaus schauen. Wer das könnte.

Hanna schaut geradeaus, aber sie sieht immer nur Wald, dunkel, feucht, und hört die Türe zuklatschen, wenn der Fahrer sie losgelassen hat und eine Biegung den Wagen nach der andern Seite schleudert.

Von dem wilden Geschaukel war Hanna noch müder geworden. Sie merkte es zuerst gar nicht, als der Autobus im Eichwald ihrer Kindheit einfuhr, so viele neue Häuser und Villen säumten die Straße, die ehemals bis zum Hotel hin unbebaut durch dichten Wald gezogen war. Da steht noch das alte gelbe Sommergasthaus mit den durchbrochenen Balkongeländern, aber links ist ein neuer Flügel angebaut, durch große Glastüren sieht man Klubfauteuils und tanzende Paare, alles so anders, die alte Laube, in der sie zu essen pflegten, ist auch weg. Hanna hatte einen Augenblick daran gedacht, auszusteigen, hier zu übernachten, jetzt verlor sie den Mut, sie war so müde, es ist auch besser, einen Sonntag-Abend-Zug zu nehmen, wer fährt denn, ohne Aufsehen zu erregen, in Wanderkleidung und mit Rucksack an einem Montag von Teplitz nach Prag. Sie fährt also weiter, der Autobus saust an der Straßenbahn vorbei, die ehrwürdig-schlenkernd dahinzuckelt, da ist das Kohlenwerk, da ist die Kattunfabrik, da ist die »Mordgrundbrücke«, über die man den Kindern damals Schauergeschichten berichtet hat, heute schauert man nicht mehr, wenn man von einem hört, der im Trunk einen andern erschlagen hat, man ist es gewöhnt, daß viele Menschen keines natürlichen Todes sterben. Im Krieg hat man so viele eines unnatürlichen Todes sterben sehen. Und die, die nicht gerade starben, wurden nicht einmal ernst genommen.

Hanna sah noch deutlich den Hof des Spitals – als blutjunge »Freiwillige«, eben nach der Matura, war sie damals zum Dienst angetreten –, sah unterm warmen Septemberhimmel viele Tragbahren stehen, es waren vierhundert Verwundete auf einmal abgeladen worden, aus Galizien her, und nicht alle hatten in den Sälen Platz finden können. Unter freiem Himmel hatten manche eine ganze Woche lang gelitten. Und dann war operiert worden Tag und Nacht, und sie sah vor sich die zerfetzten Gesichter, die handgroßen eitrigen Löcher im Bauch, in der Hüfte, hörte das Wimmern der Liegenden und sah an der Tür zum Verbandssaal sich drängen in ihren blauweißgestreiften, schmuddeligen Krankenkitteln die, die gehen konnten, mit dem Arm in der Binde oder einem Leukoplastverband über dem Auge, es schmerzte ja auch sie, die als »Leichtverwundete« geringgeschätzt wurden; einer hatte so sehr gebettelt, man möge ihm doch den Finger verbinden, er bleibe sonst am Ende steif, und er würde nie mehr Geige spielen können. Hanna, mit der Sentimentalität der Leidensungewohnten und im Winkel des Herzens das Urteil: der Finger sei mit Recht dem einen so viel wert, wie dem andern das Leben, hatte sich für ihn eingesetzt, aber der Chirurg hatte sie abgewiesen: »Soll warten ... erst die Schweren. Was denken Sie sich denn? Soll nächste Woche wiederkommen ...« Dann war Hanna selbst in den »Bauchschüssen« und »Kopfschüssen« untergegangen und hatte Finger, die zum Geigespielen da sind, vergessen ...

Und da ist Teplitz, freundliches Industrie- und Kurstädtchen im Halbdunkel, es ist Herbst. Hanna trinkt einen Kaffee im Bahnhofsrestaurant, kauft sich die dicke Sonntagsausgabe des »Prager Tagblatt« und der »Národní listy«, aber sie läßt sie unaufgefaltet neben der Tasse liegen, sie ist furchtbar müde. Nach sieben geht der Zug, sie löst dritte Klasse, und kaum ist sie in der Dunkelheit der Fahrt, schläft sie in ihrer Ecke ein.

Sie träumt von einer Stadt, die sie nicht kennt, die sie aber früher in Träumen oft gesehen hat, einer Stadt mit einer Kastanienallee, die vom Bahnhof zum Zentrum führt, mit schönen, breitangelegten Straßen mit herrlichen Schaufenstern, eine gepflegte Mittelstadt, sie ist im Traum oft mit Vergnügen, wenn auch etwas befremdet zwischen den promenierenden Unbekannten dort herumspaziert, und immer, wenn sie einen Menschen ansprechen, eine Tür öffnen, einen Laden betreten wollte, ist sie aufgewacht. »Die Stadt der Vergeblichkeit« hat sie sie genannt, sie kennt sie im Traum sofort wieder. Aber diesmal ist es leer in den Gassen, die hübschgekleideten Passanten mit den provinziell gemessenen Bewegungen und die friedliche Nachmittagsstimmung in der Stadt ist weg, es ist Dämmerung, und etwas Drohendes liegt in der Luft; und während Hanna allein an einer Straßenkreuzung steht und nicht weiß, ob sie umkehren soll – aber wohin denn? sie ist ja nirgends hergekommen, sie steht ja schon seit Anbeginn an dieser Straßenkreuzung –, kommen um eine Ecke Menschen gelaufen, Arbeiter mit Mützen, einer hat ein großkariertes Sporthemd an, alle fuchteln mit den Armen und schreien. Sie kennt keinen unter ihnen, aber da kommt um eine andere Ecke Paul Bergler, ein Student ist das, ein guter Genosse, sie kennt ihn, er war manchmal bei ihnen, zu Hause in Halle, und Karl hat freundlich seine ein bißchen einfältigen Fragen beantwortet, und Paul Bergler sagt mit leuchtenden Augen: »Genossin, jetzt geht's los, heut ist Revolution« – und Hanna sieht, wie er weiterrennt und den Herbeilaufenden Instruktionen gibt ...

»Ja, aber wie denn?« fragt sie zögernd. »Heut ist Revolution? Und wir haben doch soviel darüber diskutiert, daß die Revolution ein langer, schwieriger Prozeß ist, mit vielen Siegen und Niederlagen, ein langer Prozeß« ... Aber Paul Bergler hört nicht zu und sagt zuversichtlich: »Jetzt setzen wir noch die Ziegelbladerer ein, und bis morgen früh um sechs sind wir im Besitz der gesamten Macht Hanna versteht im Traum sofort das niegehörte Wort: Ziegelbladerer; das sind die Leute, die das Pflaster aufreißen und die Barrikaden bauen ... sie hat sich das nicht so vorgestellt. Da steht sie unschlüssig an der Straßenkreuzung in der sonderbar veränderten, fremden altbekannten Traumstadt und sieht, daß die Geschäfte schon die Rolläden herunterlassen. Da durchzuckt sie der Gedanke: wenn Revolution ist, gibt es nichts zu kaufen, und wer weiß wie lange nicht, man muß sich vorsorgen, und sie geht hastig über den Damm und kauft in einem Kolonialwarengeschäft viele Konserven ein und in einem Schuhladen nebenan drei Paar Schuhe, ohne sie auch nur zu probieren und steckt alles in ihren Rucksack, den sie am Rücken trägt, damit es nicht so auffällt, und geht nach Hause. Nach Hause, das heißt, in ein fremdes Haus, das sie nicht gesehen und nicht gewußt hat bis dahin, und steigt bis in den vierten Stock hinauf; und mit jeder Stufe wird ihr Herz schwerer von Gram und gräßlichen Selbstanklagen, weil sie nicht auf der Straße ist, sondern Konserven und Schuhe gekauft hat für die Zeit des Bürgerkriegs. Als sie oben ist und läuten will, hört sie draußen einen furchtbaren Krach, sie fährt zusammen und läßt den Rucksack fallen ... und wacht auf, weil ein Koffer knapp an ihrem Gesicht vorüber aus dem Gepäcknetz heruntersaust.

»Pardon! Pardon, Fräulein!« sagt eine Stimme. In der Revolution sagt man doch nicht Pardon, wenn man schießt, denkt Hanna, aber dann spürt sie, wie sich der Zug wieder in Bewegung setzt, und als sie aus der Halle fahren, liest sie »Ústí n. L. – Aussig a. d. E.«. Es sind neue Fahrgäste eingestiegen, ein kleiner Alter, der sich bescheiden in eine Ecke gesetzt hat und schweigt, zwei andere, die noch während sie ihr Gepäck verstauen, Bekanntschaft miteinander schließen. Der eine ist groß und dick, ein Sechziger mit spärlichem Haar und rotem, schlecht rasiertem Gesicht. Der andre klein, mager, spitz, beweglich wie eine Maus. »Worin reist der Herr?« hört Hanna den Dicken fragen. Kann sie so schlecht tschechisch? Ihr kommt es vor, als müsse es »wohin« heißen. Aha, er hat nach der Branche gefragt, denn der andre antwortet: »In Textilien.«

Wie trostreich wäre es, wenn man nach Textilien reisen könnte. Sogleich erscheint vor Hanna eine Landschaft mit blühenden Akazienbäumen, an einem Wasser gelegen, an dessen Ufer sich Paare junger Menschen ergehen, bloßfüßig in Sandalen, in einer Art griechischer Kithone, »die Lenden gegürtet«, fällt ihr ein, und sie weiß nicht, wie das auf tschechisch heißt. »Textilien« ... es wird wohl Kastilien sein, daran hat sie öfter gedacht, als sie im spanischen Konsulat arbeitete, aber gibt es dort Akazien und griechische Jünglinge? Es gibt dort wohl meist kahle Felsen, arme Bauern, Düsterkeit, Dürre, kein Wasser. Sogar die Traumlandschaften müssen bitter werden, wenn man an die Wirklichkeit denkt.

»Im Einheitspreisgeschäft gibt's ja schon welche für drei Kronen das Stück«, sagt der Spitze gehässig. Er hält einen Scheuerlappen in der Hand. »Dieser hier kostet fünf sechzig, aber kein Vergleich, die Qualität ...« Der Dicke befaßt gefühlvoll den Lappen. »Und mit diesen Warenhäusern, da ist ja für einen anständigen Menschen überhaupt kein Geschäft mehr zu machen! Diese Räuber kaufen ja nicht beim soliden Kaufmann. Die warten, bis eine Fabrik vor dem Konkurs steht, und dann ramschen sie die Ware zu Spottpreisen. Lauter Juden und Kommunisten, sag ich Ihnen ...«

Der Dicke nickt verständig. »Die Juden – die haben überall ihre Finger dazwischen, da haben Sie recht. Na, aber die Reichsdeutschen – man soll sagen, was man will, über diese hochnäsige Rasse, nicht riechen kann ich sie, die Piefkes –, aber mit den Juden haben sie aufgeräumt, da könnten wir von ihnen lernen ...«

»Und mit den Kommunisten! Da könnten wir auch von ihnen lernen: hier bei uns dürfen sich diese subversiven Elemente breit machen und auf der Straße herumschreien mit ihren roten Fahnen ...«

Subversive Elemente, hört Hanna, und es fällt ihr ein, wie sie als Kind beim Zeitungslesen zum Vater aufgeschaut hat: Papa, was ist das »subversive Elemente?« –

»Da sind die Jungtschechen gemeint«, hat der Vater erklärt und sich unbehaglich hinter den Kragen gegriffen.

1908 war das, um die Weihnachtszeit, kurz vorher hatte es Belagerungszustand und Standrecht gegeben. Oft, wenn es in der Stadt unruhig war, hatte der Vater Hanna von der Schule geholt, mitten aus dem Unterricht, auch diesmal; sie waren mit der Elektrischen über den Graben nach Hause gefahren und vor dem Deutschen Haus hatte die Elektrische halten müssen, lange, vielleicht eine halbe Stunde, denn es wurde links und rechts geschossen. Aussteigen hatte man nicht können und weiterfahren auch nicht, und mit abwesendem Blick hatte das Kind zum ersten Mal erfahren, ganz verständnislos freilich, daß Menschen aufeinander schießen und einschlagen wegen irgendwelcher Ideale, und hatte zum ersten Mal verspürt, daß sie dabei sein möchte, mitschießen, mitschlagen, aber auf welcher Seite denn? Ihr Vater war Deutscher, ihre Mutter war Tschechin, sie gehörte nicht hierhin, nicht dorthin.

»Subversive Elemente, die Tschechen – und die Mutter?« fragte das Kind.

»Das schreiben die ja auch nur so in den Zeitungen, wer glaubt denn, was in den Zeitungen steht!« hatte der Vater verlegen das Gespräch abgebrochen.

Die beiden Handlungsreisenden sind inzwischen bei der Ware des Dicken angelangt. Da der Spitze nicht nachläßt, bis der Kollege seinen Scheuerfetzen zum Geschenk angenommen hat, holt nun auch der seinen Koffer herunter und zeigt die »Molkereiprodukte«, zu deren ambulantem Vertrieb er sich vorhin bekannt hat. Ein penetranter Geruch breitet sich aus. Er reist in Olmützer Quargeln.

»Aber sagen Sie«, meint interessiert der Spitzige, »die Käseln haben doch vorhin gar nicht gerochen?« –

»Ja, da staunen Sie, Mann! Hier« – er klopft mit dem Knöchel auf den Lederkoffer, sieh da, er ist aus Holz! – »den hab' ich mir extra bauen lassen. Die feinste Nase riecht da nichts. Ja, früher ... da fuhr ich mal nach Berlin hinaus, vor dem Krieg, versteht sich, und mit mir fuhr ein Kollege, der reiste in Portefeuilles. Wir machten aus, daß wir zusammen ein Zimmer im Hotel nehmen wollten, es ist doch sowieso alles so teuer, wenn man mit festen Spesen reist. No gut. Als ich mich ins Bett legen will, fragt er mich, ob ich mir nicht die Füße waschen wollte, er kann sonst nicht schlafen. Die Füße ... mitten in der Woche? Also meinetwegen, komischer Kauz, wasch ich mir halt die Füße. War sonst ein netter Mensch. Nach einer Weile sagt er: Entschuldigen Sie, aber es riecht doch hier noch immer so ... Na, schließlich sind wir dann draufgekommen, daß es die Käseln waren. Damals hatt' ich den Koffer noch nicht. Da haben wir furchtbar gelacht, daß ich mir wegen der Quargeln hab' die Füße waschen müssen und dann – wissen Sie was? – haben wir den Koffer an einem Strick zum Fenster hinausgehängt, es war im dritten Stock.«

Die beiden Reisenden lachen kolossal, der Schweigsame in der Ecke läßt ein verknurrtes Gemecker hören, Hanna lächelt hinter ihrem Mantel, den sie aus dem Rucksack genommen und an den Haken gehängt hat, um sich zu verstecken. Ja, sie möchte sich verstecken, nicht aus Angst vor der Paßkontrolle, jetzt ist ja wohl keine Gefahr mehr, sie sind weit im Land drinnen, aber verstecken vor der Heimat, die sie nun in Sprache, Ton und Sein von allen Seiten mächtig andringt und die so fremd geworden ist. Fremd die Namen der Orte (früher wurden sie hier deutsch aufgerufen), fremd das Volk (was weiß denn Hanna vom Volk? Mit den Eltern ist sie zweiter Klasse gefahren, auf der Straße durfte sie nicht allein gehen, in der Elektrischen hat sie vor sich hingeträumt und nicht zugehört), fremd die Landschaft draußen im Schwarzen, es ist Nacht.

Hat sie gemeint, daß die Heimat Freudenfeuer anzünden würde für die verlorene Tochter? Was heißt überhaupt Heimat für eine Kommunistin, es ist nicht mehr 1908, es ist nicht mehr Sprachenstreit, sie weiß jetzt, auf welcher Seite sie steht, braucht nicht mehr tatenlos mit abwesendem Blick zu warten, bis die Kämpfenden sie in der Elektrischen vorbeifahren lassen, überall ist revolutionärer Boden, Karl, ich hab's nicht vergessen. Hinter dem Mantel verborgen, atmet sie aus.

»Nein, in meiner Branche haben die noch nicht hineinfuchteln können, Gott sei Dank«, hört sie den Dicken berichten. »Aber da ist jetzt eine andere Konkurrenz, besonders in den Grenzgebieten, die reichsdeutschen Emigranten. Mitgebracht haben sie sich nichts, arbeiten dürfen sie auch nicht, so gehen sie halt hausieren, und meistens mit Lebensmitteln, vielleicht, weil sie das, was sie nicht verkaufen, dann selber auffressen können ... ha, ha, ha! In Rumburg haben mich neulich an einem Vormittag drei angesprochen und mir meine eigenen Olmützer angeboten ...«

»Eine Schande ist das«, sagt der Spitzige mitfühlend. »Die Regierung sollte das verbieten!«

»Was brauchen wir die Reichsdeutschen?« ereifert sich der Alte.

»Bei uns ist sowieso genug Arbeitslosigkeit. Sollen die Juden nach Palästina gehen und die Kommunisten nach Rußland!«

»Wenn der Hitler sie nicht haben will, wir wollen sie erst recht nicht haben«, bestätigt der Spitze.

»So einen, wenn ich Gendarm bin und treffe ihn, wie er unsern Leuten das Brot wegnimmt und redet ihnen dabei noch seinen subversiven Quatsch hinein, den nehm' ich hopp und spedier ihn über die Grenze, soll er schaun, wie er weiterkommt«, fügt der Dicke behäbig hinzu.

Der Zug hält und sie gehen ein Bier trinken. Ausflügler steigen ein, Büsche mit Herbstlaub im Arm, Rucksäcke auf der Schulter, Tschechen, Deutsche. Sie erzählen von ihrem Tag, einer hat sogar noch in der Elbe gebadet, ein Mädchen hat sich den Knöchel verstaucht, sie sind fröhlich, schöner Sonntag, nächste Woche fahren wir schon Samstag nach Křivoklát, übernachten bei den Bauern. Ein Bursch hat eine Klampfe mit und fängt an zu spielen, deutsche Volkslieder, und die Tschechen singen tschechische, Hanna kennt sie alle, und nach einer Weile summt sie ein bißchen mit hinter dem Mantel. Die Handlungsreisenden stehen auf dem Gang, mögen sie über die Emigranten schimpfen, Hanna ist so müde, so wohlig müde, als wäre auch sie erst diesen Morgen von Prag weggefahren nach Salesel, tagsüber gewandert, dann Rast gemacht auf der Wiese und gepicknickt, Klampfe gespielt, Volkslieder gesungen, als junges Mädchen war sie oft mit Kameraden sonntags so hinausgefahren, die Eltern hatten's nicht gern gesehen, was sind das für Extravaganzen, ist's im Baumgarten nicht schön genug, aber Hanna hatte sich's immer wieder ertrotzt; im Wald hatten die jungen Leute dann was vorgelesen, Nietzsche, oder von Poppen-Lynkäus über den Zukunftsstaat und Gedichte von Möricke und Eichendorff und Keller. »Trink, o Auge, was die Wimper hält, von dem goldenen Überfluß der Welt« – Hanna schrieb im Geist die zwei Zeilen an das schwarzberauchte Fenster, es gab noch zwei Zeilen vorher, des Sinnes, daß es sonst bald zu spät sein möchte, aber sie wollten ihr nicht einfallen.

Vor dem rauchbeschlagenen Fenster mehrten sich die Lichter, Prag war nah. Gleich sind wir zu Hause, das wird heut' ein Schläfchen werden, den ganzen Tag an der Luft, Honza, vergiß deinen Stock nicht, Herrjeh, wird meine Alte schimpfen, ich hab mir ein Loch in das neue Trikotkleid gerissen beim Brombeerpflücken, schade, daß man morgen früh um acht im Büro seid muß, nächsten Sonntag fahren wir nach Křivoklát ... »PRAHA ...!«

Mitten im Gewühl der Ausflügler steht Hanna um elf Uhr nachts auf der Straße und geht nach Hause. Das Elternhaus ist nur ein paar Schritte vom Bahnhof entfernt, ihre ganze Kindheit hindurch hat sie vom Fenster auf die Remisen der Güterabteilung hinuntergeschaut und ist eingeschlafen unter dem Donnern der Züge und aufgewacht unter dem Krachen der Lastwagen, die das Vieh vom Bahnhof zum Schlachthaus fuhren. Sie geht nach Hause.

Als sie vor dem Gitter steht, fällt ihr erst ein, daß hier keiner mehr wohnt. Die Eltern sind tot; als sie das letzte Mal hier war, hatte Heini die Wohnung schon gekündigt, er hatte sich am Belvedere ein Haus gekauft. Hier wohnt niemand mehr. Wo wohnt jemand? Sie hat nicht daran gedacht, daß sie die erste Nacht in der Heimat irgendwo wird schlafen müssen, oder vielleicht hat sie im Laufe des Tages auch daran gedacht, aber sie hat es wieder vergessen. Ganz langsam, mit gesenktem Kopf geht sie zum Bahnhof zurück, geht ins Bahnhofsrestaurant, bestellt einen Kaffee. Auf dem Tisch liegt eine tschechische Zeitung, die sie nicht kennt, »Svoboda« – eine sozialistische? Sie blättert sie ein wenig durch, nein, es ist ein liberales Blatt, nun ja, liberal heißt ja wohl freiheitlich. Als ihr Blick teilnahmslos über die Inseratenseiten fährt, liest sie plötzlich ihren eigenen Namen: Aschbach, aber er ist auf tschechische Weise geschrieben. »Jindrich Aspach, Bankhaus, Hypotheken, gutverzinsliche Anlagen, solide Kre-

Der Wilsonbahnhof

dite ...« – das ist doch Heini! Warum schreibt er sich Jindrich, in der Schule hat er freilich auch Jindrich schreiben müssen und sie selbst hat Jana Aschbachová geheißen, aber doch mit sch und weichem b, und jetzt heißt ihr eigener Bruder plötzlich anders; natürlich; als Geschäftsmann, meine Liebe, darf man keine politische Meinung haben, hat er ihr vor drei Jahren gesagt, nachdem er sie gefragt hatte, ob sie etwa »auf diesem Kongreß oder was ihr da sonst für Spuk macht, ihr Roten«, das Wort zu ergreifen gedenke. Heuchler. Er hat die politische Meinung, die am meisten Geld einbringt, und heut' ist's eben noch so, daß es am einträglichsten ist, keine politische Meinung zu haben, das heißt, liberal zu sein.

Sie zahlte, es war schon kein Mensch mehr im Lokal. Wohin sollte sie nun? Gegenüber ist ein bescheidenes Hotel für Geschäftsreisende, tausendmal ist sie daran vorübergegangen, eine Zeitlang war dort ein Zettel angebracht: Den P. T. Lokomotiven ist der Zutritt verboten ... Hanna lächelte. Das war, weil zweimal kurz hintereinander ein Lokomotivführer nicht gut gebremst hatte bei der Einfahrt in den Kopfbahnhof, und mit Brausen und Prasseln war die Lokomotive durch die Glaswand, welche die Bahnhofshalle von der Straße trennte, hinausgefahren und hatte erst vor dem Hotel gegenüber halt gemacht. Ob ich wohl da übernachten könnte? Man muß Papiere haben ...

Sie ging trotzdem hinüber, in der Schankstube saßen noch ein paar Leute, die Halle war leer, hinterm Pult ein alter Portier. Hanna sprach ihn tschechisch an. Ein Zimmer? Wer kommt Sonntag abends mit einem Rucksack in Prag an und geht nicht nach Hause? –

»Ich habe zu Hause geläutet und geläutet, hatte den Schlüssel vergessen ... niemand hat aufgemacht. Dann hab' ich auf der Treppe gewartet, vielleicht daß jemand kommt. Der Bruder ist mit der Frau gestern nach Karlsbad gefahren auf drei Tage, da haben das die Dienstmädchen wahrscheinlich benutzt, um die Nacht über auszubleiben ... Wie niemand gekommen ist, hab' ich mir gedacht, ich gehe zu meiner Freundin schlafen, aber inzwischen ist's so spät geworden, so geh' ich lieber die Nacht ins Hotel ... Wir haben nämlich früher in dieser Straße gewohnt, deshalb ist mir's eingefallen ... Ich hab' doch in Prag noch nie im Hotel gewohnt ...«

Dies Letzte war sogar wahr. Als sie zu den Begräbnissen des Vaters und der Mutter gekommen war, hatte sie im Elternhaus gewohnt und das letzte Mal, mit Karl, bei einem Genossen Advokaten, auf der Kleinseite, er war kurz darauf gestorben, erinnerte sie sich. Es war wirklich das erste Mal, daß sie in Prag im Hotel wohnen sollte.

Der Portier schob ihr einen Meldezettel hin. »Haben Sie Dokumente bei sich?« Sie holte ein letztes Mal die Ausflugsstimmung von vorhin in ihre Stimme herein, als sie sagte:

»Aber woher denn! Wer nimmt denn Dokumente mit, wenn er nach Křivoklát fährt ...« (hoffentlich ist der Zug von Křivoklát schon angekommen!!!)

»Es ist nur wegen der Fremdenpolizei ... sie ist jetzt sehr

streng, seit die vielen Reichsdeutschen hier sind, jede Weile ist Razzia ...«

Razzia ... manchmal war sie nachts aufgewacht, dort in dem Haus an der Ecke, hatte kreischende Weiberstimmen gehört, und fluchend waren Männer aus der Kneipe im Nachbarhaus auf die Straße gestolpert, die Glastür hatte geklirrt bis hinauf in den dritten Stock. Razzia auf Prostituierte, Zuhälter und Taschendiebe; heute Razzia auf Kommunisten, auf Ausländer, auf sie.

Hanna Aschbachová, Beamtin, schrieb sie auf den Meldezettel, und Heinis neue Adresse, Národní obrany 12, neue Straße, die hatte es wohl damals noch gar nicht gegeben.

»Bankier Aschbach ist mein Bruder«, sagte sie, und es war ihr nicht wohl dabei, daß sie sich beim ersten Schritt in der neuen Bleibestätte auf die soziale Stellung, nein, auf den Geldbeutel des Bruders berufen sollte.

Lieber krepier' ich, ehe ich von dem reaktionären Parvenu auch nur einen Heller annehme, hatte sie manchmal zu Karl gesagt; aber das Leben ist anders, man krepiert nicht lieber.

»Bis vor drei Jahren hat er dort auf Nummer 20 an der Ecke gewohnt ...«

»Vom Doktor Aschbach der Sohn? Das Fräulein?« fragte der Portier plötzlich erwärmt. »Na, so was, Fräulein! Wie ich damals auf der Orangenschale ausgeglitscht bin und hab' mir den Fuß verstaucht, bin ich zu ihm in die Sprechstunde, und er hat mir den Fuß geschient. Hat nichts wollen nehmen, der Herr Papa, wir sind doch Nachbarn, hat er gesagt, war ein feiner Mann, Fräulein. Ist mir eine Ehre, Fräulein!«

Ganz aufgeräumt nahm er den Rucksack auf, den sie neben sich auf die Erde gestellt hatte, und führte sie in ein leidlich nettes Zimmer. Hanna lachte ihn müde an. Vielleicht war sie dennoch nach Hause gekommen?

3. Kapitel

Heimweh nach dem Gegenwärtigen – Prag ist anders – Rosita ist noch nicht aufgestanden – Heinrich Aschbach will erst etwas trinken – Was sind das für verrückte Sachen? – Vom Dynamitkoffer und vom verlorenen Paß – Wir haben keine Niederlage erlitten – Hanna kann sich nicht legitimieren – Luise ermuntert sie, weiterzuheulen – Morgen beginnt das neue Leben

Das Rollen der Güterzüge weckte Hanna nicht auf, so wenig wie es sie vor Zeiten aufgeweckt hatte aus ihrem jungen Schlaf vier Häuser weiter. Es war wie eine Nacht von ehedem, der langverhallte Lärm machte den neuen, jetzt ungewohnten, vertraut. Nach den vielen schlaflosen Nächten der letzten Wochen, nach der ungeheuren Anstrengung des Vortags, schlief sie ruhig und fest in den Vormittag hinein.

Nachdem sie schon ihr städtisches Kostüm angezogen hatte, fiel ihr ein, daß sie ja dem Portier gegenüber von einem Ausflug gekommen war. So ging sie denn aus dem Hotel wieder so, wie sie hineingegangen war, in Wanderschuhen, Strickjacke und Baskenmütze. Sie suchte im Telefonbuch nach einer Adresse und ging zu Fuß, am Elternhaus vorbei, die breite Straße zur Vorstadt hinunter, unter dem Viadukt durch – aber was haben sie denn da auf den Žižkaberg für einen riesigen weißen Kasten gebaut? –, an dem kleinen Park mit der Kirche vorbei, wo Onkel Max gewohnt hat, sie wußte nicht einmal, ob er noch lebte, in einem alten Haus die abgetretenen Stiegen hinauf und trat ein.

An der Wand hing das Parteiblatt und mehrere Kopfblätter aus der Provinz, ihr klopfte das Herz, als sie nach zwei Jahren zum ersten Mal wieder Hammer und Sichel sah. Ein Mädchen an der Schreibmaschine, zwei junge Männer im Gespräch, Hanna fragte nach dem Parteisekretär, er ist nicht da, mit wem kann ich also sprechen, ich bin Parteigenossin, gestern aus Deutschland gekommen, hier ist meine Legitimation. Aber die drei konnten den deutschen Zettel nicht lesen, es schien sie auch weiter nicht zu interessieren, wer weiß, wie viele sich hier schon so gemeldet haben. Schließlich gelang es ihr, in ein anderes Zimmer vorzudringen, wo ein dicklicher Mann mit grauem Schnurrbart an einem Schreibtisch die Zeitung las. Sie wiederholte ihre Mitteilung.

»Wieso sprechen Sie tschechisch?« Hanna erklärte es, machte aber nur vage Angaben über ihre Familienzugehörigkeit. Der Graubärtige schrieb etwas auf ein Papier und reichte es ihr gleichgültig über den Tisch.

»Wir befassen uns nicht mit Flüchtlingsangelegenheiten. Das da ist das sogenannte Flüchtlingsheim, für die Deutschen. Sie haben ihre eigene Organisation. Mittags trifft man dort viele. Sie können nach Eduard fragen.«

Er las schon wieder die Zeitung. Hanna fühlte sich bestürzt und abgekühlt. Kein Willkommen. Keine Frage. Trotzdem mußte sie etwas sagen.

»Das wißt Ihr ja gar nicht, Genosse, wie das ist, wenn man nach zwei Jahren wieder Hammer und Sichel sieht ... So schön ist das, Genosse ...»

Sie kämpfte mit den Tränen.

»Mein Mann ist im Zuchthaus«, sagte sie, wie zur Entschuldigung. Der Mann blickte auf, sah sie an, eher tadelnd, sagte nichts.

»Ich wollte mich natürlich zur Arbeit melden, Genosse«, stammelte sie.

»Sprechen Sie mit Eduard, im Flüchtlingsheim. Er hat das unter sich.« –

»Hier sind viele Spitzel«, entschloß er sich schließlich hinzuzufügen, als ob er seine Wortkargheit rechtfertigen wollte. Hanna stand unschlüssig. So vieles war da, was sie fragen und erzählen wollte. Man hatte ja ein und ein halbes Jahr nicht mehr unbefangen sprechen können. Aber, wie es schien, konnte man das auch hier nicht.

So fragte sie nur, ob sie sich die Zeitung mitnehmen könne und bekam auch noch die Illustrierte, »Svět práce«, auf der ein dickbackiges Kind in einen Apfel biß und darunter die Schrift: »In der Sowjetunion leben die Arbeiterkinder unter hygienischen Bedingungen.« Sie wußte nicht recht, wie sie grüßen sollte. Wie hieß ›Rot Front‹ auf tschechisch? Sie hatte, solange sie in Prag lebte, kein kommunistisches Vokabularium erlernt. So sagte sie »Guten Tag« und ging. Im Zimmer, wo das Schreibmaschinenmädchen saß, verabschiedete sich einer der jungen Leute mit über die Schulter geworfenem »Čest práci«. Sonderbar. Wir sind doch eine Internationale.

Sie ging den Weg zurück, den sie kurz zuvor gekommen war; als sie an ihrem Hotel vorüberkam, fiel ihr ein, daß sie ja keine zweite Nacht hier würde schlafen können, daß etwas geschehen mußte. Sie hatte gehofft, in der Zentrale Weisungen, Ratschläge, zumindest Interesse zu finden. Ins Flüchtlingsheim ... nicht gleich, nicht jetzt. Später ... Plötzlich hatte sie riesiges Heimweh, sie wußte selbst nicht recht, ob nach Deutschland oder nach Prag. Eher wohl nach Prag, obzwar sie ja hier war. Immer hatte sie Sehnsucht nach dem, was noch da war ... war es erst weg, dann wich der Schmerz erstaunlich schnell. Nach Karl hatte sie sich am meisten gesehnt, wenn er im Nebenzimmer gesessen hatte und sie ihn nicht hatte bei der Arbeit stören wollen, um ihn zu umarmen und jubelnd abzuküssen. Als sie in Rußland war, oder ein anderes Mal Karl auf einer Studienreise in England und Skandinavien, war es viel leichter gewesen. Jetzt? Es tat weh, an Karl zu denken, aber nicht so sehr, weil er weg war, als weil man nicht wußte, was er auszustehen hatte. : »Nein, nicht daran denken, nicht denken an die Stehsärge, an die Scheinerschießungen ... nein, nein, nein ...«

Sie war im Getöse des Bahnhofstrubels um eine Ecke gebogen und durch ein paar Straßen gegangen, da fiel ihr, dies war ihr gemeinsamer Schulweg gewesen, ihr Bruder ein. Zu Heini muß ich jetzt gehen, dachte sie, třida Národ-

Blick über die Moldau auf Burg und Hradschin

ní obrany, wo ist das, ich weiß nicht, wo die Straße ist, irgendwo am Belvedere, ich werde mir bei André einen Stadtplan kaufen, hier heißen ja jetzt alle Straßen anders; aber die ehrwürdige Buchhandlung, wohin sie schon während der Schulzeit ihr gesamtes Taschengeld getragen hatte, Eichendorff, Storm, Möricke, dann später Kierkegaard und Flaubert, war nicht mehr in dem alten Haus, das alte Haus war nicht mehr neben dem Pulverturm, dort stand ein großes amerikanisches Haus, eine Bank, schade.

Nun, es wird auch ohne Stadtplan gehen. Aufs Belvedere fährt man mit der Elfer Elektrischen. Hanna steigt ein und fragt, wie weit sie fahren muß. Es ist in Dejvice, sagt der Schaffner.

Sie fahren über die Brücke und hinter dem graublauen Nebel über der Moldau steigen Burg und Dom auf wie eine prächtige Fata Morgana, über dem Gewimmel der Kleinseite – Häuser, graublau der ganze Hradschin, er schwankt über dem Wasser wie ein Abziehbild, das man nicht ganz gerade aufs Papier gebracht hat und glänzt auch so hinter dem leichten Dunst. Hier von der Brücke aus sieht man Dom und Häuser steil aufragen, überschnitten vom Grün der umliegenden Hügel, Hanna fühlt es fremd. Ihr Bild vom Hradschin stammt von einem andern Blickpunkt, vom Kai am Nationaltheater, und wieder diese Sehnsucht nach dem Vorhandenen, am liebsten möchte sie abspringen und durch die Stadt zum Kai hinlaufen, aber sie bezwingt sich, schon steigt die Straßenbahn in langsamen Krümmungen den Hügel hinan.

Es geht durch Straßen, die sie nicht wiedererkennt, fast alle Häuser sind neu, flachdachig, schön viereckig, modern, nüchtern, freilich ist sie hier oben selten gewesen, sie weiß nicht mehr recht, wie es früher war. Als die Bahn sich über eine Brücke wieder talwärts neigt und in einen riesigen, weißen, von Hochhäusern umsäumten Platz einmündet, und dahinter sieht man endlose Avenuen sich dehnen, hat Hanna völlig die Orientierung verloren. Der Schaffner winkt ihr, erklärt ihr, wo sie entlanggehen muß, sie ist ganz verwirrt, geht nach der falschen Seite, der Schaffner ruft ihr zu, als die Bahn sie überholt und vor einem querfahrenden Autobus haltmachen muß: »He, Fräulein! Rechts, rechts hab' ich gesagt, nicht links!« Und zu einem Fahrgast, der absteigt: »Sehen Sie, deswegen hab ich nicht geheiratet!« und weist beschämend auf Hanna. So schämt sie sich denn, ein bißchen lächelnd, und geht also rechts. Vor dem Kriegsministerium patrouliert die Wache auf und ab, und ein paar Häuser weiter ist Nummer 12. Sie läutet, ein Junge macht ihr auf, sie ist in einem Garten, und im Hintergrund sieht sie das Haus, Heinis Haus, das neue Aschbachhaus. Sie kennt es noch nicht, Herrschaftshaus, fehlt nur der Diener mit weißen Handschuhen, da kommt er auch schon durch eine Glastür.

»Was wünschen Sie?« Ziemlich herablassend.

»Ist Herr Kommerzialrat Aschbach zu Hause?«

Der Diener sagt auf alle Fälle nein, nun natürlich, es ist Vormittag, da ist doch ein Kommerzialrat nicht zu Hause.

»Oder die gnädige Frau?«

Diesmal sagt der Diener nichts, fordert sie auch nicht

zum Eintreten auf, schaut sie nur an, ihre Schuhe besonders, die großen, deutschen, staubigen Wanderschuhe.

»In welcher Angelegenheit?« fragt er schließlich zögernd, er hat einen schönen blauen Anzug mit geprägten Silberknöpfen und ein ganz liebes Gesicht.

»Ich komme zu Besuch«, sagt Hanna. Wird man sie wohl auch hier ins Flüchtlingsheim abschieben, lieber ginge sie gleich, und hat schon Tränen in den Augen.

»Zu Besuch ... in welcher Angelegenheit?« fragt der Diener, er läßt nicht nach, nun ja, so ist er wohl erzogen.

»Ich bin die Schwägerin der gnädigen Frau«, sagt Hanna leise und ärgert sich tief, daß sie auf der Schwelle steht und unter Berufung auf die feine Verwandtschaft um Einlaß bittet, und so merkt sie nicht, daß der junge Mann mit den Silberknöpfen ein bißchen bestürzt ist und ein bißchen schadenfroh lächelt, und dann sagt er: »Die Schwägerin ... ?« und ist viel zu wohlerzogen, um anders als mit Blicken auszudrücken: Das glaubst du wohl selber nicht! Und Hanna glaubt es auch selber nicht mehr recht. Sie steht immer noch auf der ersten der drei Stufen, und der Diener auf der dritten, und beide warten, was nun geschehen soll. Hanna möchte umkehren, aber schließlich, der Diener kann nichts dafür, daß er in so noblem Haus dienen muß, so rafft sie sich zu einem Lächeln auf und sagt möglichst unbefangen:

»Ich würde Ihnen doch raten, mich anzumelden!«

Der Silberknöpfige geht ins Haus und läßt sie auf der Treppe stehen. Von einem der Fenster zieht von innen eine Hand einen Vorhang beiseite, nur ein wenig, genug für einen Blick. Dann vergehen wieder ein paar Minuten, und in Hanna beginnt sich eine Wut zu sammeln, sie steigt die beiden Stufen hinauf und will eintreten, da kommt der Blaugekleidete wieder heraus und sagt höflich:

»Die gnädige Frau ist noch nicht aufgestanden – vielleicht können das Fräulein später wiederkommen?«

Hanna weiß nicht recht, wie sie das nehmen soll. Will Rosita sie nicht empfangen, weil sie nicht glaubt, daß es ihre Schwägerin ist, die der Diener ihr beschrieben hat – aber warum fordert er sie dann zum Wiederkommen auf? Oder glaubt sie dennoch, daß die Großbeschuhte mit der Strickjacke Hanna ist, die Deutsche, immer schon etwas sonderlich, die Person – aber warum empfängt sie sie dann nicht gleich, sie wird ja doch nicht darum herumkommen?

»Ich werde warten«, sagt Hanna bestimmt, der Diener verschwindet hinter der Glastür.

Hanna ging im Garten auf und ab. Ein Garten war es freilich nicht, nur ein großer Rasenplatz mit abgeblühten Rhododendronbüschen in der Mitte. Links zog ein gepflasterter Pfad vom Tor am Haus vorbei, wohl nach der Garage. Wahrscheinlich ist hinter dem Haus der richtige Garten. Heini hat doch sogar von seinem Park gesprochen, in einem der wenigen, verlegenen, kurzen Briefe, die er ab und zu schreibt. Sie mochte nicht hinter das Haus gehen, vielleicht zog dort wieder eine Hand vorsichtig einen Vorhang beiseite; sie ging um die Rhododendronbüsche herum, und dann setzte sie sich auf das Mäuerchen, das die erste Treppenstufe links und rechts abgrenzte und wohl Halt für ein schmales Blumenbeet am Haus entlang bieten sollte, aber jetzt war nichts da als etwas braune Erde. So sitzt sie also vor Heinis Haus, das sie nicht einmal kennt, die neue Adresse steht wahrscheinlich schon in tschechischer Orthographie im Telefonbuch, alles ist anders geworden. Draußen schlägt es eins, und Rosita ist also noch nicht aufgestanden.

Als sie die Schwägerin zum ersten Mal sah, war es beim Begräbnis der Mutter. Da hatte man sie noch Rosl gerufen, und sie war mit Heini verlobt, ein überzartes Geschöpf mit schön geformtem, wachshäutigem Gesicht und großen Augen. Sie war schüchtern gegenüber der Schwägerin aus Deutschland, von der man ihr gesagt hatte, sie sei etwas verdreht, aber furchtbar gebildet. Rosl war aus mittelloser Beamtenfamilie, sah zu Heini auf bei jedem Wort und Blick, und Hanna hatte sich damals flüchtig über das Paar gewundert, die Kleine war ihr zu zart, zu blumenhaft vorgekommen, als daß sie ihr hätte eine berechnende Geldheirat zutrauen mögen, und einen andern Grund, um Heim zu nehmen, hatte Hanna sich nicht vorstellen können. Heini konnte man doch nicht lieben ... Sie dachte es spöttisch, aber eine Bitterkeit befiel sie dabei. Hinter dem schnurrbärtigen, etwas brutalen Gesicht des Bruders sah sie plötzlich das lachende, blondlockige Knabenantlitz, hinter den Brillengläsern und dem gleichgültigen Geschäftsblick, das strahlende Augenblau von einst. Sie hatte so viel von Heini erhofft, und nichts war aus ihm geworden als ein reicher Mann.

Das letzte Mal, es war, als sie vor drei Jahren mit Karl in Prag gewesen war – Rosl hieß schon Rosita und war in Ostende –, hatte er noch im Elternhaus gewohnt. Aber es war schon nichts, nichts mehr übrig gewesen von der Vorstellung von Heini, die sie seit Kindheit mit sich trug. Nur noch Geld, Repräsentation, elegant sein, mit eleganten Leuten verkehren, mit hohen tschechischen Staatsbeamten und alten österreichischen Aristokraten, den Lobkowitz, den Rohan, den Schwarzenberg. Die hatten übrigens schon unter dem alten Österreich vorwiegend tschechisch gesprochen, vielleicht aus Snobismus, vielleicht weil sie sich seit Jahrhunderten den Freiheitsstolz bewahrt hatten, durch ihren Wandel die Politik des Allerhöchsten Herrscherhauses zu kritisieren, vielleicht auch einfach, weil sie Realisten waren, mit feinster Witterung für drohende Veränderungen – das waren Heinis Freunde, und er ließ, da man sie ja ohnedies am Namen richtig erkannte, im Gespräch die Adelstitel seiner noblen Kumpane nonchalant weg: »Die Pilar Fürstenberg hat sich die Haar' färben lassen«, sagte er zu Rosita, und jeder, auch der Geschäftsfreund aus Ostrau oder Wien, der etwa zu Tisch war, wußte, daß Pilar nur eine Prinzessin heißen konnte.

Und dazu paßte es ganz genau, daß die Schwester nun auf der Gartenmauer sitzen und auf Einlaß warten mußte, während der Bruder gewiefte Börsenmanöver durchführte und die Schwägerin in der ohne Zweifel grünen oder rosa Badewanne saß, mittags um ein Uhr. Als Hanna so weit war in ihren Gedanken, wollte sie einfach fortgehen. Das Gefühl von Verlassenheit, das sie vorhin im Parteibüro befallen und seither nicht mehr freigegeben hatte, wuchs zu einem würgenden Unbehagen bis in den Hals hinauf. Aber sie zerrte es herunter und hielt sich eine stumme kleine Ansprache: sie ist ja nicht hier, um gerührtes Wiedersehen im Familienkreise zu feiern, sondern um von dem mächtigen Bruder ganz kühl, politisch, vernünftig einige erste Ratschläge und Hilfe zu erlangen.

War sie wirklich deshalb hier? Sie hatte doch ins Flüchtlingsheim gewollt und war unterwegs dorthin, von Sehnsucht befallen, in die Elfer Elektrische gesprungen, um den Bruder zu umarmen, Heini, den strahlenden Buben, mit dem sie in Eichwald »Kristalle« gesucht und Explodierpflanzen aufgedrückt hatte ...

In den letzten Monaten hatte sie nichts mehr von ihm gehört, ihm auch nicht mehr geschrieben; ihre Korrespondenz war immer nur eine gelegentliche gewesen, besonders seit seiner Verheiratung, und im Sturm der Erlebnisse war Prag und die Familie für Hanna ganz versunken; wer weiß, ob nicht auf der Polizei in Halle manch ängstlicher Brief von Heini lag, der sie nicht mehr erreicht hatte ..., er war im Grund ein guter Kerl, vielleicht glaubte er sie im Gefängnis, Konzentrationslager, in so endgültigen Situationen kam sein sentimentales Herz zutage, wie damals bei ihrer Operation, da war er so besorgt gewesen, daß es sogar nach Halle telefoniert und Karl gebeten hatte, man solle ihm telegrafieren, wenn sie außer Gefahr wäre.

Vor dem Tor hupte es zweimal lang und befehlerisch, der Junge von vorhin sprang herbei und öffnete beide Flügel, ein langgestrecktes, graues Auto fuhr in den gepflasterten Weg ein und stoppte am Haus. Ein Herr in großkariertem Überzieher stieg aus, kam an dem Mäuerchen entlang, stand schon auf der Treppe, da trat Hanna ihm von der anderen Seite entgegen.

Eine halbe Sekunde schaute er sprachlos, dann ging er auf sie zu und küßte sie herzlich auf beide Wangen.

»Hanna! Bist du wieder mal in Prag? Eine Ewigkeit hast du ja nicht mehr geschrieben! Ich freilich auch nicht, aber du weißt, ich schreibe ja nur, wenn's was Wichtiges gibt ... Wann bist du angekommen?« – Er schob sie etwas von sich weg: »Zur Modekönigin hast du's immer noch nicht gebracht, komisch schaust du aus, wie von einem Ausflug! Komm herein, Schwester, du ißt doch selbstverständlich bei uns. Ich hab' schon mächtigen Hunger.« Und er hängte sich in sie ein und führte sie um das Rhododendronbeet und wieder zum Haus. Der blaugekleidete Diener zeigte sich an der Glastür und blickte bestürzt auf die beiden; dann verschwand er eilig.

»Hauptsache, daß du gesund bist«, meinte der aufgeräumte Herr und zog Hanna über die Treppe in die Halle. Er drückte sie in einen Fauteuil.

»Willst du nicht was trinken? Vor allem muß man erst mal was trinken«, sagte er. Er schaute sich im Zimmer um und zog dann an einem Knopf eine Wandvertäfelung heraus, hinter der eine fertig installierte Bar mit einer Batterie Flaschen, Mixgefäßen und herunterklappbaren, hohen Sitzen hervorkam. Hanna schaute ihm sprachlos zu. Herrgott, ist das komisch, Tischleindeckdich für Raffkes. Der wohlhabende Herr im teuren Überzieher, das ist mein Bruder, und er hat sich auch den Schnurrbart abnehmen lassen, und wenn er spricht, leuchten seine prachtvollen Zähne. Sonderbar.

Während er noch mit den Cognacgläsern klirrte, den Rücken zur Tür gewandt, trat Rosita ein. Ihr schönes, edelgeformtes Wachsgesicht sah noch bleicher aus durch die grellgemalten Lippen, ihre lange, schmale Gestalt noch höher in dem weitauslaufenden blauen Samtpyjama.

»Hanna, grüß Gott«, sagte sie klangvoll und ruhig und reichte ihr eine lange, dünne Hand mit dunkelroten

Nägeln. »Verzeih, ich habe dich warten lassen. Ich hatte ein Schlafpulver genommen und bin erst jetzt aufgewacht ... Grüß Gott, mein Lieber«, wandte sie sich zu ihrem Mann und hielt ihm flüchtig die Wange hin. – »Bitte nimm Platz, Hanna ... Wie geht es deinem Mann? Ist er auch in Prag? Hast du eine angenehme Fahrt gehabt?«

Hanna saß auf einem Gobelinstuhl und hielt das Glas mit Cognac in der Hand, das Heinrich ihr gereicht hatte. Sie sah ihn an, er war rot und verlegen, sie sah die schöne Schwägerin an, ja, wußten die denn gar nichts? Hast du eine gute Fahrt gehabt, Hauptsache, daß du gesund bist, wollen wir erst mal was trinken ...

Sie trank den Cognac mit einem Zug aus und fühlte, wie kalt ihr geworden sein mußte, der Alkohol brannte ihr vom Schlund bis in den Magen hinunter, ein feuriges Rinnsal.

»Ich bin gestern abend angekommen. Zu Fuß über die Grenze, dann von Teplitz mit der Bahn. Mein Mann ist seit sechs Monaten im Zuchthaus. Das letzte Jahr haben wir uns in Berlin aufgehalten, illegal natürlich ...«

Auf dem Gesicht des Bankiers malte sich Bestürzung, dann Verlegenheit. Er las Zeitungen und wußte, daß es Konzentrationslager gab, Gefolterte, Erschlagene. Er wußte auch, daß Schwester und Schwager »in Politik machten«. Aber er hatte das eine weder je recht geglaubt (so was gibt's doch nicht im 20. Jahrhundert!), noch das andere mit dem, was die Zeitungen behaupteten, je in gedanklichen Zusammenhang gebracht. Er war ehrlich verwirrt.

»Gott, wie entsetzlich!« hauchte die schöne Schwägerin und dachte: Was heißt doch gleich »illegal?« Und: Wieso ist ein Doktor im Zuchthaus? Und drückte auf jeden Fall Hannas Hand, wobei dieser das Cognacglas entfiel und auf den Teppich rollte. Der Bankier bückte sich danach, richtete sich aber in halber Neigung wieder auf und schob das Glas mit dem Fuß weg.

»Das versteh' ich nicht!« sagte er mißbilligend und

streng. »Hat er denn … ich meine, hat er denn was gemacht? Und warum bist du nicht von Berlin direkt gefahren? Das sind doch verrückte Sachen!« Seine Stimme klang ungewiß.

»Bitte die Herrschaften zum Essen«, sagte der Diener leise und schob die schweren Samtvorhänge auseinander.

Nein, auch hier war keine Heimat. Bruder und Schwägerin hatten ihren Bericht mit Unverständnis, Verlegenheit, peinlicher Bestürzung angehört, und als Hanna von der Konfiskation ihres ganzen Besitzes gesprochen hatte, klang in dem »aber das ist doch nicht möglich!«, das dem Bankier aufgeregt entfuhr, sogar etwas wie Tadel: in solche Sachen läßt man sich eben nicht ein, hab' ich dir's nicht immer gesagt, dein Mann ist doch ein gescheiter Kopf, wie kann er solche Dummheiten machen … und schließlich hatten sie ihr für die ersten Tage Obdach angeboten. Am Samstag allerdings kämen Freunde aus Wien, die seit längerem erwartet würden, und sie hätten nur das eine Gastzimmer … Hanna hatte sich beeilt zu versichern, sie gedächte so schnell wie möglich ein möbliertes Zimmer und auch Arbeit zu finden; für heute möge man bitte ihren Rucksack aus dem Hotel holen und das darin zerknüllte Straßenkleid bügeln lassen, weiter wolle sie nicht zur Last fallen … und die Verwandten hatten erleichterte Mienen gezeigt und sie nicht allzu dringend zurückgehalten, als sie kurz nach dem Kaffee erklärt hatte, jetzt müsse sie aber fort und würde erst abends wiederkommen.

Ein eigenes Zimmer und Arbeit – dazu mußte man erst einmal offiziell angekommen sein. Und wie sie das zu bewerkstelligen hatte, konnte ihr kein wohlansässiger Bankhausbesitzer sagen, das mußte sie bei denen erfragen, die ihr Schicksal teilten.

In der düsteren Gasse, die der Genosse im Parteibüro ihr auf dem Zettel bezeichnet hatte, fand sie in einem Hinterhof ein unfreundlich aussehendes Gebäude mit der Aufschrift »Deutsches Flüchtlingsheim«. Es schien, nach den großen Glasfenstern und dem unverhältnismäßig hohen Ziegelkamin, ein altes Fabrikgebäude zu sein. Auf dem Hof liefen Kinder herum, die berlinerisch und ostpreußisch und sächsisch sprachen. Ohne erst über einen Vorplatz oder durch einen Korridor zu kommen, trat man in einen großen Raum, der mit rohen Tischen und Bänken besetzt war und im Hintergrund ein Schiebefenster zeigte, auf dessen Brett geleerte Kaffeetöpfe und ein Teller mit ein paar Schwarzbrotschnitten stand. Der Raum war fast leer, nur an einem Tisch saßen ein paar Männer und zwei Frauen im Gespräch.

»Guten Tag, Genossen«, sagte Hanna, sie wußte nicht, ob »Rot Front« hier angebracht war. »Ich bin gestern illegal herübergekommen und habe mich heute vormittag auf dem Parteibüro gemeldet. Da hat man mir gesagt, daß ich hierhergehen und mit Genosse Eduard sprechen soll.« Die Männer schauten sie prüfend an, sie sprach anders als sie selbst, aber eine der Frauen reichte ihr die Hand und meinte entgegenkommend: »Setz dich, Genossin ... Eduard kommt gewöhnlich erst gegen sechs.«

»Ja, und da sehen wir die SA ins Haus gehen und beziehen Posten vor dem Zaun, weil doch der Koffer drin war. Der Schneider wußte freilich nicht, was in dem Koffer war. Wir stellen ihn hier ab, weil wir umziehen, hatten wir gesagt. Verfluchte Soße ... jetzt geht die ganze Gruppe hoch, wollen doch sehen, was da wird.«

Alle hörten gespannt zu, ohne Hanna zu beachten.

»Nun – und?« fragte eine der Frauen drängend, als hätte man ihr die Fortsetzung eines Zeitungsromans aus der Hand gerissen. Das dauert, bis der seine Pfeife in Gang bringt ...

»Ja, also ... wie wir da so durch den Zaun lugen – die Esel hatten nicht mal einen Posten vor der Tür stehn lassen –, kommt doch so ein SA-Verbrecher heraus mit meinem Koffer in der Hand, stellt ihn mitten auf den Hof und geht wieder ins Haus, weitersuchen. Ich, um die Ecke, in den Hof, den Koffer gepackt, schwer war der mit dem vielen

Dynamit, ein paar Dutzend Handgranaten waren auch noch drin, zur Elbe hinunter und klitsch! ins Wasser damit ... Und dann sind wir getürmt; der olle Dussel von Schneider hat in seinem Schreck natürlich alles angegeben, meine Mutter war sechs Wochen verhaftet, haben sie mir geschrieben ...« Alle lachten.

»Das war ein feines Stück, Max!« sagte die Frau beifällig.

»Die werden aber Gesichter gemacht haben, als sie wieder auf den Hof kommen und der Koffer ist wie weggezaubert«, schmunzelte der pfeifenrauchende Held der Erzählung.

»Dem Josef ist ja auch so was Kurioses passiert, wißt ihr ...«, begann ein anderer. »Der ist doch ganz legal mit richtigem Paß herausgekommen ...«

»Natürlich, die Intellektuellen, mit Paß, ganz legal«, brummte ein älterer, sympathisch aussehender Mann mit einem Arbeitergesicht.

»Nein, weißt du, mit Josef« – der Gesprächige wollte sich seine Geschichte nicht vom Mund abschneiden lassen – »das war so: zu ihm kommt Haussuchung, die nehmen alles mit, Bücher und so, und ihn selber natürlich auch, auf den Alexanderplatz. Konnten ihm aber nicht das Geringste nachweisen, hat sich auch sehr anständig gehalten, war in keiner Partei, Gefängnispfleger von Beruf, da kennt er die Sachen; haben sie ihn ein paar Mal verdroschen und nach ein paar Wochen wieder rausgelassen, aber er soll sich zu Hause halten, steht unter Polizeiaufsicht. Macht er auch. Denkt aber immer dran, wie er rauskönnte. Sein Paß war ja weg mit all dem andern Gelumpe. Kommt eines Tages ein eingeschriebener Brief, ganz richtig an seine Adresse, und drin liegt sein Paß, und ein Zettel: ›Den Paß habe ich beim Sortieren der beschlagnahmten Sachen in einem Buch gefunden, vielleicht kommt er Ihnen zugute, mit »Freundschaft«, ein Genosse aus dem Polizeipräsidium.‹ Da staunste! Damals 1933 waren ja noch massenhaft Sozialdemokraten dabei, Wachtmeister und so, Archivbeamte, schickt der ihm seinen Paß zurück, per Einschreibebrief, die Höhe, Mensch!«

Wiederum lachten alle und kommentierten den Vorfall, als säßen sie in der Hasenheide beim Bier ...

Hanna lief es ein wenig über den Rücken. Herbst 1934, und sie erzählen Anekdoten, als wäre tiefster Frieden, all' ihre Gedanken sind ganz noch in Deutschland, im Deutschland von ehedem. Wie lange mögen sie wohl schon hier sein und sich Geschichten erzählen bei Kaffee und Schwarzbrot? Zum ersten Mal traf Hanna auf die unheimliche Abgewandtheit der Emigranten, gleich in allen Ländern und zu allen Zeiten, traf auf das Volk, das keine Gegenwart kennt, das außerhalb der Zeit lebt, außerhalb des Raums, mit allen Klammern des Herzens der Heimat, der verlorenen, verhaftet, die sie bald, bald wiederzusehen hoffen ... Abgewandtheit, die die Jahre betrügt, 1933, 1934 ... ach, vielleicht werden sie auch 1937 und 1938 genauso noch hiersitzen und vom Dynamitkoffer erzählen und vom wiederbekommenen Paß, qualvolle Jahre des Ausgesetztseins, da klammert man sich an das, was wirklich war, das, was ist, ist ja so unwirklich.

Sonderbar, auch Hanna, die eben erst Hinzugekommene, verfiel sogleich dem Bann der Atmosphäre.

»Damals, am Anfang, nach der Niederlage«, mischte sie sich ins Gespräch, »war es noch nicht so arg. Mein Mann ist auch sofort weg, aus Halle, wo wir lebten, nach Berlin. Ich bin noch eine Zeitlang geblieben. Da kommt eines Tages der Briefträger und sagt mir ...«

»Nach der Niederlage, sagst du, Genossin?« Die Stimme klingt streng, zwei blaue Augen schauen sie feindselig an. »Was für eine Niederlage?«

Hanna beißt sich auf die Lippen, sie weiß ja, aber ist es nicht absurd? Die starke Partei, so kampfbereit, weggewischt an einem Tag, ohne den leisesten Versuch des Widerstandes. »Geordneter Rückzug« hat man das im Krieg genannt.

»Nun, ich meine, als die Nazis die Macht übernahmen, natürlich ...«

Der Strenge gibt nicht nach:

»Niederlage nennst du das, Genossin? Das ist eine ultralinke Abweichung! Wir haben keine Niederlage erlitten! Das revolutionäre Proletariat hat sich überhaupt auf keinen Kampf eingelassen, da konnte es auch keine Niederlage erleiden! Ist doch logisch, was?« wandte er sich zu den andern.

»Das ist es ja gerade, Genosse!« sagte Hanna, sie wußte, sie sollte es nicht, aber sie konnte nicht anders, der ganze Tag, die mürrisch-offene Teilnahmslosigkeit auf dem Parteibüro, die höflich-verschleierte im Haus des Bruders hatten zuviel in ihr zusammengepreßt.

»Das ist es ja gerade, daß wir uns auf den Kampf nicht eingelassen haben! Das ist ja gerade das Schreckliche, das, was wir jetzt bezahlen müssen, wir hier in der Emigration und die andern im Zuchthaus und Konzentrationslager (ihr Blick wurde einen Augenblick abwesend und starr). Kämpfen hätten wir sollen, kämpfen ...«

»Wir lassen uns nicht vom Klassenfeind den Zeitpunkt des Handelns vorschreiben!« sagte der Kaltäugige schneidend. Er wußte anscheinend ganz genau seinen Text.

»Und die Sozialfaschisten, die sind uns doch in den Rücken gefallen! Wollten keine Einheitsfront machen!« fügte mit überredender Stimme der mit der Pfeife hinzu, als spräche er zu einem kleinen Kind, der böse, böse Stuhl hat meinem Herzblättchen wehgetan ...

Und sie diskutierten hitzig und lange, über die Demonstration im Lustgarten, wo fünfhunderttausend Sozialdemokraten und Kommunisten einmütig aufmarschiert waren, aber dann hatten die Führer von der rosa Internationale das Bündnis verraten – über die Taktik beim Separatistenputsch – über die chinesische Revolution – vor allem über den kürzlich erfolgten Eintritt der UdSSR in den Völkerbund – diskutierten mit dem Fieber von Gläubigen, die sich nichts abhandeln lassen und denen auch die Höllenqualen noch teuer sind, mit denen der Pfarrer von der Kanzel sie bedroht.

Hanna kannte diese Diskussionen und kannte das Gefühl von Befremden und Trauer, das sie angesichts der blinden Gläubigkeit auch jetzt wieder überfiel, sie bewunderte auch wieder, wie jedesmal, die geistige Disziplin (aber, durchfuhr es sie neu, war sie denn geistig, diese Disziplin?), die Treue zur Partei, und wünschte glühend, ihre Treue, sie hielt sie für nicht schlechter als die der andern, auch ihre Treue möchte jenen festen Untergrund von Gläubigkeit haben können, und nicht nur forttasten von Belastung zu Belastung, am Geländer der Doktrin: die Partei darf man nicht im Stich lassen – der Einzelne hat immer Unrecht – man muß bei den Massen sein – all' diese Grübeleien und Tüfteleien sind Intellektuellenhochmut ... Und jedesmal hatte das Geländer sie heil über den Abgrund geführt.

Heute schien es mit einemmal anders: Diese Deutschen in der verlassenen tschechischen Fabrik, die noch nach beinah' zwei Jahren von der Katastrophe redeten, als hätte sie gestern erst ihr Haus zum Einsturz gebracht, und wie lange sie nun schon hier saßen, seit Mittag doch mindestens, hatten sie denn gar nichts zu tun?

Nein, sie hatten gar nichts zu tun. Wie es mit den Arbeitsmöglichkeiten stünde? fragte sie kleinlaut und hörte, was sie schon wußte, strenges Verbot für Ausländer, Arbeit anzunehmen, nur das Zeitungsverkaufen war erlaubt, die Flüchtlingsfürsorge gab Essencoupons, zahlte kleine Rechnungen für Schuhbesohlen, Zahnarzt, aber auch erst nach langem Gefeilsch, außerdem fünf Kronen Taschengeld pro Woche.

»Und die tschechische Partei ... tut die nichts für euch ... für uns? (Ach, ihr Trauschein stempelte sie zur Reichsdeutschen, heim war sie gekommen und fand sich in der Fremde.)

»Die Partei ... ach, diese Slowaken (er sagte Schlowaken), faule Köpfe ... Das ist eine Drecksektion, sag' ich dir«, schimpfte ein junger Mann, der bisher den Mund noch nicht aufgemacht hatte. – »Für diese Analphabeten ist jeder Deutsche ein Feind – die können Nazis, Juden und Kommunisten nicht unterscheiden ...«

»Na, na, Hans!« besänftigte ihn eine Frau. »Was willst du denn, am Anfang haben sie viel gemacht, Wohnungen bei Genossen verschafft, Geld gegeben, auch hier und da Arbeit besorgt; aber als dann immer mehr Flüchtlinge kamen, und die Arbeitslosigkeit ist doch jetzt hier auch sehr groß, die tschechischen Genossen haben immer viel schlechter gelebt als wir im Reich – vorher ... Diese Wohnungen, ich hab' selbst bei einem gewohnt, qualifizierter Arbeiter, Holzbildhauer, brr! Da wohn' ich lieber hier und kann wenigstens deutsch sprechen und bin mein eigener Herr!« Ob man denn hier auch wohnen könne, fragte Hanna. Natürlich, sie alle wohnten hier; ob sie sich's anschauen wolle.

Sie gingen über den Hof, nur der Strengäugige blieb und begann, etwas zu schreiben. In einem mäßig großen Saal waren die Längswände entlang Pritschen aufgestellt, und in halber Höhe liefen nochmals Bretterbahnen, auf denen Lager zurechtgemacht waren, wie in Schiffskabinen, oben und unten, so daß sogar die Luft über den Pritschen keinem allein gehörte. Etwa einen halben Meter unter der Decke lief längs durch den Raum eine Eisenschiene, sie hatte wohl früher irgendwas mit Maschinen zu tun gehabt, jetzt diente sie, wie der Genosse Hanna erklärte, den oben Schlafenden dazu, sich von ihren Lagern hochzuziehen, und weil es an Wandhaken fehlte – an Kleiderschränke gar nicht zu denken – hatte auch hie und da einer seinen Überrock, seine Weste, seine Hemden darübergehängt. Die Betten waren mit ärmlichstem Zeug bedeckt, nicht alle hatten Bettwäsche, aber es war ordentlich und nicht unsauber, die großen Fabrikfenster hatten sie in Ermanglung von Vorhängen, in halber Höhe mit - Zeitungspapier verklebt, und manche hatten das so sinnig gemacht, daß sie, wenn sie die Augen aufschlugen, auf Hammer und Sichel oder geradewegs in Lenins Gesicht blickten ...

Außer den Betten gab es fast kein Mobiliar, nur ein paar ungestrichene Küchenstühle und Hocker. Frauen saßen hier und flickten, ein Bursch hobelte an Brettern herum, auf einer Pritsche lag halbangekleidet ein grünlicher Mann und ächzte.

»Den haben sie im Konzentrationslager so gräßlich zugerichtet; seit zwei Monaten ist er hier und kann sich immer noch nicht erholen ...« Hanna krampfte sich innerlich zusammen, plötzlich erschien ihr hinter der fahlen Maske Karls geliebtes Gesicht. Sie bezwang sich und trat mit einem Lächeln an das Bett des Geschlagenen, ich bin gestern von Deutschland gekommen, habe den Mann in Plötzensee, zweieinhalb Jahre, aber die Arbeit geht weiter, es klappt, die Genossen halten sich fabelhaft. Die fiebrigen Augen des Kranken blickten müde, er lag hier so geschlagen, weil er einer von denen war, die sich fabelhaft gehalten hatten. Einige Männer traten von der andern Seite ein, setzten sich an den Tisch, einer begann, russische Vokabeln abzufragen.

»Wir arbeiten hier«, erklärte der Junge. »Wir wollen in die S.U., es stimmt nur noch nicht mit den Papieren.« Hanna nickte. Sie kannte aus den Auslandszeitungen, die sie im spanischen Konsulat gelesen hatte, die Einstellung des »proletarischen Vaterlandes« zur Emigrantenfrage: nur Auserlesene wurden in die Sowjetunion eingelassen, die andern, das Fußvolk der Revolution, hatte in den diversen kapitalistischen Gastländern zu »arbeiten« ...

Die fremden Genossen führten Hanna ins nächste Zimmer.

Hier waren die Kinder untergebracht, sie bastelten unter Anleitung eines Mädchens mit blonder Gretchenfrisur. An den Wänden waren mit Reißnägeln rührende Zeichnungen der Kinder befestigt und Zeitungsbilder, auch das Sowjetkind, das in den Apfel biß, hing schon da, aus der Zeitschrift, die Hanna heute morgen im Parteibüro bekommen hatte. Etwa hundert Männer, Frauen und Kinder, erfuhr Hanna, lebten in diesem Heim, weitere zweihundert in ähnlicher Herberge. Dies Heim war fast durchweg kommunistisch, ein anderes sozialdemokratisch, das dritte, zuletzt eröffnete, angeblich von Flüchtlingen aller Art belegt, sogar Gregor Strasser-Leute und Katholiken sollten dabei sein, sehr scheel angesehen und knapp geduldet, wie sie hörte und wie sie es auch richtig fand.

Das junge Mädchen war hier nicht nur Kindergärtnerin, sondern unterrichtete, gemeinsam mit einem jungen Lehreremigranten, die Kinder auch in den Elementarfächern. In den deutschsprachigen Staatsschulen, so wurde Hanna erklärt, nehme man keine Flüchtlingskinder mehr an, die tschechisierende Schulpolitik der Regierung ließe kaum genug Lehrer, Räume, Schulbänke für die deutschsprachigen Staatsbürgerkinder, die barbarische Ausschließung der Reichsdeutschen von den Schulen sei erklärlich, und in die tschechischen Schulen wollten nur wenige Eltern die Kinder schicken, die Kleinen, ohnedies entwurzelt und verstört, sollten nicht auch noch sprachlich heimatlos werden, später, man würde ja sehen ...

»Schwer ist's mit den Kindern«, erzählte eine Frau. »Als wir emigriert sind, hatte ich der Gretl mit Müh und Not begreiflich gemacht, daß sie den Schnabel zu halten hat, war doch gefährlich genug; und denke dir, als wir in Schandau in den Zug steigen, um nach Herrnskretschen zu fahren und von dort dann zu Fuß in die Böhmische Schweiz, sagt sie: »Mutti, gelt, jetzt kann uns der Hitler doch nichts mehr tun?« Ein Segen, daß es niemand gehört hat, aber mir ist doch das Herz stehen geblieben ...«

Auch Hanna blieb fast das Herz stehen, als sie all den Jammer ermaß, der zwischen diesen armseligen Betten, zwischen den rohen Tischen, über dem traurigen Wandschmuck schwebte; und nun begannen, auf Geheiß der Lehrerin, die Kinder zu singen, eine rhythmische Marschmelodie in Moll, mit ein paar Strophen traurigen Textes, vom Vater, der sich versteckt, und dann kommt die SA und findet ihn, und dann bringt man den Zettel, daß er gestorben ist, aber sie können sein Gesicht nicht mehr sehen, der Vater liegt im verlöteten Bleisarg, und die Mutter ist fort ... und die letzte Strophe ein Gelöbnis, ihn zu rächen, die kleinen Kinderstimmen. Hanna flossen die Tränen über die Wangen, und als die Kinder zum Schluß die geballte Faust erhoben, grüßte sie mit dem gleichen Gruß und war froh, als der eine Genosse kehrt machte und sie in den Eßraum zurückführte.

Der Strengäugige hatte Gesellschaft bekommen; ein hochschultriger Mann mit Hornbrille und welligem Schnurrbart saß neben ihm und sprach leise auf ihn ein.

»Das ist Eduard«, belehrte sie der Junge. »Du kannst dich gleich bei ihm melden, er bleibt immer nur kurz hier.«

Hanna sprach ihn an, zum wievielten Mal sagte sie nun heute schon ihr Sprüchlein her, sie sagte es fast schon mit Überdruß. Der mit der Hornbrille stand auf, als hätte er sie schon erwartet, und lud sie an einen andern, entfernteren Tisch. Er sprach mit leicht ungarischem Akzent und sagte »Sie«.

»Können Sie sich legitimieren?«

Matt und gehorsam zog Hanna den Zettel vom Berliner Unterbezirk hervor, der vom vielen Zusammenfalten und Wiederaufmachen schon ganz unansehnlich geworden war. Der Brillenmann studierte umständlich die wenigen Zeilen. Was ist das eigentlich für ein Unsinn, dachte Hanna flüchtig, so einen Zettel kann sich doch jeder selbst schreiben und das bißchen Stempel kann er sich in Bodenbach oder hier in einer halben Stunde machen lassen ... Überhaupt Stempel; damit die hier in der Emigration wissen, mit wem sie's zu tun haben, müssen drüben unsere Genossen solche Sachen verwahren, und wenn man's bei ihnen findet, sind sie hin und die illegale Arbeit dazu. Man sollte ...

Der Eduard hieß, reichte ihr endlich den Zettel zurück. »Wo haben Sie zuletzt gearbeitet?«

»Wie meinst – wie meinen Sie? Vor Hitler?«

»Nun, meinetwegen vor Hitler ...«

»Ich war Lehrerin – Sprachlehrerin – Französisch und Englisch hab ich unterrichtet am Mädchenlyzeum in Halle ...«

Der Schnurrbärtige verzog sauer das Gesicht.

»Das war mein Broterwerb«, bemerkte Hanna leise und dachte, was hast wohl du gemacht vor Hitler, wahrscheinlich im Büro gesessen, Gewerkschaftssekretär oder Reporter an einem Münzenberg-Blatt.

»Was noch? Ich will ja nichts von Ihrem Privatleben wissen.«

»In der Volkshochschule war ich Leiterin der Frauenabteilung, habe dort eine Zelle organisiert, dann – nun, viele Versammlungen gehalten für die I. A. H., die Rote Hilfe, Aufklärungskurse über historischen Materialismus, Parteigeschichte ...«

Der Frager schien wenig befriedigt; aber Hanna schämte sich, die kleinen, mühevollen, undankbaren Aufgaben auch noch zu erwähnen, die sie getreulich erfüllt, ja zu denen sie sich geradezu gedrängt hatte: stundenlang, vor dem Wahllokal stehen mit der schweren Stange mit dem Transparent dran – »Plakatstehen« hatte man das genannt; mitmarschieren auf zahllosen Demonstrationen, wo man immer schon zwei Stunden vorher sein mußte; und das Beitrags-Kassieren, wie viele Treppen man da hatte laufen müssen, wie viele Male die gleiche Proletarierbehausung »erobern«, alle Familienmitglieder in der Küche, weil das Schlafzimmer zu voll ist mit Betten oder weil man – wenn man eine hat – die Stube nur an hohen Festtagen benützt, und alle die Blicke auf ihrem Gesicht, das so fremdartig wirkte auf die Arbeiter ... und sollte sie wirklich erzählen, wie sie damals, als die Maschinengewehre aufgefahren wurden, sich dazwischen geworfen und dem Leutnant befohlen hatte, nicht zu schießen, und wie dann die Sipos auch wirklich, sonderbarerweise, wieder abgezogen sind, obzwar die Menge nicht weiter – und nicht auseinandergegangen war, sondern mit Betroffenheit, Befremden, Angst, Mißbehagen und schließlich

Beifall die wunderliche Aktion der Dame mitangesehen hatte ... nein, ihr selber kam diese Aktion jetzt höchst romantisch und beinahe widerwärtig vor, und die Geschichte hätte den kalten Forscher wohl auch keineswegs zu ihren Gunsten gestimmt ...

»Was haben Sie zuletzt gemacht? Ich meine, ehe Sie herübergekommen sind?« Als ob er ihr eine Chance geben wollte, durch den Bericht über ihre illegale Tätigkeit irgendwie mildernde Umstände zu erlangen, so kam es Hanna vor.

Sie hatte wirklich allerlei »gemacht«, zuerst mit Karl, die letzten Monate allein. Aber sie hatte einen sorgfältigen Begriff von Illegalität und wußte schließlich ja nicht, wer dieser Eduard war... hätte eigentlich nicht auch er sich ihr gegenüber legitimieren müssen? Was sind das für Sachen? Wer fragt einen denn da aus, das ist ja wie auf der Polizei! Nein, du Blindschleiche, dir sag' ich nicht, warum mein Karl ins Zuchthaus gekommen ist und warum ich habe wegmüssen, wirklich weg müssen, nicht nur weg können!

»Ich war zuletzt Kassiererin bei der Roten Hilfe, Ortsgruppe Lichterfelde Berlin«, sagte sie gleichgültig in sein Wartegesicht. Das zuckte befriedigt auf. »Aha!« stand deutlich darin zu lesen.

»Das ist nämlich so«, sagte er in geheuchelt sachlichem Ton, konnte aber seine Befriedigung so wenig verhehlen wie der Untersuchungsrichter, der das Alibi des Angeklagten zerstört »zufällig haben wir dieser Tage Bericht bekommen, daß eine Kassiererin der Roten Hilfe aus Berlin verschwunden ist und die Kasse mit ihr ... ich will ja nicht behaupten, daß Sie das sind ... äh, Genossin ...« – er grinste ein wenig belästigt – »aber Sie werden verstehen, das sind so Sachen, ohne weiteres kann ich Sie da nicht anerkennen, das muß erst noch geklärt werden...«

Hanna wurde rot vor entsetzlicher Wut. Du Schubiak, was steckst du denn da heraus? Was soll das? Wer hat eine Kasse gestohlen? In all den Jahren, seit 23, immer nur bezahlt und bezahlt, von der Arbeit gar nicht zu reden, drei und fünf Mark für einen Vortragskursus bekommen und die auch nur genommen, damit andere Agitatoren, die die paar Groschen Zuverdienst dringend brauchten, nicht von »Lohndrückerei« und »Schmutzkonkurrenz« reden sollten, Beiträge bezahlt für die Partei, I. A. H., R. H., Freidenker, Antiimperialistische Liga, die Zeitungen, die Zeitschriften, Streikfonds, Sammlung für die Kampagne gegen dies, für die Manifestation gegen jenes – und jetzt sollte sie die Kasse gestohlen haben? Sie wollte diesem kaltschnäuzigen Eduard das alles ins Gesicht schreien, und überhaupt, was werde ich denn den ganzen Tag verhört, überhört, verhört, überhört, nur nicht angehört ... und ich scheiß' auf den ganzen Kram, ist das die Heimat, ist das die Partei, wo bin ich denn hingeraten?

Da fiel ihr etwas Gräßliches ein. Sie hatte doch tatsächlich etwas über fünfhundert Mark in der Kasse gehabt vorige Woche und hatte sie zu Bruno getragen, und Bruno war nicht dagewesen und Brunos Frau hatte sie übernommen ... Quittung? Mein Gott, hatte sie überhaupt eine Quittung bekommen, überhaupt eine verlangt? In diesem Trubel des Wegmüssens auch noch Empfangsbestätigung – aber der Kalte hatte recht, das war ein Fehler gewesen; Bruno war goldecht, aber die Frau, wer weiß, der Mann schon solange arbeitslos ... und das sollte sie diesem Fremden alles erzählen? Damit der sich noch höher hinaufschraubte auf seinem imaginären Bürosessel?

Hanna wurde es beklommen zumute, und die Tränen standen ihr hinter den müdgewordenen Augen, es war schon dämmrig im Saal; gut, daß er mein Gesicht so nicht sehen kann. Und dann sagte sie mit mühsamer Ruhe:

»Ich habe meine Gelder ordnungsgemäß abgeliefert – Beweise habe ich freilich nicht; wenn Sie auch nur das Geringste von illegaler Arbeit wissen, werden Sie das ja nicht weiter sonderbar finden.« Und: »Vielleicht gibt es hier in Prag Genossen aus dem Reich, die mich kennen ... ich bin, das heißt, mein Mann ist ziemlich bekannt in der Bewegung ...«

Der Brillenmann schien zu spüren, daß er für diesmal zu weit gegangen war. Er murmelte:

»Nun, das wird sich finden«, und wendete sich zum Gehen. Über die Schulter sagte er noch: »Morgen vormittag müssen Sie sich beim Flüchtlingskomitee melden, wegen der Aufenthaltsbewilligung. Sie bekommen dort den Evidenzbogen, dann auf die Polizeidirektion.« Und war hinaus.

Es war niemand weiter im Zimmer jetzt, und Hanna legte den Kopf auf den Tisch und begann, verlassen und hilflos zu weinen. Karl, Karl, vielleicht hab' ich mir doch zuviel vorgenommen, du hast es ja oft gesagt, nimm dir nicht so viel vor, es gibt auch andere, die arbeiten, es geht auch ohne dich; aber nein, immer hatte sie wieder ja gesagt, wenn man mit der oder jener Anforderung gekommen war, und immer war es ihr um die »reine Weste« gegangen, um die Übereinstimmung zwischen Privatleben und politischem Leben, keine Laxheit hatte sie sich gestattet, ein braver Soldat der Revolution hatte sie sein wollen ... und dann war es alles so kläglich ausgegangen. Und Karl war weg, der starke, der weitherzige, der kannte keine Skrupel und war seines Weges so gewiß und es war nichts mehr da ... Aber wir sind doch Internationalisten, was heißt Fremde, was heißt Heimat, was heißt Ausland, überall sind Genossen, man geht zu dem ersten, besten Genossen ... und seit gestern nun: erst Ernst, so schulmeisterlich und mißtrauisch, dann der Parteibonze im tschechischen Büro, dann der biedere Revolutions-Anekdoten-Erzähler und der andere, giftige, mit dem abgeschnurrten Rote-Fahne-Text, und jetzt dieser Eduard, Herr Untersuchungsrichter, und das traurige Lied der Kinder, die hier nicht einmal in die Schule gehen dürfen, und Rositas hochmütiger Samtpyjama, und Heini, der zürnend sagt: »Aber so was tut man doch nicht!« ... Und wie ein Kind, das man mißverstanden, gequält und dann auch noch bestraft hat, weinte Hanna sich immer tiefer in die Hoffnungslosigkeit, in Weltgroll und trotzige, tiefe Not.

Hinten im Saal knackte leise der Schalter, es wurde hell. An der Tür stand – Hanna sah aus ihren Tränen hin – eine Frau, ohne Hut, mit angenehmem, ruhigem Gesicht, jung, aber mit frauenhaft breiten Hüften. Auf dem Abstellbrett stand noch das abgeräumte Kaffeegeschirr von vorhin, die Frau schob es durch das Schiebefenster in den hinteren Raum und sprach mit gedämpfter Stimme etwas durch die Öffnung; dann nahm sie aus einer Hand, zu der man kein Gesicht sah, einen Topf heißen Kaffee entgegen, klemmte ihre abgeschabte Aktenmappe unter den Arm, griff mit der freigewordenen Rechten in den Brotkorb und bewegte sich dann mit mäßigen Schritten in den Saal auf Hanna zu.

»Guten Abend!« sagte eine höfliche, tiefe, angenehme Berliner Stimme. »Ist's gestattet?« Und sie setzte sich, ohne Hannas Antwort abzuwarten, biß kräftig mit schönen Zähnen in das Brot und blickte Hanna aufmerksam ins Gesicht.

»Was ist los?« fragte sie mütterlich und burschikos. »Wo drückt denn der Schuh?« Die Frau strömte bescheidene Sicherheit, Würde und Lebensbejahung aus. Hanna fühlte sich sofort angezogen von dem schlichten, etwas grobknochigen Gesicht, mit den klaren braunen Augen unter ordentlich gescheiteltem Haar.

»Na, dann immer man weiterheulen!« sagte die Frau ermunternd, als Hanna nicht antwortete. »Die Tränen müssen ja mal raus!«

Und wirklich rollten Hanna Tränen die Wangen herab, als sie das Gesicht nun völlig aufrichtete. Die Fremde nahm sie an der Hand und legte ihre andere Hand beschwichtigend darüber. Daß man mit Händen auch streicheln kann, weiß sie nicht, spürte Hanna; die Finger waren rauh, ihr Druck war unzärtlich, aber freimütig und warm.

»Danke!« sagte Hanna und wollte sich die Tränen abwischen, wobei sie mit der linken Hand über die rechte, von der Fremden gehaltene, in die rechte Tasche ihres

Sweaters nach dem Taschentuch griff. Das ergab eine so komische Verrenkung, daß beide lachten. Zwischen Lachen und Weinen schneuzte Hanna sich umständlich und sagte verlegen: »Zu dumm!«

»Du bist hier zum ersten Mal?« fragte die junge Frau, und Hanna freute sich, seit langem wieder, über die Sitte, daß man in der Partei einander Du sagte. Sie berichtete kurz, auch über die Szene mit Eduard, unterließ aber, die Sache mit der verdächtigen Kasse zu erwähnen.

Eduard sei ein Wichtigmacher, bemerkte die Kameradin ruhig und ohne Tadel. Weil er Ausländer sei – »da irgendwo aus der Puszta« –, glaubte er, besondere Detailkenntnisse aus der deutschen Bewegung zur Schau tragen zu müssen, Hanna solle ihn nicht so ernst nehmen; alle die armen Teufel, die hier so arbeitslos und arm herumleben, haben Grillen im Kopf, 's ist ja auch schrecklich, den ganzen Tag nichts zu tun zu haben.

Luise Kulicke, sie hatte ungefragt ihren Namen genannt, hatte was zu tun: sie ging in Häuser aufräumen, Fenster putzen, Strümpfe stopfen. Nicht viele Emigrantinnen verstanden sich auf solche Dinge, und die sich darauf verstanden, hatten nicht oft Lust, die undankbare Arbeit des Dienstmädchens zu übernehmen, aber Luise hatte das ja in Berlin auch gemacht, und so hatte sie in Prag in einigen liberalen Familien mancherlei unansehnliche Arbeit und einen bescheidenen Verdienst gefunden. Ins Flüchtlingsheim kam sie meist erst abends; wenn sie zu Mittag da und dort Essen bekam nach der Arbeit, sparte sie das verdiente Geld. Auch sie hatte den Mann im Zuchthaus und dachte mit praktischen Plänen an die Zeit, wo er entlassen werden würde. Dann würde er vielleicht auswandern wollen, er hatte sich schon immer für Südamerika interessiert, hat in der Handelsschule ein bißchen Englisch und Spanisch gelernt. Und Luise erzählte von ihm und seinem Wesen, seiner Tätigkeit als Verkäufer im Warenhaus Tietz, seinen Liebhabereien, als wäre er nicht in der Strafanstalt Luckau, sondern irgendwo auf Urlaub.

Hannas Verstörung entspannte sich immer mehr, während sie der Schicksals- und Gesinnungsgenossin zuhörte, und als der Saal sich füllte und auch die Bekannten vom Nachmittag wieder an den Tisch traten, um ihr karges Abendbrot zu verzehren, bedauerte sie ehrlich, daß die Zeit um war und daß sie nun in das Haus des noblen Bruders schlafen gehen mußte, bevor der silberbeknöpfte Diener es für die Nacht verschloß ... Sie habe noch keine Adresse, erwiderte sie ausweichend, aber sie würde morgen abend wieder hier sein, und mit ihrer angenehmen, tiefen Stimme sagte Luise: »Na, also dann!« und drückte ihr kräftig und aufmunternd die Hand.

Im Haus des Bruders empfing sie ein zierliches Stubenmädchen, die Herrschaften ließen sich entschuldigen, sie hätten eine wichtige Verabredung gehabt und nicht warten können, das Nachtmahl für das gnädige Fräulein sei vorbereitet, aber Hanna dankte und ging gleich auf ihr Zimmer, wo sie schon ihren Rucksack auf dem Stuhl und das Wiener Komplet gebügelt im Kleiderschrank fand, und legte sich gleich zu Bett.

Müde von dem langen ersten Tag in Prag, schlief sie ein, hinüber in das neue Leben, das morgen nun ernstlich, unromantisch und gelassen begonnen sein wollte.

II. Teil

4. Kapitel

Zeitgemäße Einrichtung und wackere Gesinnung der »Svoboda« – Die Leser mögen keine grauslichen Sachen – Ein Kommunist arbeitet, wo die Partei ihn hinstellt – Karl darf nur selten schreiben – Wolkenkratzer auf dem Roten Platz – Hanna geht zum ersten Mal hinunter – Eine unsichtbare Stimme – Café Nachtredaktion – Der Chef interessiert sich für bipolare Worte

Es sah alles so angenehm neu, unpersönlich und nüchtern aus, mit den vielen Milchglasscheiben, die die Zimmer voneinander trennten.

Die »Svoboda« hatte, als sie 1932 gegründet worden war, das fast funkelnagelneue Büro-Inventar einer Schreibmaschinenfirma übernommen, welche die Konjunktur zu spät erwischt hatte, nämlich als sie sich bereits wieder in eine Krise verwandelte: Nach ein paar Monaten Existenz war die »Noiseless Admirable« auf wunderbar geräuschlose Weise in Konkurs gegangen, und ihre kaum benützten Metallschreibtische, die federnden Schreibmaschinenstühle, konstruiert nach den genauen Maßen, die die im Ausland florierende Arbeitswissenschaft in bebilderten Katalogen und mit seriösen Gutachten bekanntgab, die stählernen Karthotekenschränke sowie ein paar Dutzend der »Noiseless Admirable« selbst waren in den Besitz der »Svoboda A.-G.« übergegangen, die mit ihrem neu und ein wenig bunt zusammengestellten Stab von Redakteuren, Telefonisten und Tippfräuleins in den neuen ersten Stock des alten Hauses eingezogen war.

In ihrem ersten Leitartikel hatte die »Svoboda« in maßvollen Worten Freiheitlichkeit, Verfassungstreue, Patriotismus und Weltbürgertum als Leitmotive verkündet, nicht ohne geschickte Einstreuung von ein paar klassischen Zitaten und etlichen derben Redewendungen aus dem Volksmund, während im Inseratenteil die

Zucker- und Spiritusraffinerien, die großen Banken und, mit einer ganzen Seite, die Skoda-Waffenwerke zu Wort kamen.

Der Erfolg der »Svoboda« war plötzlich und überraschend gekommen; für den Außenstehenden nicht eben recht verständlich, ähnelte er dem Erfolg des »Befreiten Theaters«, wo die beiden beliebten Komiker-Intellektuellen Voskovec und Werich allabendlich ausverkaufte Häuser machten mit einer Mischung von pointiertem Geist und rüdem Volksspaß, einem Balancieren zwischen spitzbübischem Rebellentum (das ihnen Stinkbomben und Applaus auf offener Bühne eintrug) und verschämt ironischer Staatstreue (die die höchsten Spitzen der Republik zu ihren Stammgästen machte).

Auch Menschen, die der Zeitung längst kein Wort mehr glaubten, zitierten die »Svoboda«-Leitartikel in ernsten Gesprächen als Garant; die »Zuschriften aus dem Leserkreis«, denen täglich eine ganze Seite gewidmet war und die von treuherzigen Glossen der Redaktion unterstrichen wurden, hatten ihr eine große Anhängerschaft in Kreisen kleiner Hausbesitzer, Vorsitzender von Fleischervereinen und assoziierten Kinomusikern – jetzt meistenteils arbeitslos – geschaffen, Leuten, die eilends ihr Abonnement auf das sozialdemokratische oder katholische Volksblatt abbestellten und am Stammtisch die »Svoboda« als »ihre« Zeitung priesen. Der Handelsteil war so aufschlußreich, daß die Herren der Großindustrie und Hochfinanz das Blatt allein seinetwegen hielten, ihre Damen goutierten das Feuilleton, die Rubrik für Körperpflege und Kosmetik und die kleinen Notizen mit oft geschmäcklerisch gewählten Überschriften, in denen man zum Bildungsfirnis »Interessantes aus aller Welt« beigestellt bekam.

Die von der Partei sprachen natürlich vom »kapitalistischen Hurenblatt, kamoufliert mit liberalen Phrasen«, aber schließlich, das paßte auf jede Zeitung, die nicht Parteipresse war, von den sterbenslangweiligen Blättern der

Sozialdemokraten, die niemand las, und den Wochenblättchen der linken Splittergruppen abgesehen. Der Groll der Kommunisten galt aber der »Svoboda« in besonderem Maße, weil sie, auf geschicktere Weise als das Parteiorgan Kleinbürgerpolitik betreibend, damit und mit ihren ausgezeichneten Bildbeilagen, ihrer ausführlichen und bestinformierten Sportrubrik und der Tribüne des »Leserkreis« in zwei Jahren tausende von Abonnenten weggeholt hatte. Sogar die Parteigenossen von der Spitze hielten das Blatt, wenn auch nur, wie sie entschuldigend betonten, wenn man den roten Kopf mit der phrygischen Mütze links und der Justitia mit der Waage rechts aus ihrer Manteltasche ragen sah, für die Familie.

Die Tür blieb keine fünf Minuten geschlossen. Die Redaktionsdiener gingen aus und ein, nahmen Zeitungen aus den Fächern und von den Haken oder dicke Folianten – allerlei Nachschlagewerke – von den Borden und brachten andere Zeitungen und andere Folianten, die sie wieder ablegten. Mädchen in schwarzen oder dunkelbraunen Kalikomänteln, mit kokett getupften oder beblumten Kragen und Manschetten daran, knieten an den Schubladen, die unterhalb der Zeitungsfächer halboffen standen, und suchten Kopierpapier, Kuverts oder Radiergummi. Fremde Leute traten mit hastigem »Sie gestatten?« ein und führten an dem Telefon, an dem mit großen Buchstaben »Nur für Dienstgespräche« stand, lange Unterhaltungen über private Dinge, andere fremde Leute grüßten nicht einmal, sondern verlangten gleich den Chef oder mindestens Karlíček zu sprechen, an einem Tisch in der Ecke spielte der Photograph Viták mit einem Besucher Schach und fragte dazwischen mehrmals telefonisch auf der Burg an, ob der Herr Präsident schon abgefahren sei.

Auf dem großen Tisch in der Mitte lagen Dutzende in- und ausländischer Zeitungen, wie man sie von den Haken oder aus den Fächern genommen hatte, die vom Tage in

Halter aus Rohr eingespannt, die älteren in zufälligem Durcheinander. Der Archivar Klaus stand über den Wust gebeugt und machte Ausschnitte. Mit Schere und Leimtopf, unruhig mit gutmütigen Äuglein über die Brille spähend, hantierte er zwischen den Blättern, malte hastige Chiffren an den Rand der gelblichen Kartons, auf die er seine Ausschnitte aufklebte, wischte sich die vom Leim klebrige Hand an seinem schwarzen Kalikokittel ab und gab unermüdlich die Auskunft, daß weder der Chef noch Karlíček zu sprechen sei.

An der andern Seite des Tisches saß Hanna und las den »Nieuwe Rotterdamsche Courant«; sie blätterte dann und wann in einem holländisch-tschechischen Taschenwörterbuch und notierte auf Zettel. Von Zeit zu Zeit angelte sie mit einem vertieften »Sie erlauben?« die Schere herüber und schnitt aus.

Angenehm war es. So viel Trubel, so viel Hin und Her, und dazwischen die Arbeit. Wie wenn man in einem Garten an der Landstraße sitzt, und hinter dem Zaun fahren immerfort andere Autos und Tramways und Lastwagen vorbei. So allein und doch so mitten drin. Angenehm war das, nach der ersten Prager Zeit mit ihrem ratlosen Herumlaufen, ihren vergeblichen Versuchen, wieder Wurzel zu fassen in der verlorenen Heimat, mit ihrem wirren Bemühen um Nützlichkeit, Ausgefülltheit, menschlichen Kontakt, mit all dem, was sie zwischen Partei, Emigranten, alten, verlorengegangenen Bekannten und neuen Fremden leer herumgetrieben hatte. Hier wußte man, daß man irgendwohin gehörte. Angenehm war das.

Sie nahm ihre Zettel, ging zur Schreibmaschine, die am Fenster stand, spannte Papier ein, tippte eine halbe Seite und kehrte zu ihrem Tisch zurück. Nach dem »Rotterdamschen Courant« kam der »Corriere de la Sera«, dann die »Prawda«. Weil sie die gründlicher las, ließ sie sie immer bis zuletzt. Sachen aus der »Prawda« mußte man so schneiden und in der Übersetzung so aufmachen, daß Karlíček sie nahm, ohne erst Rückfragen zu tun, warum und wieso. Das hatte Hanna schnell gelernt, und sie scheute nicht einmal mehr davor, Witze aus der satirischen Sowjetzeitschrift »Krokodil«, die die »Prawda« nachdruckte, anzubieten; die wurden sogar meist genommen, weil sie gut waren und mit ihrer »kommunistischen Selbstkritik« sowohl den arbeitslosen Kinomusikern als auch den Zuckerfabrikanten gefielen; außerdem zahlte die Redaktion für Witze ein höheres Zeilenhonorar als für ernste Nachrichten, weil, wie Karlíček sagte, eine so ernste Sache wie das Leben eigentlich nur in Witzform behandelt werden dürfe ...

»Wenigstens zahlen wir jetzt die teuren Auslandsabonnements nicht mehr ganz umsonst«, brummte der Archivmann, es sollte eine Art Kompliment für Hanna sein. Hanna lächelte ihm freundlich zu. Er hatte ihr viel geholfen am Anfang, und auch jetzt noch. Als der Genosse Peter sie mit Rýma zusammengebracht hatte, mit dem Vorschlag, ob sie mit ihren Sprachkenntnissen nicht irgendwas in der »Svoboda« machen könne, und man ihr halb erlaubt und halb aufgetragen hatte, die ausländischen Zeitungen durchzuschauen und Notizen daraus zu übersetzen und vorzulegen, hatte sie ja keine Ahnung gehabt, wie das zu handhaben wäre. Hatte die Blätter von der ersten bis zur letzten Zeile gewissenhaft durchstudiert, hatte ausgewählt unter dem Gesichtswinkel des eigenen Interesses oder des Interesses der aufgeklärten Arbeiter, für die geistigen Stoff zurechtzumachen, sie in Deutschland gewohnt gewesen war; und Karlíček hatte ihr fast alles zurückgegeben mit seinen saloppen Redensarten: »Aber Fräulein, wir sind ja kein Töchterpensionat, das die Leute bilden will ... mitteldumm sind unsere Leser, und so sollen sie auch bleiben ...« Oder auch, mit einem kurzen, beobachtenden Blick aus den so verschlafen scheinenden Augen: »Die ›Svoboda‹ ist kein Gorki'sches Nachtasyl per Druckerschwärze . .. beim Frühstück will man nicht gern grausliche Sachen lesen ... daß die Eingeborenen in den Gummiplantagen in Indochina nicht auf

Rosen gebettet sind, mag ja wahr sein, aber darüber mögen sich die französischen Betschwestern kränken, nicht unser fröhliches, tschechisches Volk. Übrigens, Indochina ist so weit weg ... haben Sie nicht was Pikantes, wenn Sie schon die französischen Blätter lesen?«

Karlíček, sonderbarer Kerl. Er hatte damals den ersten Leitartikel geschrieben, er war im derben Volksmund ebenso bewandert wie in der klassischen Literatur (die er mündlich allerdings nur in ironischem Ton zitierte). Ein junger Mann noch, der ewig gähnte, verschlafen dreinblickte und davon sprach, daß diese Arbeit viel zu unwichtig sei, als daß er seine Billardpartie deswegen versäumen solle; in Wirklichkeit war er es, der das Blatt leitete, mit seinen in saloppem Ton erteilten technischen Anordnungen, mit dem geschwind und scheinbar nachlässig vorgenommenen Lesen und Aussortieren der Eingänge, mit dem Entwerfen des täglichen Redaktionsplans. Vom Chef bis zum Diener Jarko, der ihm die nassen Bürstenabzüge heraufbrachte, nannte alles ihn beim Vornamen, und als Hanna ihn ein paarmal »Herr Redakteur« angesprochen hatte, hatte er sie angeschaut aus seinen verschlafenen und scharf beobachtenden grünen Augen und hatte gesagt: »Wenn nicht mal der Portier mir die Schande antut, mich Redakteur zu schimpfen, möchte ich mir ausgebeten haben, daß auch Sie mich bei meinem ehrlichen Namen nennen, ich heiße Karlíček, wie Ihnen nicht entgangen sein dürfte, vox populi, vox dei« ...

Daß zwei so verschiedene Menschen, wie ihr Mann, Dr. Last, derzeit im Zuchthaus Plötzensee, und Redaktionssekretär Lozák, der, wie er selbst bemerkte, die Moral nur als Feigenblatt vor dem Geschlechtsteil der Zeitung kannte, beide Karl heißen konnten, war Hanna anfangs absurd, fast unanständig erschienen; aber dann hatte auch sie »Karlíček« zu sagen begonnen, zumindest war es unvermeidlich, wenn sie dritte Personen nach ihm fragte.

Außer Karlíček mit seinen zynischen Randbemerkungen war es eben der treue Archivar Klaus gewesen, der ihr allmählich den Sinn dafür geschärft hatte, was anzubringen war, was nicht ... Jetzt, nach ein paar Monaten, hatte sie sich in das neue Metier gefunden, fast alles, was sie vorlegte, wurde genommen und zeilenweise honoriert, Witze und Anekdoten nach einem höheren Satz, weil die Leute nun einmal beim Frühstück nicht gern was Grausliches lesen mögen.

Der so trefflich über Deutschland informierte Eduard hatte sein Amt als Präfekt der politischen Flüchtlinge verlassen, wenige Wochen nachdem Hanna von ihm so kennerisch ins Verhör genommen worden war. Wohin Eduard eines Tages verschwand und warum, darüber gingen im Flüchtlingsheim nur Gerüchte um; die offizielle Version sagte, er sei in einer Mission nach Rußland gefahren. Aber Luise Kulicke hatte ruhig bemerkt: »Der hat sich ein bißchen gar zu dicke getan, der Dussel, war wahrscheinlich ein Spitzel ... solche fegt die Partei mit eisernem Besen raus ...« Und dann war Peter gekommen, ein aktiver, verständiger Bursche ohne Prätentionen, und der hatte viel Eifer daran gewandt, daß die Genossen aus dem Reich die Beziehung zur tschechischen Partei nicht verlören, vielmehr sie erst anknüpften, und er hatte bei einer Aussprache darüber im Zentralbüro von Hanna erzählt, und daß man eine Person mit Sprachkenntnissen, halbe Tschechin, von bürgerlicher Bildung und – wie man inzwischen aus Deutschland erfahren habe – untadeliger Parteivergangenheit, doch wirklich zu etwas Besserem verwenden könne als dazu, für das Flüchtlingskomitee in reichen Häusern Geld und alte Kleider sammeln zu gehen ...

Rýma, der getarntes Parteimitglied war und in der »Svoboda« ausgezeichnete marxistische Wirtschaftsanalysen schrieb, die er mit ein paar unoffensiven Manchester-Phrasen mundgerecht für Karlíček machte, hatte sie ins Blatt gebracht: Hanna Lastová – nun trug sie wieder die weibliche Namensform wie seinerzeit im Mädchengymnasium »Minerva«! – eine Dame mit zehn Fremdsprachen, die lange in Italien, Norwegen »und weiß Gott wo« gelebt habe, was weiter keine riskante Aufschneiderei war, da Hanna zwar weder in Italien noch in Norwegen gelebt, aber ganz Europa bereist hatte und genügend Bescheid wußte über »Interessantes aus aller Welt«, um in der tschechischen »Svoboda« nicht in Verlegenheit zu kommen.

Es war halb und halb ein Parteiauftrag. Hanna wußte ungefähr, was die Partei von ihr wollte, als Rýma sie an die Peripherie des »Svoboda«-Betriebes brachte. Sie hielt freilich nicht sehr viel von der Art Arbeit, die sie nun leisten sollte: man wendet eine Unmenge Vorsicht, Geduld, Pläne und Manöver dran, und wenn es so weit ist, daß man richtige politische Arbeit tun könnte, kommt die Sache auf und man fliegt. Trotzdem hatte sie mit großer Freude angenommen; man sucht sich nicht aus, was man arbeiten will, man arbeitet, wo die Partei einen hinstellt. Wenn man dabei gar noch etwas so Angenehmes tun kann, wie Lesen und Übersetzen, ist's eine Draufgabe. Und wenn man damit gar noch Geld verdient, ist es ein Haupttreffer.

Das Geldverdienen war für die Emigranten in Prag eine fast unmögliche Sache; nicht einmal Sprachstunden durften sie geben ohne besondere Erlaubnis, und die erhielt 1934 keiner mehr, der aus Deutschland kam. Hanna hatte trotzdem zwei Schüler für Deutsch und einen für Spanisch gefunden, aber das brachte auch nur sechzig Kronen die Woche. Die fünfhundert Mark, deren sie sich bei ihrer Wanderung nach Böhmen beinahe geschämt hatte, waren nicht unerschöpflich gewesen, obzwar sie mit Coupons vom Komitee im Flüchtlingsheim reichsdeutsches Essen aß. Sie hatte Kleider und Wäsche anschaffen müssen, und nach ein paar Wochen in einer schmierigen, schlecht geheizten Kammer sich entschlossen, in ein Apartmenthaus zu ziehen, wo sie ein modern möbliertes Zimmer mit Bad viel teurer bezahlte, als es ihrer unsicheren Lage entsprach. Karl hatte sie darin bestätigt in seinem letzten Brief. Karl hatte ja immer dafür plädiert, daß man eine gute, geschmackvolle, saubere Umgebung haben müsse, in der man dann, wenn's sein mußte, von Tee und Fettbrot lebte ... und jetzt, wo er nicht mal eine Zelle allein hatte ... wenn man mit dem befreundetsten Menschen in einem Zimmer lebt, kommt es zu Dumpfheit, gestautem Ressentiment, vielleicht zu Haß, Hanna wußte das, und sie hatte Gewissensbisse, wenn sie sich in ihren Stahlfauteuil zurücklehnte, er federte so leicht auf schwingenden Gurten, und sie las Karls Brief und die beiden andern, die sie bisher erhalten hatte, einmal im Monat nur durfte er schreiben.

Tante Martha ist nach Plötzensee gefahren, Karl darf nur Verwandtenbesuch empfangen, einmal im Monat Besuch. Hanna hatte Tante Martha darum gebeten, weil einen Monat der erwartete Brief ausgeblieben war und sie vor Angst nicht aus noch ein gewußt hatte. – Und Tante Martha hatte ihr berichtet, Karl sei gesund, nur etwas mager, und sehe sogar jünger aus, weil er die Haare kurz geschoren trug, er ließe Hanna sagen, er halte durch und habe sich nicht verändert und habe diesen Monat Schreibverbot, weil ... aber da hatte der Wächter ihm ein Zeichen gegeben, und die Besuchszeit war um gewesen. Und dann, nach zwei Monaten, wieder ein Brief, und in dem eben freute er sich über ihr hübsches Zimmer, das sie ihm mit beklommener Ausführlichkeit geschildert hatte, als sie im November, und es war 10 Grad unter Null, zum ersten Mal wieder richtig warm geworden war an der Zentralheizung.

Karl, Karl, in den Zellen im Zuchthaus ist es kalt, in den Zellen im Zuchthaus ist man nicht allein, nie allein, und Karl schreibt von ihr, ermuntert sie, hilft ihr. Von sich schreibt er wenig: Zeitungen bekommen sie, manchmal auch Bücher, den »Don Quijote« hat er bekommen, zweiten Band, herrlich wie immer, und »Mein Kampf« und fand es »sehr interessant«. Der Zellengenosse ist Lehrer, »er ist nicht mehr ganz gesund«, schreibt Karl, das »mehr« ist durchgestrichen, aber man kann es noch lesen, was heißt das, was heißt das, haben sie den Lehrer so zerprügelt wie den Genossen im Flüchtlingsheim? Karl schreibt doch, daß er ganz wohl ist, Hanna wird übel, ein Nebel zieht ihr vor's Gesicht, jetzt dauert es wieder drei Wochen bis zum nächsten Brief, Tante Martha ist wieder weg aus Berlin, niemand kann zu Karl, es muß ein Verwandter sein, muß sich als solcher ausweisen, und Hanna weiß nicht, ob Karl noch lebt, sie liest seine Briefe, küßt die Buchstaben, sie sind so regelmäßig und schön wie Karls Herz, und sieht die Photographie an, die die sympathisierende Witwe ihr nachgeschickt hat, eine kleine Photographie aus der Zeit, wo sie Karl kennengelernt hat, sie hat sie vergrößern lassen, da ist sie noch blasser geworden; und Karl ist so weit weg, so weit weg, und Hanna schneidet Witze aus aus der satirischen Wochenschrift »Krokodil« in Moskau und übersetzt sie für die »Svoboda«:

»Stalin trifft Bucharin und sagt: Woher kommst du, Genosse?

Vom Roten Platz, Genosse …

Hast du nicht den schönen neuen Wolkenkratzer gesehen? fragt Stalin.

Am Roten Platz, Genosse, ein Wolkenkratzer?

Nun freilich, Genosse, den schönen, neuen Wolkenkratzer, die Sowjetunion baut besser als Amerika …

Ich habe auf dem Roten Platz keinen Wolkenkratzer gesehen, Genosse Stalin …

Bucharin, Bucharin! Du liest die »Prawda« nicht!«

Hanna lächelte. Wie stark die drüben waren, daß sie solche Selbstverspottung gestatten konnten! Wie sicher! Der Wolkenkratzer war noch nicht da, gewiß, aber morgen, übermorgen, in drei Monaten würde er dastehn, kein Zweifel, aus dem Geraschel der Verordnungen, Pläne, Edikte, Tabellen, Berechnungen, Voranschläge, Devisen – (»Losungen«) heißen sie in Moskau und sind in roter Schrift auf weißer Leinwand quer über die Straßen gespannt) –, aus all dem Papier, kein Zweifel, stieg machtvoll und vielstöckig die unausdenklich gute Zukunft für alle empor. Man sah sie wachsen, man baute mit, sie alle bauten mit, Karl, der im Nazigefängnis sich nicht zu Boden werfen läßt, und auch Hanna baut mit, die in eine liberale tschechische Zeitung Notizen aus der »Prawda« schmuggelt, weil es »Interessantes aus aller Welt« ist: Wie in Tadschikistan die Ärztin sich mit dem Schamanen über Krankheit und Gesundheit unterhält, und wie die Bauern erst glauben, sie sei ein Feind, aber wie sie sich dann schließlich doch impfen lassen, und wie dagegen in Französisch-Indochina ... aber Karlíček hatte weder das eine, noch das andere genommen, und Hanna hatte gelernt, wie man die ausländischen Zeitungen lesen muß, nicht von der ersten bis zur letzten Zeile, da wird man ja niemals fertig, sondern mit schnellen, erfahrenen Augen, und der Blick bleibt nun schon ganz von selbst hängen an dem, was Gnade bei Karlíček finden kann und dabei doch ein bißchen, ganz schwach, kaum spürbar, aus vielen, zeilenweise honorierten Zeitungsausschnitten eine Welt aufbaut, wie Hanna sie bauen möchte, wie die Genossen sie bauen möchten, Wolkenkratzer auf dem Roten Platz ...

Durch die von Stahlstäben abgeteilte Milchglaswand, die das Zimmer vom Korridor trennt, fallen immerfort Schatten in den Raum. Der Archivmann kennt, ohne aufzuschauen, am Schatten die Leute aus dem Haus, die ein- und ausgehen, deren Gestalten sich wie Silhouetten gegen das Milchglas abzeichnen.

»Vokáček kommt auch wieder schön spät aus dem Parlament«, murmelt er. »Wie soll der arme Metteur das noch alles ins Blatt bringen?«

Eine geschwinde, schlanke Gestalt glitt hinter der matten Scheibe vorüber. Hanna las die kleine Chronik von »El Sol«.

»Dreiviertel acht«, murmelte der Archivmann. »Der Chef geht schon zum Umbruch hinunter.« Und er schlug klatschend seine Mappe zu. – »Ich gehe. Man muß ja nicht jeden Abend bis Mitternacht hier herumsitzen. Meine

Frau will auch mal ins Kino. Das ganze Leben versäumt man in dieser verwünschten Bude ...« Und er nahm aus dem Regal, auf dem »Berliner Tageblatt« stand – jetzt war es leer, die reichsdeutschen Zeitungen waren alle verboten –, eine Schale mit Seife und ein Handtuch und ging sich waschen.

»Wo sind die »Lidové noviny« von gestern?« schrie Zeman, der Redakteur für Lokales, zur Tür herein und behielt die Klinke gleich in der Hand. »Jarko! Wie oft hab' ich Ihnen gesagt, daß Sie die Prager Blätter vom Tag vorher in mein Zimmer tragen sollen!« Er grub in einem Haufen Zeitungen, die auf dem Tisch lagen, und zog mit einer Verwünschung eine heraus. Er hatte ein blasses Gesicht, auf dem die flachen großen Lippen wie aufgeklebt saßen.

»Na, Fräulein Hanna? Sie sitzen hier auch schon wie wir, bis in die Nacht ...«

»Ich geh' ja schon«, lächelte Hanna. Der kleine dickliche Zeman war nett. Alle waren sie nett, die Redakteure, die Telefonisten, die Diener. Sie war gern hier. Anfangs war sie vormittags gekommen. Aber da waren die Redakteure nicht da oder saßen, die Hände an den Ohren, lesend hinter ihren Milchglasverschlägen. Am Spätnachmittag erst begann der Betrieb. Sie mußte den Betrieb kennenlernen, meinte Hanna, die Leute kennenlernen, mußte den hastig Eintretenden an der Nase ansehen lernen, was es gab, das konnte sie am besten am Spätnachmittag, wenn die näherrückende Stunde des Blattschlusses alles in Bewegung setzte. Und die Leute vom Haus gewöhnten sich daran, daß da Hanna Lastová saß, mit ihrer widerspenstigen Haartolle, die blond über die Zeitungen fiel, und dem erwartungsvollen Mund, mit ihrer böhmisch aufgebogenen Nase; und der eine und andere, der sich, die Türklinke in der Hand, mit ihr unterhalten hatte, fand sie nett und erzählte weiter, daß man sie mit fast sicherem Erfolg nach der sprachlichen Entstehung von Worten wie EKKI fragen konnte, oder nach dem genauen Datum der Schlacht bei den Termopylen, und somit nicht erst in den dicken Enzyklopädien suchen mußte, die ohnedies immer von dem bildungshungrigen Schachredakteur verschleppt waren.

So hatte sie sich also angewöhnt, am Nachmittag zu kommen. Wenn es dunkel wurde, war es so traurig in ihrem Zimmer allein, und mit Luise oder andern Genossen konnte sie auch erst gegen acht oder neun rechnen.

»Ich geh' schon«, wiederholte sie lächelnd, der Diener Jarko riß die Tür auf und rief »Zum Umbruch, Herr Zeman!« und Zeman, die »Lidové Noviny« breit auseinandergefaltet in beiden Händen, rannte ohne Gruß hinaus.

Wenn alle beim Umbruch waren, kam eine ruhige Stunde. Hanna blieb dann gern noch allein in dem verlassenen Mittelzimmer. Heute hatte sie gar nichts vor für den weiteren Abend.

Sie wollte noch ein bißchen weiterstöbern, lesen, etwas für die Sonntagsnummer vorbereiten, da konnte man in der Beilage dann und wann literarische Sachen unterbringen, und das machte ihr mehr Vergnügen als die Nachrichten über lebende Drillinge in Oklahoma, über den Mann, der achtzig Mal je dreißig Tage und insgesamt neun Jahre seines Lebens freiwillig gehungert hatte, über die Explosion einer Glyzerinfabrik in Stockholm, die Erfolge einer neuen Verjüngungskur in London, und weniger Arbeit als die Auffindung und Zusammenstellung unpolitischer Nachrichten mit geheimem politischen Gehalt. Aber zuerst wollte sie noch den Ertrag ihrer Lektüre auf Karlíčeks Schreibtisch legen. Sie hatte herausgebracht, daß der ewig überbeschäftigte, nervöse Redaktionssekretär ihre Ausschnitte am wohlwollendsten las, wenn er, etwas nach halb zehn, vom Umbruch aus der Setzerei kam und dann eine halbe Stunde nichts zu tun hatte, bis der Diener die ersten, noch feuchten Nummern der Zeitung von der Rotationsmaschine brachte.

Sie trat, ohne zu klopfen, in Karlíčeks Zimmer und legte sieben teils halb, teils dreiviertel voll beschriebene Blätter auf den Schreibtisch neben den Stehkalender. Als sie sich zum Gehen wandte, stieß sie mit Karlíček zusammen. Er riß eine Schublade auf, nahm ein Manuskript heraus und gab sich dann erst Rechenschaft über Hannas Anwesenheit.

»Warum kommen Sie nicht auch herunter, Philka?« fragte er und drehte dabei an der Nummernscheibe seines Tischtelefons. Er hatte sie Philka getauft, Abkürzung von Philologin, wie er sie in den ersten Tagen mit Spott über ihre Sprachkenntnisse genannt hatte. »Es wird dich doch interessieren zu sehen, wie wir die Setzer ausbeuten!«

Hanna erschrak. Hatte sie sich schon verraten? Daß er zu ihr du sagte, wunderte sie weiter nicht. Karlíček nannte alle im Haus abwechselnd du und Sie.

»Ja ... kann ich denn mit hinuntergehen?« fragte sie zögernd. »Ich möcht' ja schon ...«

Karlíček haute das Hörrohr krachend auf den Haken. »Besetzt ... möchte wissen, mit wem Helena immerfort zu telefonieren hat«, murmelte er und schaute ins Leere. »Na, komm, Philka, komm' mit in die geheimnisvolle Welt der schwarzen Magie«, sagte er mit gespielter Feierlichkeit. Er drehte das Licht an der Tür ab, so daß der Raum im Halbdunkel lag; unter dem grünen Schirm der Tischlampe leuchtete in gesperrter Maschinenschrift der Hungerkünstler, der Hanna vielleicht vier Kronen Zeilenhonorar einbringen würde, der Preis eines Abendessens, auf das er so oft verzichtet hatte. Karlíček schob sie auf den Gang hinaus.

Für jeden, der zum ersten Mal »hinunter« ging, war es erstaunlich. Oben, in der Redaktion war alles so hell, gläsern, nickeln, amerikanisch, unten, in der Setzerei, dagegen düster, nachlässig, verschmutzt, eng, wie in einem Stadtviertel des alten Prag. Die Erklärung für diesen Gegensatz war jedoch sehr banal: Die »Svoboda« hatte eine alte Druckerei gekauft und teils aus Geldmangel, teils aus Schlamperei sie so gelassen, wie sie war, nur ein paar neue Sätze Schrift waren angeschafft worden. Der erste Stock des alten Hauses aber hatte schon unter der Herrschaft der »Noiseless Admirable« ein zeitgemäßes Aussehn bekommen, für einen Preis, der sich in der ersten und letzten Bilanz der Schreibmaschinenfirma dann als verhängnisvoll erwiesen hatte, dessen sachliches Ergebnis aber nun der »Svoboda« das Aus- und Ansehen eines ultramodernen Zeitungs-Großbetriebs gab.

»Unten«, das heißt im Tiefparterre, war durch Niederlegung einiger Wände ein langer, schmaler Saal geworden, durch dessen Fenster man im Halbdunkel der nächtlichen Seitengasse gespenstige Passantenbeine vorübergleiten sah. Von der Treppe aus, die ein paar Stufen in den Raum hineinführte, verdämmerten im dunklen hinteren Teil des Saales die vagen Gestalten der Linotypes. Nur über drei Maschinen waren die starken Birnen angezündet, die die Tastatur beleuchteten. Alles nicht unmittelbar Aktuelle war schon von der Tagschicht gesetzt worden und stand nun auf vielen Tischen bereit.

Im vorderen Teil des Raumes liefen die Setzer mit den Winkelhaken im linken Arm herum, wie Primgeiger, die sich in Nachtlokalen spielend unter die Tänzer mischen. Aber die Rechte hielt keinen Bogen und auch keine Pinzette, denn nur langjährig Geübte arbeiteten am Umbruch mit und fischten, fast ohne hinzusehen, die Lettern mit den Fingerspitzen aus den Setzkästen. Ein Mann mit struppigem Schnurrbart und Spuren von Druckerschwärze über den Augen, vom Schweißabwischen mit der bloßen Hand, legte ununterbrochen feuchte Bogen Papier auf lange, magere Kolonnen geschwärzter Gußzeilen und fuhr schnell mit der Walze darüber, immer stand schon einer daneben, der ihm den frischen Abzug aus der Hand riß und sich mit dem Blaustift, der auf dem nassen Papier verfloß, ans Korrigieren machte. Ein hagerer Bursch trug auf dem Kopf ein Gestell mit leeren Biergläsern hinaus, die Luft war voll Zigarettenqualm, aus dem Raum hinter der Setzerei dröhnten gedämpft die Rotationsmaschinen, der Boden war mit silbrigen Bleizeilen und zusammengeknülltem Papier bedeckt, so daß es klirrte und raschelte, wenn man ging.

An den Wänden hatten die Setzer ihren individuellen Neigungen entsprechende Bilder angeheftet, und mit der unwillkürlichen Zielsicherheit einer lange und unbewußt geübten Beobachtung sah Hanna noch von der Treppe aus zuerst Lenins verschmitzten Kopf und etwas weiter hinten marschierende Rotarmisten, die sie aus der letzten »Svět práce« kannte; aber bei näherem Zusehen war es unleugbar, daß beliebte Fußballer und Boxer und halbnackte Mädchen in verführerischen Stellungen die Majorität an der Wand hatten.

Karlíček kümmerte sich nicht mehr um Hanna, mit der Schere in der einen und dem Blaustift in der andern Hand bearbeitete er stehend das Blatt, das er eben aus seinem Zimmer geholt hatte, ein Maschinensetzer heftete sich den zurechtgeschnittenen Ausschnitt über seine Klaviatur und begann rasend zu tippen. Karlíček schrie in den Saal:

»Wie oft soll ich sagen, daß für »Zuschriften aus dem Leserkreis« ein neues Klischee gemacht werden muß? Es schaut schon aus wie »Eselskreis!« ...

»Herr Karlíček, Sie haben gesagt, Sie werden einen Titel zeichnen lassen«, erwiderte ruhig der glatzköpfige Faktor, der als einziger nicht stand, sondern an einem in die Ecke gequetschten Tisch die »Fahnen« – die frisch von der Abzugwalze hergereichten, langen feuchten Papierstreifen mit dem Rohsatz – sortierte und gleichzeitig das Telefon bediente.

»Zeman! Es brennt!« schrie er und kam nicht aus der Ruhe. Auch Hanna fand es nicht überraschend, daß es brannte, so fiebrig war ihr nach fünf Minuten schon zumute.

»Wissen wir schon, danke bestens!« schrie Zeman ins Mikrophon und hängte ab.

»Slavík«, sagte er zum Faktor, »wenn jetzt noch einer den Brand in der Holeschowitzer Papierfabrik meldet, geben Sie ihm Grobheiten, das ist jetzt der Sechsunddreißigste in einer Stunde, und mich rufen Sie nicht mehr!« Als er an Hanna vorüberlief und ihr begriffstutziges Gesicht sah, sagte er: »Wer nämlich so etwas in den letzten zwei Stunden vor Blattschluß meldet, bekommt zwanzig Kronen Prämie ...«

»Aber die meisten melden nur etwas, weil, sie's nicht bei sich behalten können«, warf ein hübscher junger Mann ein, den Hanna noch nie gesehen hatte. Der Faktor rief ihn zum Telefon, und er unterhielt sich ein paar Minuten lang intensiv und in unverständlichem Jargon über ein Golfturnier, bis jemand »Ruhe« brüllte.

Alle brüllten sie, zum Teil, um den Lärm der Setzmaschine und das ferne Dröhnen der Rotation zu überschreien, mehr jedoch noch aus Nervosität und Lust am Lauten, in dieser letzten, wichtigsten Stunde der Zeitungsarbeit, wo es jedem darauf ankam, das für ihn Bedeutende noch »hineinzubekommen«, wo vor allem die letzten Minuten ausgenutzt werden mußten, um Nachrichten, welche die Telefonisten »oben« am Radio abhörten und ununterbrochen auf Zetteln herunterschickten, schnell in Satz zu verwandeln, druckfertig zu machen und unterzubringen.

»Herr Liftschitz! Drei Cicero: ›Die hartgesottene Mänade frotzelt den Richter‹, diktierte der Gerichtsberichterstatter. Schon hatte der angeredete Setzer sich zu dem Kasten mit den Riesenbuchstaben gedreht und reihte hastig Letter an Letter.

»Aber das geht doch nicht, Herr Menčík«, sagte eine Stimme, deren Träger Hanna nicht sah, eine lebhafte, schnelle, schwingende Stimme. »Wir sind doch kein Skandalblatt! Außerdem wissen drei Viertel unserer Leser nicht, was eine Mänade ist ...«

Der Kriminalmensch hatte seine große Woche mit dem Gattenmord, der augenblicklich an Interesse sogar das Internationale Golfturnier und die Aussichten der Tschechen auf den ersten Preis überbot; er wollte seinen schönen Titel nicht ohne weiteres fahren lassen.

»Das ›České slovo‹ hat's heute auf der ersten Seite und vier Cicero«, knurrte er.

»Du meinst wahrscheinlich Megäre, wenn Du Mänade sagst«, mischte sich Karlíček ein. »So! Seite vier ausbinden! Weg damit!« Und der Setzer, neben dem er stand, umschnürte das große Viereck, dessen Zeilen zum Teil schon mit Druckerschwärze verschmiert waren, mit einem dicken Bindfaden, als zöge er ein Lasso um den Hals eines Stieres zusammen, klappte mit metallischem Knacken die Hebel an den Ecken um, und der hagere Bursch, der vorhin die Biergläser weggetragen hatte, lud die schwere Tafel auf und schmiß sie in den offenen Aufzug. »Seite vier kommt!« rief er hohl in den Schacht hinunter, und der Aufzug sauste in den Keller, in die Stereotypie.

»Also, Herr Liftschitz, setzen Sie Tertia: ›Die hartgesottene Sünderin frotzelt den Richter‹«, diktierte der Gerichtsberichterstatter mißvergnügt. Und zu Karlíček: »Sünderin ist schrecklich banal ... Mänade war viel schöner ...«

»Aber ›frotzeln‹ können Sie auch nicht lassen, Herr Menčík«, ertönte wieder die unsichtbare Stimme. »Wir wollen doch lieber korrekt schreiben, die Sprachverlotterung ist ja ohnehin arg genug. Und bitte nehmen Sie zwei Cicero, Herr Liftschitz, das ist durchaus genug!«

»Zeman! Es brennt!« schrie der Faktor vom Telefon her.

»Hängen Sie sich auf!« schrie Zeman zurück, rannte aber dennoch zum Apparat. »Sie sind der Siebenunddreißigste, der uns die Holeschowitzer Papierfabrik meldet«, brüllte er in die Muschel, und jemand schrie: »Ruhe!« Aber sogleich griff er über Slavíks Schulter nach einem Bleistift und einem Zettel und begann, fieberhaft zu stenographieren. »Warum haben Sie das nicht gleich gesagt? Wie heißen Sie? Gut, kommen Sie sich morgen an der Kasse zwanzig Kronen abholen, danke vielmals!«

»Es brennt im Weinberger Theater!« rief er in den Saal, während er den Hörer hinwarf. »Große Panik! Die Maršová hat grad' jemanden erschossen auf der Bühne – kennt jemand das Stück? Dieses neue russische! – und hat

Platz im Prager Viertel Weinberge (Vinohrady), an dem sich das Theater befindet

eine Ansprache ans Publikum gehalten, daß sie nicht drängen sollen und so! Fabelhaft! Das haben wir morgen allein, die andern Blätter bekommen's nicht mehr rechtzeitig!« Und freudestrahlend rannte er nach hinten, um seine Sensationsnachricht direkt in die Setzmaschine zu diktieren.

Hanna war von einer Stelle zur andern gewandert und hatte überall das Gefühl gehabt, sie stünde nur im Weg, obzwar die Redakteure, die mit nassen Fahnen herumliefen, die Maschinensetzer, die, noch heiße Packen Satzzeilen kunstreich zwischen die Finger geklemmt, aus dem hintern Teil des Saales eilten und ihr frisches Produkt auf das »Schiff« der Seite legten, an der jeweils gearbeitet wurde, die Titelsetzer mit dem Winkelhaken wie einer Geige im Arm keinerlei Notiz von ihr nahmen. Jetzt stand sie an ein Pult gelehnt, auf dem die »Vorratsschiffe« warteten, ebensolche eisernen Rahmen, wie die, in welchen der noch warme Satz umbrochen wurde, mit Text, der nicht aktuell und also schon zuvor hierhergestellt worden war. Dann und wann kam ein Redakteur zu ihrem Standplatz und holte sich etwas zum »Füllen«.

»Seite drei ausbinden! Hinunter damit!« rief Karlíček und schaute hastig auf die große Wanduhr. »Verflucht, wir haben noch elf Minuten und Seite zwei ganz umgeworfen mit dem blöden Theaterbrand«, schimpfte er. Die Hast der letzten Viertelstunde übertrug sich auf alle im Raum. Auch auf Hanna, obzwar sie nicht viel begriff von dem, was da eigentlich vorging, und niemanden zu fragen wagte; sie schaute in den Saal und ließ das Rauschen und Lärmen über sich hinfluten.

Wie sie da so herumwimmelten, die Arbeiter, von denen doch, nach dem Wandschmuck zu schließen, einige zumindest ihre Genossen und also überzeugte Gegner der »Svoboda« waren, die Redakteure, die Mord und Totschlag, Feuer- und Wassersnot nur insoweit interessierte, als sie zur rechten Zeit noch an den rechten Ort im Blatt gebracht werden wollten, die Telefonisten, die »oben« mit fiebrigen Fingern die letzten Radiomeldungen auf Zettel übertrugen, unbeschadet, ob sie ihnen Freude oder Kummer sagten – wie sie da alle so liefen und schrien und schafften, hatten sie alle ein Gemeinsames vor: bis halbzehn auf die Sekunde den Umbruch hinter sich zu bringen. Man hätte meinen können, dachte Hanna fern, es handle sich um die Erlösung der Menschheit, um nichts Geringeres, mit solchem Eifer und so unzerteilter Aufmerksamkeit gingen sie alle zu Werk, und dabei handelte es sich doch – es dauerte nicht lang, bis sie dieses, wie viele andere Geheimnisse des Umbruchsbetriebes erfahren hatte – nur darum, das Blatt rechtzeitig zu den Zügen zu befördern, die es nach den vier Himmelsrichtungen über die Republik ausstreuen sollten ...

»Zirka zwanzig Zeilen brauche ich!« schrie Karlíček. »Zeman! Haben Sie heute schon ›Interessantes aus aller Welt‹?« Der Lokalredakteur, der schon wieder am Telefon stand, winkte mit der Hand Nein. Karlíček kam mit zwei großen Schritten zu Hannas Pult, spähte eine halbe Minute über ein »Schiff« hin und hob dann mit Daumen und

Mittelfinger geschickt eine kleine Kolonne Satzzeilen aus dem großen Viereck.

»Jetzt kommst du dran«, sagte er flüchtig zu Hanna und war schon wieder bei seiner Seite zwei. Hanna beugte sich über das Schiff, in dessen kompakter Satzladung jetzt ein kleines Loch klaffte. Sie buchstabierte interessiert die Spiegelschrift der Bleizeilen: wahrhaftig, das waren ja die Notizen, die sie Tag für Tag ablieferte, in ihr visuelles Gegenteil verkehrt, zum Teil schon mit Druckerschwärze verschmiert, ein Zeichen, daß sie schon einmal oder gar mehrmals abgezogen, eingeordnet und dann aus irgendeinem technischen Grund wieder verworfen worden waren. Sie hatte gar nicht daran gedacht, daß sie hier in der Setzerei sogar ein Schiff besaß, ein Schiff fast völlig gefüllt mit ihrer Arbeit, denn in der Rubrik »Interessantes aus aller Welt« erschienen neuerdings um so mehr aus fremdsprachigen Zeitungen übersetzte Nachrichten, je weniger die reichsdeutschen Blätter in Betracht kamen.

»Jetzt kommt es hauptsächlich darauf an, die Gemüter zu beruhigen«, sagte eine Stimme, es war die lebhafte, schnelle Stimme von vorhin, und sie klang, fand Hanna, eigentlich recht wenig nach der Beruhigung irgendwelcher Gemüter. Der hagere Bursch schleuderte gerade die schwere Tafel, die Seite zwei enthielt, in den Aufzug. Die Maschinen waren verstummt, es war zu spät, noch neuen Text zu setzen, die Telefonisten schickten keine Zettel mehr herunter, fünf Minuten fehlten bis Blattschluß.

Neben Karlíček stand jetzt der Chef; Hanna hatte ihn oft gesehen, aber erst einmal mit ihm gesprochen; damals, kurz nachdem sie angefangen hatte, für die »Svoboda« zu übersetzen, Rýma hatte sie vorgestellt.

»Herr Liftschitz! Drei Cicero bitte: ›England vermittelt‹«, diktierte er, und Hanna merkte, daß die unsichtbare Stimme zu ihm gehörte. Sein schmaler, dunkler Kopf sah vornehm und fremdartig aus, erst später machte sich Hanna klar, daß er so dunkel wirkte, weil das Kragenweiß am Halse fehlte, er trug eine dunkle Russenbluse, mit einer Knopfreihe über Schulter und Brust. Diese Tracht ließ ihn, zwischen den Setzern in verschmutzten Kalikokitteln, den Redakteuren in unordentlichen Arbeitsjoppen, den Handlangern im Overall, wie einen Ausländer erscheinen. Aber trotz der Russenbluse wirkte er nicht russisch, sondern eher levantinisch oder südamerikanisch, fand Hanna unbestimmt.

Er beugte sich über die Lettern; mit einer Hand bezeichnete er dem Obermetteur die Anordnung des Textes, mit der andern nahm er ein Feuerzeug aus der Tasche und steckte sich die Zigarette an, die er zwischen den Lippen hielt.

»Keine Panik, meine Herren«, sagte er lächelnd und zeigte ebenmäßige, rauchgelbe Zähne. »Keine Nervosität!« Dabei schleuderte er die eben erst angebrannte Zigarette zu Boden und wischte mit dem Fuß so heftig auf ihr herum, als gälte es, den Brand im Weinberger Theater zu löschen oder einen Schandfleck vom Erdboden zu vertilgen.

Eine Glocke schrillte. »Seite eins ausbinden«, rief Karlíček und ging schon schlendernd die Stufen zur Tür hinauf. Die andern Redakteure hatten in den letzten zehn Minuten nur noch in allgemeiner Blattschluß-Hypnose mit herumgestanden; ihre Arbeit war mit Seite drei – der vorvorletzten – beendet. Der Chef wandte sich an Zeman:

»Bitte, sehen Sie dann nach, ob wir ein Klischee vom Weinberger Theater oder von der Maršová haben, und richten Sie's für die zweite Ausgabe ein«, sagte er, zündete sich eine neue Zigarette an, sagte, den Setzern zunickend, lebhaft und schnell »Gute Nacht, meine Herren« und war hinaus.

Hanna machte sich dünn, um ihn vorbeizulassen. Dann ging sie zu dem, den man Herrn Liftschitz angesprochen hatte, und fragte, ob er ihr dies und das erklären wollte.

»Aber gern, Fräulein.«

Heute war ein ruhiger Umbruch gewesen, erfuhr sie,

aber an andern Tagen, das sollte sie einmal sehen, wenn in der letzten halben Stunde noch wichtige Nachrichten kamen, oder damals im Januar, als der König von England ausgerechnet nachts um dreiviertel eins gestorben war, zehn Minuten vor Schluß der zweiten Ausgabe ..., und sie hatten sich, gestützt auf den Tarifvertrag, geweigert, die Nachricht noch auszusetzen, und der Nachtredakteur hatte auch nicht darauf bestanden, weil er meinte, die andern Zeitungen würden sie ja auch nicht mehr bringen können ... und am nächsten Tag hatte die »Svoboda« als einziges Blatt den Königstod nicht gehabt ... »Da hat der Chef aber einen Skandal gemacht!« lachte Herr Liftschitz.

»Seid Ihr denn besser organisiert als die in den andern Druckereien?« fragte Hanna, vielleicht ist es dieser, der die Rotarmisten an die Wand geheftet hat, er sieht aus wie ein Genosse, und wieso kann der Chef mit dem feinen Batisttaschentuch einen Skandal machen, er ist doch so gentle – es fiel ihr kein anderes Wort ein; aber freilich, wie er die Zigarette zertreten hat, da hat man richtig gesehen, wie er eine Wut zerdrückt, und warum sage ich »Ihr« zu den Setzern und rede von »organisieren«, wo ich hier keinen kenne, dumme Gans, das will illegale Parteiarbeit machen, müde bin ich von dem Stehen und dem Lärm, möchte mal ins Parteiblatt zum Umbruch gehen, ob's da auch so zugeht, so ... so mitverschworen ... die haben aber wahrscheinlich zu Mittag Umbruch, das Blatt erscheint ja um vier ... vielleicht kann mich Rýma mal mit hinnehmen, Rýma hab' ich übrigens nicht gesehn heute abend, wer war der Jüngling mit dem Golfturnier, Zeman ist komisch, wie er sich gefreut hat, daß es brennt, da kommt es nicht darauf an, ob wer zugrundgeht, nur, daß es noch in die Zeitung kommt, Karlíček ist aber, scheint's, die Hauptperson, zum Chef sagt er »Herr Doktor«, den Chef duzt er nicht, den kann man wohl nicht duzen, mich duzt er, Karlíček, in der Partei sagen sich ja auch alle du, aber das ist doch was anderes, der Metteur sagt auch du zu den Setzern, und sie sagen ihm Sie, merkwürdig, wie im Feudalzeitalter, ich werde mal fragen, wieso, nein ich will lieber nichts mehr fragen, Herr Liftschitz hat's nicht gehört, das mit dem Tarifvertrag erfahr' ich schon noch, und es ist auch ganz egal, ich bin so müde, es riecht hier so gut, nach Druckerschwärze, schwarze Magie, hat Karlíček vorhin gesagt ...«

Über die Treppe kam der hagere Bursch mit seinem Drahtgestell auf dem Kopf, jetzt standen schäumend gefüllte Biergläser darin. Die Setzer nahmen Brot und Wurst aus ihren Schubkästen und machten sich ans Essen.

»Gute Nacht und schönen Dank!« sagte Hanna.

»Kommen Sie nach der Pause wieder, dann erklär' ich Ihnen, was Sie wollen!« rief Herr Liftschitz ihr mit vollem Munde nach.

Im großen Mittelzimmer war noch Licht, Zeman kramte in einem Kasten mit Klischees. Als Hanna Mantel und Mütze nehmen wollte, schaute er auf und fragte:

»Warum gehen Sie? Jetzt, wo man sich eine halbe Stunde ausruhen kann! Lassen Sie Ihren Mantel hängen und kommen Sie Kaffee trinken!«

Dazu hatte Hanna jedenfalls Lust, obzwar sie nicht wußte, wie das Kaffeetrinken zum Dableiben stimmen sollte. Aber Zeman hatte schon den Kasten mit den Photographien in sein Schiebfach zurückgestellt und knipste das Licht aus. Auf dem Gang standen rauchend mehrere Leute, Redakteure und, als solche an ihren Hüten und Regenschirmen kenntlich, Besucher, die um diese Stunde herkamen, um früher als die Uneingeweihten der Straße die neuesten Nachrichten zu erfahren.

Aus einem Zimmer drang Licht, es war das Büro des Nachtredakteurs, der seine Arbeit um neun begann und den Hanna noch nie gesehen hatte. Zeman öffnete die Tür, ohne zu klopfen, und ließ Hanna vor sich eintreten.

Am Schreibtisch saß ein kleiner, blasser Mann mit einem Kopfhörer um die Ohren, auf dem Sofa lagerte Vokáček, der Parlamentsberichterstatter, mit einer großen Zeitung vor dem Gesicht, Menčík war da, dann Veverka, Rýmas Kollege vom Handelsteil, der elegante Sportjüngling aus der Setzerei, der bildungshungrige Schachredakteur; der Chef saß in einer Ecke mit übergeschlagenen Beinen und streckte einen seiner elegant bestrumpften schmalen Füße in den Raum; auf einem Tischchen stand ein Spirituskocher, und ein junges Mädchen mit chinesischen Augen und einem grellgrünen Arbeitsmantel rührte in einem kupfernen Gefäß mit langem Holzgriff.

Vokáček schob die Beine an die Wand und forderte Hanna mit einer Handbewegung auf, sich zu ihm aufs Sofa zu setzen. Karlíček kam mit einer rothaarigen, stupsnäsigen Person in hellem Pelzmantel herein und trat zu dem schlitzäugigen Mädchen:

»Olly, hast du einen Kaffee für meine Braut?«

Das Mädchen Olly nahm dem Nachtredakteur die henkellose Tasse aus der Hand, spülte an dem Waschtisch, der in der Ecke stand, den Satz heraus, goß aus dem kupfernen Gefäß nach und reichte der Rothaarigen die Tasse, ohne sie anzusehen. Die »Braut« zwitscherte »Au, ist das heiß!« und trank stehend in kleinen Schlückchen. Karlíček wandte sich zu Hanna:

»Das von den Pariser Schneiderinnen ist sehr hübsch, Philka«, sagte er und schien es nicht weiter verwunderlich zu finden, daß Hanna hier saß, an die Beine des Parlamentsberichterstatters gelehnt, und daß ihre blonde Haartolle über die Kaffeetasse fiel, die Zeman ihr in die Hand gedrückt hatte.

»Aber diese Geschichte mit den Wörtern, die das und das Gegenteil bedeuten, das muß ich dir leider zurückgeben, das ist was für eine esoterische Zeitschrift, aber nichts für unser ungelehrtes Publikum. Glaubst du, daß diese Ziege« – und er wies auf seine »Braut« – so was versteht? Nicht wahr, mein Püppchen, davon verstehst du nichts?« sagte er und griff ihr unter das hübsche Kinn.

»Was ist das mit den Worten, die das und das Gegenteil

bedeuten?« fragte aus seiner Ecke der Chef und blickte Hanna an.

Hanna wurde etwas verlegen. Sie hatte in letzter Zeit, um ihre Einkünfte zu verbessern, dann und wann selbstverfaßte Sachen als Notiz aus dem »Aftenposten« oder der »Züricher Zeitung« in die »Svoboda« geschmuggelt. Diese, die Karlíček so esoterisch fand, hatte sie mit ganz besonderem Vergnügen geschrieben. Sie handelte von jenen seltsamen Worten aus alten Sprachen, die gleichzeitig das Positive und das Negative eines Zustands bedeuten, gleichzeitig heiß und kalt, schön und häßlich, grausam und mild, heilig und verrucht ... wie tief das war; »tief« eben hieß im Lateinischen »altus«, aber »hoch« auch, und »verschina« bedeutete im Russischen sowohl die höchste Höhe als den tiefsten Abgrund ...

Sie war aufgestanden und in die Ecke des Chefs hinübergegangen und gab in kurzen Worten Bericht. Der Chef schaute sie von unten forschend an.

»Das ist sehr interessant«, meinte er, bat Karlíček, das Blatt zu holen, und las schnell die halbe Seite.

»Aber das ist wirklich interessant«, wiederholte er überrascht und las halblaut: »Alle Worte sind bipolar, nichts ist so, alles ist so und anders, und erst später, als sie schon aus der Allfalt des Seins aufgestiegen waren zu schneidendem Entweder-Oder, haben die Menschen die Gegensatzworte dazu erfunden ...«

Hanna wurde rot, als sie ihre eigenen Sätze so vorgelesen bekam, sie erschienen ihr jetzt selbst unbrauchbar, lächerlich, mystisch. Aber der Chef war sehr bei der Sache.

Während der Nachtredakteur den Kopfhörer abnahm, den Lautsprecher einschaltete und eine rüde Musik über das Zimmer und die Gespräche der Plaudernden losließ, während das Olly genannte Chinesenmädchen Tassen spülte, neu füllte und herumreichte, während aus dem Nebenzimmer, dessen Tür halb offen stand, die kartenspielenden Telefonisten ehrwürdige Weisheiten von sich gaben, wie »Pagat hättest du ansagen sollen!« oder »Wenn man mein Blatt einem Hund eingibt, krepiert er!« ... erinnerte sie der Chef an das selten gebrauchte tschechische Wort »nabažiti se«, das gleichzeitig »sich sehnen« und »sich sattgesehnt haben« bedeutete. Das fand nun wieder Hanna sehr interessant und meinte, sie wolle es noch in die Notiz einfügen. Dabei fiel ihr ein, daß ihr Aufsatz ja als Übersetzung aus dem »Corriere della Sera« galt, und sie korrigierte sich verwirrt: »Ich meine, einen entsprechenden Vermerk hinzufügen« ... und spürte, daß sie schon wieder rot wurde und daß der Chef sie schon wieder forschend ansah aus seinen schmalen dunklen Augen. Glühende, hintergründige Augen, unter Brauen, die über der dünnen Nase fast zusammengewachsen waren, und Hanna hörte undeutlich, wie er vorhin in der Setzerei gesagt hatte »Keine Nervosität, meine Herren!« und sah, wie er mit dem feinbestrumpften, eleganten Fuß schon wieder wütend eine Zigarette zertrat, als gälte es, einen Brand zu löschen, und sie dachte: unruhig, unruhig, ein unruhiger Ästhet ...

Der Diener Jarko kam herein mit einem Packen Erste Ausgabe, ganz frisch aus der Rotationsmaschine, und reichte jedem der Anwesenden ein Exemplar. Sofort stoppte alle Unterhaltung, nur noch das Radio schwätzte einsam auf italienisch in den Raum. Alles raschelte mit Papier; jeder hatte zuerst »seine« Seite aufgeschlagen, kontrollierte, wie sein Beitrag sich im Gesamten ausnahm, einer murmelte »Gräßlich, diese vielen Druckfehler«, der Nachtredakteur Bílek strich mit Blaustift an, was für die Zweite Ausgabe geändert werden sollte, der Sportfex studierte die Wohnungsannoncen und beklagte sich, daß in der Nähe der »Slavia«-Sportplätze kein Appartement mit Zentralheizung zu finden wäre; und Hanna, die ebenfalls eine noch feuchte »Svoboda« in der Hand hielt, suchte »Interessantes aus aller Welt« und fand es auf einmal unbegreiflich wunderbar, daß die Notiz über den Kellnerstreik in Agram noch vor einer halben Stunde spiegelschriftig-bleiern im »Vorratsschiff« gelegen hatte und dann, über den Weg durch den herunterdonnernden Aufzug in die Stereotypie, in geheimnisvollen Prozeduren in die Rotationsmaschine und fix und fertig, leserlich gedruckt, auf die zweite Seite geraten war ... Und dann bemerkte sie, daß Menčíks »hartgesottene Sünderin«, die den Richter hatte frotzeln sollen, sich in »Die Gattenmörderin macht Winkelzüge« verwandelt hatte, und auch dies schien ihr auf unbegreifliche Weise aufregend und geheimnisreich.

Der eine und der andere war, nach beendeter Lektüre, schon ohne Gruß oder mit flüchtigem Handwinken gegangen. Olly hatte den Spirituskocher ausgelöscht und war ins Telefonzimmer verschwunden. Der Chef faltete die Zeitung zusammen und stand auf. Im Gehen sagte er zum Nachtredakteur:

»Ich kann heute nicht auf das »České slovo« und auf das »Prager Tagblatt« warten, habe eine Verabredung ... bis zwölf bin ich im Café »Boulevard«, dann zu Hause, wenn es etwas gibt. Gute Nacht allerseits.«

»Du hast Erfolg gehabt, Philka«, sagte Karlíček, der in Hut und Mantel vom Gang hereinkam; die Rothaarige stand hinter ihm in der Tür und hatte ihr Kinn kokett auf seine Schulter gelegt. »Unser Alter sagt mir eben, ich soll dein Gerede über das Hoch und das Tief in die Sonntagsbeilage geben ... Gute Nacht allerseits!«

Zum dritten Mal wurde Hanna rot, diesmal vor Freude. Eine andere Art Freude als die, wenn es ihr gelungen war, eine kommunistische Notiz getarnt unterzubringen, eine andere Freude, als wenn sie nach stundenlangem Trepp-auf-Treppablaufen in Halle'schen Arbeiterhäusern die Beiträge für die Rote Hilfe zusammengehabt hatte, eine andere Freude auch als die, wenn sie am Ende der Woche an der »Svoboda«-Kasse ihren zeilenweise erschriebenen Verdienst abhob und sah, er war um ein weniges gewachsen. Die Freude ähnelte von fern jener lang vergessenen, die sie als junges Mädchen empfunden hatte, wenn ihr ein

Gedicht gelungen war. Es war lange her, seit sie Gedichte geschrieben hatte. Sie lächelte in den Raum, in den der Lautsprecher eine Jazzmusik entließ, wünschte »Gute Nacht« und ging ins große Mittelzimmer, ihre Sachen holen. Eben brachte ein Diener von der Straße einen Stoß »České slovo« und »Prager Tagblatt« herauf. Der schmächtige Nachtredakteur ging mit seiner kreuz und quer verschmierten »Svoboda« in die Setzerei und sagte ihr im Vorübergehen mit dünner, hoher Stimme:

»Also wenn's Ihnen gefallen hat, Fräulein, mein Kaffeehaus zu Ihrer Verfügung, bis ein Uhr nachts geöffnet; wie Sie wissen, machen alle andern Cafés um zwölf zu ...« Hanna dankte lachend, knöpfte den Mantel zu und stülpte die Baskenmütze auf, dann drehte sie das Licht ab.

Als sie auf die Straße trat, fuhren aus dem Hof die letzten Lastautos zu den Zügen, der hagere Bursch kam mit einer neuen Ladung schaumgefüllter Biergläser an. Die Nachtluft schlug ihr mild entgegen, es roch nach März und Druckerschwärze.

5. Kapitel

Erster Frühlingstag – Emigranten haben keine Jahreszeiten – Viele Leute heißen Svoboda – Da liegt der Hradschin vor dem Leben! – Erinnerung an's Zweierspital – Don Juan-Ouvertüre – Heinrich Aschbach hält den Kontrapunkt – Prag hat sich sehr verändert – Moskau auch

So schönes Wetter, der erste richtig warme Tag! Der Winter hat sich diesmal bis in den Mai hingezogen, und zum ersten Mal seit Monaten ging Hanna wieder in dem Wiener Complet aus, das sie seinerzeit im Rucksack zerknüllt mit aus Deutschland gebracht hatte. Daß die Baskenmütze nicht recht dazu paßte wer trug wohl jetzt Frau von Waldecks breiten Florentinerhut? –, focht sie weiter nicht an, sie ging barhaupt wie deutsche Mädchen, ein leichter Frühlingswind wehte ihr das Haar in die Stirn. Die Kappe hielt sie in der Hand mit Handschuhen und Täschchen und holte beim Gehen weit aus mit langen, schlenkernden Armen und Beinen. Ihr Schüler hatte ihr einen Rohrpostbrief geschickt, sie solle heute nicht zur Stunde kommen. Der Vormittag lag frei vor ihr, es war noch viel Zeit bis Mittag.

Ich sollte mal ins Flüchtlingsheim schauen, dachte sie. Die Schlafsäle mit den traurigen Haufen zusammengefegten Menschenmaterials tauchten auf, und alsbald verdüsterte sich die lichte Frühlingssonne. Nur in den Speisesaal, dachte sie, sehen, ob jemand da ist. Und die Kinder besuchen, die armen Kinder, die nicht einmal in die Schule gehen dürfen.

Der Wenzelsplatz lag breit im Morgen, um diese Zeit war er dicht vollgestellt mit Reihen parkender Autos. Geschäftsdiener liefen mit Paketen, Bankboten mit dicken Aktenmappen, hübsche Damen flanierten, meist zu zweit, und blieben an den Schaufenstern stehen; auf Stelzen

Wenzelsplatz (Václavské náměstí) mit Blick auf das Nationalmuseum (Národní muzeum)

unter fantastischen Gewändern stakten turmhohe Reklamefiguren. Wenn man näher trat, konnte man durch ein winziges Fenster im Bauch die müden Proletariergesichter sehen; Barbarei der Propaganda ... Hanna hatte oft geschaudert, nicht einmal im harten Berlin hatte es so was gegeben. Heute lachte sie, als sie einem solchen Riesenmann fast zwischen die Beine lief, eine Schreibmaschine hatte er zwischen die klobigen Hände aus Papiermaschee geklemmt, »Noiseless Admirable« stand in großen, gelben Buchstaben auf seiner Brust und seinem Rücken. Sieh an, also gibt es wieder »Noiseless Admirable«. Aber ihre Milchglaswände und kunstreich verstellbaren Schreibtischlampen sind bei uns. »Bei uns«, dachte Hanna und dachte flüchtig an die Redaktion, wie man an zu Hause denkt.

Sie bog in eine der Querstraßen ein, stieg die Wassergasse hinan. In den Anlagen auf dem Karlsplatz mußte sie doch ein Weilchen sitzen, es war ja nicht eilig mit dem Flüchtlingsheim. Die Forsythienbüsche blühten schon, siegesgewiß starrten ihre goldgelben Zweige durch das noch spärliche Grün. Auf dem kleinen Weiher ließen die Kinder Schiffchen schwimmen und warfen Brotkrumen ins Wasser, und aus der Luft stürzten die Sperlinge zwitschernd hinterher. Eine alte Frau mit einer umgeschnallten Tasche reichte ihr mit Fingern, die aus zerrissenen Halbhandschuhen rot herausstachen, einen Zettel. Hanna verstand nicht. Aha, das Sitzen hier kostet zehn Heller, nun, schließlich, man muß für alles bezahlen, viel Geld war's ja nicht. Die Alte schob ab. Eine Stunde durfte Hanna nun ungestört hier sitzen und auf die gelben Forsythien und auf die barocke Fassade von Sankt Ignaz schauen.

Schön ist es. Kindermädchen mit weißen Wägelchen schieben vorbei, Studenten promenieren murmelnd mit aufgeklappten Büchern, auf den Bänken sitzen alte Herren mit Knotenstöcken in sanftem Gespräch, viele Soldaten ohne Gewehr bummeln auf und ab, nebenan liegt das Militärspital. Auf den Straßen rechts und links von dem kleinen Park hupen die Autos, lärmt die Großstadt. Aber hier ist Frieden, Stille und Heiterkeit.

Am Arm eines mit verblaßter Eleganz gekleideten Herrn kam eine weißblonde Dame vorbei. Hanna kannte das Gesicht – woher doch? Sie erinnerte sich: es war eine Schauspielerin aus dem Reich, sie hatte sie manchmal auf der Bühne gesehen, wenn sie von Halle nach Berlin hinübergefahren war. Sie schaute ihr nach. Ihr pelzbesetztes Kostüm sah abgetragen aus. Emigrantin – auch die? Nun, warum nicht. In der Genossenschaft der Bühnenangestellten hatte es viele Sozialdemokraten gegeben, Juden, auch K.P.-Leute. Wolfgang Langhoff zum Beispiel. Der war lange im Konzentrationslager gewesen, hatte dann in der Schweiz ein Buch darüber geschrieben. Hanna kannte es nicht – nein, sie konnte nicht; immer dieses gehäufte Grauen, sie konnte nicht mehr, es nahm ihr den Atem, es nahm ihr den Schlaf, wenn sie von den Greueln in Deutschland las. Karl, Karl, nun schon mehr als ein Jahr im Gefängnis, schon zehn Monate fast im Zuchthaus Plötzensee ... sie konnte nicht immerfort daran denken. Und tat es dennoch, immer wieder. Hatte sie wohl schon zehn Minuten abgesessen von ihrer Zehnhellerstunde? Nein, der Frühling war nicht für sie, ihr Stand kannte keine Jahreszeiten, durfte keine kennen, für sie war farbloser November, solange das dauerte, und nun dauerte es schon mehr als zwei Jahre und kein Ende abzusehen ... Nun war's schon bald wieder ein Jahr, daß Hitler in München seine Getreuesten hatte hinmorden lassen, damals hatte man gedacht, das wäre der Anfang vom Ende, aber das Volk hatte den Rächer gefeiert, der die »schwulen Buben« vertilgte im Namen einer höheren Moral.

Seufzend stand Hanna auf, ging durch die Gerstengasse, den Weinbergen zu, ins Flüchtlingsheim. Hier gab es wirklich keine Jahreszeiten. Die Fenster waren immer noch mit Papier verklebt, im Eßsaal standen die leeren Kaffeetöpfe vom Frühstück noch auf dem Abstellbrett wie an jenem Tag, da sie vorigen Herbst zum ersten Mal hier eingetreten war. Peter war nicht da, Max auch nicht, Hilde, die Kindergärtnerin, die nette, lag operiert im Allgemeinen Krankenhaus, so sagte ihr der Verwalter, ein ältlicher, wortkarger Breslauer. »Wird denn hier nie Frieden werden?« stöhnte er wehleidig. Nein, er hatte nichts gesagt, das war das schlesische Kinderfräulein von vor dreißig Jahren, in genau demselben Tonfall hatte sie die unschuldigen Streitigkeiten der Aschbachkinder beseufzt, wie der Alte hier jetzt die Katastrophen der Welt beseufzte.

Hanna wollte zu den Kindern, aber sie erfuhr, daß sie mit Paul, Hildes Freund, in den Baumgarten gefahren waren. Wenigstens kommen sie mal an die Luft, meinte der Alte, und Hanna nahm sich schuldbewußt vor, die Kinder öfter abzuholen und ins Freie zu führen. Dann schrieb sie ein Billet an Luise, verabredete sich auf den Abend mit ihr im »Continental«. Luise ... das war immer so gut, so beruhigend. Sie sahen sich selten in letzter Zeit. Tagsüber hatte die fleißige Arbeiterin keine Zeit, und abends ... ja, abends hatte Hanna nie Zeit gehabt. Sie war in den letzten Wochen jeden Abend in der »Svoboda« geblieben, bis das Blatt heraus war, und hatte dann oft noch im Zimmer des Nachtredakteurs mit den andern geschwatzt. Heute aber würde sie nicht zum Umbruch bleiben. Sie unterstrich in sich diesen Entschluß, unterstrich auf dem Zettel das »pünktlich um acht« und bat den Breslauer, die Botschaft zu übergeben, nachdem sie sich vergewissert hatte, daß Luise nach wie vor gegen sechs ins Heim zurückkäme.

Es war Donnerstag heute. Wie alle Donnerstag, erwarteten Bruder und Schwägerin sie zu Tisch. Ein oder zweimal war es allerdings schon vorgekommen, daß der elegante Diener ihr ausrichtete, die Herrschaften ließen sich entschuldigen, könnten heute nicht zu Hause sein, Frau Doktor solle bitte in Ruhe essen, es sei schon gedeckt. Und Hanna hatte weglaufen wollen, aber dann hatte sie die Kränkung heruntergeschluckt und mutterseelenallein in dem luxuriösen Speisezimmer ihre fünf Gänge plus Kaffee und Cognac gegessen. Ein reichliches Mittagsmahl durfte sie nicht verfallen lassen, auch wenn es so mit Demütigung gewürzt war. Es ging ihr bei dem allwöchentlichen Familientag ja auch um das Essen, gestand sie sich ein, und daß die Geschwister das wußten, gaben sie ihr eben dadurch zu verstehen, daß sie ihr nicht absagten, ihr vielmehr, wenn sie allein war, besonders üppig servieren ließen ... Hätte Heini sie nicht selber anrufen, sich entschuldigen, sie auf einen andern Tag einladen können? Der Ärger stieg in Hanna auf, obzwar das letzte Versäumnis des Bruders schon mehrere Wochen zurücklag.

Sie war mit den Geschwistern in keinen rechten Kontakt gekommen. Sie lebten in ihrer Welt, die sie, mitsamt ihren noblen Freunden, vor der strenggekleideten, spartanischen Schwester unbehaglichen Gewissens verbargen, Hanna lebte in der ihren, die klar darzustellen ihr ihrerseits nicht leicht gefallen wäre, hätte sie Lust gespürt, es zu versuchen. Aber die Gespräche am Donnerstagmittag

Buchhandlung Topič auf der Nationalstraße (Národní třida)

machten einem keine Lust zu irgend etwas. Man redete Allgemeines und bemühte sich freundlich zu sein, was nicht immer gelang.

»Warum arbeiten sie nicht?« fragte Heinrich Aschbach mürrisch, wenn Hanna ihn um Geld, alte Kleider, Bücher für die deutschen Flüchtlinge anging.

»Du weißt doch, sie dürfen keine Arbeit annehmen ...«

»Aber du hast doch auch eine Stellung gefunden«, brummte der Bankier und zog hundert Kronen aus dem Portefeuille aus Florentiner Lederarbeit.

Nicht nur ich hab' Arbeit gefunden, dachte Hanna bei sich, Luise auch und Max auch und Gertrud, alle, die tüchtig sind ...

Gertrud hatte sich, als sie noch Abteilungs-Chefärztin war, auch nicht träumen lassen, daß sie früh um sieben zu Fuß ins Messeviertel pilgern würde, um dicke Damen zu massieren ... aber sie tut's ... Vielleicht hat Heini nicht ganz unrecht, dachte Hanna unsicher. Die meisten sind so unfähig. Vielleicht auch unwillig ... Pfui Teufel, wie gemein ich bin. Sie sind hoffnungslos und zermürbt. Und arbeiten? Sie arbeiten ja. Für die Partei, für sich, lernen bei Kerzenlicht und Kinderlärm ... Nein, die Welt ist gar zu gräßlich, und man wird bald selber so hartgesotten ... Sie lachte plötzlich, als sie das Wort dachte. Der Abend im März fiel ihr ein, wo sie zum ersten Mal beim Umbruch gewesen war und der Gerichtsberichterstatter einen so tollen Titel hatte bringen wollen ...

Sie schlenderte über die Nationalstraße und blieb vor Topičs großer Buchhandlung stehen. Instinktiv sah sie zuerst Langhoffs »Moorsoldaten«. Nein, nicht schon wieder an die Emigration denken, an die Konzentrationslager, an Deutschland ... Sie ging zur französischen Auslage weiter. Colettes »Naissance du jour« ... das hatte sie noch in Deutschland gelesen. Sie wußte nicht mehr den Inhalt. Nur die zarte, mit trotziger Melancholie gewürzte Stimmung einer Liebesgeschichte zwischen einer alternden Frau und einem jungen Mann. Ob er wohl Colette kannte? Heute abend wollte sie ihn fragen. Ach, heute abend war sie ja mit Luise verabredet ... Übrigens schien es ihr plötzlich unendlich peinlich, ihn nach Colette zu fragen, sie wußte nicht recht, warum. Außerdem kannte er sie natürlich, er kannte ja alles ...

Sie dachte »er«. »Der Alte«, wie Karlíček sagte, mochte sie nicht einmal denken. Er war so federnd, so geschwind, so lebhaft und für sie geradezu lächerlich jung, höchstens vierzig. »Der Chef«, wie die andern Redakteure und die Setzer ihn nannten ... auch das war ihr unangenehm. Sie erinnerte sich nicht gern daran, daß sie bei ihm angestellt war, daß er ihre bescheidenen Rechnungen unterschrieb, daß er, wenn sie mit ihm sprach, vielleicht das Gefühl hatte, sie suche sein Gespräch, eben weil er der Chef war. »Dr. Svoboda« oder »Svoboda« nannte ihn niemand, es war ja auch albern, daß er gerade so heißen mußte wie sein Blatt. Wie also sollte sie ihn nennen? Beim Vornamen? Sie wußte nicht, wie er mit Vornamen hieß.

Als sie das bedachte, fühlte sie sich mit einemmal wie verkürzt und von etwas ausgeschlossen, aber sie verscheuchte das Gefühl. Warum hätte sie's wissen sollen, was ging der Mann sie an? Chefredakteur eines bürgerlichen Blattes, für das sie, zwecks Broterwerbs, »Interessantes aus aller Welt« ausschnitt und übersetzte ... Sie hatte auch eine andere Aufgabe in der »Svoboda«, aber an die mußte sie sich erst ausdrücklich erinnern. Sie schämte sich. Es schien ihr fast, als sei ihr die andere Aufgabe – dieselbe, die Rýma in der »Svoboda« hatte – etwas abhanden gekommen.

Mai war's, und so wunderschönes Wetter, nein, heute nichts Schweres, nichts Quälendes denken, morgen wieder, oder in der Nacht, wenn man ohnedies nicht einschlafen kann ... Aber, wie heißt er mit Vornamen? Plötzlich schien es ihr sehr dringend, das zu erfahren. Sie trat in eine am Straßenrand aufgestellte Telefonzelle und schlug das Telefonbuch auf. Mein Gott, wie viele Leute heißen Svoboda! Bedřich Svoboda, Fleischerei, Bedřich Svoboda, Klavierstimmer, Svoboda Hynek, Svoboda Jan, Jaromir, Jaroslav, Svoboda Karel, Karel, Karel – auch Svoboda's können Karl heißen! – Svoboda Moritz, Ladislav, Ladislav, mein Gott, wie viele Svobodas gibt es eigentlich; der letzte hieß Zdeněk, aber auch der war kein Chefredakteur, sondern Advokat und Verteidiger in Strafsachen, Prag 11, Podskalgasse 16 ... Den Svoboda, den sie suchte, gab es nicht. Wahrscheinlich hat er eine Geheimnummer. Natürlich. Sonst hätte er doch Tag und Nacht keine Ruhe in seinem Haus.

Als sie aus der Telefonzelle trat, fiel ihr ein, daß sein Name doch irgendwo in seiner Zeitung stehen müsse ... zu dumm. Fünf Monate les' ich täglich die »Svoboda« und

Café Slavia im Lažanský-Palais (Kavárna Slavia)

weiß noch nicht mal, wie der Chefredakteur mit Vornamen heißt. Ich muß doch gleich mal in der »Svoboda« nachsehn ... Sie trat ins Café »Slavia«, an der Ecke, gegenüber dem Nationaltheater. Am hellichten Vormittag ins Kaffeehaus, das hatte sie schon lange nicht mehr gemacht, seit den ersten, verstörten Prager Tagen im Oktober nicht mehr. Damals war sie zwischendurch, bei dem stundenlangen Warten auf dem Fremdenamt der Polizeidirektion, schnell einmal die zwei Blocks entlanggelaufen bis zum »Slavia«, um überm Fluß den Hradschin im Herbstnebel aufsteigen zu sehen ...

Sie setzte sich an einen Fenstertisch und schaute. Heute war kein Herbstnebel, der Himmel war von seltenem Blau, nur ein paar weiße Wölkchen tanzten um die Türme des Strahover Klosters. Der Dom, die Burg, das erzbischöfliche Palais, das Schwarzenberg-Palais, die Schloßmauer, und an sie und unter sie geschmiegt, das Häusergewimmel der Kleinseite mit der silbrig-grünen Kuppel von Sankt Niklas, das alles machte ein Ganzes aus, schwang sich vor

Dächer der Kleinseite (Malá Strana) mit der Kirche St. Niklas

ihrem Blick quer über den Horizont, dehnte sich über dem schimmernden Fluß wie ein edelgelagertes Tier. Hanna schaute entzückt über die Moldau hin.

Wie hatte sie jemals über diese Grenze hinausgelangen, hinausverlangen können? Die siebzehn Jahre in Deutschland erschienen ihr mit einem Mal wie ein Fremdkörper in ihrem Leben. Wie eine mit Papier umwickelte, mit Bindfaden verschnürte Schachtel, gefüllt mit lauter nichtigem Kram, die man in einen Koffer voll wirklicher Dinge gesteckt hat und die man mit einem Mal nicht mehr braucht: man hebt die Schachtel heraus, die wirklichen Dinge bekommen ihren usurpierten Platz zurück, schlagen über der Lücke zusammen, es fehlt nichts ...

Sie hob die siebzehn Jahre Deutschland aus ihrem Leben heraus und legte sie neben sich hin. Vor der Welt, in die sie jung, trotzig und sehnsüchtig dereinst hinausgezogen war »hinaus« sagten die Prager, wenn sie »nach Deutschland« meinten – wie recht sie hatten! –, zog sich der Vorhang des Hradschin zusammen. Ein Akt war aus, vielleicht ein ganzes Stück, wer konnte das wissen ...

Hanna war versunken in die blau-grau-golden vibrierende Stadtlandschaft da drüben. Sie dachte nicht, sie grübelte nicht, sie fühlte nur: Hier hätte ich immer sitzen und schauen sollen, hier ist zuhause, hier ist Ruhe, und die Ohren klangen ihr voll langvergessener geheimer Melodie.

Ein Kellner hatte ein Tablett mit Wassergläsern vor sie hingestellt und fragte schon zum dritten Mal, was sie nehmen wolle. Sie wachte auf und richtete ihren Blick auf den Kellner, dann in das Lokal. Da sah sie, daß von einem etwas entfernteren Tisch ein Herr sie angelegentlich anstarrte. Als er ihren Blick traf, grüßte er. schnell mit einer Neigung des Oberkörpers. Dann stand er auf und trat zu ihr.

»Also sind Sie's doch!« sagte er freudig. »Ich habe mir schon zehn Minuten den Kopf zerbrochen, ob Sie's sind, es ist ja schon so lange her!«

Hanna konnte das angenehme Gesicht mit dem blonden Schnurrbart und die freundlich schauenden grauen Augen hinter der Brille mit niemandem identifizieren.

»Das muß wohl ein Irrtum sein«, murmelte sie, während ein Kind in grüner, goldbeknöpfter Uniform einen Packen Zeitungen vor sie auf das Marmortischchen legte, die »Svoboda« obenauf.

»Erinnern Sie sich denn nicht mehr an das Zweierspital?« sagte der Fremde. »Sie haben mich doch gepflegt!« Er wies mit der Hand auf eine rötliche Narbe, die ihm am rechten Auge vorbei über die Schläfe lief. »Mein Kopfschuß von der Schlacht bei Rawaruska ...« Er war so aufgeräumt, als erinnere er sie an einen gemeinsam verbrachten Silvesterball.

Gewiß erinnerte sich Hanna an das Zweierspital, das K. u. K. Militärspital Nr. 2 gegenüber dem Rudolfinum, wie viele Konzerte hatte sie in ihrer Jugend dort gehört, Mozart, Brahms, die letzten Streichquartette von Beethoven und, inmitten eines tosenden Skandals mit Pfeifen und Trampeln, Schönbergs »Pierrot Lunaire«. Jetzt gab es keine Konzerte mehr im Rudolfinum, in dem Haus am Kai hatte sich das Parlament etabliert ... Gewiß erinnerte sie sich an das Zweierspital, aber nicht an diesen Herrn mit Schnurrbart und Brille, überhaupt nicht an Gesichter.

»Es ist so lange her«, sagte sie entschuldigend. »Und Sie haben damals wohl anders ausgesehen ... ich hatte so viele Patienten ...«

»Ja, natürlich«, erwiderte zustimmend der Mann. »Und ich bin ja dann auch bald weg nach meiner Operation, in die Heimat nach Ungarisch-Hradisch. Aber Sie, Sie haben sich gar nicht verändert ... nur eine andere Frisur«, fügte er hinzu und schaute auf ihr nach Männerart knapp und glatt verschnittenes Haar. »Übrigens weiß ich gar nicht, wie Sie damals frisiert gingen. Sie hatten immer eine Haube auf ...«

Hanna schielte vor sich auf die Zeitungen. Sie hatte gar keine Lust, an jene Zeit erinnert zu werden, die schon so unendlich lange zurücklag. Sie hatte auch gar keine Lust, sich mit diesem fremden Herrn zu unterhalten, obzwar er ganz nett aussah. Ein Herr und eine Dame waren herangetreten, standen am Nebentisch und versuchten, sich bemerkbar zu machen.

»Ich glaube, es sucht Sie jemand«, bemerkte Hanna. Er blickte sich um und grüßte das Paar.

»Ja, ich habe zwei Klienten hierherbestellt, zu einer Besprechung ... wie schade! Wir haben uns zwanzig Jahre nicht gesehen! Wieso sieht man sich zwanzig Jahre nicht, wenn man in derselben Stadt lebt ... ?«

Hanna antwortete kurz, sie habe fast die ganze Zeit im Ausland verbracht.

»Ja dann ...«, meinte er. »Aber wir müssen uns unbedingt wiedersehen! Sie haben mich damals so gut gepflegt! Bleiben Sie jetzt eine Weile hier?« fragte er, man wußte nicht, meinte er in Prag oder im Café Slavia. Der Herr am Nebentisch machte ihm schon wieder Zeichen.

Nein, sie bliebe nicht mehr lange, erwiderte Hanna, sie müsse fort.

»Aber wir müssen uns wiedersehen!« insistierte der Mann und stand auf. »Hier ...« – er griff nach seinem Portefeuille »hier ist meine Adresse. Rufen Sie mich an! Aber wirklich!« Er schüttelte ihr herzlich die Hand und verschwand mit dem Ehepaar im hinteren Teil des Saales.

Hanna schaute auf den Hradschin hinaus. Auch vom Fenster des Verbandsaals im Zweierspital hatte man den Hradschin gesehen, im Herbstnebel, im Frühjahrsglanz, im Vollmond, wenn man Nachtdienst gehabt hatte. Sie erinnerte sich fast körperlich an das Glücksgefühl, an das mächtige Lebensgefühl, das sie zwischen all dem armen, schuldlos geschändeten Menschenfleisch empfunden hatte, wenn sie, atemholend zwischen zwei Stößen fieberhafter Arbeit, ans Fenster getreten war. Sie erinnerte sich an bestimmte Wunden, sah noch deutlich den offenen Bauch des einen, die eiternde Öffnung an der Schläfe des andern, merkwürdig, daß man angesichts so viel gräßlichen Elends sich hatte glücklich und froh fühlen können, vielleicht war es das Glück über den eigenen, gesunden, jungen, kräftigen Körper neben all denen, die da so jämmerlich lagen, aber an Gesichter erinnerte sie sich nicht, nein, das nette Gesicht mit den freundlichen Augen war ihr völlig unbekannt. Sie nahm die Visitkarte auf, die er auf dem Tisch hatte liegen lassen.

»Dr. jur. Zdeněk Svoboda, Verteidiger in Strafsachen, Podskalgasse 16« stand darauf ... Wie sonderbar! Vor einer Viertelstunde hatte sie diesen Namen gelesen, als sie, unter vielen Unbekannten nach eines andern Svobodas Vornamen gesucht hatte! Sie besann sich darauf, warum sie hierhergekommen war, und nahm von dem Zeitungsstapel die »Svoboda«. Alles heißt Svoboda, dachte sie, Freiheit, alles heißt Freiheit, was nennt sich nicht alles Freiheit ...

Sie suchte auf der letzten Seite, unten, unter den letzten Inseraten: »Gegründet 1932 ... gedruckt in der Svoboda-Druckerei A.-G. ... Herausgeber: Vilém Kohout (wer ist das? Nie gehört!) – ... Verantwortlicher Redakteur:

Jindřich Vokáček ... Nein, sein Name stand nicht da. Wahrscheinlich, weil es ihm lächerlich vorgekommen war, daß der Verantwortliche so heißen sollte wie seine Zeitung. Oder ...? Sie wußte von Deutschland her, aus der Partei, daß man als Verantwortlichen einen unbekannten Redakteur anführte, damit, wenn es eine Strafe abzubüßen galt, nicht die wichtigen Leute ins Gefängnis mußten ... Sitzredakteur nannte man das. Vokáček eignete sich wirklich dazu, er war so behäbig, so treuherzig, weit mehr dazu eignete er sich, als zwischen den Parlamentsdebatten da drüben im alten Rudolfinum den roten Faden der Realpolitik herauszuangeln ... Aber was, in einem bürgerlichen Blatt braucht man doch keinen Sitzredakteur, die bekommen höchstens Geldstrafen ...

Hanna schaute auf die Uhr, zahlte ihren Kaffee und ging. Sie hatte noch viel Zeit und beschloß, zu Fuß zum Bruder zu gehen.

Die Schützeninsel zog sich grün unter der Brücke hin, einzelne Kastanien blühten schon, rot und weiß stachen ihre aufrechten Kerzen durch die Blätter. Die Sonne schien fast sommerlich warm, ein Himmel von seltener Bläue – fast immer war er grau über der grauen Stadt – wölbte sich über den alten Häusern der Kleinseite. Musik schwang durch die engen, besonnten Gassen, Mozartsche Musik. Aber es war nicht der liebenswürdige salzburgische Mozart der »Entführung« und des »Figaro«, es war der Mozart der Don Juan-Ouvertüre, die hier in Prag entstanden war in einer einzigen Nacht, die schicksalsschweren Schritte der Molltonleiter aus der Don Juan-Ouvertüre waren es, die man in diesen Gassen schritt, auch wenn sie, selten einmal, im Sonnenlicht lagen ... An Don Juans noble Baritonstimme dachte Hanna, wie sie sie vor langen Jahren zuletzt gehört hatte, in demselben Landestheater, in dem sie vor fast hundertfünfzig Jahren zum ersten Mal erklungen war. Sie dachte an Don Juans lebhafte, schwingende Baritonstimme, an sein Gesicht im letzten Akt, wo, unter den drohenden Sekundenschritten

Brückengasse (Mostecká ulice) und Kirche St. Niklas

der Molltonleiter, der Steinerne Gast erscheint, und summte: »Nimmer hätt' ich Euch erwartet, doch willkommen seid Ihr mir ...«, und dann fiel ihr wieder jenes andere, schmale, dunkle Gesicht ein, zu dem sie keinen Vornamen wußte.

Während sie durch die graziöse und melancholische Barockwelt des alten Prag schritt, dachte sie an seinen

Vornamen, nannte ihn Rudolf, Jaromir, Friedrich, Heinrich, nichts wollte ihr passen zu seinem Gesicht, das weder tschechisch noch deutsch aussah, eher südamerikanisch oder levantinisch. Vielleicht heißt er Karl, dachte sie erschrocken, aber sie verscheuchte den Einfall, und dann fielen ihr absurde Namen ein, Emmerich, Erwein, Luitpold, Severin, Hektor, Julian ... und sie lachte, weil das wohl die Namen von ihres Bruders nobler Bekanntschaft waren, deren Palais sich hier rechts und links von ihr aufreihten. Und damit war sie unversehens bei ihrem Bruder angelangt und fragte sich mit Groll über sich selbst, ob sie sich wohl je die ewig gekränkte Liebe zu ihm würde aus dem Herzen schlagen können.

Daß es Liebe war, dennoch, trotz alledem, trotz Haß, Verachtung, Spott und Gleichgültigkeit, das war ihr noch gar nicht so lange klar geworden. Vor vierzehn Tagen, als Heini bei Tisch zum ersten Mal ohne Witzelei mit ihr über die Entwicklung der Welt, Europas insbesondere, gesprochen und mit ziemlicher Nüchternheit festgestellt hatte, dieses Zeitalter gehe ja nun wohl sicher seinem nahen Ende zu, und was dann? Und Hanna hatte eingehakt mit marxistischen Erklärungen über Konzentration und Staatskapitalismus, aber da hatte der Bruder das Gespräch schnell abgebrochen mit einer Frage, die spöttisch herauskommen sollte: »Und was werdet Ihr Roten mit so einem, wie ich es bin, im Sozialismus anfangen?« Spöttisch hatte es herauskommen sollen, aber es war Angst, Ratlosigkeit, ja so etwas wie Verzweiflung über ein falsches Leben durchgeklungen. Und in Hanna war es unerklärlich aufgewallt, und sie hatte hinter dem hübschen, schon etwas schwammigen Durchschnittsgesicht des Bankiers das strahlende, zukunftsbereite Knabenantlitz von einst gesehen und hatte gefühlt: arm bist du, arm, mit all deinen Safes und Klubfauteuils ... und es hatte ihr leid getan, daß die Revolution ihrem Bruder das alles bald wegnehmen würde. Sogar um die kitschige, in die Wand geschobene Tischleindeckdich-Bar hatte es ihr leid getan, und doch gewiß nicht, weil sie an all der Pracht einen Anteil gehabt hätte: sie hatte keinen. Ihr kleines Erbteil war längst bis auf einen Rest aufgezehrt gewesen, und den Rest hatte Hitler genommen, mit all dem andern, und der reiche Bruder hatte ihr, in den sieben Monaten, seit sie nun wieder daheim war, nicht mehr angeboten als das wöchentliche Couvert an seinem Tisch ...

Vielleicht bietet er mir nichts an, weil er sich vor meiner vorwurfsvollen Ablehnung scheut? hatte sie gedacht, ebenso unvermutet, wie das andere. Vielleicht ist seine ostentative Sicherheit, diese Art, nicht zuzuhören, mich nicht ernst zu nehmen, mir seine Geringschätzung bei jeder Gelegenheit so deutlich zu zeigen, vielleicht ist das alles nichts als Angst vor mir und gekränkte Liebe? Auch ich, ja, habe nicht auch ich ihn verraten, als ich fortging, »hinaus« zu den Fremden? Und ist mein Leben, meine Gesinnung nicht ein ständiger Vorwurf für ihn? Und deutlich dämmerte ihr auf, daß die Gestaltung ihres gesamten Lebens in dunkler Weise mit der Beziehung zum Bruder zusammenhing. Wie ein Kontrapunkt, der sich unter vielen Melodien und Harmonien immer wieder zu Wort meldet ... Ja, bei allem, was sie getan, gewollt, erreicht hatte, war immer insgeheim die Spannung gewesen: Vielleicht diesmal ... vielleicht wird diesmal ein Echo von Heini kommen ... und sie hatte sich scharf kritisiert deswegen und hatte Karl beschämt und reuevoll recht gegeben, wenn er hellsichtig sagte: »Mach dich doch endlich frei von dieser bürgerlichen Familie, und denke nicht mehr an den herzlosen Snob ...«

Vielleicht war jetzt alles anders. Es war ja schon so vieles anders geworden in diesen Monaten. Nicht nur mit Heim – ach, mit dem eigentlich am wenigsten – denn ihre undeutliche Erkenntnis seiner verdrängten Liebe zu ihr, ihrer verdrängten Liebe zu ihm, war ebenso plötzlich wieder aus ihrem Bewußtsein verschwunden, wie sie ein paar Wochen zuvor plötzlich darin aufgetaucht war, und es kam gar nicht in Frage, dies etwa, wenn auch nur von

Veitsdom (Chrám sv. Víta) auf dem Hradschin

fern, jemals zur Sprache zu bringen ... Aber so vieles war anders geworden.

Auch die Stadt war so anders. Von drüben, vorhin, vom andern Ufer aus, hatte es ausgesehen, als läge die Kleinseite und der Hradschin dort wie eh und je, kam man aber in die Nähe, war alles verändert. Früher war man träumend und einsam durch die engen Gassen, über die stillen Plätze gewandert, Pensionisten, Liebespaare, Maler und Dichter hatten das spärliche Publikum des alten, verträumten Stadtteils gebildet. Jetzt hatten viele Straßen neue Namen bekommen, über den Fassaden vieler Barockpalais prangten große Schilder von Staatsämtern oder von Gesandtschaften, viele Autos parkten auf den Plätzen oder rollten schnell die schmalen Gassen zur Burg hinauf und herunter, in den Höfen der Burg selbst – früher war hier niemand gegangen, nur dann und wann ein Trupp Schulkinder, die unter Führung eines Lehrers die Wunder des Vladislav-Saals, der Wenzelskapelle, des Nepomuk-Grabes besichtigen kamen – selbst in den Höfen der Burg eilte jetzt geschäftiges Leben, der Präsident wohnte hier, ein Ministerium war hier untergebracht, sogar ein Telegrafenamt gab es, und vor dem grauen Gemäuer des Doms hatten sie, ganz unpassend, einen grellweißen Obelisken aufgepflanzt ... Und war man durch die Höfe hindurch und hinüber über die Staubbrücke, dann begann ein ganz neues, unbekanntes Viertel mit lauter modernen Häusern in breiten, baumbesäumten Straßen.

Auch Heini wohnte hier, in einer neuen Straße, in einem neuen Haus. Heini war nicht mehr Heini, war Herr Kommerzialrat Jindřich Ašpach, (mit tschechischer Orthographie), und seufzend klingelte Hanna an dem weißlackierten Gartengitter.

Es war noch ein Gast da, Großindustrieller aus der Provinz mit weltmännischen Allüren und Fortschrittsgesinnung. Er war eben aus Rußland zurück und zeigte sich überrascht von dem vielen Neuen, Großartigen, maschinell-Bewegten, das er dort gesehen hatte. Die Maidemonstration auf dem Roten Platz, Zehntausende von prächtigen Sportlern, die Tanks, die Flugzeuge, imponierend. Die ausländischen Gäste waren hervorragend empfangen und bewirtet worden, er seinesteils hatte für seine Firma eine beachtliche Röhrenlieferung mitgebracht.

Rosita hatte den schwarzen Kaffee im Garten servieren lassen, die Fliederbäume blühten weiß und lila, und man begann, vom Garten zu sprechen, den Heinrich Aschbach kürzlich von einem englischen Gartenarchitekten hatte neu herrichten lassen. Was es alles gibt, dachte Hanna, sogar englische Gartenarchitekten ... »Das Land der Zukunft« hatte der weltmännisch gestikulierende Fortschrittsmann gesagt. Was sollte man da noch glauben? »Also ... da kann man in Rußland also wirklich auf sauberen Tellern essen?« hatte die schöne Schwägerin zaudernd gefragt. Und hatte sich belehren lassen müssen, daß man nicht nur auf sauberen, sondern, man höre, sogar auf silbernen Tellern gespeist hatte, nämlich im Außenhandelskommissariat, wo für die Industriellendelegation aus dem Westen ein Bankett gegeben worden war. Und neben jedem Couvert hatte ein schön gebundenes Paket gelegen, russisches Parfum und russischer Kaviar, für die im kapitalistischen Ausland verbliebenen Gattinnen ...

Heinrich Aschbach schaute die kommunistische Schwester zweifelnd an. »Das Land der Zukunft« hatte auch sie immer gesagt, aber hatte man es glauben können? Nun hörte man es aus autorisiertem Munde! Er erwähnte auf jeden Fall, daß er durch seine Familie Beziehungen zur Sowjetunion habe.

Aber Hanna sagte nichts. Sie war traurig. Sie dachte an das heroische Hungern der Massen zur Zeit des ersten Fünfjahresplans, das sie mit Augen gesehen, verstanden, gebilligt, nach ihrer Rückkehr in Deutschland optimistisch gerechtfertigt hatte. Nun war man im zweiten Fünfjahresplan, die Massen hungerten heroisch weiter, die Stachanow-Leute konnten es schon zu Einfamilienhäusern mit Geranienstöcken vor den Fenstern bringen, wenn sie die weniger Geschickten, weniger Flinken im Arbeitstempo ausstachen. (Hatte man das nicht in der Agitation lang genug »Akkordschinden« genannt und als schlimmste kapitalistische Ausbeuterei angeprangert?) Und die ausländischen Großindustriellen aßen gar von silbernen Tellern und kamen, mit Kaviar und Parfum beschenkt, des Lobes voll in ihre demokratisch-rückständigen Vaterländer zurück ...

Vieles war anders geworden, spürte Hanna, wohin man auch hörte, in die Welt, in sich hinein, so vieles war anders geworden. Man konnte kaum mehr ohne Zweifel auskommen, und die Argumente der Kominternpresse schienen oft so gequält und burlesk mit ihrer Beschwörung der heiligen Dialektik, als wäre es die heilige Cäcilie oder die heilige Magdalena. Eher die heilige Magdalena, dachte sie mit bitterer Belustigung, es war so viel Buße und Reue für Jugendsünden in den Auslegungen der Partei ... So vieles wurde über Bord geworden.

Sie dachte es nicht gern. Immer mehr mißtraute sie ihren Gefühlen, je länger sie der langsamen, unmerklichen Beeinflussung in der »Svoboda«-Redaktion ausgesetzt war. Je besser es ihr dort gefiel, je heimischer sie sich fühlte, je angenehmer der saloppe, abgebrühte »Mir macht man nichts vor«-Ton der bürgerlichen Redakteure, an der Spitze der schläfrig-abgebrühte Karlíček, abstach von dem klischeehaft-optimistischen Parteijargon, desto gefährlicher für ihre innere Klarheit schien ihr das Doppelleben, das sie zu führen begonnen hatte. Man mußte sehr auf der Hut sein, am meisten vor sich selbst, durfte sich nichts durchgehen lassen ...

Während Rosita Kaffee nachschenkte und der Gast mit ihrem Bruder die Möglichkeiten einer internationalen demokratischen Anleihe für die Sowjetunion erwog, dachte Hanna daran, daß sie heute abend, nach längerer Zeit, wieder einmal einen kleinen Parteiauftrag zu erledigen hatte. Man zog sie nicht recht heran, obzwar sie sich nie einer Arbeit verweigerte. Vielleicht mißtraute man ihr; wie denn auch nicht, sie selber mißtraute sich ja fast schon. Und was sie in der »Svoboda« für die Partei hatte leisten können, war wirklich kläglich ... Was immer sie an Nachrichten und Interna aufgeschnappt hatte, in der Umbruchstunde und beim Kaffee im Büro des Nachtredakteurs, war, wenn sie es weitergab, schon bekannt, wohl durch Rýma. Die Setzer brauchte sie nicht zu organisieren, keine Zelle zu bilden, das hatten die selbst längst getan und hatten neulich, als es um die Bezahlung der Nachtschicht ging, sogar einen erfolgreichen zweitägigen Streik gemacht, was sie freilich nicht hinderte, nach wie vor lieber Filmstars und Boxmatadore über ihren Arbeitsplätzen aufzuhängen als marschierende Rotarmisten und Lenins verschmitzten Kaukasierkopf. Vielleicht hatte man Hanna gar nicht in die »Svoboda« geschickt, um dort zu »arbeiten«, neben ihrer Arbeit, sondern um sie auf die Probe zu stellen? Probe ... man konnte, wenn man täglich Karlíčeks zynisch-naive Analysen, das salbungsvolle Gerede des Leitartiklers hörte, die »Linie« wahrhaftig nicht mehr in untadeliger Parteisprache ausdrücken – es war in gewisser Hinsicht ein Verderb, daß sie gerade in einer Redaktion arbeiten mußte. Sie hätte vorgezogen, in einer Versicherungsagentur Tabellen zu tippen.

Vielleicht waren das alles nur Frühlingsgedanken. Der Flieder duftete so herzzerreißend, und sie war heute morgen etwa drei Stunden zu Fuß gegangen, war's nicht mehr gewöhnt, wie weit waren die Wanderungen mit Karl im bayrischen Gebirge, auf die Rote Wand zum Sonnenaufgang, und am selben Tag noch auf den Wendelstein ...

Hanna war mit einem Mal so müde und, sie wußte selbst nicht recht warum, so niedergeschlagen, daß sie sich schnell verabschiedete. Der Bruder meinte: »Du hast die ganze Zeit geschwiegen ... ich dachte, das wäre nun gerade ein Thema, das dich interessiert ... ?« Aber sie lächelte nur und erklärte, daß sie Kopfschmerzen habe.

Der Bruder hatte ihr eine Chance geben wollen, verstand sie. Gewiß nicht, um sie, Hanna, ins Licht zu stellen; vielmehr um mit ihrer Rußlandbegeisterung ein kleines Gesinnungsgeschäft zu machen. Ja, sie hatte eine Chance verpaßt. Unterstützt von dem sowjetfreundlichen Großkaufmann, hätte sie heute über Heini triumphieren können: siehst du, du willst es mir immer nicht glauben ... da siehst du, das ist mein Rußland, das sind meine Genossen! Aber waren es noch ihre Genossen? War es noch ihr Rußland?

6. Kapitel

Einsamkeit in Prager Cafés – Karl ist schon ein Jahr fort – Die Russen sind gute Diplomaten – Macht nicht soviel her mit der sexuellen Frage! – Rendezvous auf einer Stadtparkbank – Budenangst – Don José verrät die Fahne – Auch Genosse Rýma ist desertiert – Politik ist ein dreckiges Geschäft – Das »eigentliche Leben«

Der Fremde, der nach Prag kommt, wundert sich über die Unzahl von Kaffeehäusern und darüber, daß sie so anders sind als die Cafés von Berlin, Rom oder Paris. Allein auf dem Wenzelsplatz gibt es an die dreißig, alle sind sie weiträumig und groß, und trotz des starken Besuchs, der schon zu Mittag einsetzt und nach dem abendlichen Kino oder Theater mächtig anschwillt, immer ziemlich still. Die meisten Leute gehen ins Café, um die Zeitungen zu lesen, und brüten dabei oder daneben einsam über ihrem Schwarzen. Aber nicht nur die großen, modernen Lokale der Hauptstraßen sind mit Zeitungen und Zeitschriften reichlich versehen, auch in den Außenbezirken, auch in den stillen Seitengassen kann, wer Lust hat, irgendwo eintreten und zwei Stunden einsam sein und lesen.

Hanna hatte, solange sie als junges Mädchen im Elternhaus lebte, kaum Kaffeehäuser besucht, sie wirkten auf sie wie auf die Fremden. Wie sonderbar das ist, daß die Prager alle ins Kaffeehaus gehen; und nicht etwa nur die Bohemiens, die Einzelgänger und die unternehmungslustigen Damen, nein, auch Familienväter und brave Hausfrauen gehen ins Kaffeehaus, und zwar nicht familienweise, sondern meist getrennt, zu verschiedenen Tageszeiten, in verschiedene Lokale. Sie gehen dorthin, um sich mit jemandem zu treffen. Aber das ist nur ein Vorwand für das eigentliche Motiv: die hierherkommen, suchen im Grunde nur einen geselligen Rahmen für die eigene Einsamkeit. Sie werden hierhergetrieben von einem Zustand, den

Das Café Continental am Graben (Na Příkopě)

die Studentensprache »Budenangst« nennt, er ist, wie es scheint, bei sehr vielen Pragern ein permanenter Zustand der Seele. An einem Ort, wo viele Menschen zusammensitzen, brütend über ihrem kaltgewordenen Kaffee, eine Zeitung in der Hand, über die hinweg sie ins Leere starren, da vergißt der Einzelne, daß er einzeln ist, vergißt für eine Stunde die unerlösbare Einsamkeit des Menschseins.

Im »Continental«, einem der wenigen deutschsprachigen Cafés, drängten sich die Emigranten. Ihre »Budenangst« hatte einen noch härteren, noch realeren Grund, trostloses Unbehagen erwartete sie an dem Ort, den sie, gedankenlos oder mit bitterem Spott, »Zuhause« nannten. In lauten, überdeutlich akzentuierten Gesprächen bezeigten sie eine Heftigkeit und ein Interesse am jeweils besprochenen Thema, das den Prager Stammgästen Mißtrauen einflößte: Was zankten sich denn diese Reichsdeutschen immerfort? War denn das Kaffeehaus nicht eine Stätte des Friedens, geschaffen von verständnisvollen Großstadtgöttern, daß man für eine Stunde entrinnen könne dem ewigen Hader zwischen Ich und Ich?

Am Anfang ihrer Emigrationszeit war Hanna oft ins »Continental« gegangen, hatte Leute wiedergetroffen, die sie aus Deutschland kannte, andere neu kennengelernt, hatte diskutiert und diskutiert. Aber die lauten Stimmen und die Heftigkeit der Gespräche waren ihr schnell peinlich geworden. Hier, wo sich die Reichsdeutschen schon in Redeweise und Stimmklang so auffällig von den Heimischen unterschieden, war Hanna schmerzhaft zu Bewußtsein gekommen, wie wenig sie im Grunde dazugehörte - zu den einen nicht, zu den andern auch nicht – ...

Als sie eintrat, wurde sie von vielen Tischen gegrüßt und mit Winken und Zurufen zum Herantreten eingeladen. Aber sie nickte Nein und setzte sich an eine Fensterbank. Der Ober Gustav, der die speziellen Neigungen jedes Gastes aus dem Kopf wußte, auch dessen, der nur zwei- oder dreimal dagewesen war, auch dessen, der nach jahrelanger Abwesenheit wieder einmal auftauchte, rief dem Bedienkellner zu »Eine Schale Gold und ein Kipferl!« und legte das »Tagebuch« und die »Weltbühne« vor Hanna hin. Aber sie schlug die Zeitschriften nicht auf, sie zog den Brief aus der Tasche, den ihr der Portier vorhin ausgehändigt hatte, als sie von zuhause, das heißt aus dem fremden Haus, in dem sie wohnte, weggegangen war. Sie hatte den Brief nicht stehend in der Halle lesen mögen, hatte ihn in die Tasche gesteckt und den ganzen Weg über in der Tasche mit der Hand festgehalten.

Auf dem Couvert stand der Stempel der Gefangenenanstalt. Zehn Tage hatte der Brief gebraucht von Plötzensee nach Prag. Hanna wischte das Blatt ab, ehe sie es las, wie viele unehrerbietige Hände mochten darüber gefahren sein, das Leben ist grotesk, wie kommt denn eine Uniform mit Hakenkreuz dazu, sich zwischen sie und Karl zu stellen, nie kann man das begreifen, auch wenn man es weiß ... Und es ist ja nun schon so lange her, daß man sich beinah daran gewöhnt hat und nur dann und wann noch erschauert, bei einem Anlaß, ohne Anlaß erschauert man schon nicht mehr.

Karl schreibt von kleinen Dingen, er lernt Französisch mit seinem Zellengenossen, es ist jetzt ein anderer, was ist aus dem Lehrer geworden? Er sieht vor dem Fenster eine Birke, nur die Wipfel, aber immerhin, es ist eine Birke, das ist gut, er liebt Birken so sehr, ihr gespenstiges Wintergeäst, das in Mondnächten so unirdisch zart gegen den Himmel steht, ihre graziösen Zweige, wenn sie sommers dicht belaubt sind und die weiße, fleckige Rinde noch weißer erscheinen lassen, vor allem aber die Frühlingsbirken mit ihrem hellgelben Geriesel winziger Blätter, Mädchenbirken hat er sie genannt. Das ist gut, daß er eine Birke hat. Gesund ist er – das ist gut. Sonst steht nicht viel in dem Brief, kleine Dinge, von den großen der Welt weiß er wohl nichts mehr, ein Jahr ist er von ihr fort, von der Welt fort, Uniformen mit Hakenkreuzen stehen dazwischen.

Auch Luises Mann ist schon mehr als ein Jahr fort. Da kommt Luise mit ihrem ordentlich gescheitelten Haar – sie geht ohne Hut, wie deutsche Mädchen –, mit ihrem ruhigen, angenehmen Gesicht. Sie kommt nicht allein. Sie hat Kurt mitgebracht. Kurt ist ein Genosse, der vor kurzem aus dem Zuchthaus entlassen und über die Grenze gegangen ist und der hier, wie Hanna schon weiß, sehr rührig arbeitet. Er geht fast jede Woche nach Deutschland als Parteicourier, eine arge Sache. Viele werden weggeschnappt. Aber Kurt ist einfach und unerschrocken, die zwei Jahre Haft haben ihn nicht erschüttert, er will keinen Parteiurlaub, will nicht verschnaufen; er hat ein unwissendes und überzeugtes Gesicht, wie Ernst, der Hanna seinerzeit über die Grenze gebracht hat, wie viele tüchtige Genossen, die rührig und unerschrocken tun, was die Partei verlangt, wie die andern, die mit dem Hakenkreuz ...

Schade, daß Kurt mitgekommen ist. Hanna hätte heute gern allein mit Luise gesessen. Sie pflegte ihr kaum ihre inneren Bewegungen, ihre Zweifel, Grübeleien, ihren häufig bedrückenden Kleinmut mitzuteilen, noch weniger ihre seltenen, plötzlichen Jubelaufwallungen, die sie selbst unverständlich und unangebracht findet. Aber mit Luise von kleinen, nüchternen Dingen zu sprechen, wie man sich einen Sweater färbt, daß die Farbe nicht ausgeht, oder von Semmelknödeln, die Luise – sie hat jetzt einen Ganztagsposten bei einer berufstätigen Witwe – nicht recht zu bereiten versteht, der Witwe sind sie immer zu fest ... das sind gute, handfeste Gespräche, man sieht doch, wie man das Leben anpacken müßte. Luise hat auch den Mann im Zuchthaus, lebt allein, klösterlich, wie sie selbst, schon mehr als ein Jahr, bekommt auch nur alle vier Wochen einen Brief und hält sich doch so tapfer.

Da kommt Max gelaufen mit einer großen Neuigkeit, er hat sie eben am Radio gehört: die Sowjetunion hat einen Pakt mit Frankreich abgeschlossen. Sofort ist alles absorbiert, eine heftige Debatte hebt an, in lautem, überdeutlich akzentuiertem Ton. Kurt ist begeistert über die Klugheit der russischen Diplomatie, die sich überall Freunde und Verbündete schafft, aber Otto, der mit Max gekommen ist, der seine englische Pfeife nie aus dem Mund nimmt, aus Hamburg ist und schon 1923 mitgekämpft hat, schüttelt besorgt den Kopf: da werden die französischen Genossen jetzt das Militärbudget bewilligen müssen, und die Arbeiter werden das nicht verstehen, und es ist ein Unheil, daß die Partei solche Konzessionen machen muß; mit dem Eintritt in den Völkerbund – Lenin hat ihn eine Bande von Strolchen genannt! – hat das angefangen, Max findet das eine »Schweinerei« und Kurt murmelt spitz etwas von »ultralinke Abweichung«, Hanna sagt gar nichts, Luise sagt begütigend: »Hört doch auf zu streiten!« und schaut sich wie zufällig im Café um. Hier verkehren vielerlei Spitzel, man muß aufpassen, man kann der Polizei denunziert werden, man kann auch der Partei denunziert werden, man weiß nicht, was peinlicher ist.

Hanna kommt es in den Sinn, daß die letzten Male, als sie mit Luise zusammen war, immer Kurt erschien oder eine Verabredung mit Kurt bevorstand und Luise vor der

Zeit wegging. Obzwar das auf das Natürlichste zu erklären ist – schnelle Freundschaft in der Emigration, Kurt wohnt zufällig im selben Häuserblock wie Luise, vielleicht arbeiten sie auch zusammen für die Partei – heute war es Hanna irgendwie unbehaglich. Sie hörte zu, wie die andern diskutierten, das Gespräch hat umgeschwenkt, jetzt ist man bei der proletarischen Kunst, und sah Luise an und sah Kurt an. Warum nicht? Sie kannte Hans nicht, der Verkäufer im Warenhaus Tietz und Bezirksleiter der Partei in Wedding gewesen war, ehe er im Zuchthaus Luckau verschwand. Luise sprach viel von ihm, aber sie hatte nicht die Gabe der Darstellung, »er ist sehr nett«, sagte sie von ihm, »ein guter Genosse«. Kühl klang es, Luise war kühl, sie war eine Proletarierin, da gibt es nicht viel Worte über Gefühle. Hanna kannte auch Hansens Photographie, sie zeigte ein sympathisches Gesicht mit Brille, schon etwas kahl an den Schläfen, ein guter Genosse, natürlich ... Glaubt er, daß Luise jungfräulich leben soll, während er drei Jahre fort ist, im umgekehrten Fall doch auch nicht, wer macht überhaupt soviel Wesens um die sexuelle Frage, das ist doch bürgerlicher Quatsch.

Hanna ärgert sich, weiß nicht, warum. Das Sexualleben, das Privatleben überhaupt ist nicht so wichtig, in Ordnung muß man es haben, wie, ist einerlei, aber in Ordnung: Nicht stören darf es in den wichtigeren Dingen. Eheliche Treue? Das macht untereinander ab, sagt die Partei, wir sind hinaus über die bürgerliche Monogamie, auch über die Libertinage der Bourgeois, sagt die Partei, ist egal, wie Ihr das macht, aber seid ordentliche, zuverlässige Genossen.

Auch Karl hatte diesen Standpunkt stets vertreten, in seiner Sexualberatungsstelle, in seinen Vorträgen, auch Hanna hatte ihn vertreten, selbstverständlich, das hatte nichts mit Moral, mit Freiheit oder Unfreiheit zu tun, wurde wichtig nur, wenn es zu stören begann, und dann mußte man eben von Fall zu Fall eine Lösung suchen, eine praktische, geräuschlose, ohne »Verdrängen« und ohne

»Sichausleben« – wichtig war nur, daß man den Kopf frei hatte, ein guter Genosse war.

Sicher dachte Hans dasselbe, Luise dasselbe, vielmehr Luise dachte wohl überhaupt nicht darüber nach, so schlicht und selbstverständlich, wie sie lebte. Vielleicht hatte sie eine Beziehung zu Kurt, vielleicht auch nicht, unmöglich wärs, sie danach direkt zu fragen. Aber es war auch unnötig, es war nicht aufregend, Luise tat alles ohne Aufregung, sicher auch in der Liebe.

Trotzdem war es Hanna unbehaglich zumute, und sie war schließlich ganz froh, daß der Abend vorüberging, ohne daß sie mit Luise allein blieb. Kurt stand auf und verabschiedete sich, und kurz darauf sah Hanna, daß sie auch gehen mußte. Sie hatte ja noch etwas vor.

Sie ging über den Wenzelsplatz, um diese Stunde war er leer, alle Leute waren noch im Kino, erst um elf Uhr würde es zu fluten beginnen. Beim Museum bog sie links ein, ging in den dunklen Stadtpark, in die obere Allee, begann vom großen Nelkenbeet ab die Bänke zu zählen, eins, zwei, drei, vier. Sie setzte sich. Vom Wilsonbahnhof schlug es zehn. Sie wartete.

Ein Mann mit weichem Hut kam vorbei, promenierte in der Allee auf und ab, setzte sich dann zu ihr auf die Bank, aber ans andere Ende, rauchte. Nach ein paar Minuten sagte er, zu ihr gewendet: »Wissen Sie vielleicht, wann der Nachtzug nach Pilsen geht?« Es war das verabredete Losungswort. Hanna zog ein Couvert aus dem inneren Fach ihrer Handtasche und reichte es ihm hin. Es war dunkel, sie konnte den Mann nicht sehen. Er zündete sich eine neue Zigarette an, das Streichholz flammte auf, es war Kurt. Auch er erkannte sie. Hanna brach in Lachen aus.

»Ist das nicht eher ein Karnevalscherz? Da sitzen wir zwei Stunden lang am selben Tisch zusammen im »Conti« und schleichen uns fort, um uns wie die Verschwörer im dunklen Stadtpark zu treffen, mit Losungswort ... da hätt' ich dir den Brief doch im Café geben können, und du hättest Luise nach Hause bringen können; wo ihr doch in derselben Gegend wohnt ...

Kurt verstand das nicht.

»Du weißt, Genossin, wir von der Außenarbeit müssen besonders vorsichtig sein ... Übrigens konnten wir doch nicht wissen, daß wir uns vorher treffen würden, ich wußte doch gar nicht, wen ich zu treffen habe ...«

»Freilich! Das ist ja wahr!« Hanna lachte noch immer. »Aber kommt es dir nicht dennoch absurd, ich meine komisch vor? Wie Verschwörer in einem Schauerdrama!«

Noch während sie lachte, kam es ihr nicht mehr nur komisch vor. Ein bißchen unheimlich auch. Der Instruktor von der Zentrale, der Hanna und Kurt, jedem einzeln, Platz und Stunde des Rendezvous und das Losungswort mitgeteilt hatte, hätte doch Kurt den Brief selber übergeben können. Warum hatte man sie dazwischen geschaltet? Aus romantischer Wichtigtuerei? Als Attrappe der Illegalität, um sich auf dereinstige wirkliche Illegalität einzuschulen? Oder ... um Hanna auf die Probe zu stellen? Zum zweiten Mal schon kam ihr heute dieser Verdacht. Aber sie äußerte ihn nicht. Wenn sie recht hatte, so mochte Kurt eben der sein, der sie auf die Probe stellen sollte.

»Was meinst denn du, was das bedeutet?« fragte sie vorsichtig.

»Ich meine gar nichts«, erwiderte Kurt mürrisch. »Ich tue, was mir geheißen wird, und spintisiere nicht über die Partei. Wir haben hier was zu tun ... wenn die Partei einem erlaubt, daß er in die Emigration geht, so muß er hier tüchtig arbeiten ...«

Hatte sie das nicht schon einmal gehört? Ganz genau so? Ja richtig. Nur hatte es damals sächsisch geklungen, jetzt klang es thüringisch. Kein großer Unterschied. Und sie antwortete, wie sie damals geantwortet hatte:

»Ohne Sorge, Genosse. Wo immer wir sind, ist revolutionärer Boden, sagt Marx. Sogar im dunklen Stadtpark auf der vierten Bank«, fügte sie hinzu. Es sollte scherzhaft klingen, aber es kam etwas wehmütig heraus. Sie hatte nicht mehr die heitere Sicherheit, mit der sie vor Monaten, auf dem herbstlichen Kamm des Erzgebirges, auf Ernst's schulmeisterhafte, wenn auch, ach, so richtige Mahnung geantwortet hatte.

Kurt stand auf, sagte »Rot Front« und ging davon, ohne ihr die Hand zu reichen.

Auch Hanna stand auf und ging. Wohin? Nach Hause? Es gab kein Zuhause. Es wurde ihr eng zumute, wenn sie an ihr einsames Zimmer dachte. Keine Erinnerungen, keine Hoffnungen wohnten dort. Es war eine leblose Stätte, trotz seiner sauberen Stahlmöbel und des freundlichen Vorhangs, durch den rötlich der Schein der Lichtreklamen hereinfiel. Nein, nicht dorthin, noch nicht. Aber wohin?

Die Emigranten ... Fremde wie sie, deren summierte, vieldialektige Heimatlosigkeit das Gefühl der Fremdheit nur noch verstärkte. Zudem hatte sie die, die zu treffen waren, eben getroffen. Noch einmal ins »Continental«? Sie war heute schon zweimal im Kaffeehaus gewesen, ihre Kasse war knapp. Die tschechischen Genossen ... um diese Stunde vielleicht in dem kleinen Café, wohin mindestens Jarmila, Franta und Ladislav täglich gingen. Aber es lag abseits, in der Nähe des Parteihauses, sie mochte nicht mehr so weit vom Weg abbiegen. Wen noch kannte sie in Prag, den sie um diese Stunde hätte suchen und finden können? Ach, keinen mehr!

»Auch die Heimaterde ist fremde Erde«, dachte sie und variierte unbewußt das Marxzitat, das sie eben gebraucht hatte.

Ihre alten Freunde aus der Jugendzeit ... sie hatte sie wohl dann und wann auf der Straße getroffen, auch ein- oder zweimal eine Einladung angenommen. Aber es lagen siebzehn Jahre Deutschland dazwischen und die ganze Entwicklung ihres Lebens. Weit fort war sie gelangt von den ästhetischsehnsüchtigen Mädchen und Jünglingen von ehedem, die Freundinnen waren seither praktische Mütter oder elegante Damen geworden, die Freunde waren Bankbeamte, Rechtsanwälte, Kaufleute und lasen statt des »Květen« und der »Aktion« von damals jetzt die »Svoboda«. ...

In die »Svoboda« kann ich gehen, fiel Hanna ein, und sie freute sich plötzlich. Umbruch und Plauderstunde waren vorüber, die Uhr Ecke Wenzelsplatz und Wassergasse zeigte halb elf, aber Bílek war noch dort und Olly und einer der beiden Handelsredakteure, Rýma, ja, Rýma würde da sein, er wechselte mit Veverka ab im Dienst, und Hanna erinnerte sich, daß sie Veverka gestern gesehen hatte. Vielleicht gab sich Gelegenheit, mit Rýma über all dies Sonderbare zu sprechen. Sie wußte gar nicht recht, was ihr am sonderbarsten erschien, das Bündnis der Sowjetunion mit Frankreich, die Verschwörung auf der Stadtparkbank, die parteioffiziöse Unwichtigkeit des Privat- und besonders des Sexuallebens, die Silberteller im Außenhandelskommissariat, oder dies, daß der großindustrielle Gast ihres Bruders Rußland das Land der Zukunft genannt hatte.

Als sie ins »Svoboda«-Haus trat, fuhren die letzten Lastautos, hoch mit verschnürten Zeitungsstapeln beladen, aus dem Hof, und der Expeditionsleiter gab nach getaner Arbeit eben seinen Schrankschlüssel beim Portier ab. Durch die Glaswand hinten im Hof sah man die Expedientinnen herumsitzen, jetzt hatten sie Pause, bis früh um eins die zweite Ausgabe herauskam.

Hanna ging die Treppe hinauf und klopfte an Bíleks Tür. Der Nachtredakteur hatte sich auf dem Sofa ausgestreckt und hörte eine Opernübertragung an. Eine wunderbare Tenorstimme drang aus dem Lautsprecher. Wortlos wies Bílek auf den Spirituskocher, Hanna nickte lächelnd »Nein«. Wie heimisch man sich hier doch gleich fühlte. Sie setzte sich und hörte zu.

»Warum doch fügt ta-ta es das Geschick, daß du erschienst vor meinem Blick ...« Hanna summte mit, wie lange hatte sie »Carmen« nicht gehört. Wo war überhaupt die Musik hingeraten in ihrem Leben! Sie hatte keinen Platz gehabt für sie. Das Klavier, es war noch das alte Klavier aus dem Elternhaus, auf dem sie mit ihrem Vater vierhändig die Ouvertüren zur »Weißen Dame« und »Zar und Zimmermann« geklopft hatte, war nur an seltenen Feiertagen geöffnet worden. Musik – das war der einzige Punkt, über den sie sich mit Karl nie hatte verständigen können. Hanna wollte die Musik vor jeder rationalen Deutung bewahrt wissen, Karl analysierte, wie alles andere, so auch ihre Götter: Bach, Beethoven, Mahler, von soziologisch-historischem Standort aus. Hanna empfand das wie einen Raubzug in heiliges Land. Musik, das war für sie Versinken, sich Auflösen, Untertauchen, Gefahr, Krankheit, Wollust. Sie konnte es nicht so benennen, aber Karl spürte es und sagte, halb zärtlich, halb bitter: »Du schwelgst ja ...«

Heftige Kämpfe hatte es anfangs gegeben. Karl, der von Musik nichts verstand, hatte seine marxistische Musikgeschichte nur schematisch vorzubringen gewußt, Hanna, sonst so einig mit ihm in der Betrachtung und Einschätzung aller Dinge und Vorgänge, hatte das Irrationale der Musik verteidigt, voll Eifer, fast gehässig, als ginge es um eine Leidenschaft, und hatte unklar das Gefühl gehabt, sie betrüge Karl mit Bach, mit Beethoven, mit Mozart, manchmal sogar mit Wagner. »Musikfeindschaft« hatten sie es lachend genannt, wenn das Klavier dann wieder geschlossen wurde. Und wie die Jahre vergingen, hatte es immer längere Epochen geschlossen gestanden und war zuletzt nur noch hin und wieder geöffnet worden, um die Begleitung für ein paar Schubertlieder herzugeben, oder, zuletzt, um die »Dreigroschen-Oper« zu klimpern, die Karl für den reinsten Ausdruck der Zeit erklärte.

Jetzt war das Klavier endgültig fort ... wohin? Mit den Möbeln, den Büchern, dem gesamten Hab und Gut auf irgend einem Speicher der Halle'schen Polizei oder – wahrscheinlicher in der guten Stube eines SA-Häuptlings? Heute zum ersten Mal fühlte Hanna dunkel: dort, wo früher die Musik gewesen war, war – seit langem schon – ein Loch in ihrem Leben, und in das Loch stürzten, nein tanzten nun die Klänge des Radios. Und unter diesem verführerischen Gesang, Tanz der Musik, wird der Bassist, der dem Tenor in die Quere gekommen ist, entwaffnet ... »Mein Offizier, ta-ta-ta, mein Offizier, ta-ta-ta, Da spielt die Liebe Euch fürwahr wohl einen schlechten Streich ...« Und Don José verläßt die Fahne, er hat seine Ehre verloren, kann nicht mehr zurück, muß unter die Schmuggler gehn ... Brausendes Beifallklatschen. »Radio Milano – Roma – Napoli«, sagte die Stimme aus dem Lautsprecher und verkündete eine halbstündige Pause.

Veverka trat ein, reichte Hanna die Hand und schüttete sich Kaffee in eine der henkellosen Schalen.

»Er ist ja schon ganz kalt«, bemerkte Bílek schläfrig vom Sofa her.

Hanna riß sich aus ihrer Hypnose, stand auf und zündete den Spirituskocher an: »Kommen Sie, ich koche frischen!« Sie hatte das in letzter Zeit schon mehrmals getan, wenn die schlitzäugige Olly, die als Telefonistin im Blatt arbeitete, beschäftigt gewesen war. Während sie den Satz und den Zucker in dem türkischen Kännchen umrührte, fiel ihr ein, daß sie ja Rýma zu treffen erwartet hatte.

»Wieso sind Sie heute hier?« fragte sie. »Ist heute nicht Rýma dran?«

»Rýma?« erwiderte Veverka verwundert, »Ja, wissen Sie denn nichts?«

Was denn, mein Gott, durchfuhr es Hanna, er ist doch nicht am Ende verhaftet? Sie mochte den Kollegen gern, er war so unbefangen und leger, gescheit, gefällig. Dabei ein ausgezeichneter Marxist und geschickter Parteiarbeiter. Sein aristokratisches Auftreten ließ alles eher vermuten, als daß er aktiver Kommunist war, er war sehr geeignet für seine Rolle.

»Was denn?« sagte sie laut und versuchte sich dabei auszurechnen, wann sie Rýma das letzte Mal gesprochen hatte.

»Rýma hat es bei uns zu lau gefunden«, bemerkte Bílek lakonisch. »Nicht nur den Kaffee, mein' ich, das Ganze, das ganze Blatt war ihm zu lau. Er ist zum »Polední list« übergegangen, dort geht es hitziger zu … Hat den Chef gestern vor ein Fait accompli gestellt …«

Hanna war sprachlos. Rýma – ans faschistische Blatt? Das war doch … das konnte doch nur ein Parteiauftrag sein!

»Er hat schon immer mit den Gajda-Leuten verkehrt«, berichtete Veverka. »Außerdem ist er dort Chefredakteur-Stellvertreter und kann Chef werden, bei seinen Verbindungen.«

Hanna begriff nicht. Am liebsten wäre sie sofort gegangen, um irgendwelche informierten Genossen aufzutreiben. Aber wen? Die wenigsten, mit denen sie verkehrte, kannten Rýma, der sich wegen seiner Stellung und Aufgabe wenig in Parteikreisen bewegt hatte, und in die Zentrale konnte sie so zwanglos nicht gehen und fragen, außerdem war jetzt um elf Uhr nachts keiner mehr da. Sie war verwirrt und unruhig. Dieser Frühlingstag war von Anfang an so voll unerwarteter Vorfälle und Gedanken gewesen, vielleicht lag es am Wetter, dachte sie, zu dumm, wie kann es denn am Wetter liegen. Aber es liegt etwas in der Luft …

In der Luft lagen die Klänge des Intermezzos vor dem nächsten Akt: Bílek hatte das Radio wieder eingeschaltet. Man hörte die spanischen Schmuggler über das Gebirge trappeln, und Hanna dachte an Kurt, der unerschrocken als Kurier über die Grenze ging, und es war ihr unbehaglich zumute, vielleicht weil sie gleichzeitig an die schlichte Luise dachte und an ihren Hans, der im Zuchthaus Luckau gefangen saß.

Die Tür wurde aufgerissen, und Dr. Svoboda trat ein. Hanna wußte nicht gleich, daß er es war. Sie hatte ihn bisher immer nur in seiner Russenbluse gesehen, über der sein olivgelbes Gesicht so fremdartig-uneuropäisch wirkte. Heute war er im hellen Sommerüberzieher, hatte einen weichen Filzhut auf. Ein fremder Herr von der Straße, fühlte sie und war verwirrt.

»Haben Sie den zweiten Leitartikel schon ausgesetzt?« fragte er Bílek. »Mandura hat mich im ›Boulevard‹ angerufen und mich gebeten, ihn mir noch anzusehen. Es ist doch sehr wichtig für uns.«

Bílek erhob sich vom Sofa, telefonierte in die Setzerei, der Faktor Slavík brachte den nassen Abzug.

»Wenn dir die Karten einmal bittres Unheil künden ... vergebens mische sie«, sang Carmen in tragischem Alt aus dem Lautsprecher. »So oft du fragst, du wirst die gleiche Antwort finden ...«

»Herrlich! Wer singt da? Mailänder Scala? Natürlich!« sagte der Chef und schaute, das feuchte Blatt in der einen, die Zigarette in der andern Hand, verträumt vor sich hin. »›Alles Göttliche geht auf leichten Füßen‹, sagt Nietzsche über ›Carmen‹«, sagte er halblaut wie zu sich selbst und summte die Arie mit bis »ewig der Tod«. Seine schmalen, durchdringenden Augen waren ganz weit und vage geworden.

»Du schwelgst ja ...«, hörte Hanna Karl sagen, zärtlich und bitter. Sie wußte nicht, wen sie vor sich sah, Karl oder den fremden Herrn, der Hut und Überzieher auf das Sofa geworfen hatte und in einem hellgrauen Anzug ihr gegenübersaß mit übergeschlagenen Knien. Erst jetzt schien er ihrer Anwesenheit gewahr zu werden. Er grüßte sie mit den Augen. Sie war nun eine vertraute Erscheinung in Bíleks Zimmer, beim Umbruch; in der »Svoboda« gab man nur fremden Leuten die Hand zum Gruß. Hanna nickte ihm zu.

»Herr Veverka, Telefon! Ich geb's in Zelle vier«, rief jemand aus dem Nebenzimmer, und der Handelsredakteur ging rasch hinaus.

Der Chef las den Leitartikel. Bei außerordentlichen Anlässen, die das Radio erst in letzter Stunde gemeldet hatte, wurde er für die zweite Ausgabe neu geschrieben.

»Mandura war sich nicht sicher, wie wir zu dem russisch-französischen Bündnis stehen«, wandte er sich an Bílek.

»Positiv doch natürlich?« meinte Bílek in fragendem Ton. »Ein Schritt zur Demokratie? Und auch für unsere Republik höchst bedeutungsvoll?« Wie alle, war auch er dem Chef gegenüber weniger selbstgewiß und respektvoller als sonst. Warum eigentlich, dachte Hanna. Der Chef fehlte keinen Abend beim Umbruch in der Setzerei und leitete das Getriebe mit leisen, diskreten Worten und Gesten. Er schien der Feldherr des Blattes zu sein ... aber Feldherrn sind doch nirgendwo etwas nütze ...

Sie hatte bei ihm wenig Interesse für die Vorgänge des Tages bemerkt, und die Gespräche, die sie, beim Umbruch zwischendurch, dann in der halbstündigen Pause beim Kaffee, mit ihm geführt hatte, waren nicht um Dinge des Tages gegangen. Er hatte sich ihre kleinen Arbeiten zeigen lassen, die sie für die Sonntagsbeilage verfaßte und als Ausschnitte aus fremdsprachigen Blättern vorlegte, hatte mit ihr über Feinheiten der Sprache, über die Hintergründe von Worten und Zeichen gesprochen, niemals über das wirkliche Leben, niemals über Politik. Konnte es sein, daß er, ungesehen und diskret, die Linie des Blattes vorzeichnete, des Blattes, das ihre Genossen so schändlich als kapitalistisches Hurenblatt bezeichneten, des Blattes, das Rýma zu lau gewesen war? Sie war gespannt, was er zu dem Russenpakt sagen würde, wußte sie doch selbst nicht sicher, was dazu zu sagen sei. Bíleks halbe Frage hing noch in der Luft.

»Ach, alle Politik ist solch dreckiges Geschäft«, antwortete er mit einer Handbewegung, als wolle er etwas wegwischen. »Ein Ästhet«, dachte Hanna, sie dachte es zärtlich und bitter.

Von der Setzerei wurde telefonisch der Nachtredakteur verlangt. Hanna blätterte unschlüssig in der ersten Ausgabe. Das russisch-französische Bündnis wurde nur als unkommentierte Radiomeldung bekanntgegeben, die Nachricht war noch zu frisch.

In Mailand waren Escamillo und Don José in ein erregtes Duett geraten. Hanna hörte zu und fühlte, daß sie mit dem Chef allein geblieben war. Der legte den Leitartikel hin und lehnte sich in seinen Stuhl zurück.

»Ach, ist das herrlich!« seufzte er, und dann plötzlich zu Hanna: »Vor lauter Wirklichkeit versäumt man das eigentliche Leben!« Es klang wie eine Klage, obwohl es ein Scherz sein sollte.

»Und was ist das eigentliche Leben?« fragte Hanna und spürte, daß sie rot wurde. »Ist es nicht in der Wirklichkeit?«

»Vielleicht ... wenn man es sucht, könnte man es vielleicht auch in Wirklichkeit finden«, sagte er langsam. »Aber dazu müßte man frei sein, nicht all diese Verpflichtungen haben; und wenn man nicht sucht ... das, was so einfach dahergepoltert kommt, ist so kitschig und so sinnlos und so dumm. Sie haben ein neues Kleid!« setzte er unvermittelt hinzu.

»Das ist aber auch etwas Wirkliches«, lächelte Hanna, sie freute sich plötzlich.

»›Carmen‹ ist eine der schönsten Sachen der Welt!« bekannte der Chef zusammenhanglos. »Erinnern Sie sich an das Kapitel im ›Zauberberg‹, wo Hans Castorp die Platten spielt? Ganz am Schluß, als er schon ganz allein ist, da spielt er Grammophon ...«

Hanna erinnerte sich an das Kapitel. »Und wissen Sie noch, was da über Schubert steht, über den Lindenbaum?« fragte sie zurück. »Mit diesem Lied hätte er die Welt umstürzen können an Genie hat's ihm nicht gefehlt, nur ein bißchen an Talent ... Ich weiß nicht mehr, wie die Stelle heißt ...« Svoboda nickte stumm. Sie schwiegen einverständig, hörten zu.

Weder Bílek noch Veverka waren zurückgekommen.

»Hören Sie eigentlich viel Musik?« fragte der Mann.

»Ich habe soviele Jahre keine Musik gehört«, bekannte sie, es klang wie das Eingeständnis einer Schuld. Er schien ganz erstaunt.

»Keine Musik gehört?« fragte er ungläubig. »Wie ist das möglich? Ich kann ohne Musik nicht leben! Wissen Sie, was ich jetzt tue, wenn ich nach Hause komme?« Er beugte sich vor, als müsse er ihr etwas Vertrauliches gestehen. »Da dreh' ich mir das Grammophon an und spiele bis vier Uhr früh Platten ...« Er lachte, wie ein Junge, der heimlich geraucht hat, verlegen und ein bißchen stolz.

»Früher hab' ich viel musiziert«, sagte Hanna langsam, als müsse sie die Worte mühevoll aus irgendwelchen Tiefen heraufziehen. »Aber dann nicht mehr ... Es war mir zu viel«, schloß sie plötzlich, der Chef schaute sie an und nickte bestätigend, als wäre solch rätselhafter Ausspruch ihm ohne weiteres verständlich.

»Und Sie?« sagte Hanna, wieder im Plauderton. »Sie spielen also die halbe Nacht Grammophon? Warum Grammophon? Mechanische Musik? Warum nicht wirkliche, selbstgemachte? Spielen Sie kein Instrument?«

Jetzt war es der Mann, der etwas aus verborgenen Tiefen zu holen schien. »Früher hab' ich Geige gespielt ... sogar gut«, sagte er. »Aber ... dann ist mir etwas dazwischen gekommen.« Er brach den Satz mit kurzem Seufzer ab.

Mit stolzem Triumphmarsch zog Carmen mit dem Stierkämpfer in die Arena ab, rasender Beifall folgte dem Aktschluß, der Ansager schmetterte: »Radio Milano – Roma – Napoli.«

»Wie heißen Sie mit Vornamen?« fragte Hanna unvermittelt.

Aber der Chef konnte nicht antworten, denn der Nachtredakteur riß die Türe auf und bat ihn in die Setzerei.

7. Kapitel

Kontroversen über Milch – Man muß den Inseratenteil lesen – Alles nennt sich Svoboda! – Aber einer heißt Anatol – Impressionismus in der französischen Musik – Verkehr mit Bürgern wirkt korrumpierend

»Der Artikel über die Milchaffäre ist doch von dir?« fragte Hanna über den Tisch, schüttelte allen die Hand und setzte sich zu Jarmila auf die Bank unterm Fenster. »Hat mir sehr gefallen.«

Der, den sie angesprochen hatte, nickte nur, blinzelte hinter der Hornbrille mit blaßblauen, schläfrigen Augen und sagte »Na, also!«

In dem kleinen Café in Karolinenthal verkehrte eine Anzahl Genossen, Intellektuelle meist, die irgendwie mit dem »Rudé právo« oder den andern von der Partei kontrollierten Zeitungen und Zeitschriften zusammenhingen. Hanna war durch Jarmila in den Kreis eingeführt worden. Die zierliche, dunkellockige Jarmila war eine alte Bekannte vom Mädchengymnasium »Minerva« her. In einer Versammlung hatten die beiden Frauen sich getroffen, einander wiedererkannt, eine recht nette Freundschaft hatte sich angebahnt. Aber Hanna sah die vielbeschäftigte Bildreporterin meist nur am Sonntagabend im Café.

Hanna ging gern hierher. Hier konnte man offen reden, ohne die Parteizugehörigkeit verhehlen zu müssen wie in der »Svoboda« und ohne den papierenen Parteijargon zu sprechen, wie im Flüchtlingsheim, im »Continental« an den Tischen der Emigranten, in den seltenen Zusammenkünften in der tschechischen Zentrale. Parteizugehörigkeit war hier selbstverständlich, und milde Glossen wurden nicht mit mißtrauischem Stirnrunzeln, sondern mit Gelächter quittiert. Nationale Fragen, die sonst in Prag überall das Leben vergifteten, gab es hier auch nicht.

Ein gewisses intellektuelles Niveau war gegeben, die Leute stammten fast alle aus bürgerlichem Haus, hatten die Mittelschule oder auch die Hochschule besucht. An den Sonntagabenden – wie schwer waren die Sonntage in der fremdgewordenen Heimat, besonders schwer, weil es keine »Svoboda« gab! – hatte Hanna sich hier in letzter Zeit fast wie Zuhause gefühlt.

Ladislav, den Hanna auf seinen Artikel hin angeredet hatte, war eigentlich Karlíček Lozák gar nicht so unähnlich, fiel ihr auf. Dieselbe Art, alles nicht ernst zu nehmen, zweideutige Äußerungen zu machen; dahinter steckte hier wie dort Talent und Tüchtigkeit. Karlíček hätte ebensogut beim »Rudé právo«, Ladislav bei der »Svoboda« sein können. Wer weiß denn, welcher Lebenszufall bestimmt hatte, daß der eine dort, der andere da stand, augenblicklich in eine heftige Pressefehde miteinander verwickelt. Für die »Svoboda« wurde die allerdings von Karlíček nur indirekt gesteuert, und auch Ladislavs Autorschaft an den zugleich flammenden und ironischen Artikeln über die »Affäre« war nur wenigen bekannt.

Alle waren momentan mit der »Affäre« beschäftigt, auch Hanna, obzwar sie nicht viel mehr davon wußte, als was in den Zeitungen stand. Folgendes war im Gange:

Die Regierung hatte in noch unbestimmter Weise verlauten lassen, daß die Milchversorgung der Republik auf eine neue Basis gestellt werden sollte. Zunächst schien es eine sanitäre Maßnahme, deren direkter Anlaß gehäufte Erkrankungen sonderbarer Art waren, die das Gesundheitsamt einerseits, die linke Presse andererseits auf die anarchische Milchbewirtschaftung zurückführte. Verschiedene Verordnungen waren schon erlassen worden, um die Milch unter schärfere Kontrolle zu bringen und die frequenten Bestechungen beim Gesundheitsamt häufiger zu entdecken und strenger zu bestrafen. Bis dahin war dies unter dem Beifall des kommunistischen Organs vor sich gegangen, während die »Svoboda« – wie die andern liberalen Blätter – zwar die Abstellung der Mißstände begrüßte, sie aber nicht mit »Eingriffen in die Freiheit des Marktes« und »Bevormundung der Staatsbürger« erkauft wissen wollte.

Seit einigen Tagen aber hatte sich der Wind gedreht. Es verlautete, die Regierung gedächte langfristige Verträge mit gewissen Gruppen von Milchlieferanten abzuschließen zwecks planmäßiger und hygienischer Versorgung der Kasernen, Spitäler, Erholungsheime, Schulkantinen und Staatsbetriebe. Als Kontrahent wurde offiziös das »Melka«-Konsortium genannt, in dem sich etwa ein halbes Dutzend der mächtigsten Großmolkereien zusammengeschlossen hatte. Wer den riesigen Auftrag erhielt – die Regierung schacherte nicht um zwei Heller pro Liter, und bei den ungefähr zweihunderttausend Litern, die täglich zu liefern waren, machte das immerhin 4000 Kronen täglich Zuverdienst aus – konnte natürlich auch auf dem freien Markt all die Kleinhändler niederkonkurrieren, die ihre Milch von den Dörfern bekamen, und die Bauern selbst, die zahlreich jeden Morgen mit ihren Wägelchen voll unpasteurisierter und unsterilisierter Milch in die Städte fuhren.

Während nun bisher die bürgerlichen Blätter von freier Konkurrenz und unliebsamem Patriarchalismus geschrieben, die Kommunisten dagegen sich für Rationalisierung und Planwirtschaft, Schutz der Volksgesundheit und Kampf den gewissenlosen Milchverfälschern begeistert hatten, schienen sie nunmehr die Rollen vertauscht zu haben: Die liberale Presse erwärmte sich vorsichtig für den Gedanken der Konzentration und der Staatsaufträge, das »Rudé právo« aber und seine tschechischen, deutschen und slowakischen Kopfblätter in der Provinz begannen, gegen die Monopolwirtschaft und die Zugrundrichtung der kleinen Leute zu wettern.

Franta, ein junger Zeichner, hatte das Parteiblatt vom Haken genommen und las den Artikel, den Hanna beim Kommen erwähnt hatte.

»Sehr instruktiv, die Analyse der sozialen Schichtungen

in der Milchindustrie«, bemerkte er. »Aber den letzten Satz versteh' ich nicht, Láda, ganz abgesehen davon, daß das mit einem Mal so hymnisch wird nach eineinhalb Spalten kalter Denkerstirn ...« Und er las mit leicht persiflierendem Ton:

»Während in den Röhren der Melkmaschinen im Musterkolchos »Roter Oktober« die Milch dahinschießt wie das brausende Blut durch die Adern der Sowjetbauern, die in ihrem Lande den Sozialismus aufbauen, gemahnt die Milch, die in den äußerlich gleichen Röhren der äußerlich gleichen amerikanischen Melkmaschinen des »Melka«-Konzerns rinnt, an das letzte Aufwallen des Lebenssaftes in einem arteriosklerotischen Körper. Diesem zum baldigen Untergang bestimmten Kadaver wird das tschechische Proletariat den Todesstoß versetzen, sobald die noch kleinbürgerlich eingestellten Milchlieferanten des städtischen Hinterlands ihre Klassenmission verstanden haben werden ...«

Als sie das so laut vorlesen hörte, fand Hanna es mit einem Mal nicht mehr so gut. Im Vergleich zu dem großväterlichen Bedächtigkeitsgerede von Manduras Leitartikel in der »Svoboda« war ihr das Pathos des Genossen eben vorhin noch kraftvoll und markig erschienen. Jetzt – schämte sie sich ein ganz klein wenig.

»Möchtest du mir sagen, worin sich die äußerlich gleichen Röhren der äußerlich gleichen Melkmaschinen bei uns und in der S. U. unterscheiden?« fragte Franta. »Melkmaschinen und Röhren haben doch meiner Meinung nach keine Innerlichkeit?«

»Du verstehst eben nichts von Dialektik«, erwiderte Ladislav phlegmatisch, und man konnte aus seinem Ton nicht recht hören, ob er das Wort Dialektik mit oder ohne Anführungszeichen gesagt hatte.

»Aber die Kleinproduzenten können doch wirklich nicht konkurrieren mit den Großmolkereien«, wandte Hanna ein. »Sollen wir wegen der paar tausend Milchhändler – du schreibst ja selbst, sie sind noch reaktionär –

für schlechtere und teure Milch eintreten? Das müssen ja doch nur wieder die Proleten ausbaden!«

Als Antwort nahm Ladislav dem jungen Zeichner das »Rudé právo« aus der Hand, blätterte ein paar Seiten um und legte das Blatt vor Hanna hin.

»Du liest eben keinen Inseratenteil«, sagte er mit seiner schleppenden Stimme. »Da wirst du in der ›Svoboda‹ nichts herauskriegen und bei uns auch nicht.« Wieder dieses schläfrigarrogante Blinzeln, wie Karlíček... Hannas Blick fiel auf ein ganzseitiges Inserat:

»Konsum- und Produktivgenossenschaft ›Svoboda‹«, las sie, mit einer Adressenliste der Verteilungsstellen in Prag, Brünn, Pressburg und Kaschau. Die Vorzüge des Kooperativsystems als Vorstufe zum Sozialismus und als Hilfsmittel für das proletarische Haushaltsbudget wurden in beredten Worten dargestellt – seit wann sind bei uns die Genossenschaften eine Vorstufe zum Sozialismus? wunderte sich Hanna, früher waren sie doch der Hort der fortschrittlich getarnten Reaktion? – Und darunter las man:

»Arbeiter, wenn du billige und hygienisch einwandfreie Milch für deine Kinder willst, werde Mitglied der ›Svoboda‹Konsumgenossenschaft! Kleinbauer und Milchhändler, wenn du nicht sehen willst, wie die großkapitalistische ›Melka‹ Deine Existenz untergräbt, schließe dich an der Produktionsgenossenschaft ›Svoboda‹ Abteilung Molkereiprodukte!«

»Aha!« sagte Franta, der offenbar im Inseratenlesen besser bewandert war als Hanna. Hanna fragte nicht mehr. Sie sann darüber nach, daß der Name Svoboda nun schon eine dritte Bedeutung in ihrem Leben bekam. Hier brauchte sie wenigstens nicht über den Vornamen nachzudenken.

Anatol. Ob er etwas mit dem Inseratenteil der »Svoboda« seiner, ihrer »Svoboda« – zu tun hatte? Ob er sich jemals gekümmert hatte um die Beziehung zwischen redaktionellem Teil und Annoncen? Er hielt ja Politik für ein dreckiges Geschäft. Von der Milchaffäre verstand er gewiß noch weniger als sie selbst. Und sie ... war sie nicht wirklich unfähig, für die Partei zu arbeiten, wenn sie nicht einmal wußte, daß das Aufschlußreichste über die Tendenz einer Zeitung nicht im Leitartikel, sondern im Inseratenteil zu finden war? Mit einem Mal fand sie selbst alles dreckig, inklusive die sterilisierte Milch auf dem Musterkolchos »Roter Oktober«, inklusive sich selbst, der zu dem Worte »Freiheit« nichts anderes einfiel, als der Vorname Anatol.

Seit vorgestern wußte sie ihn.

Alles hatte sich abgespielt wie immer. Sie hatte im großen Mittelzimmer Zeitungen gelesen, ein bißchen übersetzt, Karlíček ihre Ausschnitte auf den Schreibtisch gelegt und war dann zum Umbruch in die Setzerei gegangen. Eine Stunde lang das gewöhnliche Getriebe, das Klappern der Linotypes, das rhythmische Rasseln der Rotationsmaschine, das Sausen des Aufzugs, der die ausgebundenen Seiten in die Stereotypie hinunterfährt, der Streit um den Platz auf der Seite, um die Letterngröße der Überschriften, dazwischen Gesprächsfetzen mit Redakteuren, Setzern ... jetzt stand sie nicht mehr ratlos bei den »Vorratsschiffen« allein, kannte schon viel von den kleinen Geheimnissen des Metiers, verstand Anspielungen und halbhingeworfene Sätze – der Chef, dunkel und schmal in seiner Russenbluse als diskreter und – wie sie täglich mehr zu bemerken glaubte – im Tiefsten uninteressierter Dirigent des Trubels, mit schönen, lebhaften Handbewegungen das Durcheinander der Stimmen und Geräusche harmonisierend. Dann, nachdem die erste Seite – die letzte eigentlich – fertig ist, geht einer nach dem andern hinaus, einzelne gehen weg, ihren privaten Sorgen und Vergnügungen nach, die meisten aber sitzen noch bei Bílek herum, trinken Kaffee, hören ein bißchen Radio, schwätzen ein bißchen, fühlen sich wohl in gemeinsamer Lockerung nach gemeinsam vollbrachter Anspannung, bilden so was wie eine Gemeinschaft, obwohl sie eigentlich so wenig Gemeinsames haben: das ist anders als in der

Partei, wo die Mitarbeiter durch eine Gesinnung zusammengehalten werden, die »Svoboda«Redakteure brauchen keine Gesinnung zu haben. Unterschiedlich ist ihr Privatleben, unterschiedlich ihre Lust und ihr Leid, ihr Wissen und Wollen, in einer halben Stunde wird jeder mit seiner feuchten ersten Ausgabe in der Rocktasche irgendwohin ins nächtliche Prag verschwinden, aber bis dahin gehören sie zusammen. Und Hanna gehörte dazu und freute sich, daß sie dazugehörte, obwohl es, wie sie sich nüchtern sagte, eine recht substanzlose Zugehörigkeit war. Sie dachte an den Abend von vorgestern. Svoboda hatte wie gewöhnlich, wie alle, die hier aus- und eingingen, mit kurzem »Gute Nacht« und ohne jemandem die Hand zu reichen, das Zimmer verlassen, aber als Hanna fünf Minuten später sich zwischen den Lastautos, die hinaus zu den Zügen fuhren, durchwand, hatte sie ihn an der Portiersloge überholt. Sie ging mit schweigendem Gruß an ihm vorbei, auf die Straße, er kam ihr nach:

»Wohin gehen Sie? ... Ich gehe ein Stückchen mit, wenn es Ihnen recht ist.«

Ein fremder Herr in lichtem Überzieher und weichem Filzhut, die noch feuchte erste Ausgabe unter den Arm geklemmt, ging neben ihr und faßte sie bei den Straßenübergängen sorglich am Ellbogen. Merkwürdig, wie anders ein Mensch auf der Straße ist als in einem Haus. Ihre Schritte passen zusammen, vielleicht paßt er die seinen den ihren an, sie kann es nicht wissen, sie weiß ja nicht, wie er auf der Straße geht, und sie kann es auch jetzt nicht sehen, sie ist zu nah, nur fühlen, daß sie in gleichem Schritt gehen und daß das gut ist.

Er sagt nichts und sie auch nicht. Es ist ihr heiter zumute, und sie denkt an nichts, nicht einmal an das, was sie fühlt, diese selbstverständliche Leichtigkeit des Nebeneinandergehens. Dann fängt er an, er habe da ein Buch bekommen, ein französisches, leider könne er es nicht lesen, Humanismus, gewiß, er schätzt die alten Sprachen, aber was nützen ihm die Verben auf Mi, das Buch möchte er gern kennen, und er dreht und windet sich, ein bißchen ungeschickt, bis Hanna ihm anbietet: »Ich will es gern übersetzen – oder Auszüge daraus machen, wenn Sie mir sagen, was Sie besonders interessiert ...«

Er ist ihr riesig dankbar, Auszüge ... nein, es ist nur eine Broschüre, ein Essay über den Impressionismus in der französischen Musik, wenn sie Zeit hätte ... ? Aber vielleicht ist es eine Belästigung?

Nein, nein, er soll morgen das Buch mitbringen, sie hat augenblicklich nicht besonders viel zu tun, sie freut sich darauf. Aber – und nun dreht und windet er sich noch mehr und ist so präokkupiert, daß sie beinahe von einem Auto überfahren werden, denn auch Hanna gibt nicht auf die Verkehrszeichen acht nun, kurz und gut, er will ihr die Arbeit bezahlen.

Mit einem Mal ist Hannas Heiterkeit weg, und in ihr leicht gewordenes Hirn schießen von allen Seiten die Gedanken zusammen. Sie will Nein sagen, es empört sich etwas dagegen, von dem Mann Geld zu nehmen, von Geld auch nur zu reden, jetzt, wo sie das erste Mal allein mit ihm ist ... aber schließlich, was geht der Mann sie an. Hundertmal hat sie versucht, sich ein paar Kronen extra zu verdienen, vergebens, und da bietet sich nun eine Gelegenheit, und sie spielt die Zimperliche, als ob sie noch Geld auf der Bank hätte, wie einst, und zehnerlei Arbeitsmöglichkeiten, wie einst. Als ob sie nicht eine arme Emigrantin wäre, die nie mehr und nirgendwo eine regelrechte Existenz finden wird, als ob sie nicht den Mann im Zuchthaus hätte, der, wenn er in einundeinhalb Jahren herauskommt, sich wird erholen müssen, und als sie so weit ist in ihren wirren, schnellen Gedanken, sagt sie, etwas unsicher und etwas trotzig: »Wenn Ihnen eine Krone pro Seite recht ist?« Und es kommt ihr vor, als habe sie damit zwischen sich und den fremden Mann ein Schwert gelegt, und schreitet aus mit langen, raschen Beinen, mit einemmal gehen sie nicht mehr im gleichen Schritt.

Der Mann findet es natürlich zu billig, aber sie bittet

Nationaltheater (Národní divadlo)

ihn, fast zornig, nicht mehr darüber zu reden, und mittlerweile sind sie beim Nationaltheater angekommen und machen Halt am Kai und lehnen sich, ohne Verabredung, ans Geländer und schauen hinüber zum Hradschin, der märchenhaft im Vollmond liegt.

Sie schauen über den Fluß – Gott, ist das schön – Gott, ist Prag schön, die schönste Stadt der Welt. Er fragt sie, in welchen Ländern sie gelebt hat, sie erzählt von Italien, von Holland. Von Deutschland schweigen sie, in Fragen und Antworten, wie auf Verabredung. Er hört gut und aufmerksam zu, und sie gehen schon das zweite Mal zwischen dem Café Slavia und der Karlsbrücke hin und her, hin und her ... Rußland? Ja, auch in Rußland ist sie gewesen. Als sie davon erzählt, hat sie plötzlich all die Bedenken und schmerzlichen Zweifel vergessen, die sie in den letzten Monaten so oft und immer heftiger gequält haben, sie spricht, wie sie damals gesprochen hat, als sie 1931 aus Moskau zurückkam, das Herz geht ihr auf, nein es ist schon offen, der Vollmond scheint breit und grün hinein. Der Mann hört aufmerksam zu mit seinen schmalen, durchdringenden Augen auf ihrem Mund, und läßt durchaus nicht erkennen, was er seinerseits vom »Land der Zukunft« weiß und denkt.

Er, bekennt er, ist über Wien nie hinausgekommen, im Krieg nur, in die Karpathen, aber die kannte er schon aus besseren Zeiten, als Kind ist er viel in Ungarn gewesen, die Mutter war Ungarin. Daher das fremdländische Gesicht, begreift Hanna. In Preßburg ist er aufgewachsen, später sind sie dann nach Brünn übergesiedelt, seine Geschwister leben alle noch dort.

Hanna erzählt, daß auch sie aus einer sprachlich gemischten Ehe stammt, und sie sind beide der Meinung, daß man da anders ist als die andern, und sie lachen ein bißchen, weil es kindisch ist für so erwachsene Menschen, sich anders zu finden als die andern. Und dann hatte er plötzlich gesagt:

»Sie haben mich gestern nach meinem Vornamen gefragt ...

Anatol heiße ich. Weil der Vater mich nach seinem Vater Vítězslav nennen wollte und die Mutter nach dem andern Großvater Elemér. So ist Anatol draus geworden, das ist weder tschechisch, noch ungarisch.

Und Hanna hatte »Danke« gesagt, als habe er ihr ein Geschenk gemacht.

»Was sagt man denn in der ›Svoboda‹ zu Rýma?« fragte Jarmila in ihre Erinnerungen hinein.

Es stand nun leider fest, daß Rýma ein Lump war und sich wirklich an die Faschisten verkauft hatte. Im »Polední list« stand heute – drei Tage, nachdem Rýma in die Redaktion eingetreten war – ein ausgezeichneter Artikel mit deutlichen Anspielungen auf Interna der Partei, die niemand sonst dort wissen konnte. Die gutmütige Annahme, er sei als Parteikonfident zum »Polední list« gegangen, so wie zwei Jahre zuvor zur »Svoboda«, konnte nicht mehr aufrecht erhalten werden. Sein Verrat war offensichtlich.

»Das kommt davon, wenn man mit lauter Reaktionären verkehrt«, meinte Ruda. Vielleicht war er ein bißchen eifersüchtig, Jarmila war eine Zeit lang Rýmas Freundin gewesen, jetzt war sie Rudas Freundin.

»In so einer ›Svoboda‹ wird man allmählich korrupt«, sagte Franta bestätigend, und dann schlug er vor, in eine Bar umzuziehen. Die andern waren dabei, keiner fürchtete sich vor einer möglichen Korruption durch die Besucher der Nachtlokale, nur Hanna erklärte, sie habe Kopfschmerzen, und ging nach Hause.

8. Kapitel

Allmählich, sonderbares Wort – Eine vertrackte Türklinke – Die Milch wird immer schlechter – Parteilinie für Molkereiprodukt – Eine ganz plötzliche Entdeckung

Allmählich – sonderbares Wort, mit gemächlich hat es zu tun und mit all. Man merkt nichts, alles merkt man nicht, außer das Plötzliche. Vielleicht könnte man es nicht ertragen zu wissen, wie allmählich alles geht, wie allmählich Rosa sich in Grau verwandelt, Liebe in Kühle und das Leben in Sterben? Es geht so allmählich …

Ein Tag gleicht dem andern, der Photograph Viták spielt Schach mit einem Besucher, der Archivar Klaus teilt unverdrossen mit, daß weder der Chef noch Karlíček zu sprechen ist, das Telefon klingelt, die Diener holen Zeitungen aus den Fächern und Folianten von den Borden und bringen sie wieder zurück, vielleicht bringen sie auch andere Zeitungen und andere Folianten zurück als die, die sie geholt haben, wer kann das wissen, es ist ja auch nur so ein Gedanke.

An den Milchglasscheiben streichen die Schatten vorbei, Redakteure, die in die Setzerei gehen, Setzer, die in die Redaktion gehen, Besucher, Schriftsteller, Bittsteller, die kommen und gehen.

Jetzt braucht Hanna auch schon nicht mehr aufzuschauen; wie Klaus könnte sie, ohne sich umzudrehen, sagen: »Vokáček kommt schon wieder schön spät aus dem Parlament«, aber sie sagt es nicht, das Parlament ist in die Sommerferien gegangen, und Vokáček kommt vom Strafgericht, weil Menčík auf Urlaub ist.

Wenn der Chef vorübergeht, spürt sie es durch die Milchglasscheibe, es rieselt ihr über den Rücken, sie schaut nicht auf. Vielleicht wird er die Tür aufmachen und hereinkommen, Klaus etwas fragen, Viták etwas fragen, er tut das jetzt öfter. Mit ihr spricht er nicht, nickt nur Guten Tag und lächelt und zeigt dabei ebenmäßige, rauchgelbe Zähne zwischen den schmalen Lippen.

Allmählich – paulatim heißt es lateinisch, das ist ja fast dasselbe, znenáhla auf tschechisch, und das heißt eigentlich, ganz naiv, »nicht plötzlich«, gradually auf englisch, jedes Volk spricht anders, auch das ist sonderbar. Die Franzosen sagen »peu à peu«, aber das ist falsch, das gibt ja nicht die Idee von etwas Fließendem, es ist so ruckartig, als spiele das Werden sich in kleinen Stößen ab, unmerklichen kleinen Erschütterungen ... nun, vielleicht ist's auch so.

Sie weiß das Wort in vielen Sprachen und braucht gar nicht nachzuschauen in dem dicken, siebensprachigen Wörterbuch, das sie sich neulich gekauft hat, obzwar es in ihr Budget ein ordentliches Loch riß. Sie braucht jetzt viele Sprachen, nicht mehr nur für »Interessantes aus aller Welt« (da hat ein junger Amerikaner etwas »echt Mexikanisches« essen wollen, und jetzt liegt er schon drei Wochen im Krankenhaus, hundertsechsundzwanzig Mal pro Minute stößt ihm das scharfe, fremde Gewürz auf, das macht pro Stunde siebentausendfünfhundert Mal, pro Tag ... aber das kann man sich gar nicht ausrechnen, nun, recht geschieht dem Amerikaner, als Fremder soll man sich nicht einlassen ...), sie braucht die Sprachen jetzt auch für das, was sie für Anatol privat übersetzt.

Sie hat viel für ihn zu tun. Jede Weile bringt er etwas Neues, und sie liest die Zeitungen jetzt mit doppelten Augen, für »Interessantes aus aller Welt« und für Anatol. Sie möchte sich nicht so beeilen mit der Ablieferung der Arbeiten, die er ihr gibt, er meint sonst am Ende, es sei ihr um das Geld zu tun. Nun, natürlich ist es ihr auch um das Geld zu tun, sie hat sich ein lustig geblümtes Imprimékleid gekauft und einen breiten Florentinerhut, wie den vom Vorjahr, den sie bei Karls Prozeß getragen hat und den die Schlossersfrau in Dresden ihrer Kusine schenken wollte. Wie lang das her ist ... Wie lang eigentlich? Monate? Jahre? Hanna rechnet nicht. Sie arbeitet schnell, vor allem, weil es ihr Freude macht. Wenn sie ihm eine fertige Arbeit bringt, kommt so ein Leuchten über sein Gesicht, und er fängt gleich an zu lesen, was sie geschrieben hat, und sagt: »Hat es Ihnen gefallen? Hat es Sie interessiert?« Und gibt sein Urteil erst ab, nachdem er das ihre kennt, und es ist meist wie das ihre.

Wenn sie eine Arbeit überbringen will, geht sie in sein Büro. Sein Büro hat eine vertrackte Klinke. Drückt man sie herunter, gibt sie nicht nach. Man meint, es sei zugesperrt und kehrt wieder um. Darum ist die Klinke da. Aber weil Karlíček und Mandura und Vokáček und der Obermetteur und noch zwei oder drei andere dennoch zum Chef müssen, so ist an der Klinke ganz verborgen ein kleiner Knopf angebracht, und wenn man auf diesen drückt, geht die Tür auf. Das wissen bloß Karlíček und Mandura und Vokáček und der Obermetteur und noch zwei oder drei, und sie verraten es nicht, weil keiner will, daß andere, so wie sie, beim Chef aus- und eingehen können. Aber Hanna weiß es auch. Der Chef selbst hat es ihr gezeigt und dabei gelacht, ein bißchen verlegen und ein bißchen stolz, wie ein Junge, der heimlich geraucht hat. Und Hanna trägt Sorge, daß niemand weiß, daß sie es weiß.

Am Vormittag von elf bis eins ist die Tür angelehnt. Der Chef empfängt Besuche. Aber vormittags ist Hanna meist nicht da. Sie liest in der städtischen Bücherei die Zeitschriften. Sie liest mit doppeltem Auge, für »Interessantes aus aller Welt« und für Anatol. Und für die Partei. Ja, auch für die Partei. Sie macht jetzt »Interessantes aus aller Welt« auch für »Rudé právo« und für »Haló noviny«. Es heißt dort anders, und es wird nicht bezahlt. Und sie kann dort alles anbringen, was Karlíček niemals nehmen würde, über die Eingeborenen in den Gummiplantagen in Indochina und so. Und sie tut es mit Eifer, gerade weil es nicht bezahlt wird, es kommt ihr wie eine Ehrenrettung vor. Ist sie denn in Schande gefallen?

Allmählich ist es Sommer geworden, heiß, heiß, in der Setzerei beim Umbruch ist es heiß, und wenn sie manchmal, nach der Pause, noch einmal hinuntergeht, um mit Liftschitz und den andern Genossen zu plaudern, schlüpfen die Burschen schnell in die Kittel, sie haben das Hemd ausgezogen, sind halbnackt. Und Hanna ist eine Frau. Das hat sie eigentlich bisher gar nicht so recht gewußt.

Heiß ist es, heiß, die Milch wird sofort sauer, wenn man sie nicht gleich abkocht, und sie wird sogar sauer, wenn man sie gleich abkocht, das Gesundheitsamt verhängt drakonische Strafen, und von einer Woche zur andern heißt es, die Regierung werde ein Machtwort sprechen. Aber sie spricht es nicht, wir leben in einer Demokratie, nichts ohne den Willen des Volkes, und die Herren Abgeordneten sind in den Ferien, in Marienbad, Karlsbad, Trenčin–Teplice, Luhačovice, die kommunistischen Fraktionsmitglieder benützen den Sommer zur Agitation, die Herren sozialdemokratischen Senatoren liegen im Badeanzug an der Sázava, vor dem hübschen Hotel, in dem sie billigere Sonderpreise haben, weil es dem »Verein zur Ruhe des arbeitenden Volkes« gehört, vor 1918 gehörte es einem Hocharistokraten, der frißt sich jetzt bei Heinrich Aschbach satt und macht Rosita den Hof. »Gut, daß wir keine Kinder haben«, hat Heim neulich am Donnerstag bei Tisch gesagt, »die Milch ist ein solcher Dreck, daß man nicht einmal Reis à la Trautmannsdorff mehr essen kann. Höchste Zeit, daß die ›Melka‹ die Sache in die Hand nimmt ...«

Aber die »Melka« hat die Sache noch immer nicht in die Hand genommen. Die Kleinproduzenten und Kleinhändler haben sich in der Produktiv-Genossenschaft »Svoboda«, Abteilung Molkereiprodukte, zusammengeschlossen und führen eine machtvolle Kampagne in der kommunistischen Presse, sie wollen die Staatslieferungen bekommen.

»Die ›Svoboda‹ vertritt 600 000 ehrliche, bescheidene, staatstreue Proletarier«, verkündet Ladislav in einem ungezeichneten Leitartikel im »Rudé právo«. »Wenn die Abteilung Molkereiprodukte die Staatslieferungen bekommt, dann werden nicht nur drei- bis viertausend kleine Milchhändler vor dem Ruin bewahrt, dann wird nicht nur die Milch besser und billiger, sondern dann kann die Konsumgenossenschaft die Preise auch für die andern Lebensmittel herabsetzen ...«

»Nur die kapitalkräftigen Großproduzenten«, schreibt Mandura in einem gleichfalls ungezeichneten Leitartikel in der ›Svoboda‹, »sind imstande, die Milchwirtschaft mit wirklich zeitgemäßen technischen Einrichtungen zu versehen, teures Zuchtvieh aus der Schweiz einzuführen, die hohen Löhne zu zahlen, die das Warte-, Melk- und Füllpersonal auf eine Kulturstufe bringen, wo saubere Nägel und gekämmte Haare sich von selbst verstehen ...« Man weiß nicht recht. Im Inseratenteil des »Rudé právo« sieht man ganze Seiten über die Vorzüge der »Svoboda«, im Inseratenteil der »Svoboda« sieht man ganze Seiten über die Vorzüge der »Melka«.

Die Parteilinie für die Molkereiprodukte scheint klar und gerade. Aber Hanna ist nicht überzeugt. Sie hat mit Ladislav, mit Peter, mit verschiedenen Genossen darüber gesprochen. Kann man als Kommunist das Kleingewerbe gegen die Großindustrie vertreten? ... Ist das nicht leere Wahldemagogie? Kann man hoffen, daß die befriedigten Milchhändler zuverlässige Klassenkämpfer werden? Werden sie nicht genau so Mißbrauch treiben mit ihrem proletarischen Monopol wie die »Melka« mit ihrem kapitalistischen? Sollte man nicht vielmehr für die technisch am weitesten fortgeschrittene Organisation votieren, die doch wirklich die Maschinen und das Zuchtvieh einführen kann und damit die Milch verbessert und verbilligt? Und wäre die Aufgabe der Opposition nicht eben die, durch ihre Presse, ihre Parlamentsfraktion darauf zu dringen, daß die Kapitalisten die Milch wirklich verbessern und verbilligen, auf Kosten ihres Profits?

Ab und zu ereiferte sich Hanna bei solchen Debatten noch wie in alten Zeiten, wie an den Abenden in Halle, wo junge Leute, der Student Bergler unter ihnen, ins Haus kamen. Sie hat versucht, Karl in einem Brief die Sache darzustellen, meinte, es würde ihn interessieren, vielleicht kann er ihr sogar getarnt seine Meinung schreiben. Aber er hat den Brief nicht erhalten, die Zensur hat gemeint, »Milch« sei ein Deckwort für etwas anderes.

Schließlich ... ist es nicht ein Deckwort für etwas anderes? Wir haben gar keine Worte, wir haben nur Deckworte. Auch »allmählich« ist ein Deckwort. Es geht alles plötzlich, in Stößen, ruckweise, die Franzosen haben ganz recht. Es geht alles ganz plötzlich ... Ganz plötzlich hat Hanna entdeckt, daß – sie Anatol liebt.

9. Kapitel

Von Erlaubtem und Verbotenem – Früher wußte man, wo man hingehörte – Reminiszenz an nächtliche Gespräche – Jarmila findet, man muß einen Mann haben – Rußland schätzt neuerdings das Familienleben – Ein indiskreter Fragebogen

Heiß ist es, heiß, und Hanna geht manchmal an den Vormittagen nach Podol ins »Blaue Bad« schwimmen. Manchmal geht sie allein, manchmal mit Jarmila, im Sommer gibts nicht so viel zu tun, und es ist so heiß.

Jarmila hat einen hübschen, kleinen, weißen Körper, sie trägt ein weißes Trikot, ihr dunkler Wuschelkopf sieht darüber noch dunkler aus. Es gibt viele Frauen mit hübschen, weißen Körpern, blonde, braune, rote, mit grünen, gelben, schwarzen Badekostümen, manche haben nur ein Höschen und einen Büstenhalter an, die Männer haben Haare auf der Brust und die Burschen sehen aus wie Indianer, ganz bronzebraun sind sie gebrannt und haben glatte, lange Beine. Sie schaukeln mit den Mädchen auf den Wippen, und die Mädchen quietschen, und im Caféhaus am Strand sitzen lauter Nackte und genieren sich gar nicht.

Auch Hanna geniert sich nicht, sie läuft mit langen schlenkernden Armen und Beinen am Strand herum, sie springt vom hohen Trampolin und taucht lange. Als sie noch mit dem Vater schwimmen ging – damals gab es noch kein »Blaues Bad« in Podol, man ging auf die Sophieninsel baden –, hat der Vater nicht erlaubt, daß sie sprang und tauchte, das Wasser ist so schmutzig, man kann Typhus bekommen. Jetzt kann sie springen und tauchen und überhaupt machen, was sie will. Es ist schon so lange her, daß ihr jemand etwas verbietet. Aber sie genießt die persönliche Freiheit immer noch wie mit scheuen Seitenblicken, sie erscheint ihr wie unerlaubte Willkür, ja,

Sophieninsel (Žofín)

Hanna ist eine, die immer genau wissen möchte, was man darf, was man nicht darf. Wenn man ihr sagt, was erlaubt ist, so hat sie oft gar keine Lust mehr; wenn man ihr sagt, was verboten ist, so tut sie es oft dennoch, aber das ist was anderes, da sind doch irgendwo Geleise, wenn auch nur, damit man sie rechts oder links liegen läßt. Auf dem Sand in Podol sind keine Geleise. Die Leute springen nackt herum, man kann ihnen nicht ansehen, wo sie hingehören, alle sind gleich, es gibt nur noch die natürlichen Unterschiede, schön oder häßlich, jung oder alt.

»Hallo, Jiřík!« ruft Jarmila einen hübschen, braungebrannten Burschen an, und er kommt und unterhält sich eine Weile mit ihr, ehe er wieder zu seiner Schaukel geht. Jarmila trifft viele Bekannte im »Blauen Bad«. Intellektuelle, die keine regelmäßige Arbeit haben, Lehrer und Beamte, die ihre Ferien hier verbringen. »Das ist Hanna«, stellt Jarmila vor. In der Partei nennt man sich Du und beim Vornamen, es ist eine große Brüderschaft. Hanna weiß nicht, wie Ruda, wie Franta, wie Ladislav eigentlich heißen, und es ist auch besser so, von der Partei her ist das so eine Sitte geworden unter den Intellektuellen. Unter den Arbeitern vielleicht auch, das weiß ich nicht, denkt Hanna. Ich kenne eigentlich hier gar keine Arbeiter. Die Setzer in der »Svoboda« ... das sind freilich Arbeiter, aber denen kann man nicht Du sagen, es wäre komisch, Herrn Liftschitz Du zu nennen beim Umbruch, nicht einmal Genosse kann man sagen, es darf ja keiner wissen, wohin sie gehört. Außerdem sind hier, wie überall, die Typographen die aristokratische Schicht der Arbeiter. Wie oft hat es früher Debatten darüber gegeben, daß all die antiproletarische, faschistische Propaganda nicht hätte sein können, wenn die so stark organisierten Typographen sich geweigert hätten, sie zu setzen und zu drucken. Aber sie habens nicht getan, haben alles gesetzt und gedruckt, was gegen sie geschrieben wurde. Nein, die Setzer in der »Svoboda« sind keine Arbeiter. Vielleicht ist es unausweichlich, daß man korrumpiert wird, wenn man in einer bürgerlichen Zeitung arbeitet?

Andere Arbeiter als die Setzer in der »Svoboda« kennt Hanna nicht. Das ist auch etwas Neues, daß sie in Prag so ausschließlich unter Intellektuellen lebt. Die im Flüchtlingslager ... das sind auch keine Arbeiter. Sind gewesene Arbeiter ... das ist was anderes. Hanna hat das Proletariat verloren.

In Deutschland waren sie und Karl meist von Arbeitern umgeben. Man hatte das Herz bei ihnen und den Kopf, und alles war einfacher. Mit Karl war es einfach zu leben. Alles hatte einen Namen, einen rechten, man wußte immer gleich, was zu tun war, wo man hingehörte, wie die Dinge lagen, man arbeitete, kämpfte, ruhte sich aus, dann und wann, freute sich. Karl kann nicht schwimmen gehen. Heiß muß es jetzt sein in der Zelle, in den Nächten besonders. Vielleicht ist Karl jetzt auch schon ins Grübeln geraten, wenn man so sitzt und sitzt die ganze Zeit.

Hanna liegt auf dem Sand, streckt die langen, mageren Beine von sich, sie hat den Kopf auf den aufgestützten Ellbogen gelegt, die Augen geschlossen. Ich habe das Proletariat verloren, denkt sie. Ich habe alle Einfachheit verloren. Zu nichts mehr kann ich unbedenklich Ja oder Nein sagen.

»Hast du eigentlich einen Mann?« fragt Jarmila.

Das ist gleich so ein Fall! Ist dazu nun Ja oder Nein zu sagen? Sie hat einen Mann. Seit April vorigen Jahres ist er fort. Sie hat keinen Mann. Aber das hat Jarmila gar nicht gemeint mit ihrer Frage. Jarmila weiß, daß Hanna verheiratet ist, daß sie den Mann im Zuchthaus hat. Trotzdem fragt sie solche Sachen. Als ob es ganz selbstverständlich wäre, daß man sich einen neuen Mann nimmt, wenn der andre fort ist.

Und dabei quält sich Hanna die ganze Zeit, ob das recht ist, ob sie Karl nichts antut, wenn sie an Anatol Svoboda denkt.

Anatol ist auf Urlaub gefahren. Fast vier Wochen ist er schon fort. Sie weiß nicht einmal, wo er ist, nicht, mit wem er seine Ferien verbringt. So fremd ist er, und da liegt sie, nackt am Strand der Podoler Schwimmschule und denkt mit Puritanerbesorgnis darüber nach, ob ihre Beziehung zu ihm redlicherweise zu vereinigen ist mit dem Mann im Gefängnis ...

Beziehung ... was denn Beziehung! Ab und zu war sie mit ihm abends gemeinsam aus der Redaktion weggegangen, er hatte sie bis zu ihrer Pension begleitet, sie waren unterwegs manchmal in ein stilles Café oder in eine kleine Weinstube eingekehrt und hatten gesprochen.

Jedesmal, denkt Hanna zurück, und es wird ihr feierlich und gerührt zumute, hat sie bei diesen nächtlichen Ausgängen wieder dasselbe erlebt, wie damals das erste Mal, im Mai. Diese Einträchtigkeit des Schreitens, Heiterkeit, selbstverständliche Leichtigkeit in den Gliedern und im Gemüt. Der Kopf geht nebenher, es ist nicht wichtig, was er denkt. Manchmal denkt Hanna dasselbe wie Anatol, und sie bleiben freudig überrascht mitten auf der Straße stehen und schauen sich an, im halben Satz, den sie beide gleichzeitig angefangen haben. Manchmal aber denkt Hanna etwas ganz anderes und ärgert sich schmerzlich, weil Anatol so weit weg von ihr ist, so logisch, so ästhetisch ist das, was er äußert. Wie ein bürgerlicher Intellektueller halt, denkt Hanna, in Diskussionen nach einer Bildungsveranstaltung der Partei, in Deutschland. Aber im Grunde ist es nicht wichtig, was sie denkt, der Kopf ist nicht wichtig, denn er weiß immer erst nachher, was im Herzen vorgegangen ist.

Das klingt ja fast wie eine Sentenz, ein Aphorismus aus der Sonntagsbeilage. Hanna setzt sich auf – sie hat, seit Anatol fort ist, ihre Arbeiten für »Interessantes aus aller Welt« etwas links liegen gelassen. Rechts liegen gelassen, sollte man besser sagen. Sie lacht. Aber man weiß nicht mehr ganz genau, wo rechts und wo links ist. In dieser Jahreszeit gibts nicht viel aufzustöbern, was die Leser interessiert, die üblichen Sommerenten: der Hamster, der seine sieben Jungen totgebissen hat, das synthetisch hergestellte Leben, ein Geschöpf mit fünfhundert Zellen in der Retorte erzeugt, dann die Geschichte von dem Mann, der sich aus dem Fenster lehnte und sah, wie ein Adler sein Baby von der Wiese hob und durch die Luft entführte, aber da er zufällig eine geladene Flinte neben sich stehen hat, schießt er frohgemut den Adler mit dem Baby herunter – zu dumm.

Auch in der »Prawda« steht gar nicht mehr recht was Geeignetes, die Sachen, die man aus Rußland zitieren könnte, sind wohl nach dem Geschmack von Bankier Aschbach – so in der Art der Silberteller im Außenhandelskommissariat, von denen der Ostrauer Industrielle erzählt hat –, aber sie sind nicht mehr recht dazu angetan, die »Svoboda«-Leser verstohlen mit Kommunismus zu infizieren. Die Kontroverse darüber, ob Schostakowitsch ein revolutionärer oder ein konterrevolutionärer Komponist ist, war das einzig Interessante, das sie in den letzten Wochen in russischen Zeitungen gefunden hat, und das interessiert wiederum gewiß nicht Karlíček, das interessiert nur Anatol. Denn Anatol interessiert auf der Welt nichts mehr oder nichts auch nur annähernd so viel wie Musik. Der Großteil der Sachen, die er ihr zum Übersetzen bringt, sind Essays, Berichte, Artikel über Musik. Hanna selbst bringt ihm – teils aus Dienstfertigkeit, die sie sich bitter übelnimmt, und teils aus eigenem, wiedererwachten Interesse – Sachen, die sie irgendwo aufstöbert. Ästhet denkt sie, und es ist viel Zärtlichkeit in dem Gedanken. Sie bringt ihm ihre kleinen Ausschnitte in das Büro mit der verschmitzten Klinke und steht wartend dabei, während er sie liest. Jetzt denkt sie schon nicht mehr daran, daß er meinen könnte, sie tue es des Geldes wegen, und legt ihm ohne viel Hemmungen die kleinen privaten Rechnungen vor, die er stets sofort bezahlt. Ja, Anatol ist ganz und gar von Musik durchtränkt. In Konzerte kann er nicht gehen, weil er jeden Tag beim Umbruch sein muß, aber bis vier Uhr früh spielt er Grammophon und erzählt ihr den nächsten Tag davon, in Bíleks Zimmer, wenn man auf die erste Ausgabe wartet, oder in Prags nächtlichen Straßen, nachdem das Blatt heraus ist.

»Und solche Störung der Nachtruhe läßt Ihre Frau sich gefallen?« hat Hanna eines Abends gefragt und unwillkürlich eine kleine Atempause vor »Ihre Frau« gemacht. Sie hatte schon viel über seine Frau nachgedacht, versucht, sie sich vorzustellen, sich sein Leben mit ihr vorzustellen. Aber zu fragen hat sie sich noch nie getraut, vielleicht ist es dann aus, der Zauber, die Heiterkeit, die unaussprechliche Leichtigkeit in den Gliedern, wenn sie mit ihm ist.

»Ich habe keine Frau«, hat er geantwortet und ist etwas verlegen geworden, als bekenne er ein Geheimnis, ein gutes und fatales Geheimnis.

Hanna liegt auf dem Sand im Podoler Bad, und es schießt ihr heiß zum Herzen, wie damals, als er das gesagt hat. Ja, in jenem Moment ist ihr klargeworden, wie sie zu Anatol steht, als ob plötzlich eine Schranke weggeschwemmt wäre durch die vier nüchternen Worte, und der dumme, begriffsstutzige Kopf fragt: warum? was gibts da zu freuen? Aber Hanna freut sich, ach was, Freude ist kein Wort, sie ist glücklich, glücklich ...

Das war vor einem Monat. Und ein paar Tage später ist Anatol weggefahren und hat ihr nicht Adieu gesagt, nur bei Bílek im Zimmer hat er sich, ohne einem die Hand zu reichen, von allen gleichzeitig verabschiedet. Er war hinaus, noch ehe Hanna es recht begriffen hatte.

Und da liegt nun Hanna in der heißen Augustsonne und denkt an Anatol, und fragt sich, ob das recht ist, daß sie an ihn denkt, fragt sich, ob man das darf. Da kommt schon wieder das Dürfen und das Nichtdürfen dazwischen, und der Vater, der ihr verboten hat, vom hohen Trampolin in die schmutzige Moldau zu springen, ist doch schon so lange tot. Hanna steht auf und läuft zur Leiter, die hinaufführt zu dem hölzernen Sprungbrett, hoch und frei streckt es sich über das Wasser hinaus. Sie springt, sie taucht lange, dann kommt sie erfrischt und triefend und lachend zu Jarmila zurück. Jarmila richtet ihre kleine Kodak auf sie, Hanna bemerkt es erst, als Jarmila »Achtung!« ruft, da ist sie schon geknipst.

»Warum verdirbst du dir deine Platten«, fragt Hanna und streckt sich neben die Freundin hin.

»Nun, es ist immer gut, wenn man ein Bild von sich in dieser Toilette rasch bei der Hand hat ... man kann es mal jemandem als Visitenkarte geben«, meint Jarmila ironisch und sieht dabei ganz unschuldig aus. »Wenn man gut aussieht in solcher Toilette, heißt das ... Du bist nämlich hübsch mit deinen langen Beinen und den spitzigen Schultern. Nackt, meine ich. In Kleidern bist du gar nicht hübsch.« Hanna lächelt über die Aufrichtigkeit und über das Kompliment. Sie kann sich nicht erinnern, daß ihr jemand je gesagt hätte, sie sei hübsch. Aber Jarmila muß es wissen, sie ist eine tüchtige Photographin, bedient die Parteipresse, die Illustrierten, hat auch eine eigene, kleine Photographenagentur. Sie ist eine tüchtige Genossin, macht viel undankbare Kleinarbeit für die Partei und ist sehr ergeben, trotz ihrer schnodderigen Reden im Karolinenthaler Café, aber mein Gott, da reden ja alle so, sind Intellektuelle, keine Arbeiter.

»Du bist auch hübsch. Mit Kleidern und ohne«, sagt Hanna ehrlich … Wie jung Jarmila aussieht, dabei ist sie doch höchstens ein paar Monate jünger als sie, sie sind ja zusammen zur Schule gegangen.

»Und du hast also keinen Mann?« forscht Jarmila nochmals. Hanna schüttelt den Kopf, ein bißchen wehmütig. Jarmila setzt ihr sachlich auseinander, daß man einen Mann haben müsse. Man darf nicht so einzeln herumleben, da kommt man nur auf schlechte Gedanken. Die Natur hat nun einmal zwei Geschlechter geschaffen, das muß man zur Kenntnis nehmen. Das Privatleben muß man in Ordnung haben, damit man sich mit freiem Kopf sein bißchen Geld verdienen und anständig für die Partei arbeiten kann. Eine hygienische Maßregel sozusagen.

Hanna hält die Augen geschlossen. Früher hat sie genau so gedacht, Karl hat so gedacht, viele, viele, das Privatleben in Ordnung haben, sich einen Mann nehmen, wenn man keinen hat … plötzlich findet Hanna das alles nicht mehr so einfach. Ob Jarmila selbst es so einfach nimmt? Vielleicht redet sie nur so tapfer daher, weil sie selbst es nicht kann, das Einfachnehmen, das Privatleben in Ordnung haben … Jarmila lebt nicht so »einzeln herum«. Seit Hanna mit ihr verkehrt, hat sie schon den zweiten Freund, und die Geschichte mit Rýma liegt auch noch nicht lange zurück. Sie nimmt die Liebe leicht, das heißt, sie wechselt leicht den Partner … aber so lange sie mit einem Mann ist, ist sie eifersüchtig, rabiat, macht Szenen, schreibt Abschiedsbriefe, die sie dann widerruft, und kommt manchmal mit ganz übernächtigten, verweinten Augen an. Hanna weiß davon, sie hat Jarmila beobachtet, die Genossen haben davon erzählt, Jarmila hat selbst ganz zynisch davon gesprochen und sich eine sentimentale, dumme Gans genannt, aber dann ist sie zum Telefon gelaufen und hat nach allen Richtungen telefoniert, um festzustellen, wo Ruda – oder war es schon Jenda? steckt. Eigentlich ist das albern.

»Wenigstens wirst du's leicht haben beim Inquisitionsgericht«, seufzt Jarmila kindlich. »Mir haben sie gestern ein scharfes Mißtrauensvotum gegeben: weil ich in die Rubrik ›Ehemann oder ständiger Lebensgefährte in den letzten drei Jahren‹ gleich fünf Namen geschrieben habe ... Ich wollte die Partei nicht beschwindeln, und außerdem bekommen sie ja sowieso alles heraus ...«

Hanna setzte sich erstaunt auf. »Was redest du da für einen Unsinn?« fragte sie. »Was für eine Rubrik? Was für ein Inquisitionsgericht?« Und sie erfuhr zu ihrer großen Verwunderung, daß sie, anscheinend dank ihrer Zugehörigkeit zur reichsdeutscheu Partei, Ortsgruppe Prag, einem sonderbar geknüpften Netz durch die Maschen gegangen war ... mit der neuen Linie in Moskau hatte es zu tun.

In der Sowjetunion wurde schon seit ein paar Wochen eine heftige Kampagne geführt: die alten, wohlvertrauten »bürgerlichen Vorurteile« – Familienleben, eheliche Treue, das gemütliche Heim – waren wieder aus der Rumpelkammer hervorgezogen worden und wurden im Ersten Arbeiterstaat der Welt den Proleten als neueste Ideale kommunistischer Moral vorgestellt. Hanna hatte schon mit ein paar Genossen darüber gesprochen. Was sollte nun wieder das? Es widersprach völlig den bisher gepredigten Grundsätzen der Kulturrevolution ... Die Linientreuen, wie Kurt, hatten sich darauf berufen, schon Lenin habe die »Glas-Wasser-Theorie«, derzufolge der Geschlechtsakt nur eine hygienische Maßregel sein sollte, in Grund und Boden verdammt. Nun gewiß, aber das war denn doch etwas anderes ... Mußten die nächsten Schritte, nach der Hochpreisung der Monogamie und der neuerdings gepriesenen und anempfohlenen Traulichkeit des Heims, nicht das Verbot der Abtreibung sein, die Erschwerung der Ehescheidung, die Rückverweisung der Frau aus dem Berufsleben ins Haus, in die Abhängigkeit vom Einzelmann ... ? War das nicht die Ouvertüre zu einem Stück, das die Preisgabe wichtigster revolutionärer Errungenschaften enthalten mußte? Darüber war noch viel nachzudenken …

Hanna dachte beunruhigt und ratlos daran und fragte sich, ob ihre instinktive Ablehnung, ihr heftiger Widerwille gegen diese neueste »Kulturlinie« nicht am Ende etwas zu tun hätte mit ihrer Beziehung zu Anatol Svoboda, dieser Beziehung aus kleinen Worten und Blicken, meist in Gegenwart anderer, diese sonderbar intime stumme Zwiesprache zwischen Chef und Angestellter, diese Beziehung schwebender Leichtigkeit, der sie bisher keinen Namen zu geben gewußt hatte, und die nun unversehens, vom maßgebenden Rußland her, die Überschrift »bürgerliche Libertinage« bekam … Nein, darüber war noch viel nachzudenken.

Was sie aber nicht gewußt hatte und eben jetzt von Jarmila erfuhr, war, daß die tschechische Partei, entlang der neuen Linie konformistisch umschwenkend, an ihre Mitglieder Fragebogen verteilt hatte, in denen eine ausführliche Beichte über das Privatleben abgefordert wurde.

10. Kapitel

Wie verbringst du deine Freizeit? – Der Urlaub ist um – In der »Svoboda« macht man sich über die Tugend lustig – Musikfeindschaft – Hanna läßt den Harnisch fallen – Es gibt nur das eigene Leben – Parteiverrat – Und noch ein Verrat – Man muß bezahlen, aber erst ganz zuletzt!

Hanna konnte den Gedanken an den Fragebogen nicht loswerden. Noch am selben Abend holte sie sich ein solches Blatt. Donnerwetter, das ging ja fast wie bei Hitler bis ins dritte und vierte Glied ... Die Eltern, wie sie leben, was sie lesen, was sie denken, die Braut, der Ehemann, der Geliebte, die Kinder, die Freunde, der Verkehr, wie verbringst du deine Freizeit, soziale Vergangenheit des Lebensgefährten ... Sanktionen freilich waren nicht angedroht, um so unheimlicher erschien die ganze Sache, man wußte nicht, was man eben noch hinschreiben durfte, ohne sich zu kompromittieren.

Mit dem unheimlichen Blatt in der Tasche und im Kopf ging Hanna in die Redaktion. Seit Anatol auf Urlaub war, war sie nicht mehr jeden Abend in die »Svoboda« gegangen. Es war so heiß. In der Setzerei war es kaum auszuhalten vor Fliegen und dem Geruch von Schweiß und Druckerschwärze. Sie lieferte ihre Notizen auf Karlíčeks Schreibtisch ab und ging aufs Belvedere oder auf den Laurenziberg spazieren. Im feuchten Abenddunst sah sie unten den Fluß und die Stadt liegen. Fremde Stadt? Heimatstadt? Auch hier war es schwer, Ja oder Nein zu sagen.

Sie geht nach der »Svoboda« zu, schlendernd mit langen Armen und Beinen, in ihrem geblümten Sommerkleid und breitem Strohhut. Sie denkt an Anatol. Er hat sich verflüchtigt in ihr in diesem Monat, sie weiß nicht mehr recht, wie er ausgesehen hat. Sie denkt an ihn und weiß nicht, was sie denkt ... vermißt sie ihn überhaupt? Seit er fort ist, hat die Welt, hat die Partei, haben die Genossen sich wieder stärker in ihr Leben gedrängt. Aber auch von daher kommt mehr Verwirrung als Klarheit und Sicherheit. Man weiß nicht mehr, soll man Ja oder Nein sagen, man sieht doch, heute, die Geschichte mit dem Fragebogen ... was soll man da glauben?

Anatol ist weggefahren. Mit wem ist er auf Urlaub, er ist doch Junggeselle. Schließlich werden sie in Rußland noch eine Junggesellensteuer einführen, wenn das so weitergeht, wie bei Mussolini. Eine Postkarte hätte er schon schreiben können; vielleicht hat er eine an die Redaktion geschrieben, aber Hanna gehört ja nicht zur Redaktion, sie ist nicht angestellt, weil niemand einen Ausländer anstellen darf, sie ist nicht im Tarifvertrag, wie die andern, sie hat keinen bezahlten Urlaubsanspruch, wenn sie krank wird, kann sie sich an keine Krankenkasse wenden, sie gehört nirgendwo dazu.

Nein, Anatol hat nicht geschrieben, und in der Redaktion hat sie auch nicht nach ihm gefragt, Bílek ist auf Urlaub, Vokáček ist auf Urlaub, sie kann doch nicht den salbungsvollen Mandura fragen, und Karlíček schon gar nicht, der ohne Rock, im Sporthemd mit offenem Kragen, den Chef im Urlaub vertritt.

Es ist gegen neun, als sie in die »Svoboda« kommt, ein paar Tage war sie nicht dagewesen. Das Parteiverhör hat sie so wirr und müde gemacht, die Setzerei ist für sie eine Art Heimat geworden. Sie weiß, zur selben Stunde trifft sie unfehlbar dieselben Leute, jeden Tag, es ist dasselbe Getriebe, man nickt einander zu, ohne sich die Hand zu reichen, der Faktor Slavík sitzt in seiner Ecke und bedient gleichzeitig das Telefon, alles ist am gewohnten Platz. Das ist so beruhigend, daß alles am gewohnten Platz ist. Sie freute sich schon darauf, als sie durch den Hausflur ging und den Korridor zur Setzerei hinunter.

Aber als sie noch auf den Stufen steht, die in den Saalhinunterführen, und mit Sympathie und etwas müde auf das gewohnte Bild herunterschaut, zuckt etwas durch ihren Körper, sie fühlt, noch ehe sie es sieht: Anatol ist wieder da. Er steht über ein Schiff gebeugt, im Sporthemd mit offenem Kragen, sein schöner Kopf, ganz sonnverbrannt, steht dunkel über dem Weiß.

Hanna klammert die Hand um das alte Holzgeländer, sie ist mit einem Mal glücklich. Die vier Wochen, die vergangen waren seit damals, als er zu ihr gesagt hatte: »Ich habe keine Frau«, waren wie ausgelöscht, sie wußte nichts mehr von ihren Zweifeln, ihrem Grübeln, ihrer Müdigkeit. Sie spürte die heitere Leichtigkeit in den Gliedern und im Kopf, ja, auch der Kopf war leicht geworden, ganz plötzlich und ganz leicht. Sie ging mit schnellen Schritten auf Svoboda zu:

»Sind Sie wieder da?«

»Schon vorgestern bin ich gekommen!« Er warf die Zigarette fort und schüttelte ihr herzlich die Hand.

»Gut erholt?«

»Wie Sie sehen!« Er tat ein großes Lächeln auf, in dem sonnverbrannten Gesicht sahen seine Zähne ganz weiß aus.

Aber es war keine Zeit zum Sprechen, der Obermetteur stand drängend neben dem Chef. Seite zwei mußte hinunter. Hanna lehnte sich an eins der Pulte und sah zu, wie der Chef den Umbruch leitete, mit schönen, lebhaften Handbewegungen das Durcheinander der Stimmen und Geräusche meisternd. Seite zwei sauste in den Aufzug und fuhr krachend in die Stereotypie, Seite eins wurde umbrochen, der Chef warf die halbgerauchte Zigarette weg, zertrat sie mit wütend scharrendem Fuß und steckte sich eine neue an ... und schon kam das große Aufatmen, wieder einmal das Blatt geschafft – und sie gingen alle zu Bílek Kaffee trinken.

Auch Bílek war vom Urlaub zurück, auf seinem sommersprossigen Gesicht schälte sich rötlich die verbrannte Haut. Der Chef kam aus seinem Zimmer und hatte ein helles Sommerjakett über die Schultern gehängt. Olly kredenzte ihm als erstem den Kaffee und lächelte ihn aus ihren schmalen Chinesenaugen an. Nun, wer sollte ihn nicht anlächeln, so schön wie er war! Seine sonst glänzend und glatt liegenden Haare waren locker und matt, als habe er viel im Meerwasser gebadet. In Abbazia ist er gewesen, erfuhr Hanna, und sah ihn so ausschließlich an, daß sie gar nicht merkte, was im Zimmer geredet wurde, bis ihr Ohr mechanisch aufwachte bei den Stichworten des Bewußtseins: Rußland, Kommunisten ...

... Einer hatte, wohl um Bílek ins Bild zu bringen – der war in den Karpathen geklettert und hatte zwecks gründlicher Erholung keine Zeitung gelesen –, wieder von den russischen Verordnungen über Liebe und Ehe angefangen. Hanna hatte es nicht weiter sonderbar oder anstößig gefunden, daß Heinrich Aschbach das russische Vorgehen höchlich lobte – aber daß die »Svoboda« einen anerkennenden Leitartikel zu dem Thema brachte, hatte ihr merkwürdigerweise einen Stich gegeben, als wäre sie für diese Haltung mitverantwortlich, und auch, als würde sie dadurch irgendwie ertappt. Der Leitartikel war von Mandura gewesen, in der Abwesenheit des Chefs war er erschienen, vielleicht, dachte Hanna, hätte er sich ihn sonst zeigen lassen, wie damals, als es um den Pakt mit Frankreich ging.

Was jetzt im Zimmer des Nachtredakteurs verhandelt wurde, hörte sich anders an. Zuerst hörte Hanna nur, daß auf Rußland geschimpft wurde. »Diese Bürger«, dachte sie matt und gewohnheitsmäßig, wie immer, wie seit Jahren, wenn sie die Sowjetunion zensurieren hörte. Aber dann fiel ihr auf, daß es um etwas anderes ging. Die Schwenkung der Partei wurde erbarmungslos kommentiert. Weiß Gott, die Rollen schienen diesmal vertauscht! Die »Svoboda«-Redakteure, bürgerliche Liberale der Gesinnung nach, falls sie überhaupt eine Gesinnung hatten, vertraten mit einem Mal die radikale Linke, rissen grausame Witze über Moskaus Rückkehr zur Ehrbarkeit. Nun, Witze riß man im Karolinenthaler Café, in den Redaktionen der kommunistischen Blätter, ja vielleicht sogar in der Zentrale auch, aber es war doch blutig ernst und recht schlimm, spürte Hanna, daß es so weit gekommen war.

Anatol mischte sich ein aus seiner Ecke und proklamierte das Recht auf das Privatleben. Er sah aus wie ein Agitator von den Anarchisten mit seinem offenen Hemd, seinem lose um die Schultern geworfenen Rock mit der roten Nelke im Knopfloch, mit den lockeren Haaren, die beim Auf- und Zugehen der Gangtür in seine schöne, weitschläfige Stirn wehten. Hanna freute sich über seine Kritik. War er im Grunde doch ein Revolutionär, der Ästhet, der Sonderling? Nun, es war leider nicht schwer, revolutionär zu sein angesichts der fatalen Parteilinie. Oder ... gehörte er zu den von dieser verpönten Libertinern? Jedenfalls war sie einverstanden mit dem, was er sagte, und fragte sich nur, ob sie ebenso einverstanden gewesen wäre, wenn er statt seines edelgeformten dunklen Kopfes mit den schmalen, durchdringenden Augen ein pickliges, zerknittertes Gesicht gehabt hätte wie der Leitartikelschreiber Dr. Mandura, der nun auch das Recht auf das Privatleben anmeldete und die Überlegenheit der Demokratie über die Diktatur damit in Zusammenhang brachte.

Der Diener Jarko trat ein mit einem Packen der noch feuchten ersten Ausgabe, jeder schlug seine Zeitung auf, suchte die Seite, auf der seine Beiträge standen, glossierte die der andern, Bílek hatte den Kopfhörer umgeschnallt und hörte Berlin oder Moskau, es war einerlei, und der Chef bat Menčík, künftig in seinen Berichten aus dem Gerichtssaal etwas sparsamer mit den Worten »ekelerregend«, »abgrundtief« und »der Held der Straße« umzugehen.

Dann wurde das »Prager Tagblatt« und das »České slovo« gebracht, Zeman bekam einen Jubelanfall, weil beide Blätter die Nachricht über die Eifersuchtstragödie in Kobylisy nicht hatten, in letzter Minute hatte sie ihm einer seiner Vertrauensleute von der Peripherie telefoniert. Aus dem Telefonzimmer hörte man die Kartenspieler mit altehrwürdigen Floskeln ihr »Blatt« kommentieren, Karlíček wurde von einer Braut mit schwarzen Löckchen abgeholt, Dr. Svoboda fuhr in die Rockärmel – er hatte ein kurzärmeliges Hemd an und seine braunen Arme zeigten eine schwärzliche Behaarung – und sagte, ohne jemanden anzusehen: »Also – gehen wir!«

Auf der Straße gingen sie nebeneinander, als wäre es gestern. Hanna fragte nicht nach den letzten Wochen. Von woher hätte sie fragen sollen? Sie hatte kein Fundament gemeinsam mit diesem fremden Mann, der ohne Hut neben ihr in der Sommernacht ging. Aber er fragte. Er wollte wissen, ob sie auch auf dem Land gewesen wäre, einsilbig sagte sie Nein. Nur von der Podoler Schwimmschule, meinte sie auf seine Frage, wieso sie dann so braungebrannt sei. Und sie dachte daran, daß Jarmila ihr heute früh ein Kompliment über ihren nackten Körper gemacht und sie sogar photographiert hatte, und dachte an die Mädchen, die nur mit Höschen und Büstenhalter bekleidet, sich gar nicht genieren, im improvisierten Badecafé neben den langbeinigen Indianerjünglingen.

»Ich habe schon gestern und vorgestern auf Sie gewartet in der Setzerei«, bekannte er. »Sie waren doch immer täglich dort. Deshalb dachte ich, Sie seien auch verreist.« Konnte sie ihm gestehen, daß sie seinetwegen so regelmäßig gekommen war und erst, als sie ihn nicht mehr zu treffen erwarten konnte, begonnen hatte, die Schönheit der Prager Sommerabende zu genießen? Sie hatte es ja selbst kaum gewußt vorher. So lächelte sie nur und schwieg.

»Gehen wir noch einen Kaffee trinken«, schlug Anatol vor. Sie traten ins Café Tůmovka ein.

Früher war dieses Lokal der Treffpunkt der Literaten und Künstler, aber die sind seit langem weg, sitzen jetzt im »Mánes« und im »Metro«. Außerdem sind Ferien. Ein paar alte Beamte hocken da, ein paar Kavaliere mit Mädchen, die sie am Kai aufgelesen haben. Die Camelots kommen hereingestürzt, bieten die erste Ausgabe der »Svoboda« an, Anatol und Hanna schütteln Nein mit dem Kopf und schauen einander an, sie haben ja die »Svoboda« schon gelesen, dort in Bíleks Zimmer, vielleicht haben sie doch etwas Gemeinsames, sie wissen, woher sie kommen, wenn sie auch nicht wissen, wohin sie gehen, aber wer weiß das schon. Er erzählt von seiner Reise, bis Venedig war er gekommen, zum ersten Mal im Ausland in seinem Leben, nein, es hatte ihm nicht so sehr gefallen, nach den Bildern hatte er es sich viel schöner vorgestellt, aber so ist das wohl überhaupt. Und er hatte an sie gedacht, mit der Sprache sei er nicht recht fortgekommen, sie könne sich wohl gar nicht vorstellen, wie das sei, wenn man so unter fremden Leuten ist und nicht versteht, was sie reden, da habe er an sie gedacht, der das nicht passieren könne mit ihren Sprachkenntnissen ... Hanna freute sich. Aus seiner Erzählung ging irgendwie hervor, daß er die Reise allein gemacht hatte, und sie freute sich darüber.

Dann kam er auf die Diskussion von vorhin zu sprechen. Er wollte wissen, wie sie zu all dem stünde, zu all diesen Symptomen einer Rechtsschwenkung in Rußland. Oft genug hatte sie ihm ja von Rußland geschwärmt.

Jetzt kam es wieder. Sie hatten schon viele solcher Gespräche geführt. Svoboda diskutierte gescheit, informiert, wohlwollend, »liberal«, dachte Hanna, so wie seine Zeitung war, so wie sein Name sagte. Aber Hanna, die doch, solange es um unpolitische Dinge ging, in der Beurteilung von Büchern, Menschen, Landschaften sich in so beglückender Weise mit ihm einig fühlte, richtete sich in ihrem Harnisch auf, streng bedacht, den marxistisch gebotenen Standpunkt nicht um ein Jota zu verlassen. Dann bekam sein Gesicht einen sonderbaren Ausdruck, verlegener Respekt und etwas wie Feindseligkeit war darin zu lesen. Und Hanna besann sich jedesmal schmerzhaft darauf, daß sie ja auf der Hut sein mußte, auf der Hut vor mancherlei.

Sie durfte nicht erkennen lassen, wie direkt sie das alles anging. Ihre Stellung, ihre Arbeit, ihre Existenz, alle bescheidenen Prager Möglichkeiten waren gefährdet, wenn man herausbekam, daß sie aktives Parteimitglied war. Als Sympathisierende war sie freilich nicht nur von Anatol, auch von Karlíček und den Setzern längst erkannt. Aber das ging, wer war heutzutage nicht Sympathisierender, wo in Rußland so gutes Parfüm erzeugt wurde und die Stachanowzen so viel vorbildlichen individuellen Arbeitseifer entwickelten!

Auf der Hut sein mußte sie, sollte sie, um die Gelegenheit zur Agitation gut auszunützen. – Wo wir stehen, ist revolutionärer Boden, hat Marx gesagt! – Und auf der Hut sein mußte sie, schließlich, um nicht zu verraten, wie sehr sie in vielem, das Rußland betraf, Anatol recht gab.

Wie das erste Mal, als sie zusammen vom Blatt fortgegangen waren, hatte sie ihm seither oft mit bedingungsloser Begeisterung von Rußland erzählt und dabei mit Unbehagen die Feststellung unterdrückt, daß ihre Reise ja nun schon vier Jahre zurücklag. Hatte Vorgänge, Zustände, Zeitungsartikel, Bücher analysiert und sein lachendes »Sie sind so doktrinär!« ernsthaft bestätigt und ihn zu überzeugen versucht. Sogar die Musik hatte sie analysiert, sie hatte ihm einen Aufsatz aus der »Zeitschrift für Sozialwissenschaften« übersetzt, in dem Schönberg, Hindemith, Weill und – vor allem – Anatols Gott Igor Strawinsky marxistisch abgehandelt wurden. Aber da war sie nicht nur auf lachenden Widerstand gestoßen, da hatte sie etwas wie Wesensgegnerschaft verspürt, jene selbe Art Feindseligkeit, die sie vor Jahren in ähnlichen Debatten ihrem Mann entgegengebracht hatte. »Musikfeindschaft« hatten sie es damals genannt, nun waren die Rollen vertauscht. Anatol spielte ihre Rolle von dazumal, verteidigte das Irrationale, das Dunkle, das Naturhafte und Ewige, wenn er die Gesellschaftslosigkeit der Musik verteidigte – und Hanna spielte Karls Rolle, spielte sie schlecht, obzwar sie technisch besser dazu ausgerüstet war, sie war nicht überzeugt genug, sie spielte eine Rolle. Es war eine Defensivrolle.

Anatol sprach von Freiheit. Niemand mehr wußte recht, was das war, in der Welt mit ihren Notverordnungen, Konzentrationslagern, Devisenvorschriften, Schauprozessen und tausenderlei Zwängen. Der Begriff war schon durch allzuviele dialektische Filter gepreßt worden.

Er sprach von Rußland, und auch da wußte man nicht mehr recht, was das war – Erster Arbeiterstaat der Welt, Silberbestecke im Außenhandelskommissariat, Geranienstöcke vor den Fenstern, Familie und Heim als proletarische Forderung, Land der Zukunft ... Und die Partei – der Chefredakteur der »Svoboda«, die in ihren Leitartikeln Freiheitlichkeit, Verfassungstreue, Patriotismus und Fortschritt vertrat, hielt ihr vor, was die Partei tat und verkündete in dem »dreckigen Geschäft«, das die Politik ihm überhaupt war: ihre Führer – Demagogen und ungebildete Schwätzer, ihre Presse – einfach »schlecht gemacht« ...

Das Letztere war nicht zu leugnen, wiewohl es das Problem nur am Rande berührte. Der Umbruch im »Rudé právo« war wirklich katastrophal, im bürgerlichen Blatt wurde die technische Seite des Zeitungsbetriebs viel gewissenhafter geleistet. Hanna wurde klar, daß ihr an dem Mann nicht das wichtig war, was er sagte. Damit war sie oft nicht einverstanden, ärgerte sich darüber, focht streitbar mit ihm. Und wenn sie auch einverstanden war, so nicht so sehr, weil er ihr Neues gesagt hätte, vielmehr, weil es eine Bestätigung schien, daß dort hinten, im unbekannten Hinterland hinter den Augen, weite Felder lagen, auf denen es aussah, wie bei ihr: Stoppeln vom Vorjahr, Unkraut und prachtvoll blühende Blumen. Was er ungesagt ließ, was hinter seinen Augen, wenn sie weit und vage wurden, sich ereignete, was sie ahnte und spürte, das war das Wichtige. Worte sind nichtig, Worte trügen, wir haben nur Deckworte. Das Wahre, das Eigentliche liegt hinter den Worten.

»Ich beschwör' dich! Halt! Dein stummer Mund
Tut mir tiefer das Geheimnis kund!«

sprach es in ihr. Sonderbar, wie viele Jahre waren ihr keine Verse mehr eingefallen. Wenn sie an Anatol dachte, so dachte sie oft in Versen. Wie schön er war mit seinem braunen Kopf, so schmal und gerade. Heute sprach er so viel, so lebhaft, mit beredten Bewegungen seiner kleinen, zierlichen Hände, sonst hatte er immer zugehört, Hanna zum Reden veranlaßt. Hanna hörte zu, hörte der Stimme zu, die auf sie eindrang. Es wurde ihr friedlich und einträchtig zumute. Heute nicht diskutieren, wünschte sie inbrünstig, heute nur zusammensein, Nähe fühlen, man ist so einsam ...

Aber er wollte schon wieder etwas wissen, dasselbe, wonach er sie schon vorhin gefragt hatte.

Was das denn wäre mit der Proklamierung der neuen Moral in der Sowjetunion? Was man davon zu halten hätte?

Da ließ sie mit einem Male den streitbaren Harnisch fallen. Er drückte sie, es war so heiß, und sie erzählte, zum ersten Mal, von ihrem Kummer, ihren Zweifeln. Ganz falsch kam es heraus, denn er wußte ja nichts von ihrer früheren Gläubigkeit, die ihr viele Jahre lang das Rückgrat gesteift hatte, so daß sie keinen Harnisch brauchte, und da die Vorgeschichte fehlte, fand sie sich am Ende, ohne es recht vorausgesehen zu haben, auf seiner Seite, wo »das Recht auf das Privatleben« eine heilige, nicht weiter zu untersuchende Forderung war. Sie spürte, das waren nicht die richtigen Argumente, sie spürte, sie gab etwas preis, was sie nicht hätte preisgeben dürfen – dürfen? Wer sagt mir, was ich darf und was verboten ist! Drohend sagte sie es in sich hinein. Der Mann ihr gegenüber, der fremde Mann! Sie fühlte sich so leicht und frei, wenn sie mit ihm war, so jung und einverständig. Sie waren aus gleichem Boden gewachsen, sie liebten die gleichen Bücher, die gleichen Bilder, die gleiche Musik, sie gingen im gleichen Schritt durch die Frühlings – und jetzt schon durch die Spätsommernächte, sie beide waren so einzeln, vielleicht weil jeder von ihnen eine fremde Mutter gehabt hatte, die mit dem Vater nicht hatte in seiner Sprache reden können, sogar sein Vorname war ja das Resultat eines Kampfes zwischen zwei Lagern.

Bürger waren sie beide, aber doch auch nicht rechte Bürger, er war als Ästhet, sie war als Moralist vom Bürgertum ihrer Herkunft abgerückt. Proletarier waren sie, die ihre Arbeitskraft verkauften, wenn auch die seine höherbezahlt wurde, aber Proletarier doch auch nur der Definition nach ... Vielleicht war er weiser, daß er bündig und bewußt abseits blieb, sich nirgendwohin rechnete, weiser als sie, die so viele Jahre lang geglaubt hatte, man könne sich seine soziale Zugehörigkeit im Einverständnis mit einer Überzeugung des Gehirns erobern. Nein, auch sie war keine Proletarierin, so sehr sie es hatte werden wollen. Sie konnte niemals eine werden. Das hatte sie dunkel in Deutschland schon verspürt, das spürte sie im Flüchtlingsheim unter den deutschen, in der »Svoboda«-Setzerei unter den tschechischen Genossen, sie gehörte nicht dazu, sie trug ein Imprimékleid und einen Florentinerhut und empörte sich über den inquisitorischen Bogen, den sogar die im Persönlichen so nonkonformistische Jarmila brav und redlich ausgefüllt hatte.

Nein, sie gehörte nirgends hin. Alles ist ungewiß, alles schwankt, immerfort werden die Rollen vertauscht, und wen es trifft, der muß in ein und demselben Stück sogar mehrere Rollen spielen. Und hier, ihr gegenüber, sitzt ein Einzelner, ein abgelöster Mensch und schaut sie mit dringenden Augen an, und wenn sie mit ihm ist, verblassen alle Rollen und Fragen, und sie spürt, was sie nie so gespürt hat, daß sie ein einzelner und abgelöster Mensch ist, Hanna Last, geborene Aschbach, aus Prag, Deutschland und aller Welt, und daß im Grunde nur das eigene Leben gilt, nichts anderes, das einzige Leben, das man hat ...

Sie öffnete ihr Handtäschchen und nahm den unheimlichen Fragebogen heraus. Reichte ihn dem Mann hin. Es war wie eine Übergabe. Eine letzte, späte Vorsicht veranlaßte sie zu sagen, eine Freundin, Mitglied der Kommunistischen Partei, habe ihr dies interne Rundschreiben zugänglich gemacht, in Gewissenszweifeln, ob sie ihre mehreren »Lebensgefährten« zugeben oder verleugnen solle. Irgendwie tief drinnen ahnte sie, daß sie Jarmila verriet, auch wenn Anatol nie erfahren würde, um wen es sich handelte bei ihrer geschwätzigen Bemerkung.

Und als er – natürlich! – entsetzt war, ebenso entsetzt wie Hanna, als sie vor wenigen Stunden das Blatt gelesen hatte, war kein Halten mehr: sie erzählte ihm ihre Erfahrungen mit der Partei, seit sie nach Prag gekommen war, ihre Empörung über die demagogische Großsprecherei, die sich so schlecht reimte mit der Kleinlichkeit des inneren Parteibetriebs, und schob nur die eigenen Erlebnisse und Beobachtungen imaginären Bekannten in die Schuhe. Anatol hörte aufmerksam zu und hielt dabei das Blatt immer in der Hand, auf das er ab und zu herunterschaute. Seine langen Wimpern warfen Schatten auf seine Wangen, und er las halblaut:

»Ehemann, Ehefrau oder ständiger Lebensgefährte in den letzten drei Jahren, dessen soziale Herkunft, Beruf, Organisation ... Was haben Sie in diese Rubrik geschrieben?« fragte er und schaute auf. Das »Sie« war betont, hatte er haben oder hätten gesagt? Hanna erschrak plötzlich. War es soweit? Hatte er verstanden? Sie gestand sich ein, daß sie gebeichtet hatte mit ihrem indiskreten Erzählen. Aber sie raffte sich zusammen und antwortete: »Mir hat man das ja nicht vorgelegt. Ich sagte Ihnen doch, ich habe es von einer Kommunistin bekommen ...«

Aber Anatol wiederholte seine Frage und wendete die Indikativform in den Konditional: »Nun, dann ... was hätten Sie in diese Rubrik geschrieben?«

Jetzt war das Verbum betont, aber noch mehr, wie vorhin schon das »Sie«. Plötzlich traf Hanna dieses »Sie« wie etwas Ungehöriges, Unpassendes, das zu Unrecht die Stelle eines »Du« einnahm ...

»Was hätten Sie geschrieben?« wiederholte er und legte seine Hand auf die ihre. Seine braune, schmalfingerige

Hand lag auf der ihren, und ihre Finger mit den etwas aufwärts gebogenen Fingerspitzen schauten unter den seinen hervor. »Vergnügungssüchtige Finger«, hatte Karl einst gesagt. »Hände, die wegwollen ...« Jetzt konnten sie nicht mehr weg.

»Ich habe keinen Mann«, sagte Hanna leise.

Im Café war niemand mehr, die Kellner stellten die Sessel auf die Tische, ein Pikkolo fegte die Zigarettenstummel zusammen, es war Mitternacht.

»Bitte die Herrschaften zu zahlen, wir sperren zu«, sagte der Ober. Vielleicht stand er schon lange da. Alle Lampen waren schon ausgelöscht, nur die über ihrem Tisch brannte noch. Ja, bezahlen mußte man wohl auch. Aber erst ganz zuletzt. Beim Weggehen ...

Schweigend gingen sie an den Kai hinunter. Aus dem »Mánes« kamen in Scharen die Leute heraus, jemand grüßte, unter der Straßenlaterne erkannte Hanna Rýmas legere Handbewegung, Rýmas aristokratisches Gesicht. Ein Verräter, dachte sie, aber es war ihr gleichgültig.

Auch Svoboda hatte ihn erkannt. »Auch einer, der etwas anderes ist, als er zu sein vorgibt – oder als er zu sein glaubt«, sagte er vieldeutig. Hanna antwortete nicht. Es war heiß. Sie nahm den Hut ab. Der Hradschin lag im Dunst, war kaum zu sehen, auf der Moldau fuhren ein paar nächtliche Kähne, ein Betrunkener rannte gegen sie an. Sie gingen schweigend nebeneinander, sie gingen sehr langsam.

Plötzlich bekam Hanna furchtbares Heimweh. Nach Deutschland, nach Karl, nach der Parteiarbeit in Halle, nach dem Elternhaus, nach dem Flüchtlingsheim, nach der Setzerei, nach Bíleks Zimmer, nach dem Mann neben ihr, von dem sie nichts wußte, obwohl sie ihm so nahe war, am meisten aber Heimweh nach sich selbst, nach der Hanna, die sie so lange gekannt hatte und die jetzt also wegging, wer weiß, wohin? ... Das Herz schlug ihr weh und heftig, wie wenn der Zug abfährt und am Perron stehen die Freunde und winken und werden immer kleiner, immer kleiner, und dann sieht man nur noch die Taschentücher. Sie war ganz allein auf der Welt, und es fröstelte sie in der warmen Augustnacht. Je näher sie ihrem Haus kamen, desto mehr verlangsamte sie den Schritt, sie hatte plötzlich große Angst davor, allein in ihrem fremden Pensionszimmer zu sein.

Man muß bezahlen, aber erst ganz zuletzt, dachte sie mechanisch. Da standen sie schon vor dem Haus, und Hanna hatte geläutet. Hinter der Tür hörte man den Hausdiener heranschlurfen, und Hanna hatte schon die Hand ausgestreckt, um sich von Anatol zu verabschieden. Aber, ohne recht zu verstehen, wie das geschah, hob sie die Hand zu seinem Rockaufschlag, nahm die rote Nelke aus dem Knopfloch, führte sie ans Gesicht und sagte:

»Wollen Sie noch einen Tee bei mir trinken?«

Er verneigte sich stumm. Im Hausflur griff er sorglich nach ihrem Ellbogen, wie bei einer Straßenkreuzung. Hanna nahm den Zimmerschlüssel in Empfang, sie fuhren im Lift hinauf, Hanna öffnete und trat hinter Anatol ein. Das Zimmer lag im rötlichen Licht, das Wort »Ampel« fiel ihr ein, über ihrem Fenster war eine rotbirnige Lichtreklame montiert. Sie standen ein paar Sekunden, dann knipste Hanna am Schalter, lud den Mann zum Sitzen ein.

»Hübsch haben Sie's hier«, sagte er freundlich und betrachtete die Bücher auf dem metallenen Gestell.

Hannas Angst von vorhin war weg. Zuhause war sie und fühlte sich frei und leicht und selbstverständlich. Sie zündete den Spirituskocher an, setzte Teewasser auf, suchte aus einem Karton im Schrank Gebäck hervor und begann den Tisch zu decken.

Karl und die Partei hatte sie vergessen.

III. Teil

11. Kapitel

Sonntag, ein schwarzer Tag – Selige Sehnsucht – Meer und Hafen des Umbruchs – Unbekanntes Hinterland – Nichts verlangen und nichts abschlagen! – Peinliche Erinnerung an Liebe von drei bis fünf – Eine Frau wie alle andern – Stummer Abstieg – Die ersten Tropfen fallen

Sonntag, Sonntag, warum gibt es eigentlich einen Sonntag? Dumme Frage, natürlich damit man nach sechs Tagen, die man gearbeitet hat, am siebenten ausruhen kann, Sonntag, Dominicus, Tag des Herrn, damit man früh in die Messe geht und sich reinwäscht von den Sünden der vergangenen Woche und sich Kraft holt und Rechtfertigung für die Sünden der kommenden Woche oder damit man mal ordentlich ausschlafen kann. Und damit man sich seiner Familie widmet, am Sonntag, der Familie, die man die ganze Woche nicht sieht. Sogar Karlíček, der doch sechs Tage der Woche so unverheiratet wie möglich lebt, in der Redaktion, im Kaffeehaus oder irgendwo mit irgendwelchen rotlockigen oder schwarzlockigen Bräuten, sogar Herrn Chefredakteur-Stellvertreter Karl Lozák sieht man Sonntagvormittag mit Frau und Kindern (denn er hat Frau und Kinder) im Baumgarten spazieren gehen.

In Rußland hat man den Sonntag abgeschafft: fünf Tage arbeiten, den sechsten ausruhen, gleichsam dem lieben Gott zum Tort, Stachanov-Arbeit schlägt Kalenderrekorde, in Rußland geht man nicht zur Messe, und ausschlafen kann man auch an einem Dienstag oder an einem Freitag, zumal wenn man gar nicht mehr weiß, ob's Dienstag oder ob's Freitag ist, verwirrend genug war es der westlichen Hanna vorgekommen, damals im Sommer 1931; keine Wochentage, nur Monatsdaten, jeder Monat dreißig Tage, die fünf, die übrig bleiben, die überflüssigen bürgerlichen Ultimos, sind fünf Staatsfeiertage, zwei Tage

Oktoberrevolution, zwei Tage Maifeier, und Lenins Todestag ... Aber man hat die Fünftage-Woche in Rußland wieder abgeschafft, sie hat sich nicht bewährt, heißt es, weil die vielen Schichtwechsel in den Fabriken die Arbeit durcheinandergebracht haben, und auch, damit Vater, Mutter und Kinder – die in den Revolutionsjahren ihren »Vychadnoj«, ihren Ausgehtag, an verschiedenen Wochentagen hatten – wieder einmal zusammenkommen, ja, sagen wir es offen, wenngleich mit einem Seufzer, auch in Rußland ist der Sonntag wieder eingeführt worden, damit man sich der Familie widmen kann.

Wer keine hat und wer nicht einmal zur Messe geht, hat nichts zu lachen; und wenn er obendrein das einmalige Ausschlafen nicht besonders ersehnt, weil er, so ist nun mal sein Leben organisiert, auch freitags oder dienstags ausschlafen kann, der ist gar übel dran. Er bummelt ein bißchen durch die Stadt, geht ins Café, die Sonntagszeitungen lesen, dann ißt er irgendwo zu Mittag, frische Tischtücher gibt's am Sonntag in den Restaurants und Blumen auf den Tischen, und man sieht sonntäglich aufgeputzte Familien, die heute nicht zu Hause kochen wollen, na, und dann weiß man schon gar nicht mehr recht, was man anfangen soll bis zum Kino am Abend.

Umbruch ist nicht, man hat kein Zuhause, die Redaktion ist zugesperrt, einmal, als Hanna sich am Sonntag ihr Wörterbuch holen wollte, um schnell etwas für Anatol zu übersetzen, hat sie lange mit dem rasselnden Schlüsselbund, den der Portier ihr anvertraut hatte, im dunklen Gang an den Türen hantieren müssen, weil sie den Lichtschalter nicht fand. Traurig, traurig so ein Sonntag. Abends geht man zum Trost in das kleine Café in Karolinenthal, ein bißchen mit den Genossen herumsitzen, aber das ist in letzter Zeit gar nicht mehr so gemütlich wie früher, Jarmila und ihr derzeitiger Freund Jenda sind in eine große Abschiedstragödie eingehüllt, die die Stimmung des ganzen Kreises bedrückt, und gegen Hanna spricht man irgendwie mit verdeckten Karten, sie fühlt es jedesmal mehr. Warum gibt es eigentlich Sonntage? Alles kommt aus dem Gleichgewicht. Mit Mühe hat man sich die Woche über so ein bißchen schäbiges Gleichgewicht zusammengebaut, im Gleichschritt der Alltage und im gewohnten, vertrauten, unentbehrlich gewordenen Gebrause der abendlichen Umbruchstunde, und dann kommt der Sonntag, und man stürzt in ein schwarzes Loch.

Aber all diese müßigen Sonntagsgedanken, Hanna so vertraut seit nun fast einem Jahr, fielen heute sie nicht an; denn heute war richtiger Sonntag, richtiger Feiertag, nicht nur öder Schalttag zwischen erfüllten Wochentagen, heute war Sonntag, Sonntag, Sonntag!

Sie saß Anatol gegenüber in einem Dritte-Klasse-Coupé. Er hatte Zweite nehmen wollen, aber Hanna hatte abgewehrt, es war ihr immer ein wenig peinlich, wenn er für sie bezahlte, und es hätte auch nicht recht gepaßt zu ihrer Wandertracht. Sie fuhren aus Prag hinaus, ins Freie. An der Moldau entlang, durch Vorstädte und Dörfer, die Hanna ganz unbekannt waren, sie war seit der Kindheit wohl nicht mehr hier gewesen. Bei Vran wurde eine riesige Talsperre gebaut, und die staatlichen Lungenheilanstalten ständen so neu und modern da, sie wußte gar nicht, was das für Gebäude waren, aber Anatol erklärte ihr die Gegend wie einer Ausländerin, freilich, sie war ja auch so viele Jahre »draußen« gewesen.

Er sprach zu ihr wie zu einer zufälligen Bekannten, nannte sie »Sie«. Nun ja, man weiß ja nicht, einen Chefredakteur kennen so viele Leute, er hat ganz recht. Auf mich bräuchte er keine Rücksicht zu nehmen, mich kennt hier keiner, und wenn schon, es ist mir alles egal.

Hanna war glücklich. Einen ganzen Tag, den ersten ganzen Tag mit Anatol zusammen sein! Einen ganzen Sonntag, den ja Gott geschaffen hat, damit der Mensch weiß, daß er nicht allein ist auf der Welt.

Jetzt gar schon Gott! Sie lächelte. Weiß Gott, es war ihr sonntäglich fromm zumute, so rein und einverständig fühlte sie das Leben in sich, und sie schaute Anatol mit klaren und vertrauenden Augen ins schmale, dunkle Gesicht. Er war so neu für sie heute in seinem Sportanzug mit offenem Hemd, und statt der Zigarette hatte er sich eine kurze Pfeife angezündet und sah aus wie zwanzig Jahre, fand Hanna entzückt.

Gestern abend erst hatte er ihr den Vorschlag gemacht. Es waren, nachdem es fast den ganzen September hindurch geregnet hatte, noch ein paar schöne, warme Tage gekommen. Man sollte wirklich einmal aufs Land fahren, hatte er gemeint, als er sich vor der Haustür von ihr verabschiedete, und ob sie morgen etwas vorhätte? Nein, sie hatte nichts vor, was hätte sie vorhaben sollen am Sonntag? Sie hatte ja seit Wochen gewartet, jeden Samstag, daß er ihr diese Frage stellen würde, denn von jenem Tag an, als ihr nach der Wirrnis und Trübsal vieler Monate plötzlich so leicht und demütig-froh, beinahe fromm zumute geworden war, hatte sie sich für ihn bereitgehalten und sich gelobt: nichts verlangen und nichts abschlagen!

Samstag für Samstag waren vorbeigegangen, und er hatte nichts gesagt, und Hanna hatte nicht gefragt: »Was machst du morgen?« Sie hatte gewartet. Vielleicht hatte sie sich gefürchtet, auf eine Frage eine ausweichende oder ablehnende Antwort zu hören? Sie wußte ja nicht, wie er lebte, obzwar sie nun schon den zweiten Monat seine Geliebte war.

In Davle stiegen sie aus und begannen zu wandern. Schön, schönes Wetter, Sonntagswetter im Oktober! Auf der Landstraße war es richtig heiß, sie waren erst um zehn Uhr weggefahren. Anatol nahm den Rucksack, Hannas Rucksack, er war leicht, nur ein wenig Proviant und ihre Strickjacke waren darin; er zog die Lederweste aus, wie schön er war, der Kopf und Hals so dunkel über dem offenen weißen Hemd, und die nackten Arme zeigten einen schwärzlichen Flaum, es rieselte ihr über den Rücken. Sie bogen in einen Waldweg ein, und das Hupen und Rattern der Autos verstummte hinter ihnen. Die Bäume waren herbstlich gelb und rot, am Waldrand die Birken schon teilweise entlaubt. Keinen Menschen trafen sie, die gingen wohl alle am Fluß entlang oder lagerten schon irgendwo auf einer Wiese zur Mittagsrast.

Anatol hatte den Arm um ihre Hüfte gelegt, einträchtig schweigend schritten sie durch die Stille. Das ist nun also mein Sonntag, dachte Hanna, unser Sonntag, nach dem ich mich so viele Wochen gesehnt habe. Erfüllung. So viel, so vieles habe ich mir zu sagen aufgespart für diesen Sonntag. Alles, was zwischen fremden Menschen und uhrbemessenen Stunden und Minuten nicht gesagt werden kann. Und jetzt fällt mir gar nichts ein. Von einem Sonntag zum andern hab ich mir's aufgehoben, und jetzt weiß ich nichts mehr ...

»Um diese Zeit bin ich die letzten Sonntage immer in den Straßen herumgelaufen und habe gehofft, dich irgendwo zu treffen«, bekannte sie. Es kam ihr nicht in den Sinn, daß das eine Frage ohne Fragezeichen war. Sie wollte sich ihm näher bringen, berichten, erzählen, was wußten sie denn eigentlich voneinander. Anatol erzählte wenig und fragte nicht. Er wußte wohl jetzt, daß jene Klagen und Beschwerden, die sie in einer Augustnacht, ratlos über einen fatalen Fragebogen gebeugt, einer kommunistischen Freundin in die Schuhe geschoben hatte, ihr eigenes Sorgenerbteil waren. Aber in dem, was sie damals bekannt und worüber sie, mit Verwirrung und Bitterkeit und, wenn er ihre wachsenden Zweifel an der Partei zustimmend unterstrich, mit plötzlich aufflammender Abwehr hie und da gesprochen hatte, war so gut wie nichts über ihr privates Leben deutlich geworden, und gefragt hatte er nicht. Nicht einmal damals, als er sich für den folgenden Nachmittag bei ihr ansagen wollte und sie geantwortet hatte: »Du wirst mir glauben, daß es mir schwerfällt, Nein zu sagen, aber ich haben morgen etwas Wichtiges vor.« Sie hatte nicht gesagt, was. Nur am Tag darauf hatte sie, beim Heimweg von der Redaktion, beiläufig erwähnt, der Verzicht auf seinen Besuch habe sich nicht gelohnt ... und er hatte nicht gefragt. Er hatte nie gefragt: »Was machst du am Sonntag?« Er reagierte auch jetzt nicht auf ihre halbe Frage.

»Herumgelaufen bin ich, an den Sonntagen«, wiederholte sie und zählte gewissenhaft auf: »Mandura hab ich getroffen, mit Familie, auf der Sophieninsel; Herrn Slavík mit Familie, am Kai, Zeman mit einer Braut, auf dem Belvedere; Fräulein Jelinek aus der Administration, mit einem Bräutigam; nur dich nicht ... gehst du sonntags nicht spazieren?« Nun war es doch eine richtige Frage mit Fragezeichen geworden.

»Aber ich bin sonntags fast nie in Prag!« antwortete Anatol mit größter Selbstverständlichkeit. »Ich fahre meist nach Brünn, zu meinen Leuten ... samstags mit dem Mitternachtszug oder sonntags zeitig früh ... hast du das nicht gewußt? Ich komme oft erst am Montagmittag zurück und lasse Lozák das Montagsblatt machen ...« Nein, das hatte sie nicht gewußt. Das Montagsblatt erschien als Nachmittagsblatt, um zwei Uhr. Nie war ihr eingefallen, daß der Montagsumbruch ja vormittags sein mußte.

Diese einfache Feststellung regte sie ganz ungebührlich auf. Sie wußte nichts von ihm, sie hatte nicht die geringste Ahnung, wie er lebte. Karlíček, Bílek, die Setzer, der Portier, alle wußten sie mehr von ihm als sie. Ein Chefredakteur muß immer und überall zu erreichen sein, wie ein Arzt. Sicher stand auf dem Zettel, der über Bíleks Schreibtisch an die Wand geheftet war, unter den wichtigen Telefonnummern auch die seine in Brünn. Es war ihr nie eingefallen, auf die Telefonnummern zu schauen. Es war ihr nie eingefallen, nach Anatols Nummer zu fragen, die nicht im Telefonbuch stand zwischen den siebenundsechzig Svobodas, unter denen sie, an einem Maivormittag, vergeblich nach seinem Vornamen gesucht hatte. Sie wußte, sie traf ihn täglich beim Umbruch, und das Wissen um diese gewisse Stunde gab ihr eine solche Sicherheit, daß die große Wüste von Nichtwissen um sein persönliches Leben, das sich außerhalb der Redaktion abspielte, ihr noch gar nicht zu Bewußtsein gekommen war.

Jeden Abend zwischen sechs und sieben – sie war immer schon vorher da – sah sie unfehlbar seine schmale, rasche Gestalt an der Milchglasscheibe vorübergleiten, und dann wartete sie mit klopfendem Herzen, bis er wenige Minuten darauf, schon in seiner Arbeitsbluse, die Tür zum großen Mittelzimmer aufmachte und ihr Guten Tag sagen kam. Er fragte höflich nach ihrem Befinden, ihrer Arbeit, und wenn zufällig niemand weiter im Zimmer war, küßte er sie wohl auch auf das Haar oder auf den Nacken und verabredete die nächste Zusammenkunft ... Kam er lange nicht, dann konnte Hanna es manchmal nicht mehr aushalten und ging, mit irgendwelchen Blättern oder einem Buch in der Hand, zu ihm. Sie drückte auf den versteckten Knopf an der Klinke, drückte die Klinke leise nieder – man konnte nicht anklopfen, weil die Tür von beiden Seiten gepolstert war –, und sobald sie hinter dem Schreibtisch sein geliebtes Gesicht erblickte, hörte das Herzklopfen auf und ein tiefer, glücklicher Friede zog in sie ein: er war auf seinem gewohnten Platz, er war noch da, er war da, er war immer da, wenn er auch nicht mit ihr sprechen konnte, weil der Obermetteur oder Bílek neben dem Schreibtisch standen oder ein Besucher im Klubfauteuil saß und Anatols Gestalt verdeckte. Er winkte ihr mit den Augen, und Hanna sagte »Pardon« und zog sich zurück. Wenn niemand bei ihm war, nahm sie selbst im Klubfauteuil Platz, und sie sprachen: über Bücher, über die Arbeiten, die sie nach wie vor für ihn machte, über Musik, über das Blatt, über die Menschen im Blatt, vertieft und interessiert wie immer, sie sagten sich sogar »Sie«, so gewöhnt waren sie an diese Plauderstunde am Spätnachmittag, die ihnen gewohnt war seit langen Monaten, ehe es etwas Persönliches zwischen ihnen gegeben hatte ... Nein, Persönliches kam auch jetzt nicht zur Sprache, schwang nur als geheimes Klingen mit hinter allen Worten, all ihren Worten, die jeder zufällig Eintretende hätte vernehmen können, so unpersönlich waren sie, und die sie trotzdem mitten im Satz abbrachen, wenn die diskrete Klinke leise niedergedrückt wurde und Karlíček oder der Obermetteur eintraten. Dann ging Hanna mit einem lächelnden »Also dann, vielen Dank, Herr Doktor« hinaus.

Um acht Uhr würde sie ihn ja wiedersehen und einundeinehalbe Stunde betrachten können, sehen, hören, spüren, im Brausen der Umbruchstunde, das für sie beide Meer und Hafen zugleich geworden war ... Was jenseits lag, im Hinterland, weit weg von der Brandung der Küste, lag in Nebel und Dunst, ungesagt, ungefragt, auch sie hatte ja eine weite Strecke Hinterland, in dem es mancherlei gab, was sie Anatol nicht sagte und wonach Anatol nicht fragte ...

Aber heute, heute waren sie nicht in der »Svoboda« zusammen, in ihrer eigentlichen Wohnung, zwischen dem Klappern der Maschinen und dem Fieber der Setzer, die die Winkelhaken im Arm schwangen wie Primgeiger die Violine in einem Nachtlokal, zwischen den Redakteuren, die in unverständlichem Zeitungsrotwelsch ihre eilige Arbeit verrichteten. Heute gingen sie Arm in Arm durch den herbstlichen Wald, und die Stille schwang um sie, daß ihnen die lärmgewohnten, stilleentwöhnten Ohren brausten, weil es rundum so leise war. Sie hätten schon lange abbiegen und zum Fluß hinuntergehen müssen, wenn sie ihr ursprüngliches Ziel, die Stechowitzer Stromschnellen, erreichen wollten, aber was lag daran, es erwartete sie ja keiner, hier oben auf dem Hügel war es so schön, man konnte gar nicht sprechen, so viel Ruhe war um einen.

Vielleicht konnte man singen ... ? Hanna fing mit geschlossenen Lippen zu summen an, und es wurde, ohne daß sie es wollte und wußte, Mahler: »... Ging ich morgens übers Feld ... tililalila.. .« Und dann öffnete sie die Lippen: »Schöne Welt! Schöne Welt!« Wie das jauchzte! Wie der rote und gelbe Oktoberwald, und der Sonntag, der wirkliche, ihr Sonntag, ihrer und Anatols! »Was du für eine gute

Stimme hast!« sagte Anatol bewundernd, und man merkte, daß es nicht bloß ein Kompliment war. Sie hatte einen schönen Mezzosopran, den sie vor ihrer Heirat auch auszubilden begonnen hatte. Aber dann war das ganz andere Leben gekommen, Karl, die Arbeit, die Partei, auch die »Musikfeindschaft« ... Nein, sie hatte lange nicht mehr gesungen. Sie schritten über das Moos, die Tannennadeln, die Wurzeln, und Hanna sang und sang. Als wären viele Jahre voll ungesungener Lieder in ihr aufgestaut, so strömte es jetzt aus ihr heraus, und sie war selbst überrascht, wie viele Lieder sie noch wußte, Schubert und Schumann und Mahler und Brahms und Wolf und Debussy, und als sie mit den Liedern fertig war, begann sie mit den Opernarien, und es fielen ihr sogar noch die italienischen Texte zu »Aida« und zur »Macht des Schicksals« ein. Nur ab und zu fehlte ihr ein Wort, aber sie schwindelte vergnügt ein anderes ein oder sang einfach auf la-la-la weiter.

»Ich möchte einmal mit dir in die Oper gehen!« sagte sie plötzlich.

»Das wird sich schwer machen lassen«, meinte er zurückhaltend. »Du weißt doch, daß ich jeden Abend im Blatt sein muß ...«

»Und Sonntag?« drängte sie.

»Nun ja, vielleicht einmal Sonntag«, erwiderte er, aber es klang wie Nein.

Hanna verstummte. Schon zum zweiten Mal war sie heute einem ihrer beiden Hauptmaximen: nichts verlangen und nichts abschlagen! untreu geworden.

»Sing doch noch etwas!« bat er.

»Wenn dir die Karten einmal bittres Unheil künden ... vergebens mische sie«, sang Hanna, Carmens Arie aus dem dritten Akt, aber bei der zweiten Zeile kam sie aus der Melodie, tastete ein paar Tönen nach und brach dann ab. Anatol pfiff die Arie richtig zu Ende. Es tat Hanna in undeutlicher Weise wohl, daß er ihr die tragische Melodie auf halbem Wege abgenommen hatte.

Blick auf Stechowitz (Štěchovice)

»Wir waren übrigens schon mal zusammen in der Oper« sagte er und blickte sie an wie im geheimen Einverständnis. »Carmen haben wir zusammen gehört, wenigstens teilweise ...« Hanna erinnerte sich sofort an den Abend in Bíleks Zimmer, wo sie spät noch in die Redaktion gegangen war, um irgendwo ihr gräßliches Verlassenheitsgefühl zu betäuben, und zu ihrer Überraschung den Chef getroffen hatte.

»Damals, als du mich gefragt hast, wie ich mit Vornamen heiße ...«

Hanna schaute ihn an. Sie war glücklich, daß auch er den Abend so genau im Gedächtnis hatte, daß er es ihr heute sagte. Es war wie ein Geständnis.

»Und du hast vom ›eigentlichen Leben‹ gesprochen«, bestätigte sie. »Im Mai wars, Anfang Mai. – Ist das nun heute ›eigentliches Leben‹ oder ist es Wirklichkeit?« setzte sie hinzu, es war mehr eine Frage an sich selbst.

»Vielleicht ist es sogar ›wirkliches Leben‹«, antwortete er und küßte sie.

»Wir haben nämlich schon eine Geschichte zusammen«, fügte er hinzu und hielt ihr Gesicht zwischen den Händen.

Aber er schaute ihr nicht in die Augen, er schaute blicklos ins Weite.

Ja, sie hatten wohl schon eine Geschichte zusammen, Geschichte ihrer Sehnsucht. Eigentlich – zusammen hatten sie sie nicht. Jeder hatte die seine, die sich auf den andern bezog, aber Hanna wußte nur ihren Strom, und Anatol wußte nur den seinen, und jeder wußte, wo und wann der seine entsprungen und wie er verlaufen war, mit Krümmungen, Talsperren, Stromschnellen und sandigen Seichten. Wie der Strom des andern entsprungen und verlaufen war, das wußten sie nicht, wußten allenfalls – aber sie wagten nicht, davon zu sprechen –, daß in einer Augustnacht die beiden Ströme ineinandergeflossen waren. Und da noch, fragte sich Hanna mit Zweifel, weiß man nicht, welcher Fluß in welchen gemündet ist, der meine in den seinigen, der seine in den meinen ... ob er wohl davon weiß? Wer ist hier Haupt-, wer Nebenfluß gewesen?

Nun, einerlei, jetzt strömten sie einträchtig dahin, getragen vom Fluten ihrer beider Herzen, ihrer beider Blut, getragen von Musik und vom allabendlichen Brausen des Umbruchrummels, der sie getreulich jeden Tag um halbzehn an den Kaffeestand in Bíleks unordentlichem Büro spülte und wenig später auf die nächtlichen Straßen, die im Herbstregen glänzten.

Heute aber war nicht Nacht und nicht Regen, es war Mittagssonne im Wald. Schwarzgrün stand der Wald, fast lauter Nadelbäume, und der Erdboden braun vor Nadeln, mit wenig Grün dazwischen, und durch die geraden Reihen der Fichten sah man da und dort ein leuchtendes Buchenrot, und am Waldrand die zartweißen Stämme schon halbentlaubter Birken.

Sie gingen Hand in Hand und sprachen nichts. Ein unendliches Wohlgefühl breitete sich in Hannas Körper aus; den ganzen Tag, einen ganzen Tag lang hatte sie Anatol für sich, kein Bílek, kein Obermetteur, kein Besuch, kein Griff aus dem riesigen, unbekannten Hinterland seines Privatlebens konnte ihn ihr heute streitig machen, einen ganzen Tag lang, und danach vielleicht! – noch eine ganze Nacht. Sie hatte, als sie in Davle ausstiegen, ein hübsches Hotel an der Moldau gesehen, Sommerfrische, jetzt im Oktober sicher leer, warum konnten sie da nicht bei der Rückkehr ein Zimmer nehmen und sich einschreiben als Herr und Frau Svoboda, es gab ja so viele Svobodas. Aber etwas hielt sie zurück, den Gedanken weiterzudenken, heute war Jetzt, und das eben war ja das Beglückende, daß es keine Vergangenheit und keine Zukunft gab, nur die vorhandene, reine, gewisse Gegenwart auf einem Waldweg, eingerahmt von hohen Fichten.

Auf einer sonnigen Lichtung machten sie Rast. Es war schon Mittag. Hanna packte den Rucksack aus, sie verzehrten die Brote, die sie morgens noch aus ihrem Nachtmahlvorrat zurechtgemacht hatte, Anatol steuerte Bonbons und Obst bei. Sie aßen mit Lust und freuten sich, wie es ihnen schmeckte. Sie waren nicht mehr jung genug, um, weil sie sich liebten, das Essen zu verschmähen. Dann streiften sie im Busch herum, um Wasser zu finden. Mit Pfefferminzpastillen konnte man den Durst nicht löschen, und eine Thermosflasche besaß Hanna nicht und hatte sie auch, da der Ausflug erst nachts zuvor beschlossen worden war, nicht mehr beschaffen können. Aber gemahlenen Kaffee hatte sie mitgebracht und ein Aluminiumgeschirr. Der Kaffee gehörte zu ihrer sonderbaren Beziehung wie die Zeitung, wie der Lärm im Setzersaal, sie mochten ihn auch in der feierlichen Stille des Sonntagswaldes nicht vermissen. Dann fanden sie Wasser und übersiedelten mit ihrem Hausrat an die Quelle und begannen, Reisig zusammenzutragen und ein Feuer anzumachen.

Über das zarte Gras gebeugt, schrie Hanna leise auf: »Parasols!« Zwischen den Buchen hatte sie die hohen, faserigen Schäfte und die geschuppten Kuppen der Pilze erspäht.

»Die sind giftig!« winkte Anatol ab.

Aber Hanna schüttelte beruhigend den Kopf. Sie kannte sie, in deutschen Wäldern hatte sie sie vor Zeiten oft gepflückt und an ebensolchem Reisigfeuer gebraten. Aber an Deutschland mochte sie jetzt nicht denken und zu Anatol davon nicht sprechen. Sie kannte die Parasols ja auch schon aus den böhmischen Wäldern, wie lange war das her! Der fortschrittliche Hausarzt ihrer Jugendjahre, mit dem sie vor Zeiten oft gewandert war, hatte den Mädchen und Burschen die Früchte des Waldes erklärt. Sie merkte, daß sie auch den Wald wiedererkannte, den alten Wald bei Stechowitz, wie lange war das her, vor dem Krieg, mehr als zwanzig Jahre, seitdem war sie nicht hier gewesen. Sie unterdrückte auch diese Erinnerung, es war ihr peinlich, daß sie schon vor dem Krieg sollte erwachsen gewesen sein, vielleicht war sie sogar älter als Anatol, für wie alt mochte er sie halten?

»Für wie alt hältst du mich?« fragte sie und hatte ein bißchen Herzklopfen. Er sah sie aufmerksam an. Sie bückte sich, um Reisig für das Feuer aufzuschichten, er lag auf den Ellbogen gestützt und sah ihr von unten ins Gesicht.

»Du siehst entschieden viel jünger aus«, antwortete er. Es klang, wie wenn er einen Schlußstrich unter eine Berechnung zöge.

Hanna begnügte sich mit diesem unlogischen Urteil. Sie kniete sich hin, um das Feuer zu schüren, und lächelte ihm zu. Da packte er sie an den Schultern und warf sie hin. Er küßte sie unruhig und erregt über das ganze Gesicht, den Hals, die Brust.

»Wann hast du mich zum ersten Mal gewollt?« fragte er sie ins Ohr. Sie wußte es ganz genau. An jenem Tage, als er ihr gesagt hatte: »Ich habe keine Frau«. Und sie wußte nicht, was diese Enthüllung mit dem plötzlichen Aufschießen ihres Blutes zu tun haben sollte, und mochte nicht nachforschen.

»Und du?« flüsterte sie statt einer Antwort und wehrte sich nicht mehr.

»Ich ... schon lange. Viel länger, als du wissen kannst ...«

Nein, es kam keiner, sie waren mitten im Wald, Sonntagsstille rundum, und sie stürzten sich ineinander, verschlangen einander, und immer dringender und immer wieder in langen Zügen, und Hanna spürte wieder das völlige Hingegebensein, Auslöschen des Du und Ich, als sie sich schaudernd Leib an Leib spürten, war's, als wären sie schon von andern Schauern angerührt.

Seit jener ersten Nacht war es das erste Mal, daß Hanna sich ganz in den Mann verlor. Damals hatte sie ihm gesagt: »Fast als hätte ich bisher nicht gewußt, daß ich eine Frau bin ...« Das war nicht ganz wahr. Sie war auch vorher nicht kalt gewesen, in den paar kläglichen Liebschaften, die sie vor ihrer Ehe gehabt hatte, anfangs, um zu probieren, »wie es ist«, das Verbotene, Geheimnisvolle, das das Mädchen aus bürgerlichem Haus eigentlich nicht wissen durfte, und dann aus Freude an der Lust. Aber es war eine kleine Lust gewesen, beschränkt auf Kitzel und Entspannung und immer wie mit Verachtung und Selbstverachtung gemischt.

Und mit Karl ... seltene Male war sie in seiner Umarmung sich selbst völlig verloren gegangen, sie wußte die seltenen Male fast noch dem Datum nach, wenn sie gehobenen Herzens gemeinsam aus einer großen Versammlung heimgekommen waren, wenn sie eine gemeinsame Arbeit abgeschlossen hatten, dann hatte der Körper die große Gemeinsamkeit des Glaubens bestätigt, man hatte aufgehört, ein armes, einzelnes Ich im Fleische zu sein. Aber die andern, vielen, hunderte, tausende Male mit Karl, war es eher wie eine fleischliche Bestätigung ihrer geistigen Brüderlichkeit gewesen, Vertrauensbeweis und herzliche, menschliche Teilnahme, die das widerspenstige Fleisch zwingt, daß es die Antwort nicht versagt.

Mit Anatol aber, von jenem Tag an, hatte es sie völlig hingerissen, Augen und Haut, und tief drinnen das Glühende, Langheranschwellende, das sich nicht in einen einzigen spärlichen Funken entlud, sondern in großem, ständigem Brausen weiter dumpf lärmte durch den ganzen Körper, bis es dann langsam auslief und verebbte in ruhigen tiefen Atemzügen.

»Fast als hätte ich bisher nicht gewußt, daß ich eine Frau bin«, hatte sie erstaunt bekannt. Und er hatte geantwortet: »Du bist eine Frau wie alle andern ...« Es klang ein bißchen männerhaft-roh, aber sie hatte es wie eine verführerische Liebkosung empfunden, und hatte sich herausgestürzt, jauchzend, aus der Strenge aller Meinungen und vorgefaßten Ansichten, hatte den Harnisch abgelegt und sich hingegeben wie eine Frau, die ist, wie alle andern, gesichtslos, namenlos.

Nie mehr seit jener ersten Nacht mit Anatol hatte sie diese gänzliche Selbstverlorenheit zustande gebracht. Am folgenden Tag war auf ihrem Tisch ein höflicher Brief der Pensionsleitung gelegen, des Inhalts, es werde darauf aufmerksam gemacht, daß nach acht Uhr abends keine Besuche mehr auf den Zimmern empfangen werden dürften. Das hatte sie ihm gesagt, als er am nächsten Abend wieder mit hinaufkommen wollte, und hatte erwartet, er würde sie mit in seine Wohnung nehmen. Aber er hatte nur die Stirn gerunzelt und eine Weile geschwiegen und ihr dann zum Abschied die Hand geküßt. Und war von da ab am frühen Nachmittag zu ihr gekommen.

Sie hatte Ja gesagt, als er sich anmeldete, aber als er sie anfaßte und zu küssen begann und sagte: »Laß doch die Vorhänge herunter!« hatte sich etwas in ihr gesträubt: so am hellichten Tag und auf Vorausbestellung ... nein, sie war ganz kühl geworden und hatte ihn ablenken wollen, hatte Kaffee gekocht, ihm Bücher gezeigt, erzählt, bis er ihr Gesicht zwischen die Hände genommen und leise und ein bißchen plump gefragt hatte: »Warum nicht das, was wir beide wollen?« Da hatte sie den Mut verloren und die Vorhänge heruntergelassen und sich im Badezimmer ausgekleidet und sich hingelegt, wie zu einer Kur. Das Leben hat keinen Platz für romantische Dekors, hatte sie sich zugeredet, und sie konnten sich ja nicht gut in seinem Chefredakteurbüro oder in der Setzerei umarmen, dort, wo sie sich am meisten begehrten. Aber es war nichts Rechtes herausgekommen bei der vorgefaßten Umarmung, gerade eben noch die »kleine Lust«, ein schneller Kitzel, eine oberflächliche Entspannung; und wenn sie dann – er war schon gestillt, rasch und gründlich wie ein Mann, wie jeder Mann vielleicht – neben ihm gelegen hatte und langsam, langsam, mit der Hilfe des Gedächtnisses und der Phantasie, in sich das geheimnisvolle Körpersehnen heraufbeschworen hatte, das die Haut ablöst vom Fleisch und das Fleisch von den Knochen, und hinaufsteigt bis unter die Kopfhaut und im Halse pocht, daß man nicht atmen kann, und die ganze Welt verschwand, das Pensionszimmer mit dem heruntergelassenen Spitzenvorhang und das Haus und die Straße und die Stadt, vierzig Jahre ihres Lebens, und alles, was sie wußte und dachte, und wenn sie, mit einem andern Wissen als dem der Gedanken, wußte, daß jetzt, jetzt und jetzt das einzige Leben begann, das wert war, gelebt zu sein, Leben ohne die Bürde des Ich, Leben des Alls, der Kreatur, der unirdischen Erhabenheit ichlosen Fleisches – dann hatte er sie flüchtig geküßt und mit leisem Seufzer gesagt: »Ich muß jetzt leider gehen ...«

Dutzende von kleinen Toden war sie gestorben in diesen Wochen, da sie seine Geliebte war, das heißt, da er jeden zweiten oder dritten Tag am hellichten Nachmittag in ihr verhängtes Fremdenzimmer mit ihr schlafen kam, ein Fremder mit einer Fremden. Und wäre wohl nach dem ersten Male schon mit empörtem Instinkt von ihm weggegangen – wenn es ein Weggehen, ein Entweichen gegeben hätte aus dem Leben, das keinen Platz hat für romantische Dekors. Aber zwei Stunden später, müde von dem kurzen Fieber, das wie ein Malariaschüttelfrost zur vorausgewußten Stunde den Leib überfällt und martert, und voll ungestillter Sehnsucht dennoch, war sie immer wieder in die »Svoboda« gegangen.

Dort freilich, wenn er schmal und geschwind an der Milchglasscheibe vorüberglitt, wenn sie sein geliebtes

Gesicht hinter dem Schreibtisch fand, wenn sie ihn mit lebendigen, graziösen Handbewegungen das Getriebe des Umbruchs leiten sah, wie ein Konzertmeister sein wohleingespieltes Orchester, dort hatte es sich wieder eingestellt, das Empfinden tiefster Verbundenheit, in der man Geist und Herz und Fleisch nicht mehr unterscheidet, und nie waren sie so nackt miteinander gewesen, als wenn sie in ihren bürgerlichen Kleidern, zwischen vielen Menschen, sich mit den Augen grüßend über die schrägen Pulte mit den Letternkästen, ineinandergetaucht waren zu tiefster Vollendung des Wir. Und jedesmal, wenn sie diese Hingebung am falschen Platz verspürte, hatte sie neu gehofft, es werde sich morgen schon der rechte Platz für sie finden. Gequält und ratlos hatte sie immer wieder nach Gründen gesucht, warum der Mann den Platz nicht fand, hatte sich geschmäht, daß sie nicht ihrerseits ihn irgendwo finden ging, aber ihr Motto »nichts verlangen und nichts abschlagen« hatte sich, ein neuer Harnisch, um sie gelegt, und sie hatte niemals Nein gesagt. Sie hielt sich fest an jenen Blicken, die über die Bewegtheit des Arbeitsplatzes sie einverständig grüßten, hielt sich fest an der grundlos und beweislos gefühlten Sicherheit: auch Anatol wußte von einer tieferen, allgemeineren, vollkommeneren Verschmelzung, weit hinaus über die knappen Reize und Lösungen, die er zwischen drei und fünf am hellichten Nachmittag bei ihr suchte und fand.

Auch heute war es hellichter Nachmittag, aber heute holte keine Redaktion ihn aus ihren Armen. Und sie liebten sich lang und tief, und nach der Liebe schlummerten sie zusammen ein auf dem herbstlichen Waldboden.

Hanna erwachte zuerst, es fröstelte sie, das Wasser im Kaffeetopf war längst verkocht, das Reisigfeuer aus Mangel an Nahrung verglimmt. Sie setzte sich auf und sah ihn an. Seine Haare waren wirr über die Stirn gefallen, er atmete unruhig, und sein Gesicht zuckte wie von inneren Krämpfen, Krämpfen, deren Sinn und Herkunft sie nicht kannte. Ein so leidvolles Gesicht! Sie sah ihn an mit dringenden Augen, wie um ihn aus seiner Qual zu wecken, die nicht die ihre war, wie um seine Qual auf sich zu nehmen, als sein Weib. Aber – würde er sie ihr schenken wollen? Abweisend war sein Gesicht. Ein so schönes Gesicht, mit zarter Nase, feinem, großem Mund mit herabgeschwungenen Mundwinkeln und einem sehr impetuosen Kinn, Napoleonskinn hatte sie es genannt. Ein geliebtes, ein fremdes Gesicht. Sie betrachtete es lange und erkannte es kaum. Geheimnis des Schläfers, das er mit sich nimmt noch aus der hemmungslosesten Selbstverlorenheit der Liebe ... weiß er noch etwas von ihr, mit der er vor dem Schlaf so tiefes Leben geteilt hat?

Sie schauerte. Dann brachte sie ihre Kleider in Ordnung, zog die Strickjacke an, deckte den Schlafenden mit seiner Lederweste zu und ging, das Feuer neu anmachen. Er erwachte von dem Geraschel. Der unverständliche Gram wich von seinem Antlitz, er strich sich die Haare zurück, reckte die Arme wie ein Mann, nachdem er geschlafen hat, stand auf und half ihr Reisig herbeitragen. Sie lächelten einander an. Ein wenig Mitleid war in ihr, sie streichelte ihn zart.

»Jetzt werden wir die Parasols braten«, sagte sie mütterlich, »wirst sehen, sie schmecken wie Schnitzel.« Sie zog den bräunlich geschuppten Schirmen die Haut ab, schmolz etwas Butter im Topf, und ein köstlicher Duft, Blume und Fleisch zugleich, breitete sich aus und entlockte dem Mann ein wollüstiges Schnuppern. Er kostete. »Es schmeckt wie Thomas Mann«, meinte er, und sie fand lachend, das sei trefflich verglichen. Dann holten sie Wasser und kochten Kaffee und plauderten friedlich, wie ein Ehepaar auf einem Sonntagsausflug.

Der Himmel war trüb geworden, und ein Wind machte sich auf. »Wenn wir noch zu den Stromschnellen wollen, müssen wir gehen«, meinte Anatol. Hanna packte den Rucksack. Als sie ihn ausschüttelte, fielen aus den Seitentaschen ein paar glitzernde Steinchen heraus.

»Was ist das?« wunderte sich Anatol.

Hanna starrte auf die Steine. Sie wußte es selbst nicht. Dann sah sie plötzlich die Zinnwalder Straße vor sich, sich auf ihr von Deutschland nach Böhmen ziehen, den Rucksack auf dem Rücken, Explodierpflanzen aufknickend und glitzernde Kiesel auflesend, eingekehrt in die Heimat der Kindheit.

»Es sind Kristalle«, sagte sie und starrte in die Ferne.

Er lachte. Sie hörte die jungen Nationalsozialisten lachen, im weißen Autobus, der die sächsische Seite zum Kamm hinanfuhr. Sie hörte ihren Bruder Heinrich lachen, wie er auf der Zinnwalder Straße vor dreißig Jahren »Kristalle« gesammelt hatte. Sie hörte das derbe, lebensfrische Lachen des alten Hausarztes, weil einer von den jungen Leuten die Parasole als Giftpilze bezeichnet hatte. Sie hörte Lachen durch viele Jahre, Jahrzehnte zurück, Lachen durch ihr ganzes Leben, erstauntes, verständnisloses Lachen, zuletzt ihr eigenes Lachen über sich selbst, das echolos in den Wald verhallte.

Sie lachte, bis ihr die Tränen herunterliefen, und sie weinte. Es gab keine Gegenwart. Es gab nur eine Vergangenheit. Keine Gegenwart. Man mußte sie stehlen, sie am Zipfel packen, wenn sie hinter einem Milchglasfenster vorbeiglitt, sie bergen hinter heruntergelassenen Vorhängen oder zwischen dem roten und gelben Laub herbstlichen Oktoberwaldes. Schmal war die Gegenwart zwischen zwei vorsichtigen Fingern, aber öffnete man die Hände und breitete man die Arme aus, um sie zu umfangen, dann war sie weg.

»Es war nur so eine Erinnerung«, sagte sie, wendete das Gesicht ab und wischte die Tränen von den Wangen. Dann stieß sie die Glimmerkiesel mit dem Fuß zu dem herabgebrannten Lagerfeuer und packte den Rucksack fertig.

Sie machten sich auf. Anatol ging neben ihr, faßte sie zart am Ellbogen, wie bei einer Straßenkreuzung, und schaute ihr freundlich ins Gesicht. Eine Welle Erinnerung an die letzte Stunde lief über sie hin. Sie reichte ihm den Mund und küßte ihn. Plötzlich empfand sie, wie damals im August, als die Kellner die Stühle zusammengestellt und das Licht abgedreht hatten, daß die Zeit bald um war und spürte verzweifelt den Wunsch, sie zu halten und hinzudehnen, wenigstens bis morgen früh. Am Himmel zog sich ein Gewitter zusammen, es donnerte von fern.

»Wollen wir nicht die Stromschnellen für heute aufgeben und nach Davle zurückgehen?« fragte sie zaghaft. »Dort war so ein hübsches Hotel ... Wir könnten dort sogar übernachten ...«

»Übernachten ... ?« fragte er erstaunt zurück.

»Ich möchte so gern bis morgen mit dir bleiben!« bat sie schüchtern.

»Das wird nicht gut gehen, Hanna!« sagte er, in einem freundlichen, aber bestimmten Ton, der keine weitere - Frage zuließ.

Hanna verstummte. Ehe der Hahn kräht, wirst du mich dreimal verleugnen, ging es ihr durch den Sinn. Dreimal hatte sie gefragt, dreimal war die Tür verschlossen geblieben. War es, weil sie angefragt hatte? Oder weil sie zu dringlich, zu ungelenk angefragt hatte? ... »Verlange nicht so viel, dann wirst du um so mehr bekommen!« hatte Karl oft gesagt. Ja, sie hatte immer verlangt, verlangt. Vom Leben, von den Menschen, am meisten von sich selbst.

Mitten in ihren Tag mit Anatol war Karl eingetreten, schlicht und ernst, mit geschorenem Kopf, in traumhafter Sträflingskleidung war er sie mitten im böhmischen Wald besuchen gekommen. Den Mann an ihrer Seite beachtete er nicht. Er ging neben ihr, im gleichen Schritt, sonderbar, nie hatte sie früher mit ihm Schritt halten können. Er erzählte. Wie anders er sprach. »Ich habe viel gelitten«, sagte er, nie hatte Hanna ihn früher dergleichen sagen hören, nie hatte er von sich geredet, schon gar nicht von Gemütsbewegungen. Es wurde ihr ganz schwankend zumute, und sie stolperte.

»Gib acht, da ist eine Wurzel!« sagte Karl und streckte die Hand nach ihr aus.

»Laß mich! Ich kann allein gehen!« erwiderte Hanna

böse, aber schon war sie im Begriff hinzustürzen. Karl faßte sie am Ellbogen, nein, es war Anatol, der sie am Ellbogen faßte, Karl, mit geschorenem Kopf, in traumhafter Sträflingskleidung, war fort.

»Woran denkst du?« fragte der Mann neben ihr. Sie schwieg, und er wiederholte die Frage nicht.

»Wir müssen schauen, an den Fluß zu kommen«, sagte Anatol und sah besorgt zum Himmel auf, über den sich große, schwarze Wolken heranwälzten. Sie fanden an einer Wegkreuzung einen Pfeil, der ihnen die Richtung wies. Unten bei den Stromschnellen würde gewiß ein Gasthaus sein.

Sie stiegen bergab. Sie gingen hintereinander und sprachen nicht mehr. Es war, als wäre mit der Sonne alle Heiterkeit ihres Vormittags verloschen. Hanna kam mit einem Male alles sinnlos vor.

Der Mann hinter ihr pfiff vor sich hin. Sie kannte seine Musik nicht. Es klang wie ungarische Volksmelodien. Eine Hälfte seines Blutes war ihr von Anfang an schicksalshaft abgewandt. Sie war unruhig und müde. Was wußte sie eigentlich von ihm? Warum war das alles? Ihre Füße in den flachabsätzigen Wanderschuhen glitschten auf dem steilen Abstieg, sie war beschäftigt damit, nicht zu fallen. Hinter ihr ging ihr Geliebter, ein fremder Mann. Sie spürte seinen Blick auf ihrem Nacken, aber sie drehte sich nicht um.

»Da sind wir!« rief Anatol. Sie waren plötzlich an den Fluß gelangt.

Eine kleine, verwitterte Heiligengestalt streckte sich auf einem Felsen mitten im Wasser, und um sie brodelten die Stromschnellen, aufgeschwellt von den Regengüssen des September, in wirbligen Kaskaden.

Und da war das Gasthaus, mit seiner Holzveranda, seinen Dachstuben, seinem Vorgärtchen mit den langen rohen Tischen und den lehnelosen Sitzbrettern rechts und links. Als sie in die Gaststube traten, begannen die ersten, schweren Tropfen zu fallen.

12. Kapitel

Um die Milch wird gekämpft – Anatol aber trinkt Bier – Von draußen kommen Menschen herein – Neuigkeiten in kleinem Druck – Ein Trauschein kann vielerlei bedeuten – Der Fememord von Stechowitz – Ein großes Gewitter bricht aus – Neue Entdeckungen – Dichter Nebel überall

Die kleinen Fenster waren des heftigen Windes wegen geschlossen, und es war halbdunkel im Zimmer.

An einigen Tischen saßen Ausflügler, vor dem nahenden Gewitter hereingeflüchtet, wie Hanna und Anatol. Alle tranken Bier, auch Anatol bestellte sich eins. Er leckte zuerst den Schaum vom Glase ab, neigte dann den Kopf in den Nacken und stürzte das Bier hinunter. Wie die Setzer in der Pause, dachte Hanna ohne Wohlwollen.

»Puh, das Bier ist ganz warm«, bemerkte Anatol, und sein schöner Mund ließ in echter Bekümmerung die Mundwinkel sinken, und dann bestellte er ein zweites Glas.

Hanna hatte kalte Milch verlangt, aber sie erfuhr, es gäbe schon seit drei Tagen keine. Ja, richtig. Die Milchverteilungsstellen waren vom Gesundheitsamt geschlossen worden, weil die Verfälschung der Milch einen Grad erreicht hatte, der mit dem Dekorum eines modernen Staates wirklich schon nicht mehr vereinbar war.

»Mir scheint, du liest die ›Svoboda‹ nicht!« sagte Anatol lächelnd. Doch, sie hatte die »Svoboda« gelesen, verteidigte sie sich, und auch die andern Zeitungen, sie hatte nur im Augenblick nicht daran gedacht. So bestellte sie sich also schwarzen Kaffee, der miserabel schmeckte und im Unterschied zum Bier kalt war.

Diese Milchgeschichte nahm allmählich ungebührliche Proportionen an. Nur ganz naive Gemüter, die von der »Milch der frommen Denkungsart« eben, konnten noch glauben, daß es um die Milch oder um die Volksgesundheit ging. Die Parteipresse ließ durch alle philantropischen Leitartikel immer deutlicher durchblicken, daß die Affäre ein Politikum war und daß man »bis zum letzten Blutstropfen« durchhalten müsse, »um den gewissenlosen Ausbeutern einmal zu zeigen, wer Mores ist«. Über diesen Lapsus des kommunistischen Redakteurs hatte man sich, der Chef an der Spitze, nicht schlecht lustig gemacht in Bíleks Zimmer, und der boshafte Karlíček hatte prophezeit, demnächst würden noch Rhodus und Salta von den Kommunisten als Sozii einer Textilfabrik vorgeführt werden, die die Tarifverträge nicht einhält.

Die Arbeiter in den mechanischen Molkereien der »Melka« hatten eine demonstrative Lohnerhöhung bekommen. Die Reserven des Konzerns konnten nicht nur dies ertragen, sondern sie konnten auch die Schließung der Verkaufsstellen wochenlang überdauern, während die Kleinproduzenten schon nach ein paar Tagen in Bedrängnis geraten mußten, und die Proletarierfamilien, denen die Kondensmilch-Konserven zu teuer waren, unter dem Mangel an frischer Milch litten.

Svoboda erinnerte Hanna vergnügt daran, daß im kommunistischen Organ vor ein paar Tagen unverfälschte Milch gefordert worden war mit der Begründung: »Wie unser großer Lenin gesagt hat: mens sana in corpore sano.« Hanna aber legte ihm erregt auseinander, daß die Kampagne der Partei in dieser Phase alle anständigen Menschen auf ihrer Seite haben müsse und daß es jetzt nicht um richtig oder falsch angewendete oder Lenin in die Schuhe geschobene lateinische Redensarten gehe, sondern um den Kampf gegen die Schamlosigkeit der Großen, die die Kleinen auffressen. Sie wunderte sich selber über ihre Erregung, denn die korrekte oder inkorrekte Handhabung des Milchhandels war ihr in letzter Zeit höchst gleichgültig geworden, viel weniger interessant jedenfalls als die korrekte oder inkorrekte Übertragung fremdsprachiger Redewendungen, wie »jemanden Mores lehren«, ein Thema, über das sie mit Anatol mehrfach und vertieft diskutiert hatte. Daß sie die Politik der »Svoboda« (des Kleinhändler-Konzerns, nicht der Zeitung) so herzbewegt verteidigte, geschah wohl eher zum Selbstschutz, den sie unbewußt suchte: so sehr war sie dem Mann, der Atmosphäre der »Svoboda« (der Zeitung, nicht dem Kleinhändler-Konzern) schon verfallen. Ab und zu mußte sie polemisch werden, um sich selbst noch glauben zu können, wo sie stand, wo sie noch stand.

Anatol antwortete höflich mit »nun, das weiß ich nicht so genau« und »du bist da besser informiert« oder »nimm das politische Geschwätz doch nicht so ernst«, aber in seiner Stimme lag eine gewisse Gereiztheit, die Hanna schon mehrmals an ihm bemerkt hatte, immer dann, wenn sie den Parteistandpunkt verteidigte oder ihm irgend etwas marxistisch zu erklären versuchte.

Sein feiner Verstand nahm sich, solch geistiger Aggression gegenübergestellt, etwas biedermeierhaft aus; er argumentierte so, als fühle er sich als Mensch seiner Zeit nicht ernstgenommen, noch dazu von einer Frau nicht ernstgenommen, von einer ganz gewöhnlichen, nur halt ein bissel zu gescheiten Frau, die er in ihren intimsten Regungen kannte und deren, Körper er genoß.

Das war ungefähr die Deutung, die Hanna seinem Verhalten gab, und das reizte sie gerade noch mehr zur Polemik: sie mochte im Geistigen kein Männlich oder Weiblich gelten lassen, und die ritterliche Haltung, die zu spüren ihr in ihrer Privatbeziehung so angenehm war, verdroß sie in der politischen Debatte, wo sie ihr wie eine Geringschätzung ihres Einsatzes erschien. »Du bist so doktrinär!« pflegte er dann zu sagen, und sie hörte dabei mehr den Tadel für ihr unschickliches Denken heraus als die Bewunderung einer Lebenshaltung, die ihm nicht gegeben war und um die er sie beneidete. Gab er ihr gelegentlich kurze Erklärungen dieser Art, so schüttelte sie nur ungläubig den Kopf, wie wenn seine Bewunderung irgendwie etwas zwischen sie legte …

»Du bist so doktrinär!« sagte er auch jetzt wieder und streichelte ihren Arm, als wollte er einen wilden Hund beruhigen. Dann bestellte er sich noch ein Bier.

»Das ist das dritte«, konstatierte Hanna scharf, aber als sie seinen erstaunten Blick auf sich spürte, wurde sie verlegen und fügte hinzu: »Ich meine nur, ob du dann nicht zu müde wirst ... wir haben doch noch ein gutes Stück zu wandern ...«

Inzwischen freilich war an Fortgehen nicht zu denken. Ein Gewitter war losgebrochen, und es goß in dicken Strichen. Ein Paar trat ein, die Jacken über den Kopf gezogen, ganz triefend, die Frau zog sich an der Tür die Schuhe aus und kippte sie um, zwei schmutzige Bächlein rannen heraus. Der Wirt knipste das Licht an, und Hanna sah, daß die Frau Luise Kulicke war, und der Mann, der dort seinen Sweater auswrang, war Kurt.

»Nanu, Hanna!« sagte Luise, und Kurt sagte »Rotfront!« Es war nicht anders möglich in dem kleinen Lokal, Hanna mußte vorstellen und die beiden auffordern, an ihrem Tisch Platz zu nehmen. »Doktor Svoboda ...« das war in Prag, und nun gar für unbewanderte Reichsdeutsche, ein nichtssagender Name. Und weiter sagte Hanna nichts zur Erklärung ihres Hierseins. Und die beiden interessierten sich auch gar nicht sehr für ihren Begleiter, sondern in erster Linie dafür, etwas Warmes zu trinken zu bekommen und ihre durchnäßten Kleider vor den Ofen zu hängen, den die Magd eben entzündete.

Die beiden Frauen gingen hinaus, und während sich Luise in der Küche die Füße abrieb und der Wirtin die klatschnassen Strümpfe zum Trocknen gab, streifte Hanna die Wollsocken ab, die sie über den Strümpfen getragen hatte und nötigte die Freundin, sie anzuziehen.

»Das ist wohl jemand von früher her, von deiner Prager Zeit?« fragte Luise harmlos. Ebensogut hätte Hanna Ja sagen können, aber sonderbar, Luise gegenüber konnte man nicht lügen, sie war so sauber und anständig.

»Nein, es ist mein Chef ... das heißt, der Chef von der

Zeitung, für die ich übersetze.« Sie wurde rot. Daß sich ein so großer Teil ihres Lebens in der »Svoboda« abspielte, wußte ja kaum jemand, weder die Leute vom Flüchtlingsheim noch die von der Partei. Für beide war sie gelegentliche, externe Mitarbeiterin des bürgerlichen Blattes, zum Geldverdienen. Vom geheimen Parteiauftrag wußten nur zwei oder drei, und der war auch in letzter Zeit nicht mehr erneuert worden, zählte nicht mehr.

»So?« erwiderte Luise nicht weiter interessiert und stopfte zusammengefaltetes Zeitungspapier in ihre nassen Schuhe. »Hübscher Kerl!«

Als sie in die Gaststube zurückkamen, standen vier Teller Kartoffelsuppe auf dem Tisch.

»Ich fand, das sei eine gute Idee«, sagte Anatol. »Als der Kellner Herrn – wie bitte? – Meyer, jawohl, danke – als der Kellner Herrn Meyer Kartoffelsuppe vorschlug, dachte ich, Sie hätten vielleicht auch Appetit darauf ... ich jedenfalls bekam gleich Lust.« Er sprach deutsch, weil die andern ja nicht tschechisch verstanden, und so fiel es Hanna nicht gleich auf, daß er sie Sie nannte. Kurt heißt doch Gellnow, dachte sie. Aber er ist so von Illegalität durchtränkt, daß er auf alle Fälle Meyer sagt. Vielleicht weiß er, daß Svoboda hier so gewöhnlich ist, wie Meyer in Deutschland, und zerbricht sich den Kopf, wie Anatol wirklich heißt und wer er ist. Aber Kurt löffelte mit Eifer die Suppe und ermunterte Luise, desgleichen zu tun.

Luise vermerkte, daß Hanna seit mehr als vierzehn Tagen sich nicht habe sehen lassen. Die wichtigsten Neuigkeiten wußte sie nicht! Welche denn? Nun, im Flüchtlingsheim war eine große Haussuchung gewesen. Man hatte allerhand Material aufgestöbert, das als Beweis verbotener politischer Betätigung aufgefaßt worden war. »Was für Material denn?« fragte Anatol. Kurt sah ihn kurz an und erwiderte:

»Was die Material nennen ... das Kommunistische Manifest, Schriften von Marx und Lenin, die man in jedem Buchladen kaufen kann ... sogar die russischen Wörterbücher haben sie mitgenommen!« Er lachte gezwungen. Hanna verstand die Antwort. Sie wußte, daß viele im Heim sich mit illegaler Arbeit befaßten, sie hatten sogar einen Abziehapparat dort. Aber immerhin, alles »Material« war für Deutschland bestimmt und die Bedingung für das Asylrecht, keine Einmischung in innertschechoslowakische Angelegenheiten, wurde nicht verletzt. Trotzdem hatte man einige Genossen ausgewiesen, an die österreichische Grenze gebracht ...

Freilich hatte es in den Zeitungen gestanden, erfuhr sie auf ihre Frage, aber in kleinem Druck, sie hatte es wohl übersehen. Nicht mal die Kommunisten hatten was damit hergemacht, wie doch sonst schon etliche Male, sie waren ganz auf die Milchaffäre konzentriert und wollten sich nicht den Vorwurf zuziehen, weniger patriotisch zu sein als ihre Gegner.

Hanna seufzte. Das war die unselige Taktik, die schon in Deutschland so oft Gegenstand ihres Kummers gewesen war ...

»Aber Hilde hat Glück gehabt«, erzählte Luise, und ihr klares, einfaches Gesicht leuchtete vor Mitfreude. »Sie hat in letzter Stunde noch heiraten können. Du weißt ja, wie schwer es jetzt ist, einen Mann zu finden, der es umsonst macht. Die Genossen haben alle schon geheiratet. Und tausend Kronen ausgeben für einen Trauschein – daran ist doch bei unsereinem gar nicht zu denken ...«

Hilde also, die nette, blonde Kindergärtnerin, hatte Glück gehabt. Sie war Staatsbürgerin geworden, konnte sogar, wenn sie einen fand, einen Posten annehmen ... Auch Hanna freute sich. Was aus Paul geworden wäre, ihrem Freund? Ja, der hatte allerdings fortgemußt, man hatte ihn mit den andern drei Ausgewiesenen per Schub an die österreichische Grenze gebracht. Hilde habe es nicht weiter tragisch genommen. Paul hatte Verwandte in der Schweiz. Vielleicht konnten die ihm eine Aufenthaltsbewilligung beschaffen, wenn nicht, würde er nach Paris gehen. Denn in Österreich, wo seit Februar 1934 schwarzer Faschismus regierte, konnte er natürlich nicht bleiben.

»Was ist das mit dem Trauschein für tausend Kronen?« forschte Anatol. Hanna meinte, er habe nicht richtig gehört. Er sprach nur mittelmäßig deutsch. So erklärte sie es ihm auf tschechisch und erklärte den Genossen auf deutsch, worüber sie mit ihm sprach. Daß man sich Männer kaufen müsse, wenn man unter Genossen und Freunden keinen mehr fand, der einen aus Gefälligkeit heiratete, damit man Staatsbürgerschaft und Arbeitserlaubnis erlangte.

Kurt fiel ein: Und nicht nur, daß man das Geld kaum zusammenbrachte! Es war auch gefährlich, man konnte Erpressern in die Hände fallen. Eine Genossin, die sich auf diese Weise verheiratet hatte, mußte erleben, daß der formelle Gatte nach der Trauung mit einem Bündel in ihr möbliertes Zimmer kam und sich bei ihr niederließ: hier bin ich, bin obdachlos, Sie sind meine gesetzliche Frau, müssen mich aufnehmen ... In den bürgerlichen Zeitungen stehen ja oft die Annoncen: »Student, mittellos, bereit zur Eheschließung gegen tausend Kronen Studienbeihilfe ...« Warum nicht? So war nun mal diese verfluchte kapitalistische Welt beschaffen.

Und was denn die Freunde dazu sagten, wollte Anatol wissen. In diesem Fall zum Beispiel der vorerwähnte Paul? Kurt sah ihn geringschätzig an.

»Mensch, in was für einer Welt leben Sie eigentlich?« sagte er grob.

»Es ist doch eine Notlösung, hat mit der andern, der wirklichen Beziehung nichts zu tun«, erklärte Hanna hastig. Es war ihr plötzlich eingefallen, Anatol könnte meinen, sie habe es darauf abgesehen, von ihm geheiratet zu werden. Er wußte ja nichts von Karl.

Und – hatte sie diesen Gedanken nicht wirklich schon gehabt? Wenn ich ledig oder geschieden wäre, hatte sie gedacht ... mit Anatol zusammenleben, offiziell, als Frau Dr. Svoboda, ein Anrecht haben auf jeden Abend, jede

Nacht, jeden Sonntag, jede Ferienreise mit ihm ... Donnerstags mit ihm zum Bruder und zur Schwägerin zu Tisch gehen, die sich dem eleganten Chefredakteur gegenüber gewiß ganz anders benehmen würden als zu Karl, der ohne Hut und Weste ging, ein Kommunist war und kein Geld hatte. Ja, auch an die Wirkung auf Bruder Heinrich hatte sie gedacht, wie bei allem, was sie dachte und erlebte ... Und war zornig gewesen darüber, und auch über die weiteren Phantasien: Ein anständiges Papier, eine Staatsbürgerurkunde! Eine gute, legale Arbeit ...

Vernünftiger Nutzen; Erfüllung geheimster Wünsche; Befriedigung eines nie gestillten Kinderehrgeizes ... Manchmal waren diese Dinge nicht auseinanderzuhalten. Sie dachte an Traute, eine Berliner Genossin. Die hatte, bald nachdem sie in Prag angekommen war, pro forma einen kommunistischen Abgeordneten geheiratet, und dann war ein richtiges Liebesidyll daraus geworden ... Ja, es war ihr nicht eingefallen, daß Anatol auf solch mißtrauische Gedanken hatte kommen können, vielleicht schon lange gekommen war. Vorhin zum Beispiel, als sie nach seinen Sonntagen gefragt hatte, und dann, ob er mit ihr in Davle übernachten wolle ... Er wußte ja nichts von Karl.

»Nein, Hilde hat wirklich Schwein gehabt in letzter Minute«, resümierte Luise. »Für uns kommt so eine Lösung ja leider nicht in Betracht. Übrigens, ich habe gestern einen Brief von Hans bekommen.«

»Was schreibt er denn?« fragte Hanna, froh, auf ein anderes Gebiet zu kommen.

»Er hat jetzt Arbeitserlaubnis gekriegt. Macht Tischlerarbeiten und so. Armer Kerl, hat nie körperlich gearbeitet. Na, besser jedenfalls als dies Herumsitzen und Warten.«

Luise sagte es vernünftig, ruhig, wie sie war, wie sie im ganzen Leben war. Der Mann im Zuchthaus war ihr selbstverständlich geworden. Sie lehnte sich nicht auf, sie jammerte nicht, sie klagte nicht. Verbrachte sie wohl schlaflose Nächte in qualvollen Vorstellungen von Prügelszenen und unsichtbaren Martern? Oder verbrachte sie Nächte mit Kurt? Der Gedanke hatte nichts Erstaunliches. Hanna kannte diese proletarischen Paare, Jugendgenossen, die miteinander schlafen, wie sie miteinander wandern, diskutieren, kämpfen, unproblematisch, es gehört eben auch dazu. Einem solchen Paar war nicht anzumerken, ob sie nur Genossen waren oder obendrein noch Geliebter und Geliebte. Und da es ihr Leben so wenig veränderte, war es wohl recht so ...

Luise machte da nicht viel Umstände. Sie hatte ihr einmal erzählt, wie sie zu Hans gekommen war: als Delegierte ihrer Jugendgruppe in der Provinz war sie nach Berlin zu einer Tagung gefahren und bei Hans, der eine eigene Wohnung von den Eltern hatte, für acht Tage in Quartier gegeben worden. Sie hatten sich angefreundet, und sie war dageblieben. Hatte sich in der Heimatstadt ja auch das Brot mit Hausarbeit verdient, warum nicht ebensogut in Berlin. Berlin war interessanter, und bei Hans war es angenehmer zu leben als bei der Mutter mit fünf kleinen Geschwistern. Als Hans zu einem Kongreß in die Sowjetunion fuhr, hatten sie geheiratet, damit sie mitfahren konnte. Es ging alles natürlich zu bei Luise. Hanna fand es schön und richtig und beneidete sie darum.

Sie hatte Karl freilich auch aus praktischen Gründen geheiratet, weil sie als Ausländerin dauernde Aufenthaltsschwierigkeiten gehabt hatte, damals in der Inflationszeit. Sie hatten eigentlich, aus doktrinären Gründen, in freier Ehe leben wollen, hatten dann die Formalitäten erfüllt, um das äußere Leben reibungsloser zu haben ... aber ihre Ehe mit Karl, mit oder ohne Trauschein, war von Anfang an eine Sache der Leidenschaft gewesen und des großen Erlebens, eine ganz individuelle Beziehung ...

»Und du, hast du Nachricht von Karl?« fragte Luise. Ja, erwiderte Hanna und erschrak. Vorige Woche. Es ginge ihm gut, er sei gesund, lerne Französisch mit einem Kameraden zusammen. Hatte Anatol Frage und Antwort gehört?

Zwei Herren mit zwei Damen waren eingetreten, triefend naß, einer begrüßte Anatol mit Handwinken und »Hallo, Doktor!« Anatol sagte »Gestatten Sie« zu seinen Tischgefährten, erhob sich und stand ein paar Minuten mit den Neuangekommenen am Ofen, während sie ihre Joppen zum Trocknen aufhängten. Dann nahm die Gesellschaft an einem entfernteren Tische Platz. Anatol war etwas verlegen, als er zu seiner Gruppe zurückkehrte. Während er vorher auf einem Stuhl gesessen hatte, setzte er sich nun neben Luise auf die Bank an der Wand, so daß er seinen Bekannten nicht den Rücken zudrehen mußte.

»Da macht mich Doktor Kocourek darauf aufmerksam, daß wir uns hier ja in einem historischen Lokal befinden: das hier ist das Gasthaus, in dem vorigen Winter der Ingenieur Formis ermordet worden ist ...«

Hanna und Luise fuhren auf und begannen, sich in der Stube umzusehen, als könnten sie noch die Blutspuren entdecken oder die geheimnisvollen Drähte und Flaschen, die (nach des Ermordeten Aussage, als er sich hier installiert hatte) wissenschaftlichen Experimenten dienen sollten, in Wirklichkeit aber jenen Schwarzsender gebildet hatten, den auszufinden und einzustellen die deutsche Regierung die tschechische seinerzeit mit so dringenden Noten beschworen hatte.

Unheimlicher Äther, durch den vom unerforschten Platz her die Hörer im Reich mit den Aufrufen von Otto Strassers Deutscher Revolution überschwemmt worden waren, während sein Bruder Gregor, einst Hitlers Busenfreund, schon seit der Bartholomäusnacht vom 30. Juni verscharrt lag ... Kurt, der erst im Frühjahr angekommen war, kannte den Vorfall nicht; er ließ sich erzählen. Alle drei wußten noch genau, was die Zeitungen aufgeregt damals berichtet hatten: wie im Hotel Goldene Gans eine elegante Reichsdeutsche mit zwei Herren abgestiegen war, wie Ingenieur Formis in der Halle des Hotels mit ihnen gesprochen hatte, wie sie ihn gefragt hatten, ob man »dort, am Ende der Welt, wo er wohnte«, auch Skilaufen könne – als ob man nicht da schon hätte Verdacht fassen müssen! Als ob man in der nahen Umgebung Prags, und gar in Stechowitz, jemals hätte skilaufen können! – und wie sie dann zwei Tage später auch richtig hier angekommen waren, mit einem eigenen Auto, das sie dort hinten hatten stehen lassen dort wohl, wo die Landstraße abbrach, die bis zum Fluß und einer künftigen Fähre hinunter hatte ausgebaut werden sollen nein, jetzt konnte man's nicht sehen, es war alles dicht verhängt vom Regen – und wie das Fräulein dann Formis auf ihr Zimmer eingeladen hatte, und hinter der Tür waren die zwei Komplizen hervorgesprungen, hatten ihm eins über den Kopf gegeben, dann ein paar Schüsse ... einer war anscheinend selbst verletzt worden, denn man hatte dann im Schnee die Blutspuren gefunden, die zum Auto führten, mit dem sie eins, zwei, drei zur Grenze entkommen waren.

Eine unheimliche, nie recht aufgeklärte Geschichte, dieser Fememord im Herzen Böhmens; nach ein paar Tagen diplomatischer Vorstellungen und Zeitungslärm war sie im Sand verlaufen. Und als dann im nächsten Sommer der Lampertsberger in Eisenstein über die bayerische Grenze verschleppt worden war und auch in Nordböhmen dieser und jener verschwand, gab's schon keine diplomatischen Noten und keinen Zeitungslärm mehr, man hatte sich gewöhnt an diese Art politischen Kampfes gegen die Emigranten, wie man sich damals im zweiten Kriegsjahr an den Krieg gewöhnt hatte, der noch im August 14 so unfaßlich, so irreal, so ganz und gar unaushaltbar erschienen war...

»›Wir Revolutionäre sind Tote auf Urlaub‹, hat Leviné gesagt, als er in München erschossen wurde«, bemerkte Kurt, es klang ein wenig pathetisch, Kurt war ja 1919 noch auf der Schulbank gesessen und konnte das Wort aus dem bayerischen Aufstand nur aus Büchern wissen. Nichtsdestoweniger überzog ein Abglanz von Schicksal sein junges, unwissendes, überzeugtes deutsches Gesicht.

»Ja, wir sind nirgends sicher, wir Emigranten«, sagte Luise schlicht, ohne Anklage und Wehleidigkeit.

»Wenn die Emigranten sich ruhig halten, brauchen sie sich bei uns nicht zu sorgen«, ließ Svoboda verlauten, er war etwas nervös. »Wer schafft ihnen, hier im Gastland Politik treiben?«

Vielleicht empfand es Hanna nur deshalb so sehr wie einen Peitschenhieb, weil Anatol so schlecht deutsch sprach. »

Wer schafft ihnen« ... das klang so peinlich nach altwiener Hausmeister und Fiakerkutscher, und sie fühlte einen würgenden Zorn in sich aufsteigen.

»Wer hat Masaryk und Beneš geschafft, als sie im Ausland politisch gearbeitet haben?« erwiderte sie scharf. »Hätten Italien, Frankreich, England, Amerika damals auch gesagt: die Emigranten sollen sich ruhig halten, dann gäbe es heute keine Tschechoslowakei ...«

»Sie sind so doktrinär!« meinte Anatol beschwichtigend und versuchte zu lächeln.

Aber Hanna war losgelassen: Eine Schmach sei es, daß die Tschechen, deren Staatsoberhäupter und nationale Führer selbst jahrelang das bittere Brot des Exils gegessen, jetzt nicht ein Wort fänden zum Schutz der Emigranten gegen die engstirnigen Angriffe der Chauvinisten, wo es doch wahrhaftig niemanden schaden würde, wenn die paar hundert Deutschen anderthalbtausend Flüchtlinge gab's nach offizieller Statistik in der ganzen Republik – sich bescheiden ihren Unterhalt verdienten, anstatt von milden Gaben zu leben, die jeden Monat weniger mild wurden und weniger das nackte Leben garantierten ... Zu verhängnisvollem Müßiggang verurteilt, ohne Arbeit, ohne Geld, ohne Heimat, ohne Schutz, ohne Recht, immerfort von der Ausweisung bedroht, immerfort bespitzelt, immer mit scheelen Augen angesehen ...

»Was wißt Ihr von uns? Ihr, die Ihr hier zuhause seid! Ihr, die Ihr irgendwo zuhause seid!« schloß sie, und Tränen der Wut und trostloser Verzweiflung zitterten in ihrer Stimme.

Svobodas Augen waren ganz schmal geworden, und seine Mundwinkel bebten leicht.

»Aber das ist doch alles übertrieben!« sagte er beschwichtigend. »Wie schwarz Sie das alles sehen! Sie selbst zum Beispiel ... Sie haben doch Arbeit gefunden, und Freunde ...«

Alles andere wäre geeigneter gewesen, Hanna zu beruhigen. Ihre paar Privatstunden, die Arbeit an der »Svoboda« – diese Arbeit, die sie geringschätzte und der sie mißtraute – bildeten schon lange nur den kleineren Teil ihres bescheidenen Einkommens. Der größere Teil kam aus Anatols Tasche, Entlohnung für die Übersetzungen, die sie privat für ihn machte. »Prostitution!« schoß es plötzlich in ihr auf. Nie hatte sie noch ihre persönliche Beziehung zu Anatol in Zusammenhang gebracht mit dem Umstand, daß sie Geld von ihm nahm. Plötzlich erschienen ihr die beiden Dinge in einem grausamen Verhältnis zueinander zu stehen. Freilich sagte sie sich gleich darauf, daß sie für das empfangene Geld ja eine Arbeit leistete. Aber ... hätte er die Arbeit von ihr verlangt, wenn er nicht in sie verliebt gewesen wäre? Und hätte sie sich in ihn verliebt, wenn sie ihm statt als Chef der »Svoboda« als Setzer in deren Druckerei oder Schreiber in der Administration begegnet wäre? War ihr nicht ihre Liebe bewußt geworden eben an jenem Tag, wo sie erfahren hatte, daß er frei war von anderen Verpflichtungen ... »Prostitution!« wiederholte sie sich und haßte ihn und sich selbst.

»Hab ich nicht recht?« fragte er begütigend, wie zu einem kleinen Kind.

»Ich habe Arbeit gefunden«, nickte sie trotzig, »Sie wissen ja selbst am besten, was das für eine Arbeit ist.« Ihre Stimme war bös. »Gelegenheitsarbeit, Gefälligkeitsarbeit ... und auch die nur, weil meine Eltern Geld genug gehabt haben, um mich studieren und fremde Sprachen lernen zu lassen, und obendrein, weil ich hier aufgewachsen bin, die Landessprache spreche ... Und Freunde ...« Sie lachte geringschätzig. »Das wird sich erst noch herausstellen, ob ich Freunde habe oder nur Gönner!«

Es war ein richtiger Familienstreit geworden. Kurt und Luise schauten betroffen auf das Paar und sprachen nicht hinein.

»Wie ungerecht du bist!« sagte Anatol erschrocken, auf tschechisch. »Ungerecht gegen dich selbst vor allem! Du mußt doch immer etwas suchen, wofür du dich hassen kannst!«

Etwas schmolz in ihr. Er verstand sie. Ja, vor allem gegen sich selbst war sie ungerecht. Sie war nicht seine bezahlte Beischläferin. Sie liebte ihn. Er liebte sie.

Immer, das ganze Leben lang, hatte sie alles Schöne und Reine, was das Leben ihr brachte, alles Anständige und Ungeteilte, das sie dem Leben bot, zerkleinert und verkleinert und damit ruiniert. Immer hatte sie sich selbst in die Suppe gespuckt und immer zur Unzeit nachgedacht und geurteilt und angegriffen und verlangt und abgeschlagen und damit alles verdorben. Und er verstand sie und liebte sie trotzdem.

»Ich liebe dich!« sagte sie auf tschechisch. Sie war rein verrückt. Wenn schon Kurt und Luise es nicht verstanden, die andern Gäste, der Kellner, der Wirt mußten es gehört haben. Aber es war ihr egal. Und auch den Mann schien es nicht zu stören. Er schaute sie mit warmem Mitleid an und sagte nichts mehr.

Kurt war zur Tür getreten und drehte sich um. »Der Regen läßt nach«, sagte er zu Luise hin. »Ich glaube, wir machen uns jetzt besser auf. Sonst kommen wir noch ganz ins Dunkle. Geht ihr mit?«

Nein, sie wollten noch etwas warten. Aber sie forderten die beiden nicht auf, zu bleiben und sich später von ihnen führen zu lassen. Kurt rief den Kellner, um zu zahlen, Svoboda wollte es nicht zulassen. Er sei hier zu Hause, die Ausländer seine Gäste.

»Laß ihn«, meinte Hanna und lächelte müde. »Er ist reich, und wir sind arm.« Es sollte für Anatol sein, ein versöhnliches Wort für seine Hilfe.

»Eben darum!« erwiderte Kurt bissig, aber er wendete nichts mehr ein.

»Hätte ich gewußt, Herr Doktor, daß Sie uns freihalten, so hätte ich mir noch eine Kartoffelsuppe bestellt«, scherzte Luise gutmütig. Sie ging ihre Strümpfe aus der Küche holen, sie waren noch feucht, Hanna bestand darauf, daß sie die Wollsocken anbehielt. »Ich komme morgen oder übermorgen ins Heim, da gibst du sie mir.«

Sie verabschiedeten sich und wanderten durch den aufsteigenden Abendnebel zum Fluß hinunter, wo der kleine, ahnungslose Heilige auf seinem Stein aus den wild dahinschießenden Stromschnellen ragte.

Als sie außer Sichtweite waren, sagte Anatol: »Was meinst du – fahren wir nicht lieber mit einem Auto nach Hause?«

»Ja, gibt es denn hier ein Auto?«

»Nun, wenn die Formismörder im Auto hier angekommen sind, werden wir wohl mit friedlicheren Absichten von hier wegfahren können.«

Er fragte den Wirt, und es wurde telefonisch ein Auto herbeigerufen. Das Telefon, erklärte der Wirt, habe er erst nach dem Mord legen lassen. »So was soll mir nicht wieder vorkommen ... den ganzen Sommer über hat niemand hier übernachten wollen, alles wegen der verwünschten Emigranten ...«

Auch Svobodas Bekannte machten sich auf den Weg. Er erhob sich, um sich zu verabschieden, stellte aber Hanna nicht vor.

»Klubgenossen aus der Umělecká beseda« , sagte er, als sie gegangen waren. »Die Frau Kokourek ist pikant, fandest du nicht? Die kleine, brünette, mit dem grünen Sweater. Mit dem andern, er ist Rat beim Landesamt, spielen wir abends Billard im Café Boulevard – das heißt, in letzter Zeit bin ich ja selten hingekommen ...«

Er fühlte sich wohl verkürzt, weil er nun nach Blattschluß sie begleiten mußte, anstatt ins »Boulevard« zu seinen Kumpanen zu gehen? fragte Hanna streitbar. Und wie man überhaupt so was Blödes wie Billard spielen könne?

»Hast du nie Lust auf eine blöde Zerstreuung?« erkundigte er sich friedfertig.

Ich bin unausstehlich, dachte Hanna. Wenn er mit seinen Freunden weggegangen wäre und mich hier allein sitzen gelassen hätte in der Mordschenke, ganz recht wäre mir geschehen.

»Wie haben dir die beiden gefallen?« fragte sie, um etwas Versöhnliches zu sagen.

»Die Frau ist sehr sympathisch. So wohltuend. Der Bursch gefällt mir weniger. Was er redet, hört sich so aufgeklebt an. Nicht echt. Aber ich kann mich natürlich irren«, fügte er eilig hinzu, da Hanna schon wieder das Gesicht verzog. »Du kennst sie gewiß schon viel länger ...«

»Ich habe Kurt etwa viermal im Leben gesehen«, sagte sie kurz. »Ich finde ihn nicht unecht. Nur halt – halt ein bissel doktrinär«, lachte sie und wurde verlegen, als sie sich Anatols Worte sagen hörte.

»Wieso duzt ihr euch dann?« wunderte sich Anatol.

»Aber er ist doch Genosse!« erwiderte Hanna und wunderte sich ihrerseits darüber, daß Anatol sich wunderte. »In der Partei sagen sich alle Du.«

»Das wußte ich nicht«, sagte der Mann, und auf seinem Gesicht erschien jener teils achtungsvolle, teils widerstrebende Zug, den Hanna aus ihren Debatten über Marxismus kannte.

Der Kellner meldete, das Auto sei da, stünde am Waldrand, dort, wo die Landstraße zu Ende ginge, man könnte es nicht verfehlen. Anatol zahlte. Es stellte sich heraus, daß er fünf große Bier getrunken hatte und zwei Slibowitz. Aber Hanna hatte nach dem dritten Bier nicht mehr auf seinen Konsum aufgepaßt und sagte auch jetzt nichts darüber. Sie gingen hinaus. Es hatte zu regnen aufgehört, im frühen Halbdunkel des Oktoberabends dampfte der Wald. »Nach Prag«, sagte er dem Chauffeur und schloß die Fenster. »Ich sage Ihnen dann, wohin. Bitte drehen Sie das Licht ab.«

Als sie fuhren, faßte er leise nach ihrer Hand und hielt sie zwischen seinen Händen. Hanna wehrte sich nicht, aber ihre Finger lagen leblos und wie krank. Sie war mit einem Mal furchtbar müde. Die zwei Stunden über den Berg hätte ich gar nicht mehr gehen können, dachte sie; gut, daß er das Auto bestellt hat ... Wie anders der Tag zu Ende geht, anders, als er angefangen hat. Keiner hält, was er verspricht. Ich auch nicht. Wie schläfrig ich bin. Gleich schlaf ich ein.

»Karl ist dein Mann?« fragte Anatol zart.

Sie war sofort ganz wach.

»Woher weißt du ... ?« fragte sie bestürzt. Es kam ihr wie Hellseherei vor.

»Nun, das war nicht schwer zu erraten ... deine Freundin hat dich nach einem Brief von Karl gefragt und dann eine Bemerkung gemacht, daß sie und du keine Formalheirat eingehen könnt ...«

Hanna dachte flüchtig: und während er dies hörte, hab ich gemeint, er denkt, daß ich von ihm geheiratet werden will. Immer denkt man so daneben. Man hört nicht auf den andern. Man geht so sehr seine eigenen Wege.

»Warum hast du mir das nicht gesagt, Hanna?« fragte er und schaute ihr aufmerksam ins Gesicht, aber es lag im Dunkel. Ja, warum eigentlich? Sie erinnerte sich deutlich an jenes Gespräch im Café Tůmovka. »Ich habe keinen Mann«, hatte sie damals gesagt. Warum? – Das, was zwischen ihr und Karl war, hatte doch nichts zu tun mit dem, was zwischen ihr und Anatol war?

»Es hat doch nichts mit uns zu tun«, murmelte sie unklar und mit schlechtem Gewissen. Sie hatte Karl verleugnet. Sie hatte Anatol belogen. Sie hatte Karl belogen, wenn sie ihm schrieb, daß sie in Gedanken mit unveränderter Liebe bei ihm sei. Aber nein, es ist wahr. Wenn sie an ihn schreibt, ist sie mit unveränderter Liebe bei ihm. Sie hatte Anatol belogen, wenn sie ihm ins Ohr flüsterte, sie dächte an ihn Tag und Nacht. Aber nein, sie denkt an ihn Tag und Nacht. Es war schwer, die Wahrheit zu sagen.

Es war schwer, die Wahrheit zu wissen. Sie liebte Anatol. Sie liebte Karl. Das hatte nichts miteinander zu tun.

»Du hast deinen Mann nicht gern?« fragte Anatol zögernd. Er hatte ihre Hand losgelassen und zündete sich eine Zigarette an. Die Streichhölzer waren feucht geworden, er mußte drei, vier Hölzchen anstreichen, ehe eins zündete. Die Flamme fiel auf Hannas Gesicht.

»Ich liebe meinen Mann«, sagte sie fest. Sie wußte es in diesem Augenblick ganz gewiß, daß sie Karl liebte.

Anatol schwieg und rauchte. Er hielt die Zigarette in der Rechten, die vorhin Hannas Hand gehalten hatte, mit der Linken schraubte er das Fenster hinunter und schaute hinaus. Vereinzelte Lichter tauchten auf.

»Wir sind schon in Modřan«, berichtete er. »Es regnet nicht mehr. Ich lasse das Fenster ein bißchen offen, wenn es dir recht ist.«

Hanna nickte.

»Gib mir eine Zigarette«, verlangte sie. Er bediente sie umsichtig. Die Lichter vermehrten sich, sie waren in die große asphaltierte Chaussee eingebogen, viele Autos sausten an ihnen vorbei.

»Und wo ist dein Mann jetzt?« fragte er.

»Er ist im Gefängnis. Schon seit April 34. Hat zweieinhalb Jahre.«

Anatol streichelte ihren Arm, sagte nichts mehr. Auch Hanna schwieg.

Zweieinhalb Jahre. Vier Monate sind durch die Untersuchungshaft verbüßt. Bis Oktober 36 noch. Noch ein Jahr. Er schreibt, er ist gesund. Ist ein gesunder Mensch, Karl. Nächste Woche hat er Geburtstag. Wird wieder keinen Pflaumenkuchen essen. Wo er ihn doch so gern hat. Nächstes Jahr, da kann er dann wieder Pflaumenkuchen essen. Ein Jahr ist noch lang. Jetzt kommt der zweite Winter. In den Zuchthäusern wird schlecht geheizt. Er lernt Französisch. Das von der Milchgeschichte hat er nicht verstanden. Oder hat er den Brief nicht bekommen? Die von der Zensur haben gedacht, Milch ist ein Deckwort für was anderes. Ist ja auch ein Deckwort für was anderes. Alle Worte sind Deckworte. Wir haben keine anderen. Alles ist verwirrt.

Vor einem Jahr um diese Zeit bin ich in Prag angekommen. Damals hab ich genau gewußt, was ich wollte. Hab ich wirklich? Es ist schon so lange her. Heute fahr ich wieder nach Prag, mit Anatol. Wir kommen aus der Fremde. Wir sind hier nicht zu Hause. Ich nicht. Ich weiß nicht, wo er zu Hause ist. Vielleicht in Brünn. Er fährt doch jeden Sonntag nach Brünn. Vielleicht hat er dort eine Frau. Sicher hat er dort eine Frau. Selbstverständlich! Warum hat er mir's nicht gesagt? Mir kann er doch die Wahrheit sagen! Ich hab ihm auch nicht gesagt, daß ich einen Mann habe. Warum eigentlich nicht? Nun, warum soll man auch die Wahrheit sagen? Damit wird es auch nicht einfacher. Den Inseratenteil muß man lesen. Wenn man's versteht, heißt das. Da erfährt man was Wahres. Im Leitartikel steht's nicht.

Der Chauffeur drehte sich um und fragte, wohin er sie fahren solle. Sie waren schon in Prag.

»Wohin möchtest du, Hanna?« fragte Anatol. »Möchtest du noch irgendwo einen Kaffee trinken?«

»Ich möchte lieber nach Hause«, sagte sie bittend, als wäre es ungewiß, ob sie das verlangen könnte. Er gab dem Chauffeur die Adresse. Plötzlich warf sie die Arme um seinen Hals und schluchzte.

»Verzeih mir, Anatol! Verzeih mir!«

Er hielt sie zart und küßte sie auf das Haar.

»Ich habe dir doch nichts zu verzeihen ... du weißt doch, wie sehr ich dich hochachte.«

»Dich liebe ...«, sagte er nicht.

Hanna machte sich los und lehnte sich in ihre Ecke.

Der Wenzelsplatz war voller Leute, Sonntagabend, alles geht aus, ins Kino, aus dem Kino ...

Národní, Nationaltheater, Kai. Der Hradschin lag in Regendunst, unsichtbar. Hier hätte man sich im Vorüberfahren ein bißchen anklammern können. Aber es war

Wenzelsplatz (Václavské náměstí)

dunkel, nur die Lichter von der Burg geisterten trüb über den Fluß.

Er half ihr aus dem Wagen, sie nahm ihm den Rucksack aus der Hand, nein danke, ich trag ihn allein.

»Wir sehen uns morgen im Blatt. Danke für den schönen Tag!« sagte sie und versuchte zu lächeln.

Er hielt den Hut in der Hand, obzwar es wieder zu regnen begonnen hatte.

»Schlaf dich gut aus, Hanna! Schlaf wirklich! Und quäl dich nicht so unnütz«, sagte er wie zu einem kleinen Mädchen und küßte ihr ritterlich die Hand. »Gute Nacht!«

Als sie die Tür des Autos zuschlagen hörte, drehte sie sich um und wollte noch etwas sagen. Aber Anatol hatte das Fenster hochgeschraubt und schaute nach der andern Seite.

13. Kapitel

Schlechte Zeiten vergehen schnell – Ein allzu bescheidener Liebhaber – Man steht überall außerhalb – Vielleicht steht niemand drinnen – »Back Street« – Dimitroff fährt eine bedenkliche Kurve – Kann man sich selbst die Nabelschnur durchschneiden? – Das Leben ist reichlich kompliziert – In Anatols Wohnung wird Licht

Jetzt sind die Bäume wieder kahl, sie haben doch eben erst ihr grünes Frühlingskleid bekommen. Ist's wirklich schon wieder Winter? Der dritte Hitlerwinter nun schon. Und der zweite, den Hanna in Prag verbringt.

Wie schnell die schlechten Zeiten vergehen! Nichts ist so falsch, wie die weitverbreitete Annahme, daß gute Zeiten schnell vergehen und schlechte unendlich langsam. Grade umgekehrt ist's. Wenn man sich glücklich fühlt, dann werden die Minuten so lang und voll, jede Sekunde ist mit Leben geladen. Aber wenn man unglücklich ist, ist alles einerlei, ob Morgen ist oder Abend, Herbst oder Frühling. Die Zeit kann entwischen, weil man nicht aufmerksam ist, sie festzuhalten. Warum sollte man sie festhalten? Mag sie nur vergehen!

Wie schön Proust über die Zeit geschrieben hat! Vielleicht hab' ich das bei Proust gelesen, was ich da über die Zeit spintisiere, dachte Hanna. Alles ist schon mal gedacht. Warum auch nicht? Liegt doch nahe, darüber nachzudenken, wie schnell die Zeit vergeht und wie das ist mit den guten und schlechten Zeiten. Vielleicht hab' ich es auch bei Thomas Mann gelesen. Anatol hat der Geschmack der Parasolpilze an Thomas Mann erinnert. Echt Anatol!

Das war auch so ein glücklicher Tag damals, im Wald bei Štěchowitz. Da sieht man. Wenn's einem gut geht, nimmt so ein Tag gar kein Ende, und man ist immerfort froh, daß man lebt. So ein Tag ist nicht wiedergekommen. Jetzt ist auch kein Wetter mehr für Ausflüge, Anatol hat ganz recht. Er hat immer recht. Er hat auch recht gehabt, daß er mir zuriet, nicht auszuziehen. Hier ist Zentralheizung, Tag und Nacht, das ist was Seltenes. Es scheint, es wird ein kalter Winter.

Hanna saß am Schreibtisch, der vor dem Fenster stand, die Füße hatte sie an den Heizkörper gestemmt. Die Vorhänge waren offen, das Zimmer lag im vierten Stock, kein Vis à vis, unten rauschten die Autos und Straßenbahnen, und von der Lichtreklame fiel ein rötlicher Schein herein, so daß man beinah lesen konnte im Dunkeln. Wie lange saß sie wohl schon da, sie hatte gar nicht bemerkt, daß das Tageslicht vorbei war und die Lichtreklame angezündet. Sie hatte an Karl zu schreiben begonnen und nicht weiter gewußt. Da war sie ins Träumen verfallen.

Ja, Anatol wußte jetzt von Karl. Sie selbst hatte von ihm erzählt. Und bei ihrer enthusiastischen Schilderung von Karls Person, Karls Leistung, Karls Wissen, Karls Opfermut hatte sie auf Anatols Gesicht jenen selben Zug von neidvoller Achtung und mißtrauischem Widerstreben wahrgenommen, wie bei ihren theoretischen Debatten. Und auf dem Umweg über die Wirkung des abwesenden Karl hatte sie begreifen gelernt: Anatol ist eifersüchtig! Eifersüchtig auf ihren fremden Mann im Zuchthaus Plötzensee, eifersüchtig auf die Genossen, die er nicht kennt, auf die Partei, auf jene ganze Welt, die ihm verschlossen ist.

Ihre erste Empfindung bei diesem Begreifen war Jubel gewesen: Wenn er eifersüchtig ist, so liebt er mich! Und dann gleich die Korrektur des Verstandes: Eifersucht! Lächerlich! Was hat das mit Liebe zu tun! Das sind Begleitgefühle bürgerlichen Besitzwahns! Aber es war ihr doch derselbe wundervolle Schauer über die Hüften gelaufen, wie wenn Anatol zu ihr sagte: du bist eine Frau wie alle andern. So demütig, so weiblich war ihr zumute geworden. Ungekannte Gefühle … lieber nicht prüfen, nur fühlen, entzückt fühlen.

Anatol war eifersüchtig auf Karl. Und so hatte Hanna ein schlechtes Gewissen, weil sie Karl weiter liebte. Die Briefe an ihn waren darum seit einiger Zeit zu einem sonderbaren Problem geworden: als schriebe sie sie heimlich, als betrüge sie Anatol mit ihrem Mann. Jedes zärtliche Wort, das sie ihrem Mann gab – und jedes zärtliche Wort kam ihr von Herzen –, schien ihr ein grausames Wort für ihren Geliebten. Freilich, er erfuhr's nicht. Aber mußte er's nicht spüren, daß sie nicht ausschließlich bei ihm, daß sie auch bei dem andern war? Nichts nützte es, daß sie sich vorhielt, Anatol habe kein Recht darauf, daß Karl verkürzt werde. Nichts nützte ihr die unter ihren Freunden, in ihrer Ehe nie umstrittene Überzeugung, daß jeder Mensch sich selbst gehört, daß Treue etwas anderes ist als beschränkte Ausschließlichkeit, daß Zwangsmonogamie kein Wert und folglich keine zulässige Forderung ist. Nicht darum handelte es sich. Es handelte sich darum, Karl und Anatol auseinanderzuhalten.

Aber – konnte sie das noch? Seit jenem Sonntag wollte es ihr nicht mehr recht gelingen. Karl drang in ihr Leben mit Anatol ein, es war so gekommen, nicht sie hatte es herbeigeführt.

Sie knipste die Tischlampe an. »Mein Geliebter!« hatte sie auf das Blatt geschrieben. Was kam jetzt? Ach ... Sie beschloß, zu schreiben, wenn sie nach Hause käme. Es war Sonntag. Anatol war in Brünn bei seiner Familie. Sie wollte ins Karolinenthaler Café, zu den Genossen. Den ganzen Tag war sie nicht auf der Straße gewesen, hatte nur im Restaurant nebenan schnell zu Mittag gegessen und dann weiter für Anatol übersetzt. Sie hatte Kopfschmerzen von der trockenen Luft der Zentralheizung.

Ein Ofen mit prasselndem Feuer wäre besser. Wie in jenem Zimmer in den Weinbergen, wo die Wirtin auf ihre verschnörkelten Fragen ganz treuherzig gesagt hatte: »Sie meinen, wegen Ihres Bräutigams? Der kann ruhig abends noch einen Tee bei Ihnen trinken, Fräulein. Das machen Sie, wie Sie wollen.« Es wäre so schön gewesen. Sie hatte es so satt, ihn nur nachmittags zu haben, bei Tageslicht, das durch die Spitzenvorhänge kam. Sie wollte, daß er eine ganze Nacht, viele ganze Nächte bei ihr bleiben könnte. Und hatte es ihm auch einmal, ganz nah an seinem Leib und Ohr gesagt. Aber er war sehr vernünftig geworden. »Mach das nicht, Hanna«, hatte er geantwortet, »du hast nur Scherereien mit der Wirtin und dem Hausmeister. Und es ist ja auch so weit weg von meiner Wohnung, und hier hast du Zentralheizung und fließendes Wasser …«

Sie war sehr traurig, wenn sie daran dachte. Nein, es lag ihm nichts daran, ganze Nächte mit ihr zu verbringen.

Es lag ihm nichts daran, einen zweiten Sonntag mit ihr zu verbringen.

Er mußte nach Brünn fahren. Zu seiner Familie. Und er konnte sie nicht in seine Wohnung einladen, weil er mit einer ledigen Schwester zusammenlebte. Das hatte er ihr damals, gleich am Anfang, mit verlegener Miene erklärt. Diese Familie … Hanna haßte sie. Sie konnte nicht recht an ihre Existenz glauben, weil sie sich so gar nicht vorzustellen vermochte, daß sie Heinis oder Rositas wegen auch nur einen einzigen Umbruch in der »Svoboda« hätte versäumen mögen. Und dabei war doch Heini ihr einziger Bruder. Und Anatol hatte sechs Geschwister und noch ein paar Nichten, von denen er mit solcher Zärtlichkeit sprach, als wären sie Bräute …

Brünn nahm sie ihm noch nicht einmal so übel wie das, daß er sie nicht in seine Wohnung einlud. Es konnte ja am Tag sein. Man ist doch nicht der Sklave seiner ledigen Schwester. Er konnte sie ihr ja auch vorstellen. Schließlich war sie doch nicht so auffallend oder so sonderbar, daß man sie nicht einer Schwester vorstellen konnte. Und er hatte dort das Grammophon und die unzähligen Platten, von denen er ihr immer erzählte. Ich muß wirklich mal das Grammophon mitbringen und das Mozartkonzert, von Gieseking gespielt, sagte er. Und die letzten Streichquartette von Beethoven. Und Hanna wagte nicht zu sagen: aber es ist doch viel einfacher, ich komme zu dir ... Und er brachte das Grammophon nie.

Hanna ging durch den Viadukt nach Karolinenthal zu. Im Parteihaus war Licht. Hatten wohl eine Konferenz. Jetzt, nachdem so eine gründliche Linienschwenkung herausgekommen war, gab's viel Aufregung in der Zentrale und unter den Funktionären. Viele waren abgesetzt worden, einige sogar telegraphisch. Der Parteivorsitzende war noch nicht aus Moskau zurück. Einige hatten nicht nachgegeben, waren in Ungnade gefallen, hatten sich einen von der Partei unabhängigen Broterwerb gesucht. In der »Přítomnost« hatte schon gestanden, es habe keinen Sinn mehr, sich mit der Partei zu verfeinden, bei den Melantrich-Blättern seien keine Redakteurstellen mehr frei. Wer den Schaden hat, braucht für den Spott nicht zu sorgen. Stimmt. Sie bog um die Ecke und hielt die Mütze mit der Hand fest, es blies ein kräftiger Novemberwind.

Ladislav war da, mit seinen schläfrig blinzelnden Äuglein, die so sehr an Karlíček Lozák erinnerten, Franta, der Zeichner, Rubášek, Ota und seine schüchterne Frau, die sonst selten mitkam, Jaromír, Jiřík ... Hanna kannte die meisten nur beim Vornamen. Die meisten, die hierherkamen, waren bei einem der Parteiblätter angestellt oder schrieben, übersetzten, zeichneten für sie, und in der Parteipresse wurden keine Namen genannt.

Heute war auch ein Mitglied des Exekutivkomitees da, derselbe, der seinerzeit Hanna mit Kurt auf der Stadtparkbank zusammengebracht hatte. Jenda fehlte. Er hatte sich vor kurzem mit Jarmila überworfen. Jarmila, reizend und jung in einer Samtjacke mit bunter Stickerei, saß neben dem Mann von der Zentrale auf der Fensterbank und schüttelte wiederholt den Kopf, während der Mann dringlich und leise auf sie einredete.

Es herrschte eine Art Feststimmung: die »Svoboda«-Konsum- und Produktivgenossenschaft hatte endlich das Milchmonopol bekommen. Das heißt die Staatsaufträge. Aber das kam einem Monopol gleich, weil die »Svoboda«

ja nun die »Melka« auch bei der Privatkundschaft zum großen Teil niederkonkurrieren konnte. Die Gewerbepartei hatte zum Schluß mit der Linken gestimmt. Die »Svoboda«, wie auch die andern liberalen Blätter, hatte die Entscheidung günstig kommentiert, obwohl sie während der ganzen Kampagne für die »Melka« eingetreten war. Das Bündnis mit Rußland forderte ein gewisses Entgegenkommen, auch bereiteten sich in der Innenpolitik Dinge vor, die es geraten erscheinen ließen, die äußerste Linke bei guter Laune zu halten. Es hieß, Masaryk wolle die Präsidentschaft niederlegen und Beneš zum Nachfolger designieren. Da mußte man für die Wahl des mächtigen kommunistischen Stimmenkontingentes sicher sein.

Außerdem verlor die Öffentlichkeit an der Milchdebatte allmählich das Interesse. Sie hatte sich fast ein halbes Jahr hingezogen. Es hatte Interpellationen, Denunziationen, Enthüllungen, Untersuchungen, Beschlagnahmungen, Urteile und Einhaltsbefehle gegeben, und die Milch war genau so schlecht wie ehedem und sogar um zehn Heller teurer geworden. Nun würde sie wenigstens genießbar werden, behauptete Jaromir siegesgewiß, und Otas schüchterne Frau meinte: »Und billiger hoffentlich auch! Wenn man fünf Kinder hat ...«

Hanna fühlte sich außerhalb dieser Debatte. Organisatorisch gehörte sie zum Flüchtlingsheim, das heißt zur reichsdeutschen Sektion der Partei, die der Genosse Peter leitete und die ihre Zusammenkünfte im Heim abhielt. Hanna fehlte oft bei diesen Zusammenkünften, aber man forderte keine Rechenschaft von ihr, ließ sie überhaupt ziemlich links liegen. Ihre Beziehung zu Prag, ihre halbtschechische Abkunft, ihre Arbeit an einem bürgerlichen Blatt waren ebensoviele Anlässe zum Mißtrauen gegen sie. In der tschechischen Partei hatte sie offiziell nichts zu suchen, konnte nicht an Sitzungen, an nichts Offiziellem oder Halboffiziellem teilnehmen. Nur ab und zu wurde sie in die Zentrale bestellt, um einen Auftrag entgegen-zunehmen, aber mit der Zeit war das immer seltener geworden, ihre Rolle in der »Svoboda« war anscheinend ausgespielt. Was sie für die Parteipresse schrieb oder übersetzte, gab sie in geschlossenem Kuvert, quasi nur als Überbringerin, in den Redaktionen ab, plauderte ein wenig mit den Leuten, die sie kannte, stand herum, betrachtete den Zeitungsbetrieb und ging wieder, fremd, wie sie gekommen war. Und dann noch die Einzelbeziehungen zu ein paar Genossen, alles Intellektuelle, die ihr – oder in ihrer Gegenwart – Partei-Interna erzählten. Aber sie wußte nie recht, wieviel daran war, wieviel sie zurückbehielten, eben, weil sie außerhalb stand, und wieviel von dem, was sie etwa zurückbehielten, wirklich wissenswert war und wieviel davon nur Wichtigtuerei und Parteitratsch.

Wie schön und beglückend war die Parteiarbeit in Deutschland gewesen, die Zellensitzungen, die Delegationen, die Kleinarbeit unter den Genossen, die wirklich Proletarier waren. Wie schön war Deutschland gewesen! Sie vergaß, daß sie auch in Deutschland nie heimisch geworden war, weder national noch sozial heimisch. Gerade die Arbeiter waren von instinktivem Mißtrauen gegen die Ausländerin erfüllt gewesen, entgegen ihrem bewußten Internationalismus. Und die intellektuelle Frau, die nicht einmal mit den Genossinnen über Säuglingsernährung sprechen konnte, weil sie selbst keine Kinder hatte, war nie ganz für voll genommen worden. Aber Hanna vergaß es, wie sie die ganze zweite, verregnete, zerstörte Hälfte jenes Herbstausfluges mit Anatol vergessen hatte – ihre Erinnerung suchte unbewußt nach Stützen, die ihr die klägliche, graue, wankende Gegenwart irgendwie fest und bestrahlt machen sollten.

Sonntagabend, so grau, so wankend, so kläglich, die Welt ging stürmisch in hohen Wogen, aber man schwamm nicht mit, man wurde an den Rand gespült, immer wieder, zwischen Blumen, zwischen Kiesel, zwischen Gestrüpp, immer an den Rand. Kläglich ist das Schicksal des Emigranten, der nirgendwo dazugehört, kläglich ist das Schicksal eines, der in seine Heimat zurückkommt und fremd geworden ist, kläglich das Schicksal des Bürgermädchens, das sich zum Apostel – ach, nur zum Weggefährten! – der Arbeiter hat machen wollen ... So jämmerlich ist das alles, so klein, so keines Mitleids wert, niemandem kann Hanna anvertrauen, was mit ihr geschieht und warum sie leidet, niemanden interessiert es, es ist auch nicht wichtig, aber für sie, für sie ist es das einzige Leben, das sie hat, so ein zerstücktes, wankendes, klägliches Leben, das einzige dennoch.

Und wer weiß, der dort, der Bebrillte von der Zentrale (wieso hat er übrigens damals sie und Kurt zitiert, auf die Stadtparkbank bestellt, ihnen eine Vertrauensmission gegeben? Sie gehören doch beide zur reichsdeutschen Sektion? Sicher war es eine Falle, ist sie hineingegangen? Wie unheimlich das alles ist!) –, der von der Zentrale hat wahrscheinlich auch so ein Privatleben, mit Gewissen, Sorgen, Kleinmut und nervenaufpeitschender Wichtigmacherei, man sieht ja, wie er auf Jarmila einredet. Und Franta, der gern eine Ausstellung von seinen Zeichnungen machen möchte, aber nirgendwo ankommt, weil er Parteimitglied ist ... wäre er's nicht, hätte er sicher schon einen Namen, er ist außerordentlich begabt, sicher geht ihm das auch manchmal im Kopf herum. Und die Frau von Ota, die ganz naiv bekennt, daß die Milchaffäre sie in erster Linie wegen des Preises für die fünf Liter interessiert, die sie täglich für ihre vielen Kinder kaufen muß ... Dummheit, sich einzubilden, bei den andern ginge es einfacher zu, und sich zu hassen wegen der eigenen Kompliziertheit, so ist unsere Welt, alles nimmt sofort viele, vielfältige Aspekte an, Ladislav würde sagen »du denkst eben nicht dialektisch«, und man würde wieder nicht wissen, ob er »Dialektik« mit oder ohne Anführungszeichen gesagt hat.

Jarmila war aufgestanden und wand sich hinter dem Tisch hervor ins Zimmer. Der Zentrale-Mann fragte: »Gehst du, Genossin? Ich begleite dich ein Stück.« Aber Jarmila hatte ihre Hand auf Hannas Schulter gelegt und zwickte sie dringend, während sie sagte: »Ich bin leider schon mit der Genossin Hanna verabredet, wir wollen noch etwas zusammen arbeiten ...«

Der Zentrale-Mann nahm die Brille ab und putzte sie ärgerlich. Hanna folgte Jarmilas Wink. Die beiden Frauen verabschiedeten sich und gingen.

»Hab' ich dich von etwas abgehalten?« fragte Jarmila und hängte sich bei Hanna ein. »Weißt du, der Mensch macht mir so ekelhaft den Hof und will mich absolut bekommen. Ich bin ja jetzt frei ... (etwas melancholischer Seufzer) ... aber ich hab solche Sachen nicht gern, weißt du? Es ist mir so ein greuliches Gefühl, weil er sozusagen unser Chef ist ... ich hasse das, diese Liebschaften mit den Bonzen.«

Hanna fiel es plötzlich schwer auf die Seele: ihr Geliebter war zugleich ihr Chef. Sie hatte am Anfang darunter gelitten. Dann hatte sie, damit es ihr leichter würde, diesen Aspekt umgefälscht; sie und Anatol waren Freunde, Kollegen, es war alberner Zufall, daß er Chef hieß.

»Aber man kann sich doch vielleicht auch wirklich verlieben in so einen?« fragte sie unschlüssig zurück. »Glaubst du nicht, daß man sich in einen ... in einen Bonzen auch wirklich verlieben kann?«

»Vielleicht. Wahrscheinlich. Ich jedenfalls nicht«, sagte Jarmila nach kurzem Nachdenken. »Ich finde es nicht sauber. Man wird dann geistig so abhängig. Wir sind gerade schon genug geistig abhängig von den Führern. Das ist ja das Malheur. – Komm, gehen wir noch irgendwohin«, - fügte sie hinzu. »Magst du ins Kino?«

Ja, Kino wäre gerade recht, meinte Hanna. Sie bummelten den Wenzelsplatz hinauf, sahen die Programme an. Nichts besonders Verlockendes. So traten sie ins erste, beste Kino ein, die Vorstellung hatte schon begonnen. Ein Mädchen mit viereckiger, koketter Konditormütze leuchtete ihnen mit einer Taschenlampe, sie quetschten sich durch, Sonntagabend, alles voll.

»Diese Tonfilme sind doch geradezu ein Verderb«, kritisierte Jarmila. »Man kann gar nicht mehr so wie früher im Kino dösen und nachdenken oder sich unterhalten. Beim stummen Film war das viel schöner.«

Auf der Leinwand sah man einen feschen, jungen Mann einem Zug entsteigen, ein schönes Mädchen wurde ihm vorgestellt, sie lächelten sich an – man sah sofort, das wird was.

»Du, Hanna!« flüsterte Jarmila. »Erinnerst du dich, daß wir schon mal zusammen im Kino waren? Im ersten Kriegsjahr ... wir hatten gerade Matura ...« Nein, Hanna erinnerte sich nicht.

»Aber ja! Jetzt fällt mir's ganz deutlich ein. Wir hatten soviel zu büffeln damals, Mathematik und Physik, und wir hatten uns auf der Sophieninsel zum Lernen verabredet, aber ich konnte gar nicht aufpassen, weil ich damals so eine gräßliche Liebestragödie hatte ... da sind wir ins Kino gegangen. Und es war dunkel, und die Musik hat so schön gespielt, irgend jemand ist in dem Stück aus Liebe wahnsinnig geworden. Ich weiß es noch ganz genau!«

Sie summte eine Melodie mit Moll-Synkopen. »Das haben sie immer gespielt im Kino, wenn einer wahnsinnig wurde« ...

Hinter ihnen sagte jemand ärgerlich »Scht! Ruhe!«

In Hanna tauchte der Kino-Nachmittag von vor zwanzig Jahren auf. Sie hatte nicht mehr gewußt, daß es Jarmila gewesen war, erinnerte sich nur an eine Mitschülerin, die ihr im Kino ihren Liebesroman erzählt hatte, und daran, daß sie erstaunt und erschüttert gewesen war: das gab es also wirklich? Ein Mädchen hatte einen Geliebten? Schulmädchen waren sie ... das gab es also wirklich?

»Ich erinnere mich, Jarmila ... du hast mir erzählt, wie du stundenlang in der Nacht vor seinem Haus gestanden und gewartet hast und wie er dann mit einer andern Frau herausgekommen ist und dich gar nicht gesehen hat.«

»Miroslav war es«, konstatierte Jarmila, wie für sich selbst. »Ich hatte vorhin gedacht, es wäre Vláda gewesen.«

»Scht, scht!« zischten die Leute hinter ihnen. Sie verstummten. Ein Teil des Films war ihnen inzwischen verlorengegangen. Das schöne Mädchen, das vorhin zu spät zum Rendezvous gekommen war, war nun seine Geliebte, denn er hatte – warum wohl? – eine andre geheiratet. Sie lebte, von ihm ausgehalten, in einer Wohnung, hatte nichts zu tun, wartete immer auf ihn. Er hatte eine Frau, Kinder, ein Geschäft, war reich, wie alle Leute im Film, machte Reisen, kam immer wieder zu ihr zurück, erzählte ihr, ließ sie sich um ihn sorgen, umarmte sie, verschwand wieder in sein unzugängliches Leben, und sie saß da und wartete, zwanzig Jahre. Wie schön sie war, obzwar das Gesicht schon ein bißchen alt wurde, und er hatte schon ganz graue Haare, und der Sohn war schon erwachsen und kam die Geliebte des Vaters beschimpfen. Dann starb der Mann, und im letzten Moment telefonierte er sie noch an, aber er konnte nichts mehr sagen, weil er schon starb, und sie saß am andern Ende der Leitung und wußte es und konnte nicht zu ihm, weil sie nur seine heimliche Geliebte war und niemand es wissen durfte. Und so war das ganze Leben vergangen ...

Es wurde Licht.

»Schöne Menschen. Gut gemacht. Aber ein blödes Stück«, meinte Jarmila, leichthin, gleichmütig. Hanna liefen die Tränen über die Wangen, sie war ganz verstört. Die Freundin schaute sie erstaunt an.

»Ich weine immer im Kino, auch bei den blödesten Stücken«, verteidigte sie sich. »Die Frau war sehr sympathisch, nicht? Schreckliches Leben!«

»Warum setzt sie sich hin und wartet, bis der gnädige Herr geruht, sie zu besuchen?« schimpfte Jarmila kindlich, als handle es sich um eine wirkliche Person. »Soll arbeiten gehen! Das andere findet sich!«

»Ja, das sind diese halbproletarischen Zwischenexistenzen«, sagte Hanna pflichtschuldig, aber es klang nicht sehr überzeugt.

»Komm noch in ein Café«, schlug Jarmila vor. »Ich möchte dich was fragen.« Hanna war einverstanden. Sie bestellten, und Jarmila zog Puderetui und Farbstifte heraus und begann, sich zurechtzumachen.

»Du puderst dich gar nicht? Warum nicht?« fragte sie über den kleinen Handspiegel hinweg.

»Ich weiß nicht, ich habe mich nie gepudert ... In Deutschland, in der Bewegung, wäre das ganz unmöglich gewesen. Nur die Geliebten von ein paar Bonzen waren geschminkt, und die Frauen von der russischen Handelsvertretung ...«

»Aber hier ist das doch anders, jede Frau macht sich zurecht ...«

»Ja, gewiß. Ich hab mir sogar einen Lippenstift gekauft. Aber man hat so einen schlechten Geschmack auf dem Mund«, sagte Hanna und wurde rot. Sie dachte daran, daß Svoboda gepuderte und geschminkte Frauen nicht mochte. Jarmila sah sie aufmerksam an.

»Du hast also jetzt einen Mann?« fragte sie. »Übrigens, du kannst es dir leisten, dich nicht zurechtzumachen, die prachtvolle junge Haut, die du hast, und die roten Lippen ...«

Hanna freute sich ein bißchen, daß Jarmila das sagte.

»Also du hast jetzt einen Mann. Das ist gut«, wiederholte Jarmila, als wäre das eine abgemachte Sache. »Wer ist's denn? Ein Genosse aus Deutschland ... ?«

»War es das, was du mich fragen wolltest?« entgegnete Hanna mit einigem Unbehagen. Es schien ihr auf einmal unmöglich, der Freundin zu gestehen, daß ihr Geliebter ein bürgerlicher Journalist war. »Du bist so doktrinär!« hörte sie Anatol sagen, achtungsvoll und ein bißchen feindselig. Wohin war sie geraten? »Klassengegner«, dachte sie und zuckte schmerzlich. Das sind auch so doktrinäre Worte. Sie liebte ihn. Man liebt einen Menschen, nicht den Angehörigen einer Klasse ... Aber die Bitterkeit in ihrer Liebe, von Anfang an so bitter plötzlich wußte sie es, das kam daher, daß Anatol im Ernstfall auf der andern Seite stehen würde. Sie sah ihn körperlich auf der andern Seite stehen, mit einem Messer in der Hand, die Augen ganz schmal, und sich selbst sah sie, auf ihrer Seite, liegend, mit halbgeöffnetem Mund, und der ganze Körper tat ihr weh, wie von Stichen, wie von einer grausamen Liebesumarmung, nach der man feindlich auseinanderfällt.

»Nein, ich wollte dich etwas anderes fragen«, sagte Jarmila, und Hanna wußte im Augenblick nicht recht, worauf sich das »Nein« noch bezog. »Aber du scheinst nicht gestimmt, mir zuzuhören.« Sie runzelte streng die Stirn.

»Doch, doch«, versicherte Hanna eilig und machte sich innerlich klar. »Sag nur, Jarmila ...«

»Also«, sagte Jarmila fest und mit einer gewissen Feierlichkeit, »ich habe mich entschlossen, aus der Partei auszutreten.«

»Aus der Partei ... ?« rief Hanna bestürzt, als wollte sie sagen: »Die Haut willst du dir ausziehen?« Sie fragte nicht, warum. Es gab leider nur allzuviel gute Gründe, die einem Lust machten, aus der Partei auszutreten.

»Ich werde ja doch nächstens hinausgeschmissen«, sagte Jarmila trotzig, wie um sich zu verteidigen, und hatte schon Tränen in der Stimme. »Man kann das doch nicht mehr mitmachen!«

Nein, man konnte es eigentlich nicht mehr mitmachen. In ihren offiziellen »Linien«, in ihrer Propaganda, im Verhalten ihrer Führer bröckelte die Partei immer mehr, in immer schnellerem Tempo von dem ehrwürdigen Kolossalbau der Revolutionserrungenschaften ab. Was in Rußland vorging, war, schonend gesagt, sonderbar und bedauerlich. Es gab allerhand Grund zu theoretischen Bedenken. Und diese wurden verstärkt von hundert kleinen Schocks über kleine Manöver, kleine Unkorrektheiten, über demagogisch-verlogene Leitartikel, Sturheit der Funktionäre. Dazu so vieles, was ästhetisch störte, Rückkehr zum klassischen Prunkstil bei den öffentlichen Sowjetbauten, angeblich um dem Geschmack der Bauernmassen entgegenzukommen, Bälle mit Abendkleidern und Jazzmusik waren wieder erlaubt, die Filme (wie weit lag »Panzerkreuzer Potemkin« und »Die Mutter« zurück!), die immer leerer und schlechter wurden, kurz allerhand kleine Symptome, die, gehäuft, ein Gefühl des Unbehagens erzeugten.

Hanna hatte sich weidlich mit all dem herumgeschlagen und immer wieder alle Revolte gegen die Partei scharf in sich unterdrückt, weil sie sich immer wieder predigte, das seien nur Auswüchse. Und weil sie immer wieder – in der Presse, in Broschüren, in Diskussionen – auf parteifeste Argumente stieß, die alles Zurückweichen erklärten und rechtfertigten, ja, sogar als Fortschritt zum Sozialismus hin umdeuteten. Um keinen Preis wollte sie, auch nur vor sich selbst, als krittliger Intellektueller dastehen oder als romantischer Utopist.

»Den Sozialismus baut man halt nicht in zehn Jahren«, wendete sie seufzend ein. »Es sind Auswüchse. Das alles ist momentan erzwungen durch die Weltlage. Hätte die deutsche Sozialdemokratie 1933 die Einheitsfront nicht sabotiert …«

»Hör auf mit dem Zeitungsgewäsch!« unterbrach Jarmila sie heftig. »Das haben wir oft genug gehört. Und ich war doch gewiß unter denen, die es am häufigsten und überzeugtesten nachgebetet haben. Aber jetzt nach dem Kongreß … Wenn du Dimitroffs Rede liest: was ist denn das anders als Sozialdemokratie vom reinsten Wasser? Ach was, Sozialdemokratie! Niemals, seit es eine marxistische Arbeiterbewegung gibt, hätte sich jemand träumen lassen, daß man uns zum Bündnis mit dem Kleinbürgertum aufrufen würde. »Volksfront«! Nicht mal das Wort »Volk« durfte man in den Mund nehmen, da war man schon verdächtig. Mit Recht! Es gibt kein Volk. Es gibt nur Klassen. Und was sind das für verwaschene Begriffe: »Kleine Länder«, die sich innerlich zusammenschließen müssen gegen den Faschismus! Was heißt denn das, möchtest du mir das vielleicht erklären? Herr Dimitroff hat es wohlweislich nicht näher erklärt, weil er dann hätte sagen müssen, daß zum Beispiel in der Tschechoslowakei – oder ist die vielleicht kein »Kleines Land«? – nicht mehr gestreikt werden darf, nicht mehr die Regierung bekämpft werden darf, daß wir Kommunisten einfach das Maul zu halten haben!«

»Aber es ist doch nur eine taktische Frage!« wandte Hanna ein. »Dimitroff sagt, daß man die indifferenten Mittelschichten heranziehen muß zur antifaschistischen Front, aber zwischen den Zeilen kann man doch lesen, daß das nur ein taktisches Manöver ist und daß die Partei, wenn sich die Volksfronten in den demokratischen Ländern erst gebildet haben, die Führung an sich reißen wird ...«

Dimitroff, dachte sie, als sie ihn verteidigte, daß gerade Dimitroff es sein mußte, der Held des Reichstagsbrandprozesses. Sein revolutionäres Argumentieren, sein heroisches Verhalten hatte damals 1933 in der ganzen Welt Tausende von Proletariern und nicht wenige Bürgerliche für den Kommunismus gewonnen. Nun war er offizieller Sprecher des allmächtigen Moskauer Politbüros und riet zur Versöhnung mit dem Kleinbürgertum, das doch seit Marx immer als der gefährlichste, weil undefinierbarste und am schwersten zu packende Teil der feindlichen Klasse bezeichnet worden war. Aber es war ja wohl nur ein taktischer Kompromiß.

»Und das glaubst du, so eine gescheite Person?« schalt Jarmila. »Dimitroffs Rede ist doch kein vertrauliches Rundschreiben! Sie ist in Hunderttausenden von Exemplaren gedruckt, in vierzig Sprachen ... jeder Mensch hat sie gelesen, wie du und ich! Was du zwischen den Zeilen liest, lesen die andern genauso zwischen den Zeilen! Du glaubst, die Kleinbürger, die Demokraten, die Liberalen würden in die Falle gehen, wenn man ihnen so offen und naiv selbstbewußt von vornherein zu verstehen gibt, daß es eine Falle ist?«

Das war freilich richtig. Wie dumm! Aber nein, dumm waren die vom Politbüro nicht. Sehr schlau sogar! Der taktische Zug mit der Volksfront, in die die Mittelschichten eingefangen werden sollten, war also gar nicht zur Betörung dieser Mittelschichten auf die »Linie« gesetzt worden, sondern betört werden sollten die Arbeiter, die Revolutionäre, die man in der Volksfront unschädlich machen wollte? Damit sie mitgingen, wurde ihnen in vierzig Sprachen und angesichts der ganzen Welt treuherzig versprochen, man werde die andern schon hineinlegen, hätte man sie nur erst.

Diese Schlußfolgerungen äußerte sie zu Jarmila, noch in zweifelsvollem Ton. Konnte man es denn anders als mit einem hoffnungsvollen Fragezeichen zu Ende denken? ... Aber Jarmila strich das Fragezeichen mit der Hand weg. Selbstverständlich, bestätigte sie, ein kolossaler Volksbetrug war die Schwenkung des Siebenten Kongresses der Kommunistischen Internationale, nichts anderes. Zum Schutz des russischen Vaterlandes.

Das Wort Vaterland – »rodina« – erschien doch wahrhaftig seit einiger Zeit in offiziellen Kundgebungen der »Prawda«, mußte Hanna sich eingestehen; Vaterland und Familie, was fehlte noch zum kleinbürgerlichen Vokabularium? Für das russische Vaterland war man in den Völkerbund eingetreten, für das russische Vaterland schloß man Bündnisse mit kapitalistischen Staaten, für das russische Vaterland drosselte man die revolutionäre Opposition, entmachtete man die Arbeiter, lieferte man Italien Petroleum für seinen abessinischen Krieg und Hitler-Deutschland Manganerz für seine Aufrüstung. Und das alles im Namen des Sozialismus?! Was war vom Sozialismus noch übrig geblieben? Wohin führte das alles?

Die beiden Frauen schwiegen bedrückt.

Aus der Partei austreten, es schien logisch, wenn man wirklich den Sozialismus wollte. Austreten – aber wohin? Man trat ins Leere. Die Partei hatte die Massen, links von ihr gab es nur eine Anzahl kleiner Splittergruppen, die sich die Zeit vertrieben mit Ausarbeitung von Organisationsstatuten, Diskussionen über die Reinheit der Doktrin und winzigen Aktionen lokaler Art, die, weil sie so winzig waren, zu nichts führen konnten. Wohin?

»Wohin?« schrie Hanna nervös den Kellner an, der die Tassen abtragen wollte. »Lassen Sie uns doch erst austrinken! Zum dritten Mal schon zieht er mir die Tasse vom Mund weg. Möchte wissen, was das für einen Sinn hat, als ob sie zu wenig Geschirr in der Küche hätten«, erklärte sie Jarmila, die sie erstaunt ansah. Der Kaffee war freilich schon kalt geworden, und sie bestellten frischen, der ewig nicht kam.

»Ja, aber wohin, Jarmila?« fragte Hanna verzagt. Zwölf Jahre in der Partei ... das ist wie eine Ehe. Da kann man nicht mehr fort.

Jarmila war noch viel länger drin. Schon als Gymnasiastin, erinnerte sich Hanna jetzt, hatte Jarmila das Kommunistische Manifest mit sich herumgetragen und den Mädchen von »Klasseninteressen« erzählt. »Was du immer redest«, hatte die dumme Doskočilová gesagt, »ich habe gar kein Interesse an meiner Klasse, der Septima. Hauptsache, daß ich in die Oktava komme und zur Matura zugelassen werde ...« Hanna erinnerte die Freundin daran, und sie lachten. Aber es war ihnen beiden bitter zumute.

Jahre, Jahrzehnte geglaubt, geliebt, gearbeitet – die Partei war die Heimat, der Geliebte, der Vater, die Zukunft, alles in einem. Man hing an ihr, wie an Heimat, Vater und Geliebtem. Man konnte sie kritisieren, sie manchmal verachten oder bemitleiden. Aber man konnte nicht aufhören, man konnte nicht weg. Man hätte sich die Nabelschnur durchschneiden müssen, man hätte sich das Herz aus dem Leibe reißen müssen, man hätte Kraft und Mut haben müssen, um ganz von vorn anzufangen, aber wo? Wie? Man trat ins Leere, wenn man die Partei verließ. Man wurde weggeschwemmt, landete allenfalls auf einer Insel irgendeiner Sekte, wahrscheinlicher aber blieb man ganz allein, ein Intellektueller, zwischen den zwei großen Lagern sich selbst und seiner Bitternis überlassen.

»Ich trete aus!« verkündete Jarmila. »Ich halt's einfach

nicht mehr aus. Werde ja doch hinausgeschmissen! Weil der arrogante Bonze mich nicht bekommen hat, wird er mir schon irgendwas andrehn. Jenda ist doch mit der Lysák-Opposition hinausgeschmissen worden und macht denen jetzt ihr Blatt.« Das war eine Neuigkeit für Hanna. Und was das denn aber ..., fragte sie.

»Ich hab' zwar mit Jenda nichts mehr zu tun«, unterbrach sie Jarmila auf ihre halbe Frage. »Wir sind ganz auseinander, weil er mich mit der Vilma vom ›Haló noviny‹ betrogen hat, diese Bleiche, Sommersprossige, du kennst sie. Aber man braucht das ja nicht zu glauben. Man kann mir anhängen, daß ich mit Jenda im Einverständnis bin, in der Partei für die Opposition zu spitzeln, und schon bin ich draußen. Dann kommt's auf dasselbe hinaus. Da geh ich lieber gleich.«

Hanna schüttelte traurig den Kopf. Auch daran dachte sie, daß Jarmila keinen materiellen Rückhalt hatte. Mit ihrem Vater, einem höheren Staatsbeamten, hatte sie sich schon vor Jahren entzweit. Sie würde ihre Photoreportagen in der Parteipresse nicht mehr anbringen, und in den bürgerlichen Illustrierten gab es so viele gute Photographen, da brauchte man Jarmila nicht.

»Ich werde mir ein Photo-Atelier aufmachen, für Interieurs hauptsächlich, da hat man einige Aussichten«, erklärte Jarmila, als habe sie Hannas Gedanken erraten. »Und jetzt geh ich nach Hause, mir brummt der Kopf. Morgen früh muß ich zeitig nach Podskal, die Höhlenbewohner photographieren, ›Svět práce‹ will eine Gegenüberstellung. Die Bilder von den russischen Arbeiterhäusern haben sie schon. Ich soll als Gegenstück unsere Proletarier aufnehmen, die ja wirklich leben wie die Menschen in der Steinzeit.«

»Die ›Přítomnost‹ hat schon einen Artikel darüber«, bemerkte Hanna. »Sie wollen die ersten sein, die die Höhlenbewohner entdeckt haben, ein Hilfskomitee haben sie auch schon gegründet. Wir kommen auch wirklich immer mit allem zu spät.«

»Eben deswegen schickt mich ja Rudolf nach Podskal, für die Mittwochnummer. Es ist ihnen erst eingefallen, nachdem sie die ›Přítomnost‹ gesehen haben. Also gehen wir!«

Sie zahlten und gingen. Auf der Straße sagte Hanna: »Gefragt hast du mich ja eigentlich nicht, Jarmila. Du hast mir einen Entschluß angekündigt. Ich bin auch ein schlechter Ratgeber, es ist alles so verwirrt in mir. Glaub mir, daß ich mir auch den Kopf zerbreche, wie das noch werden soll mit der Partei. Aber ich hab nicht den Mut. Was soll ich dir da raten? Ich danke dir jedenfalls, daß du mir's erzählt hast. Du bist tapfer, das gefällt mir an dir!«

»Du gefällst mir auch, Hanna«, sagte Jarmila. »Du hast mir schon auf der Schulbank gefallen. Ich hab dich immer bewundert, weil du so gewissenhaft warst. Von allem wolltest du erst den tiefsten Grund ergründen, den allertiefsten, endgültigen, eher mochtest du nicht Ja oder Nein sagen.«

Sie lachte mit Sympathie, schritt kräftig neben Hanna aus. »Aber es lebt sich wohl schwer damit?«

Hanna antwortete nicht. Sie waren um eine Ecke gebogen und gingen jetzt durch die Straße, in der Anatol wohnte.

Hier wohnt Anatol, dachte Hanna. Dort, wo die Straße zu Ende geht, ganz am Ende der Straße. Nie bin ich in seiner Wohnung gewesen. Sie spürte plötzlich ein dringendes Verlangen, ihn zu sehen, zu sprechen. Er war in Brünn. Es hatte keinen Sinn, vor dem Haus auf ihn zu warten. Vielleicht kam er erst am nächsten Mittag zurück.

»Und da zerbrichst du dir nun auch den Kopf über die Partei, über Dimitroff, und versuchst auf den tiefsten Grund zu kommen, wie in der Schule bei der Differentialrechnung, wo dir das d^x nie einleuchten wollte ...«

Hanna lachte wehmütig. Hatte sie nicht das ganze Leben hindurch immer wieder dasselbe getan? Immer geforscht, gegrübelt, leidenschaftlich mißtraut, weil sie ein so leidenschaftliches Bedürfnis nach Eindeutigkeit und Klarheit hatte, und hatte sie doch nie erringen können. Sie sah zuviel Aspekte ... Deshalb ja hatte die Marxsche Dialektik sie so angezogen, weil sie so viele Aspekte zeigte. Alles hängt mit allem zusammen. Alles ist miteinander verwickelt. Oft wurde man verwirrt, konnte es nicht mehr überblicken. Man wußte ja auch so wenig Tatsächliches von den Dingen, von den Menschen, von den letzten, innerlichsten Zusammenhängen.

An einem Punkt muß man aufhören zu denken und muß sich zum Handeln entschließen, hatte Karl immer gesagt. Aber wenn man nun falsch handelte? Man muß es doch erst zu Ende denken? Zu Ende ... das gab's ja nicht. Und auf ihrer Suche nach dem richtigen Einsatz hatte sie immer wieder falsch eingesetzt, wenn ein Zufall oder ein anderer Mensch oder eine unausweichliche Sachlage den Ton anstimmte, nicht sie selbst. Da war's natürlich falsch herausgekommen.

Mit Anatol war das anders. Da war alles wie von selbst richtig geworden. Sie summte vor sich hin, das Couplet der Polly aus der »Dreigroschenoper«: »Und es konnte gar nicht anders sein ...« Mit Anatol war alles richtig. Man ging, man lebte mit ihm in so traumhafter, heiterer Sicherheit. Man schwebte. Sie schloß einen Moment die Augen und sah seine schmale, dunkle Gestalt an den Milchglasscheiben der Redaktion vorübergleiten. Ein großes Wohlgefühl breitete sich in ihr aus. Nichts verlangen, nichts abschlagen. Es ist alles richtig. So demütig richtig ist alles, was zwischen ihr und Anatol geschieht.

»Ja, das Leben ist reichlich kompliziert«, sagte Jarmila neben ihr. Wer weiß, welche stille Gedankenkette sie damit abschloß. »Und du hast also jetzt einen Mann?« setzte sie unvermittelt fort. »Das Privatleben muß man doch wenigstens in Ordnung haben! Ist's gut?« Sie blieb stehen, faßte Hanna an beiden Oberarmen und sah ihr liebevoll ins Gesicht. »Ja, es ist gut«, sagte Hanna und wurde ganz einfach und froh. »Sehr gut sogar.«

Sie gingen weiter die Straße hinunter.

Da drüben wohnte Anatol. Im zweiten Stock. Die Fenster waren dunkel.

Auf der andern Straßenseite kam ein Paar Arm in Arm gegangen. Der Mann blieb stehen, beugte sich zu der Frau, hob ihr Gesicht mit der Hand empor ... die Straße war nicht breit, Hanna konnte sehen, daß es ein blasses, ungeschminktes, junges Gesicht war, mit schwarzen Locken an den Wangen. Der Mann lächelte zärtlich in das Gesicht und sagte etwas. Dann gingen sie weiter. Der Mann zog einen Schlüsselbund aus der Tasche seines grauen, englischen Mantels und schloß auf. Er schob die Frau zart an den Schultern vor sich her in den Schatten des Hausflurs, die Tür fiel zu.

»Was ist?« fragte Jarmila erschrocken.

»N ... nichts«, sagte Hanna. Sie hatte sich schwer in den Arm der Freundin gehängt und ihre Füße schleppten auf dem Boden ... »Ich habe in letzter Zeit öfter ... so einen plötzlichen Herzkrampf ... Ich glaube, ich rauche zu viel ... Es ist schon wieder vorbei.«

Es fing leise zu regnen an, und sie gingen schweigend auf die Pariser Straße zu. An der Ecke drehte sich Hanna um. In Anatols Wohnung war Licht, und eine Hand ließ eben die Vorhänge herunter ...

14. Kapitel

Die Welt ist aus kleinen Dingen gemacht – Begleitgefühle bürgerlichen Besitzwahns – Es gibt noch andere Leiden – Eine Zeit, in der das Lesen zum Problem wird – Geboren in Prag, zuständig nach Deutschland – Umbruch, ein Doppelwort – Anatol erweist sich als Damenfreund – Ein unanfechtbares Argument

Jetzt müßte etwas geschehen! Ein Krieg müßte ausbrechen, einer müßte sterben, Hitler, Anatol, man selbst oder wenigstens Ladislav oder der Archivar Klaus, die »Svoboda« müßte einen als Reporter zu einem Riesenbrand schicken, und man müßte zwei Kinder aus den Flammen retten, ein Erdbeben müßte kommen und die festen, düsteren Mauern der Staatlichen Gefangenenanstalt Plötzensee niederlegen, und Karl müßte herausschweben und einen ganz weit und groß an sein schönes Herz nehmen. Oder es müßte sich auf geheimnisvolle, aber überzeugende Weise herausstellen, daß alles nicht wahr ist. Nur so könnte man es ertragen, denn – kann man es sonst ertragen?

Aber es geschieht nichts, nichts Plötzliches, nichts Großes. Die Welt ist aus kleinen Dingen gemacht. Jeden Tag liest man früh die Zeitung und schaut nach, wer beim Eishockeytournier gewonnen hat und wer gestorben ist und was es sonst Neues in der Welt gibt, Interessantes aus aller Welt, aus der internationalen Presse ausgeschnitten und übersetzt von Hanna Last, geborene Aschbach, einer langbeinigen, etwas vorgebeugt gehenden Frau mit großen, brennenden Augen und blondem Schopf über dem grauen Sweater, den sie sich noch aus Deutschland mitgebracht hat.

Aber damit die Menschen früh die Zeitung lesen können, muß die Zeitung schon abends gemacht werden. Jeden Tag zur bestimmten Stunde müssen die Lastautos aus dem Hof fahren zu den Zügen, und damit sie hinausfahren können, muß vorher alles seine Ordnung gehabt haben, die verschiedenen Nachrichten müssen ihrer Gewichtigkeit entsprechend angeordnet und mit Titeln versehen sein, zwei Cicero, Mittel, Tertia oder gar vier Cicero Letterngröße, je nachdem, kurz, es muß zwischen acht und halbzehn in der »Svoboda« zugehen wie immer: Der Gerichtsberichterstatter Menčík will immer mit seinen Sachen auf Seite drei oder fünf statt auf Seite vier, wo sie hingehören, er sagt, die Leute lesen nicht, was auf den gradnumerierten Seiten, den »linken« Seiten, steht, weil sie die Zeitung in der Elektrischen nur so durchblättern und der Blick auf die ungradnumerierten Seiten fällt. Das Klischee für den Titelkopf »Gerichtssaal« muß neu gemacht werden, es schaut ja schon aus wie »Nichtssaal«, wie oft hat Karlíček das schon moniert. Die Präsidentenwahl natürlich auf Seite eins, obzwar es nicht aufregend ist, jeder Mensch weiß, Beneš wird Präsident, sogar die Kommunisten haben auf einen eigenen Kandidaten verzichtet und stehen geschlossen hinter ihm. Sie haben dafür eine Amnestie für ihre politischen Gefangenen verlangt, aber man hat ihnen bedeutet, das ginge nicht, weil Masaryk bei seinem Rücktritt vorige Woche erst eine Amnestie erlassen hat, das sähe aus, als wollte man den alten Herrn desavouieren, vielleicht später. Nun, sie sind's zufrieden, sie werden trotzdem Beneš wählen, in der kommunistischen Illustrierten »Svět práce« sieht man Frau Hanna Beneš photographiert, sie besichtigt die Höhlenwohnungen von Podskal, und ein paar Leute, die sie mitgebracht hat, verteilen Kinderwäsche und Spielzeug, rührend ist das. Es ist nicht viel los, jeden Tag dasselbe, der gewöhnliche Umbruchsbetrieb. Der Chef muß sich mit dem Administrationsleiter herumstreiten, weil der zwei Seiten mehr Blattumfang haben will, schließlich, die Inserenten sind das Wichtigste, da gibt's nichts, machen wir also zwei Seiten mehr heute, aber morgen muß dafür im redaktionellen Teil was eingespart werden, das geht doch nicht, zwei Seiten mehr bei achtzigtausend Auflage, das kostet fünftausend Kronen, bloß das Papier, das ist viel Geld ...

Freilich ist das viel Geld. Das Flüchtlingskomitee wäre froh, wenn es einmal fünftausend Kronen auf einem Haufen sähe. Die Emigranten müssen sich im Komitee herumstreiten mit den Genossinnen Damen, die nicht einsehen wollen, daß sie sich für drei Kronen die Kragen stärken lassen mußten. Was braucht ein Emigrant gestärkte Kragen, Genossen, nehmt doch Vernunft an, es dauert ja jetzt schon fast frei Jahre, wo sollen wir da noch Geld hernehmen?

Niemand gibt mehr was, die Arbeitslosigkeit ist bei uns so groß, und das Hemd ist einem näher als der Rock. Übrigens, vergeßt nicht, ihr müßt auf die Polizeidirektion, Fingerabdrücke machen. Was, wie die Verbrecher? Ja, es ist eine neue Vorschrift, nur eine Formalität, so regen Sie sich doch nicht auf, Genosse! Auswandern? Aber wohin denn? Kein Land will Emigran-ten haben, höchstens noch Süd-Amerika, aber wir haben kein Geld, um euch die Reise zu bezahlen, vielleicht könnt ihr nächstes Jahr schon nach Deutschland zurück das kann doch nicht ewig so weitergehen.

Aber es geht ewig so weiter. Der hagere Bursche schmeißt mit Gedonner die Metallbretter mit den fertigen Seiten in den Aufzug, Herr Kalandra in der blauen Bluse und mit Druckerschwärze auf der Stirn, vom Schweißabwischen mit der Hand, macht Fahnen, das heißt, er legt lange, feuchte Papierstreifen auf die mageren Kolonnen noch heißer, schwarzbeschmierter Gußzeilen und fährt mit einer Gummiwalze darüber hin, Vokáček reißt ihm die Fahnen aus der Hand, der ist natürlich auch wieder so spät aus dem Parlament gekommen, sein Bericht für Seite zwei muß umbrochen werden, es ist schon neun Uhr fünf. Nein, es ist alles wie immer.

Aber für Hanna Last, geborene Aschbach, die nach wie vor ihre Beiträge für »Interessantes aus aller Welt« auf

Karlíčeks Schreibtisch legt – über den Mann, der seit dreißig Jahren ein und dieselbe Rasierklinge benutzt, und über die längste Straße der Welt, die englische Watlingstraße, die so lang ist wie ganz England, in Dover beginnt sie, führt von Canterbury nach London und geht dann weiter bis Chester und Cardigan, mein Gott, so eine lange Straße, so lang wie das Leben! – für Hanna Last hat sich die Welt verändert.

Sie weiß etwas Neues. Ach, was Neues ist es nicht, es gibt wohl wenige Menschen, die es nicht wissen. Aber Hanna Last hat es bis jetzt nicht als existent anerkannt, hat gemeint, es seien Begleitgefühle bürgerlichen Besitzwahns, hat mißbilligend den Kopf geschüttelt, wenn Jarmila hinter Jenda – oder war es Ruda? – hertelefonierte aus blöder Eifersucht, jetzt weiß Hanna, wie das ist, sie weiß etwas Neues.

In den Nächten liegt sie wach und wälzt sich hin und her, sie denkt immerfort dieselben ausweglosen Gedanken. Sie sieht Anatol über ein lächelnd aufgeschlagenes, blasses, junges Gesicht gebeugt, sie sieht, wie in seiner Wohnung Licht wird und eine Hand innen die Vorhänge herunterläßt. Er hat ihr gesagt, es sei seine Schwester gewesen, die ihm die Wirtschaft führt, sie sind zusammen aus Brünn gekommen. Aber um elf Uhr abends kommt gar kein Zug aus Brünn, er kommt erst um halbeins.

Hanna macht Licht, raucht eine Zigarette, löscht das Licht wieder aus. Wird man denn nicht endlich einschlafen, sie hat schon Bromural genommen, aber es nützt nichts ...

Neulich, als sie in sein Büro gekommen ist, hat er gerade telefoniert, mit einer so angelegentlichen heißen Stimme. Zum Glück – oder zum Unglück – ist die tschechische Sprache so beschaffen, daß man weiß, ob der Sprecher mit einem Mann oder einer Frau spricht, die Verbalformen sind nach Geschlechtern getrennt. Komisch eigentlich. Mit einer Frau hat Anatol gesprochen. So zärtlich hat es geklungen. Er hat von Pfirsichen mit ihr gesprochen, was heißt das, im Dezember ist doch kein Grund, per Telefon von Pfirsichen zu reden, es ist ein Deckwort. Hanna hat geschaudert und plötzlich zwei kleine Frauenbrüste vor sich gesehen und ist schnell hinausgegangen. Anatol hat ihr nicht einmal zugenickt und hat weitertelefoniert.

Warum hat sie ihn auch gefragt, was das war, an dem Sonntagabend! Sie hat nicht fragen wollen. Ich bin doch nicht eifersüchtig, lächerlich! Er war auch etwas verstimmt, und dann hat er das von der Schwester herausgebracht. Wie lang hat er das Mädel schon, vielleicht die ganze Zeit über schon, deswegen hat er's immer so eilig, natürlich, er wird doch nicht ohne Frau gelebt haben, bis ich zu erscheinen geruhte ... und eine schreckliche, reißende Wut versehrt Hannas Körper, sie heult laut auf. Die Nachbarn klopfen an die Wand: »Ruhe! Es ist zwei Uhr!« So geht das immer im Kreis herum, er betrügt mich, er betrügt mich, nun, was denn, er ist mir ja nichts schuldig, und ich habe so patzige Reden geführt von »Freiheit« und »höherer Treue«, sicher hat er das Mädel schon vorher gehabt. Sie hat ein liebes Gesicht, wie die singenden Engel von Ghiberti auf dem Altarbild in Florenz. Ich hab' mich ihm an den Hals geschmissen; ich war's, die ihm damals im August gesagt hat, ob er noch mit heraufkommen wolle, von selbst wär' er vielleicht gar nicht gekommen. Er hat nie mit mir ausgehen wollen. Er hat mich versteckt. Die Sonntage verbringt er mit der andern, Brünn ist nur eine Ausrede, er fährt gar nicht nach Brünn. Meine Sonntage verbringt er mit einer andern. Er hat mir ja auch nie gesagt, daß er mich liebt. Sie schluchzte und konnte nicht aufhören.

Aber warum kommt er dann zu mir und ist so zärtlich? Er kommt ja nicht mehr so oft, aber doch noch hie und da und ist so zärtlich, und ich Hure sage immer wieder ja. Drei Tage bin ich nicht in die Redaktion gegangen, wollte sehen, was er macht, hab' den ganzen Tag zu Hause gesessen und gewartet, daß er kommt oder daß er telefoniert. Dann hab' ich's nicht ausgehalten: vielleicht ist er krank? Sonst hätte er doch telefoniert? Und er war ehrlich bestürzt und hat mich gleich im Büro an sich gerissen – »Wo warst du?« –, wo doch jeden Augenblick der Obermetteur oder Bílek hereinkommen konnten. Aber warum er nicht telefoniert hat, hat er nicht erklären können.

Warum will er mich überhaupt? Wenn er doch die andere hat. Ich habe auch einen andern. Aber der ist fort. Das hat doch nichts miteinander zu tun. Was will er eigentlich bei mir, wenn er doch die andere hat.

Da gibt's keinen Rat und keinen Ausweg, es zerreißt einem das Herz, es zerreißt einem das Fleisch, die Augen brennen schon vom vielen Wachen und Weinen, schließlich nimmt Hanna noch eine Bromural und schläft gegen Morgen ein ...

Tagsüber ist es nicht so schlimm. Man arbeitet, man sieht Leute, fremde Leute, bekannte Leute, man geht ab und zu zu Heim essen, ärgert sich über Rositas noble, schläfrige Gleichgültigkeit und über die reaktionären Äußerungen des Bruders, man trifft auch ab und zu Luise, andere Genossen aus Deutschland und spricht von Deutschland. Mein Gott, war das gut, in Deutschland zu leben, Deutschland, Deutschland, wann wird man je wieder hinkommen?

Den Emigranten geht es schlecht, man muß was für sie tun, Hanna geht jetzt wieder sammeln, Kleider, Wäsche, Bücher, Geld, wie damals, ehe Rýma sie zur »Svoboda« gebracht hat, aber die Leute geben nichts mehr, damals haben sie noch gegeben. Die Emigranten arrangieren eine Sondervorstellung im Kino, Reinertrag für die Flüchtlingshilfe, Hanna muß die Vorbereitungen machen, weil sie tschechisch kann: Erlaubnis von der Polizei, die Feuerwehr muß verständigt werden, die Plakate, die Einladungen, Vergnügungssteuer, vielleicht erlassen sie die Vergnügungssteuer, es ist ja zu wohltätigem Zweck. Nein, die Eintrittskarten können wir nicht abstempeln, Fräulein, die sind ja in deutschem Text, was heißt deutsche

Zeltnergasse (Celetná ulice) mit Pulverturm (Prašná brána)

Flüchtlingshilfe, es ist eine Vorschrift, auf solchen Drucksachen muß die Staatssprache gebraucht werden. Dann lassen Sie die Karten eben noch einmal drucken. Fünfundsechzig Kronen beim Teufel, dafür hätte sich manch einer den Kragen stärken lassen können. Stundenlang muß man herumlaufen und auf den Ämtern herumsitzen, schließlich bringt dann die Vorstellung siebenhundertdreiundfünfzig Kronen vierundachtzig Heller, das macht gerade zehn Kronen pro Person für die Leute im Flüchtlingsheim. Was sollen sie damit anfangen. Man muß sich was anderes ausdenken. Wenn es Sommer wäre, könnte man ein Nachtkonzert im Waldsteingarten machen. Aber es ist Winter. So gehen die Tage hin.

Am Abend wird es schlimmer. Hanna geht nicht mehr mit der heimatlichen Selbstverständlichkeit in die »Svoboda«, jeden Tag nimmt sie sich vor, sie wird nicht hingehn, sie wird überhaupt nie mehr hingehn, sie wird ihre Arbeiten vormittags machen oder am frühen Nachmittag, wenn Anatol nicht da ist und wo ist er denn am frühen Nachmittag? Bei ihr ist er nicht! –, und wird Voka bitten, daß er die Rechnungen mit zum Chef zum Unterschreiben nimmt. Für Anatol wird sie privat nichts mehr übersetzen, ach, was für ein verlogener Stolz, er gibt ihr schon gar nichts mehr von sich aus, und sie schlägt ihm nichts mehr vor.

Sie hat eine neue Schülerin, aber das macht auch nur vierzig Kronen pro Woche, das Pensionszimmer ist zu teuer. Ich muß umziehen, denkt Hanna, ich werde ein Hofzimmer nehmen, ohne Bad. Man kann ja das Bad auf dem Korridor benützen. Ich könnte schließlich um Unterstützung beim Flüchtlingskomitee ansuchen, aber das kommt mir unmöglich vor, da ich's doch bis jetzt nicht getan habe. Die Damen wissen, daß ich einen reichen Bruder habe. Er könnte ja wirklich auch mal was für mich tun, wenigstens anbieten, nehmen würd' ich's ja nicht von dem reaktionären Parvenü.

Neulich hat er ihr ein Lebensmittelpaket geschickt, es wäre ihr lieber gewesen, er wäre mal selbst gekommen. Ist doch schließlich der Bruder. Aber er hat sie noch nie besucht, Rosita auch nicht. Hanna hat sich geärgert, als der Diener das Paket brachte; aber dann hat sie sich ausgerechnet, daß sie nun vierzehn Tage kein Nachtmahl zu kaufen braucht. Die Sardinenschachteln hat sie Luise geschenkt, großartig – weil ich Sardinen nicht gern habe.

Nein, sie wollte am Abend nicht in die »Svoboda« gehen, sie wollte warten, was Anatol tun würde, wenn sie eine Zeitlang wegbliebe. Ach, darauf braucht sie nicht zu warten, sie hat die Erfahrung ja schon hinter sich. Wohin aber sollte sie sonst gehen am Abend?

Im Café herumsitzen? Allein, das ist so traurig. Ins »Continental«, wo die Genossen sitzen, das ist nicht geraten, überall sind Spitzel, es sind schon wieder Leute ausgewiesen worden, es kostet auch Geld, wenn man jeden Abend ins Café geht.

Man könnte zu Hause bleiben, lesen. Aber wie denn, was denn? Eine blöde Liebesgeschichte? Politische Literatur kann man nicht zu Hause haben. Broschüren, die man in jedem Laden kaufen kann, werden bei Haussuchungen als belastendes Material mitgenommen, von anderem gar nicht zu reden. Was hat man denn auch an politischer Literatur? Die »Inprekorr«, jetzt heißt sie »Rundschau«, mein Gott, die schreiben ja fast patriotischer als die Faschisten, und so viel Parteireinigungen, und so ein kleiner Druck, man kann es bei künstlichem Licht gar nicht lesen, überhaupt, mir tun jetzt immer die Augen so weh, ich werd' doch nicht am Ende eine Brille brauchen, das hätte grad noch gefehlt, daß Anatol mich mit einer Brille sieht! Nein, es war gefährlich, solche Literatur zu Hause zu haben. Hanna sorgte schon seit fünf Monaten dafür, daß man bei ihr im Ernstfall nichts dergleichen fände. Zuerst hatte sie einmal ein großes Kuvert voll Schriften zu ihrem Bruder mitgebracht und ihn gebeten, es zu verwahren.

»Was ist drin?« fragte er verdrossen.

»Ach, so Schriften und Zeitungsausschnitte Ich hab so wenig Platz in meinem Zimmer ...« Aber er hatte argwöhnisch geschaut und ihr dann gesagt, sie möge ihre Sachen doch lieber woanders aufheben.

»Ich rede dir nicht in dein Leben hinein, und du weißt, daß du hier immer den Tisch gedeckt findest. Aber mit Politik will ich nichts zu tun haben. Ein Geschäftsmann darf sich nicht mit Politik befassen.«

So hatte sie denn ihre Kuverts mit kompromittierendem Inhalt Herrn Chefredakteur Dr. Anatol Svoboda in sein bürgerliches Redaktionsbüro zum Aufheben gebracht und ihm erklärt, warum und wieso.

»Wie du übertreibst, Hanna!« hatte er leichthin gesagt. »Wer soll denn bei dir Haussuchung machen? Aber wie du willst, gib' her, ich sperr' es dir ein.« Auch Dimitroffs zweideutige Rede zum Siebenten Kongreß lag jetzt in Anatols Schreibtisch. Sie hätte sie gern wieder gelesen, aber sie stand momentan nicht so mit ihm, daß sie davon hätte anfangen mögen. Sie brachte ihm auch jetzt nichts mehr zum Aufbewahren.

Was sie nicht daheimbehalten wollte, trug sie aus dem Haus. Wäre gut, einen Ofen mit prasselndem Feuer zu haben, in den man das Zeug hineinstecken könnte. Zentralheizung ist recht und gut, aber man hat dann solche Umstände mit den Papieren, man kann doch nicht alles an der Kerze verbrennen, und wenn man's ins Klosett wirft, verstopfen die Rohre.

So trug sie die Schriften nachts aus dem Haus. Sie ging die Moldau hinunter, die Moldau floß schwarz und winterlich unter den Brücken durch, keine Kähne mit Liebespaaren tanzten über das Wehr hinab. Hanna riß die Zeitungen und Flugblätter in Stückchen und streute sie über das Wasser. Einmal hatte sich ein Wind erhoben und große bedruckte Papierfetzen waren zurück auf die Brücke geweht, und Hanna hatte sie erschrocken zusammengelesen und in die Manteltasche gestopft. Ein nächtlicher Passant war stehengeblieben und hatte ihrem sonderbaren Gehaben erstaunt zugeschaut. Mit einem schuldbewußten Lächeln hatte sie ihm zugenickt und sich davongemacht.

Was die Genossen einem aber auch immer für Zeug angeschleppt bringen! Als wäre sie ein politischer Analphabet, dem man erst die zehn Gebote eintrichtern muß – bald dreizehn Jahre war sie in der Partei!

Nein, mit dem Lesen zu Hause war's auch nichts. Man konnte überhaupt nicht zu Hause bleiben, man hielt's nicht aus. Hanna überlegte sich, daß sie seit Monaten keinen Abend zu Hause gewesen war. »Zuhause«? Wo war denn sie zuhause? Ihre Aufenthaltsbewilligung war nach einem Jahr abgelaufen. Sie hatte ein Gesuch verfassen müssen, auf vorgedrucktem Bogen, den man ihr in der Polizeidirektion aushändigte. Damit war sie die zwei Blocks weiter ins Café »Slavia« gegangen und hatte vom Fenster aus auf den Hradschin hinausgeschaut, der im Herbstnebel lag, über dem roten Weinlaub der Schloßstiege. Aber auch von dort her war keine Hilfe gekommen. Von nirgendwo kam Hilfe.

Und Hanna schrieb: »An das P. T. Landesamt, PRAG

Die Unterzeichnete Jana Františka-Marie Lastová, geborene Aschbachová (justament schreib ich meinen Mädchennamen in deutscher Orthographie! Ich bin doch kein Opportunist wie mein Herr Bruder), von Beruf ...« Was war sie eigentlich von Beruf? Sie hatte so vielerlei in ihrem Leben gemacht. Drei Semester Kunstgeschichte studiert, bei Wölfflin in München, dann zwei Semester klassische Philologie. Dann war sie in die sozialistische Bewegung geraten und hatte die Universität liegen gelassen. War sie also Studentin? Hunderte von Stunden hatte sie gegeben, aber Lehrerin ... das war sie eigentlich auch nicht. Hunderte von Artikeln hatte sie geschrieben und ein paar populäre Broschüren, die sie verächtlich »Aufklärungsschwarten« nannte, obwohl sie viel Erfolg damit gehabt hatte ... aber konnte sie sich darum Schriftstellerin nennen? Sie hatte Vereine, Kurse, Sommerlager, Kongresse organisiert. Aber »Organisator« war ein Begriff, über den sie in Verbindung mit sich selbst nur lachen mußte. »Ehefrau«? Das wäre harmlos. Aber ist sie denn noch eine Ehefrau? Sie hat ja keinen Mann. Schon seit April 1934 hat sie keinen Mann. Wieso lebt eine alleinstehende Ehefrau als Emigrantin?

Zu albern. Nimm dich zusammen, Frau! Das hier ist kein Spaß, wenn sie dich ausweisen, bist du verloren. Wer nirgends zu Hause ist, muß parieren und demütig sein. Also: Beruf Übersetzerin. Nein, geht auch nicht. Wo übersetzen Sie, was, für wen? Ihre Mitarbeit an der »Svoboda« war illegal, sie hatten keine Arbeitserlaubnis. Es konnten Rückfragen kommen. Was zum Teufel hatte sie denn im Vorjahr in die Rubrik »Beruf« geschrieben? Sie konnte sich nicht daran erinnern. So schrieb sie »Sekretärin«, das war alles Mögliche und nichts Bestimmtes und hatte außerdem einen geheimen, den Amtsaugen unerspähbaren Wahrheitssinn. »Jana Františka Marie Lastová, geborene Aschbachová, von Beruf Sekretärin, ersucht um Aufenthaltsbewilligung auf dem Gebiet der Tschechoslowaki-

Café Slavia (Kavárna Slavia)

schen Republik im Sinne des Gesetzes Nr. 52/1935. Ich bin geboren am 14. September 1895 in Prag und bin reichsdeutscher Staatszugehörigkeit.« Das ist es ja. Das ist ja das ganze Malheur. Sie blickte von ihrem Fenstertisch zum Hradschin hinüber und erinnerte sich, wie sie im Frühling hier gesessen und gedacht hatte: Nie, nie, nie hätte ich fortgehen sollen …

Nie, nie, nie hätte ich zurückkommen sollen, dachte sie verquält. Wäre ich nach Paris gegangen. Oder in die

Sowjetunion. Oder wär' ich in Deutschland geblieben. Man soll nicht zurückkommen, dorthin, von wo man ausgegangen ist. Jetzt bin ich in meiner Heimat fremder Staatsbürger, muß Fingerabdrücke abgeben wie die Verbrecher, muß vorgedruckte Zeilen ausfüllen, damit man mich hier duldet.

Sie schaute sich ratlos um. Hier hab' ich damals den Zdeněk Svoboda getroffen. Komisch, alles heißt Svoboda. Sonst hätt' ich mir den Namen nicht gemerkt, wenn ich nicht gerade damals nach Anatol im Telefonbuch gesucht hätte. War überdies ein netter Mensch. Schade. Den hab' ich auch nie wiedergesehen. Vielleicht wär' er manchmal mit mir ausgegangen. Kann ihn ja mal anrufen ... Ach was.

Sie beugte sich wieder über ihren Bogen. Jetzt kein Gefackel, Frau, schreib weiter, um eins schließen sie auf der Polizeidirektion, du mußt das Blatt vorher abgeben.

»... geboren in Prag, zuständig nach Deutschland« mußte Deutschland verlassen aus politischen Gründen. Ich betrat das Gebiet der Republik am 12. Oktober 1934 und meldete mich bei der Zentralevidenz für Flüchtlinge aus Deutschland und Österreich, Prag 11, Smečkagasse 27, wo ich im Verzeichnis als Emigrantin geführt werde. Meine Identität beweise ich ...« Ich kann sie gar nicht beweisen. Den Zettel von der Berliner Parteizelle, durch wie viele Hände ist er gegangen, den Zettel hab' ich gar nicht mehr. Wäre ja auch kein Beweis. Eher eine belastende Aussage, von Unbekannt. Was hatte sie denn im Vorjahr geschrieben? Sie hatte, erinnerte sie sich, ihren Bruder als Referenz und Zeugen angegeben. Er hatte sich sehr geärgert, daß sie sich auf ihn berufen hatte. Aber was nutzte das alles, sie schrieb's nun wieder hin.

Weiter. »Ich bin nicht gewillt, hier erwerbstätig zu sein und lebe ...« Wovon lebe ich? Meine Einkünfte sind illegal, ich darf weder Stunden geben noch übersetzen, für die »Svoboda« so wenig wie für ihren Chef.

So schrieb sie »und lebe aus eigenen Mitteln«. Da lacht wer. Gewiß lebe ich aus eigenen Mitteln.

Kopf und Herz sind bald schon aufgebraucht.

Was kommt jetzt? »Ich bekenne, daß ich mich hier keiner politischen Tätigkeit widmen und in keiner Weise die Gastfreundschaft dieses Staates mißbrauchen werde. Prag, am 6. Oktober 1935.«

Ein Montag war das gewesen. Sie erinnerte sich noch ganz genau daran. Der Montag, nachdem sie mit Anatol den Ausflug nach Stechowitz gemacht hatte. Wie lang das her war! Das Landesamt hatte noch nicht geantwortet. Ihre Aufenthaltsbewilligung war abgelaufen, eine neue hatte sie noch nicht erlangt. Sie war heimatlos, nirgendwo zu Hause. Nein, man konnte wirklich nicht allein bleiben am Abend in dem fremden Zimmer. »Hübsch hast du's hier!« hatte Anatol damals gesagt, im August, als er zum ersten Mal gekommen war. Nein, damals hatte er noch Sie gesagt ... Jetzt war's fast schon so weit, daß er wieder Sie sagte. Ein rüder Witz fiel ihr ein, von einem Mädchen, das mit einem fremden Mann ins Bett geht, und als er sie nachher fragt: »Wie hat's dir gefallen?« antwortet sie: »Du kannst schon wieder Sie sagen ...« Schrecklich. Wieso fiel ihr diese gemeine Banalität ein?

Ich werde den Witz für Nehlava aufschreiben, für »Zum Lachen«, dachte sie. Anekdoten werden besser bezahlt. Na, was gibt's denn da zum Lachen, möcht' ich wissen. Morgen sag ich unten beim Portier, daß ich ein billigeres Zimmer nehmen will.

Sie ging auf die Straße. In einem Automatenbuffet aß sie einen großen Napf Gulaschsuppe und zwei dicke Schwarzbrotscheiben dazu. Zwei Kronen. Das geht. Vom Wenzelsplatz herein drängten magere, blasse Kerle, den Rockkragen hochgeschlagen über dem kragenlosen Hemd, die Mütze in die Stirn gezogen, und warteten, ob einer der Gäste, die im Stehen hastig ihre Teller leerten, wohl etwas übrig ließe, das sie rasch abessen konnten, ehe die Kellner, am linken Arm einen Eimer, in der rechten Hand eine Stielbürste, die Reste von den Tellern in den Abfall kehrten. Auf den Tafeln, an denen man sich bediente, nachdem man an der Kasse den entsprechenden Scheck gekauft hatte, häuften sich dicke Schinken in Aspik, Gänseleber, gefüllte Tomaten, mit Salat umlegt, ganze Hühner und ein mächtiges Spanferkel, dessen glasig-braune Schwarte die hungrigen Zaungäste am meisten anzog. Auf einem andern Tische gab es Berge von köstlichem Obst, Zuckerzeug, Schlagsahnetorten, und aus nickelglänzenden Maschinen wurde ununterbrochen Kaffee in Tassen herausgedreht. Die Arbeitslosen standen stumm und schauten zu.

Ein neuer Schub Gäste drängte sich zu den Leckereien, die rechts und links aufgehäuft waren, die vorletzte Kinovorstellung war wohl aus, auf dem Wenzelsplatz zogen Scharen auf und ab, und Hanna zog einsam neben den Paaren. Wohin jetzt? Ach, ich werde noch ein Weilchen hier auf und ab bummeln und dann nach Hause gehen. Der Umbruch ist heute sowieso schon vorüber.

Umbruch. Zum ersten Mal kam ihr die Doppelbedeutung des Wortes ins Bewußtsein. Jeden Tag ist Umbruch, jeden Tag zur selben Stunde. Komisch. Es heißt weiter nichts, als die langen mageren Kolonnen blitzblanker Bleizeilen so anordnen, daß Zeitungsseiten daraus werden. Und außerdem heißt es noch so was wie Revolution, innerer Umsturz. Man glaubt, das kommt nur ein- oder zweimal im Leben vor. Man glaubt, es sei ein Ereignis, das Fugen sprengt, Häuser stürzt, Welten umwirft, das Unterste zuoberst kehrt und das Innerste nach außen. Aber nein. Umbruch ist jeden Tag.

Jeden Tag wird ein bißchen, ein ganz klein bißchen umbrochen, es ist ja jeden Tag neuer Text da und auch viel Vorratssatz, der nach und nach aufgebraucht wird, man kann ihn schon gar nicht mehr lesen, so viele Male ist er mit Druckerschwärze beschmiert, sind Fahnen von ihm abgezogen, ist er wieder verworfen und auf seinen Warteplatz zurückgestellt worden. Einmal kommt er doch dran. Einmal kommt alles dran. Jeden Tag wird ein klein bißchen umbrochen, man spürt's gar nicht, es tut gar nicht weh. Es ist ein langsamer, allmählicher, ganz leiser Vorgang.

Und man kann sich nicht losreißen. Jeden Tag geht man, wenn's Abend wird, wieder hin in die Setzerei, und dann, nach dem Aufatmen der ersten Seite, der letzten Seite – wieder ein Tag geschafft! Wieder ein Stückchen Leben umbrochen! –, mit Voka und Zeman und Karlíček in Bíleks Zimmer Kaffee trinken.

Ja, gehen wir zu Bílek Kaffee trinken, dachte Hanna erleichtert, plötzlich wußte sie, wo sie hinging, alle ihre Umwege führten immer wieder zur »Svoboda«.

Der Umbruch war wirklich schon vorüber, und alle saßen im Zimmer des Nachtredakteurs herum, der Chef, der sie von seinem Stuhl in der Ecke mit kollegialem Zuruf grüßte, ohne aufzustehen, Voka und Zeman, der bildungshungrige Schachredakteur, und Proch, des langvergessenen Rýma Nachfolger. Olly stand in einem grasgrünen Arbeitsmantel, kochte Kaffee und schaute Anatol mit ihren Chinesenaugen dringend ins Gesicht. Und Anatol schaute Olly an mit aufmerksamen, konzentrierten Augen, wie eine Katze, die irgendwohin schaut, wo es geraschelt hat: gleich wird sie aufspringen und den Vogel packen oder die Maus. Schön sind Katzen, sann Hanna. Man weiß nie, was sie im Sinn haben. Anatol ist wie eine schöne Katze. So hat er auch mich angeschaut, am Anfang. Man liest nichts in dem Blick. Nicht einmal Neugierde. Gar keine Rede von Wunsch oder Begehrlichkeit. Ein Aufnahmeblick. Er nimmt auf. Er nimmt den Blick von andern Augen auf. Es ist, als ob man sich selbst im Spiegel in die Augen sähe.

Hanna besann sich auf seine für ihn so charakteristische Art, zuzuhören und auf Fragen zunächst immer zu antworten: »Und Sie? Was meinen Sie?« Erst in längerem Gespräch äußerte er eigene Ansichten und äußerte sie dann gleich mit einer stoßweisen Aggressivität, als wäre er von vornherein auf Widerstand gefaßt. Wie ein jüngstes Kind, das immer Erfahrenere, Gescheitere, Mächtigere um sich gehabt hat, dachte Hanna. Sie hatte es schon gedacht, ehe sie noch erfuhr, daß er tatsächlich der Jüngste von sieben Geschwistern war. Und es immer so einzurichten, daß man ihm nichts abschlug, daß er zum Schluß ganz leise und zärtlich seinen Willen durchsetzte und daß die, die ihm den Willen taten, sich auch noch wie Schenkende vorkamen. Mit Bílek ging das so, mit den Setzern, mit Karlíček, mit allen. Mit ihr war es auch so gegangen. Mit allen Frauen ging es wohl so.

»Němec hat ganz recht, daß er sich wieder zurückzieht von der Präsidentschaftskandidatur«, bemerkte Mandura. »Ein verlorener Posten. Nicht drei Prozent Stimmen hätten die Nationaldemokraten für ihn zusammengebracht. Ein mißlungener Erpressungsversuch.«

»Ein ahnungsloser Gelehrter, der Němec«, meinte Zeman. »Er hat sich mißbrauchen lassen, und als er merkte, was gespielt wird, schifft er sich wieder aus, ganz anständig, find' ich.«

Und Karlíček, der immer den neuesten Tratsch wußte, erzählte, als der vornehme Professor, der ein paar Tage lang Beneš Gegenkandidat gewesen war, mittags nach Hause gekommen sei, habe das Dienstmädchen ihn weinend empfangen: »Gnädiger Herr, das hätten Sie nicht abschlagen sollen! Ein zweites Mal wird man Ihnen nicht den Präsidenten anbieten!« Alle lachten. Das war so recht tschechisches Volk!

Wie er die Olly anschaut. Wie eine Katze auf's Gebüsch schaut. Ganz ausdruckslos sind seine Augen. Olly ist so hübsch. Anatol ist ein Weiberjäger. Hanna saß bitter und schweigend am Fußende des Sofas, auf das Zeman sich ausgestreckt hatte. Der Diener Jarko brachte die noch feuchte erste Ausgabe, alle griffen danach. Hanna schlug eine Zeitung auf und verbarg das Gesicht zwischen den Seiten. Es klopfte, eine fremde Dame trat ein, ohne Hut, im Pelzmantel, Opernglas und weiße Handschuhe in der Hand. Sie war kurz und dick, unter den Augen hingen schwammige Wangen, das Haar war angegraut.

»Aber Mama!« sagte Olly betreten und stand da, mit Kupferkännchen in der einen und Rührlöffel in der andern Hand. Alle Herren erhoben sich, und Olly stellte vor. Svoboda bot der Dame mit eleganter Handbewegung seinen Platz an und blieb neben ihr stehen. Hanna hatte sich hinter ihre Zeitung geduckt und konnte ihn nicht mehr sehen. Olly war sichtlich ertappt. »Ist denn das Theater schon aus?« fragte sie.

»Ich bin mitten drin weggegangen«, erwiderte die Dame, und man sah, daß ihr rechts und links die Backenzähne fehlten. »Da dachte ich, ich würde dich abholen, es fehlen nur ein paar Minuten an zehn.«

»So hat es Ihnen nicht gefallen, gnädige Frau?« erkundigte sich Anatol höflich.

»Ach, meine Herren, es war ein recht peinliches Stück. Ich bin gespannt, was die ›Svoboda‹ morgen über die Premiere schreiben wird. Eine Frau, die gleichzeitig mit zwei Männern lebt, und beide wissen voneinander ... ich bin gewiß ein moderner Mensch, aber die Art und Weise, wie diese undelikate Sache da auf der Bühne erörtert wird, nein ... man mußte gefaßt sein, daß die Person sich noch in Gegenwart des Mannes mit dem Liebhaber ... ich meine ...«

»Wie war denn unsre süße Lou?« fragte Viták, der Photograph, während Karlíček dem Schachredakteur etwas ins Ohr flüsterte. »Ich habe sie heute früh auf der Generalprobe aufgenommen.« Und er zeigt Ollys Mutter das noch feuchte Bild der Hauptdarstellerin auf Seite sechs.

»Ach, die war großartig – natürlich, das ist doch so eine Rolle für sie, sie soll ja selbst so ein Luder sein. Aber komm, Olly, mach dich fertig, ich sehe, deine Arbeitszeit ist vorüber«, sagte die dicke Dame und schaute sich unbehaglich um. Die Situation, in der sie die Tochter angetroffen hatte, sah nicht sehr nach Dienst aus. Tatsächlich hatte Olly nur bis zehn Uhr im Telefonzimmer zu tun, kam aber nach dem Umbruch meist herüber und blieb dann oft noch länger, wahrscheinlich jedesmal, wenn sie die Mutter außer Haus wußte. Sie verschwand. Auch Hanna erhob sich. Sie wollte Hut und Mantel holen, um dann im Hausflur auf Anatol zu warten. Sie hatte schon tagelang nicht mehr allein mit ihm sprechen können.

Als sie mit »Gestatten Sie« an der Dame vorbeiwollte – sie hatte ihren Stuhl aus der Ecke vorgezogen und blockierte den Eingang mit ihrer matronenhaften Bürgerfülle –, rief diese überrascht: »Hanna Aschbach! Nein, so was!«

Es stellte sich heraus, daß sie zusammen zur Schule gegangen waren, Hanna und Ollys Mutter.

»Olga! Olga Kučera!« erinnerte sie Hanna, ihr schwammiges Gesicht war ganz rot vor Freude und Jugenderinnerung. »Natürlich, wir haben uns mehr als zwanzig Jahre nicht gesehen ...

Du bist ja in Deutschland verheiratet, hab' ich mir sagen lassen ... Du hast mich nicht erkannt? Ich dich gleich! An der Figur, am Haar, an den Augen ... komisch, so schwarze Augen und so helles Haar! Wir sind freilich nicht jünger geworden ...«

Und sie erzählte freudig aufgeregt, teils zu Hanna, teils zu den Redakteuren gewendet, von unbeträchtlichen Jungmädchenerlebnissen, an die Hanna sich durchaus nicht erinnern konnte.

»So – und da arbeitest du jetzt also hier? Daß mir die Olly aber auch gar nichts erzählt! So ist die heutige Jugend, nicht wahr! Die Mutter, das ist nichts!«

Olly, in schickem Hut und pelzbesetztem Mantel, war wieder eingetreten und hörte mit spöttischem Gesicht zu.

»Kolossal gescheit ist sie immer gewesen, die Aschbach, Herr Doktor«, vertraute die Dicke Anatol an, während Olly hinter dem Rücken der Mutter ihm dringlich in die Augen starrte. »Aber halt bissel verdreht, eine verdrehte Nudel.« Sie kicherte fett. »Unbedingt mußt du mich besuchen kommen, aber unbedingt«, sagte sie und schüttelte Hanna lange und herzlich die Hand ... »Komm, Olly, was puderst du dich, auf der Straße ist es doch dunkel.«

Die Herren verbeugten sich lächelnd, Anatol sagte: »Küß die Hand, Gnädigste ... grüß Gott, Fräulein Olly«, und ging, flüchtig Gutenacht ins Zimmer winkend, gleich hinter den beiden Frauen hinaus.

Auch Hanna verschwand. Als sie an Anatols Büro vorüberkam, sah sie, daß es schon dunkel war. Sie war ganz froh. Die Lust, ihn noch zu treffen, ein Stück mit ihm zu gehen, war ihr plötzlich vergangen.

Auf der Straße holte Karlíček sie ein. Es nutzte nichts, er bestand darauf, sie zu begleiten.

»Also verheiratet bist du, Philka«, sagte er voll Neugierde. »So, so, hört, hört. Und der Herr Gemahl?« Hanna erwiderte kurz, sie sei seit fünf Jahren geschieden. »Und wie ist mir? Aschbach? Am Ende gar verwandt mit Heini Aschbach? Die Schwester? Na, da hört doch alles auf! Wo ich jede Woche mit ihm zusammenkomme! Warum sagt er mir nicht, daß meine geschätzte Kollegin seine Schwester ist?«

»Wir verkehren wenig miteinander«, log Hanna und dachte: es wird ihm wohl peinlich sein, daß seine Schwester Zeilen schindet für seinen Freund Lozák, die Schwester des reichen Bruders. Aber Gott, wer hatte denn heute noch Familiensinn, Karlíček doch sicher nicht, sie selbst nicht, Olly nicht. – Sonderbar, Ollys Mutter ist mit mir zur Schule gegangen, ich könnte eine Tochter wie Olly haben ... Sicher hatte das auch Anatol sofort gedacht. Mit bitterer Beschämung, wenn auch ohne klare Logik, schloß Hanna, daß Anatol von nun ab ein unanfechtbares Argument gegen sie in der Hand habe.

15. Kapitel

Es hat sich viel verändert – Ein kurzbefristetes Weihnachtsgeschenk – Nichts Neues im Flüchtlingsheim – »Und stünde die Macht auf gegen die Macht« – Stehen die Herren vielleicht weiter links? – Unerwartete Wirkung eines Abendkleides – Gesundheit ist das Wichtigste

Das Jahr ging zu Ende, und es hatte in seinen letzten Wochen noch mancherlei Veränderung gebracht. Beneš war mit Glanz und Jubel Präsident geworden, die Kommunisten hatten für ihre Gefangenen eine provisorische Amnestie durchgesetzt. Aber sie erwies sich alsbald als Falle: noch im Dezember wurden die Haftentlassenen aufgefordert, sich wieder bei ihren diversen Gefängnisleitungen zu melden, um von dort aus individuell ihren »Fall« vor ein Revisionsgericht zu bringen. Das hieß neuerlich Gefängnis, für wer weiß wie lange. Viele rückten natürlich nicht wieder ein, sondern verbargen sich in den Großstädten, keine angenehme Sache bei den vielen Spitzeln, unter denen nicht wenige Parteimitglieder waren.

Auch Jarmilas früherer Freund Ruda war einer von den Illegalen. Er hatte sich in der Haft zum Oppositionellen entwickelt und wohnte geheim bei Jenda, seinem früheren Parteigenossen, Freund und Rivalen um Jarmila, der bei der letzten Spaltung zur Sezession gegangen war und der kleinen Gruppe jetzt ihr Wochenblatt redigierte. Aber auch Jarmila war dabei: sie hatte Ernst gemacht mit ihrem Entschluß und hatte wenige Tage nach dem großen Gespräch mit Hanna der Partei ihr Mitgliedsbuch auf den Tisch geschmissen. Sie gehörte jetzt zur Lysák-Opposition und lebte kümmerlich von photographischen Gelegenheitsarbeiten. Zu einem eigenen Atelier hatte sie es noch nicht gebracht.

Hanna hatte ihrer Aufforderung, mit »hinaus«zugehen, nicht folgen können. Die Partei saß ihr wie ein Pfahl im

Fleisch, wenngleich sie zur Generallinie sowohl wie zu vielen Einzelheiten der Taktik in schmerzlichem Widerspruch stand. Aber sie konnte sich nicht losreißen. Jetzt, wo in ihrem Privatleben so vieles quälte und in Unordnung war, auch noch die Partei aufgeben? Ins Leere fallen? Sie verschob die endgültige Klärung und Lösung ihres politischen Problems, unklar hoffend (und fürchtend), es würde sich irgend etwas ergeben, das ihr die Entscheidung abnähme. Ach, dieses Jahr! Es schien, als wollte es gar nicht zu Ende gehen. Dennoch ging es zu Ende, ungerührt durch die Gewissensskrupel und peinlichen Bedenken der Person Hanna Last, die sich ihrer wenig achtbaren Einzelheit und Kleinheit immer verquälter bewußt wurde.

Weihnachten kam heran, es kam der 24. Dezember, der vornehme Diener vom Hause Aschbach überbrachte ihr einen riesigen Korb mit Lebensmitteln, aus dem rechts und links ein Flaschenhals herausragte, und die mündlich ausgerichtete Einladung zum Silvesterabend. Die Herrschaften könnten Frau Doktor leider am Heiligabend nicht bei sich sehen, weil … aber Hanna winkte die weiteren Erklärungen ab und entließ den Diener mit zehn Kronen Trinkgeld, was für ihre schmale Kasse entschieden hochmütig war.

Noch ein anderes Geschenk empfing sie, am Nachmittag, als es schon dunkel wurde. Keine Lichtreklame warf einen rötlichen Schein über Couch und Metallfauteuils, sie war in ein Hofzimmer umgezogen, das mit alten Plüschmöbeln ausgestattet war und in der Ecke, hinter einem Vorhang aus verschossenem Rips, ein allzu kleines Waschbecken verbarg; das eigene Badezimmer hatte sie seufzend gestrichen. Es klopfte, und ein Bote vom Landesamt händigte ihr gegen Quittung einen Amtsbrief aus: die Antwort auf ihr Gesuch vom Oktober. Sie lächelte bitter. Nun, immerhin, auch ein Weihnachtsgeschenk.

»Erlaß Nr.7850/abt.20, vom 22.Dezember 1935. Das Landesamt verlängert Ihnen nach der Bestimmung des

Innenministeriums vom 10. Juni 1935 No. 47961/1935 – 5, Paragr. 11, Absatz 2 des Gesetzes vom 29. März 1928 No. 55, Sammlung der Gesetze und Verordnungen, mit der Ausnahme nach Paragr. 2 dieses Gesetzes, den Aufenthalt auf dem Gebiet der Tschechoslovakischen Republik ohne Reisepaß bis 5. Juni 1936.«

Da sieht man's. Man gibt den Emigranten jetzt nur noch halbjährige Verlängerungen. Noch dazu datieren sie die Erlaubnis von dem Tag ab, wo meine alte Bewilligung abgelaufen war. Na ja, natürlich. Immer kürzer werden die Fristen, immer enger wird der Raum, in dem man noch leben darf. Ein kurzes Weihnachtsgeschenk, reicht nicht bis nächste Weihnachten. Nicht mal bis zum Geburtstag.

Sie erinnerte sich, daß sie sich als Kind und junges Mädchen zu Weihnachten und zum Geburtstag fast nie Gegenstände gewünscht hatte, sondern »Erlaubnisse«: allein spazieren gehen dürfen – eine Freundin einladen dürfen – allein aus dem Theater nach Hause gehen dürfen (die Dienstmädchen, die frierend und demütig vor dem National-Theater oder beim Kandelaber vor dem Konzerthaus, in dem jetzt das Parlament seine von Vokáček so pflichteifrig besuchten Sitzungen abhielt, auf sie hatten warten müssen und von deren dumpfem Leben sie auf dem Heimweg vieles erfahren hatte, das sie nachher nicht einschlafen ließ – die Dienstmädchen waren der erste, frühe Anlaß gewesen für sie, über soziale Fragen nachzudenken), und später: ins Riesengebirge Skilaufen fahren dürfen mit dem alten Doktor und ein paar jungen Leuten – studieren dürfen – im Krieg zerfetzte Soldaten pflegen dürfen – dürfen, dürfen, dürfen von Erlaubnis abhängen. Jene, zur Erfüllung patriotischer Pflicht, war wohl die letzte gewesen, die sie erbeten und erhalten hatte. Von da ab war sie ihre eigenen Wege gegangen. Der Krieg hatte alles durcheinandergebracht, und es war dann nicht mehr die Rede gewesen davon, daß ein »Mädchen aus gutem Hause« nachts nicht allein vorn Theater nach Hause gehen dürfe.

Sie schaute auf das Blatt in ihrer Hand. »Diese Bewilligung enthebt Sie nicht von Ihren im Gesetz vom 28. März 1935, No. 52 der Sammlung der Gesetze und Verordnungen niedergelegten Pflichten.« Was mochten das für Pflichten sein? Im März 1935 war ihr nicht nach Lesen der Gesetze und Verordnungen zumute gewesen. Märzluft hatte sie gespürt, Frühling, das Klappern der Setzmaschinen und das ferne Rauschen der Rotation und ein unbegreiflich neues Lebensgefühl, als sie damals, nach ihrem ersten Besuch in der »Svoboda«-Druckerei, auf die nächtliche Straße getreten war. Nein, niemand enthebt einen von solcherlei Pflichten, fühlte Hanna bitter. Alles steht in den Akten, auch wenn man's gar nicht ahnt. Man muß bezahlen: aber erst ganz zuletzt.

Sie faltete das Blatt zusammen und steckte es in das innere Fach ihrer grauen Wildledertasche, die schon ganz speckig und braun geworden war. Man muß so ein Dokument immer bei sich haben. Jeden Augenblick werden jetzt die Deutschen auf der Straße angehalten und nach dem Ausweis gefragt.

Hanna steckte die beiden Sardinenbüchsen aus des Bruders üppigem Korb in die Manteltaschen und, nach einigem Zögern, auch die eine der beiden dicken Tafeln feiner Schokolade und machte sich auf ins Flüchtlingsheim, um mit den Genossen Weihnachtsabend zu feiern. Sie war in den letzten Tagen tüchtig herumgelaufen und hatte Geld und Lebensmittel auch bei den entferntesten Bekannten zusammengebettelt, sogar Ollys Mutter hatte sie, widerstrebend, besucht und sie dazu gebracht, zehn Weihnachtsstrietzel zu stiften.

Die Tische im Eßsaal waren mit weißem Papier bedeckt, und neben den Kaffeetöpfen lagen Tannenreiser. In der Mitte brannte ein Weihnachtsbaum. Warum nicht? In der Sowjetunion waren dies Jahr zum ersten Mal wieder Weihnachtsbäume zugelassen worden. Man durfte sich nicht wundern, daß auch die kleine, abgesprengte Gruppe von vierundsiebzig Mann, die hier in der Emigration die einst so mächtige Kommunistische Partei Deutschlands repräsentierte, desgleichen tat. Wie der Herr, so der Knecht, dachte Hanna wehmütig.

Die Strietze und anderen Lebensmittel, die von verschiedenen Leuten gesammelt worden waren, wurden ausgepackt und verteilt. Hanna legte den Inhalt ihrer Manteltaschen ungesehen zu dem nicht allzu großen Haufen der Gaben, der für die Kinder auf einem Extratisch aufgeschichtet war. Aus ihrem Täschchen zog sie ein paar flache Kuverts mit buntem Aufdruck, erklärte den Kindern, wie hier aus unscheinbaren Fädchen schöne Blumen entstünden, und die Kleinen holten gleich ein Glas Wasser herbei und ließen mit Händen, die gleichsam alles wagten, die winzigen Schnipsel Zeug in das Glas gleiten. Unter dem gespannten Blick früh wissend gewordener Kinderaugen entfaltete sich das japanische Spielzeug binnen weniger Minuten zu steifen, unnatürlich gefärbten Phantasieblumen, die herumschwammen wie Fische, aber in fremdem Element. Auch ein paar von den Erwachsenen hatten sich dazugestellt und beguckten das Wunder. Nur Kurt meinte mißbilligend, man solle die japanische Industrie boykottieren, denn sie zahle Hungerlöhne und sei der Erzfeind der Sowjetunion.

Ein paar Frauen verschwanden in der Küche mit großen Paketen und brachten alsbald Blechkannen mit heißem Wasserkakao herein. Alles machte sich ans Essen und Trinken, es wurde warm in dem nur mäßig beheizten Raum. Dann sangen die Kinder Weihnachtslieder mit unterlegtem kommunistischen Text, ein Genosse las Gedichte von Tucholsky und Oskar Kanehl vor, vielleicht ein schlechtes Omen, dachte Hanna, beide Dichter sie hatte sie beide persönlich gekannt – hatten sich das Leben genommen, aus Verzweiflung. Und dann ließ man die Sowjetunion hochleben und das zukünftige Sowjet-Deutschland und den Genossen Thälmann und den Genossen Stalin.

Hanna war bedrückt von der engen Kleinbürgerlichkeit der Feier. Diese Menschen hatten sich eingerichtet auf ihrer Emigrationsklippe wie gestrandete Schiffbrüchige auf einer Robinson-Insel. Das Flüchtlingsheim hätte ebensogut auf dem Mond liegen können. Man erzählte die Geschichte vom Dynamitkoffer, vom wiedererstatteten Reisepaß, und sie fanden dasselbe Interesse und denselben lachenden Beifall wie vor mehr als einem Jahr, als Hanna sie erstmalig hatte erzählen hören. Alles war noch wie damals. Nur magerer waren fast alle geworden, die Kinder waren gewachsen, die Kleider waren abgetragen. In der Welt war Umbruch über Umbruch passiert – hier hatte sich nichts geändert. Fossil der Arbeiterbewegung, lebte das Grüppchen ein geisterhaftes Leben nach dem Tode.

Ja, Hanna war richtig niedergeschlagen. In Deutschland waren diese Feiern so schön gewesen. Oder hatte man auch damals schon die steifen, unglaubwürdig kolorierten Blumen der Illusion im Glase hochgezogen, während draußen das Leben wuchs, faulte, wieder wuchs? Waren das jemals revolutionäre Feiern gewesen? Sie erinnerte sich an eine Jugendweihe, zu der sie den Vorbereitungsunterricht geleitet hatte, eine Feier, veranstaltet von den Proletarischen Freidenkern: wie da die Jungens in den ersten langen Hosen, mit steifem Kragen, angetreten waren und die Mädchen mit weißgestärkten Mullkleidern, die Haare mit Zuckerwasser gekräuselt, und der Ortsgruppenleiter hatte eine weihevolle Ansprache gehalten, voller »Pflicht« und »Ernst des Lebens« und »Immer die Wahrheit sagen«, ganz wie bei einer richtigen Konfirmation, nur daß die Kinder statt eines Gesangbuches ein Buch mit dem Titel »Proletarische Feierstunden« zum Geschenk erhalten hatten. ... Die künftigen Klassenkämpfer! Das mußte um 1930 gewesen sein, als noch Kommunisten und Sozialdemokraten in einer gemeinsamen Organisation den lieben Gott bekämpft – ach, nur verspottet hatten ...

Wie fremd waren all diese Leute! Nein, keiner, der in der Wüste geboren ist, wird ins Gelobte Land gelangen.

Wäre wenigstens Luise hier gewesen. Aber Luise gehörte nicht mehr dazu. Ganz schlicht und ohne Kommentar hatte sie der Partei den Rücken gekehrt. Sie hatte bei einer Sitzung der reichsdeutschen Ortsgruppe im Heim dem Vorsitzenden Peter mitgeteilt, daß sie »diesen Quatsch nicht mehr mitmache«, und war geradewegs zu den Trotzkisten übergegangen. Denn nicht wahr, sagte sie arglos zu Hanna, als sie ihr davon berichtete, irgendwo muß man doch sein, nicht wahr?

Ihre Beziehung zu Kurt, mochte es nun Freundschaft oder Liebe gewesen sein, war damit automatisch aus. Ein Kommunist darf mit Fremdgängern keine Beziehungen unterhalten, das war aus dem indiskreten Fragebogen im Sommer ja schon deutlich hervorgegangen, und Kurt war nach wie vor ein gläubiger und standhafter Kommunist und brachte nach wie vor einmal oder auch zweimal im Monat mit größter Lebensgefahr illegal Literatur nach Deutschland hinüber: unschuldige Reclamhefte, auf deren Titel die Namen Goethe und Schiller prangten. Schlug man sie aber auf, so las man etwa:

»Und es versetzte darauf die kluge, verständige Hausfrau:
Vater, nicht gerne verschenk' ich die abgetragene Leinwand,
Denn sie ist zu manchem Gebrauch und für Geld nicht zu haben,
Wenn man ihrer bedarf. Doch heute gab ich so gerne,
Manches bessere Stück an Überzügen und Hemden,
Denn ich hörte von Kindern und Alten, die nackend dahergehn.«

Und blätterte man die letzte Seite auf, so stand da:

»Denn der Mensch, der zur schwankenden Zeit auch schwankend gesinnt ist,
Der vermehret das Übel und breitet es weiter und weiter,

Aber wer fest auf dem Sinne beharrt, der bildet die
Welt sich ...
Und gedächte jeder wie ich, so stünde die Macht auf
Gegen die Macht, und wir erfreuten uns alle des Friedens ...«

Wie schön! Wie wahr! dachte Hanna. »In schwankender Zeit schwankend gesinnt« ... Aber blätterte man in der Mitte herum, so fand man, in winzigstem Druck zwischen den epischen Seiten verstreut, Teile der Dimitroffrede ...

Ach, was für Zeug bringen sie da nach Deutschland, die Jungen mit den unwissenden, überzeugten Gesichtern, als ob die Dimitroffrede geeignet wäre, das »Aufstehn der Macht gegen die Macht« zu befördern, als ob sie nicht vielmehr die Ohnmacht der ohnedies Ohnmächtigen noch vertiefte! Jetzt sollen ja, erzählt Willi gerade unter dem Weihnachtsbaum – er geht auch ab und zu nach Deutschland und muß es wissen –, die deutschen Kommunisten den Nazis sogar Brüderschaft angeboten haben »gegen die Verfälscher des ursprünglichen nationalsozialistischen Programms« ... Nein, das hatte die einfache, wackere Luise nicht mehr mitgemacht, sie war ausgeschieden und hatte mit der Parteizugehörigkeit selbstverständlich auch den beharrenden Freund hinter sich gelassen.

Als Hanna ging, streckte ihr eine große, weißblonde Frau die Hand hin: »Komm mich doch mal besuchen, Genossin Hanna, in Dejvice wohnen wir«, und kritzelte etwas auf ein Papier. Ja, sie würde die sympathische Ärztin einmal besuchen, wenn sie am Donnerstag von Heini kam, da war sie in der Nähe.

Das nächste Mal, als sie zum Bruder ging, war freilich nicht der Moment dazu, diese Absicht auszuführen. Es war schon dunkel, als sie eintraf, auf neun Uhr war sie eingeladen zur Silvesterfeier. Sie kam in ihrem besten Kleid, dem lustig geblümten Kleid, das sie sich im Sommer gekauft hatte, in der hohen Zeit ihrer Liebe. Und jetzt war's Winter, und das Jahr war aus.

Sie war die erste der Gäste und das, sagte Rosita, war gut, denn so könne sie sich schnell noch umkleiden. »Damit du nicht so abstichst!« sagte sie roh, in freundlichem Ton. Ehe Hanna recht verstehen konnte, hatte sie sie zu einem Schrank mit zwei Dutzend Abendtoiletten geführt, sie wollte ihr eine borgen, Hanna war eben so lang und schlank wie die schöne Schwägerin, nur eckiger, nicht so orientalisch weich. Hanna wollte nicht, es stiegen ihr sogar zornige Tränen in die Augen ... wenn ich euch nicht nobel genug bin, geh ich lieber ... aber wenigstens anprobieren, Hanna, schau mal, dieses hier, das dunkelbraune, es ist doch so einfach, ganz dein Stil.

Vor dem Spiegel sah Hanna ihren Kopf über dem dunklen Samt, der vorn bis zum Halse aufstieg, das schmale, ärmellose Leibchen und unterm Gürtel einen weiten, fließenden Rock, der die Taille ganz dünn erscheinen ließ. Über die Schultern zogen sich zwei goldene Bänder kreuzweise über den Rücken, der bis zur Mitte nackt war.

»Kleider machen Leute«, sagte Heinrich Aschbach erstaunt. »Was du für eine fesche Person bist, wenn man dich anständig anzieht!« Und Rosita war so ehrlich begeistert, daß sie Hanna das Kleid schenken wollte, aber das lehnte Hanna ab und war auch nicht zu bewegen, die riesige, lachsrosa Seidenblume anzustecken, die Rosita herbeibrachte.

Sie war selbst überrascht über ihr Spiegelbild. Die weiße, jugendliche Haut des Gesichts und der Arme lag bleich gegen das warme Braun des edlen Stoffes geschmiegt, die Augen brannten dunkel unter den langen Wimpern, und die müden Ringe darunter, von vielen schlaflosen Nächten in letzter Zeit, warfen interessante Schatten auf die ungepuderten Wangen. Wie man sich bewegte in dem langen Rock, wie in einer Glocke! Die reichen Leute verstehen's schon, sich ein gutes Lebensgefühl zu verschaffen; in so einem Kleid kann man gar kein schlechtes Gewissen haben. Nur ganz von fern dachte sie an die bleichsüchtigen Näherinnen, die nicht gewerkschaftlich organisiert sein dürfen, wenn ein feiner Salon sie aufnehmen soll, und die jetzt in der Weihnachtszeit sicher bis in die Nacht hinein hatten Überstunden machen müssen ... Dann erfaßte sie das Wohlgefühl einer gutaussehenden Frau, die passend angezogen ist, und es kam ihr der absurde Wunsch, Anatol möchte mit unter den Eingeladenen des Bruders sein.

Das traf nun freilich nicht ein, aber zu ihrer Verwunderung sah sie unter den Gästen, die allmählich die große Halle und die beiden Salons zu füllen begonnen hatten, auch Karlíček Lozák. Er begrüßte sie: »Donnerwetter, Philka! Du siehst aber nobel aus!« und stellte ihr seine zarte, blonde Frau vor.

Hanna hatte seit mehr als einem Jahr ausschließlich mit tschechischen Journalisten und reichsdeutschen Flüchtlingen verkehrt. Leute, wie sie sie heut im Haus des Bruders traf – Großkaufleute, Finanzmänner, Industrielle – waren übrigens auch in ihrem Kreis in Halle nicht vorgekommen. Sie mußte sich, als sie mit dem einen oder andern sprach, als sie die Gespräche der Männer untereinander anhörte, gestehen, daß sie bisher mit einer Vorstellung von »Kapitalisten« herumgegangen war, die aus ihrem Bruder und Bildern von George Grosz zusammengebraut schien. Das hier waren Männer des praktischen Lebens, die tief und gewitzt hinter die Kulissen zu schauen verstanden.

Fast ausnahmslos redeten sie vom Untergang des Kapitalismus mit skeptischer Selbstverständlichkeit, schienen darauf gefaßt, ja, von vornherein damit einverstanden, daß sie ihre luxuriösen Privatbüros in nicht zu ferner Zeit mit dem schmucklosen Schreibtisch eines Funktionärs des Staatstrusts X zu vertauschen haben würden, und wenig lag ihnen anscheinend daran, ob dieser Staatstrust seine praktisch-technokratischen Funktionen unter dem Hakenkreuz oder dem Sowjetstern ausüben würde. Waren sie doch überzeugt davon, daß man ihre an leitenden Stellen der Wirtschaft erworbene Erfahrung in jedwedem Regime mit hohen Gehältern würde bezahlen müssen. Dann hätte man, meinte einer, wenigstens die ewigen Scherereien mit den Arbeitern vom Hals. Zwischen diesen nüchternen Rechnern der Weltgeschichte nahm sich ein enthusiastischer Verteidiger des alten Liberalismus wie ein Museumsstück aus und mußte sich von seinen Freunden mit mitleidiger Überlegenheit ankanzeln lassen.

Waren solche Leute am Ende weiter vor – sie wagte nicht »weiter links« zu denken – als ihre Genossen? Als die deutschen Genossen in der Emigration, die in der Vor-Hitler-Zeit stehengeblieben waren, die aus Geldmangel kaum die Zeitung lesen konnten ... und auch als die militanten Genossen der tschechischen Partei, die vor lauter Linienschwenkungen den gewundenen, schwierig zu überschauenden Weg der Wirklichkeit nicht fanden? Sie wehrte diese Schlußfolgerung schnell ab. All diese Herren, für sie war's doch nicht ernst. Sie waren nicht bereit zu bezahlen. Weder mit dem Glück, noch mit dem Leben, schon gar nicht mit dem Portemonnaie ... Was wußten sie von der Welt, in der wirklich bezahlt wurde, täglich, stündlich, sie, die nur einkassierten.

Immerhin, sie wußten, wohin die Reise ging, das war schon etwas. Als man sich zu Tisch setzte, fand Hanna sich neben dem Großindustriellen aus Ostrau, der sie seinerzeit mit seiner Rußlandbegeisterung so verwirrt hatte. Er erkannte sie zunächst nicht wieder, wurde aber dann sehr lebhaft und fesselte sie mit Mitteilungen aus der Statistik, die sie in solchem Zusammenhang noch nicht betrachtet hatte: Wie auf allen Gebieten die Organisation und die Verwaltung und der Vertrieb immer mehr die eigentliche Produktion zu beherrschen begann, so daß Marx, lebte er heute, vielleicht einige Veränderungen an seiner ökonomischen Lehre anzubringen haben würde ... Ja, natürlich habe er Marx gelesen, ohne das könne man doch nicht ... Aber Hanna hörte von schräg gegenüber, wo Lozák sich über eine rotblonde Frau zu seinem Nachbar beugte, das Wort »Svoboda« und wandte sich von ihrem Tischherrn weg. Nein, Lozák sprach von der Zeitung. »Was wir da quatschen«, sagte er, »das ist so für die Mitteldummen.« Sie lachte über den zynischen Ton – Karlíček ... gleich war die Atmosphäre der Redaktion um sie. »Sie, meine Herren«, setzte er fort und nahm sich noch einmal vom Truthahn mit Kastanienfüllung, »Sie wissen ja, daß das Wichtigste nicht vorn im Leitartikel steht ...«

Der Ostrauer fragte sie, ob man in Deutschland auch so gut zu essen verstünde, und reichte ihr die Silberschale mit Preiselbeeren.

»Ein feiner, gebildeter Mensch«, antwortete Lozák, wohl auf eine Frage seiner Nachbarin. »Musik und Weiber gehen ihm über alles, in beidem hat er sehr guten Geschmack, bißchen ausgefallen, wenn Sie wollen ... Von Politik versteht er nichts. Braucht ein Chefredakteur ja auch nicht. Er muß repräsentieren, wie der englische König. Das andere machen wir schon ...«

Hanna konnte sich dies unerwartete Urteil über ihren Geliebten nicht in Ruhe zurechtlegen, ihr Nachbar von rechts, ein Abgeordneter der katholischen Volkspartei, fragte sie nach den letzten Volksabstimmungen in Deutschland und bekannte sich als glühender Hitlerhasser. Sie mußte ihm geduldig Rede stehen, das Essen dauerte endlos lange, der Kopf drehte sich ihr schon von den vielerlei Weinen und den Cocktails vorher, sie war's nicht gewöhnt. Anatol, Anatol – Musik und Weiber, und von Politik versteht er nichts, nun, was weiter, sie selbst, hätte sie es über sich gebracht, ihn einem Fremden zu schildern, hätte kaum eine bessere Definition abgeben können. Einen bißchen ausgefallenen Geschmack hat er, nun ja, er hat sich ja auch in sie verliebt. Was würde er sagen, wenn er sie heute sehen könnte? Wo verbrachte er wohl den Silvesterabend? Und wieso war eigentlich Karlíček hier, morgen früh erschien doch die Neujahrsnummer, war da kein Umbruch gewesen, heute, wo ein Jahr umgebrochen wurde?

»Aschbach, entschuldige mich bei der Gnädigen«, sagte Karlíček, man stand eben vom Tisch auf und ging zum schwarzen Kaffee in die Halle, »aber ich muß auf eine Stunde ins Blatt. Silvester ohne Setzerei, das halt ich nicht aus. Ich lasse meine Alte einstweilen hier und komm dann wieder, ja?«

Als er sich schon zur Tür wandte, kehrte er nochmals um und forderte Hanna auf mitzukommen. »Deine Frau Schwester ist nämlich meine Kollegin, falls du es noch nicht wissen solltest«, sagte er anzüglich zu Heini. »Sie muß unbedingt mit unsern Leuten auf 1936 anstoßen, komm mit, Philka!« Und ehe es Hanna noch recht erfaßte, hängte er sich in sie ein, nahm im Vorraum irgendeinen prächtigen Pelzmantel vom Haken, warf ihn ihr um und führte sie hinaus zu seinem Auto.

Im Zimmer des Nachtredakteurs saßen heut' nur die Junggesellen und die, deren Familien noch nicht von der Weihnachtsreise ins Riesengebirge oder nach Wien zurück waren. Bílek hatte Wein bestellt, und alle hatten schon tüchtig getrunken, es herrschte Schlaraffenstimmung, wie es schien. Als Hanna eintrat und der Fehmantel ihr von den nackten Schultern glitt, riefen alle »Ah!« Sie versuchte, es ins Lächerliche zu ziehen.

»Ich hab mich als Dame verkleidet!« sagte sie verlegen.

»Aber Sie sind eine Dame!« antwortete Anatol und betonte das »sind«.

Gerade fingen die Glocken an zu läuten, und es gab allgemeines Händeschütteln und Prosit Neujahr! Anatol küßte Hanna die Hand. »Alles Gute, Frau Hanna! Vor allem Gesundheit!«

»Das ist nicht das Wichtigste«, murmelte sie, widerspenstig und doch schon nachgebend. Er war ihr mit dem Zeigefinger leicht über das Handinnere gefahren.

»Doch, das ist das Wichtigste!« wiederholte er und schaute ihr fragend in die Augen, die nach dem vielen Alkohol fiebrig glänzten.

Dann gingen sie alle in die Setzerei. Zeman trug die

Weinflaschen, man wollte mit den Setzern anstoßen. Um Mitternacht war nur noch die Nachtschicht da, der Faktor Slavík hielt eine Ansprache, alle stießen an, Händeschütteln und Prosit Neujahr – Prosit Neujahr, Herr Doktor, Prosit Neujahr, Fräulein, hier war sie ja das Fräulein, nur in Bíleks Café war durch Ollys Mutter indiskreterweise ihr Familienstand bekanntgeworden. Genosse Liftschitz sagte nichts, er stand unter dem Leninbild und Hanna fühlte seinen verwunderten Blick auf ihrem nackten Rücken.

»Also gehen wir, Philka«, drängte Karlíček. »Wir sind nämlich zusammen bei sehr feinen Leuten eingeladen«, erklärte er spöttisch. Hanna ärgerte sich plötzlich.

»Ich gehe nicht mehr mit zurück«, teilte sie ihm kurz entschlossen mit. »Ich gehe nach Hause. Sagen Sie, bitte, Rosita, daß ich ihr das Kleid morgen zurückbringen werde. Es ist nämlich nur ausgeborgt«, wendete sie sich entschuldigend an die Arbeiter.

Karlíček zuckte die Achseln und verschwand.

»Ich bringe Sie heim, wenn Sie gestatten«, sagte Anatol. »Wir wohnen ja in derselben Gegend.«

»O Gott, der Pelzmantel gehört ja auch nicht mir!« rief Hanna erschrocken, »da muß ich doch noch mal zu meinem … da muß ich doch noch mal in die Gesellschaft …«

Aber Karlíček war schon aus dem Haus.

»Wenn Sie wollen, schicke ich Jarko hin, Ihren Mantel holen«, schlug Anatol vor. »Heute ist ja sowieso nichts mit dem Korrespondenzbüro.« Aber Hanna wollte den Diener in der Silvesternacht nicht mit Kommissionen belasten. Sie telefonierte Rosita an, entschuldigte sich wegen des Mantels, bat, man möge ihn in einer Stunde beim Portier ihrer Pension abholen lassen, damit die Eigentümerin ihn nicht am Ende noch gestohlen glaube, und verabschiedete sich von den Kollegen.

Auf der Straße hängte sich Anatol in sie ein. »Wie gut du aussiehst, Hanna«, sagte er verträumt und drückte ihren Arm. Sie machte sich los. Eben noch hatte sie sich gewünscht, den Abend mit ihm zu Ende zu verleben, aber es war ihr mit einem Mal peinlich, daß er mit ihr umging, als gehöre sie ihm, als gäbe es da kein Widerstreben.

»Nein; man kann doch so viele Bekannte treffen«, murmelte sie und wich mit einer Schulterwendung aus, als er wiederum nach ihrem Arm griff. Der Arm war nackt und kühl unter dem ärmellosen Pelzcape.

Es war ihr überhaupt kriegerisch zumute, wie so oft in der letzten Zeit. Ihren anfänglichen Grundsatz: Nichts verlangen und nichts abschlagen! hatte sie völlig über Bord geworfen. Sie quälte Anatol mit Anliegen, die Sonntage mit ihr zu verbringen, nach dem Umbruch mit ihr auszugehen, sie in Konzerte zu führen. Sie machte ihm Vorwürfe, daß er es mit andern Frauen hielt, und kam immer wieder darauf zurück, obzwar er ihr jedesmal schwor, daß das »kindische Einbildungen« seien. Neulich hatte sie ihn in einer Debatte bös angeherrscht: »Wer in deinem Alter den Marxismus noch nicht begriffen hat, ist ein hoffnungsloser Fall!« Und er hatte geschwiegen und nur die Augen feindselig zusammengekniffen. Und mitten in einer Umarmung hatte sie ihn gefragt: »Glaubst du, daß deine Freundin jetzt auch mit einem fremden Mann schläft?« Er hatte sich sofort weggewendet und sie nicht einmal mehr geküßt. »Hör endlich auf mit diesen hysterischen Sachen!« hatte er geschrien, er, der sonst immer so höflich und korrekt war. Ja, sie hatte ihn kränken wollen. Litt sie denn nicht auch? ... Aber dann, beim Gehen, hatte er noch leise gesagt: »Ich muß dich schon wirklich sehr gern haben, sonst würde ich mich nicht so von dir quälen lassen ...« Sie hatte es ungläubig vernommen. Einen Augenblick war sie selig gewesen, hatte wieder das alte, verlorene Gefühl von Demut und Hingegebenheit verspürt, aber schon das nächste Mal, wenn er ihr einen Spaziergang abschlug, wenn er mit Berufung auf die Redaktionspflicht pünktlich und stets zu früh von ihr wegging, hatte der Hader wieder begonnen. Und jede spitzige Bemerkung, jedes trotzige und ach, immer fruchtlose Drängen bezahlte sie mit langen Stunden voll Bitternis und Verzweiflung.

Sie waren in eine stille Straße eingebogen und plötzlich riß Anatol sie an sich, daß der lose Mantel ihr halb von der nackten Schulter glitt.

»Hanna, du bist heute so schön«, stammelte er an ihrem Mund.

Sie stieß ihn fort. Es widerte sie an, daß sein Begehren an Rositas braunem Samtkleid geweckt wurde, Rositas Parfüm duftete noch darin, und ein anderer Geruch, der einer anderen, fremden Frau, lag zwischen den glatten Haaren des grauen Fells. »Komm mit in meine Wohnung«, flüsterte er heiß. »Meine Schwester ist verreist ... Ich muß dich heute haben!« In seine Wohnung ... seit Monaten hatte sie sich danach gesehnt. Aber nein! Sie wollte nicht Instrument eines billigen Kitzels sein, der von einem ausgeborgten Abendkleid erregt war. Das sagte sie ihm in beleidigenden Worten.

»Wie du bist, Hanna«, meinte ernüchtert der Mann. Er schien ehrlich verwirrt. »Hast du nicht selbst oft ... ?«

»Ja, gewiß. Kannst mir vorwerfen, daß ich hysterisch bin. Daß ich mich dir angeschmissen habe. Hast recht. Alles kannst du mir sagen. Aber du kannst mich nicht zwingen, daß ich mich wie ein Mädel von der Gasse mitnehmen lasse, weil du Wein getrunken hast, weil Silvester ist, weil du grad Lust auf eine Frau hast ...«

Er war ganz bestürzt über diesen ihm unverständlichen Ausbruch von Galle.

»Nun, wie du willst«, begütigte er und versuchte, mit ihr Schritt zu halten, sie rannte geradezu. »Ich will gewiß nicht zudringlich sein.«

Womit er mir sagen will, daß ich zudringlich bin, hörte Hanna bitter heraus. Vor ihrem Haus verabschiedete er sich kurz.

»Also, dann nochmals alles Gute für 1936, liebe Freundin!« sagte er mit freundlicher, etwas bebender Stimme.

»Vor allem Gesundheit!« höhnte sie.

Blick auf die Moldau (Vltava)

»Gewiß! Das ist ja das Wichtigste!« bestätigte er ernsthaft.

Sie gab den Pelzmantel beim Portier ab; noch während sie ihm die Sache erklärte, kam Aschbachs Chauffeur, der ihn holen wollte. Hanna gab jedem der beiden Männer zehn Kronen, und sie wünschten ihr mit vielem Dank ein glückliches neues Jahr.

Als sie die Treppe hinaufstieg, fühlte sie sich mit einem Male sehr elend.

Es fiel ihr ein, daß sie schon seit vielen Wochen nicht unwohl geworden war. Gesundheit ist das Wichtigste, flüsterte sie voll plötzlicher Angst, während sie die goldenen Träger von ihrem nackten Rücken löste. Von der Straße herauf schallte das Johlen der Neujahrsnacht.

16. Kapitel

Prag liegt im Kessel – Man darf sich nicht hineinmischen – Irrfahrten des braven Soldaten Schwejk – Ein Besuch aus Deutschland – Ameisen der Revolution – Eine niederschmetternde Auskunft

Den grauen Sweater bis zum Hals zugeknöpft, den Mantelkragen hochgeschlagen, die Hände in den Taschen vergraben, ging Hanna auf der Belvedere-Anhöhe spazieren. Es war Wochentag, nur wenige Menschen gingen hier. Bitter kalt. Elf Uhr Vormittag, aber die Sonne war noch nicht herausgekommen. Wie selten hier die Sonne scheint. Prag ist eine graue Stadt.

Hanna dachte an Halle. Das war eine sonnige Stadt gewesen! Aber sie traute ihren Erinnerungsbildern nicht mehr. Vieles, was ihr jetzt so schön und klar schien, war nur durch das sehnsüchtige Gedenken seiner Schatten entkleidet worden, ahnte sie. Wer, wie Hanna Last, voll Mißtrauen und Verlangen lebt, hat viele Schatten in der Erinnerung, die Sonne kommt selten hervor.

Jetzt kam sie hervor.

Die goldenen Spitzen der zahllosen Kirchtürme unten in der Stadt blitzten bestrahlt durch das Grau herauf. Hanna setzte sich auf eine Bank und betrachtete die Stadt, die tief im Kessel lag. Ein paar Fliegerbomben könnten Prag in einer Stunde zerstören, dachte sie angstvoll, als höre sie schon die deutschen Propeller über sich surren. Ringsum in der Welt war alles Angst. Nein, keine Macht stand auf wider die Macht, alles hielt sich zurück, wartete. Man konnte nicht zucken, und schon passierte was. Alle Spontaneität des Handelns war in Kalküls erstickt. Nicht auch in der Partei? Freilich auch in der Partei. Nein, niemand wehrte sich. Niemand würde sich wehren. Wie kann man sich wehren, wenn sich ein Berg auf einen herunterwälzt und man sitzt im Kessel?

Ein Straßenhändler, jung noch, in lächerlich dünner Kleidung jetzt im Januar, trat an sie heran, zog aus dem Umhängekasten Sicherheitsnadeln, Bleistifte, Schuhbänder ... Nein, Hanna konnte nichts dergleichen brauchen, aber sie gab ihm fünfzig Heller, er sah gar so arm und bedürftig aus. Als der Bursch sich schon mit vielem Dank zum Gehen wandte, tauchte aus dem Nichts ein Polizist auf, faßte ihn hart an der Schulter: »Sie haben gebettelt!« Der Junge widersprach hastig und ängstlich. »Doch, du hast gebettelt, ich hab dich von dort beobachtet ...«, er zeigte unbestimmt hinter sich. Hanna stand auf: »Er hat mir Schuhbänder verkauft ...« – »Und wo haben Sie die Schuhbänder?« herrschte der Wachmann sie an und schüttelte die Schulter des Jungen im dünnen, abgewetzten Rock.

»Er hat sie mir geben wollen, ich hab sie ihm zurückgegeben, von selbst, ich wollte sie nicht ... Lassen Sie ihn los!« schrie sie. Der Bursch hatte das Gespräch benutzen wollen, um auszureißen, aber der Polizist hatte ihm ein Bein gestellt, so daß er hinfiel; jetzt riß er ihn roh an der Brust hoch. Der armselige Inhalt des Tragkastens lag über dem gefrorenen Boden verstreut.

»Marsch jetzt, los!« sagte der Wachmann barsch und stieß den Jungen neben sich her. »Und Sie« – er drehte sich grob nach Hanna um – »mischen Sie sich nicht hinein! Sonst nehm' ich Sie gleich mit aufs Kommissariat!«

Das Wort Kommissariat genügte, um in Hanna jede edelmütige Regung zu ersticken. Zitternd setzte sie sich wieder auf ihre Bank. In Deutschland – da hätte sie anders gehandelt. Wäre mit auf die Polizei gegangen, hätte den Jungen herausgehauen, mein Mann ist Stadtverordneter, ich bringe es in die Zeitung, Sie werden strafversetzt, Sie Menschenschinder ...

Sie hatte oft dergleichen getan in Deutschland und wirklich einmal eine Nacht auf der Polizeiwache verbracht und dann hundert Mark zahlen müssen wegen Beamtenbeleidigung. Aber in Prag? »Ich verspreche, daß ich mich nicht in die inneren Angelegenheiten des Gastlandes mischen werde« – es konnte die Ausweisung bedeuten.

Nein, man darf sich in nichts einmischen, man muß ängstlich alles vermeiden, was Kopf und Herz verlangen, man muß leben wie ein Toter. Emigranten müssen sich ruhig verhalten. Das ist vielleicht das Bitterste.

Drei Männer kamen vorüber, einer blieb stehen. »Hanna!« Es war Otto, der Hamburger, der wortkarge, gemütliche. Sie kannte ihn gut. Er war vor ein paar Wochen mit ein paar Genossen ausgewiesen und an die österreichische Grenze abgeschoben worden.

»Wieso bist du ... ?« fragte sie aufgeregt, hielt aber im Satz inne. Sie wußte nicht, wer die beiden andern waren. »Ein guter Freund«, teilte Otto gleichmütig mit und wies auf den einen seiner Begleiter, der wie ein tschechischer Arbeiter aussah. »Bei dem wohn' ich jetzt. Und das hier« – er zeigte auf den Jungen mit den Knickerbockern – »ist ein Genosse, der aus Deutschland zu Besuch ist.«

Ja, also Otto war wieder hier, er hatte sich nicht ausweisen lassen. Wohin sollte er denn? In Österreich konnte man nicht bleiben. In der Schweiz auch nicht. Nach Paris, na schön, aber wie, ohne Papiere, ohne Geld? Also kehren die meisten Ausgewiesenen an der Grenze wieder um und kommen heimlich zurück. In Prag kann man sich verbergen, wenigstens eine Zeit lang; wenn's nicht länger klappt, geh ich in die Böhmischen Wälder, lachte Otto. Aber erst, wenn's wärmer wird. Sie marschierten alle vier um die mit Reisig bedeckten Beete, rundherum, auf und ab.

»Der Schutzmann fährt mit bis Gmünd«, berichtete Otto. »Unserer war ein sehr netter Kerl, Sozialdemokrat. Gott, was sollen die Leute machen, er war ein Lehrerssohn vom Land, ging halt zur Polizei, das ist so eine Versorgung. Mit siebenhundert Kronen im Monat, ist doch selbst ein armer Hund.«

Arme Hunde beißen arme Hunde, Hanna dachte traurig

an den Burschen von vorhin, den der Wachmann brutal auf die Erde geschmissen hatte.

»Also an der letzten tschechischen Station steigen wir aus, gehen durch die Stadt. Ganz hübsch ist Gmünd. Alles spricht deutsch. Ist ja doch angenehm, wieder mal rund um sich deutsch sprechen zu hören. Nichts für ungut, Genosse«, wendet er sich an den Arbeiter, der in gebrochenem Deutsch gutmütig scherzt: »Deutsche – alles Nationalisten!« Dabei entblößt er ein schwärzliches Gebiß.

Kurz und gut, der Polizist hatte die vier Ausgewiesenen durch das Städtchen begleitet, auf die Landstraße, die nach Österreich führt, und ihnen bedeutet, nach etwa zweihundert Metern auf einen Fußpfad in den Wald abzubiegen, um die Grenzposten zu vermeiden, nach einer weiteren Viertelstunde wären sie dann drüben.

»Wenn aber einer von euch zurück will«, hatte er gesagt, »dann bleibt lieber hier im Wald, bis es dunkel wird, und fahrt mit dem Zug um neun Uhr zehn. Ich kann leider nicht auf euch warten, muß gleich wieder retour. Adieu und alles Gute!«

Natürlich waren sie neun Uhr zehn wieder in Gmünd, Richtung Prag eingestiegen. Und der Schaffner, derselbe, der im Morgenzug mitgefahren war, hatte sie auch wiedererkannt. Aber er hatte sofort versichert, sie brauchten keine Sorge zu haben, er sei das gewöhnt, jedesmal, wenn ein Schub an die Grenze abginge, käme ein Teil abends wieder zurück. Keine Sorge, Kameraden, ich bin Genosse! ... und er hatte ihnen in Tábor heiße Würstel gekauft und Bier und ihnen Adressen gegeben, wo sie in Prag übernachten konnten, einen hatte er sogar mit in seine Wohnung genommen.

Die Männer lachten, weil Otto dem strengen Landesamt mit seinem Erlaß so und so, Strich, Absatz so und so, Strich, Paragraph so und so durch die Maschen gegangen war. Hanna dachte an die Geschichte vom braven Soldaten Schwejk, der sich während des Weltkriegs als unfreiwilliger Deserteur in Südböhmen herumtreibt und überall einfache Menschen findet, die ihm Kleidung, Obdach, Essen geben, in stillschweigender Einheitsfront gegen die verhaßte Obrigkeit. Damals freilich waren es Österreicher gewesen. Aber es war dasselbe, die tschechische Obrigkeit hatte die österreichische abgelöst und weiter gewurstelt, und das Volk war wieder das Volk, und die Obrigkeit war wieder die Obrigkeit. Die begeisterten Rufe von 1918 und 19 – »Unsere junge Republik!« – waren längst in Enttäuschung verhallt.

Der andere Mann, der mit Otto aufgetaucht war, kam also aus Deutschland zu Besuch, wie er bestätigte. Nun ja, es können doch nicht alle emigrieren, vorläufig haben sie ihn noch nicht erwischt. Er war ein magerer Junge mit blassem Gesicht, freundlichen, etwas müden Augen.

Natürlich können nicht alle emigrieren. Die meisten können nicht. Eine Menge früherer Parteigenossen lebt illegal in Deutschland weiter, der größere Teil sogar legal. Hanna wußte es, natürlich. Aber es war doch recht aufregend, mit einem zu sprechen, der jetzt, 1936, noch legal drüben war und drüben in der Stille weiterarbeitete.

Der Junge, Otto nannte ihn Werner, erzählte, wie sich das Leben abspielt in Hitler-Deutschland. So einer wie er zum Beispiel. Seit Kindheit wohnt er mit Eltern und Geschwistern im selben Haus in Neukölln, kennt alle Leute im Haus, im Häuserblock, in der Straße, Schulfreunde, Arbeitskollegen, Genossen aus der Kommunistischen Jugend, schon vor 1933 waren viele zu den Nazis übergegangen, es hatte oft Raufereien gegeben, zum Glück war ihm damals nichts passiert, das heißt, er hatte keinen ernsthaft verprügelt, man hatte keine Waffe bei ihm gefunden, das kam ihm jetzt zugute. Als Hitler kam, klopften ihm die Kameraden im Braunhemd auf die Schulter und ermunterten ihn: Mit eurer Kommune ist's jetzt aus! Bist ein ordentlicher Kerl, Werner, komm zu uns! Der Führer mag solche Kerle wie du! ... Wollen sehen, was ihr heraussteckt, hatte Werner geantwortet. Wenn ihr euer Programm erfüllt, reden wir noch mal drüber. Und sie hatten ihn ungeschoren gelassen. Er arbeitet wie zuvor, als Typograph, machte dann sechs Monate Arbeitsdienst in Pommern mit, kam wieder nach Berlin. Allmählich fanden sich die verstreuten Genossen da und dort zusammen, in den Wohnungen wurde diskutiert, die illegale Arbeit wieder aufgenommen.

Schwer war's. Nur fünf oder sechs, die sich untereinander genau kennen, können zusammen arbeiten. Man muß sich auf der Straße treffen, um sich ein Buch, eine Broschüre, eine Zeitung zuzustecken. Man darf da um Gotteswillen nicht unpünktlich sein, denn wenn einer fünf oder zehn Minuten an einer Ecke steht und wartet, fällt das schon auf. Und dann immer so eine Sorge mit dem Abziehapparat, der Verbreitung der Schriften ... Im Betrieb muß man die Kollegen oft wochenlang genau beobachten, ehe man rauskriegt, wem man ungefährdet ein Flugblatt zustecken kann. Und immer auf der Hut sein ... Kommt man ein paar Mal hintereinander zu später Stunde nach Hause, werden am Ende schon die Nachbarn aufmerksam: der hat doch kein Mädel, wo treibt denn der sich herum? Wenn öfters Besuch zu einem kommt, so ist das auch verdächtig. Ins Lokal? Sehr gewagt, auch zu teuer. Im Sommer ist's leichter, da geht man in die Parks, in den Grunewald, fährt mit den Rädern irgendwohin baden, die verbotenen Sachen in der Freßbüchse, und versteckt sie dann irgendwo hinterm Busch. Dann und wann kommt einer lange nicht. Nachher erfährt man, er ist hochgegangen ...

Und die Parolen! ... Sie kommen vom Ausland. Man versteht sie oft gar nicht und schüttelt nur den Kopf. Deutschland ist so anders geworden. Viele haben nach jahrelanger Arbeitslosigkeit jetzt wieder Arbeit und Verdienst und sind mit allem zufrieden, wenn auch der Lohn, an den steigenden Preisen gemessen, jetzt kaum mehr ist als früher die Unterstützung. Und jeder hat Angst. Einmal war es für Werner schon so brenzlig, daß er dachte, jetzt müsse er wirklich fort. Aber da hat er einen früheren Bräutigam von seiner Schwester getroffen, der jetzt S. A. - Häuptling ist. Mit ihm ist er ein paar Mal um den Häuserblock gegangen, im Gespräch, alle Leute haben es gesehen, und dann konnte er wieder eine Zeitlang ruhig weitermachen. Aber man kann immer nur ein paar Monate durchhalten. Dies ewige Gespanntsein, diese ewige Vorsicht, jeden Schritt, jeden Blick, jedes Wort abwägen, dosieren ... zum Selbstschutz, zum Schutz der Genossen, zum Schutz der Sache ...

Da geben dann nach ein paar Monaten die Nerven nach, man wird unsicher, wie leicht kann man sich, die Genossen, die Sache zu Schaden bringen, wenn man nicht auf der Höhe ist! Besser, man haut für eine Zeit ab, verkriecht sich ins Privatleben, schafft sich ein Mädel an. Inzwischen aber verändert sich vieles. Meldet man sich dann wieder bei der Gruppe, sind andere Leute da, die einen nicht kennen, da muß erst ausgeforscht werden, was man getrieben hat in der letzten Zeit, in der man nicht aktiv war, man muß Rechenschaft geben, bis ins Kleinste, es gibt ja so schrecklich viele Spitzel. Viele haben schlapp gemacht, haben sich kaufen lassen von den Nazis, viele gehen auch ohne Bezahlung über, nur weil sie es satt haben, nicht dabei zu sein bei der großen Masse, die ohne Vorsicht leben darf, die singend, laut, das Leben des neuen Deutschland beherrscht.

Ja, leicht ist es nicht, seufzte Werner – und nun ist er auf ein paar Tage nach Prag gekommen, um mal andere Luft zu atmen und sich zu informieren.

Wie stark die Partei jetzt etwa ist? will Hanna wissen. Sie hat gespannt zugehört, Werner erzählt schlicht und überzeugend, man sieht ordentlich das unscheinbare, lebensgefährliche Leben der braven Soldaten der Revolution, sie dürfen keine Uniform tragen, den Sowjetstern haben sie längst im Landwehrkanal versenkt.

Wie stark die Partei ist? Werner hat hier in Prag zu seiner Verwunderung in einem Parteiblatt gelesen, die illegale Partei in Deutschland habe jetzt mehr Mitglieder als seinerzeit die legale, fast eine Million. Er entrüstet sich – so ein Unsinn! In den besten Zeiten hat die Partei nicht mehr als hundertfünfzigtausend Mitglieder gehabt, das andere waren doch bloß Wähler, Mitläufer! Es ist völlig ausgeschlossen, in der Illegalität Zahlen festzustellen. Aber der Eindruck, den man hat? Nun, an der Arbeitsstelle, in den Wohnbezirken macht sich seit dem letzten Jahr ein rapider Rückgang bemerkbar. Allgemeine Ermüdung, Angst, Schlappmachen. Und auch, fügt Werner betrübt hinzu, viel Opposition unter den Getreuen, selbst unter den Getreuesten. Sie werden kritisch gegenüber der Leitung, versuchen auf eigene Faust zu arbeiten, lassen Parolen Parolen sein, machen sich eine ganz neue Taktik zurecht, an Hand ihrer neuen Erfahrungen. Viele gute Genossen sind dabei.

Aber die Leitung ächtet sie als Trotzkisten oder als Gestapoleute, ja, nicht mal diskutieren darf man mehr mit ihnen.

»Wie lang bleibst du hier, Genosse?« fragt Hanna. Sie hätte gern noch mehr von ihm gehört. Aber Werner muß morgen schon nach Deutschland zurück, länger als eine Woche kann er nicht ausbleiben, sonst fällt es auf.

Hanna verabschiedet sich, wünscht beiden alles Gute. Wer weiß, ob man sich mal wiedersieht. Otto wartet auf ein Papier, will in die Sowjetunion. Er hat im Heim zu jenen gehört, die auf alle Fälle eifrig Russisch lernten. Nun dann, Genossen, nochmals alles Gute. Wohin?

Als sie am Schloßgarten vorbei über den Hradschin ging, fiel ihr ihr eigenes Schicksal wieder schwer auf die Seele. Sie besann sich darauf, weshalb sie zu Gertrud unterwegs war. Es war ernst genug, die letzten Tage hatte sie kaum an was anderes denken können. Aber was war das alles im Vergleich zu dem, was dieser fremde Genosse berichtete! Diese heroischen Ameisen der Revolution, die zäh, klein, unermüdlich ihre Minierarbeit verrichten an dem riesigen, mächtigen Körper, dessen Millionen Füße in

Garten des Fürstenberg-Palais mit Blick auf den Laurenziberg (Petřin)

grünen Wickelgamaschen über die Welt marschieren, dessen Arme sich über die Welt ausstrecken ... Und ein paar tausend, vielleicht nur ein paar hundert Werners, mit Gesichtern, die nicht mehr so unwissend und nicht mehr so überzeugt sind wie 1933, graben leise mit den nackten Fingernägeln in der Erde, über die der gewaltige Körper des neuen Deutschland dahinstampft wie ein Panzer.

Hanna beneidete die Ameisen und schämte sich. Sie ging über die Staubbrücke nach Dejvice hinunter, ließ des Bruders schönes Haus rechts liegen, stieg in einer Seitenstraße in einem blanken, weißen Neubau ein paar Treppen hinauf.

Gertrud, Hermann und der Junge saßen gerade bei Tisch. Es gab saure Bohnen und Kartoffelbrei. Gertrud stellte ohne weitere Fragen einen Teller für Hanna dazu und lud sie zum Mittagessen ein. Hanna kannte Gertrud wenig, hatte sie nur ab und zu bei den Sitzungen im Heim gesehen, sie lief den ganzen Tag in der Stadt herum und massierte dicke Damen. Hermann verdiente nichts, er war Maler und noch dazu ein schlechter. Auch reden konnte man nicht mit ihm, er tat den Mund nicht auf und glotzte immer nur so bös unter seinen buschigen Brauen. Hanna war froh, als er nach dem Essen mit dem Kind verschwand.

»Ich möchte dich nämlich konsultieren, Genossin«, brachte sie vor. Gertrud war Frauenärztin und hatte an der gynäkologischen Klinik eines Berliner Krankenhauses eine Abteilung geleitet.

»Bist du krank?«

»Krank nicht gerade ... Das heißt, ich hab so Herzbeschwerden, und der Magen funktioniert auch nicht. Aber das bin ich schon gewöhnt. Es ist was anderes.« Gertrud sah sie freundlich wartend an.

»Ja ...«, sagte Hanna zögernd, »ich glaube nämlich, ich bin schwanger.«

Gertrud sagte nichts, ihr Blick war offen und voll Sympathie.

Die wundert sich gar nicht, dachte Hanna verwirrt. Wer weiß, wie viele Genossinnen schon zu ihr gekommen sind; ist ja auch ein ganz gewöhnliches Schicksal – und ich bin auch nur eine Frau, wie alle andern ...

»Um Gottes Willen!« schrie sie plötzlich auf und sank auf dem Stuhl zusammen. »Ich kann doch kein Kind bekommen, um Gottes Willen, um Gottes Willen, das wäre doch entsetzlich ...« Sie weinte und schluchzte in die Hände. Ein Kind von Anatol – jetzt, wo sie ihn fast haßte! Ein Kind, in der Emigration, ohne Dach über dem Kopf. Karl im Zuchthaus ... Ein Kind von Anatol ... Es war nicht auszudenken! ... Ihr ganzer Körper schüttelte sich vor haltlosem Weinen.

»Aber, aber«, sagte Gertrud und klopfte ihr auf den Rücken. »Es gibt immer noch einen Ausweg! Wollen wir doch lieber erst mal nachsehen.« Hanna berichtete ihr stockend und unter Tränen und streckte sich dann auf dem harten Sofa aus, auf das Gertrud ein reines Handtuch gelegt hatte. Gertrud drückte und fühlte eine Weile, ohne etwas zu sagen, ließ Hanna atmen und den Atem anhalten. Hanna konnte ihr Gesicht nicht sehen. Das Herz hämmerte ihr bis an den Hals.

»Ja, ich kann absolut nichts finden«, meinte Gertrud und richtete sich hoch. Hanna brachte ihre Kleider in Ordnung und setzte sich auf dem Sofa halb auf. Ein Schimmer von Erleichterung zog über ihr Gesicht.

»Bist du sicher?«

»Ziemlich sicher! Deine Gebärmutter ist ganz winzig und hart. Du hast nie geboren ...«

Hanna nickte, sie hatte nie geboren, auch nie empfangen. Als sie festgestellt hatte, daß sie anscheinend unfruchtbar war, hatte sie es sogar als einen Vorteil emp-funden. Ein Kind in diese Welt setzen ... es in der Familie aufziehen, wo es, selbst bei größter Umsicht, ein Individualist mit einer komplizierten Seele werden mußte ... oder es in ein Heim geben, wohin denn? Es gab keine Heime, die Hannas und Karls Ideen von Kindererziehung entsprochen hätten. Und ein Vorteil war es auch, enthoben zu sein von der ständigen Sorge, die die andern Frauen bei jedem Liebesakt ablenkte von Hingabe und Genuß, und nichts zu tun haben zu müssen mit Präventivmaßregeln und Abtreibungen, wie so viele, die sie kannte ...

»Wie alt bist du eigentlich, Hanna?« fragte Gertrud.

»Im September bin ich vierzig geworden«, erwiderte

Hanna abwesend. Hätte ihr Leben einen andern Lauf genommen, wenn sie je empfangen und geboren hätte wie andere Frauen?

»Vierzig … na, eigentlich reichlich früh. Aber es ist nicht so ganz selten, daß das Klimakterium verfrüht einsetzt, wenn man besondere Sorgen und Aufregungen mitmacht … Wann hast du die erste Menstruation gehabt?«

»Mit dreizehn Jahren …«, antwortete Hanna mechanisch.

»Dacht ich mir. Je früher es anfängt, desto früher hört es auf. Du wirst noch ab und zu eine unregelmäßige Blutung haben, vielleicht auch Kongestionen … und dann ist es vorbei.«

Hanna war blaß geworden. Vor zehn Minuten noch war ihr die Aussicht auf eine Schwangerschaft das Allerentsetzlichste gewesen. Jetzt schien es ihr, als hätte ihr Gertrud etwas genommen, etwas Unwiderbringliches. Es ist vorbei, klang ihr Gertruds Wort im Ohr. Vierzig Jahre – und jetzt ist es vorbei. Der Umbruch … Auch das heißt ja Umbruch … Ich bin eine alte Frau. Ein bißchen früh, aber nichts Ungewöhnliches, wo wir in so aufregenden Verhältnissen leben …

Die Eröffnung hatte Hanna völlig unerwartet getroffen.

Daran hätte sie nie gedacht! Daran hätte sie nie denken mögen! Sie hatte ihr Alter nie verheimlicht, natürlich nicht, lächerlich, darauf kommt es doch nicht an, wie alt einer ist. Sie hatte sich jung gefühlt wie fünfundzwanzig, sie hatte ein Liebesverhältnis angefangen, jetzt stellte sich heraus, sie war eine alte Frau. Die Natur sagte: Vorbei! man konnte es nicht überhören. All ihr Grübeln und Leiden über ihr Liebesgeschick schien ihr mit einem Male nichtig gegenüber dem hartnäckigen, fast anstößigen Gedanken, daß sie für Anatol einfach zu alt war. Sie sah das junge, ungeschminkte Gesicht, über das er sich vor seinem Haus gebeugt hatte. Sie ist jung, dachte sie schmerzlich, ich bin alt. Wie einfach das ist. So schrecklich einfach.

Sie fühlte Gertruds freundlichen Blick auf sich ruhen.

Gertrud hatte ein klares, schönes Gesicht, aber die rosa Haut war von tausend Fältchen zerfurcht, ganz feine Fältchen neben den Augen, am Mund, an den Nasenflügeln, richtige Altweiberfalten. Und ihr von der Ferne weißblond wirkendes Haar war ganz grau. Der Junge war sechs oder sieben Jahre alt, Gertrud konnte noch gar nicht so alt sein. Sie hatte einen Mann und ein Kind. Da war es wohl einerlei, ob man alt war oder nicht.

»Ich möchte öfter mit dir zusammensein, Genossin Gertrud«, sagte Hanna beim Abschied. »So eine Ruhe, wie von dir ausgeht. Wer würde glauben, daß du Kommunistin bist«, fügte sie naiv hinzu.

»Nun, das ist doch selbstverständlich«, erwiderte die Ärztin schlicht. »Irgendwo will man doch mittun, damit es besser wird in der Welt.«

Als sie in der Elektrischen saß, dachte Hanna daran, wie einfach, wie erstaunlich einfach Gertrud das Leben nahm. Dabei war es doch für sie gewiß schwer genug gewesen: Tochter eines adeligen Offiziers, mit der Familie natürlich überworfen, wegen der Partei und wegen des unehelichen Kindes, noch dazu von einem Juden. Sie konnten nicht heiraten, weil Hermanns Frau ihm seit vielen Jahren die Scheidung verweigerte. Eine Schwester von Gertrud, Äbtissin eines rheinischen Klosters, schickte ab und zu etwas Geld aus christlicher Nächstenliebe zu der Ausgestoßenen. Kein leichtes Leben. Wie tapfer Gertrud war. Es fiel Hanna ein, daß sie sie vielleicht Ollys dicker Mutter als tüchtige Masseuse empfehlen könnte.

Olly – auch die war jung. Zwanzig Jahre. Im Krieg geboren, während Hanna, nach der Matura schon, im Zweier-Spital zerfetztes Menschenfleisch verband. Ein Leben liegt dazwischen.

Sie empfand rasenden Neid auf Olly, auf die Unbekannte, die aussah wie ein Engel von Ghiberti auf dem Florentiner Altarbild. Sie schämte sich bitterlich. Da nützte kein Verstand. Alles, was sie erlebt hatte, die vielerlei Wirrnis – des Fleisches, des Geistes und des Herzens – schien ihr mit einem Mal nur ihren vierzig Jahren geschuldet.

Natürlich war das Unsinn. Luise war sechsundzwanzig und hatte in bezug auf die Partei dasselbe durchgemacht, vielleicht auch in bezug auf den Mann. Jarmila ... die war freilich so alt wie sie. Aber ihre schrecklichen Liebestragödien hatten schon auf der Schulbank begonnen.

Nein, Unsinn, das hatte alles nichts miteinander zu tun. Sonderbar, daß es so ineinander verstrickt schien, daß man es so schwer auseinanderhalten konnte: Deutschland, die »Svoboda«, Karl, Anatol, die Partei, die Emigration, das Klimakterium – alles zu einem Knäuel verwickelt ...

Wo konnte man ein Fadenende zu packen kriegen, um es aufzurollen?

17. Kapitel

Ein Mensch auf vier zensurierten Seiten – Prag ist nur eine Episode – Einfach werden! – Noch ein Besuch aus Deutschland – Hanna sitzt nicht einsam zu Hause – Ein Kuvert mit viel Geld

»Gefangenenanstalt Waldheim (Sachsen)« sagte der grüne Stempel auf dem Kuvert. Hanna blieb einen Augenblick das Herz stehn. Aber nein, es war ohne Zweifel Karls Schrift. Die vier amtlich erlaubten Seiten waren bis zum Randvoll mit seinen schönen, klaren Buchstaben.

»Geliebtes Leben, ja, das bist Du mir jetzt in einem höheren Maße, als ich es je ermessen konnte, solange noch vielerlei Leben um mich war. Wenn man so lang und viel allein ist, wird einem so recht klar, wie einfach eigentlich alles ist – alles reduziert sich schließlich auf ein paar Grundgefühle und Grundbegriffe: Demut, Mut, Heiterkeit, Freiheit, Treue ... nicht, daß ich schon so einfach wäre. Aber ich glaube, ich bin auf dem Wege dazu. Vielleicht, wenn wir uns im Oktober wiederfinden, bin ich dann schon ganz dünn auspräpariert, so daß man jede seelische Gräte schön klar und trocken daliegen sieht.

Das kommt Dir am Ende mystisch vor, und Du kannst Dir's nicht zusammenreimen mit meinem stets auf handfeste Nützlichkeit gerichteten Sinn von früher? Ach, geliebte Frau, zwischen früher und jetzt liegt ein solcher Umbruch, alles ist so völlig anders geworden. Das weiß man ja nicht, wie sehr anders, wenn man nicht lang in der Stille gewesen ist.

Wie sehr ich anders geworden bin, siehst Du zum Beispiel daran, daß ich diese seltene, köstliche, einmal im Monat nur gebotene Gelegenheit, zu Dir zu sprechen, zuerst zu fast philosophischen Betrachtungen verwende und die praktische Veränderung, die sich in meinem Leben vollzogen hat, erst in zweiter Linie erwähne. Du siehst, ich schreibe von einer andern Anstalt aus. Am Tage vor Weihnachten erhielten wir – das heißt, mein Zellengenosse und ich – die Aufforderung, uns fertig zu machen. Wir wußten nicht, wozu und wofür. Eine fast unglaubliche Hoffnung erfaßte uns, der Gedanke …« – hier war eine Zeile von der Zensur mit blauen xxxxxx blockiert und unleserlich gemacht … Himmel, Karl wird doch nicht auf einen Sturz des Regimes angespielt haben, das wäre fürchterlich! Nein, dazu ist er zu vernünftig … aber vielleicht doch, er schreibt ja, er habe sich so verändert …

»… andererseits eine schreckliche Angst, denn schon mehrmals hatte …« – wieder fehlten zwei Zeilen, o Gott, ich weiß, es sind die Scheinerschießungen, die sie mit den Gefangenen vornehmen, sie werden hinausgeführt, sie können beichten und kommunizieren, wenn sie wollen … dann werden sie an die Wand gestellt mit verbundenen Augen, und nach einer Viertelstunde voll gräßlicher Seelenpein wieder in ihre Zellen zurückgebracht …

»… aber es ging hinaus. Mit einem Autobus, in dem noch viele andere Gefangene saßen, fuhren wir nach der Bahnstation und von dort mit dem Zug hierher. Keiner wußte, wohin wir gebracht würden und warum. Als die Begleitmannschaft einen Augenblick hinausging, wurde allerhand gemunkelt, es hieß, daß …« – wieder ein paar geschwärzte Zeilen – »… aber als wir dann vom Lehrter Bahnhof durch Berlin zum Anhalter fuhren, war uns klar, daß es nach Bayern oder Sachsen ging.

Es war ein sonderbares Erlebnis, nach beinah zwei Jahren von der Eisenbahn aus, durch die vergitterten Fensterchen, wieder auf eine Stadt zu schauen, auf Straßen, auf Menschen, auf Läden mit bunten Auslagen, auf das Gewimmel des Lebens, und es kam mir alles so strahlend und frühlingshaft vor, obzwar ein trübgrauer Nachmittagshimmel über den Straßen hing. Die Menschen liefen mit Paketen, an vielen Stellen standen große elektrisch beleuchtete Weihnachtsbäume, es war wie im Traum. Dieses Erlebnis haben ja im Kriege so viele Soldaten gehabt, wenn sie von einer Front an die andere transportiert wurden und nicht aussteigen durften. Nun erst konnte ich es richtig verstehen. Wir fuhren, ohne umzusteigen, unser Sonderwagen war an einen andern Zug angehängt worden. Es war schon dunkel, als wir hier ankamen, erst vom Wärter erfuhren wir, wo wir waren. Es ist sonderbar, so ein sächsischer Gefangenenwärter. Ich hätte geglaubt, dieser Dialekt eigne sich nur zu gemütlichem Geplauder und nicht ...« – die folgenden Worte waren unkenntlich gemacht, ach, man konnte sich denken, was sie besagten! – »Ich bin jetzt von meinem Zellengenossen getrennt. Von meinem neuen Gefährten schreibe ich Dir das nächste Mal ausführlicher. Es ist ein Metallarbeiter aus Zwickau. Es ist ein gewisser Vorteil darin, von Zeit zu Zeit mit einem neuen Menschen zusammenzukommen, weil man bei längerem Zusammenhausen in solcher Enge Reibungen durchaus nicht vermeiden kann, auch bei bestem Einverständnis sonst. Man hat sich so viel erzählt, weiß so genau alle Details des Verhaltens und Reagierens des Partners, daß eine sich steigernde nervöse Gereiztheit entsteht. Es ist wie in einer langjährigen Ehe, in der man sich nichts mehr zu sagen hat und wo man bei den unvermeidlichen Wiederholungen des schon so oft Gesagten schließlich Überdruß, ja Feindseligkeit zu empfinden beginnt.

Bei uns, teure Hanna, ist's freilich anders gewesen, wir hatten uns ja nach fünfzehnjährigem Zusammenleben immer noch und immer wieder Neues zu berichten, ich denke so unaussprechlich oft mit Glück und Dankbarkeit daran. Du bekommst nun leider etwas verspätet diesen Brief als Neujahrsgruß, aber ich will doch die Gelegenheit wahrnehmen, um Dir noch einmal und wieder einmal zu danken für alles, was Du in mein Leben gebracht und in meinem Leben gefördert hast. Jetzt ist die längste Zeit unserer Trennung vorbei. Wir können schon nach Monaten rechnen, anstatt nach Jahren, bald werde ich die Tage zu zählen beginnen. Und dann – wieviel, wie vielerlei werden wir uns zu erzählen haben! Du gewiß viel mehr als ich.

Deinen Umgang kenne ich ja nun einigermaßen, die Redaktion, die Setzerei, das kleine Lokal, wo Du Dich sonntags mit den Freunden triffst, Dein Zimmer in der Pension, die tapfere Luise, die sympathische Jarmila, Deine Kollegen von der Arbeit. Aber ich kenne alles doch nur in großen Umrissen, wichtige Partien müssen selbstverständlich in Deinen Briefen fehlen. Von Deinem Chef scheinst Du ja in letzter Zeit weniger begeistert zu sein als anfangs. Vielleicht hast Du zu viel von ihm erwartet in Deiner Stellung zu ihm. Du hattest ja immer den Hang, die Menschen zu hoch einzuschätzen und dann enttäuscht zu sein, wenn ihr Einsatz nicht hundertprozentig war wie der Deine. Du vergißt manchmal, daß die meisten Menschen nur aus Trägheit handeln (oder nicht handeln), und aus Angst. Nicht viele sind so unruhig, so unersättlich an Erlebnissen wie Du, meine Liebe! Eine Intensität wie die Deine empfinden die meisten als eine ständige stumme Zumutung und wehren sich natürlich, und mit Recht. Laß Dich nicht zu sehr beanspruchen, weder äußerlich noch innerlich, und nimm die Dinge etwas leichter. Bedenke, Dein Leben in Prag ist ja schließlich nur eine Episode wie das meine hier. Unter diesem Gesichtspunkt läßt sich auch Schlimmes ertragen. Unser wirkliches Leben liegt in der Zukunft!«

Die vierte Seite war voll, ganz klein hatte Karl an den Rand noch quer ein paar Grüße gekritzelt. Hanna las den Brief wieder und wieder. Es schien fast, nun, da Karl ihr räumlich nähergerückt war, als stünde er ihr auch im Gefühl und Verstehen wieder so nah, wie ehedem, wo sie ihm alles hatte sagen können. Sein Brief brachte Antwort auf manche stumme Fragen. Wieviel er wohl erriet? Bezog sich die Stelle in seinem Brief über die »wichtigen Partien, die fehlen müssen« auf die Sache mit der Partei? Oder hatte er aus ihren Briefen Anatols Anteil an ihrem Leben und ihrer Verwirrung gespürt? Hing es mit dem »Einfachwerden« zusammen, von dem er schrieb? »Dünn auspräpariert wie trockene Gräten« … sie beben, wenn man über ihnen nur atmet …

Die Vermutung, Karl habe ihre wahre Beziehung zu Anatol erraten durch die mehrfachen Berichte hindurch, die sie über ihn gesandt hatte, ließ sie heute nicht erschrecken. Im Gegenteil, sie fühlte sich eher beruhigt und erleichtert. Manche Wendungen in Karls Briefen ließen es ihr plötzlich ganz leicht erscheinen, ganz selbstverständlich, daß sie ihm später einmal diese ganze verworrene Anatolgeschichte erzählen würde. Er würde es verstehen, und es würde dann abgetan sein.

Zum ersten Mal projizierte sie von einer vorgestellten gemeinsamen Zukunft mit ihrem Mann zurück auf die konkrete Gegenwart. Alles schien ihr leichter und lichter. Auch ihre Beziehung zu Anatol. Wie recht Karl hatte! Trägheit und Angst: das waren sicherlich die Komponenten von Anatols Verhalten zu ihr. Sonderbar, sie fühlte sich nach Karls Brief ihm gegenüber entlastet und Anatol gegenüber schuldig. Hatte sie ihn nicht wirklich ungebührlich gequält mit ihrer Eifersucht, ihrem Verlangen, ihrer Intensität des Geistes und des Herzens? Sie fühlte eine große weibliche Zärtlichkeit für ihn in sich aufwallen.

Während sie noch über dies Sonderbare nachsann, klopfte es an die Tür.

Sie erkannte nicht gleich den großen, glattrasierten, gutgekleideten Herrn, der sie, eintretend, mit »Guten Tag, Frau Doktor« begrüßte. Aber natürlich! Dr. Bruno Kunze, Facharzt für Haut- und Geschlechtskrankheiten aus Halle. Er war manchmal ins Haus zu ihnen gekommen. Ein kultivierter, etwas schüchterner und absonderlicher Mensch, aus märkischen Junkerkreisen stammend, der seine Herkunft durch betonte Freiheitlichkeit entschuldigen zu wollen schien. Er hatte der SPD angehört und war Mitglied des Vereins Sozialistischer Ärzte gewesen, in dem auch die kommunistischen Kollegen organisiert waren.

Seit 1933 hatte sie nichts mehr von ihm gehört. Er hatte, wie sie erfuhr, ihre Adresse durch Dr. Lebenthau erfahren, den Vorsitzenden der Ärztevereinigung, der als Jude hatte emigrieren müssen. Kunze hingegen lebte weiter in Halle und betrieb wie vorher seine Privat- und Spitalpraxis. Seinen Verkehr hatte er, wie er erzählte, fast auf Null reduziert, sich ganz von den alten Bekannten zurückgezogen, war aber, wie sich bald herausstellte, sowohl über die im Ausland erscheinende und in Deutschland verbotene Literatur wie auch über Verbleib und Schicksal vieler gemeinsamer Bekannter gut unterrichtet. Auch daß Karl in Plötzensee war, hatte er vernommen.

»Und wieso sind Sie in Prag?« fragte Hanna, nachdem er ihr kurz seine Erlebnisse in den letzten drei Jahren berichtet hatte. Ja, er hatte vor umzusatteln. Ein Bruder von ihm, Rittergutsbesitzer, hatte zum engsten Kreis von Göring gehört, war aber in Ungnade gefallen. Deshalb wurde nun auch Kunze selbst schärfer überwacht, man versuchte, ihm die ärztliche Praxis zu vernichten, hatte in letzter Zeit auch seine sozialdemokratische Vergangenheit wieder ausgegraben, die unter dem Schutz des mächtigen Bruders bis dahin übersehen worden war. Er hatte vier Kinder, mußte sich nach einer andern Existenz umsehen und hatte sich eine Vertretung von ein paar großen pharmazeutischen Fabriken verschafft, für die Tschechoslowakei und Österreich. Nun wollte er in Prag und Wien Beziehungen anknüpfen und sehen, ob die Sache rentabel sei.

Das klang alles recht vernünftig, und wiewohl Hanna in Deutschland keine persönlichen Beziehungen zu Kunze gehabt hatte, war sie bereit, mit ihm auszugehen. Seit sie mit Anatol »bös« war, seit jener Szene in der Neujahrsnacht, wußte sie ohnedies nie, wie sie die Abende verbringen sollte. Mit Kunze konnte man von Deutschland, von gemeinsamen Bekannten, von der Vergangenheit, von Karl sprechen.

Sie gingen ins Café, dann führte sie ihn ins »Befreite

Wassergasse (Vodičkova ulice) mit dem Akademie-Café (Akademická kavárna) auf der linken Seite

Theater«, wo Voskovec und Werich ein neues Stück, die »Lumpenballade« vorführten, das ein wenig an die Dreigroschenoper erinnerte. Merkwürdig waren diese Burschen mit ihrer kalten, schneidenden Radikalität, ihrem intellektuellen Humor, der gespenstigen Wirkung ihrer clownhaft gekalkten Gesichter. Aber es kam schließlich doch zu nichts Ernstlichem in ihrer Kritik, sie verabschiedeten sich mit einem Couplet »Es geht weiter, immer weiter ... auf Wiedersehn in bessern Zeiten« vom Publikum, das begeistert Beifall klatschte.

Hanna erklärte Kunze den Inhalt, übersetzte ihm den und jenen Witz und bemerkte, wie er befremdet blickte – er war solche Sachen wohl nicht mehr gewöhnt. Aber Ladislav, den Hanna an der Garderobe traf, machte abschätzige Bemerkungen über »steriles Gemecker«. Dann ging Hanna mit Dr. Kunze noch irgendwohin nachtmahlen und schlug um elf noch vor, in ein Café zu gehen. Es war doch ein recht angenehmer Abend gewesen – mal was anderes.

»Wo verkehren denn hier die Emigranten?« wollte Kunze wissen. »Vielleicht trifft man jemand, den man kennt ...«

»Ach, da und dort ... sie gehen in kein bestimmtes Lokal«, sagte Hanna instinktiv ausweichend und führte ihn in die »Akademická kavárna«, wo man ganz bestimmt keine Emigranten traf.

Als er sie nach Mitternacht nach Hause brachte, ging ein Herr grüßend an ihnen vorbei und drehte sich zweimal um. Es war Hanna ganz angenehm, daß Anatol sie in Begleitung eines gutaussehenden Mannes in der Nähe ihrer Wohnung traf. So würde er sich nicht einbilden, sie sitze einsam zu Hause und trauere um ihn. Sie war ja keine alte Frau, sie konnte noch andere Verehrer finden!

Nein, Anatol, ich bin keine alte Frau, wiederholte sie sich noch am nächsten Tag, als Kunze, der mit seinen Geschäftswegen anscheinend sehr wenig zu tun hatte, sie wieder abholte und zu einem Spaziergang einlud. Er interessierte sie durchaus nicht, trotzdem war sie bereit, auch an diesem Abend und noch am nächstfolgenden Tag mit ihm auszugehen. Nicht ewig Journalisten, Flüchtlinge ... Zwar wollte er von diesen vieles wissen und kam immer wieder darauf zurück: er habe in diesen drei Jahren den Kontakt mit Gesinnungsgenossen ja völlig entbehren müssen, er wolle die paar Tage »freie Luft« ausnützen, um sich über alles zu informieren, was in der Bewegung vorging, im Ausland und – illegal – in Deutschland. Hanna war zu sehr Parteimitglied, um einen Sozialdemokraten mehr als allgemeinste Dinge zu berichten. Kunze war begeistert von der Volksfrontpolitik und sah darin die Lösung der verworrenen Problematik der Arbeiterbewegung inmitten einer faschistischen Welt. Hanna gab ihre Bedenken kund, aber mehr in philosophischer Form und abgemildert durch die Gespräche mit dem reichsdeutschen Besuch. Nach vielen Monaten zwischen orthodoxen Parteileuten und verständnislosen Liberalen strömte er jene Atmosphäre intellektueller Sachlichkeit aus, die ihre deutsche Zeit charakterisiert hatte.

Als Kunze sich am dritten Tag verabschiedete, um über Wien und München zurückzufahren, bat er sie, das tschechische Geld, das er nicht verbraucht hatte, für ihn aufzuheben, bis er wiederkäme. Er wollte es nicht wieder mit zurücknehmen.

»Sie wissen ja, wie schwierig es ist, Geld ins Ausland zu bringen. Ich möchte mir hier eine kleine Reserve schaffen, wer weiß, ob ich nicht eines Tages ganz plötzlich emigrieren muß. Besonders, wenn man drauf kommt, daß ich hier mit Ihnen verkehrt habe!« fügte er mit verlegenem Lachen hinzu. »Es soll ja hier alles voll sein mit Gestapo-Spitzeln ...«

»Daran hätten Sie freilich früher denken sollen«, erwiderte Hanna etwas verletzt. Feige Hunde sind diese Sozialdemokraten (fast hätte sie Sozialfaschisten gedacht, aber das war ja seit dem Siebenten Kongreß ein verpöntes Wort). Kunze händigte ihr ein Kuvert aus, auf das er seinen Namen und »Hotel Esplanade, Zimmer 127« geschrieben hatte. Hanna wunderte sich ein bißchen, daß er im teuersten Hotel Prags abgestiegen war.

»Ich komme in vierzehn Tagen wieder, zum Ärztekongreß, dann hole ich mir das Geld – Sie werden es doch nicht veruntreuen?« meinte er mit neckischem Ernst. Hanna überhörte die Frage.

»In vierzehn Tagen schon wieder? Können Sie denn so oft hin- und herfahren ... legal?« wunderte sie sich.

Ja, er hätte ein Dauervisum, als Vertreter der pharmazeutischen Fabrik eben. Hanna wollte ihm eine Quittung über das Geld ausstellen. Er wehrte gekränkt ab: »So eine alte Freundin!« Das stimmte ja nun nicht, eher war sie nur eine entfernte Bekannte. Jedenfalls wollte sie das Geld nachzählen. Es waren über siebentausend Kronen.

»Donnerwetter, so viel ist Ihnen übriggeblieben?« rief Hanna erstaunt.

»Sie hören ja, ich bin Devisenschieber!« sagte er spöttisch.

»Wissen Sie, so viel Geld will ich lieber nicht behalten! Tragen Sie es in eine Bank!«

»Ein erleuchtender Vorschlag! Nur, daß Sonnabend nachmittag die Banken geschlossen sind ... Aber, wenn Sie es nicht behalten wollen, trage ich es zu Dr. Lebenthau. Nur muß ich dann meinen Zug versäumen, und das ist etwas unangenehm.«

Schließlich, es ist ja nebensächlich, dachte Hanna und steckte das Geld in ihre Handtasche.

Dann verabschiedete sie sich.

Als sie am selben Abend das Kuvert in ihren Schrank unter die Wäsche legte, hatte sie ein undefinierbares Gefühl von Unbehagen. Ich hätte ihn auf alle Fälle nach seiner Adresse in Halle fragen sollen, dachte sie. Aber dann beruhigte sie sich, sie konnte ja Dr. Lebenthau danach fragen, wenn sie ihn nächstens im »Continental« traf.

Zum ersten Mal seit langer Zeit stellte sie, als sie sich schlafen legte, Karls Bild auf ihrem Nachttisch auf, wie das Bild eines Schutzpatrons.

18. Kapitel

In der Partei gehen Dinge vor – Verhängnisvolle soziale Herkunft – Ein Held, der enttäuscht – Mangel an bolschewistischem Stil – Kein Grund, gegen die Sowjetunion Stimmung zu machen – Wiedersehen mit Anatol – Es gibt nur Gesichter – Kampf, Sieg und Niederlage

In der Partei gingen Dinge vor, aber Hanna erfuhr nicht mehr viel davon. Nacheinander waren Jenda, Ruda und Jarmila aus dem kleinen Kreis im Karolinenthaler Café ausgeschieden, die andern Genossen standen ihr ferner. Es herrschte strenges Verbot, mit Trotzkisten zu diskutieren, und »Trotzkist« war allmählich jeder geworden, der früher oder später von der Generallinie abfiel und sich zu einer der vielen Splittergruppen schlug, deren abgekürzte Majuskelnamen man oft gar nicht mehr auseinanderhalten konnte. Ja, es war schon verdächtig, auch im engen Kreis Fragen über die Taktik zu stellen, man hielt besser den Mund.

Nun war auch Ladislav nicht mehr da, der wendige Leitartikler des Parteiorgans, der mit seinen klugen, schläfrigen Äuglein und seiner dehnbaren Dialektik so erstaunlich an Karlíček Lozák von der »Svoboda« erinnerte. Aber Ladislav war nicht zu einer der Oppositionsgruppen übergegangen, nicht seine Überzeugung und nicht seine Kritik hatten ihn aus der Partei und vom Karolinenthaler Stammtisch weggetrieben. Bei ihm war es anders gekommen. Der »historische Führer« der tschechoslowakischen Sektion der Dritten Internationale war aus Moskau zurückgekehrt und hatte fürchterliche Musterung gehalten: die bisherigen leitenden Funktionäre, Sekretäre, Redakteure hatten – so warf der Sendbote aus dem Osten ihnen vor – die Volksfrontparole und die Schonung der Regierung im »kleinen Vaterland« etwas gar zu wörtlich aufgefaßt und allzu beflissen angewendet. Mit dem Effekt nämlich, daß die Kommunisten nunmehr von Agrariern, Gewerbeparteilern und nationalen Sozialisten für beinahe hoffähig erklärt wurden, die Arbeitermassen aber in Scharen hinter den dienstfertig gebückten Rücken ihrer Führer zu den Ultralinken oder den Faschisten abschwenkten.

Zwar waren die Parolen und auch die verschiedenen Arten ihrer Durchführung bis ins Detail von eben denselben strafenden Vätern seinerzeit vorgeschrieben worden. Nachdem jedoch die verhängnisvollen Resultate sich an der rapide sinkenden Zahl der Mitglieder und Zeitungsabonnenten erwies, wurde Retraite geblasen – Retraite, die (nur Ladislavs dehnbare Dialektik hätte solchen Widersinn plausibel machen können) sich in der neuen Parole »Vorwärts!« ausdrückte.

Dies alles freilich waren Interna, die große Masse wußte und verstand kaum etwas davon. Um aber die plötzlich in Ungnade Gefallenen bei dieser Masse – und auch bei den Parteien, zu denen sie sich etwa morgen schlagen mochten – mißliebig zu machen, wurde ihre Amtsenthebung in jedem einzelnen Fall persönlich motiviert.

Den Fall Ladislav erfuhr Hanna erst aus der »Svoboda«, die mit internem Material aus der Partei jetzt weit besser bedient schien, als je die Partei mit internem Material aus der »Svoboda« versorgt gewesen war: Ladislav war der Fragebogen vom Juli zum Verhängnis geworden.

Unter der Rubrik »soziale Herkunft und Vergangenheit« hatte er wahrheitsgemäß angegeben, er sei der Sohn wohlhabender Kaufleute aus der Westukraine und habe 1918 und 1919 – im Alter von sechzehn Jahren – als Legionär gegen die Bolschewiki gekämpft, sei mit seinem Regiment auf tschechoslowakisches Territorium abgedrängt und hier interniert worden, habe jahrelang keinerlei Politik getrieben, sondern nur die tschechische Sprache und den Marxismus und an der Universität Nationalökonomie studiert und sich dann im Jahre 1925 der Kommunistischen Partei angeschlossen.

Nicht nur hatte die Zentrale dieses Bekenntnis schweigend zur Kenntnis genommen und seit Juli nichts daran zu monieren gefunden, vielmehr hatte sie es wohl vorher schon gewußt (und nur so konnte man sich Ládas schlichte Aufrichtigkeit auch erklären); denn in breiten Parteikreisen hatte vor der »Reinigung« das Gerücht kursiert, die Leitartikel schriebe »ein Russe, der mit Lenin und Stalin in der Oktoberrevolution gekämpft« habe. Nun wurde jene verdrehte Version einfach wieder umgedreht, »vom Kopf auf die Füße gestellt«, wie die Hegelsche Dialektik seinerzeit von Marx – so wenigstens hätte Ladislav selbst seinen Fall erklärt, wenn er noch einen Leitartikel darüber hätte schreiben dürfen. Jedoch, wie die Sache stand, mußten er, seine Frau (die Bildredakteurin an »Svět práce« gewesen war) und sein kleines Kind die Sünden der begüterten westukrainischen Väter büßen, er wurde mit Schande aus der Partei ausgeschlossen. Ja, man hat nicht ungestraft eine soziale Herkunft!

Diese Geschichte las Hanna in der ersten Ausgabe, als sie gegen elf Uhr in die »Svoboda« kam.

Sie hatte in letzter Zeit, um ihr Budget zu erhöhen und die leeren Abende auszufüllen, mancherlei Vorträge besucht, zu denen die »Svoboda« keine Referenten entsandte, sei es, daß die Vorträge nicht wichtig genug erschienen, sei es, daß sie in fremder Sprache abgehalten wurden. Dann und wann war es Hanna gelungen, einen kurzen Bericht über diese oder jene literarische oder politische Veranstaltung in der »Svoboda«, zweite Ausgabe, unterzubringen. Die fünfzig Kronen, die sie dafür bekam, waren ihr mehr wert, als die viel höheren Beträge, die sie so lange Zeit, wenn auch immer mit gewissem Unbehagen, bei Dr. Svoboda kassiert hatte.

Heute war sie ihrer selbstgesetzten Reporterpflicht mit besonderem Eifer nachgegangen: ein berühmter russischer Schriftsteller, den sie ganz besonders liebte, sollte sprechen. Sie hatte ihn immer für einen der wichtigsten revolutionären Romanciers gehalten, und die kenntnislose Süffisance, mit der er in der Parteipresse als »Ästhet« und »Anarchist« abgetan wurde, hatte sie immer schon peinlich berührt. Dann war der Dichter, nach langem Auslandsaufenthalt, nach Rußland zurückgekehrt und hatte ein herrliches Buch über den kommunistischen Aufbau geschrieben. Wie bei all seinen früheren, so hatte Hanna auch bei diesem Buch geurteilt, durch einen Roman im rechten Sinn würden wohl mehr Interessenten, Anhänger und Sympathisierende für die revolutionäre Sache gewonnen als durch zehn Nummern Inprekorr und hundert (einander so ähnliche) Leitartikel in der »Roten Fahne«, der »Humanité« und dem »Daily Worker«. Nun sollte sie also ihren Helden leibhaftig kennenlernen.

Ein stämmiger, rotbackiger Mann bäuerlichen Typs, mit einer kurzen Bürste graubraunen Haares, betrat das Podium, der Vorsitzende der »Gesellschaft der Freunde des neuen Rußland« stellte ihn vor, unter brausendem Beifall des Auditoriums, in dem sich viele bürgerliche Intellektuelle befanden. Sie hatte sich ihn ganz anders vorgestellt – viel zarter, viel westlicher. Er sah wirklich aus wie ein Mitglied des Musterkolchos »Roter Oktober«.

Und was er sagte, ach, ein Mitglied dieser löblichen Korporation hätte kaum gröbere Klischees angeboten. Von seinen sonst so scharfpointierten Formulierungen, jener reizvollen Mischung von Lyrik und Zynismus, war nichts zu spüren in dieser dutzendweise verbreiteten Propagandarede. Kein neuer Gesichtspunkt, keine tiefere Begründung, kein treffendes Licht: wie der Apostel einer Touristenagentur schilderte er die Vorzüge seines Landes, unter denen der Umstand, daß dort Sozialismus herrschte, erwähnt wurde, wie man in einem Reiseprospekt den Schiefen Turm von Pisa oder die Höhlen in Schottland erwähnt – als sehenswerte Kuriosität.

Hanna hatte darauf gebrannt, ihren Helden persönlich kennenzulernen, hatte sich absichtlich ganz vorn, neben die Leute von der »Gesellschaft der Freunde des neuen Rußland« gesetzt, sie gebeten, sie mit dem großen Mann bekanntzumachen, sie nach dem Vortrag mit ins Café, zu nehmen. Es hieß jedoch, man ginge nirgendwo hin, der Gast sei auf die Russische Gesandtschaft geladen.

War dies nun eine Ausrede, wollte man sie nicht dabeihaben, oder war es wirklich so, gleichviel, Hanna war nach dem Vortrag recht froh, daß aus der persönlichen Bekanntschaft nichts wurde. Vielleicht hätte sie den Mund nicht halten können und ihrem Ex-Helden geradeheraus gesagt: Sie sind sich selbst untreu geworden, jetzt, da Sie so loyal geworden sind ...

Nein, das Land des Sozialismus als Attraktion für westliche Touristen – das tat in der Seele weh. Nicht dafür hatte man gelitten, gehofft, nicht dafür hatte man geredet, geschrieben, daß das »proletarische Vaterland« nun die Konkurrenz mit Schweizer Wintersportplätzen und Fuchsjagden in England aufnahm ...

Voll Bitterkeit über die Enttäuschung ging Hanna in die Redaktion. Sie setzte sich ins Mittelzimmer, um ihren Bericht zu verfassen. Tuzar saß da und schrieb Theaterkritik, und Malý, der die Achte Mahlersymphonie unter Bruno Walter rezensierte. Seit sie manchmal spät abends noch herkam, hatte sie die »Kollegen von der Kunst«, wie Zeman sie nannte, erst näher kennengelernt. Den vorsichtigen, etwas altväterlichen Malý, den zweiten Musikreferenten Nečasek, einen esoterischen Jüngling mit roten Locken, Tuzar, der Witz hatte und ihn bald in dieser, bald in jener literarischen Richtung schwang, Jelinek, einen ernsthaften und gebildeten Mann von humanistischen Kultur, der etwas an Anatol erinnerte und auch, wie Hanna zufällig erfuhr, privat mit ihm verkehrte.

In der »Svoboda« wußte man, seit dem indiskreten Überfall durch Ollys Mutter, woher Hanna stammte, wohin sie – so meinte man – eigentlich gehörte: in ein Prager Bürgerhaus. In merkwürdiger Weise war seitdem die Stimmung unter den Kollegen ihr gegenüber umgeschlagen. Hatte man sie vorher als Hanna Last gekannt, geschätzt oder wegen ihrer gelehrten Vielseitigkeit wohlwollend verspottet, so war sie nun die Geborene Aschbach, ein Mädel aus dem Bezirk Neustadt, eine Frau wie alle andern, nur halt ein bissel zu gescheit. Vielleicht bin ich auch gar nichts anderes, nie etwas anderes gewesen dachte sie wehmütig; die siebzehn Jahre Deutschland, die Partei, die Revolution nahmen sich im Rahmen der »Svoboda« sogar unpassend aus im Zusammenhang mit ihr.

Malý und Tuzar gingen mit ihren Bleistiftnotizen hinunter, um ihre eben empfangenen Theater- und Konzerteindrücke direkt in die Setzmaschine zu diktieren. Hanna saß grübelnd allein, bis sie sich aufraffte, ihre bitteren Bemerkungen über die Degeneration eines revolutionären Dichters in die Form eines Vortragsreferats zu bringen.

Was verteidigte sie hier, da sie einen Apostel angriff, der genau das pries, was auch sie stets verteidigte? Unschlüssig hielt sie inne. Vielleicht hätte sie doch mit auf die Gesandtschaft gehen sollen, es hätte sich unschwer machen lassen, sie war schon ein paar Mal dort gewesen. Zum ersten Mal zum großen Empfang am Revolutionstage im November, wo die Maršová russische Volkslieder vorgetragen hatte und man sich vor lauter Tafeln und Tischen und Tabletts mit märchenhaften Leckereien kaum hatte durchwinden können zu dem oder jenem Bekannten. Alle standen sie herum und kauten, wo gibt es denn schon solche Unmengen Kaviar und Lachs mit Mayonnaise und kunstreich geschmückten kalten Braten von zehnerlei Art, im Musterkolchos »Roter Oktober« gewiß nicht und auch nicht in den Höhlenwohnungen von Podskal. Nun ja, ein Diplomat muß repräsentieren, hatte sie immer gehört und es auch richtig gefunden. Heute schien es ihr mit einem Mal fragwürdig. Wäre es nicht besser, schicklicher gewesen, man hätte, auch bei so offiziellen Gelegenheiten, einen bolschewistischen Stil zur Schau getragen, Tee und Butterbrot, Straßenkleidung, ein kleiner revolutionärer Vortrag, und hätte den Bürgern das Naserümpfen überlassen, anstatt den Genossen die Zweifel und die Unruhe? Nein, es war besser, sie war nicht mitgegangen und hatte die Chance verpaßt, das zerstörte Bild ihres Lieblingsautors nachträglich und mühsam wieder zusammenzusetzen. Vielleicht wäre es dort, zwischen den reichbeladenen Tischen, auf denen über handgewebtem Kasaner Leinen die, Silberschüsseln sich üppig türmten, vollends zugrunde gegangen.

Als sie in Bílek's Zimmer trat, um ihre Notiz für die zweite Ausgabe anzubieten, saß Anatol da. Sie hatte ihn wochenlang nicht gesehen, längst aufgehört, auf ein Lebenszeichen zu warten. Seit der Silvesternacht war sie ihm nur ein oder zweimal auf dem Korridor, in der Setzerei begegnet, hatte aber nicht mit ihm gesprochen. Sie grüßte kurz und verwirrt, ging nicht einmal bis zu seiner Ecke, um ihm die Hand zu reichen, sondern blieb gleich an Bíleks Schreibtisch stehen.

»Ich habe da eine kleine Kritik über den russischen Vortrag«, murmelte sie, es kam ihr wie Verrat vor, sie wußte nicht recht, ob an ihrem Dichter oder ihrem Geliebten. Aber ehe Bílek den Beitrag noch lesen konnte, war Anatol aufgestanden und zu ihr getreten:

»Sie arbeiten jetzt auch als Referentin bei uns?« fragte er und sah sie neugierig an, »das hab ich ja gar nicht gewußt!«

Sonderbar, er schien verletzt. Man wußte nicht recht, ob darüber, daß in seinem Blatt oder daß in ihrem Leben Dinge vorgingen, um die ihn zu befragen man nicht für nötig fand. Stehend las er die Notiz.

»Nein, das wird leider nicht gehen, gnädige Frau«, sagte er mit höflichem Bedauern. »Erstens ist es viel zu lang. Zweitens ist es viel zu gescheit für unsere Leser ... Sie sind ja viel zu gescheit für die ›Svoboda‹«, wiederholte er, es klang wie ein Vorwurf. »Und wir haben keinen Grund, aus so unerheblichem Anlaß gegen die Sowjetunion Stimmung zu machen. Wenn was Großes passiert, dann allerdings ... dann können wir unsere Leser nicht uninformiert lassen, selbst wenn das Thema nicht in unsere ideelle Linie passen sollte ...«

Was sind das für Reden? dachte Hanna verärgert. Ideelle Linie … die »Svoboda«! Man mußte sie, im Handels- und Inseratenteil lesen, sofern man das verstand. Meinte es Anatol wirklich so? Und wie grotesk das war: der bürgerliche Herr Chefredakteur, der die Belange der Sowjetunion gegen das langjährige Parteimitglied Hanna Last verteidigte.

Bílek war in die Setzerei gerufen worden.

»Wie Sie wünschen«, sagte Hanna verdrossen und zerriß das Blatt langsam in kleine Stücke.

»Aber nicht doch!« wehrte Anatol. »Schade! Ich hätte den kleinen Aufsatz gern noch mal gelesen, er war geistreich … wie alles, was Sie schreiben, liebe Freundin! Früher hatte ich das Vergnügen, Ihre Arbeiten als Erster vor Augen zu bekommen …«

Aha, er ist beleidigt! Hab ich mir's doch gleich gedacht. Er ärgert sich, daß ich ohne ihn leben kann. Daß ich wochenlang ohne ihn leben kann.

Aber schon die Tatsache, daß er – wenn auch nur in der Form leichten Gekränktseins – von ihrer Existenz und ihrem Verhalten Notiz nahm, regte Hanna auf. Nein, sie war durchaus noch nicht fertig mit dem Mann. Sie war ausgerissen, hatte sich gedrückt, hatte sich erlaubt, ihn zu hassen, ganz für sich. Aber sie war durchaus nicht bereit gewesen, sich von ihm vergessen zu lassen. Und daß er sie nicht vergessen hatte, daß er zwischen »Früher« und »Jetzt« eine Parallele zog, brachte sogleich all ihr Gefühl in Erregung und Verwirrung.

Sie schaute zu ihm auf, von Bíleks Stuhl, auf den sie sich mechanisch hatte fallen lassen. Er war schön. Daran war nicht zu zweifeln, wenn auch sonst nichts, gar nichts an ihm und in ihm war, das nicht zu vielfältigem Zweifel hätte Anlaß gegeben. Er war schön.

Was weiß man denn von einem Menschen als sein Gesicht. Was er denkt und fühlt, muß man erraten, und wie oft rät man falsch. Was er spricht, ist gelogen, denn wir können nicht anders als lügen. In jedem Augenblick rauscht ein Blatt Wahrheit vorbei, schon ist es umgeblättert, auf jeder nächsten Seite steht, was die vorherige verleugnet und zu Schanden macht. Man kann nichts dafür, nichts dagegen, so ist das Buch des Lebens beschaffen, es ist nichts festzuhalten, noch im Lesen ändert sich der Text.

Aber das Gesicht: da steht es dunkel und schmal gegen den gelblichen Vorhang, so vertraut, so gewiß, Gesicht der Ferne über dem Schreibtisch, über dem Setzerpult, an seinem gewohnten, alltäglichen Platz, auf dem sie es nun nicht mehr täglich suchen kam ... Gesicht, das nur im Abstand seine reinen, schönen, festen Formen gewann und darbot, wie im Rahmen ein Bild an der Wand; aber hielt sie es mit Händen, an ihr Gesicht, dann zerfloß es, und einzeln und wie zusammenhanglos, jeder Logik der Form beraubt, fielen die Stirn, die Schläfen, die Wange, der Mund ihren Küssen anheim. Was sie oft, Brust an Brust, vage gespürt, das faßte sie nun mit einem Mal: damit ich dich wahrlich erkennen kann – erkennen im biblischen Sinn – mußt du fern mir sein. Kommst du nah, so wirst du mir konturlos, die Nähe macht dich unkenntlich. Und nichts nützt es, daß ich mich zu dir dränge und du dich zu mir, unsere Liebe ist seit je aus Ferne gemacht.

Als spüre er, was sie dachte, heftete er seine Augen tief und tiefer in die ihren, bis in die Tiefe des Augengrunds, wo sie einen süßen Schrecken verspürte wie in der Tiefe des Schoßes.

Gesicht, o Gesicht, das einzig Wirkliche, das du mir geben kannst, ist dein Gesicht, und im dreifachen Sinn des Wortes: Antlitz, Blick und Vision.

Bílek war wieder hereingekommen, und Proch, der zweite Handelsredakteur, Rýmas Nachfolger, der hier mit Veverka abwechselnd bis zum letzten Nachrichtendienst des Korrespondenzbüros Dienst tat. Hanna stand mechanisch von Bíleks Sessel am Schreibtisch auf, aber ihre Blicke blieben noch an Anatols Blicken hängen. Erst als Musik aus dem Radio erklang, ließ sie sie fallen.

»Die Zweite Mahler!« rief Svoboda in freudiger Erregung. »Ach – und sie sind schon beim letzten Satz ... so ein Jammer!« Er war wirklich traurig. »Immer vergeht das Schönste, wenn man nicht dabei ist ...«

Auch Hanna liebte die Symphonie, sie hatte oft mit Anatol von ihr gesprochen, liebte sie sogar mehr als die Achte, deren kritischen Widerhall der Obermetteur eben in einer nassen Fahne heraufbrachte und vor Bílek hinlegte. Die großen Chöre brausten voll frommer Gewalt aus dem Schallrohr, und dann tönte in schmerzlicher Seligkeit das Altsolo auf: »O glaube, mein Herz, o glaube: es geht dir nichts verloren! Dein ist, ja dein, was du gelebt, was du gelitten. O glaube, du wardst nicht umsonst geboren, hast nicht umsonst gestrebt, gestritten ...«

Glauben kann man das nur, wenn man es singt, spürte Hanna unbestimmt. Die bloßen Worte, läse man sie gedruckt, sagen nichts ... Worte sagen nichts, nur Musik kann – manchmal etwas sagen ...

Sie hörten in ehrfürchtigem Schweigen den grandiosen letzten Satz. Sogar der täppische Proch atmete nicht vor elysischer Entrücktheit, als sich der Himmel des Schlußchors auftat. Dann rauschte der Beifall heraus, und man erfuhr, daß man London gehört hatte.

»Gehen wir!« schlug Svoboda vor und half Hanna in den Mantel, den sie mit hereingebracht und an Bíleks Kleiderständer gehängt hatte.

Sie winkten Gute Nacht und traten durch den zu dieser Stunde verödeten Hausflur auf die Straße, als wäre es ihr täglicher Weg.

Und war er's denn nicht? An seiner Seite schritt Hanna, so selbstverständlich und leicht wie vor Zeiten, und an den Straßenübergängen faßte er sorglich nach ihrem Arm. Unser wirkliches Leben liegt in der Zukunft, hatte Karl geschrieben, und obwohl sie den konkreten Sinn der Vorstellung nicht hatte fassen können, war ihr seither zu Mut, als wäre alles, was sie in Prag erlebt hatte, gespenstisch und unwirklich. Unwirklich schon die Tatsache, daß sie

Graben (Na Příkopě)

hier war, unwirklich das stockige, düstere Grauen des Flüchtlingsheims, die strenge Runzelstirn der Parteiherren und die zynische Dialektik oder sture Hörigkeit der Parteilakeien, unwirklich die ganze »Svoboda« mit ihrer Märchenmaschinerie eines modernen Zeitungsbetriebs, unwirklich die verzehrende Leidenschaft für ihren Chef, Herrn Anatol Svoboda, und die tückischen Wechselfälle ihrer so undefinierbaren Beziehung, unwirklich der Besuch bei Gertrud und sein zugleich erleichterndes und niederschmetterndes Ergebnis, unwirklich zuletzt noch das Auftreten Dr. Bruno Kunzes, Facharzt für Haut- und Geschlechtskrankheiten aus Halle, Sendbote einer einst real gewesenen Welt.

In einem Gespinst von Phantasmen ging man einher, der Boden trug nicht, den man trat, die Gegenwart war nicht die Gegenwart, war nur ein Spinnwebvorhang zwischen Vorher und Nachher, hier galten die Spielregeln nicht, die anderswo das Tun und Treiben der Menschen beherrschten, sie war in ein Spielfeld der Verschworenen getreten, gespenstisch sie selbst in ihrer Doppelheit von Tschechisch und Deutsch, fremd und zu Hause, Bürgermädchen aus dem zweiten Stadtbezirk Prags und militante Kommunistin aus dem zweiten Zellenbezirk der Partei, gemischt aus vielerlei Geistern, die ihr unseliges Leben bedrängten, wo sie auch schritt und stand ... und dahinter der lagernde Berg Hradschin, der diese gespenstische Welt abschloß, so daß man nicht wußte: hätte man nie über ihn hinausverlangen oder hätte man nie über ihn zurückgelangen sollen?

Wo war die Zeit?

Nun schlug wieder der Gleichtakt vierer Schritte auf dem nächtlichen Pflaster. Nur wenige Menschen waren noch auf der Straße, die Schritte schlugen auf wie Gongschläge, die jedesmal den neuen Akt ankündigten, mag im vorigen Akt passiert sein, was immer, Liebe, Güte, Verrat, Tod und Leere, vielleicht haben wir's nicht verstanden, vielleicht hat es uns nicht gefallen, der Vorhang fällt, es schlägt der Gong, der Vorhang geht auf, ein neuer Akt beginnt.

»Warum haben wir uns so lange nicht gesehen?« fragte er in ihre fernen Träumereien.

Ja, warum eigentlich? Weil er andere Frauen hatte ... nun, diese Frauen waren gespenstisch wie alles in Prag, von einer nur wußte sie das ferne, blasse Gesicht, und es schien ihr, daß sie es schwesterlich hätte lieben können. Dunkel wußte sie die reißenden Schmerzen der Eifersucht, des Verschmähtseins, der Einsamkeit, alles, was sie um ihn gelitten hatte - o glaube, es geht dir nichts verloren! klang es in fragendem Moll in ihr nach –, sie hatte ihn ja nie zu fassen bekommen, er glitt an ihrem Leben vorüber, geschmeidig und unberechenbar wie eine schöne Katze, die Mattscheibe zwischen ihnen verstellte ihr sein klares Bild. War nicht, was sie an ihm liebte, was sie zu ihm zog von Anbeginn, war es nicht dies Verhüllte gewesen, dies Unerratbare, das in keine Vorstellung paßte, die sie sich jemals vom Freund und Geliebten denkend oder träumend mochte gebildet haben? Sie selbst war ja der Nähe ausgewichen, sie selbst hatte ihr Leben, das weite, ferne Hinterland ihres wirklichen Lebens von ihm ferngehalten, so sehr sie auch mit Klügeln und Grübeln eine vernünftige Übersicht über sein Leben erst gewünscht, dann trotzig verlangt hatte.

»Ja, warum eigentlich?« fragte sie nachdenklich zurück.

Sie wußte plötzlich und schmerzhaft, warum sie einander so lange nicht gesehen hatten. Nach jener Neujahrsnacht hatten sich ehrwürdige, alte Begriffe von ehedem: Würde, Selbstachtung, durch das erniedrigende und verworrene Leiden hindurch dringend zu Wort gemeldet. Sie wollte ihn auf die Probe stellen durch ihr Zurückweichen und Ausbiegen. Sie wollte ihn zwingen, sich zu erklären, ihr Verhältnis zueinander zu klären, es »ehrlich zu machen«. Kam er nicht von selbst, dann wußte sie, daß sie einander verloren waren, und sie hatte sich gelobt, von sich aus keinen Schritt mehr zu tun zu ihm hin, und hatte es auch wacker durchgeführt.

Aber wie alles, was ihr im letzten Jahr begegnet war, war auch die unerwartete Lösung des heutigen Abends keine rechte Lösung: sie hatte ihn nicht gesucht, aber doch gefunden. Er war nicht gekommen, und doch war er da. Wie war dies nun zu deuten?

Gewiß, er hatte die Probe nicht bestanden. Er war nicht gekommen, er hatte sie nicht aufgesucht, hatte nicht nach ihrem Verbleib geforscht. Und somit war es, ihrem Vorhaben nach, aus gewesen. Aber nun, wo sie einander durch Zufall wieder begegnet waren, war er es, der sich ihr aufs Neue näherte, er, der einen neuen Akt ankündigte, mit dem Gleichschritt, der wie Gongschläge auf dem nächtlichen Pflaster hallte. Tief drinnen meldete Hannas empfindliches Selbstgefühl ihr, warum: Er konnte es einfach nicht ertragen, daß eine Frau sich von ihm wegwandte; er selbst mußte es sein, der sich wegwandte von einer Frau, sein empfindliches Selbstgefühl ertrug's nicht anders, nur darum holte er sie heute wieder heran …

»Ich habe Sie vermißt«, bekannte er. Und sowohl Wärme, drängender, auf ein Recht pochender Anspruch klang aus seiner Stimme, wie auch schon Mißtrauen und Trotz und die Bereitschaft zum Gegenschlag, falls sie abschlagen sollte.

Sie schlug ab: »Ich Sie nicht! ... Ich hatte so viel zu tun!« Es kam stolz und lockend heraus. Sie war Sieger. Sie lenkte. Sie schlug ab. Sie provozierte. Jetzt mußte er fragen: »Was denn?« da er ja wußte, daß ihre Hauptarbeit, die Arbeit für ihn, seit Wochen ruhte.

Er fragte nicht, und sie fügte freiwillig hinzu: »Für die Partei, für das Emigranten-Komitee, für Deutschland ...«

Das Letztere war ja nicht wahr. Aber konnte er es wissen und überprüfen? Er kannte ihr Hinterland nicht. Sie konnte getrost die oder jene Landzunge dorther herüberziehen, um sich einen Boden zu schaffen für ihre armselige Einsamkeit.

Ein Schatten huschte über sein Gesicht: da war es wieder, das Unbekannte, das Ungreifbare, das hinter dieser Frau lag und ihn mit Leidenschaft, mit Haß, mit Verlangen und Versagen launisch überfiel ...

Sie waren schon in der Nähe ihrer Wohnung.

»Davon würde ich gern hören«, bat er. »Sie erzählen immer so interessant. So ein Bürger wie ich hat ja keine rechte Ahnung von der Welt, in der Sie leben ... Darf ich morgen nachmittag eine Stunde plaudern kommen?«

Schon war Hanna gewiß, daß er jetzt durchaus der Schwächere war.

»Morgen bin ich leider vergeben«, sagte sie höflich und empfand Triumphgefühl eines lange Getretenen. Jetzt sollte er nur drängen und warten – wie oft hatte sie drängen und warten müssen. Aber er drängte nicht.

»Schade«, sagte er. »Kommen Sie dann abends zum Umbruch ins Blatt?«

Wie schnell er sich begnügte! Sie hatte erwartet, er würde auf dem Besuch bestehen. Aber ihm genügte der Umbruch.

»Ich glaube kaum«, sagte sie, und schon wieder stieg der Trotz in ihr auf.

»Nun, dann sehen wir uns übermorgenabend im Blatt«, legte er fest. Sie standen schon vor ihrer Tür. »Aber daß Sie mir nicht wieder so lange verschwunden bleiben! Sonst muß ich mir wieder so den Kopf zerbrechen!«

»Sie haben sich den Kopf zerbrochen?« sagte sie ungläubig und erfreut.

»Wie denn nicht?« erwiderte er, ehrlich verwundert. »Wenn Sie vierzehn, nein sechzehn Tage nicht in die Redaktion kommen ...«

Er hatte die Tage gezählt. Hanna schoß es rot zum Herzen. Schon spürte sie, daß er durchaus wieder der Stärkere war.

Genügsam ist der Mensch. Wo er zaudert und zweifelt, mißtraut und sich quält, kommt ihm so ein laues, kleines Wort wie Himmelsregen aufs Herz gefallen..

Er mußte es merken. Vor der Tür küßte er ihr die Hand, erst außen, dann innen.

»Also morgen um drei«, sagte er und nahm wie selbstverständlich wieder Besitz.

Sie nickte nur.

19. Kapitel

Wunder der Gourmandise – Wieder einer, der unterkriecht – Sonderbare Hintergründe der Milchaffäre – Der Zweck heiligt die Mittel – Vermischung im Fleisch – Eine voreilige Mitteilung – Das ewige Stück – Verräter verfallen der Ferne

In einem kleinen, dunklen Gäßchen hinter dem Nationaltheater hatte Hanna die unscheinbare Konditorei entdeckt, deren Petit-Fours die hundertfältigen Erzeugnisse der mit Recht von altersher berühmten Häuser Štěrba, Berger oder Myšák an Köstlichkeit weit übertrafen. Zarte, duftende, winzige Dinge aus Haselnuß, Schokoladencreme, Pistazien, mit wer weiß welchem Zauber zusammengerührt und leicht gebräunt in einem Herd, unter dem man sich nicht kaltmechanisches Gas oder rußige Kohlen vorstellen mochte, vielmehr ein edles Feuer aus Hölzern fremder, geheimnisvoller Länder. Hier hatte Hanna ihr Teegebäck besorgt, wenn sie Anatol erwartete, und Anatol hatte kennerische kleine Erläuterungen abgegeben über diese Wunder der Gourmandise und hatte sie mit Baudelaire und Debussy verglichen, beim Tee hinter den herabgelassenen Spitzenvorhängen.

Nach langer Zeit trug Hanna wieder ein in Seidenpapier gehülltes Paketchen vorsichtig auf der flachen Hand, als sie zum Kai hinunter und zur Sophieninsel hinüberging. Während sie verträumt vor der sonderbaren Uhr stand, auf der man lesen konnte, daß es jetzt, um elf, in Moskau schon drei Uhr nachmittags – und um drei wollte Anatol kommen! Aber nicht in Moskau würden sie sich treffen … in Mexico City dagegen erst vier Uhr früh – war, kam Arm in Arm ein Paar auf sie zu.

Hanna schüttelte erst Jarmila, dann Jenda die Hand und war verlegen; sie wußte nicht recht, ob darüber, daß sie Jarmila mit Jenda traf oder Jarmila und Jenda sie mit einem für Anatol bestimmten Päckchen zartesten Teegebäcks ertappten, das sie vorsichtig auf die linke Hand hinüberbalancierte, ehe sie die Freunde begrüßte.

»Ja, wir sind wieder zusammen«, erklärte Jarmila geradeheraus. »Das mit der Vilma von ›Haló noviny‹, was ich dir mal erzählt habe – damals, als wir zusammen im Kino waren, weißt du? – das war ein Mißverständnis.«

»Wir heiraten sogar!« fügte Jenda stolz hinzu.

Das tat nun Hanna ein bißchen leid. So, als ob die tapfere Jarmila irgendwo unterkröche; obzwar, Jenda war ein netter Kerl und ein guter Genosse ...

Jarmila korrigierte: Das sei noch gar nicht sicher, zwar spräche manches dafür, sie könnten dann zusammen wohnen, Jendas Mutter würde ihnen die Wirtschaft führen, es käme dann billiger ...

Ruda wohnt doch bei Jenda, fiel Hanna ein, Jarmilas früherer Geliebter.

»Ruda zieht sowieso aus, er geht nach Bratislava«, beantwortete Jarmila unbefangen die stumme Frage.

»Das sind ja Neuigkeiten«, meinte Hanna und versuchte sich zu freuen.

»Ja, die Dinge werden alle sehr einfach, wenn man sie sich ordentlich ansieht«, erklärte Jarmila. »Solange man in der Partei war, hat man nichts ordentlich ansehen können, nicht mal die Beziehung zwischen Mann und Frau. Mal so herum, mal so herum – freie Liebe, Privatleben in Ordnung haben, wie, ist Wurst ... dann wieder Familie und trautes Heim – wer soll sich da auskennen! Immer quatschen sie davon, wie unwichtig das Privatleben ist, dabei ist bei ihnen allen alles in Unordnung! Seit ich draußen bin, ist mir das alles erst so recht klargeworden.«

Das klang beneidenswert.

»Das sind ja Neuigkeiten!« wiederholte Hanna, es lag Wärme und Sympathie und etwas Wehmut in ihrer Stimme.

»Es gibt noch ganz andere Neuigkeiten!« verkündete Jarmila geheimnisvoll. »Komm mit ins ›Slavia‹, wir können doch hier nicht ewig um den Kiosk herumgehen, ich hab schon eiskalte Füße ... Ich erzähl dir ... du wirst staunen!«

So gingen sie also ins Café und setzten sich in den hintersten, dunklen Raum – nein, Hanna, am Fenster zieht's doch so, du mußt dich doch endlich mal sattgesehen haben am Hradschin, Romantikerin, die du bist!

Während Jarmila so mit Herzlichkeit auf die Freundin schalt, flüsterte Jenda ihr etwas zu.

»Absichtlich erzähl' ich ihr's!« widersprach Jarmila ihrem Freund. »Damit sie sich endlich entschließt, aus dieser Mistpartei auszutreten! Sie ist zwar verdreht und hysterisch, aber im Grund ist sie doch eine tapfere und anständige Person. Es lohnt sich, sie zu gewinnen.«

Hanna mußte lachen, als die Freundin so unumwunden ihr Urteil abgab. Sie zeigte sich interessiert an dem, was Jarmila berichten, Jenda, wie es schien, nicht preisgeben wollte. Aber dann war sie doch sehr bestürzt.

»Du erinnerst dich noch an die Milchaffäre?« fragte Jarmila zur Einleitung. Freilich erinnerte sich Hanna. Die Entwicklung der Milchaffäre hatte ihre eigene Entwicklung durch ein volles halbes Jahr begleitet. Sie wußte noch genau die Einzelheiten, denn sie waren verknüpft mit vielerlei Etappen von Zweifeln über die Motive ihrer positiven Stellung zur »Svoboda« (die damals in demokratisch-fortschrittlicher Sachlichkeit die Seite des »Melka«-Konzerns vertreten hatte), und wußte noch, wie verquickt das alles gewesen war: Doktrin, gesunder Menschenverstand, aufkeimendes Interesse für Anatol, revolutionäre Gewissensbedenken und ästhetisches Unbehagen, dies letztere über die hohlen Tiraden, mit denen die Parteiblätter die Sache der »Svoboda«-Genossenschaft verteidigt hatten. Freilich erinnerte sich Hanna an die Milchaffäre! Nun also, Jarmila und Jenda wußten aus einwandfreier Quelle, was damals der tiefere Grund der ganzen Kampagne gewesen war. Ein Mitglied des Zentralkomitees hatte mit Geldern, die für die Rote Hilfe, für den

Arbeitslosenfonds und ähnliche löbliche Zwecke gesammelt worden waren, durch einen Strohmann das größte und besteingerichtete Milchgut Böhmens gekauft. Als dann die Großproduzenten sich in der »Melka« zusammenschlossen, hatte er den Augenblick kommen gesehen, um einen kapitalen Fischzug zu machen: Blieb er, respektive sein Gewährsmann, auf seiten der »Melka«, so war – im Falle, daß die »Melka« das Monopol bekäme – sein Profit nur ein Teil des allgemeinen Profits. Schlug er sich aber ins andre Lager, oder vielmehr, schuf er aus Tausenden wirtschaftlich ohnmächtiger Kleinhändler und Häusler ein Lager, das sich ebenfalls um die Staatslieferungen bewarb, dann konnte er im Falle des Sieges die Monopolgewinne so gut wie allein einstreichen. Denn die »Abteilung Molkereiprodukte«, die er ad hoc geschaffen und der »Svoboda«-Genossenschaft angegliedert hatte, war eine Schar rat- und hilfloser Trabanten in seiner Hand. Er hatte ferner die gesamte Parteipresse gratis für die Propaganda zur Verfügung, während die »Melka« riesige Bestechungsgelder an die auf viele Richtungen verteilten bürgerlichen Blätter zahlen mußte. Er hatte den Kommunistischen Senatorenklub, die kommunistische Parlamentsfraktion, er hatte das Gesundheitsamt, dessen sozialdemokratischer Minister ein ehrlicher Gegner der großkapitalistischen Kartelle war, er hatte nicht zuletzt die Tausende Einzelkuhbesitzer, die um ihre Pfennige zitterten und mit denen man, falls es nottat, wirksame Straßendemonstrationen à la Dreigroschenoper arrangieren konnte. Ging die Sache schief, das heißt, gewann die »Melka« das Monopol, so stand seinem nachträglichen Beitritt zu diesem mächtigen Konzern nichts im Wege. Gewann aber die »Svoboda«-Genossenschaft, dann war er von vornherein ihr mächtigstes Mitglied und höchstwahrscheinlich ihr Leiter.

All das war nicht einmal ein purer Schurkenstreich. Es war einfach nach der Parteithese »Der Zweck heiligt die Mittel!« entworfen und durchgeführt, und nachdem durch Beamtenbestechung, Erpressung und Drohung sowie durch politische Schiebungen undurchsichtiger Art der »Svoboda«-Genossenschaft endlich das Monopol gesichert gewesen war, hatte der »rote Basil Zaharoff« – wie die Eingeweihten ihn nannten – alsbald je einen großen Betrag an die Rote Hilfe und an den Arbeitslosenfonds abgeführt. Gleichzeitig allerdings hatte er die kleinen Leute, in deren Namen und zu deren scheinbarem Vorteil die Kampagne geführt worden war, durch Preissenkungen so ins Gedränge gebracht, daß sie nunmehr praktisch nur seine Handlanger und Lieferanten seiner Mustermolkerei waren.

Der Oberschieber – sein Name wurde nicht genannt – war übrigens kürzlich, in einer Nachwahl, Senator geworden.

Hanna war höchlichst erregt: Wie denn und was denn? Sie ließ sich so viele Details erzählen, als die beiden Genossen nur wußten.

»Und zu so einer Partei gehörst du!« schlossen sie triumphierend. Denn es war nicht zu leugnen, der »rote Zaharoff« hätte seine Schiebungen unmöglich ohne Mitwissen und vielleicht Mitwirkung der einflußreicheren Parteileute durchführen können. Sie hingen alle mit drin, auch Ladislav, der Leitartikler, war natürlich nicht blind und nicht ohne Handgeld ins Geschirr gegangen. Und von ihm, der jetzt so schmählich von der Partei kalt- und bloßgestellt worden war, von ihm – so deuteten sie an – wußten sie die ganze Geschichte.

»Und wird er es in die Presse bringen?« fragte Hanna atemlos.

»Aber woher denn!« entrüsteten sich die beiden Genossen; die Partei mag eine Schweinerei sein und ihre Führer Schweine oder Schweinehirten – aber der bürgerlichen Bagage gibt man sie doch nicht preis, selbst wenn sie einen so niederträchtig behandelt haben, wie den Láda. Außerdem ... bloße Gerüchte haben da keinen Wert, man muß da zu seiner Sache stehen, das ist ein schmutziges

Geschäft, und nicht zuletzt ein gefährliches, der Arm der GPU reicht weit ... Verräter verfallen der Ferne!

Das mußte Hanna einsehen. Aber sie ging höchst verwirrt nach Hause und dachte noch an den Fall, als pünktlich um drei Anatol an ihre Tür klopfte.

Er hatte ihr einen Veilchenstrauß mitgebracht. Gerührt tauchte Hanna ihr Gesicht in das duftende Dunkelviolett.

»Wie sie riechen!« sagte sie überrascht. »Jetzt im Februar! Das ist aber lieb von dir!«

Sie war's, die wieder angefangen hatte, Du zu sagen. Sie bemerkte es sofort. Und Anatol bemerkte, daß sie ein anderes, schlechteres Zimmer hatte, und rügte es in zarten Worten. Ob sie denn kein Vertrauen zu ihm hätte? Er sei doch, über alle kleinen Mißverständnisse hinaus, ihr treuer Freund.

Ein kleines Mißverständnis, die Geschichte mit der Vilma von »Haló noviny«, hatte Jarmila gesagt. Und daß alles einfacher würde, hätte man sich nur erst mal die höllische Maschinerie der Partei vom Halse gerissen ...

Vielleicht war die Blasse damals wirklich seine Schwester, erwog Hanna zweifelnd. Wer weiß denn ... So verwirrt, wie ich damals war. Eifersüchtige hängen sich immer an Hirngespinste. Man sucht nach vernünftigen Gründen für seinen unsinnigen Schmerz. Man liebt ihn, den unsinnigen Schmerz, man nährt ihn, man pflegt ihn. Aus Selbsthaß und Angst gibt man sich dem Schmerz hin. Wo es doch so einfach wäre.

»Nimm es ein bißchen einfacher!« hatte Karl in seinem letzten Brief geschrieben. Und hatte Anatol verteidigt gegen sie. Karl hatte ihren Geliebten verteidigt gegen sie.

Wahrlich, sie hatte ihm viel Unrecht angetan, sie hatte ihm viel abzubitten – sie wußte nicht recht, wem: Karl oder Anatol, oder beiden, als sie die schäbigen Vorhänge herunterließ.

Und als sie ineinanderdrangen, war es Anatol und Karl zugleich, die sie umfangen hielt. Vom Scheitel kam es herabgerieselt über das Rückenmark, den Hals, die Brust, die Hüften entlang brauste es, schwoll hoch und jauchzend an im tiefsten Grunde des Schosses und verebbte langsam an den Knien ... Tiefatmend schmiegte sich sich in des Mannes Achsel, dunkel war's, es war ein Schneesturm am Himmel, der trüb vom Hof her durch die Vorhänge schien.

Vertrauen des Körpers nach vollbrachter Gemeinsamkeit, Mysterium der Ehe ... Karl, in deinen Armen ist's wohl sein, vergessen war die unbefriedigte Bitternis der »kleinen Lust«, der kargen, aus Selbstsucht geizig nur entlassenen, und gegenwärtig war die große, tiefe, geheimnisvolle Freude der Verschmelzung, da das Ich der Frau im Du des Mannes ertrinkt, Ehepaar, ewiges Paar, Karl, an deiner Seite ruh' ich, und es gibt nicht Ich und nicht Du ...

»Du wolltest mir doch etwas berichten?« mahnte der Mann und strich ihr zärtlich über den nackten Arm. Da spürte sie, daß es Anatol war, und erschrak. Die beiden Männer hatten sich in ihrem Fleische vermischt, sie hatte sie beide betrogen. Und sie sah sich an und wurde gewahr, daß sie nackt waren. Schnell griff sie nach ihrem Schlafrock, nach einer Decke, bedeckte sich und den Mann.

Sie bereitete Tee auf ihrem Spirituskocher, holte Tassen herbei und die kleine Kanne, die sie liebhatte vom ersten Besuch Anatols her, stellte den Teller mit zartem Gebäck dazu. Karl ißt doch eigentlich lieber Pflaumenkuchen, dachte sie verwirrt.

»Du wolltest mir etwas erzählen«, wiederholte Anatol und griff in sein über dem Stuhl hängendes Jackett nach einer Zigarette. Er schaute sie fragend und voll schmerzlicher Wehmut an. Hatte er gespürt, daß sie statt seiner ihren Gatten umarmt hatte?

Sie wünschte dringlich, den Verdacht in seinem Blick zu zerstreuen. Wenn sie zu ihm sprach, voll Vertrauen, ohne Hinterhalte, vielleicht erhob sie dann dieses klägliche Verhältnis mit ihrem Gelegenheitsbeischläfer zu einer echten Intimität der Personen, vielleicht rechtfertigte sie sich damit vor ihrem Geliebten, den sie, sie spürte es dunkel, mißbraucht hatte, sooft sie sich hatte von ihm mißbrauchen lassen, vielleicht konnte sie ihre Liebe zu Karl mit ihrer Liebe zu Anatol endlich in eins bringen, ohne Furcht vor Begegnungen der beiden in der Welt und in ihrem Fleisch ... Dies alles spürte sie dunkel, es drang nicht bis zum Gedanken vor. Aber es strömte in das Fieber ihrer Worte, mit denen sie sich nun aus dem Bann zu lösen suchte. Sie erzählte.

Sie erzählte, was sie am selben Tag von den Genossen erfahren hatte, erzählte es zitternd, erregt, ausführlich, lenkte ihre ganze Aufmerksamkeit und all ihre Gedanken darauf, als ob die Schuld der andern – Schuld ganz andrer Art – ihr Rechtfertigung bieten sollte für die eigene Schuld; so stellte sie den fremden Mann bloß, den sie nicht einmal von Angesicht kannte, gab die Partei preis, der Jahre ihres besten Lebens gegolten hatten, die ihr im Fleische saß wie der Stachel der Lust, die sie gehütet hatte mit Eifersucht, einem Begleitgefühl bürgerlichen Besitzwahns, nun gab sie sie preis, Hanna, Hanna Last, du bist in Schande gefallen.

Der Mann hörte erstaunt zu, stellte aufmunternde Zwischenfragen, und während er sich ankleidete, holte er aus ihr heraus, was in Monaten sich aufgespeichert hatte. Dann machte er Licht.

»Das ist ja eine tolle Geschichte«, sagte er. »Sehr interessant! Nun, da siehst du, was ich dir immer gesagt habe: Politik ist ein dreckiges Geschäft. Besonders für Frauen.«

Bei dieser banalen Bemerkung erwachte sie ruckartig wie aus einem wüsten Traum. Ein Schrecken flog ihr über die Glieder. Was hatte sie getan? Das war ja ein fremder Mann, ein fremder Mann, ein fremder Mann.

Aus Nervosität und Verwirrung begann sie zu weinen. »Anatol ... schwör' mir, daß du das sofort vergißt! Es war eine Phantasie von mir! Es ist nicht wahr! Ich hab' manchmal solch groteske Phantasien! Ich hab' was Sadistisches in mir, oh Gott, Anatol schwör' mir, daß du mir glaubst, es ist alles nicht wahr!«

Der Mann sah sie mit neugieriger Verwunderung an. »Aber rege dich doch nicht so auf, Kind!« sagte er. »Ich hab's gar nicht so ernst genommen. Es ist mehr eine heitere Geschichte.«

Hanna war totenübel zumute. Sie nahm eine Cognacflasche aus dem Schrank, stürzte ein Glas hinunter, dann bot sie Anatol eines an. Er dankte. Sie sah ihn im Wald-Restaurant in Stechowitz dem Kellner fünf Bier und zwei Slibowitz bezahlen, es grauste sie. Dort war der Formismord passiert. Verräter verfallen der Ferne.

Als er ging, ließ sie ihn nochmals versprechen, daß alles nicht sollte gesagt worden sein.

In früheren, besseren Monaten war sie nach Anatols Nachmittagsbesuchen abends unfehlbar in die »Svoboda« gegangen. Sich Bestätigung holen, daß er noch da war, an seinem gewohnten Platz, daß das alles kein Traum gewesen war, ihn still mit den Augen grüßen, dankbar und schmerzlich zugleich. Und immer war ihr gewesen, als fände sie dann erst recht zu ihm, heim aus einer Fremde.

Dieser Trost war heute verwehrt. Zu viel war geschehen. Sie mußte fort. Fort ... wohin denn? Ach, nur in die Straßen hinaus, laufen, rennen, es war schon dunkel, die Tage waren noch kurz.

Bis in die Vorstadt lief sie hinaus, auf der Flucht vor den eigenen Gedanken, und als sie schon kaum mehr gehen konnte, fiel sie ins erste beste Kino, hier waren sie nicht groß und prächtig wie auf dem Wenzelsplatz, die hölzernen Sitze klapperten laut, wenn Leute kamen und gingen, der Vorführapparat war schlecht, auf der Leinwand flimmerte es, dann erschien ein Stück, in dem die Menschen auf dem Kopfe gingen, die Zuschauer trampelten und pfiffen wild, bis das Bild wieder umgedreht wurde, es roch nach slowakischem Eselskäse und Bier. An Hannas Bein strich ein großer grauer Kater vorbei und fauchte bös, weil sie ihm in der Dunkelheit auf den Schwanz getreten war.

Aber es war doch eine Erlösung, hier im Dunkel zu sitzen, zwischen fremden Leuten, die einen nicht kannten, die nicht fragten, die nichts wußten und nichts wissen wollten. Hanna kauerte sich in ihren unbequemen Sitz, und ihr Atem begann ruhiger zu gehen. Sie schaute kaum hin, wie auf dem bewegten Bild Menschen sich küßten, stritten, trennten, und dann wieder küßten und stritten, ohne ersichtlichen Grund. Sie erinnerte sich wehmütig, wie sie vor zwanzig Jahren, in den gesegneten Zeiten der durchaus stummen, aber wie aufregenden Detektivfilme von Arsène Lupin und Stuart Webbs ihren Vater gefragt hatte: Warum dies? Und warum das? Und der Vater hatte trocken geantwortet: Damit das Stück bis zum Ende der Vorstellung dauert!

Wieviel Lebenskenntnis der Vater doch besessen hatte ...

Ja, das war wohl der letzte Sinn all des Laufens und Rennens, all der Umarmungen, Trennungen, Abschiede, des Sichwiederfindens und neuerlichen Trennens, all der Verwirrung, die man nicht verstand: daß es lang genug daure, daß die leere Leinwand des Lebens bewegt und ausgefüllt bleibe, bis zum Schluß ...

Aber nun sah sie doch hin, denn auf dem Bild marschierten nun endlose Reihen Soldaten vorüber, dann kamen Mädchen im Sportdress mit herausfordernd glücklichen Gesichtern, dann Panzer und Kanonen in streng militärischer Ordnung und wiederum Soldaten, auf der Mütze trugen sie den fünfzackigen Sowjetstern. Aus einem Lautsprecher krächzte es hohl, dies wäre das prachtvolle Defilee, das die hochzuschätzenden östlichen Verbündeten an ihrem Staatsfeiertage – »Revolution« sagte er nicht, damit die Zuhörer hier im Proletarierviertel nicht etwa auf schlechte Gedanken kämen – nun also, zur Feier ihres neuen Staates abgehalten hätten. Roter Oktober in Moskau ... jetzt war es Februar. Die Botschaft aus dem Osten war mit arger Verspätung in die Vorstadt gekommen. Die Wochenschau im Žižkower Kino schaute auf längst verflossene Wochen zurück, alte Wochen sind billiger, nur das Neue ist teuer.

Žižkov

Dann sah man den neuen englischen König, auch dieser ein wichtiger Herr, lange genug hatte er warten müssen, daß der Alte stürbe, das war vor einem Jahr gewesen. Liftschitz hatte ihr davon erzählt, bei ihrem ersten Besuch in der Setzerei, und was damals für eine Panik entstanden war, weil der alte englische König ausgerechnet knapp vor Blattschluß hatte sterben müssen. Der junge sah hilflos und nett aus. Eine Königin hatte er nicht, na, wird sich schon noch eine finden, die ihn nimmt, jetzt kommen schon wieder Soldaten, deutsche Soldaten, und deutsche Panzer, und dann deutsche Arbeitskolonnen, die sauber und ordentlich die Moore trocken legen, das sind die aus den Konzentrationslagern, aber das wurde nicht gesagt.

Überall ist die drohende Welt, Osten, Westen, in der Mitte, kein Entrinnen gibt's, aber aus dem Kino kann man hinausgehn, wenn einem zu viel dazu einfällt, und Hanna ging hinaus, während auf der Leinwand das Stück neu begann mit Küssen und Streiten und Abschied und Küssen, das ewige Stück.

Sie ging durch die Straßen. Es war Freitag abend, Lohntag, die Kneipen waren voll, man sah schon betrunkene Männer. Die Frauen trugen gefüllte Markttaschen aus abgenütztem schwarzen Wachstuch und hatten Kopf und Schultern eingehüllt in gewirkte Chenilleschals, die samtig im Laternenlicht glänzten.

Hinter dem Žižkower Viadukt sah man keine Arbeitermützen mehr, die Frauen waren Damen und trugen kecke Hütchen, manche schon gar aus frühlingshaftem Stroh, aber das Gesicht darunter war noch vom Pelzkragen geschützt, es war Abend und kalt, Februar.

Wohin? Noch einmal ins Kino ... Nun ja, nur sitzen und dämmern. Das Kino ist groß und nobel, die roten Lämpchen vor den Logen mit kupfernen Engeln verziert, auf der Leinwand aber sieht man einen Keller, in dem rechts und links Burschen in halbmilitärischer Kleidung Spalier stehen, und ein Mann wankt hindurch. Sind es schon wieder Nazis? Nein, es sind irische Freischärler, wie sich zeigt, eine Geheimorganisation. Einer hat sie verraten, sie wissen noch nicht wer, jetzt ist Femegericht, die Zeugen werden vernommen, aber sie finden den Richtigen nicht. Der, der sie verraten hat, es ist – natürlich – einer der Ihren, und noch dazu der Freund des Führers, treibt sich inzwischen in den nächtlichen Straßen herum, gejagt vom Gewissen, und verschleudert den Judaslohn mit Bettlern und Huren. Bald wird er zu Falle kommen, er fühlt es, er weiß es, da ist kein Entrinnen, Verräter verfallen der Ferne, das Schwarze hat sich aufgetan, es kann nur noch Stunden dauern, trinken, trinken, saufen, noch mehr, Wein her, Bier her, Champagner her, Schnaps her, Schnaps, Schnaps, Schnaps ...

Hanna wartete nicht ab, bis die Nacht nach dem Verrat im Morgendämmer licht wurde. Nein, es gibt kein Entrinnen. Wohin man auch flieht, dort war das eigene Schicksal und grinste einen an. Sie schwankte hinaus wie durch ein Spalier schweigender, feindlicher, ahnender Blicke.

Sie ging in die kleine Weinstube nebenan, in der sie manchmal mit Anatol gesessen hatte, und bestellte Wein.

Vielleicht kommt jetzt die Leichtigkeit wieder. Die helle, unbeschwerte, selbstverständliche Leichtigkeit, wie zu Anfang, als sie manchmal mit Anatol hier gewesen war. Das ist lange her. Die Leichtigkeit war noch irgendwo, in der Luft, ungreifbar, unsichtbar, unbeweisbar, sie konnte wiederkommen, gestern um diese Stunde war sie ja wiedergekommen, nach langen Wochen voll Trauer und Schwere hatte man auf einmal wieder fliegen können, man flog, man flog, der Mann hielt einen bei den Kreuzungen zart am Ellenbogen, damit man nicht stürzte und zerbrach.

Aber der Mann war fort.

Vor Stunden noch hatte sie ihn in den Armen gehalten ... aber er war's nicht gewesen, es war der andere gewesen, der mit dem geschorenen Kopf, in grauer Sträflingskleidung. Nur stundenweit ist er räumlich von ihr entfernt, er wartet, daß es Oktober wird. Nicht Roter Oktober. Nur Oktober.

Noch ein Glas, Kellner! Noch ein Glas! Bringen Sie mir gleich eine halbe Flasche. Und einen Cognac.

Es wurde ihr heiß. Sie hatte nichts im Magen, war keinen Alkohol gewohnt. Es wurde ihr so heiß, sie wurde so müde. Schlafen gehen, dachte sie.

Die Rechnung machte fast genausoviel aus, wie sie gerade noch hatte. Das letzte Kleingeld bekam der Taxi-Chauffeur.

Sie fiel bleiern aufs Bett und schlief schon, ehe sie auch nur das Licht hatte abdrehen können.

20. Kapitel

Man müßte Ordnung machen – Bittere Erinnerungen – Zeilenschreiber rechnet zusammen – Eine sensationelle Überschrift – Der Chef ist verreist – Das Bewußtsein streicht die Segel

Sie erwachte spät und mit wüstem Kopf. Sie kochte sich einen schwarzen Kaffee und fand im Schrank ein paar Zwiebäcke.

Den Schrank muß ich aufräumen, dachte sie. Morgen werde ich mal den Schrank aufräumen. Nein, gleich. Wer weiß, was morgen ist.

Sonntag ist morgen! Anatol wird nach Brünn fahren. Ich geh' dann abends nach Karolinenthal. Nein, nach Karolinenthal kann ich jetzt auch nicht mehr. In die Redaktion ... nein, die Redaktion ist zu; im Gang ist es dunkel am Sonntag, man findet nicht mal den Lichtschalter, wenn man sich ein Wörterbuch holen will. Ich müßte arbeiten. Ich muß Geld verdienen. Ich habe kein Geld.

Sie kramte unschlüssig in den Kästen. Das Couvert, das ihr Dr. Kunze zur Aufbewahrung übergeben hatte, fiel ihr in die Hand. Der hat doch auch wiederkommen wollen, fiel ihr ein. Der Ärztekongreß ist doch schon vor vierzehn Tagen gewesen. Ich kann das Geld nicht so lange hier aufheben. Es kommt noch weg. Schließlich vergreif' ich mich noch mal dran. Ich will das Geld nicht hier liegen haben. Ich muß es auf einer Bank deponieren. Morgen. Ach, morgen ist Sonntag. Also übermorgen.

Ihr Blick fiel auf Rositas braunes Samtkleid, das unter dem Regenmantel hervorhing. Am Neujahrstag hatte sie es zurückbringen wollen, damals, als ihr so schlecht gewesen war, als sie geglaubt hatte, sie sei schwanger. Sie lächelte müde. »Das sind nun eitle Gedanken«, summte sie mit geschlossenen Lippen Mahlers Kindertotenlieder. Ihre Hand glitt langsam an dem glänzenden Samt herunter, der Zipfel Melodie blieb in der Luft hängen. Wieso habe ich das Kleid überhaupt noch hier, dachte sie unklar. Morgen trag' ich es zurück. Nein, morgen ist Sonntag. Also übermorgen.

Heini und Rosita sind nicht in Prag. Sie fahren jeden Sonntag hinaus – Skilaufen jetzt wohl. Nie hatten sie sie aufgefordert mitzufahren. Wie gern sie wieder einmal Ski gelaufen wäre! Seit Deutschland war sie nicht mehr im Schnee gewesen. Und auch im Sommer hatten die Geschwister sie niemals zu einer Sonntagsfahrt eingeladen. Jeden Sonntag fuhren Heini und Rosita hinaus, nach Karlsbad, an die Sázava, in den Böhmerwald. Nie hatten sie sie aufgefordert mitzukommen.

Mehr als ein Jahr, fast anderthalb Jahre lebte sie nun in derselben Stadt mit ihnen und hatte den Bruder nie anderswo gesehen als in seinem prächtigen Haus, donnerstags beim Mittagessen. Er hatte sie nie eingeladen zu gemeinsamem Spaziergang, Ausflug, Theaterbesuch. Er hatte sie nie besucht. Zwei oder dreimal hatte er ihr durch den eleganten Diener ein Lebensmittelpaket geschickt, und Hanna hatte die Sardinen, die sie selbst nicht mochte, den Emigranten geschenkt.

Was da schon wieder für Zeug aufgestapelt liegt, dachte Hanna verdrossen und schob die Zeitungen, Zeitschriften und Broschüren ratlos hin und her. Sie hatte so wenig Wäsche und Strümpfe, verstecken konnte man da nichts. Früher hatte sie die Schriften zu Anatol getragen. »Du übertreibst!« hatte er leichthin gesagt. »Wer soll denn bei dir eine Haussuchung machen?« Und dann hatte sie die »Imprekorr«, in kleine Stückchen zerfetzt, von der Brücke in die nächtliche Moldau geworfen ...

Jetzt lagen hier trotzkistische Schriften, von Luise gebracht, Schriften von der Lysák-Opposition, von Jarmila gebracht, das Wochenblättchen, das Jenda herausgab.

Jenda und Jarmila wollen heiraten. Jeder kriecht irgendwo unter. Man wird so müde vom Alleinsein.

Ich muß die Schriften wegbringen, dachte sie. Morgen.

Ach, morgen ist Sonntag. Also übermorgen.

Sie schloß den Schrank zu und machte sich zum Ausgehen fertig. Morgen ist Sonntag. Die Kasse der »Svoboda« ist heute nur bis eins offen. Und Hanna hat kein Geld, sie muß Geld holen, muß sich ihre Rechnung vom Chef unterschreiben lassen, für die Notizen, die sie übersetzt hat, von der Frau, Theresa Vaughn mit Namen, aus Sheffield in England, die sich innerhalb von fünf Jahren zweiundsechzig Mal hat scheiden lassen, und darüber, daß der geistige Arbeiter eigentlich ein körperlicher Arbeiter ist, weil er pro Stunde Lesen mehr als hunderttausend Muskelkontraktionen vollbringt, freilich weiß er es nicht und hält sich eben für einen geistigen Arbeiter ... Wer weiß denn, was er ist.

Hanna trat ins große Mittelzimmer; der Photograph Viták spielte mit einem Besucher Schach, der Archivar Klaus klebte Ausschnitte auf, die Diener holten Zeitungen von den Haken und Folianten von den Borden, an der Schreibmaschine, die Hanna zu benützen gewohnt war, saß ein fremdes Mädchen mit wirrem Haar und hielt, während sie tippte, ein scheußliches, gellend kläffendes Hündchen auf dem Schoß.

Hanna sah die »Svoboda« der vergangenen Woche durch, zählte Zeilen in »Interessantes aus aller Welt«, schrieb die Anzahl der Zeilen neben die komischen Überschriften, die Karlíček ihren Beiträgen zu geben pflegte.

»Getrenntes Ehebett« las sie geistesabwesend. Ach, das war die Geschichte von dem Ehepaar, das gleichzeitig ein gemeinsames und zwei getrennte Schlafzimmer haben wollte, um je nach Bedarf zu zweit oder allein zu sein. So hatten sie ihre Betten rechts und links von einer Zimmerwand aufgestellt und in der Länge des Bettes einen Ausschnitt in die Wand machen lassen, die ihre Schlafzimmer trennte, und der Ausschnitt war mit einem Rolladen zu schließen, wie eine Ladentür: wollten sie zusammen schlafen, dann schnellten sie die Jalousie hoch und lagen im Ehebett. Wollten sie allein schlafen, ließen sie die Jalousie herunter. Aber einmal war der Rolladen auf sie heruntergesaust, als sie gerade zueinanderwollten, und hatte der Frau den Arm zerschmettert. Sie hatten zugleich getrennt und zusammen schlafen wollen, verrückte Amerikaner, so was gibt's ja gar nicht.

Hanna zählte die Zeilen zusammen und multiplizierte mit dreißig. Dreißig Heller gab es pro Zeile. Dreißig Silberlinge.

Es kamen zweiundsiebzig Kronen neunzig Heller heraus. Wenig. Muß mehr arbeiten. Wie kann man denn mit dreihundert Kronen im Monat leben. Es fiel ihr ein, daß nach einer neuesten Statistik dreihundert Kronen der durchschnittliche Monatsverdienst eines mittleren Arbeiters war. Und da lebt die ganze Familie davon, entsetzlich, sich das vorzustellen. Ich muß aber doch mehr arbeiten. Nachmittags hab' ich die Spanisch-Stunde. Will sehen, ob mir der Mann nicht einen Vorschuß gibt auf das Monatshonorar.

Als sie hinausgehen wollte, um sich ihre Rechnung unterschreiben zu lassen, dachte sie an Anatol. In den letzten Wochen hatte immer Karlíček unterschrieben, er hatte Vollmacht für so kleine Beträge. Sollte sie heute zu Anatol hineingehen? Was war eigentlich gestern passiert? Sie waren ja nicht mehr »böse«, da sie zusammen geschlafen hatten. Zusammen und getrennt, dachte sie, wie die Amerikaner in dem komischen Bett mit der Jalousie. Was war eigentlich vorgefallen? Ihr Kopf war noch ganz wüst.

Ich weiß gar nicht, was los ist, dachte sie, und als sie mit leeren Blicken um sich schaute – überall Zeitung, Zeitung –, fiel ihr ein, daß sie noch nicht einmal die Zeitung gelesen hatte.

Sie nahm eine »Svoboda«, setzte sich auf den Tisch, zündete eine Zigarette an.

»Skandalöse Vorgänge hinter den Kulissen der kommunistischen Partei« las sie in Vier-Cicero-Lettern auf der zweiten Seite, und die Zigarette fiel auf den Boden. »Der

Rote Zaharoff – proletarische Mustermelkmaschinen – bestochene Senatoren – die ›Svoboda‹ – Genossenschaft, ein betrügerischer Luftkonzern« – der Text der Untertitel verschwamm ihr vor den Augen. Sie glitt vom Tisch herunter, las die zwei Spalten Text stehend im Korridor. Eine fremde Dame, die von der Straße heraufkam (immer glauben die Leute, daß man hier die Inserate aufgibt, dachte Hanna mechanisch), schaute erstaunt auf die große, magere Frau mit dem blonden Schopf und den dunkel brennenden Augen, die von vielen, winzigen Fältchen umrahmt waren. Hanna zitterte so heftig, daß das Blatt in ihren Händen knisterte.

»Wohl ein Todesfall?« fragte mitleidig die Fremde und legte ihr im Vorübergehen leicht die Hand auf die Schulter. Hanna strich sich das Haar aus der Stirn und blinzelte.

»Ja, ein Todesfall«, sagte sie tonlos.

Da stand es. Alles, was Jarmila und Jenda ihr gestern vormittag erzählt hatten. Alles, was sie gestern nachmittag Anatol erzählt hatte.

Er hatte keine Zeit verloren. Aus ihrem Bett mußte er direkt in die »Svoboda« geeilt sein, um den tödlichen Text zu verfassen. Die Setzer haben es nicht gern, wenn man ihnen im letzten Moment vor dem Umbruch noch neues Material bringt. Vokáček kommt sowieso immer so spät aus dem Parlament.

Die Leute, die hin und her gingen, warfen Hanna sonderbare Blicke zu. Hier kann ich nicht stehen bleiben, fühlte sie.

Sie ging an den Milchglasscheiben entlang zum Büro des Chefs. Ihre Füße schleiften auf dem Boden. Sie drückte den geheimen Knopf an der Klinke, aber die Tür gab nicht nach. Sie war zugesperrt. Der Chef war nicht da.

Hanna schlich weiter, zu Karlíček. Auf dem Fauteuil vor seinem Schreibtisch saß das Mädchen von vorhin mit dem widerwärtigen Hund auf dem Schoß. Auf dem Sofa in der Ecke lag ein homosexuell aussehender Jüngling mit gelber Krawatte und putzte sich die eleganten Nägel. Karlíček sortierte die Post und warf in den Papierkorb links neben sich große Berge von Briefen und Manuskripten. (Die Leute legen auch nie Rückporto bei, das müßten sie doch endlich wissen, jeden Tag steht es im Blatt, dachte Hanna mechanisch.)

»Meine Braut«, sagte Karlíček, flüchtig aufschauend, und wies auf das Mädchen, das ihren Köter mit Bonbons fütterte. »Was ist dir, hast du Kopfschmerzen?« sagte er zu Hanna und blickte sie aus seinen klugen, schläfrigen Äuglein wissend an.

»Wo ist der Chef?« fragte Hanna, ohne die andern zu beachten. »Sein Zimmer ist ja zugesperrt.«

»Der Chef?« fragte Karlíček zurück und machte das e sehr lang, »der Chef ist gestern abend nach Brünn gefahren. Kommt erst übermorgen.«

Feigling! Mörder! Lump! schrie es in Hanna auf. Sie grub die Nägel in die inneren Handflächen.

»Brauchst du Geld? Ich kann dir's ja unterschreiben«, bemerkte Karlíček und sah sie neugierig an.

Aber da lag sie schon auf dem Teppich.

21. Kapitel

Die Bombe ist geplatzt – Begründet verdächtig – Ein schwarzer Sonntag – Amtsbesuch zu früher Stunde – Herr Dr. Kunze wird nicht wiederkommen – Scherben der Heimat

Wie sind eigentlich diese zwei Tage vergangen? grübelte Hanna, während sie das Leintuch neu über ihre Couch spannte und das Kopfpolster aufschüttelte, dessen schlechte Federn sich zu kleinen Klumpen zusammengeballt hatten von dem rastlosen Hin- und Herwälzen. Wie sind eigentlich diese zwei Tage vergangen? Man hatte gemeint, sie würden nie vergehen.

Sie löschte das Licht, legte sich wieder hin.

In den Straßen war sie herumgelaufen, ratlos und verwirrt. Zu Jarmila war sie gelaufen, Jarmila war nicht da. Zu Luise war sie gelaufen, auch Luise war nicht da. Alle Leute sind fort, es ist Sonntag. – Sie war durch die Straßen gelaufen, zwischen lauter fremden Menschen hin, die Quais entlang, über die Brücken zurück, über die Stefanikbrücke zum Elternhaus, ach, es wohnt keiner mehr darin. Zum Bahnhof, an dem sie an einem Oktobertag – wie lang ist das her? Zwanzig Jahre? – mit nichts als einem Rucksack auf dem Rücken in Prag angekommen war. Aber sonntags kann man niemanden treffen.

Auch damals war Sonntag gewesen. Sonntag, Sonntag, verfluchter Tag, ausgemerzt solltest du werden für immer aus jedem Kalender, die Russen hatten es versucht, es war ihnen nicht gelungen, und sie waren doch hundertsechzig Millionen. Wie sollte da ein Einzelner ankönnen gegen das Sonntagsgespenst? So war sie herumgeirrt, verwirrt und voller Angst.

Noch am Samstag hatte sie sich alle großen Zeitungen gekauft: Nein, die »Svoboda« war das einzige Blatt, das die Nachricht über die Milchaffäre hatte. Aber auch ohne diesen Indizienbeweis war es Hanna unzweifelhaft, daß nur durch sie, durch ihren Verrat und durch den dadurch ausgelösten Verrat Anatols, die Bombe geplatzt war.

Denn eine Bombe war es, das hatte sich am nächsten Morgen gezeigt, als alle bürgerlichen Blätter den Fall in großer Aufmachung brachten.

Hanna wälzte sich im Bett herum, das Leintuch war schon wieder ganz verrutscht, die schlechten Federn im Kopfkissen begannen sich schon wieder zu lästigen Klumpen zusammenzuballen. Sie machte wieder Licht und nahm sich zum zehnten Mal die Sonntagsblätter vor.

Im »Express« war sogar eine Karikatur zu sehen, ein Herr im Schoßrock mit Hornbrille saß breitbeinig auf einem Schemel und molk aus dem Euter eines undefinierbaren Tieres kleine runde Dinger heraus, die offenbar Geldstücke darstellen sollten, und auf dem Schemel las man: »Senatorenklub der KPČ«. Wenn es noch eine Kuh gewesen wäre! Aber das Faschistenblatt meldete »aus informierter Quelle«, jene Butter, welche die Abteilung für Molkereiprodukte der Konsum- und Produktivgenossenschaft »Svoboda« tonnenweise und zu so erbaulich niedrigen Preisen auf den Markt warf, daß die »Melka«-Betriebe wirklich nicht mehr konkurrieren konnten, diese Butter sei aus Ziegenmilch bereitet, und daraus erkläre sich, »nach dem Urteil unserer besten Bakteriologen« – wo mochten sie die in der Nacht auf Sonntag wohl aufgetrieben haben? – das bisher unerklärlich gewesene Auftreten einer neuen, tückischen, immer mehr um sich greifenden Krankheit, die sich Maltafieber nannte. Vergifter der Volksgesundheit, schrieb das faschistische Blatt, das wäre das Mindeste, was anständige Menschen dazu zu sagen hätten ...

Die andern bürgerlichen Blätter waren weniger gemein, aber keines hatte sich die Gelegenheit entgehen lassen, auf die Partei loszuhacken. Die vornehmen »Lidové noviny« deren Chefredakteur kurze Zeit zuvor mit einer Journalisten-Delegation in Rußland gewesen war und

Nerudova

darauf kultivierte Lobesartikel über das dort Gesehene veröffentlicht hatte, ging sogar so weit, dem Moskauer Zentralkomitee zu empfehlen, es möge doch in der tschechischen Partei einmal etwas gründlicher nach dem Rechten sehen ..

Ja, alle stürzten sie sich wie eine Meute auf die Partei, und sie, Hanna Last, war an allem schuld, sie hatte es auf dem Gewissen.

Im Parteiorgan stand schon eine Entgegnung. Sie bezog sich nur auf die »Svoboda«, denn nur in der »Svoboda« hatte schon am Samstag etwas von der Affäre gestanden, und der Dementi-Artikel hatte natürlich schon Samstag in Druck gehen müssen, da man ihn Sonntag früh las, zwischen Eishockeyturnieren und Todesfällen.

Das einzige, was an all den schmutzigen Verleumdungen wahr sei, schrieb das Parteiorgan, sei der – in dem Bericht allerdings gröblich und perfid verfälschte – Tatbestand, daß die »Svoboda«-Genossenschaft ein größeres, modern eingerichtetes Milchgut übernommen hatte, das infolge eines Erbenstreits zu günstigsten Bedingungen feilgeboten worden war. Die »Svoboda«-Genossenschaft habe eben keine schamlosen Riesengehälter gezahlt und kein Geld für Presse- und Beamtenkorruption ausgegeben, wie »andere Gruppen« und habe infolgedessen in der kurzen Zeit ihres Bestehens so viel Kapital akkumulieren können, daß sie diesen Kauf ohne Belastung des laufenden Betriebs, und nur den Vorteil der Konsumentenschaft im Auge, habe tätigen können. Alles andere sei blutrünstige Hintertreppenphantasie, inspiriert von den faschistischen Drahtziehern des unterlegenen »Melka«-Konzerns. Die liberale Zeitung »Svoboda« habe gewiß keinen Anlaß, mit Steinen zu werfen, wo sie selbst im Glashaus sitze, seit sie von der »Melka« die großen Bestechungsgelder genommen habe! Daß aber gerade die »Svoboda« es war, welche die Enthüllungen brachte, das habe noch einen besonderen Grund, setzte der anonyme Schreiber des »Rudé právo« mit erhobenem Zeigefinger fort: das habe noch einen andern Grund, und der solle hier zur öffentlichen Warnung des ahnungslosen und loyalen Publikums ein für allemal mitgeteilt sein: In der »Svoboda« arbeite seit einem Jahr eine Reichsdeutsche, Emigrantin, namens Hanna L., die sich durch den bereits im

Vorjahr als Faschisten entlarvten ehemaligen Parteigenossen Václav Rýma in das Blatt Eingang verschafft habe. Sie stehe, wie jeder wisse, auch privat in intimen Beziehungen zur Redaktion, habe überdies auch noch verwandtschaftliche Verbindung zur Prager Hochfinanz, in Gestalt des bekannten Wucherbankiers Heinrich A. Sie habe sich eine Zeitlang als Genossin ausgegeben, mit ultralinken und verdächtigen Elementen freundschaftlich verkehrt, die längst von der Partei entlarvt und aus-gestoßen worden seien, und es könne keinem Zweifel unterliegen, daß sie bei der schändlichen Verleumdungskampagne die Hand im Spiele habe, vielleicht – dies wurde nur vage angedeutet – sogar im Auftrag einer ausländischen Großmacht, die auf solch niederträchtige, wenngleich selbstverständlich unwirksame Art die tschechische Arbeiterbewegung kompromittieren wolle: nicht umsonst hatte man die erwähnte Hanna L. öfters in Gesellschaft von Personen zweifelhafter politischer Couleur in Prager Cafés beobachten können …

Wen sie da alles hineinzogen, die Leute vom »Rudé právo«! Luise und Jarmila; ihren Bruder, die ganze »Svoboda«-Redaktion, die intimer Beziehungen zu einer stark verdächtigen Reichsdeutschen bezichtigt wurde. Anatol. Anatol. Er hatte sein Gift verspritzt und war kalten Blutes nach Brünn abgereist. Nun spritzte das Gift auf ihn zurück.

Hanna empfand eine schmerzhaft stechende Freude, daß Anatol und die ganze »Svoboda« hineinverwickelt waren. Aber dann kann ich gar nicht mehr hingehen in die »Svoboda«, fiel ihr ein. Keiner wird mich mehr grüßen … Durch mich sind sie alle in diesen Skandal hineingezogen worden. Am Ende müssen sie noch Strafe zahlen, weil sie mich ohne Arbeitsbewilligung beschäftigt haben … Nein, ich kann nicht mehr in die »Svoboda« zurück.

Einmal noch, dachte sie, morgen. Mit Anatol abrechnen. Sie fühlte nichts für ihn, nur Abscheu und eine grenzenlose Enttäuschung. Abrechnen mit Anatol. Und dann weg. Morgen.

Sie sah auf die Uhr, es war drei Uhr früh. Es ist ja schon heute, dachte sie. Anatol alles ins Gesicht schreien. Heute. Und dann weg.

Weg ... wohin denn? Sie hatte kein Geld. Ich wollte doch Samstag das Geld von der Kasse holen, dachte sie, zweiundsiebzig Kronen neunzig, das letzte Geld. Morgen muß ich es holen, dachte sie. Nein, heute. Es ist ja schon heute. Und dann weg.

Sie dachte an ihren Mann, der im Zuchthaus zu Waldheim, nur stundenweit von ihr entfernt, tapfer und weise die Zeit hinbrachte bis zur Freiheit. Bis Oktober noch. Nicht Roter Oktober. Nur Oktober. Sie dachte an ihren Mann mit verzweifelter, hilfloser Sehnsucht. Er, er hätte Rat gewußt. Aber sie zwang die Gedanken nieder. An Karl sollte all diese Niedertracht, dieser Jammer nicht heran, er war zu rein. Er hatte, als er im April 34 hinter den Mauern verschwand, ein reines Bild von seiner Frau, ein reines Bild von seiner Partei in die Zelle mitgenommen.

Hatte es sich wohl verändert, dieses Bild? Hatte es sich verändern können, da er doch hinter Mauern saß, nicht erfuhr, wie die Welt zerbröckelt war seitdem, nichts wußte von den kleinen, wirren, unverständlichen Ereignissen, aus denen die Welt gemacht ist? Einerlei fließt sein Leben dahin, so wochentags wie sonntags, nein, Karl konnte das nicht verstehen. Gut, daß er fern war, unerreichbar, sie hätte nicht einmal den Mut mehr gehabt, ihm weinend in die Arme zu fallen.

Hanna wälzte sich hin und her in ihrer Wirrnis und ihrer Not. Im unruhigen Halbschlaf sah sie Lettern sich an Lettern reihen, Zwei Cicero, Mittel, Tertia, Text, Drei Cicero, Vier Cicero, in Vier Cicero war die Nachricht gedruckt gewesen, die unheilvolle Nachricht des Verrats. Lettern, Lettern, Lettern liefen an ihren geschlossenen Augen vorbei, aber sie konnte den Text nicht lesen, er war in einer fremden Sprache gesetzt, keines ihrer Wörterbücher enträtselte ihr den Sinn. Sie wollte lesen, aber die Zeilen zogen vorbei, sie waren in Spiegelschrift. Wer macht mir einen Abzug? Herr Kalandra, machen Sie mir doch eine Fahne, ich brauche eine Fahne, Herr Kalandra, ich habe keine Fahne ... Aber Herr Kalandra hatte seine blaue, mit Druckerschwärze verschmierte Bluse an den Nagel in der Setzerei gehängt und war mit Familie nach Baumgarten spazierengegangen, es war Sonntag. Und Hanna versuchte vergebens, den Inhalt der Nachrichten zu verstehen, die in einer ihr fremden Sprache und noch dazu in Spiegelschrift vor ihrem geschlossenen Auge vorüberzogen.

Sie sah die Linotype blanke Bleizeilen ausspeien, nein, es war die Mustermelkmaschine, die der gesichtslose Mensch des Skandals einer armen, von habgierigen Schwägern und Neffen bedrängten Witwe so gut wie umsonst abgekauft hatte für die Konsum- und Produktionsgenossenschaft »Svoboda«, Abteilung Molkereiprodukte. So hatte es das »České slovo« seinen Lesern Sonntag morgens berichtet, und es stimmte sonderbar zu dem, was das Parteiorgan über die »günstige Gelegenheit einer Erbteilung« vorgebracht hatte.

Aus den Mustermelkmaschinen der »Svoboda« klapperten unendliche Reihen frischgegossener, unentzifferbarer Bleizeilen in Hanna Lasts unruhigen, schuldbewußten Schlaf.

Es klopfte hart und ungeduldig an der Tür, das Zimmer war noch dunkel. Sie nahm den Schlafrock um und fragte hinaus: »Wer ist's?«

»Machen Sie auf! Polizei! Wir haben hier Haussuchung zu machen.«

Haussuchung – nun ja, sie war seit langem darauf gefaßt, jede Weile gibt es jetzt Haussuchungen und Razzia, nicht mehr wie in der Kindheit gegen betrunkene Zuhälter und Taschendiebe, jetzt geht es gegen die Ausländer und Kommunisten. Die Schriften hätte ich wegbringen sollen, dachte sie müde, als sie die Tür öffnete.

Immer hab' ich die Schriften wegbringen wollen.

Zwei Männer traten ein. Sie schmissen alles durcheinander, ach, es war nicht viel durcheinanderzuschmeißen, das Zimmer war klein, leicht zu durchsuchen. Im Schrank hing nicht viel neben dem lustig buntgeblümten Sommerkleid, das sie sich gekauft hatte in der hohen Zeit ihrer Liebe, und der prachtvollen Samttoilette, die sie heute endlich hatte zu Rosita zurücktragen wollen. Von wenig Wäsche und Strümpfen kaum versteckt, lagen die Zeitungen und Zeitschriften, die die Genossen von der trotzkistischen Gruppe, die Genossen von der Lysák-Opposition ihr gebracht hatten, damit sie sich endlich entschlösse, aus der Partei auszutreten, und damit sie dann gleich wüßte, wohin, man muß doch irgendwo dabei sein, man muß doch irgendwo mitmachen, damit es besser wird in der Welt. Auch die letzten Nummern der kommunistischen »Rundschau« lagen da, die jetzt fast so nationalistisch schrieb wie ein Faschistenblatt und die von so viel Parteireinigungen berichtete und androhte, es würde mit eisernem Besen ... und in so kleinem Druck war sie gedruckt, daß man sie kaum lesen konnte bei Lampenlicht, ebensowenig wie die schlauen Sätze des einstigen Helden Dimitroff, die da in harmlosen Reclamheften zwischen Goethes ehrwürdige Hexameter verstreut waren.

Der mit dem Zwicker ließ sich die Schriften einzeln zureichen von seinem Begleiter, einem dicken Mann mit schwarzem Schnurrbart, und studierte kurz die Titel.

Hanna sah ungerührt zu, wie eine Zeitung nach der andern, eine Broschüre nach der andern in seiner Aktenmappe verschwand.

»Subversive Elemente, diese Emigranten«, murmelte er, während der Dicke Hannas Schwimmanzug ausbeutelte, dessen fröhliches Kornblau von der vorjährigen Podoler Sommersonne in ein klägliches Grau entfärbt worden war. Da fiel das Couvert mit dem Geld heraus. »Dr. Bruno Kunze, Hotel Esplanade, Zimmer 127« stand mit Blaustift darauf geschrieben.

»Schau mal an!« sagte der mit dem Zwicker befriedigt, zählte das Geld, steckte es wieder ins Couvert zurück, notierte die Summe auf seinen Zettel und ließ das Couvert in die Brusttasche gleiten.

Hanna erwachte aus ihrer gleichgültigen Starrheit.

»Aber das ist nicht mein Geld«, versuchte sie einzuwenden und streckte die Hand danach aus. »Das können Sie nicht mitnehmen! Ein entfernter Bekannter aus Deutschland hat es mir zum Aufbewahren gegeben – er wird nächste Woche wiederkommen und es zurückverlangen ...«

»Er wird nicht wiederkommen und nichts zurückverlangen, das wissen Sie besser als ich«, bemerkte der Geheimpolizist streng.

Hanna starrte ihn erschrocken fragend an.

»Oder wollen Sie etwa so tun, als wüßten Sie nicht, wer dieser Bruno Kunze ist? Sie haben es schon gewußt, ehe es vor vierzehn Tagen in der Zeitung stand!« Er konnte ein Schmunzeln nicht unterdrücken, so sehr freute er sich über den Fischzug, der ihm da zufällig gelungen war.

Doch, sie wisse es natürlich, wiederholte er, als wäre er mit genauen Informationen hierher gekommen, und dachte daran, daß das vielleicht Beförderung für ihn bedeuten konnte.

»Ich weiß nichts ...«, stammelte Hanna und setzte sich auf ihr ungemachtes Bett, »ich weiß absolut nichts. Was ist mit Dr. Kunze passiert?«

Nun, Dr. Kunze war schon vor zwei Wochen im Grenzgebiet verhaftet worden, da man schlüssige Beweise hatte, er sei ein gefährlicher Gestapo-Agent. Wahrscheinlich auch in den Mord von Stechowitz verwickelt ...

Hanna schaute den Detektiv ungläubig an. »Und warum ... warum sollte er mir Geld dagelassen haben?« fragte sie und versuchte sich aller Einzelheiten der Szene mit Kunze zu entsinnen.

»Das werden Sie schon wissen«, sagte der Zwickermann kühl und dachte, am besten gleich mitnehmen, aber ich habe keinen Arrestbefehl, zu dumm. – »Wollen wir zu

Ihren Gunsten annehmen, daß Sie es nicht wissen«, fügte er milder hinzu, als er in Hannas entsetztes, plötzlich verfallenes Gesicht geschaut hatte. – »Das wird sich ja herausstellen. Er, der Kunze, hat es jedenfalls gewußt …«

Der Dicke mit dem Schnurrbart hatte seine Durchsuchung beendet, der Zwickermann schloß seine Bestandsaufnahme der beschlagnahmten Sachen ab und reichte sie Hanna, die sie unterschrieb, ohne sie durchzulesen.

Vom Hof her drang trübes, rötlich-graues Morgenlicht. Die beiden Männer gingen.

Hanna begann, Ordnung zu machen. Gleichgültig las sie ihre Habseligkeiten zusammen, die vor dem Schrank und der Kommode auf dem Boden verstreut lagen. Beim raschen Ausräumen hatte der Polizist mit einem Stapel Taschentücher auch die kleine Teekanne herausgefegt, aus der sie Anatol so oft seinen Tee geschenkt hatte.

Erst als Hanna die Scherben des billigen Gerätes erblickte, brach sie in Tränen aus.

22. Kapitel

Der Chef darf nicht gestört werden – Heinrich Aschbach will von nichts wissen – Auch Karlíček mischt sich lieber nicht ein – In Lima regnet es nie – Genosse Pjotr hat Angst, es könnte einer hören – Hanna verdirbt den Umbruch – Anatol bringt ein Alibi bei

Fünf Uhr, jetzt wird er vielleicht schon da sein, rechnete Hanna, als sie die Treppen zur »Svoboda«-Redaktion hinaufging. Sie wußte nicht, was sie Anatol sagen, was sie ihm ins Gesicht schreien wollte. Sie hatte sich in den beiden Tagen hundert Dinge überlegt, und jetzt wußte sie gar nichts.

Sie ging an der Tür zur Setzerei vorbei, auf der in großen Lettern geschrieben stand: »Fremden ist der Eintritt strengstens verboten!«, und dachte mit reißendem Schmerz daran, wie sie zum ersten Mal »hinunter« gegangen war. Sie hörte Anatols geschmeidige, lebhafte Stimme – damals hatte sie noch nicht gewußt, daß es seine Stimme war. Sie ging den Korridor entlang, rechts und links die kleinen, amerikanisch-praktischen Büros der Redakteure, Telefonisten, Stenotypistinnen, in ihren Milchglasverschlägen, mit ihren Stahlmöbeln, hinter ihren »Noiseless-Admirable«-Schreibmaschinen. Sie ging den Korridor hinunter zu Anatols Tür.

Sie wußte nicht, was sie Anatol sagen würde. Sie wußte nur, daß sie sich rächen wollte, rächen für sieben Monate Pein, Warten, Schweigen und Leiden, sich rächen für seinen Verrat, rächen an ihm den eigenen Verrat.

Sie drückte auf den geheimnisvollen Knopf, aber die Klinke gab nicht nach. Sie stürzte in Karlíčeks Büro:

»Wo ist der Chef?« schrie sie, ohne Guten Tag zu sagen.

Karlíček sah sie spöttisch an. Der Chef war in einer Konferenz mit dem Verwaltungsrat, durfte nicht gestört werden.

Saßen sie schon und berieten, was jetzt zu geschehen habe? Wie man sich jetzt zu verhalten habe gegenüber der Parteipresse? Wie man sich jetzt zu verhalten habe gegenüber der lästigen Ausländerin Hanna L., die mit Fingern als die Urheberin des Übels bezeichnet worden war? Hanna nahm alle Kraft zusammen, um sich zu beherrschen. Auf dem Tisch lag das Montagsblatt der »Svoboda«, es war eben heraus. Sie setzte sich in eine Ecke und las.

Die Angriffe des Parteiorgans wurden von der »Svoboda« mit sachlicher Überlegenheit zurückgewiesen. Mein Gott, die »Svoboda« hatte ja gutes Material zu der Sache, von ihr selbst hatte sie ja das gute Material …

Auch von ihr selbst war die Rede, in kühlster Objektivität: Die Anspielungen auf eine reichsdeutsche Emigrantin müsse man entschieden als aus der Luft gegriffen bezeichnen, die »Svoboda« hielte sich streng an die gesetzlichen Vorschriften, gäbe gewiß Ausländern keine Gelegenheit zu verbotener Erwerbstätigkeit. Zu dem Vorwurf der Bestechung durch die »Melka« in der hohen Zeit der Milchkampagne wurde nur ziemlich allgemein bemerkt, die »Svoboda« sei nie ein Demagogenblatt gewesen und habe immer nach der Richtlinie gehandelt, daß nicht die Wirtschaft der Politik, sondern daß vielmehr umgekehrt die Politik der Wirtschaft zu dienen habe. Das war alles. Von den Anspielungen auf ihre »privaten Beziehungen zur Redaktion« hatte man anscheinend keine Notiz genommen.

»Brauchst du vielleicht Geld?« fragte Karlíček in ihr stummes Brüten hinein. »Wir geben zwar im allgemeinen Ausländern keine Gelegenheit zu gesetzlich verbotenen Sachen, oder was der Voka da im Montagsblatt quatscht, aber ich kann dir trotzdem gern deine Rechnung unterschreiben. Beeil' dich aber, um sechs macht die Kasse zu.«

Gedemütigt und verwirrt nahm Hanna das Anerbieten an. Der Archivar Klaus suchte ihr den Abrechnungszettel heraus, den sie am Samstag auf seinem Tisch hatte liegen lassen, sie brachte ihn Karlíček zum Unterschreiben.

Während sie an der Kasse ihr Geld nachzählte, wurde ihr klar, daß sie mit dieser lächerlichen Summe keine acht Tage würde leben können. Und sie wollte ja fort, wenn sie sich auch absolut noch nicht vorstellen konnte, wohin, ohne Geld, ohne Papiere.

Das Couvert mit den siebentausend Kronen fiel ihr ein. Ja, sie würde sich etwas davon nehmen. Sie konnte es dann später wieder ersetzen. Sie würde es nehmen. Jetzt war ohnedies schon alles egal. Kunze kam ja doch nicht wieder. Er war ein Gestapo-Agent.

Deshalb hat er mich so viel nach den Emigranten gefragt, dachte sie. Wie dumm ich war. Ich hätte ihn anzeigen sollen. Der Partei wenigstens. Natürlich, das war ein Spitzel. Wie hab' ich das nicht gleich gemerkt. Deshalb ist er nicht wiedergekommen – hat vielleicht gedacht, ich hab's gemerkt. Ich nehme das Geld. Ich brauch's. Ich muß weg. Der Zweck heiligt die Mittel.

Mein Gott, das Geld hat doch die Polizei heute früh mitgenommen. Ich habe es doch selbst noch unterschrieben. Alles fällt einem zu spät ein. Sogar daß ich stehlen will, fällt mir zu spät ein.

Also der Kunze war ein Gestapo-Agent. In den Formismord verwickelt. Wer hätte das damals gedacht in Stechowitz, daß ich damit auch noch mal was zu tun bekommen würde. Nun, was geht das mich an. Sollen sie ihn nur verprügeln im Gefängnis in Theresienstadt, oder wo sie ihn sonst hingebracht haben. Seine Leute verprügeln ja unsere Genossen auch, in Deutschland. Was geht mich der Nazi an.

Als sie von der Kasse zurückkam, traf sie Karlíček auf dem Gang.

»Dein Herr Bruder ist übrigens ein lausiger Hund«, bemerkte er und blieb mit ein paar Fahnen in der Hand stehen. »Ich habe ihn gestern Abend in der Rokoko-Bar getroffen. Alles sprach über die Milchaffäre und dieses Dreckzeug aus der Zeitung. Da hat dein Herr Bruder gesagt, vor sechs oder acht Leuten, daß er schon seit Jahren mit dir verfeindet ist, du hättest ihn nicht einmal besucht, seit du wieder in Prag lebst ...«

Hannas Gesicht verzog sich schmerzlich. Ich bin Geschäftsmann, hörte sie Heini sagen, ich kann mich nicht in die Politik mischen. Nun war also sein strahlendes Knabengesicht endgültig ertrunken.

»Und Sie?« fragte sie. »Haben Sie ihn nicht Lügen gestraft? Sie haben mich doch selbst zu Silvester in seinem Hause gesehen!«

»Meine liebe Philka, ich mische mich grundsätzlich nicht in Privatangelegenheiten«, sagte Karlíček verdrießlich. »Du wirst mir zugeben, daß ich mich nie in deine Privatangelegenheiten gemischt habe, obzwar die Sache mit dem Chef unserm Blatt nicht gerade förderlich war ...«

Hanna schaute ihn empört an. Aber ehe sie etwas erwidern konnte, hatte Karlíček sich mit einem flüchtigen »Also bis nachher!« umgedreht und stieg pfeifend zur Setzerei hinunter.

»Ist denn der Chef immer noch nicht frei?« fragte Hanna den Diener Jarko, der mit Zeitungen im Arm vorüberkam. Nein, die Sitzung dauere noch an, und er habe strikten Befehl, niemanden herauszurufen.

Hanna setzte sich seufzend ins große Mittelzimmer und griff nach dem sozialdemokratischen Mittagsblatt. An unauffälliger Stelle wurde kleinlaut berichtet, der sozialdemokratische Regierungsvertreter, der Herr Gesundheitsminister, habe einen längeren Erholungsurlaub angetreten. Auch in den andern Blättern war die Milchaffäre bereits an die zweite Stelle gerückt.

Umbruch, Umbruch, es kommt immer neuer Text hinzu, auf Seite zwei ist schon nicht mehr wahr, was auf Seite eins gestanden hat, wir leben in einer raschen Zeit.

Aus alter Gewohnheit hatte Hanna sich über die Auslandszeitungen gemacht und suchte nach Neuigkeiten für »Interessantes aus aller Welt«. In der Stadt Lima in Peru, die 1535 gegründet worden ist, hat es seitdem nur zweimal geregnet: einmal am 19. April 1803 und einmal am 31. Dezember 1877. Interessant. Wie muß das sein in einer Stadt, in der es niemals regnet? Ob die Leute dort auch niemals weinen? Wo nehmen sie das Wasser für ihre Tränen her?

Sie übersetzte die Notiz aus dem Spanischen, schrieb, aus alter Gewohnheit, auch ihren fragenden kleinen Kommentar dazu und übersetzte aus alter Gewohnheit weiter: von viereckigen Eiern, die eine Henne in Kalifornien ausgebrütet haben soll, von dem ungarischen Brautpaar, das neununddreißig Jahre nicht hat heiraten können, vom Heimkehrer aus sibirischer Kriegsgefangenschaft nach zwanzig Jahren, genau an dem Tage, den während des Krieges eine Wahrsagerin seiner inzwischen längst wiederverheirateten Frau prophezeit hatte ... und übersetzte auch einen russischen Witz aus dem »Krokodil«, der mit bedauernd schadenfrohem Kommentar nachgedruckt wurde in der Pariser russischen Zeitung, die die Kerenskij-Partei herausgab und die sich irgendwie in die »Svoboda«-Redaktion verirrt hatte:

Pjotr geht mit Iwan durch das Dorf, und Iwan fragt:
Wie denkst du über die Regierung, Genosse Pjotr?
Pjotr zeigt auf die Häuser, legt die Hand auf den Mund, flüstert:
Nicht ... es kann jemand hören ...
Sie gehen auf die Landstraße hinaus, die Landstraße ist flankiert von roten Ebereschen, und Iwan fragt:
Wie denkst du über die Regierung, Genosse Pjotr?
Aber Pjotr schaut auf die Ebereschen, legt die Hand auf den Mund und flüstert:
Nicht ... es kann jemand hören ...
Sie kommen auf ein Stoppelfeld, weit und breit kein Mensch, kein Haus, kein Baum. Und Iwan fragt zum dritten Mal:
Genosse Pjotr, wie denkst du über die Regierung?
Da legt Pjotr den Kopf auf die Seite, schaut dem

Genossen Iwan ängstlich in die Augen und flüstert: Nicht ... es kann jemand hören ...

Oh, Genosse Pjotr, oder wie du sonst heißen magst, der du gewagt hast, diese Geschichte im »Krokodil« abzudrucken! Hat dich keiner gehört? Hat dein Chef, der es las, wohlwollend gelächelt, weil du da in aller Öffentlichkeit die Angst des kleinen Mannes im proletarischen Vaterland verspottest und sie damit als unbegründet hinstellst? Oder hat er den Kopf auf die Seite gelegt und zu seinem Nachbarn geflüstert: Genosse Pjotr ist ein trotzkistisches Element und ein Agent der Gestapo, wir müssen ihn liquidieren ...

Wo bist du jetzt, Genosse Pjotr? Wohin sind wir alle geraten, die wir geglaubt haben an den Wolkenkratzer auf dem Roten Platz, und es ist eine Mustermolkerei daraus geworden, die den armen Häuslern und Kuhbauern die Milch tropfenweise abzwackt? Wohin sind wir alle geraten?

Der Diener Jarko kam mit Folianten beladen herein.

»Ist denn diese verwünschte Sitzung immer noch nicht aus?« fragte Hanna nervös. Mit dem tragischen Witz aus dem »Krokodil« war ihr der Sinn ihres Hierseins plötzlich wieder ins Bewußtsein gekommen.

»Aber schon lange!« sagte Jarko. »Der Chef ist schon zum Umbruch hinuntergegangen.« Und er kramte Briefpapier aus einer Schublade heraus.

»Svoboda«, Unabhängiges Demokratisches Organ, las Hanna auf den Couverts, während sie schleunigst an ihm vorüber und in die Setzerei hinunterging.

Von der Treppe aus umfing sie mit einem Blick das bekannte, altgewohnte Bild. Zum letzten Mal. Ein Stück Heimat nach dem andern brach weg – wie die wächsernen Zacken am Strahlenkranz der roten Wachsmadonna, die sie sich einmal aus München mitgebracht hatte. Mir scheint, du bist insgeheim eine Fromme? hatte Karl gescherzt. Wozu brauchst du denn eine Madonna? Aber sie ist doch so schön, Karl, ein richtiges Kunstwerk. Als dann der Strahlenkranz nach und nach abgebröckelt war, hatte die Madonna freilich ein ganz gewöhnliches dummes Wachsgesicht bekommen, und Hanna hatte sie traurig beiseitegelegt, zu den überwundenen Dingen.

Der Chef stand neben Vokáček über ein Schiff gebeugt. Sein dunkler Kopf neigte sich auf seine dunkle Russenbluse, er stand da, als wäre alles wie immer. Als sie herantrat, begrüßte er sie höflich und unbefangen:

»Herr Lozák sagt mir, Sie hätten schon zweimal nach mir gefragt?« sagte er mit seiner lebhaften, schwingenden Stimme, »wünschten Sie etwas?«

»Ich muß Sie dringend sprechen«, sagte Hanna gepreßt.

»In einer Stunde stehe ich zur Verfügung«, nickte er freundlich und wandte sich wieder seiner Arbeit zu.

»Zeman! Zum Telefon!« rief der Faktor Slavík aus seiner Ecke.

Der Gerichtsberichterstatter trat an den Chef heran und feilschte mit ihm über seinen Beitrag, er wollte ihn auf Seite drei oder fünf, statt auf Seite vier. Der Chef winkte hastig ab, er hätte einen heiklen Umbruch heute.

»Ich muß Sie unbedingt sofort sprechen«, sagte Hanna drohend, »sofort!«

Schuft, niedriger, feiger Schuft, zischte es in ihr. Tut, als ob er nichts wüßte ... Mein Vertrauen hat er zu einer Zeitungssensation mißbraucht ... drei Tage hat er sich versteckt, ist irgendwo mit seinen Mätressen herumgezogen ... Ein Verbrecher. Ein niedriger Verbrecher.

»Kommen Sie sofort mit mir in Ihr Büro!« herrschte sie ihn an.

Er warf ihr einen verwunderten, erschrockenen Blick zu, der Obermetteur grinste hinter seinem Rücken, der feine Sportredakteur flüsterte Menčík etwas zu, beide konnten ein Lachen kaum unterdrücken.

»Entschuldigen Sie mich ein paar Minuten«, sagte Dr. Svoboda in entsetzlicher Verlegenheit in den Saal und ging schnell hinter Hanna die Treppe hinauf.

»Was ist passiert?« fragte er, er hatte kaum den versteckten Knopf der Klinke niedergedrückt und sie eingelassen. »Du bist ja ganz außer dir! Sag' es schnell, du siehst doch, ich bin mitten im Umbruch ...«

Hanna hatte die Türe geschlossen und sich mit dem Rücken dagegengestellt.

»Sie werden mir hier Rede und Antwort stehen!« sagte sie kalt. »Warum haben Sie mich in so gemeiner Weise betrogen und verraten?«

»Aber Hanna, was soll das heißen?« stammelte der Mann. Er war ehrlich bestürzt.

»Machen Sie hier keine Geschichten!« zischte sie feindselig.

»Ich habe Ihnen in einem Augenblick von hirnverbrannter, unverzeihlicher Schwäche etwas anvertraut. Etwas, das nie und auf keinen Fall publik werden durfte. Sie haben mir geschworen, daß Sie es vergessen werden. Und dann sind Sie, noch in derselben Stunde, hierhergegangen und haben sich an Ihren Tisch gesetzt und haben es in eine Zeitungssensation verwandelt, das, was ich Ihnen anvertraut hatte, weil ich Sie ... weil ich glaubte ...« Sie verwirrte sich und stockte.

»Aber Hanna, ich verstehe nicht ...« fiel er ein. Beide standen noch immer.

»Unterbrechen Sie mich nicht!« schrie Hanna. »Sie haben mein Vertrauen, meine Ehre – ja, ich sage meine Ehre, denn ich habe eine Ehre! –, alles haben Sie beschmutzt, zerfetzt, besudelt ... Heute war natürlich schon die Polizei da, zur Haussuchung ...« (Hatte das denn etwas miteinander zu tun, dachte sie plötzlich verwirrt und erschrak. Hatte das etwas mit der Geschichte vom Genossen Pjotr zu tun?)

»Aber das ist ja unbegreiflich«, murmelte Svoboda. »Haussuchung ... ? Und ... was soll das mit mir zu tun haben?«

»Unverschämter, gemeiner Lump!« schrie Hanna außer

sich. »Wollen Sie leugnen, daß Sie den Artikel über die Milchaffäre geschrieben haben? Es war fast wörtlich dasselbe, was ich Ihnen Freitagnachmittag erzählt habe!«

Anatol setzte sich auf den Stuhl hinter seinen Schreibtisch. Sein schönes Gesicht war ganz blaß geworden.

»Jetzt verstehe ich erst, was Sie meinen«, sagte er leise. »Nun, es ist nicht wahr, liebe Freundin. Sie sind in einem Irrtum befangen und tun mir durchaus Unrecht. Als ich am Freitag in die Redaktion kam, fand ich ein Telegramm vor, das mich dringend nach Brünn rief, und bin sofort weggefahren. Die ganze Sache, von der Sie sprechen, habe ich erst Samstag in Brünn in der ›Svoboda‹ gelesen. . .«

»Lügen Sie doch nicht!« sagte Hanna voller Haß. »Nur die ›Svoboda‹ hatte am Samstag die Nachricht! Kein anderes Blatt hatte die Nachricht! Aber es wundert mich gar nicht. Es paßt zu Ihnen. Sie haben nie eine Gesinnung gehabt. Sie kennen keine sittlichen Verpflichtungen. Sie haben mich immer belogen und betrogen, und zum Schluß haben Sie aus meinem Vertrauen eine Zeitungssensation gemacht ...« Sie brach in verzweifeltes Weinen aus und schlug die Hände vor das Gesicht.

Der Mann schaute sie mitleidig an.

»Gesetzt den grotesken Fall, ich hätte auf so unritterliche Weise mein Ihnen gegebenes Wort gebrochen ...«, sagte er ruhig und in seiner Stimme lag ein ganz leiser Spott. »Nun, hätte ich dann etwas anderes getan, als was Sie Ihren Gewährsmännern gegenüber getan haben, als Sie mir die Geschichte erzählten, mir, einem bürgerlichen Journalisten, den Sie im Grunde verachten und nicht ernst nehmen?«

Sie schluchzte immer uferloser in sich hinein. Natürlich hatte er recht. Sie hatte zuerst verraten. Aber sein Verrat war es, der die Bombe zum Platzen gebracht hatte!

»Damit Sie sich aber überzeugen, daß ich mein Wort nicht gebrochen habe«, setzte er fort, »warten Sie ... Sie werden sich sofort überzeugen.« Er hob das Hörrohr des Haustelefons ab und drückte auf einen Knopf.

»Herr Slavík? Svoboda. Bitte sagen Sie Herrn Lozák, Herrn Vokáček und Herrn Zeman, sie möchten auf zwei Minuten zu mir kommen. – Ja, ich komme dann sofort hinunter. Danke.«

»Was heißt das? Nicht Sie haben ... ?« stotterte Hanna aufs äußerste verwirrt.

»Sie können mir glauben, ich wußte nichts davon, bis ich es Samstag in Brünn in der Zeitung las«, versicherte Anatol.

»Aber woher ... ?« fragte Hanna hilflos.

»Nun, solche Sachen kommen doch immer irgendwie heraus ... Ihre Gewährsmänner werden es nicht nur Ihnen erzählt haben ...«

Die Klinke knackte, Hanna gab die Tür frei, die drei Redakteure traten mit neugierigen Gesichtern ein.

»Meine Herren, ich spare mir Erklärungen für die sonderbaren Umstände dieses Verhörs für später auf, wenn wir alle mehr Zeit haben«, sagte Svoboda und schaute auf seine Armbanduhr. »Ich bitte Sie, mir zu sagen, ob Sie wissen, wer am Samstag, das heißt am Freitagabend, die Nachricht von der kommunistischen Milchschiebung gebracht hat und woher die Nachricht stammte.«

Vokáček und Karlíček schauten erstaunt auf den Chef, dann auf Hanna, aber Zeman rief stolz:

»Natürlich ich, Herr Doktor! So ein Treffer ist mir selten gelungen! Karlíček hat mir sofort zweihundert Kronen Prämie für eine Solo-Nachricht ausbezahlt, ich habe sie am Sonntag schon verjuxt!«

Svoboda lächelte ein wenig und wandte sich mit bestätigendem Nicken zu Hanna um.

»Und woher hatten Sie die Nachricht?« fragte er den Lokalredakteur.

»Ja, das kann ich nicht verraten«, schmunzelte der selbstgefällig. »Wenn ich meine Lieferanten bloßstelle, bringen sie mir doch das nächste Mal keine Nachrichten mehr!«

»Also, dann entschuldigen Sie, meine Herren, und danke vielmals«, schloß Anatol. »Und jetzt aber schleunigst zum Umbruch! Ein wichtiger Tag, der Wahlsieg der spanischen Volksfront ... Kommen Sie mit hinunter?« fragte er. Die drei Männer waren schon an der Tür.

Hanna war wie betäubt.

»Die Volksfront hat gesiegt?« fragte sie ungläubig. »In Spanien?«

»Mir scheint, Sie lesen die ›Svoboda‹ nicht«, scherzte er, als hätte sie ihn nicht vor Minuten noch Lump und Verbrecher geschimpft. »Es stand doch schon in den Abendblättern! Das hätten Sie wohl auch nicht von mir gedacht, daß mir die spanischen Wahlen einmal wichtiger sein würden als Ihnen? Aber jetzt muß ich hinunter, höchste Eisenbahn, es ist dreiviertelneun.« Er hatte schon die Tür in der Hand. »Kommen Sie doch dann noch zu Bílek, wir plaudern noch ein bißchen.« Schon war er hinaus.

In einem Sturm verworrener Gefühle ging Hanna aus dem Zimmer, aus dem Haus. Erst als sie an der Melantrichgasse auf den Quai einbog, wurde ihr bewußt, daß sie ohne Abschied aus der »Svoboda« und von Anatol weggegangen war. Zum letzten Mal und für immer.

IV. Teil

23. Kapitel

Ein Erlaß, gegen den es keine Berufung gibt – Unscheinbarer Todesfall – Spanien, neu und hell – Einfach ein Komplex alter Häuser – Hanna trifft einen alten Bekannten – Im Mittelpunkt der Geschichte steht der Mensch

Frühzeitig schon ging Hanna hinunter auf die Straße, um sich die Zeitungen zu kaufen. Ihr Kopf war wirr von den Ereignissen des Vorabends, das viele und vielfältige Leiden der letzten Zeit hatte sie müde und wund gemacht. Nicht ein bißchen klarer sah sie, obzwar doch nun eigentlich alles klar geworden schien. Vielleicht hing alles ganz anders zusammen?

Da stand, der sozialdemokratische Gesundheitsminister habe einen längeren Erholungsurlaub angetreten – richtig, sie hatte es gestern schon im Abendblatt gelesen –, aber es war in keinen Zusammenhang mit der Milchaffäre gebracht. Vielleicht war das alles gar nicht wirklich passiert? Vielleicht war es nur ein wüster Fiebertraum? Denn ihr war zumute wie einem, der langsam aus einem langen Fieber erwacht.

Aber nein, die Blätter teilten mit, daß mehrere kommunistische Senatoren ihr Mandat vorläufig hätten suspendieren lassen, »bis zur gerichtlichen Aufklärung der Verleumdungen« ... es war also doch wirklich passiert.

Und auch der Wahlsonntag in Spanien, mit der überwältigenden Mehrheit für die Volksfront, erwies sich nicht als Traum. Hanna las ausführlich die Berichte und fühlte eine reine Freude in sich aufsteigen, die sie lange nicht mehr verspürt hatte. Sie dachte an die vielen Debatten über die Wendung der »Linie«, dachte an das große Gespräch mit Jarmila über die Dimitroffrede. Vielleicht hatten sie, die zweifelten und kritisierten, doch alle Unrecht gehabt? Entscheidet nicht der Erfolg? Hat hier das Mittel nicht den Zweck geheiligt? Spanien rot! Nach

Jahren des Zurückweichens, der Kompromisse, des Zögerns in aller Welt, ein sichtbarer, ein großer Erfolg der Linken. Das mußte das Selbstvertrauen der zerstreuten und genarrten Arbeiter in aller Welt stärken! Wer weiß ..., dachte Hanna hoffnungsvoll.

Mit müdem Kopf versuchte sie, sich die nächste Zukunft auszumalen, es wollte ihr nicht gelingen. Alles, was hoffnungsvoll begonnen hatte, hatte sich nachher als Irrtum, Fehlschlag oder vorbedachter, spät erkannter Betrug herausgestellt. Immerhin, man konnte sich wieder irgendwo hineinstürzen, irgendwo mitmachen, in einem weiteren Rahmen als dem der Partei ...

Ach, wenn ich jetzt in Spanien wäre! dachte Hanna, und eine Sehnsucht überschwemmte sie nach neuen, helleren Himmeln.

Vom Hof her drang das trübe Licht eines grauen Prager Februarmorgens. Ich habe keinen Paß. Ich habe kein Geld. Ich bin hier gefangen, dachte sie traurig.

Es klopfte, ein Mann in einer Amtsbluse trat ein, gab ihr ein Schriftstück zum Unterschreiben, ging.

Polizeidirektion Prag I, las sie.

Nach der Bestimmung des Paragraph 2, Absatz 5 des Gesetzes vom 27.VII.1871, No. 88 der Regierungsverordnung vom 13. 1. 1928 weise ich Sie als Ausländerin im Interesse der öffentlichen Ordnung und Sicherheit auf immer aus dem Gebiete der Tschechoslowakischen Republik aus, mit dem gleichzeitigen Verbot einer Rückkehr unter den Straffolgen nach der Bestimmung des Paragraph 323 des Strafgesetzbuches.

Gründe: Sie haben in keiner Gemeinde auf dem Gebiete der Tschechoslowakischen Republik das Heimatrecht. Sie sind reichsdeutsche Staatsangehörige, und ist also Ihre Ausweisung begründet nach der objektiven Seite. Sie stehen im Verdacht antistaatlicher Tätigkeit und sind begründet verdächtig, einer illegalen, ausländischen Organisation anzugehören, deren Ziel die gewaltsame Einführung einer Rechtsordnung ist, die in absolutem Gegensatz zur Verfassung der Tschechoslowakischen Republik steht. Sie haben auf dem hiesigen Staatsgebiet eine unerlaubte Tätigkeit entwickelt und sich in die innerpolitischen Verhältnisse des Staates gemischt. Ihr weiterer Aufenthalt würde eine ständige Gefahr für die öffentliche Ordnung und Sicherheit bedeuten, und ist somit Ihre Ausweisung gerechtfertig auch nach der subjektiven Seite.

Sie haben das Staatsgebiet innerhalb von fünf Tagen zu verlassen. Eine Berufung, welche Sie etwa gegen diesen Erlaß einbringen wollen, schließt nach Paragraph 77, Absatz 2 der Regierungsverordnung vom 13.1.1928, No. 8 der Sammlung der Gesetze und Verordnungen, eine aufschiebende Wirkung nicht ein. Gegen die Entscheidung, wonach eine aufschiebende Wirkung der Berufung ausgeschlossen ist, ist nach Absatz 4 derselben Regierungsverordnung keine Berufung zulässig.

Gegeben am 17. Februar 1936, Unterschrift, Stempel.

Das Letzte hatte Hanna gar nicht mehr recht gelesen.

Also ist es aus, dachte sie. Aus, aus, aus. In fünf Tagen muß ich fort. Sonderbar, es war ihr gar nicht besonders traurig zumute. Da erscheint so ein Papier als Deus ex machina, dachte sie, Donnergott vom Schmierentheater. Wenn man das als Schluß in einem Roman liest, würde man sagen, der Autor hat sich's aber leicht gemacht. Aber so ist das. Das Leben ist viel kitschiger, als man es sich vorstellen kann. Ganz kitschig ist das Leben.

Nachdenklich las sie das Papier noch einmal.

Sie haben in keiner Gemeinde der Tschechoslowakischen Republik das Heimatrecht. Das ist wahr. In keiner. Nicht nur in keiner der Tschechoslowakischen Republik. In keiner Gemeinde der Welt. Unerlaubte Tätigkeit ... Waren die armseligen Übersetzungen, die elend bezahlten paar Privatstunden gemeint? Warum nicht. Es waren Leute schon aus geringerem Anlaß ausgewiesen worden.

Sie haben sich in die innerpolitischen Verhältnisse des Staates gemischt ... Sie stutzte. Sollte die Milchaffäre etwas damit zu tun haben? Aber das war ja aufgeklärt. Nicht sie hatte die Sache in die Presse gebracht. Was sonst konnte es bedeuten? Sie hatte mit ein paar Kommunisten diskutiert, in einem kleinen Café hinter dem Viadukt. Aber wahrscheinlich darf man auch das nicht, wenn man Ausländer ist in der Stadt, die einen geboren hat.

Sie haben auf gewaltsame Einführung einer Rechtsordnung hingewirkt, die im Gegensatz zur Verfassung dieses Staates steht ... Wo wir stehen, ist revolutionärer Boden. Wir wollen eine andere Rechtsordnung einführen. Wenn's nicht anders geht, auch mit Gewalt. Gewalt gegen Gewalt, zur Einführung einer andern Rechtsordnung – nein, der ersten Rechtsordnung, die in der Menschengeschichte da sein wird, nach vielen tausend Jahren voller Unrecht und Schmach, im Namen der Sammlung der Gesetze und Verordnungen. Ja, das wollen wir, und ich habe mich zu schämen, daß ich so gar nichts dazu beigetragen habe, diese neue, diese erste Rechtsordnung ins Werk zu setzen, erstickt wie ich war in Zweifeln und Verwirrung. Nichts habe ich getan dafür ... Nichts habe ich getan.

Sie haben das Staatsgebiet innerhalb von fünf Tagen zu verlassen ... Nichts habe ich getan, und jetzt muß ich fort. Wohin? Sehr weit weg. Ach, ich kann nur nach Österreich. Die Tschechoslowakei grenzt ja nicht an Finnland oder an Honduras. Nicht einmal an Spanien. Man muß weg, aber man kann nicht weg. Einen Paß hab' ich auch nicht.

Immer hab' ich daran gedacht, einen Ersatzpaß zu beantragen. Er ist nicht viel wert, der Ersatzpaß. Eher wie eine Strafkarte oder wie der gelbe Schein der Geächteten. Aber man kann immerhin ein paar Grenzen damit legal überschreiten, wenn man auch die dreifache Gebühr für die Visa bezahlen muß. Für Geächtete ist alles teuer.

Ich hätte einen Ersatzpaß beantragen sollen. Aber das dauert Monate, ehe man den bekommt. Zu spät.

Vielleicht könnte ich ein illegales Papier von der Partei bekommen? dachte Hanna. Sie wußte, die Partei hatte in manchen Fällen solche Dokumente beschafft. Aber daran war, wie die Sache lag, nicht zu denken. Sie mußte froh sein, wenn sie nicht jemanden von der Partei zufällig auf der Straße traf.

Es ist aus. Sie würde nicht mehr erfahren, was mit dem Roten Zaharoff geschehen ist. Ob die Partei ihn stützt, ob sie ihn fallen läßt. Sie würde weit fort sein dann.

Nach Österreich muß ich zuerst, dachte sie. Nun, es sind ja schon viele illegal nach Österreich. Ich muß mich erkundigen, wie man über die Grenze kommt, dachte sie und nahm ihren Mantel aus dem Schrank.

Da hing Rositas braunes Samtkleid. Immer hatte sie es zurücktragen wollen, seit dem Silvesterabend. Sie dachte daran, wie sie um Mitternacht mit Anatol aus der »Svoboda« weggegangen war und wie er, plötzlich erregt vom Wein und ihrem schamlos nackten Rücken, sie aufgefordert hatte, in seine Wohnung mitzukommen. Nun hatte sie also seine Wohnung doch nicht mehr gesehen. Würde nie erfahren, ob er wirklich mit einer Schwester zusammenlebte. Würde nie mehr das Mozartkonzert hören, von Gieseking gespielt, und die letzten Streichquartette von Beethoven, auf dem Grammophon, das er so oft hatte zu ihr mitbringen wollen. Vorbei.

Sie packte das schöne Samtkleid ein und wollte hinuntergehen, um es einem Dienstmann zu übergeben. Nur mit der Adresse, ohne ein Wort des Abschieds an Heini, den gemeinen Schuft, der sie öffentlich verleugnet hatte. Aber dann fiel ihr ein, daß er ja nicht wüßte – und vielleicht auch nicht erfahren würde – was mit ihr vorgegangen war. So schrieb sie also einen kurzen Brief: »Lieber Bruder, ich bin aus mir unbekannten Gründen mit einer Frist von fünf Tagen aus der Republik ausgewiesen, reise morgen ab. Da wir ja, wie Du weißt, seit vielen Jahren nicht mehr in Verbindung gestanden haben, sehe ich keinen Anlaß, mich von Dir zu verabschieden. Das Kleid, das Deine Frau mir geliehen hatte, hiermit mit Dank zurück.« Da würde er wenigstens erfahren, daß sie von seinen

Karlsbrücke (Karlův most) und Hradschin

feigen Herumredereien wußte. Sie beschloß, das Paket selber abzugeben. Was denn Dienstmann, wir sind ja keine Herrschaften, wir haben ja kein Geld.

Sie fuhr mit der Elfer-Elektrischen über die Štefánikbrücke und sah den Hradschin drüben über dem Fluß liegen, verkürzt und steil, eingekeilt und wie emporgepreßt zwischen den jetzt kahlen Anhöhen des Belvedere und des Laurenzibergs. Graublau schwankte die Silhouette über dem Wasser, wie ein Abziehbild, das man nicht ganz gerade auf das Papier gebracht hat.

Die Straßenbahn steigt in langsamen Krümmungen den Hügel hinan. Wenn Hanna einmal wiederkommt, wird man schon mit der Untergrundbahn nach Dejvice fahren, das Projekt ist schon in der Kammer gebilligt. Wenn sie wiederkommt ... ach, sie kommt nicht wieder. Sie ist ausgewiesen aus ihrer Vaterstadt »für immer«. Nichtbefolgung dieses Erlasses zieht Straffolgen nach Paragraph soundso, Absatz soundso nach sich.

Das Gesetz, auf Grund dessen ich ausgewiesen werde, dachte Hanna, stammt aus dem Jahre 1871. Das Jahr der

Pariser Commune. Der Niederschlagung der Pariser Commune. Nein, es hat sich nicht viel verändert in der Welt.

Auf dem Friedensplatz stieg sie aus, ging am Kriegsministerium vorbei. Wie das paßt: Krieg und Frieden, so nahe beieinander ... Ein Junge machte ihr die Tür auf, da kommt auch schon der Diener mit den weißen Handschuhen. Jetzt fragt er nicht mehr, was die fremde Frau mit der Baskenmütze und den flachen Absätzen wünscht, er will sie dienstfertig gleich zur Gnädigen führen, aber Hanna schüttelt den Kopf, nein, sie will nur hier im Vorübergehen das Paket abgeben und den Brief, und diesen Donnerstag kommt sie nicht zu Tisch, er soll es der gnädigen Frau ausrichten. Der Diener verneigte sich wortlos und wohlerzogen.

Und jetzt ins Flüchtlingsheim, sich erkundigen, wie man ohne Papiere über die Grenze kommt. Zurück durch die ganze Stadt und auf der andern Seite wieder hinaus, die Elektrische zuckelt so langsam, die Fahrt dauert fast eine Stunde, eine Untergrundbahn ist wirklich schon dringend notwendig, aber ich, ich werde nicht mehr mit ihr fahren, ich gehe weg von Prag, für immer.

Sie ging durch den Eßsaal, er war leer, sie ging in den hinteren Raum, von dem aus durch ein Schalterfenster die Tabletts mit den Kaffeetöpfen hereingereicht werden, auch hier niemand, nicht einmal der Verwalter, der alte Breslauer, der um diese Zeit sonst die Vorbereitungen für das kärgliche Mittagessen traf. In der Küche fand sie eine Genossin, die auf dem Tische Vogtländische Klöße bereitete. Auch nach drei Jahren im Ausland hatten die Emigranten sich im Essen noch nicht von der Heimat getrennt ... Hanna fragte, wo sie jemanden treffen könnte.

»Sie sind alle aufs Begräbnis gegangen«, berichtete die Köchin. Aufs Begräbnis? War einer gestorben?

Ja, es war einer gestorben. Der Genosse Max. Das heißt, man wußte nicht, ob er gestorben war oder ob er sich was angetan hatte. Er war unter einen Zug gekommen, als er in Straschnitz spazierenging. Die meisten glaubten, er habe sich was angetan.

Aber Max war doch immer so lustig gewesen, hatte so viele Geschichten erzählt, vom Dynamitkoffer, vom verlorenen Paß?

»Ach, das war doch nur Fassade«, sagte die Köchin, und ein Lächeln voll unendlicher Traurigkeit zog über ihr Gesicht, während sie in einen Bottich mit Brühe ein paar Zwiebeln schnitt. »Im Gegenteil. Max war einer von denen, die sich am meisten gegrämt haben, daß nichts wird, daß das immer so endlos weitergeht. Er hat's einfach nicht mehr ausgehalten, hat Schluß gemacht. Wer auch den Mut hätte ...«, schloß sie, und in ihren Augen standen Tränen, vielleicht vom Gedenken an Max, vielleicht von den Zwiebeln, sie selbst konnte das wohl nicht recht auseinanderhalten.

Hanna war sehr niedergeschlagen. Wer auch den Mut hätte ... dachte sie. Für viele gibt's keinen andern Ausweg mehr. Vielleicht auch für mich nicht. Der unmittelbare Zweck ihres Hierseins fiel ihr wieder ein.

Da wären denn also alle zum Begräbnis, sagte sie, sie hätte es gar nicht gewußt, das von Max.

Es wäre aber doch in der Zeitung gestanden.

Ja, die Zeitung hatte sie in den letzten Tagen nicht mehr gelesen, wenigstens die Todesfälle nicht, und die andern Nachrichten, zwischen denen das Große, das Entsetzliche gestanden war. Mit einem Mal schien es ihr weder groß noch entsetzlich, was sie in den letzten Tagen erlebt hatte. Leben! Leben! spürte sie dringend. Neu anfangen, unter einem neuen, helleren Himmel! Nicht warten, bis es einen unter den Zug schmeißt, wenn man allein und ratlos in Straschnitz spazierengeht, in Straschnitz, wo die Friedhöfe sind.

Die Kinder seien da, bemerkte die Köchin, Hilde sei bei ihnen. Hanna ging hinüber in den Wohntrakt.

Die kargen Betten, in zwei Etagen übereinander, wie in einer Schiffskabine, waren ordentlich gemacht und lagen schweigend da. Heute abend würde eins unbesetzt bleiben.

Im Zimmer der Kinder fand sie Hilde. Hilde lebte jetzt nicht mehr im Heim, sie war ja Staatsbürgerin geworden, hatte eine ganz legale, nicht schlecht bezahlte Stelle an einem deutschen Kindergarten, heute war sie hier, um bei den Kindern zu bleiben, während die andern den toten Max auf den Friedhof begleiteten; sie kam auch sonst einmal die Woche, um den Kontakt nicht ganz zu verlieren.

Sie sprachen ein wenig, über Max, über das Elend, das nun schon so lange dauerte, Hilde erzählte von ihrem Freund. Er hatte Arbeit als Setzer gefunden in Paris, bei einer kleinen Druckerei, die sich die Nelsonsozialisten eingerichtet haben, sie geben dort antifaschistische Broschüren heraus. Hilde will auch nach Paris, sie muß nur noch warten, bis ihre Scheidung durchgeführt ist, ja, der Mann, der ihr den Namen und die Staatsbürgerschaft gegeben hat, ist sehr anständig, ein Sozialdemokrat aus Reichenberg, sie hat ihn seit der Trauung kaum wiedergesehen, er erledigt ihr das mit der Scheidung, und es kostet nichts, nur die Gebühren.

»Sag mal, wie war das eigentlich damals, als Paul ausgewiesen wurde?« fragte Hanna mit gespielter Gleichgültigkeit.

»Mußt du rücken?« fragte Hilde zurück.

Wie wach alle Sinne werden unter der ewigen Bedrohung und Verfolgung. Die nette blonde Kindergärtnerin ist nicht besonders intelligent, aber das hat sie doch gleich gespürt, daß Hanna für sich selber fragt.

Hanna leugnet, nein, es handelt sich um jemanden anders, aber das ist ja einerlei, kurz und gut, wie kommt man über die Grenze? Hilde weiß es genau, Paul hat es ihr von Paris geschrieben, sogar aufgezeichnet hat er's ihr. Sie nimmt einen Bleistift und ein Papier und erklärt alles. Also, nicht der erste Weg, der in die Felder führt, erst der zweite, sobald man aus Gmünd hinaus ist, erst etwa eine Viertelstunde auf der Landstraße und dann rechts abbiegen, in den zweiten Feldweg. Es ist nicht gefährlich, die österreichischen Grenzgendarmen drücken auch ein Auge zu, wenn sie mal einen treffen, sie haben da mit den tschechischen Grenzgendarmen so ein schweigendes kleines Übereinkommen, wie es scheint.

Hanna bedankte sich, Hilde umarmte und küßte sie mit guten Wünschen.

»Zu dumm, daß du nicht hast heiraten können«, meinte sie bedauernd. »Obzwar, hier ist ja nichts los, das einen locken könnte, für's Hierbleiben zu kämpfen ... Wo willst du denn hin?«

Ja, sie wollte vielleicht nach Spanien, erwiderte Hanna, das heißt, wenn sie bis dahin gelangte, über die vielen Grenzen.

»Nach Spanien!« rief Hilde erfreut. »Aber da beneide ich dich wirklich! Hoffentlich gelingt's dir!«

Hanna verließ die Flüchtlingsinsel, für immer. Alles war heute für immer, so feierlich. Wie am Traualtar oder wenn man zur Fahne schwört. Als sie über den Hof ging, auf die Straße zu, hörte sie die Kinder singen. Traurig klang der gedämpfte Marschrhythmus: »Der Vater erschlagen ... die Mutter gefangen ...« – Arme, wehrlose Emigrantenkinder!

Und jetzt zu Jarmila.

Der Gedanke an Jarmila war ihr peinlich. Sicher haben Jarmila und Jenda gedacht, daß die erste Nachricht über die Geschichte mit der Milchschiebung von ihr stammte. Es war doch am Samstag in keiner andern Zeitung, nur in der »Svoboda« ... Würde Jarmila ihr glauben, wenn sie ihr den wahren Hergang erzählte? Sie würde sie verachten. Sie mußte sich rechtfertigen. Nun war es ja klar, daß nicht sie die Verräterin war. In den sonntäglichen Berichten hatte doch so manches Detail gestanden, das sie selbst erst aus den Zeitungen erfahren hatte. Das mit der armen Witwe zum Beispiel. Und es lag doch sehr nahe, daß nicht Jarmila allein von Ladislav informiert worden war und daß zu der Quelle, aus der Ladislav seinerseits geschöpft hatte, auch andere Zugang hatten. Trotzdem war ihr der Gedanke an die Aussprache mit Jarmila unbehaglich.

Erst mal was essen, dachte sie, und ging ins französische Restaurant auf der Národní. Es ist ein bißchen teuer, dachte sie mit Gewissensbissen, als sie das feine Menü verzehrte. Aber jetzt ist sowieso schon alles einerlei, ich habe so und so kein Geld; mein Gott, ich muß ja Geld beschaffen, woher denn? Vielleicht weiß Jarmila Rat.

Trotz ihrer Sorgen aß sie mit Appetit, ja mit Heißhunger. Sie hatte in den letzten, verwirrten Tagen nur zwischendurch dann und wann in einem Automatenbuffett stehend etwas hinuntergeschlungen. Zwölf Kronen, rechnete sie reuevoll, als sie den Nachtisch und den schwarzen Kaffee verzehrt hatte, jetzt hab' ich nur noch sechzig Kronen, damit kann man nirgends hin. Vielleicht weiß Jarmila Rat.

Sie machte sich auf nach Smíchov, wo Jarmila ein kleines Atelier bewohnte. Vor Topič's Internationaler Buchhandlung blieb sie stehen. Nie hatte sie hier vorbeigehen können, ohne stehenzubleiben, sie kannte die neueste Literatur aus dem Schaufenster, kaufen hatte sie selten etwas gekonnt. In der deutschen Auslage lag Anna Seghers »Weg durch den Februar«. Sie hatte das Buch schon rühmen hören, hatte immer gewartet, daß einer der Genossen es ihr borgte. Auch dafür war's nun zu spät. Wo und wann würde sie in der nächsten Zeit Bücher lesen können?

Der Weg durch den Februar. Auch ihr Weg ging durch den Februar, wie der Kampf der Wiener Arbeiter, der in diesem Buch gestaltet war. 1934 ... zwei Jahre schon! Wie schnell die schlechten Zeiten vergehen. Der Weg der Wiener Arbeiter durch den Februar ... dumpf, verwirrt, heroisch, mit Wunden und Tod beladen, zum Untergang hin. Aber sie war nicht würdig, sich mit jenen zu vergleichen, sie war eine Verräterin. Sie war trotz allem eine Verräterin. Wie sagte der Amtsstil des Ausweisungsbefehls? »Und ist somit nach der subjektiven Seite bewiesen ...« Die subjektive Seite war's, auf die es ankam. Sie mußte sich vor Jarmila rechtfertigen.

Aber Jarmila war nicht zu Hause, das Atelier zugesperrt. Die Hausbesorgerin, bei der sie nachfragte, sagte ihr, das Fräulein sei auf ein paar Tage verreist. So würde sie also Jarmila nicht wiedersehen ... Es tat ihr leid. Sie hing an der klugen, tapferen Freundin. Aber sie war auch ein bißchen erleichtert, daß sie sie nicht angetroffen hatte. Wenn ich schon hier bin, dachte Hanna, während sie von Smíchov am Quai entlang zur Stadt zurückging, könnte ich gleich noch einmal über die Kleinseite laufen, Abschied nehmen ...

Nein, sie hatte keine Zeit mehr, Abschied zu nehmen von der Stadt, die sie geboren hatte und die sie nun verstieß. Sie hatte keine Zeit mehr, langsam die Nerudagasse hinaufzusteigen bis zur Burgrampe, von wo aus der himmlische Blick sich auftut auf die Stadt hinab, keine Zeit mehr, am Mäuerchen entlang an den barocken Bürgerhäusern des Uvoz vorbei – links unten liegt der Strahover Garten in romantischer Verlassenheit, nur im Mai ist er geöffnet, wenn die Obstbäume blühen –, hinaufzusteigen zum Pohořelecer Platz und dann hinüberzuwandern über den Passionsweg mit den vielen geschmacklosen Christi Leidensstationen zum Seminargarten und herunter über den Laurenziberg.

Sie hatte keine Zeit mehr, zum letzten Mal diesen tausendmal gegangenen Weg zu gehen, dieses sehnsüchtige Empor zu den Gipfeln der Stadt, und den sanften Abstieg ins Tal der Mozartischen Plätze und Gassen ... Sie hatte keine Zeit mehr, sie mußte sehen, daß sie fort kam, bevor die Frist abgelaufen war, dreieinhalb Tage noch, man kann auch nicht bis zum letzten Moment bleiben, sonst bringen sie einen noch per Schub weg, sicher werd' ich überwacht. Am besten fahr' ich gleich morgen, dachte sie. Wohin? Und ohne Geld? Vielleicht hätte Jarmila Rat gewußt. Aber Jarmila war nicht zu Hause, sie würde sie nicht wiedersehen.

Burgrampe mit Kloster Strahov im Hintergrund

Während sie in die Neustadt zurückging, konzipierte sie im Geist einen Brief an Jarmila. Einen Brief voller Selbstanklagen, Enttäuschung, Galle und Bitterkeit. Aber warum brauchte sie sich eigentlich so anzuklagen? Jarmila war ja in gewissem Sinn selbst eine Verräterin. Auch Jarmila hatte ihr etwas anvertraut, das man ihr selbst unter dem Siegel der Verschwiegenheit erzählt hatte. Freilich,

Jarmila hatte sie, Hanna, eben für anständig und vertrauenswürdig gehalten. Und Hanna wiederum hatte Anatol für anständig und vertrauenswürdig gehalten. Wie sonderbar das alles verschlungen war. Anatol hatte sie ja schon gestern darauf aufmerksam gemacht, wie unlogisch ihre Vorwürfe gegen ihn waren ...

Was sie ihm für eine greuliche Szene gemacht hatte! Wie ordinär sie gewesen war! Grobe Ausdrücke lagen ihr sonst so fern.

Den ganzen Umbruch hatte sie durcheinandergebracht mit ihrer privaten Tragödie. Sicher hatte man nachher in Bíleks Zimmer über sie geredet. Voka und Karlíček und Zeman wußten ja, was vorgefallen war.

Nun, das war jetzt einerlei. Sie würde keinen je wiedersehen von der »Svoboda«. Auch Anatol nicht.

Anatol war ja nun unschuldig. Er hatte sich sogar sehr gut benommen. Sie hatte keinen Grund mehr, ihm böse zu sein. Aber merkwürdig, nun, wo ihr Zorn und ihre Erregung über ihn abklangen, blieb nichts zurück. Als ob sie in den letzten Tagen alle Gefühle aufgebraucht hätte. Es war leer in ihr. Sie fühlte gar nichts mehr: keine Sehnsucht, keine Wut, keine Trauer. Es war alles einerlei. Es war alles schon vorbei. Nun noch die praktischen Dinge erledigen, und weg.

Als sie von der Brücke auf den Quai gekommen war und am Nationaltheater vorbeiging, konnte sie sich doch nicht zurückhalten, noch einmal ins Café »Slavia« zu gehen. Sie setzte sich an ein Fenster und schaute hinaus. Abschiednehmen von dem geliebten Bild, das sie durch ihr ganzes Leben begleitet hatte.

Drüben lag der Hradschin im Dunst, es wurde Abend, die Tage waren noch kurz. Sie sah auf das lange, edel gestreckte Häusertier, über dem zierlich steil der gotische und in vielfältigen Rundungen der barocke Turm des Domes in die Luft ragten. Es war ihr fremd, als sähe sie alles zum ersten Mal. Es war einfach ein Komplex alter Häuser, Paläste und Kirchen.

Sie blickte auf das graue Gewimmel der Kleinseitenhäuser, die sich über dem Fluß an den Fuß des Hügels schmiegten. Keine Mozartmelodie klang aus der stummen alten Stadt.

Die alten Wanzenbuden da unten sollte man auch einmal abreißen und ordentliche, saubere Häuser hinbauen, dachte sie sachlich und fremd.

Der Kellner zog die Vorhänge zu, im Saal war schon das Licht angedreht worden. Ein Herr mit angenehmem Gesicht, blondem Schnurrbart und hinter der Brille freundlich schauenden grauen Augen kam grüßend auf sie zu. Wo hatte sie dieses Gesicht doch schon gesehen?

»Sie erkennen mich wieder nicht«, sagte er lächelnd. »Zdeněk Svoboda ...«

Ja natürlich. Sie erinnerte sich. Alle Leute heißen Svoboda.

Warum sie ihn denn nie angerufen hätte, all die Zeit über?

Nun, ja, so, ich hatte immer so viel zu tun.

»Bitte, nehmen Sie Platz«, sagte sie, da er immer noch stand und anscheinend nicht weggehen wollte. Eigentlich merkwürdig, daß ich den andern Svoboda noch einmal treffe, dachte sie, und gerade am letzten Tag.

Er plauderte von dem und jenem, verriet einen angenehmen Verstand, Belesenheit, Geschmack.

»Ja, eigentlich schade, daß ich Sie nie wieder getroffen habe«, meinte Hanna nach ein paar Minuten. »Jetzt muß ich nämlich weg.«

»Nun, das können wir ja nun nachholen, da der Zufall uns wieder zusammengeführt hat«, antwortete er freundlich. »Kommen Sie regelmäßig hierher? Oder wollen wir uns gleich für einen bestimmten Tag verabreden?«

»Nein, das wird nicht mehr möglich sein«, sagte Hanna zögernd. »Ich verreise morgen ...«

»Sie verreisen? Auf lange? Wohin?«

»Ja, wenn ich das selbst wüßte«, sagte Hanna halb

lächelnd, halb schmerzlich. »Ich bin nämlich ausgewiesen«, fügte sie hinzu, als sie seinen erstaunten Blick auffing. Warum sollte sie ein Geheimnis daraus machen. Es war ja doch schon alles einerlei.

»Aber warum denn?« fragte er schnell, hielt aber alsbald inne. Er wußte nicht, ob sie bereit wäre, ihm mehr davon zu sagen. Aber sie zog den Brief von der Polizei aus der Tasche und legte ihn vor ihn auf den Tisch:

»Vielleicht können Sie mir's erklären. Ich weiß es selbst nicht«, meinte sie. »Sie sind doch Advokat, wenn ich mich recht erinnere?«

Ja, und nicht nur das, sondern er hatte auch schon in einigen Fällen für ausgewiesene Emigranten interveniert. Er las aufmerksam. Ob er ein paar Fragen stellen dürfe?

Warum nicht, gewiß dürfe er das.

»Haben Sie hier eine bezahlte Stellung?«

Nein, sie machte nur Gelegenheitsarbeiten, gab Sprachstunden, übersetzte für Zeitungen, gegen Zeilenhonorar.

Das war freilich auch verboten, meinte Dr. Svoboda. Aber deshalb hätte man sie nicht ausgewiesen.

»Und – die politische Tätigkeit?«

Hanna schwieg.

»Sind Sie Kommunistin?«

»Wozu wollen Sie das wissen?« fragte sie zurück. Ich hätte ihm doch lieber nichts sagen sollen, dachte sie mit Unbehagen. Wozu hab' ich ihm davon erzählt.

»Nun, wenn ich für Sie intervenieren soll, muß ich doch ...«, sagte er verlegen.

»Aber Sie sollen gar nicht für mich intervenieren«, unterbrach sie ihn trotzig. »Ich fahre weg. Ich will gar nicht mehr hierbleiben.«

Ob sie denn Papiere hätte.

Nein, Papiere hätte sie allerdings nicht. Aber sie würde auch so weiterkommen.

Aber das sei doch sehr schwer! In einigen Fällen sei es ihm gelungen, den Ausgewiesenen einen Aufschub zu erwirken, und in der Zwischenzeit habe man dann einen

Ersatzpaß verschafft. In den letzten Monaten sei es allerdings immer schwieriger und schwieriger geworden, aber immerhin, er wolle gleich morgen früh auf die Polizeidirektion ...

Vielleicht sollte ich doch darauf eingehen? überlegte Hanna. Wenigstens ein, paar Tage Aufschub, damit ich mir Geld beschaffen kann.

»Also, Sie haben hier politisch gearbeitet«, resümierte der Advokat, ganz als säße sie bei ihm in seiner Kanzlei und er nähme die Personalien auf.

»Ich habe ... Ich bin natürlich Sozialistin«, sagte sie. »Sonst hätte ich ja nicht emigrieren müssen. Aber ich habe wirklich ...«

»Nun, Frau Hanna«, ermunterte er sie, »sagen Sie mir lieber alles richtig, damit ich weiß, wie ich die Sache anzupacken habe. Wissen Sie, ich bin selber Sozialist ...«

Das kennt man, dachte Hanna enttäuscht. Wie beim Untersuchungsrichter: »Wir sind ja alle keine Engel ...« Sogar die Herren Bankdirektoren und Gesandtschaftsräte sind mal Sozialist gewesen, in ihrer Jugend, jugendlicher Überschwang, später nimmt man dann Vernunft an.

Aber nein, Dr. Zdeněk Svoboda war, wie er mit sympathischer Schlichtheit erzählte, tatsächlich bis 1927 Mitglied der Kommunistischen Partei gewesen.

»Als man Trotzki aus der Partei ausschloß, bin ich gegangen ... Wenn man einen Trotzki ausschließen muß, dann ist etwas faul«, schloß er.

Es klang vernünftig, fast zwingend. Sonderbar, in acht Jahren hatte sie diese Schlußfolgerung noch nie gezogen. Sie wäre ihr zu – zu persönlich erschienen. So, als ob man hinter dem oder jenem Helden herliefe, anstatt sachlich für die Partei zu arbeiten. Und so sei er also Trotzkist? fragte sie. Durchaus nicht. Die neue Arbeiterbewegung, so meinte er, müßte von ganz andern Grundsätzen ausgehen. Nicht, wie die Trotzkisten und die andern Splittergruppen, bloß ausflicken, korrigieren, Fehler der Partei rückgängig machen.

Ja, wie denn also?

Ja wie, das war ihm auch nicht klar. Unversehens waren sie in eine politische Debatte geraten. Er hatte wenig Verbindung mehr zur eigentlichen politischen Bewegung. Ein paar Freunde trafen sich alle Wochen, zur Diskussion. Irgendwie habe es damit zu tun, daß der Mensch wieder in den Mittelpunkt der Geschichte treten müsse. Der Mensch, wie er gehe und stehe, nicht der abstrakte »Proletarier«, der nur noch eine Nummer im Getriebe sei. Der Mensch, ja, auch mit seinem Privatleben, mit seinem oft verpfuschten und verworrenen Privatleben und mit all dem, was heute – verächtlich und von den Nazis verballhornt – das »Irrationale« genannt wird.

»Sonst kommen wir nicht zu einem wirklichen Sozialismus, wenn wir uns nicht endlich entschließen, den Menschen, den lebendigen Menschen mit in die Rechnung zu setzen«, erklärte er voll Eifer. »Sonst kommen wir nie zum Sozialismus! Ob die Führer anständig sind oder Lumpen ... ach, es kommt in dem, was mir vorschwebt, wohl nicht mehr so sehr auf die Führer an.«

Hanna hörte interessiert zu, stellte Fragen, machte Einwände.

»Am besten kommen Sie Freitag mal in unsern Debattierklub«, meinte er. »Man kann das nicht alles auf einmal sagen. Ich bin auch gar nicht der rechte Mann dazu. Vladimír Sýkora kennen Sie ihn nicht? Er ist auch lang in der Partei gewesen, ein Kollege von mir – Sýkora wird Ihnen das viel besser auseinandersetzen. Kommen Sie doch wirklich nächsten Freitag! Wir treffen uns immer im Café »Metro«, im grünen Salon, so gegen neun ...«

Hanna wies stumm auf den Ausweisungsbefehl, der noch auf dem Tisch zwischen ihnen lag. Beide hatten in der angeregten Debatte den Anlaß zu ihrem politischen Gespräch vergessen.

Sie berichtete ihm, was er noch wissen wollte. Er bot sich an, alles in Bewegung zu setzen, wenigstens wollte er herausbekommen, warum sie ausgewiesen war, was man ihr konkret zur Last legte. Viel Hoffnung darauf, den Befehl rückgängig zu machen, hatte er freilich nicht. Man wollte die Emigranten jetzt mehr und mehr abschieben, Deutschland drängte von außen.

»Wir sind ja von den Deutschen abhängig. Ein kleines Land, die Tschechoslowakei ...«, lächelte er schmerzlich. »Sie kennen natürlich die Thesen Dimitroffs? Nun, da bekommen Sie die Folgen gleich am eigenen Leibe zu spüren ...«

Die Thesen Dimitroffs – die Volksfrontpolitik. Aber die Volksfront hatte den ersten großen Sieg errungen, in Spanien noch dazu, einem so rückständigen Lande ... Vielleicht ist es doch die richtige Politik? meinte sie unschlüssig.

»Wollen sehen, wo Spanien in einem Jahr ist«, erwiderte Svoboda skeptisch. »Die Volksfront hätte übrigens nicht gesiegt, wenn nicht die Anarchisten, zum ersten Mal seit Jahrzehnten, ihrem Wahlenthaltungsprinzip entsagt hätten ... Wollen sehen, wo die Anarchisten in einem Jahr sind. Vielleicht in den Gefängnissen.« Am nächsten Freitag würde in seinem Freundeskreis über die spanischen Wahlen diskutiert, bemerkte er, Hanna solle nur ja hinkommen.

Sie erinnerte ihn zum zweiten Mal daran, daß sie Freitag wohl kaum mehr hier sein würde, und wunderte sich selbst, wie leicht ihr zumute geworden war, wie leicht sie es ertrug, daß das Schicksal sie mit Gewalt wegriß von Prag und allem, was Prag in diesem Jahr für sie bedeutet hatte.

Er wollte trotzdem versuchen, ihr wenigstens ein paar Tage Aufschub zu verschaffen und, wenn's irgend ginge, ein Reisedokument. Er bat sie, den nächsten Tag gegen zwölf ins Café »Tůmovka« zu kommen.

»Es ist zwar eine dreckige alte Bude, aber es liegt unmittelbar neben dem Gericht, und ich habe vorher eine Verhandlung«, erklärte er. Sie trennten sich mit kameradschaftlichem Handschlag.

Als Hanna über den Quai nach Hause ging, fand sie, sie habe seit ihrer Flucht aus Deutschland keinen so angenehmen Abend mehr verbracht.

24. Kapitel

Noch eine Illusion geht flöten – Eine erste und eine letzte Begegnung – Unvermuteter Blick auf Heinrich Aschbach – Luise findet, Prag war nicht das Richtige – Lichter in der Neustadt

Warum mußte das Café, das neben dem Gericht lag, auch ausgerechnet das Café »Tůmovka« sein?

Hier hatte der »Verrat« begonnen. Hier hatte sie in einer Augustnacht Anatol den geheimen Fragebogen der Partei gezeigt. Hier hatte sie Karl zum ersten Mal verleugnet. Von hier hatte alles seinen Ausgang genommen. Alle die Monate seither waren zwanghaft abgelaufen, das sah sie jetzt. Man setzt eine Handlung, und sie zieht unendliche Handlungen nach sich.

Sie hatte sich nichts dabei gedacht damals. War das eine Entschuldigung? Sie hatte sich ja gestern – nein, es war vorgestern, nein, es war letzten Freitag ... mein Gott, wie schnell vergehen. die schlechten Zeiten! – sie hatte sich ja auch letzten Freitag nichts dabei gedacht, als sie Anatol das »Geheimnis« anvertraute. Ratlos war sie gewesen und verwirrt, all ihre gewohnten Geleise waren unwegsam geworden. Immer doch sucht der Mensch nach Geleisen! Wird er denn nie allein und frei wandern können, einem Ziel zu, einem Ziel, das nicht wie ein Irrlicht vor einem hertanzt? Vielleicht hing es mit dem zusammen, wovon Svoboda gestern im Café »Slavia« gesprochen hatte: wir haben den Menschen vergessen ... so ähnlich hatte er gesagt. Darüber war noch viel nachzudenken.

»Entschuldigen Sie, daß ich Sie habe warten lassen«, sagte er und schüttelte ihr die Hand. »Ich konnte aber nicht gut mitten in der Verhandlung weglaufen.«

Er war gleich früh auf der Polizeidirektion gewesen und hatte versucht, Hannas Fall in die Hand zu nehmen. Sie sollte nun sofort ein Gesuch verfassen, Berufung einlegen gegen die Ausweisung, die Dinge klarstellen, die man ihr zur Last legte.

Aber sie wüßte ja gar nicht recht, was man ihr eigentlich zur Last legte, wendete sie ein.

Nun, das hatte Zdenek Svoboda schon in Erfahrung gebracht.

»Vor allem müssen Sie Ihre Beziehungen zu diesem Kunze klarstellen. Man scheint Sie mit ihm beobachtet zu haben.« Es stimmte, er war wirklich ein Agent von Hitlers Geheimer Staatspolizei, und anscheinend sogar ein sehr wichtiger, die Untersuchung war noch im Gange.

»Haben Sie nicht irgendwelche Zeugen, die Sie anführen könnten?«

Nein, die hatte sie nicht. Sie war ja absichtlich mit Kunze nicht in Lokale gegangen, wo man hätte Bekannte treffen können.

So hatte sie also wohl Verdacht gehabt? Warum aber dann nicht die Partei oder die Emigrantenfreunde benachrichtigt?

Ja, darauf wußte sie keine rechte Antwort. Es war ihr nicht besonders wichtig erschienen. Und was sollte denn der auch bei ihr haben ausspitzeln wollen, wenn er denn schon ein Spitzel war?

»Er hat wahrscheinlich damit gerechnet, daß Sie sich etwas von dem Geld – ausborgen würden«, meinte der Advokat, und Hanna wurde rot. »So hätte er Sie dann in der Hand gehabt und hätte sich durch Sie Zugang zu den politisch arbeitenden Emigranten verschafft. Nein, Sie hätten das Geld auf keinen Fall nehmen sollen! Die Leute, die Sie denunziert haben, haben nämlich gar keine konkreten Angaben gemacht. Aber da man nun das Couvert mit dem Namen Kunze bei Ihnen gefunden hat, bekommt die Sache natürlich den Anschein, als wären Sie da wirklich in etwas verwickelt.«

»Die Leute, die mich denunziert haben?« fragte Hanna verwundert.

»Und ich dachte, es wäre wegen des Artikels ...«

Jetzt wunderte sich Svoboda. »Wegen welches Artikels?«

»Ich dachte, es bezieht sich darauf, daß ich mich in die inneren Angelegenheiten des Staates gemischt haben soll ... Im »Rudé právo« war doch auf mich hingewiesen, nur mit Vornamen und Anfangsbuchstaben zwar, aber im Zusammenhang mit der »Svoboda«, für die ich doch gearbeitet habe ... Jeder konnte erraten, daß ich gemeint war.«

Nun ja, und dieselben Leute, die den Artikel im »Rudé právo« inspiriert hatten, hatten sie auch bei der Polizei denunziert. Das eben hatte Zdeněk Svoboda heute morgen erfahren.

»Die Partei?« fragte Hanna ungläubig.

»Nun natürlich die Partei! Finden Sie das so ungewöhnlich? Man wollte Sie los sein, Sie wußten ja wohl so mancherlei und waren nicht mehr ganz linientreu ...«

Nein, das war sie allerdings nicht mehr ganz, gab sie zu, aus ihrem Gespräch am Vortag sei das ja wohl schon hervorgegangen. Aber trotzdem ...

»Ich prophezeie übrigens, daß man den Milchschieber, den Roten Zaharoff, demnächst ähnlich bloßstellen wird. Haben Sie heute schon die Zeitungen gelesen? Nein? Die Sache scheint den Leuten ein wenig über den Kopf zu wachsen. Der Zweck heiligt die Mittel ... Es ist doch nicht das erste Mal, daß die Partei unbequeme Genossen denunziert ... Tut mir leid, wenn Sie da noch Illusionen gehabt haben sollten ...«

Hanna schwieg, tief erschüttert. Fast dreizehn Jahre war sie in der Partei – und das sollte das Ende sein? Von den Genossen dem Klassenfeind ausgeliefert, wie ein gemeiner Spitzel und Verräter?

Der Advokat hatte es eilig, er mußte noch aufs Gericht zurück.

»Also bringen Sie mir heute nachmittag das Gesuch mit der Berufung, wir haben ja noch zwei ganze Tage. Ich gehe morgen früh wieder hin und versuche zu erwirken, daß man Sie so lange hier läßt, wie das Gesuch läuft.«

»Nein, ich fahre weg«, sagte Hanna langsam. »Ich mache gar kein Gesuch. Es lohnt sich ja nicht. Ich habe hier nichts mehr zu suchen.«

Er schüttelte bedauernd den Kopf. Freilich, sehr aussichtsreich schienen ihm die geplanten Demarchen selber nicht. Aber so schnell – ob sie denn auch Geld hätte? Er könne ihr sonst aushelfen. Wenigstens mit dem Notwendigsten, sehr gern, natürlich.

Sie habe einige Aussichten, heute noch das nötige Geld zu bekommen, log Hanna. Sie konnte doch von dem fremden Menschen nicht auch das noch annehmen, er hatte ohnedies schon viel für sie getan; aber sie versprach, daß sie ihn nachmittags anrufen und im äußersten Fall seine Hilfe in Anspruch nehmen wolle. Und vielen, vielen Dank vorläufig! Ja, wir sehen uns bestimmt noch, ehe ich fahre.

Als sie in ihre Pension kam und den Schlüssel vom Brett hob, bemerkte sie, daß ein Mann mit steifem Hut und dickem Stock, der in der Halle herumstand, sie auffällig dringend ins Auge faßte. Ein Geheimer, dachte sie sofort, zu dumm, daß man die auch immer gleich erkennt. Natürlich, ich bin jetzt bewacht. Ein gefährlicher Gestapo-Agent, die Partei sagt's ja selbst ... Sie lächelte bitter.

Dann ging sie hinauf und begann zu packen. Ratlos sah sie sich um. Sie besaß ja kein Gepäckstück, bloß mit einem Rucksack auf dem Rücken war sie seinerzeit in Prag angekommen. Nun mußte sie Prag verlassen mit nichts als einem Rucksack auf dem Rücken. Da gingen die Dinge, die sie sich in den anderthalb Jahren hier angeschafft hatte, nicht hinein. Es war auch gefährlich, sie mitzunehmen.

Das muß man nun alles wieder dalassen, dachte sie. Muß wieder hinausgehen mit nichts als ein bißchen Wäsche zum Wechseln, einer Bluse, einem Paar Schuhe. Man läßt zum zweiten Mal alles zurück. Nun, das ist jetzt alles egal. Sie klingelte dem Stubenmädchen, bat sie, ihr eine Schachtel zu bringen, darin wollte sie ihre bescheidene Habe verstauen. Ihr Herz hing an nichts. Karls Briefe – sechzehn waren es im ganzen – verschnürte sie zu einem Päckchen. Sie wußte noch nicht recht, wo sie die aufbewahren sollte. Vielleicht sollte ich sie lieber vernichten, dachte sie. Aber an der Zentralheizung kann man nichts verbrennen. Hätt' ich damals das Zimmer mit dem Kachelofen genommen. Vielleicht wäre vieles anders geworden. Alle verdächtigen Sachen hätt' ich sofort verbrannt. Bei der Haussuchung hätte man nichts gefunden. Anatol hätte nachts zu mir kommen können. Vielleicht wäre dann alles anders geworden. Aber Anatol hat nicht gewollt. Nun, jetzt ist alles einerlei.

Es klopfte, sie sagte »Herein«, ohne sich umzudrehen, sie meinte, es wäre das Mädchen, das den Karton brachte. Aber es war Anatol.

»Ich bin schon zweimal hiergewesen«, sagte er verlegen, »gestern, und heute vormittag wieder ... hat man es Ihnen nicht ausgerichtet? Sie waren ja vorgestern weg, als ich vom Umbruch heraufkam ... Sie waren so schrecklich aufgeregt ...«

Ja, sie müsse sich entschuldigen, sagte sie und war noch verlegener als er. Sie habe sich ... sie sei so ungezogen gewesen ... sie habe so sicher geglaubt ... ein Mißverständnis ...

Er winkte ab: »Sie brauchen sich nicht zu entschuldigen! Ich kenne Sie doch! Aber sagen Sie: das mit der Haussuchung? Das war wohl nur so im Zorn gesagt? Ich war sehr beunruhigt ... Die ganze Nacht habe ich nicht geschlafen ...«

Es klopfte wieder, diesmal war es das Dienstmädchen mit der Schachtel. Hanna wies auf die Sachen, die sie zum Einpacken auf den Tisch gelegt hatte.

»Ich reise morgen ab«, sagte sie kurz. »Bin ausgewiesen. Der Polizei denunziert. – Ich dachte nicht, daß ich Sie nochmals sehen würde. Ich wollte nicht ...«, fügte sie leise hinzu und Tränen stiegen ihr in die Augen.

Aber das sei ja entsetzlich, rief der Mann erregt; da müsse etwas geschehen, da müsse man doch sofort ...

Sie schüttelte den Kopf. Da gäbe es nichts zu machen. Unsereiner ist rechtlos. Keiner will uns. Wir sind vogelfrei. »Aber es ist mir recht, ich will gar nicht mehr hierbleiben. Es ist ja sowieso alles aus.«

Er drängte, sie solle nicht so fatalistisch sein, er habe Beziehungen, er wolle sich für sie einsetzen. Als sie nicht antwortete, brachte er vor: er könne es nicht ertragen, daß sie seinetwegen ...

Sie schaute ihn geringschätzig an:

»Ihretwegen? Übertreiben Sie doch nicht! Da stecken ganz andere Dinge dahinter. Aber von denen verstehen Sie nichts, haben sich nie die Mühe genommen, etwas verstehen zu lernen ... Nein, Sie brauchen keine Gewissensbisse zu haben. Das Privatleben ist nicht so wichtig.«

Im Ohr klang ihr der letzte Satz. Er war eine Lüge, das hatte sie erfahren in diesem Jahr. Oder vielleicht keine Lüge, aber nichts mehr als ein frommer Vorsatz, ein Wunschziel, eine Doktrin. Sie hatte Schiffbruch gelitten mit all ihren Doktrinen. Gleich würde Anatol es ihr vorwerfen. Und er würde diesmal sogar recht haben, wenn er es ihr vorwarf. Aber er sagte nur hilflos:

»Nun, das mag ja sein ... Aber ich ... wir sind uns doch nahegestanden, Hanna! Ich möchte nicht, daß Sie wegfahren, und noch dazu so plötzlich, auf solche Weise Er sah auf den schäbigen Karton, auf den Rucksack.

Auch hier noch Ästhet, dachte sie, kein Gefühlston schwang mit.

»Und warum möchten Sie, daß ich hierbleibe?« fragte sie kalt. »Um mich in Ihr Büro rufen zu lassen, wenn Sie gerade eine Viertelstunde Zeit haben und Lust auf ein ästhetisches Gespräch? Um ab und zu hierherzukommen, wenn Sie eben nichts Besseres lockt? Was sonst noch verlieren Sie an mir? Eine Zufallsbekanntschaft. Unsere Beziehung hatte ja keinerlei Hintergrund. Es war nur eine Zufallsbeziehung.«

Er sah sie an, sah dann blicklos ins Weite.

»Vielleicht war es doch nicht so zufällig, daß wir einander begegnet sind«, sagte er leise und ein bißchen feierlich. »Vielleicht war doch ein wenig Schicksal dabei.«

Wie romantisch, dachte Hanna mit Unbehagen. Sie hatte vergessen, daß sie selbst oft und oft Ähnliches gedacht hatte.

»Erinnern Sie sich noch an das Zweier-Spital?« fragte Anatol langsam.

Hanna blickte ihn überrascht an.

»Wie tüchtig Sie waren! Wie heiter und trostreich! Früh als Erste da und abends als Letzte heim von den freiwilligen Krankenschwestern! Und so oft haben Sie Nachtwache gehalten. Sogar in der Silvesternacht. Gesungen haben Sie, und es uns allen leicht gemacht ... Diesen Silvester habe ich so sehr an den Silvester von vor zwanzig Jahren denken müssen«, schloß er wehmütig wie zu sich selbst.

Hanna starrte sprachlos.

»Ja, waren Sie denn damals im Zweier-Spital?« fragte sie leise.

Er griff in die Brusttasche, zog das Portefeuille heraus, reichte ihr eine verblichene Postkarte hin. Ein Zimmer mit sechs Betten in einer Reihe, in denen Verwundete lagen. Auf dem mittleren Bett saß sie selbst, in weißer Schürze und Haube.

»Der Hauptmann Kósci!« stammelte sie. »Der mit dem Lungenschuß ... Und der kleine Leutnant aus Tirol ... mit der Schenkelfraktur ... ich weiß nicht mehr, wie er geheißen hat ...«

»Das war unsere erste Begegnung!« sagte Anatol schlicht.

Sie sah ihn fragend an. Er wies auf einen Mann mit schwarzem Vollbart, im blaugestreiften Spitalskittel, der hinter der Krankenschwester auf dem mittleren Bett saß.

»Der Mann mit dem Finger!« rief Hanna aus. »Das waren Sie?!«

Er wies ihr mit wehmütigem Lächeln die linke Hand:

»Sie haben ihn oft verbunden. Aber er ist doch nicht

mehr gerade geworden. Sie haben immer gedrängt, man solle ihn operieren, aber es gab so viel wichtigere Kranke ... die Ärzte hatten nie Zeit. Bauchschüsse, Kopfschüsse, Gesichtstransplantationen ... was ist da so ein Finger! Ich habe dann nie mehr Geige spielen können«, fügte er nach einer Weile hinzu.

Hanna sah ihn bestürzt an.

»Und das haben Sie die ganze Zeit gewußt? Und mir nichts gesagt?« Wie unheimlich das war!

Nein, er hatte es nicht die ganze Zeit gewußt. Er hatte sie wiedererkannt, als sie zuerst in der »Svoboda« auftauchte, das heißt, er hatte gewußt, daß er sie schon vorher getroffen und daß sie ihm einmal etwas bedeutet hatte. Aber er hatte sie nicht identifiziert, denn im Zweier-Spital war sie nur »Schwester Hansi« gewesen. Richtig, Hansi hatte man sie genannt. Weil die Oberschwester auch Hanna geheißen hatte ...

»Und dann habe ich mal beim Kramen diese Photographie gefunden, und da habe ich gewußt, wer Sie waren«, erzählte er weiter. »Aber ich dachte, es würde Ihnen vielleicht nicht angenehm sein, an die Zeit erinnert zu werden.« Er stockte.

»Warum nicht?« fragte Hanna arglos. - »Ach so, weil ich dann erfahren hätte, daß Sie mein Alter wissen«, lächelte sie. Wie gut er sie doch kannte! Mehr als sie selbst hatte er wohl gespürt, wie sehr ihre vierzig Jahre sie drückten und verwirrten. Sie erinnerte sich plötzlich an die Szene im Wald von Stechowitz, wo sie ihn gefragt hatte, für wie alt er sie hielte, und wie er rätselhaft geantwortet hatte: »du siehst aber viel jünger aus« ... Also damals hatte er es schon gewußt. Wie sonderbar.

»Ich habe das Bild zu mir gesteckt und immer gemeint, es wird sich mal eine Gelegenheit finden ... Freilich habe ich nicht erwartet, daß ich es Ihnen heute zeigen würde, unter solchen Umständen.« In seiner Stimme lag Trauer.

Es klopfte, Hanna wurde zum Telefon gerufen. Es war Luise. Ach, Luise. Sie hatte sie Sonntag gesucht und nicht getroffen und dann in der Wirrnis der letzten Tage die einfache Freundin wieder vergessen. Sie sagte ihr nur, daß mancherlei Wichtiges vorgefallen sei, und versprach, sie noch am selben Nachmittag zu besuchen. Da hätte ich nun fast noch vergessen, mich von Luise zu verabschieden, dachte sie mit flüchtigem Schuldbewußtsein, noch ganz betäubt von der Enthüllung Anatols.

Sie ging in ihr Zimmer zurück. Anatol stand am Fenster und schaute schweigend auf den trüben Hof hinunter. Er drehte sich lange 'nicht um, und sie stand schweigend hinter ihm und sah auf seinen Rücken, ohne ihn zu sehen.

Schließlich berührte sie seine Schulter leicht mit der Hand. Er kehrte ihr das Gesicht zu, es war blaß und voll Traurigkeit.

»Sie müssen jetzt gehen«, mahnte sie zart. »Ich reise morgen früh und habe noch ein paar Wege zu machen.«

»Und kann ich denn gar nichts für Sie tun?« fragte er mit bedrückter Stimme. »Darf ich Ihnen nicht wenigstens ... ?«

»Nein, danke, ich habe Geld«, unterbrach sie hastig.

»Nun, dann ...«, sagte er zögernd. »Wie Sie wollen. Ich wünsche Ihnen alles Gute! Aus ganzem Herzen alles Gute!« Er drückte ihr die Hand.

»Vor allem Gesundheit?« sagte sie; aber es lag kein böser Hohn darin, nur ein wenig freundschaftlicher Spott.

»Das ist nicht das Wichtigste«, murmelte er verwirrt.

Sie nahm sein Gesicht zwischen ihre beiden Hände.

»Leb wohl, lieber Anatol«, sagte sie und küßte ihn schwesterlich auf den Mund.

Als er gegangen war, starrte sie lange blicklos aus dem Fenster. Dann zuckte sie plötzlich zusammen. Nein, über all dies Erstaunliche konnte man jetzt nicht nachdenken. Das mußte man sich in ruhigerer Zeit zurechtlegen und zu verstehen suchen.

Das Wichtigste war jetzt, Geld zu beschaffen. Mein Gott, wo nehme ich Geld her. Es wird mir nichts übrig bleiben, als es mir doch von Dr. Svoboda auszuborgen. – Alle heißen sie Svoboda, dachte sie, während sie ihre Wäsche in die Pappschachtel legte. So eine Verwirrung.

Es klopfte. »Herein!« rief Hanna. Ihr Bruder Heinrich stand an der Tür.

»Ich bin nämlich heute früh schon mal hiergewesen«, meldete er verwirrt. »Habe deinen Brief erst gestern spät nachts vorgefunden. War zwei Tage in Brünn.«

Komisch, alle fahren nach Brünn, dachte Hanna mechanisch.

»Hanna, was sind das für verrückte Sachen?« sagte er streng, aber Erregung klang in der Stimme durch.

Sie schaute ihn verdrossen an:

»Was willst du von mir? Wir kennen uns ja gar nicht. Seit Jahren haben wir jeden Verkehr abgebrochen. Hast es ja selbst erzählt, in großer Gesellschaft, in der Rokoko-Bar.«

»Ach, was man nicht alles so redet, wenn man überrascht wird!« sagte er ärgerlich. Er legte seinen Pelz ab, sah sich nach einem Stuhl um, aber auf dem einzigen Stuhl lag der Rucksack. Er setzte sich auf das Bett.

»Kannst dir ja denken, daß alle möglichen Leute mich gleich angerufen haben und gefragt, ob ich das bin, Heinrich A., im ›Rudé právo‹, und ob denn meine Schwester wirklich eine Kommunistin und Faschistin ist.«

Wider Willen mußte Hanna lachen. Für Heinrich Aschbach war da offenbar kein Unterschied. Kommunismus, Faschismus, halt so verrückte Sachen. Ein anständiger Mensch wählt demokratisch und kümmert sich nicht um Politik. Flüchtig schoß ihr durch den Kopf, daß die tölpische Gleichsetzung der beiden Extreme vielleicht einen tieferen Wahrheitsgehalt hatte, als der Bruder ahnte. Hatte sie selbst nicht eben das Wort »Gleichschaltung« gedacht? In Rußland hieß es »sozialistische Disziplin« ... Ja, vielleicht war der Unterschied kleiner, als man glaubte.

»Aber das, was man so redet, ist doch gar nicht wichtig«, setzte Heinrich Aschbach fort, da die Schwester nicht antwortete. »Ich gebe zu, es war taktlos von mir. Entschuldige. Deshalb brauchst du mir nicht so einen patzigen Abschiedsbrief zu schreiben, dumme Nudel!« Er hatte Tränen in der Stimme.

Plötzlich sah sie ihn und sich als Halbwüchsige, wie sie miteinander stritten. Sein hübsches, schon etwas schwammiges Durchschnittsgesicht wurde schmal und bartlos, die Brille verschwand, unschuldige, etwas trotzige Knabenaugen blickten sie an, hilflos und zornig. Sie erkannte Heini, den Bruder aus der Kindheit. Immer hatten sie gestritten und sich Schimpfnamen gegeben, nie hatten sie sich gesagt, wie gern sie einander hatten.

»Du bist doch schließlich meine einzige Schwester«, brummte er. »Wenn du schon so ein verdrehtes Leben führst, daß du's mit der Polizei und dem Gericht zu tun bekommst, dann muß ich doch dafür sorgen, daß es keinen Skandal gibt. Ich bin in erster Linie Geschäftsmann.« Verschwunden war das Kindergesicht, die Brille saß ihm wieder auf der Nase, und die Wangen hingen schlaff herunter.

»Lebe, wie du willst«, sagte Hanna kühl, »aber laß mich in Ruhe. Wenn deine Geschäfte es erfordern, daß du die eigene Schwester verleugnest, so tu, was du nicht lassen kannst. Aber erwarte nicht, daß ich dann noch mit dir verkehre. Übrigens werde ich dir keine Ungelegenheiten mehr machen.« Sie wies auf ihr Gepäck. »Wie du siehst, reise ich ab. Für immer. Ich habe noch sehr viel zu tun. Deshalb wäre es mir angenehm, wenn du mich jetzt allein ließest.«

»Führ' nicht so hochgeschorene Reden, du kindische Person!« zürnte er. »Wann wirst du einmal erwachsen werden, mein Gott! Wenn man in einer solchen Lage ist wie du jetzt, geht man zuerst zum Bruder, zumal, wenn man weiß, daß er ein einflußreicher Mensch ist. Zu wem sonst geht man denn? All diese Kerle, mit denen du da verkehrst, Seichtbeutel und Zeitungsschreiber wie der Lozák und die sogenannten Genossen wie der Herr Senator X – der übrigens ein ganz raffinierter Kapitalist ist, mit seiner Milchschiebung! – was tun denn die im Ernstfall für dich?

Glatt fallen lassen die dich im Ernstfall! Mir wirst du nichts vormachen, keiner von deinen Herren Freunden tut etwas für dich!« Er schaute geringschätzig auf ihre armselige Habe. Und als ob er ihre Gedanken erraten hätte, setzte er fort: »Kann man denn etwas für dich tun? Du springst einem ja gleich ins Gesicht mit deinem Mißtrauen und deiner Verachtung! Denn du verachtest mich! Du hast mich immer verachtet! Weil ich nichts von deinen hocherhabenen Ismen verstehe, weil ich ein Mann des praktischen Lebens bin, weil ich nicht so gescheit bin wie du.«

Hanna betrachtete ihn verwundert; er war aufgestanden und lief aufgeregt vom Fenster zur Tür, von der Tür zum Fenster.

»Schon als wir noch klein waren, war es so«, redete er weiter wie zu sich selbst. »Du warst immer die Gescheite, die Glänzende, die, auf die die Eltern die großen Hoffnungen gesetzt hatten. Du hast studieren dürfen, mich hat man ins Kontor gesteckt, ich war zu dumm.«

So ist das? dachte Hanna betroffen. Der reiche, angesehene Herr Bankier fühlt sich mir unterlegen? Wer hätte das je geglaubt! Wie anders alles ist, als man sich's vorstellt. Nie wäre ich darauf verfallen, daß Heini sich von mir verachtet fühlt. Plötzlich verstand sie, daß der Bruder, vielleicht sogar bewußter als sie, seit je darauf hingelebt hatte, ihr zu imponieren; genauso war's bei ihm wie bei ihr, beide waren sie aufeinander bezogen, in all ihrem Handeln und Tun. Das viele Geld, das er aufhäufte, die Aufsichtsratsstellungen, das nicaraguanische Konsulat, das Diplomatenabzeichen am eleganten Chrysler – das alles sollte sagen: sieh her, Schwester, dazu hat's dein dummer Bruder gebracht! Sonderbar ist das: Geschwister – dachte sie. Daß man doch nie die Kindheit los wird.

»Na, das ist ja nun lange vorbei«, sagte sie vernünftig und wußte nicht, sprach sie zu ihm oder zu sich selbst.

»Ich habe mir die Sache schon überlegt«, meinte er. »Auch schon mit meinem Advokaten gesprochen, ein sehr gescheiter Mensch. Er hat sich gleich auf der Polizei erkundigt, aber es scheint, daß da momentan nichts zu machen ist. Sie benützen hier jetzt jeden Anlaß, um die Emigranten loszuwerden. Du hast ja auch nichts verloren hier, so elend wie du lebst.«

Er schaute sich im Zimmer um.

»Fahr' weg, am besten nach Paris. Dein Mann kommt doch jetzt bald aus dem Gefängnis, was? – Ach, erst im Oktober. Ich dachte im Mai. Na, immerhin. Der soll dann mal auch nach Paris gehen. Dort lebt sich's besser. Hier kommt früher oder später doch der Hitler her, und dann sind die Emigranten in der Falle. Ich lasse aber die Sache deshalb nicht aus dem Auge. Ich werde das so arrangieren, daß du, wenn du willst, jederzeit zurückkommen kannst. Hier kann man alles arrangieren. Ein Mensch in meiner Position, meine ich.«

Schon wieder will er mir imponieren, dachte Hanna amüsiert, aber es tat ihr doch wohl, daß der Bruder sich so praktisch für ihr Schicksal interessierte.

Er zog die Brieftasche heraus und legte ein Päckchen Banknoten auf den Tisch.

»Es sind fünfhundert Dollar«, sagte er. »Ich habe sie mir in lauter Fünf- und Zehndollarscheine wechseln lassen, damit du keine Scherereien hast. Erst wollte ich Travellerschecks nehmen, du verlierst am Ende noch das Geld, du schwebst ja immer in den Wolken. Aber dann hast du womöglich Ärger beim Unterschreiben, hab' ich mir gedacht. Ich gebe dir auch die Bewilligung von der Devisenzentrale, falls dich einer irgendwo anhält. Also zähl's nach und gib acht, daß man's dir nicht stiehlt«, sagte er streng.

»Danke vielmals, Heini«, sagte Hanna, »das ist sehr gut gemeint. Aber ich nehme kein Geld von dir. Du kannst nicht mit Geld gutmachen, was du mir angetan hast in all den Jahren.«

Der Bruder schaute sie verletzt und traurig an.

»Du machst es einem wirklich schwer, dich gern zu

haben«, brummte er. »Angetan hab' ich dir nichts. Wenigstens nicht mit Willen. Übrigens hast du mir auch genug angetan. Wie du allein auf Rosita herabschaust, dabei ist sie doch eine so feine Frau und verehrt dich sogar im Stillen ... Aber das ist jetzt einerlei. Wichtig ist, daß du Geld hast ...«

Hanna wollte ihn unterbrechen, aber er ging darüber hinweg: »... Und von andern Leuten wirst du wahrscheinlich keines bekommen oder höchstens hundert Kronen plus gute Ratschläge.«

Dieser nüchternen Feststellung mußte Hanna innerlich zustimmen. Wieviel konnte sie sich von Zdeněk Svoboda ausleihen, er selbst hatte ja nur vom »Nötigsten« gesprochen, sie war froh, wenn sie es nicht in Anspruch zu nehmen brauchte. Und sonst ... ja, es blieb ihr wohl nichts anderes übrig. Nach Spanien ist es weit. Ohne Papiere reisen, das kostet viel Geld.

»Aber ich nehme es nur geborgt«, sagte sie widerwillig.

»Und ich nehme bloß hundert Dollar, mehr brauche ich absolut nicht.«

»Du nimmst die fünfhundert Dollar!« befahl er. »Kannst dir in Paris ein kleines Geschäft aufmachen, einen Buchladen oder eine Leihbibliothek, etwas, was zu deinen Interessen paßt. Für mich spielen doch fünfhundert Dollar keine Rolle.«

Hanna schluckte den letzten Satz und sagte:

»Nun also, wie du meinst. Und herzlichen Dank. Sowie ich kann, fange ich an abzuzahlen.«

»Verschenke das Geld aber nicht an irgendwelche hergelaufenen Fallotten!« mahnte der Bankier.

»Denke an deinen Mann, und wie er dastehen wird, wenn er im Herbst herauskommt. Und tu auch mal was für dich. Du siehst ja miserabel aus, ganz grau und mager. Fahre irgendwo aufs Land, sowie du wieder eine ständige Bleibe hast. Und schreib' mir deine Adresse, sobald du weißt, wo du dich niederläßt. Jetzt muß ich weg, ich habe noch eine Sitzung. Wann fährst du?«

Hanna antwortete, sie führe morgen, zunächst nach Österreich, wüßte aber noch nicht, mit welchem Zug.

»Na, also dann rufe mich an, sobald du es weißt, wir kommen an die Bahn. Und ... reiß' dir nicht das Leben so herunter, Schwester. Dazu bist du zu schade. Ich weiß es. Ich habe dich doch von Kindheit an gekannt! Bist im Grunde eine tüchtige und brave Person, bei all deiner Verrücktheit. Wenn ich das sage, kannst du es glauben!« fügte er treuherzig hinzu.

Hanna lachte. »Nun, das ist ein seltenes Kompliment«, meinte sie.

»Du bist ja meine Schwester«, sagte er doppeldeutig, zog den Pelz an und ging mit kräftigem Händeschütteln.

Hanna packte fertig, verschnürte den Karton, verwahrte das Geld und ging auf den Bahnhof, sich nach den Zügen zu erkundigen. Um sechs Uhr fünfunddreißig mußte sie fahren, es war der beste Zug tagsüber.

Am Pult beim Portier hatte sie wieder den deutlich als solchen zu erkennenden Geheimpolizisten gesehen. Lieber gleich morgen fort, auch wenn die Frist erst Freitag abläuft. Sonst werde ich noch per Schub über die Grenze gebracht. Ich habe hier ja auch nichts mehr zu tun.

Es war ihr ganz heiter zumute. Es geht auf eine Reise. Es ist keine freiwillig unternommene Reise, es ist keine angenehme, es ist sogar eine gefährliche Reise, man weiß nicht, ob und wie und wo man ankommen wird. Aber es ist immerhin eine Reise. Sie hat lange keine gemacht. Jede Reise, auch die unangenehmste, bringt diese gewisse heitere Erregung, diese Vorfreude auf das Neue, Unbekannte, diese geschäftige Unrast: Hinaus!

Prag lag im Kessel, sie sah es tief unten im Dunst, als sich die Straßenbahn die Höhen zur Ořechovka hinaufschwang. Hier wohnte seit kurzer Zeit Luise als Haushälterin bei einer alleinstehenden Dame. Zwischen lauter hübschen Häusern lag die kleine Villa in einem frischangelegten Gärtchen. Sie fand die Freundin am Waschfaß, Seifenschaum quoll ihr über die Schürze, der kleine Raum dampfte vor Wasserdunst.

Während Hanna erzählte, nahm Luise die ausgekochte Wäsche mit einem Holzlöffel aus dem Zuber, warf sie zum Abspülen in eine Zinkwanne und begann dann, mit ihren kräftigen roten Händen die schweren Laken auszuwringen. Hanna berichtete, Luise nickte ernsthaft und bedauernd.

»Das ist sehr schade, daß du wegmußt«, meinte sie ohne sonderliche Erregung. »Du warst eine nette Genossin. Wir hätten dich schon noch zur Trotzkistin gemacht! Na, in Spanien gibt es ja auch eine Sektion, sogar eine sehr gute. Ich werde dir die Adressen schreiben.«

Hanna gefiel die praktische, unsentimentale Art der Freundin.

»Von allen, die ich hier lasse, tut's mir um dich am meisten leid«, sagte sie und fühlte es auch in diesem Moment aufrichtig. »Du warst der erste Mensch, der hier nett zu mir gewesen ist und bist der letzte.«

»Hast du denn Geld?« fragte Luise und trat auf den Hof hinaus, um die Wäsche aufzuhängen. »Ich könnte dir nämlich, wenn du keins hast, sechshundert Kronen borgen, die ich mir gespart habe. Mußt sie mir allerdings zurückgeben. Hans kommt im Juli heraus, da brauche ich dann das Geld.«

»Danke«, sagte Hanna gerührt. »Nein, danke. Wie du weißt, habe ich einen reichen Bruder. Er hat bisher nie was für mich getan, ich habe es nicht verlangt, hätte es auch nicht angenommen. Er war eben bei mir und hat mir einen Haufen Dollar aufgedrängt. Bei ihm kommt es nicht darauf an, und ich kann es brauchen, so habe ich also weiter keine Geschichten gemacht.«

Was sollte sie der einfachen Luise die komplizierten seelischen Beziehungen auftischen, die sie seit einer Stunde zwischen sich und ihrem Bruder zu ahnen begonnen hatte? Bruder und Schwester, Bürgerkinder, das war so anders als der proletarische Haushalt mit den sieben oder acht Geschwistern, aus dem Luise stammte.

»Na, dann ist's ja gut!« meinte Luise erfreut. »Selbstverständlich hast du es angenommen, wäre ja noch schöner. Du, übrigens deine »Svoboda« war doch die erste, die den kommunistischen Milchskandal enthüllt hat, nicht?« setzte sie unvermittelt fort. »Die haben den Kommunisten ja freilich nichts vorzuwerfen; monatelang haben sie für die ›Melka‹ die Pauke geschlagen, und bei denen geht's hinter den Kulissen genauso zu. Überhaupt, wenn eine bürgerliche Zeitung schon in Moral macht! Aber sie hat wenigstens das Verdienst, diese Stalin-Schieber entlarvt zu haben«, fügte sie arglos hinzu. Ihre Informationen stammten wohl von der Trotzkistischen Gruppe, in der Tschechen und Deutsche gemeinsam organisiert waren. Den Artikel im »Rudé právo« hatte sie anscheinend nicht gelesen, und Hanna sagte nichts.

Luise war fertig mit Wäscheaufhängen und lud Hanna in die Küche ein, wo sie heißen Kaffee aus der Röhre nahm.

»Ich lasse dir die Briefe von meinem Mann da, Luise« sagte Hanna und wies auf den Karton, den sie mitgebracht hatte. »Sobald ich eine Adresse habe, werde ich dich bitten, sie mir nachzuschicken. Und da drin sind noch all die Sachen, die ich nicht mitnehmen kann. Bitte behalte, was du brauchen kannst. Aber wirklich! Das andere gib dem Flüchtlingskomitee.« Sie hatte den Karton aufgeschnürt und sah nachdenklich auf das Päckchen Briefe, das zuoberst lag.

»Sag mal«, meinte sie zögernd, »wie stellst du dir das eigentlich vor, ich meine, wenn Hans im Juli herauskommt ... Es hat sich doch so viel verändert inzwischen ... Glaubst du, daß ihr da so ohne weiteres wieder zusammenleben werdet wie vorher?«

»Warum denn nicht?« wunderte sich Luise und biß mit ihren kräftigen großen Zähnen in ein dickes Stück Hefekuchen. »Selbstverständlich! Wir freuen uns beide schon mächtig drauf.«

»Und alles, was dazwischen liegt ... ?« fragte Hanna schüchtern. »Denn es liegt doch viel dazwischen, nicht?«

»Nun ja, es liegt mancherlei dazwischen, freilich«, sagte Luise und wurde ein bißchen rot. »Aber das hat doch alles nichts zu bedeuten. Unsere Trennung war doch nur eine äußerliche Trennung ...«

Ob man wohl äußerlich und innerlich so einfach trennen kann? sann Hanna. Hing das nicht alles tief zusammen, verstrickt und rätselvoll? Aber sie verzagte, es der Freundin begreiflich machen zu können.

»Und daß du inzwischen von der Partei weg bist? Das stelle ich mir gar nicht so einfach vor!« fragte sie weiter und kam auf ein handgreiflicheres Gebiet. »Wo doch die in den Gefängnissen gar nicht wissen, was inzwischen in der Welt vorgegangen ist ... Hans ist doch als Parteimitglied hineingegangen und kommt als Parteimitglied wieder heraus, und du bist jetzt Trotzkistin.«

»Darüber mache ich mir gar keine Kopfschmerzen, Hanna«, sagte Luise ungerührt. »Hans ist doch ein so intelligenter Junge, dem werden wir schnell klargemacht haben, wie der Hase läuft. Und dein Karl, mit dem wird's ganz genauso sein, da mach dir mal ja keine überflüssigen Sorgen!«

Hanna lächelte überrascht. Es schien ihr mit einem Mal selbst gar nicht mehr so kompliziert. Sie nahm das geblümte Sommerkleid aus dem Karton und hielt es der Freundin an.

»Siehst du, es wird dir gerade passen«, meinte sie. »Damit gehst du Hans dann abholen, wenn er herauskommt! Und hör' mal, da sind auch noch fünfzig Dollar für die Emigrantenkinder«, sagte sie etwas verlegen und holte die Scheine aus ihrem Handtäschchen.

»Das ist aber nett! Wieviel ist das in Kronen?«

»Etwa tausend, glaube ich ...«

Luise staunte.

»Da werden die aber jubeln! Wo doch jetzt niemand mehr etwas gibt! Ich werde es aber lieber einem tschechischen Genossen zum Wechseln geben; sonst glauben die im Komitee gar noch, ich bin ein Gestapo-Agent!«

Nein, es war keine Anspielung. Luise wußte ja nichts von der Kunze-Geschichte. Sie sollte auch noch für sich zwanzig Dollar nehmen, aber sie lehnte es ab. An die Bahn könne sie leider nicht kommen, meinte sie bedauernd, halb sieben, da mußte sie ihrer »Alten« das Bad und das Frühstück machen, sie war Professorin am Mädchengymnasium »Minerva«.

»Wie heißt sie denn?« erkundigte sich Hanna, sie hatte vorhin nicht auf den Namen am Türschild geachtet.

Nein, es war keine von ihren alten Lehrerinnen aus der Jugendzeit. Das alte Prag war endgültig vorbei.

»Also dann, gute Luise«, sagte Hanna. »Ich habe noch allerlei zu tun. Wir trennen uns nicht für immer.«

»Natürlich nicht! Wenn Hans herauskommt, gehen wir vielleicht auch nach Spanien. Wenn bis dahin nicht schon wieder alles kaputt ist dort; die Partei wird schon dafür sorgen, daß die schöne Volksfront schön nach rechts abschwenkt«, meinte Luise trocken. »Weiß übrigens die Partei, daß du gehst?« fragte sie.

Was sollte Hanna jetzt die ganze lange Geschichte ausbreiten. Sie hatte Eile, Luise würde sie, wenn sie erführe, was los war, sofort für die Trotzkisten anwerben wollen, außerdem schämte sie sich zu gestehen, daß die Partei die Urheberin ihrer Ausweisung war.

»Ich war gestern schon im Heim, mich verabschieden«, sagte sie unbestimmt.

»Du, ich glaube, es ist ganz gut für dich, daß du hier wegmußt«, sagte Luise und schaute Hanna prüfend an. »Wo du doch hier aufgewachsen bist, in einer bürgerlichen Familie, und dann so lange wegwarst und wiederkommst als Kommunistin … Das ist nicht das Richtige. Da kommt nichts Richtiges heraus.

Ich glaube, es wird dir in Spanien viel besser gehen!«

Ja, da sei viel Wahres dran, meinte Hanna und war wieder einmal betroffen von der schlichten Klugheit, mit der

Luise schwierige Dinge erfaßte. »Ich hätte damals lieber nach Paris emigrieren sollen. Aber jetzt muß ich wirklich gehen …«

Die beiden Frauen umarmten und küßten sich herzlich.

Als Hanna über den Hradschin in die Stadt zurückfuhr, lagen Burg und Dom zu ihrer Rechten im Dunkel; aber unten auf den breiten Plätzen der Neustadt waren schon die Lichter angezündet.

25. Kapitel

Das Vaterland ist ein kleines Land – Viele Fragen und keine Antwort – Alle Wahrheit ist einfach – Umbruch ist jeden Tag – Der Asphalt beginnt mit der Erde zu verschmelzen – Eine Lerche steigt auf – Es geht ein Zug über die Landstraßen der Welt

An einem Donnerstag mit nichts als einem Rucksack zur Grenze zu fahren, das war nicht unauffällig. Der Waggon dritter Klasse war beinahe leer. Damals, als Hanna angekommen war, war auch Sonntag, aber der Abendzug war voll gewesen. Sie hatte leicht durchschlüpfen können, Ausflüglerin, aus dem Erzgebirge zurück. Heute war keine Menge da, zwischen der sie sich hätte verstecken können.

Damals hatte sie keine Dokumente gehabt, nur den vielfach gefalteten, geheimen Legitimationszettel vom Unterbezirk Berlin-Lichterfelde. Jetzt hatte sie ein Dokument: den Ausweisungsbefehl. Wies sie den im Notfall vor, würde kein tschechisches Amtsorgan sie zurückhalten. Sie befolgte ja nur die Gesetze und Verordnungen. Die österreichischen Amtspersonen freilich durften ein solches Blatt nicht bei ihr finden. Sie würden ein solch staatsgefährliches Individuum sogleich verhaften.

Nein, den Österreichern mußte sie ausweichen. Sie mußte sehen, so schnell wie möglich aus Österreich wieder hinaus und in die Schweiz zu gelangen. Österreich war ja jetzt ein kleines Land. Man würde vielleicht nicht einmal dort übernachten müssen.

Auch ihr Vaterland war ein kleines Land. In nicht viel mehr als drei Stunden war sie damals von der nördlichen Grenze nach Prag gefahren. Nun fuhr sie kaum erst drei Stunden, und schon war die südliche Grenze nah. Ein kleines Land. Ein Durchzugsland. Wahrhaftig, es war zu klein, um sich darin aufzuhalten.

Nach Osten allerdings dehnte sich das Land schmal und

weit, nach der Slowakei, nach Karpathorußland; den letzten Zipfel konnte man per Eisenbahn nur erreichen, indem man ein Stückchen über rumänisches Gebiet fuhr. Dort war sie nie gewesen. Sie hatte Rußland, England, Italien, Norwegen bereist, aber in ihrem eigenen Vaterland war sie über Böhmen nie hinausgekommen. Nicht einmal bis Brünn.

Immer habe ich mal über Sonntag nach Brünn fahren wollen, dachte sie. Die Stadt sehen, in der Anatol seine Jugend verbracht hatte, die ihn mit so stetiger Macht Sonntag für Sonntag zu sich zog. Vielleicht auch die Familie zu Gesicht bekommen, die vielgeliebte Familie Svoboda in Brünn. Sie hatte nach Brünn fahren wollen, um zu spionieren. Ja, spionieren hatte sie wollen. Und jetzt wurde sie ausgewiesen gleichsam als Spionin. Wie richtig alles stimmte! Nur mußte man es in einen andern Zusammenhang setzen.

Übrigens, wenn sie auch vielleicht Lust zum Spionieren gehabt hatte – es hätte ihr bestimmt an Talent dazu gefehlt. Sie hatte kein Talent, etwas herauszubringen. »Muß man so gescheit sein, um so dumm sein zu können?« hatte ihr Bruder einmal mißbilligend gesagt, als sie irgendeine ihm sehr einfach scheinende Sache nicht verstand. Sie hatte gefragt und gefragt und es doch nicht verstanden. Immer sah sie so vielerlei Seiten zugleich, an den Dingen, an den Menschen. Und darüber entging ihr der Grundriß des Baus.

In Veselí-Mezimosti wurde auf Tabletts Essen in den Zug gereicht: Gulasch mit Knödeln und Bier. Sie erinnerte sich, wie sie auf dieser Strecke vor vielen, vielen Jahren mit den Eltern nach Wien gefahren war. Da hatten sie auch auf hereingereichten Tabletts Gulasch gegessen … Zur Adria-Ausstellung waren sie damals gefahren, wo in einem System von grellblau getünchten Kanälen und Becken bläuliches Wasser floß. Mittelmeer en miniature. »Bis von der Adria haben sie das Wasser hergebracht?« hatte die junge Hanna staunend gefragt. – »Du mußt auch immer zuerst das Unwahrscheinlichste denken!« hatte der weltkluge Vater sie ausgelacht.

Sie trank das Bier aus und reichte das Tablett zum Fenster hinunter, schon zog die Lokomotive wieder an.

Nein, niemand war an die Bahn gekommen. Sie hatte niemandem die Stunde ihrer Abreise bekanntgegeben. Besser so. Keine Abschiedstränen und Abschiedsszenen. Sie würde schreiben an Zdeněk, an Jarmila. Auch an Heini. Seit seinem Besuch am Vortag sah sie ihn in einem andern Licht. Heini – am letzten Tag erst war sie ihm nahegekommen. Zu spät.

Sie dachte an Anatol. Das letzte Gespräch mit ihm hatte auch Anatol in ein neues Licht gestellt. Diese Geschichte mit dem Spital im Krieg ... wie sonderbar. Sie verstand es nicht. Sie versuchte, darüber nachzudenken. Kein Gefühl regte sich in ihr. Anatol, Lust und Schmerz waren fern. Dunkel spürte sie, daß der Schmerz wiederkommen würde, daß er nur betäubt war, daß sie es noch würde zu Ende leiden müssen, allein, auf neuer Erde. Anatol, der Mann mit dem Finger... Hatte ihre Beziehung vielleicht von Anfang an unter diesem Zeichen gestanden? Sie verstand es nicht.

Aber wahrscheinlich war es ganz einfach. Wie so viele Dinge, die sie nicht verstand. Vieles verstand sie ja jetzt schon besser. Zum Beispiel, daß gerade die so einfach scheinenden Dinge im Grunde oft sehr wenig einfach waren: Die unbedingte Treue zur Partei. Und andrerseits, die unbedingte Freiheit im Privatleben. Sie hatte gemeint, ganz genau zu wissen, wie es damit bestellt war. Es waren klare, einfache Doktrinen gewesen. Ach, Doktrinen eben! Das Leben sieht anders aus.

Manches hab' ich doch gelernt in diesen eineinhalb Jahren, dachte sie. Teures Lehrgeld hab' ich zahlen müssen. Ohne das geht es wohl nicht ab. Teure Sachen halten besser.

Der graue Sweater, den sie trug, war teuer gewesen, 1930 hatte sie ihn gekauft, als sie mit Karl in den Thüringer

Wald Skilaufen gefahren war. Das war auch im Februar gewesen. Hier in Südböhmen lag kein Schnee. Es war ja auch ein besonders warmer Winter. Gut, daß es ein warmer Winter war, die Zellen in den Gefängnissen sind sicher schlecht geheizt.

Sie dachte an ihren Mann, wie sie ihn zuletzt gekannt hatte, im Winter und Vorfrühling 1934, vor zwei Jahren. So trug sie sein Bild in sich, unversehrt, vertrauenerweckend, stark und sicher. Sie zog die kleine Photographie hervor, blickte sie liebevoll an. Wie gut er aussah mit dem lockigen, angegrauten Haar! Ach, jetzt sah er anders aus. Er hatte die Haare geschoren ...

Zum ersten Mal ging ihr auf, daß Karl jetzt wohl nicht nur anders aussah; daß er auch innerlich ein anderer geworden sein mochte. Wie kann man denn zwei Jahre im Zuchthaus sitzen, ohne ein anderer zu werden! »Nur eine äußerliche Trennung«, hatte Luise gestern gesagt. Nein, Luise, auch dein Hans wird ein anderer geworden sein, wenn er zu dir zurückkommt. Sie hatte genug Genossen gekannt, die aus langer Haft zurückkehrten. Sie waren alle anders geworden. Hatten alle den weiten, abwesenden Blick von Augen, die lange auf die gleiche kahle Wand gestarrt hatten, auf das kleine blaue Stück Himmel hoch oben unter der Decke. Nein, auch Karl würde, wenn er herauskäme im Herbst, ein anderer Karl sein als der, den sie unversehrt in sich trug.

Warum hatte sie das denn bisher nie bedacht? Ach, das Nächstliegende fiel ihr immer zuletzt ein, so bist du, Hanna Last. Karl, den sie im Herzen trug als ungebrochenen, schlichten, geraden, lebenstüchtigen Menschen ... seine Einfachheit mochte im Kerker durch viele Filter der Selbst- und Weltbetrachtung gerieselt sein. Zwei Jahre Zuchthaus! Das war doch ein Umbruch im Leben! Keiner kommt so heraus, wie er hineingegangen ist. Sie würden, wenn sie wieder zusammenkämen, ganz von vorne anfangen müssen ... Aber mit sanfter Beruhigung spürte sie: sie würden sich wieder finden. Nach dem Umbruch.

Umbruch, ein Doppelwort.

Umbruch machen hab' ich auch gelernt in Prag, dachte sie wehmütig. Wie oft hab' ich zugeschaut und gefragt warum dies? und warum das? »Warum streichen Sie denn den letzten Absatz?« hab' ich Karlíček gefragt, als ich ihm über die Schulter schaute, ganz am Anfang war das. »Der letzte Absatz ist doch wichtig, finde ich ...«

»Nicht so wichtig wie ein guter Umbruch«, hatte Karlíček sie belehrt. »Wie soll denn das aussehen, wenn man so ein kleines Schnipsel von einer Sache auf die nächste Seite hinübernimmt? Weg damit! Den Artikel versteht man auch so.« Allmählich hatte sie den Redakteuren das Handwerk abgeguckt. Sie konnte sich jetzt zutrauen, einen guten Umbruch zu machen.

Ein guter Umbruch ... manches hat auf die letzte Seite wandern müssen, was auf die erste oder mindestens auf die dritte Seite Anspruch erhob, manches muß überhaupt wegfallen, wir haben keine Zeit, wir haben keinen Platz, die Überschriften müssen die angemessene Größe haben, eine unbeträchtliche Episode kann man nicht mit Vier-Cicero-Lettern betiteln. Umbruch ist jeden Tag. Es kommen immer neue Nachrichten, immer neue Nachrichten, die müssen auf die erste Seite, aus der Setzmaschine rieseln die Bleizeilen heraus mit neuem Text in Spiegelschrift, neuer Text, immer neuer Text, gleich ist es halbzehn, wir müssen fertig werden. Das Leben muß mit Leim und Schere behandelt werden, mit bloßen Fahnen kann man keine Zeitung und kein Leben machen ...

Der Zug hielt: Gmünd, alles aussteigen zur Paß- und Gepäckkontrolle. Die Grenze. Nun lag das Vaterland hinter ihr und vor ihr ein neues Land.

Hanna ging unbefangenen Schritts durch die Sperre, die nach der böhmischen Seite in die Stadt führte und wanderte nach Gmünd hinein. Sie hatte sich Hildes Zeichnung gut eingeprägt, ehe sie den Zettel vernichtete.

Den Rucksack auf dem Rücken, in Wanderschuhen, schritt sie durch das Städtchen, machte nirgends Halt.

Ohne Mühe fand sie die große Chaussee, dann den Weg, der rechts abbog, in den Wald hinein, nein, den nicht, erst den zweiten. Sie begegnete keinem Menschen, es war Wochentag, wer ging denn da auf der Landstraße! Ab und zu nur fuhr ein Auto an ihr vorbei.

Weit und flach tat sich das Land vor ihr auf, Felder rechts und links, braun und stumm im Vorfrühling. Sie war die Stille nicht mehr gewohnt, ihre eigenen Schritte machten so viel Lärm auf der asphaltierten Chaussee, sie ging an den Straßenrand, wo der Asphalt mit der Erde verschmolz. Schlechtbeschnittene Obstbäume grenzten die Felder von der Straße ab. Sie ging unter den Bäumen hin, die ihr kahles Gezweig dünn in den Februarhimmel reckten.. Dann kam der zweite Feldweg, hier mußte sie einbiegen.

Dann noch etwa zweihundert Meter, und ihr seid in Österreich, hatte der Polizist zu den Genossen gesagt. Wenn ihr aber wieder zurückwollt, dann wartet, bis es dunkel wird, neun Uhr zehn geht der Zug zurück.

Nein, sie wollte nicht zurück. Sie hatte die Heimat hinter sich gelassen. Prag, die geliebte Stadt, und die geliebte Partei, die zweite Heimat ... Sie konnte nicht zurück. Sie wollte nicht zurück. Und sie wollte nicht warten, bis es dunkel würde.

Sie schritt in den Mittag hinaus. »Hinaus«, hatte man im Prag ihrer Jugend gesagt, wenn man nach Deutschland fuhr. Nach Österreich war man nicht »hinausgefahren«. Prag lag ja in Österreich, eine Provinzhauptstadt im Habsburgerland der »Königreiche und Länder«. Jetzt gab es keine Habsburger mehr und nur noch wenige Königreiche ... Die Welt war anders geworden, täglich wurde sie anders. Könige gab es nicht mehr; aber Grenzen, Grenzen, und sie schlossen sich täglich strenger ...

Hanna sah auf die Uhr. Sie war vor zwanzig Minuten von der Chaussee abgebogen. Also mußte sie schon ein ganzes Stück in Österreich sein. Sie war durch ein kleines Birkenwäldchen gegangen, jetzt lief der Weg wieder ins Feld hinaus. Sie setzte sich auf das trockene Moos am Waldrand, legte den Rucksack neben sich. Die Mittagsonne schien frühlingshaft warm. Das braune Feld dehnte sich bis an den Horizont. Wie weit der Himmel war! So groß ist die Welt! spürte sie. Das hat man ja gar nicht mehr gewußt, wie groß die Welt ist. In der Setzerei, im Kaffeehaus, im Flüchtlingsheim da war die Welt so eng.

Es rieselte in den Furchen. Der Himmel war klar, fast weiß, es roch nach Februar. Eine Lerche stieg surrend aus dem Feld auf.

»Heil dir, reiner Geist! Vogel warst du nie!« sagte Hanna halblaut, aber sie entsann sich nicht, wie das Shelley'sche Gedicht weiter ging.

Auf dem Weg kam ein Mann auf sie zugeschritten. Er hatte einen Rucksack auf dem Rücken und war barhaupt. Als er an ihr vorüberkam, blieb er stehen und sagte »Grüß Gott!« Er trug kurze Hosen, ein verschossenes Sporthemd, eine Joppe.

»Grüß Gott!« antwortete Hanna freundlich. Es war der erste Mensch, den sie in Österreich traf.

»Ein schöner Tag heute!« sagte der Mann, offenbar in der Absicht, ein Gespräch anzuknüpfen. Er hatte ein junges, offenes, etwas abgehärmtes Gesicht.

»Ja, ein schöner Tag«, bestätigte Hanna. »So frühlingshaft. Haben Sie eben die Lerche gesehen?«

Er schaute mit abwesendem Blick über sie hinweg.

»Nein ... Ich habe lange keine Lerche gesehen«, sagte er langsam wie zu sich selbst. Es klang, als wundere er sich über etwas.

»Darf man sich ein bissel hersetzen?« fragte er ungelenk. Hanna nickte.

Er legte den Rucksack neben den ihren und schlang die Arme um die Knie. Hanna sah auf seine Hände. Ein Arbeiter, dachte sie. Aber lang arbeitslos gewesen. Die Hände sind ganz matt, wie krank.

Der Junge strich sich das schwarze Haar aus der Stirn und starrte in die Weite.

»Das Fräulein kommen aus Böhmen?« fragte er.

»Böhmen«, sagten sie alle, sobald man »draußen« war. Das neue Wort wollte ihnen nicht recht über die Lippen: Tschechoslowakische Republik. Auch Hanna mochte es nicht mehr denken. Sie sah es vor sich im Zusammenhang mit Paragraphen, mit der Sammlung der Gesetze und Verordnungen. Sie hatte gemeint, es sei das Vaterland; aber es war nur das »Staatsgebiet«, aus dem sie nun ausgewiesen war.

»Ja, ich komme aus Böhmen«, antwortete sie.

»Und wohin, wenn's gestattet ist?«

Hanna schaute ihn an. Nein, das war kein als Wanderbursch verkleideter Grenzgendarm. Das war ein wirklicher Wanderbursch. Ein Arbeitsloser aus dem Grenzgebiet.

»Ja, wohin?« fragte sie nachdenklich. »Ich weiß noch nicht recht. Ich will erst noch ein Stück wandern und dann zur Eisenbahnstation.«

Was ist denn das für eine? dachte der Bursch. Ihr Gewand ist abgetragen, aber es ist eine Bessere, sie spricht so hochdeutsch. Was hat die hier mutterseelenallein an der Grenze herumzuspazieren? Vielleicht ist's krank gewesen, schaut eh so abgefallen aus.

»Eisenbahnstation? Nach Schwarzenau? Das ist aber noch hübsch weit!« meinte er vorsichtig.

»Vielleicht treffe ich einen Autobus«, sagte Hanna. »Jetzt muß man ja bald auf die Chaussee hinauskommen. Kennen Sie sich hier aus?«

Er beschrieb ihr genau den Weg, den sie vor sich hatte. Er war ihn ja eben hergekommen. War in Schwarzenau ausgestiegen, ein Stück mit dem Autobus gefahren, dann in den Feldweg eingebogen.

»Ich will nämlich nach Böhmen«, bekannte er.

»Arbeit suchen? Das ist aber schwer als Ausländer! Ich habe jetzt eine Zeitlang in Prag gelebt und habe keine gefunden. Ich bin nämlich eine Reichsdeutsche«, fügte sie hinzu.

»Und warum sind's denn dann nicht nach Deutschland zurück?« fragte der Junge und sah sie prüfend an.

Ja, halt so, wie's halt jetzt ist in Deutschland ...

Eine Jüdin ist's nicht, dachte er. Wird's eine Unsrige sein?

»Politisch?« wagte er sich vor.

Hanna lächelte. Ja, politisch.

Auch in den etwas abwesenden Augen des Jungen leuchtete ein Lächeln auf. Er begann zu erzählen. Er hatte in der Steiermark mit dem Koloman Wallisch gekämpft, 34, grad zwei Jahre sind es jetzt. Dann war der Wallisch hingerichtet worden. Sein Häuflein hatte sich in die steirischen Alpen geflüchtet, aber sie hatten viele erwischt, auch ihn, den Ernst Reschenhofer, in Graz hatte er vorher gearbeitet. Er hatte zwei Jahre abgesessen. Jetzt kriegt er in Österreich keine Arbeit mehr. Die Mutter kann ihn auch nicht ernähren. So will er's in Böhmen versuchen, er ist Autoschlosser, so einer bringt sich schon durch.

Auch Hanna erzählte, in allgemeinen Worten. Dann packte sie Butterbrote aus dem Rucksack und ein paar Äpfel. Sie aßen schweigend.

»Ja, da ziehen wir so in der Welt herum, wir Sozialisten«, sagte sie schließlich mit einem Seufzer. »Ich gehe aus Böhmen nach Österreich, Sie gehen aus Österreich nach Böhmen. Nirgendwo läßt man uns bleiben. Nirgendwo sind wir zu Hause. Und wie viele, die in den Gefängnissen sind. Mein Mann ist auch drin. Bis Oktober noch.«

Der Junge sah sie mit scheuem Mitleid an.

»Und so viele erschlagen«, sprach Hanna weiter. »Die halbe Welt ist faschistisch, die Demokratien knicken vor den Diktaturen, wir Emigranten sind's, die zuerst daran glauben müssen.«

»Aber in Rußland?« fragte Ernst Reschenhofer. »Dort soll's doch vielleicht anders sein?«

»Sind Sie Kommunist?« fragte Hanna gradeheraus.

Ach nein, in der Steiermark, in Graz, hat's doch so gut wie keine Kommunisten gegeben. Alles Sozialdemokraten. Brave, gute Genossen. Der Wallisch zum Beispiel. Ein Prachtkerl.

»Aber es stimmt was nicht mit der Partei. Sonst hätt's doch nicht können so zugrundgehn! Wie's die Führer abgeschossen haben, oder eingesperrt, oder sie sind ausgerissen ins Ausland, da war alles aus im vierunddreißiger Jahr. Die Genossen Eisenbahner haben die Munition zu den Heimwehrleuten gefahren, und uns haben's von der Lore herunter ›Freundschaft‹ zugerufen ... Ich mein' halt, da stimmt was nicht. Man hätt' sich nicht sollen so auf die Führer verlassen ...«

Ja, das meinte Hanna auch. Es müßte mehr Selbständigkeit sein unter den Massen. Mehr Kritik. Nicht alles so von oben her, Parteidisziplin und so. Es ist aus mit der alten Arbeiterbewegung ...

Warum sie nicht lieber nach Rußland ginge, wollte er wissen.

Rußland? Nein, mit Rußland ist das auch nicht mehr das Richtige. Sie seufzte. Außerdem lassen die Russen keine Emigranten hinein. Obgleich sie doch bei ihrem Aufbau Tausende und Zehntausende brauchen könnten von den qualifizierten Arbeitern, den Technikern, den Spezialisten. Sie sagen, Emigration ist keine revolutionäre Angelegenheit. Und die Emigranten sollen in ihren Gastländern politisch arbeiten und nicht unterkriechen wollen im Proletarischen Vaterland ... So ein Unsinn!

Sie erzählte ihm mancherlei, von Rußland, von Deutschland, von Prag, von ihren Erfahrungen. Er war ja zwei Jahre aus der Welt gewesen.

Das ist eine Gebildete, dachte der Junge. Aber sie redet so einfach, daß man's gleich versteht. Ist ja nicht wahr, daß die Intellektuellen alle nichts wert sind. Es gibt auch ganz brave und ordentliche. Das ist doch eine brave Genossin, hat studiert, der Vater war ein Doktor, übersetzt hat sie, englisch und französisch und was nicht alles für schwierige Sprachen, und ist so arm dran wie ich.

Es müßt' anders gemacht werden als bisher, dachte

Ernst Reschenhofer. Nicht so: du bist Sozialist, du bist Kommunist, du bist ein Arbeiter, du bist ein Intellektueller ... nein, alle zusammen, die wir dasselbe wollen, die wir alle so arm dran sind wie diese Genossin und ich; wir alle zusammen, die wir wirklich wollen, daß es anders wird in der Welt. Und die wir dafür kämpfen und sterben wollen ... Darüber müßt' man viel nachdenken, wie das zustandekommen soll ...

Er starrte grübelnd in die Weite.

Auch Hanna starrte in die Weite. Sie sah über die Landstraßen der Welt einen endlosen Zug von Männern, Frauen und Kindern gehen, mit schleppenden Füßen, mit nichts als einem Rucksack auf dem Rücken, aus einem Land ins andre Land, ein grauer Zug, Ungarn, Italiener, Bulgaren, Polen, Jugoslawen, Deutsche, Österreicher ... Sie sah sie über die Straßen schleichen, in den Städten herumirren, auf der Suche nach einer Stätte, wo sie bleiben könnten. Ab und zu fiel einer um, ein Zug fuhr über ihn hinweg, und die Schar der Heimatlosen wanderte weiter, durch die Städte, und hinaus auf die Landstraßen, und nirgendwo fanden sie Ruhe, einzelne Ausläufer des grauen Heers verloren sich in den Durstwüsten Arabiens und in den Urwäldern von Brasilien ...

»Ja, da gehen wir also nun jeder nach unserer Seite, Genosse, und wissen beide noch nicht, wo wir heute schlafen werden«, sagte Hanna und stand auf. »Denn jetzt müssen wir gehen.«

Auch Ernst Reschenhofer stand auf und warf den Rucksack über die Schulter.

Sie gab ihm die Adressen von Jarmila und Luise in Prag, er solle mal schreiben, was aus ihm geworden wäre. Sie schüttelten sich herzlich die Hände und wünschten einander alles Gute. Dann ging jeder nach seiner Seite fort, der Mann nach Norden, die Frau nach Süden. Sie gingen ins Unbekannte. Wie lange noch? Wann wird die Welt Raum haben und eine Heimat für alle?

Als sie ein paar Minuten auseinander waren, drehten sich beide noch einmal um und winkten.

Dann verschwand der Grazer Schlossergesell im Birkenwald, und Hanna bog tapfer ausschreitend in die Landstraße nach Schwarzenau ein.

Marta Marková

Alice Rühle-Gerstel, eine deutsch-jüdische Intellektuelle aus Prag

Als Alice Rühle-Gerstel 1932 nach Prag zurückkehrte, war sie gerade 38 Jahre geworden. Sie stand am Höhepunkt ihres beruflichen Lebens, und doch war sie auf der Flucht. Einige persönliche Dinge hatten sie und ihr Mann bei Freunden zu Aufbewahrung übergeben, der größte Teil wurde nach Prag gebracht. Zurück blieb die gesamte Wohnungseinrichtung und die Bibliothek in Dresden, beides wurde ein Jahr später beschlagnahmt und mit einem Versteigerungserlös in Höhe von 215 Reichsmark verkauft.

Nach vierzehn in Deutschland verbrachten Jahren kehrte Alice Rühle-Gerstel in ihre Geburtsstadt zurück. Die längst versunkenen Bilder ihrer Kindheit und Jugend wurden wieder lebendig, die altbewährten Beziehungen wieder aufgenommen, und das »Prager Tagblatt« veröffentlichte kurz nach ihrer Ankunft einen Auszug der in Prag gebürtigen Autorin aus ihrem neuen Buch »Das Frauenproblem der Gegenwart«.

Rühle-Gerstel fand im Blatt auch eine dauerhafte Beschäftigung: Erst als Korrektorin arbeitend, wurde sie dann später zur Stärkung der Auslandsredaktion und als Feuilletonistin eingesetzt und war zuletzt als Autorin und Redakteurin tätig, ihre eigene Seite gestaltend und redigierend. Sie arbeitete legal und zahlte in der Tschechoslowakei Steuern.

Die bürgerlich-liberale Tageszeitung »Prager Tagblatt« war zu dieser Zeit die Sprachinsel der deutschen Minderheit in der Tschechoslowakei. Der Deutsche Heinrich Mercy, der das Blatt und sein Pressemonopol seit 1876 systematisch aufgebaut hatte, kannte die Familie Gerstel persönlich.

Emil Gerstel und seine Frau Nelly hatten ein traditionsreiches Möbelunternehmen aufgebaut, das mit den Thonet-Möbeln und den Wiener Werkstätten vergleichbar war. Die Kinder wurden nach jüdischer Tradition erzogen. Ihr familiärer Hintergrund aus dem Prager jüdischen Bürgertum sicherte Alice Gerstel und ihren Geschwistern eine hervorragende Ausbildung. 1912 legte die 1894 geborene Alice zunächst die Staatsprüfung für Musik und Französisch ab, bevor sie 1917 das Abitur machte. Am Anfang des Ersten Weltkrieges (1914 bis 1915) hatte sie in den Prager Kriegslazaretten als Operationsassistentin gearbeitet. Für ihre Tätigkeit wurde sie vom Roten Kreuz mit der Silbernen Ehrenmedaille ausgezeichnet. In dieser Zeit begann sie sich für die sozialistische Bewegung zu interessieren. Sie war häufig Gast im Café Arco, welches ganz in der Nähe ihrer Wohnung lag. Dort beteiligte sie sich an einem literarischen Projekt, das Max Brod im Auftrag von Franz Pfemfert, dem Herausgeber der Zeitschrift »Die Aktion«, durchführte: die Zusammenstellung einer Auswahl tschechischer Poesie und ihre Übersetzung ins Deutsche für die Soldaten an der Front des Ersten Weltkriegs.

Im Herbst 1917 nahm sie ein Studium in Prag auf – Deutsche Sprache und Literatur, Englisch und Französisch. 1918, nach Kriegsende, ging sie nach München, um dort Philosophie studieren. Ihr Studium schloss sie mit einer Dissertation über Friedrich Schlegel ab.

Alice Rühle-Gerstels Lebensgeschichte ist nach ihrer Studienzeit eng mit der Otto Rühles verknüpft. Am 10. Dezember 1921 begegneten sich Alice Gerstel und Otto Rühle zum ersten Mal: Gerstel war zu dieser Zeit eine siebenundzwanzigjährige frisch promovierte Doktorin der Philosophie[1] und Anhängerin der Individualpsychologie Alfred Adlers. Sie hatte eine erste Psychoanalyse bei Leonhard Seif[2] hinter sich, um selbst therapeutisch und lehrend tätig zu werden. Seif war nicht nur als Nervenarzt, sondern auch als Lehranalytiker, Individualpsychologe und Leiter der ersten Erziehungsberatungsstelle in Deutschland bekannt. Er sah wie Gerstel in Adlers Arbeiten die Lösung der sozialen Fragen der Gesellschaft.

Otto Karl Heinrich Rühle war zum Zeitpunkt ihres ersten Treffens bereits eine Legende der Arbeiterbewegung: ein Lehrer und Hauslehrer, Mitglied der Freidenkerbewegung, seit 1896 Mitglied der SPD, Wanderlehrer im Auftrag der SPD, politischer Agitator, von 1912 bis 1918 Mitglied des Deutschen Reichstags. Vortragender, Schriftsteller, Sozialpädagoge, Publizist. Außerdem gründete er zusammen mit Rosa Luxemburg, Karl Liebknecht und Franz Mehring den legendären Spartakus-Bund, der im Januar 1919 die Revolution in Deutschland herbeiführen wollte. Es blieb bei einem Versuch: Mitglieder der Freikorps ermordeten Liebknecht und Luxemburg. Zu dieser Zeit stand Rühle aber schon in Opposition zu Rosa Luxemburg. Rühle, der 1919 die KPD mitbegründet hatte, wurde noch im gleichen Jahr aus der Partei ausgeschlossen. Ein Jahr später war er an der Gründung der KAPD (Kommunistischen Arbeiter Partei Deutschland) und der AAUD (Allgemeinen Arbeiter-Union Deutschlands) beteiligt. Aber auch die KAPD schloss ihn wegen seiner Kritik an der Parteilinie nach einigen Monaten aus. Nun unerwünscht in zwei Parteien, initiierte er die Gründung der Allgemeinen Arbeiter-Union (Einheitsorganisation) und distanzierte sich damit auch von Lenin

Nicht nur in der politischen Arbeit, sondern auch privat wurde Rühle in dieser Zeit desillusioniert: In seinem 46. Lebensjahr nach 19 Jahren Ehe wurde er Witwer. Seine Frau Johanna starb mit 42 Jahren nach längerer Krankheit im März 1920 in Leipzig.

Die Begegnung mit Otto Rühle veränderte Alice Gerstels Leben, es wurde bald ein Lebensbund mit gemeinsamen Interessen und Zukunftsplänen. Nach sechs Monaten des Zusammenlebens schlossen sie am 6. Juni 1922 in Roßwein die Ehe. Durch ihre Heirat verlor Alice Rühle-Gerstel ihre tschechoslowakische Staatsbürgerschaft und wurde deutsche Staatsbürgerin. Sie wurde von ihrem neuen Umfeld als Prager Jüdin wahrgenommen, aber auch als die zweite Frau des ehemaligen Reichstagsabgeordneten Otto Rühle, der zusammen mit Karl Liebknecht[3] gegen die Bewilligung der Kriegskredite gestimmt und sich so dem Beschluss der eigenen Partei, der SPD, widersetzt hatte.

Am 1. Juli 1922 kaufte Rühle-Gerstel eine Villa samt Grundstück in Buchholz-Friedewald bei Dresden für den Kaufpreis von 120.500 Mark. Für die nächsten sieben Jahre hatten sie ihr Domizil im Grünen, mit Hund und Katze und auch ihr Verlag »Am andern Ufer« war dort untergebracht. Obwohl Alice Rühle-Gerstel nicht Mitglied einer politischen Partei war, stand sie als Intellektuelle der Wiener Sozialdemokratie der 1920er Jahre politisch nahe und identifizierte sich mit den austromarxistischen Schul- und Sozialprogrammen. Schwerpunkt ihres Verlags war folglich die Wiener Individualpsychologie, die Schule Alfred Adlers. Zusammen mit Otto Rühle publizierte sie sozialpsychologische und sozialpädagogische Werke wie die Schriftenfolge »Am andern Ufer. Blätter für sozialistische Erziehung« oder die Monatsblätter der »Erziehungs-Gemeinschaft Das proletarische Kind«. Die selbst gestellte Aufgabe von »Das proletarische Kind« war Aufklärung, Heilen und Bilden – eine praktische Hilfeleistung für Not leidende Kinder, die unter dem Druck ihrer Familie und der Gesellschaft standen, sowie für die Erziehung zu Mut, Selbstständigkeit, Verantwortung und sozialem Gemeinschaftsgefühl. Ein wesentlicher Bestandteil der Zeitschrift war die Kinderpost: Kinder schrieben und malten und gestalteten das Blatt mit. Diese Rubrik gilt als Vorreiter der Kinderwiese des »Prager Tagblattes«, die in den 1930er Jahren von Alice Rühle-Gerstel redigiert wurde. Eine weitere Schriftenfolge »Schwer erziehbare Kinder«[4], bemühte sich ebenfalls um eine Bestandaufnahme, um Verstehen und Behandeln in Sinne der Individualpsychologie. Rühle-Gerstels erstes Buch – »Freud und Adler. Elementare Einführung in die Psychoanalyse und Individualpsychologie«, das sie ihrem ehemaligen Lehrer Leonhard Seif widmete, erschien 1924 ebenfalls in ihrem Verlag.[5]

Zusammen mit ihren Freunden Hugo Freund und Paul Plottke gründeten Alice Rühle-Gerstel und Otto Rühle nach Leonhard Seifs Vorbild die erste Erziehungsberatungsstelle in Dresden. Rühle-Gerstel wurde daneben Mitbegründerin der marxistisch-individualpsychologischen Arbeitsgemeinschaft Dresden, sie leitete Kurse und »Wandergruppen«[6] und war auch Mitherausgeberin des »International Journal of Individual Psychology«. Sie hielt Vorträge und Kurse im Rahmen der Arbeiteruniversitäten und der Erwachsenenbildung in Dresden, Hellerau, Berlin und Wien über »Individualpsychologie und Marxismus«, »Die materielle und seelische Not der Gegenwart und ihre Bekämpfung«, »Ehe und Sexualität« oder die gegenwärtige Literatur und Frauenliteratur. 1927 hatte sie auch ihre zweite Analyse bei Erwin Leopold Wexberg erfolgreich abgeschlossen.[7]

Auch während dieser Zeit in Deutschland betätigte sich Alice Rühle-Gerstel als Rezensentin: 1925 wurde sie eine wichtige Mitarbeiterin der linksliberalen Zeitschrift »Die literarische Welt«. Willy Haas hatte um das Blatt die deutschsprachigen Literaten aus Böhmen und Mähren versammelt, die loyal zum neuen tschechoslowakischen Staat standen. Acht Jahre schrieb sie für die Zeitschrift nicht nur Buchbesprechungen mit besonderem Schwerpunkt auf der aktuellen Frauenliteratur, sondern auch feministische Aufsätze.

Seit 1924 war sie außerdem ständige Mitarbeiterin beim Frauen- und Pädagogischen Funk bei der MIRAG, der Mitteldeutschen Rundfunk A.G. Sie gestaltete zwei- bis dreimal im Monat Frauen-Sendungen auf der Basis der Individualpsychologie, arbeitete in der Erziehungs- und Lebensberatung, referierte über neue Lebensstile oder über Neuerscheinungen auf dem Buchmarkt. Zum Gespräch holte sie sich bekannte Fachleute ins Hörfunkstudio.

Nachdem Rühle-Gerstel 1932 Deutschland verlassen hatte, versuchte sie in der Tschechoslowakei an ihre Tätigkeit anzuknüpfen. Manch eine Thematik griff sie später in Prag wie auch in ihrem letzten Exil in Mexiko wieder auf.[8]

In der Zwischenkriegszeit verfasste Alice Rühle-Gerstel zwei ihrer wichtigsten Bücher: 1927 erschien in ihrem Verlag »Der Weg zum Wir. Versuch einer Verbindung von Marxismus und Individualpsychologie«, ein Ergebnis ihrer Arbeit in der Dresdner marxistisch-individualpsychologischen Arbeitsgemeinschaft und der Diskussionen mit Otto Rühle. Sie hinterfragte die psychologischen Probleme der Macht, die Grundfragen und Zusammenhänge zwischen den Individuen und der Gesellschaft, formulierte neue Thesen und erstellte ein Programm, das von ihren Kollegen, marxistischen Adlerianern, begeistert aufgenommen wurde. Doch im Zuge der Spannungen um die Ideologisierung der Individualpsychologie kam es zwischen den Rühles und anderen Anhängern Alfred Adlers, wie auch von Adler selbst, zu einer Distanzierung und Trennung. Das zweite Buch »Das Frauenproblem der Gegenwart. Eine psychologische Bilanz.« erschien im April 1932, wenige Monate vor Hitlers Machtergreifung. In diesem Hauptwerk befasste sie sich mit frauenspezifischen Fragen, hinterfragte die Frauenrollen aus verschiedenen Perspektiven und setzte sich mit den Möglichkeiten auseinander, eine Gesellschaft zu schaffen, in der Männer und Frauen gleichberechtigt nebeneinander stehen. Bekannt in ihrer Zeit, wurde Alice Rühle-Gerstel erst von der Frauennachkriegsgeneration als Frauenrechtlerin neu entdeckt und gilt seither als Weggefährtin von Rosa Mayreder und Charlotte Bühler, den Leitfiguren der Emanzipationsbewegung.

Rühle-Gerstel kehrte 1932 als Internationalistin in die Tschechoslowakei zurück. Auf ihre jüdischen Wurzeln wurde sie erst wieder durch die Ideologie des »Dritten Reiches« verwiesen. Die Tschechoslowakei ermöglichte ihren Bürgern jüdischer Herkunft, für ihre jüdische Nationalität zu optieren.[9] Juden hatten ihre Grundschulen, Gymnasien und Zeitschriften,wie auch ihre Vertretung in Nationalversammlung. Von den 360 000 Menschen jüdischer Herkunft bekannte sich fast die Hälfte zur tschechoslowakischen Nationalität, mehr als ein Drittel zur deutschen und der Rest zur jüdischen.

Nach ihrer Rückkehr fühlte sich Rühle-Gerstel in Prag besonders wohl: Zu ihren jüngeren Geschwistern hatte sie schon immer eine innige Beziehung und dieses Zusammengehörigkeitsgefühl wurde nun noch intensiver und bewusster gepflegt. Sie, die Älteste, die in der Familie liebevoll als »Schwierige« charakterisiert wurde, war die intellektuelle Ergänzung ihrer jüngeren Geschwister Fritz (Bedřich) und Susanne Gerstel. Die Internationalität wie auch die bewusste Assimilierung war für die Geschwister Gerstel ein gemeinsamer Nenner. Bildung und die bedingungslose Emanzipation von ihrer Familie spielte dagegen vor allem für Alice Rühle-Gerstel eine entscheidende Rolle.

Ihre Eltern waren zwar schon lange zuvor gestorben, doch die Familie ihres Bruders mit drei Söhnen lebte in einer vollkommenen Harmonie: Als Mäzene unterstützten die Gerstels das kulturelle Prager Leben und setzten sich später auch für deutsche Flüchtlinge ein. Rühle-Gerstels berufstätige Schwester wohnte zwar anfangs noch alleine, doch noch zu Jahresende heiratete sie den um zwölf Jahre älteren Junggesellen Paul Sonnenschein.

Das Ehepaar Rühle wusste, dass sein Aufenthalt außerhalb Deutschlands länger dauern würde. Otto Rühle hatte den Krieg vorausgesehen und durch seine politische Weitsicht fast auf den Tag genaue Voraussagen getroffen: den Stalin-Hitler Pakt am 23. August 1939, den Überfall der Sowjetunion am 22. Juli 1941 und sogar die Dauer des Krieges. Sein 1932 unter dem Pseudonym publiziertes Buch »Der Mensch auf der Flucht» war schon vor dem eigenem Gang ins Exil zum Schlüsselroman für diejenigen geworden, die bereits von den politischen Verhältnissen ins Exil getrieben wurden.

Alice Rühle-Gerstel und Otto Rühle versuchten nun, den polizeilichen Schwierigkeiten zum Trotz, ein Leben in Prag aufzubauen und ihren Berufen nachzugehen. Doch wurden sie seit ihrer Ankunft von der tschechoslowakischen politischen Polizei observiert, da Otto Rühle wegen seiner politischen Vergangenheit in Böhmen bereits polizeilich bekannt war und seine Frau als eine begeisterte Kommunistin galt. Otto Rühle fand keine Anstellung und Alice Rühle-Gerstel mußte als Alleinverdienerin für das Wohl der Eheleute sorgen. Sie hatte – im Unterschied zu ihrem Mann – in der Tschechoslowakei Familie, Verwandten und Freunde, und dennoch lebte sie dort als »Reichsdeutsche» mit ihrem deutschen Reisepass. Otto Rühle bekam zwar von der Prager Polizeidirektion einen provisorischen tschechoslowakischen Reisepass, der ihn, wie für den Aufenthalt in der ČSR, so auch für Reisen in alle europäische Länder, außer Deutschland und der UdSSR, berechtigte. Seine Situation wurde jedoch von Tag zu Tag schwieriger, da er weder politisch tätig sein, noch arbeiten durfte und sich dementsprechend untätig fühlte.

Nachdem Adolf Hitler am 30. Januar 1933 Reichskanzler wurde und sofort Maßnahmen gegen Juden und politische Gegner ergriffen wurden, kam es zur Massenflucht von Oppositionellen nach Frankreich, in die Tschechoslowakei und in andere Staaten. In der ersten Phase sprach man von über 1.600 deutschen Emigranten in der Tschechoslowakei. In den folgenden Jahren wurde diese Zahl höher, man schätzte sogar 20.000 Exilierte, die die ČSR zumindest als Transitland benutzten.

Nicht nur die Gestapoagenten und die tschechische politische Polizei, sondern auch die III. (Kommunistische) Internationale, die Komintern (1919–1943), kontrollierte die reichsdeutsche Emigration in Prag. Die

Denunziation der Emigranten mit nichtkommunistischen Meinungen war Parteipflicht. In der ČSR wurde 1935 die Volksfront gegen den Faschismus proklamiert, während es jedoch gleichzeitig zur Verschärfung der Haltung gegen die deutschsprachigen Emigranten kam. Die Tschechoslowakei galt zu dieser Zeit als das letzte demokratische Land im Herzen Europas. Hier formierte sich das deutschsprachige Exil, hier wurden aber auch Rechnungen zwischen politischen Gegnern beglichen: Deutsche Flüchtlinge wurden auf tschechoslowakischem Gebiet ermordet – so Professor Theodor Lessing, ein oppositioneller Philosoph. Im März 1935 wurde ein neues Ausländergesetz auf Druck der Rechtsparteien beschlossen: Ausländer konnten nun ausgewiesen werden, falls sie umfassenden politischen Tätigkeiten nachgingen oder sich in die inneren Angelegenheiten einmischten.

Ursprünglich wollten sich die Rühles auf Madeira niederlassen, doch sie änderten ihre Pläne und ließen sich von Ottos Schwiegersohn, der seit gut zehn Jahren mit Rühles Tochter in Mexiko lebte, überreden, dorthin zu kommen, um ein Schul- und Erziehungsprogramm aufzubauen. Otto kannte zwar das Land, das er schon 1930 besucht hatte, doch im Großen und Ganzen hatte er keine Ahnung von der starken Macht der mexikanischen Gewerkschaften, die kommunistisch und stalinistisch waren. Es gab für Otto Rühle, durch die Beziehungen der bereits in Mexiko lebende Familie seiner Tochter, Erleichterungen bei der Einreise nach Mexiko, sowie eine uneingeschränkte Aufenthaltserlaubnis. Am 8. November 1935 verließ Rühle die Tschechoslowakei. Seine Frau hatte ihn bis Paris begleitet und blieb dort nach seiner Abreise für einige Zeit als Gast bei der Familie Duhamel. Sie wohnte Georges Duhamels Wahl in die Académie Françaíse bei und überlegte sich sogar, ob sie doch nicht aus Prag nach Paris übersiedeln sollte. Sie genoss den warmen Herbst, traf sich mit ihren Freunden Manès Sperber, Fritz Schiff, Paul und Frieda Plottke, Willi Münzenberg und Babette

Lisette Gross in den Editions du Carrefour am Boulevard St.-Germain. Zurück in Prag, verbrachte sie – nun allein – ihr Leben zwischen Arbeit und Treffen mit Freunden. Am Höhepunkt ihrer Arbeit im »Prager Tagblatt« verdiente sie fast 1.000 Kronen, ohne Zulagen und ohne sonstige Honorare. Alice Rühle-Gerstels Freizeit war streng verplant: Montags tagte im Hinterzimmer des Kaffehauses Luxor die pädagogisch-marxistische Arbeitsgemeinschaft. Dienstags besuchte sie ihren Erziehungszirkel. Mittwochs wurde sie jeweils zu Sonkas – Hugo Sonnenscheins – Stammtisch in einer Weinstube eingeladen[10]. Donnerstags lud Alice Rühle-Gerstels jeweils eine Person aus ihrem Freundeskreis zum Mittagstisch ein. Abends wurden politische Themen wie die Frage der Einheitsfront diskutiert. Freitags stand die Kleine Bühne auf dem Programm, wo Rühle-Gerstels Freundin Lotte Stein auftrat. Fritz Gerstel gehörte zu den Mäzenen und Förderern des Theaters. Bei Willy Haas traf sie sich wieder mit alten Weggefährten aus dem Kreis um »Die literarische Welt», wie mit Arthur Rosen oder Emil Utitz.

Besonders intensiven Kontakt pflegte Alice Rühle-Gerstel zu zwei Jugendfreundinnen, den beiden Tschechinnen und Nichtjüdinnen Milena Jesenská[11] und Jarmila Ambrožová[12]. Letztere war nicht nur die erste Frau von Willy Haas, sondern auch die lebenslange Liebe Egon Erwin Kischs wie auch dessen Übersetzerin ins Tschechische. Milena und Jarmila waren Schulkolleginnen, »Minervistinnen», die das 1890 gegründete erste tschechische Prager Mädchengymnasium besuchten, während Alice auf das »Öffentliche Prager Deutsche Mädchenlyzeum» ging. Doch diese beiden Schulgebäude lagen sehr nah beieinander und so kamen die Mädchen in Kontakt und wurden auch über die Jugendzeit hinaus enge Freundinnen. Am Ende des Ersten Weltkrieges trennten sich ihre Wege vorerst: Alice Rühle-Gerstel ging nach München, Milena Jesenská heiratete und ging nach Wien und Jarmila

Ambrožová folgte als Journalistin und Übersetzerin ihrem Mann Willy Haas nach Berlin. Milena Jesenská kehrte Mitte der 1920er Jahre nach Prag zurück, Jarmila Ambrožová erst Anfang 1933, um ihre Arbeit fortzusetzen. Sie hatte die Kulturredaktion in der populären kommunistischen Frauenzeitschrift »Rozsévačka« übernommen, schrieb für die kommunistische Tageszeitung »Rudé právo« wie auch für die kommunistische Wochenzeitschrift für Politik, Wissenschaft und Kultur »Tvorba«. Beide Freundinnen waren Kommunistinnen und begeisterte Vertreterinnen von Klement Gottwalds KPČ-Linie und galten Rühle-Gerstel als Repräsentantinnen des Tschechentums.

Milena Jesenskás Verbindung zur KPČ war zu dieser Zeit eine intensive, fast religiös-emotionale. Schließlich öffneten die politischen Ereignisse ihr die Augen: Aufgrund verschiedener Säuberungsaktionen der Partei in ihrem Bekanntenkreis geriet Milena Jesenskás Glaube an die Partei ins Schwanken. Als dann noch ihr Ehemann, der Architekt Jaromír Krejcar, in der Sowjetunion Zeuge der stalinistischen Säuberungen gegen die Parteiopposition wurde, brach Milena Jesenská nach seinen Schilderungen und dem Bekanntwerden der von Stalin befohlenen Moskauer Schauprozesse mit der KPČ. Danach trafen sich in Jesenskás Zuhause die »Sektierer«: Oppositionelle und Trotzkisten. Noch vor ihrer Abreise aus Prag erlebte Alice Rühle-Gerstel den Anfang von Milena Jesenkás Abweichung von der stalinistischen KPČ-Linie.

Alice Rühle-Gerstel hatte während ihrer Zeit in Prag viele Stunden mit Milena Jesenská verbracht, war mit ihr ins Kino, zu Konzerten oder Veranstaltungen gegangen. Es gab auch Gerüchte über eine eventuelle Bisexualität Rühle-Gerstels und eine sexuelle Beziehung zwischen den beiden Frauen. Doch auch Otto Rühle hatte zu Milena Jesenská eine gute Beziehung und widmete ihr ein Duplikat seines Mexiko-Skizzenbuches. Rühle-Gerstel traf Milena Jesenská zuletzt im Frühjahr 1936. Vor ihrer Abreise aus Prag verbrachte sie die letzte Nacht in der Wohnung ihrer

Freundin. Seit diesem Tag sahen sie sich nicht mehr und Milena Jesenská beantwortete auch keinen von Rühle-Gerstels Briefen.

Währenddessen schien Otto Rühle sich im fernen Mexiko gut etabliert zu haben. Er schickte Willy Haas Fotos von Diego Riveras Fresken und berichtete über die Vorbereitung seines Buches »Umgang mit Kindern», das ins Spanische übersetzt erscheinen sollte. Im Mai 1936 suchte auch Alice Rühle-Gerstel um eine Aufenthaltsgenehmigung für Mexiko an, die ihr umgehend bewilligt wurde, da die Tochter ihres Mannes inzwischen die mexikanische Staatsbürgerschaft besaß. Über ihre Verabschiedung von Prag schrieb sie ihrem Mann folgende Episode: »Vorgestern traf ich im Café Palace Karl Kraus und sagte ihm Guten Tag. Zuerst tat er, als kannte er mich nicht. Sah mich lange an und sagte dann: »Waren Sie nicht die Freundin von Willy Haas?« – »Ja. Und ich bin es noch!« – »Sehen Sie, deshalb hab ich Sie nämlich vergessen.« Sprach und wandte sich ab. Die Geschichte kursiert schon als Anekdote in Prag![13]

Kurz vor ihrer Abreise aus Prag betonte Alice Rühle-Gerstel in ihrem Brief an Otto Rühle ihren Wunsch, eine gleichberechtigte Partnerin und Kameradin zu sein und keine Begleiterscheinung eines berühmten Mannes:

»... ich möchte zu dir nur fahren, wenn es nicht mehr das alte Verhältnis ist, Lehrer und Schülerin oder so ähnlich; ich genieße meine Selbständigkeit, habe für mein Leben unerhört viel gewonnen, teils mit Schmerzen, im allgemeinen mit Freuden; ... Ich hoffe, daß eine andere Beziehung zwischen uns entstehen kann, weiß es aber nicht gewiß, und weiß nicht, ob es das Richtige ist, es an Ort und Stelle zu versuchen, oder die Dinge par Distance weiter gedeihen zu lassen, bis sie klarer werden.»[14]

Auch wenn es einen regen Briefverkehr zwischen den Eheleuten gab, hatten sie sich doch seit dem 14. November 1935 nicht mehr gesehen. Am 1. Juli 1936 kam es in Veracruz zum freudigen Wiedersehen. Schon kurz nach ihrer Ankunft veröffentlichte die »Dra. Alicia Ruehle-Gerstel« eine ganze Serie von Artikeln in der wissenschaftlichen Zeitschrift »Temas Científicos« über die sozialistische Psychologie Alfred Adlers, die sozialistische Erziehung in der Familie und über die Geschichte des Feminismus. Ihre Reisereportagen über das Leben in Mexiko wie über die Inseln auf dem Pátzcuaro-See wurden im »Prager Tagblatt«[15] und im »Mercure de France«[16] noch unter Georges Duhamels Obhut veröffentlicht. Ab 1. August 1936 wurde Rühle-Gerstel im Übersetzungsbüro des Consejo National de la Educación Superior y la Investigación y Identificación, einem mexikanischen Ministerium, angestellt. Diese Arbeit stellte sich jedoch bald als ein Art Potemkinsches Dorf heraus. Rühle-Gerstel, die gewöhnt war, selbständig, effektiv und gezielt zu arbeiten, wurde in Mexiko mit einer ganz anderen Art der Verwaltungsbürokratie und Mentalität konfrontiert. Sie verbrachte den ganzen Tag im Büro, ohne dass sich jemand für sie und ihr Tun interessierte und verdiente so wenig Geld, dass sie zur Begleichung der Lebenskosten stets auf ihre Ersparnisse aus Europa zurückgreifen musste. Sie war gezwungen, sich ständig auf die Suche nach einer besser bezahlten Arbeit zu begeben. An der Universidad Michoacána in Morelia wurde sie ab 1937 Lehrbeauftragte für Deutsch, Psychologie und für Feministische Studien und betreute daneben in Morelia auch spanische Kinder. Die Fotografin Tina Modotti, die für die spanische Sektion der IRH – der Spanischen Sektion der Internationalen Roten Hilfe – arbeitete, hatte im Februar 1937 die Evakuierung der Stadt Málaga und im Juni 1937 die Evakuierung von 445 Kindern aufgrund des Spanischen Bürgerkriegs nach Mexiko organisiert. Rühle-Gerstel versuchte daraufhin, den von Krieg und Flucht gekennzeichneten spanischen Kindern auch im fernen Mexiko wieder Mut, Selbstvertrauen, Gemeinschaftsgefühl und Tatkraft zu vermitteln.

Die Ankunft von Leo D. Trotzki und seiner Frau Natalija Iwanowna Sedowa am 9. Januar 1937 veränderte das Leben der Rühles. Trotzkis Anwesenheit in Mexiko sollte das private wie berufliche Leben der Rühles stark beeinflussen: Sie lernten in seinem Umkreis viele interessante Leute, wie den Philosophen John Dewey, den Journalisten Herbert Solow und dessen Frau, die Fotografin Sylva Salmi, sowie den Kunsthistoriker Bertram D. Wolfe kennen, von denen einige ihre Freunde wurden.

Der Kontakt der Rühles zu Diego Rivera und Frida Kahlo, den besonders Alice pflegte, wurde seit Trotzkis Ankunft noch intensiviert. Rühle-Gerstel, Sedowa und Kahlo hatten abseits der Männergesellschaft für sich zu einer gemeinsamen Frauenrunde gefunden. Alice Rühle-Gerstel wurde außerdem als Übersetzerin und Bearbeiterin von Akten und Korrespondenz voll in die Arbeit der Dewey Kommission involviert. Diese Kommission brachte 1937 Trotzkis Anklage der Verbrechen Stalins an die Weltöffentlichkeit. Auch nach dem Abschluss der Kommission erledigte Rühle-Gerstel für Trotzki die Pressearbeit und war wie dieser als Vortragende an Seminaren für amerikanische Studenten aus Texas – einer Art Summer School in Mexiko – beteiligt.

In dieser bewegten Zeit versuchte Alice auch wieder Kontakt zu ihren Jugendfreunden und -freundinnen herzustellen. Ihr Briefwechsel spiegelt das geistige Leben des linken, antistalinistischen Exils, mitsamt aller Spannungen und Gemeinsamkeiten. Rühle-Gerstel schrieb unter anderem an Franz Werfel und an Willy Haas und gestand der Schriftstellerin Gina Kaus, ihrer einstigen intellektuellen Weggefährtin in der Sache der Individualpsychologie:

»... ich bin überhaupt dahinter gekommen, daß mein jahrzehntelang bekanntes Credo von der Gleichheit und Ebenbürtigkeit der Geschlechter reine, gut gemeinte Ideologie war... Von der Individualpsychologie bin ich auch weit weg, sie passt nicht auf das Leben, habe ich herausgefunden. Sie ist ein Unterbau, auf dem das Leben wackelt. Wenn bei dem Gewackel Leben und Psychologie einmal, oder auch oft, zusammenstoßen, meinen wir, die beiden Flächen seien glatt parallel. Ein grober Irrtum. Ich sagte kürzlich: was immer man macht, es kommt dasselbe heraus... Man lachte, aber ist es nicht wahr?«[17]

Ende 1937 begann Alice Rühle-Gerstel die Arbeit an ihrem Roman »Der Umbruch oder Hanna und die Freiheit«, den sie im Frühjahr 1938 beendete. Während des Schreibens erfuhr sie Anfang 1938 von einem in der Pariser Exilzeitschrift »Das Neue Tagebuch« sowie in anderen Exilzeitschriften angekündigten Literatur-Preisausschreiben des »American Guild for German Cultural Freedom«[18] und schickte ihr Manuskript unter dem Pseudonym Barbara Felix nach New York. Die American Guild war eine im Jahre 1936 von Hubertus Prinz zu Löwenstein und Richard A. Bermann – als Schriftsteller unter dem Pseudonym Arnold Höllriegel bekannt – gegründete Hilfsorganisation. Das Ziel war, Schriftstellern auf der Flucht oder im Exil eine Unterstützung anzubieten. An dem literarischen Wettbewerb beteiligten sich Verleger aus den USA, England, Frankreich und Holland. Als Vorschuss für das beste unveröffentlichte Werk eines Emigranten lobten sie einen Beitrag von 4520 Dollar aus. Das preisgekrönte Buch sollte gleichzeitig in verschiedenen Sprachen erscheinen. Die Jury bestand aus Thomas Mann, Lion Feuchtwanger, Alfred Neumann, Bruno Frank und Rudolf Olden. Letzten Endes kürte die Jury jedoch weder Hannah Arendt, Maria Lazar noch Alice Rühle-Gerstel, sondern Arnold Benders Roman »Es ist später, denn ihr wisst.«

»Der Umbruch oder Hanna und die Freiheit« ist ein Emigrantenroman und eine verarbeitete Erinnerung an die alltägliche gesellschaftliche und politische Konfrontation. Alice Rühle-Gerstel setzt verschiedenen Menschen aus ihrem persönlichen Umfeld in diesem noch vor Arthur Koestlers »Sonnenfinsternis« verfassten, zugleich antifaschistischen und antikommunistischen Werk, ein Denkmal.

In einem Brief an Eva Schumann charakterisiert Alice ihr Buch folgendermaßen:

> »Mein Buch ist ein Roman, ein bisschen autobiographisch, das Leben in der Prager Emigration, vermischt mit einer Liebesgeschichte und der Abwendung der Heldin von der kommunist. Partei.(...)«[19]

Der Ort der Handlung ist Prag zwischen 1934 und 1935. Die Protagonistin Hanna Last, die Kassiererin bei der Roten Hilfe in der Berliner Ortsgruppe Lichterfelde ist, flieht vor den Nationalsozialisten in ihre Geburtsstadt Prag. Ihr Mann Karl, ein Antifaschist, war seit 1934 Gefangener im sächsischen Zuchthaus zu Waldheim. Hanna lebt in Prag vor dem Hintergrund politischer Intrigen und Denunziationen sowie Säuberungen und Polarisierungen in der KPČ, mit der Angst von Nazi- und NKWD-Agenten umringt zu sein. Da sie zweisprachig aufgewachsen ist, findet sie Arbeit in der neugegründeten tschechischen Zeitschrift »Svoboda« (Freiheit) und knüpft an ihre Freundschaften aus Jugendzeiten an. Eine Liebesbeziehung zum Chefredakteur der liberalen Zeitung, Anatol Svoboda, bringt Hanna in Bedrängnis, handelt es sich doch eigentlich um einen politischen Gegner. Schließlich wird sie aufgrund einer politischen Intrige aus der demokratischen Tschechoslowakei ausgewiesen und macht sich auf den Weg ins Unbekannte – eine Freiheitssuchende in einer Zeit des Umbruchs.

Das Gefühl des Fremdseins lernte Rühle-Gerstel zum ersten Mal in Mexiko kennen, es begleitete sie auch beim Schreiben ihres Buches. Ihr Aufenthalt in Prag war für sie, ungeachtet aller politischen Begleiterscheinungen, eine gute Zeit. Sie fand ihr Zuhause im »Prager Tagblatt«, kehrte zurück zu ihrer Familie und zu alten Freunden. Erst in Mexiko bekam Alice Rühle-Gerstel zu spüren, wie stark sie in Prag verwurzelt war und dass sie sich dort zum ersten Mal frei gefühlt hatte, während sie in Mexiko an Heimweh litt. So ist es nicht verwunderlich, dass sich in ihrem Roman »Der Umbruch oder Hanna und die Freiheit« das Gefühl des Fremdseins wiederfindet und die Worte fremd bzw. Fremdsein mit ebensolcher Häufigkeit wiederkehren wie das Prager Symbol Hradschin.

Die erste Version des Manuskripts von »Der Umbruch oder Hanna und die Freiheit« verfasste Alice Rühle-Gerstel in ein graues »Buch«, auf welches sechs Hefte folgten. Sie schrieb ihren Roman teils mit Bleistift, teils mit Tinte in mexikanische Schulhefte mit meist hellorangenen Umschlägen, jedesmal mit ganz präzisen Anmerkungen wie »Roman, Anschluss an das graue Buch. S. 97–196« betitelt. Ihre Korrekturen notierte sie mit Tinte auf kleine Zettel, die sie sorgfältig auf den ursprünglichen Text klebte. Oft befand sich in den Heften jedoch noch weitere, nicht zum Roman gehörende Texte oder Übersetzungen.

Sie schrieb das Manuskript zunächst unter dem Pseudonym Barbara Felix und versah es mit einem Goethe-Zitat, das infolge der zahlreichen Bearbeitungen und nach dem Umtippen verschwand: »Aber der Flüchtige kennt kein Gesetz: denn er wehrt nur den Tod ab.« Am 18. April 1938 beendete sie die erste handschriftliche Version.

Das neu getippte Manuskript von »Der Umbruch oder Hanna und die Freiheit« beginnt statt dessen mit einer Vorbemerkung der Autorin:

»Das wirkliche Leben ist viel zu unwahrscheinlich, als dass man es so, wie es ist, in einem Roman überführen

> könnte: der Leser würde nur ungläubig den Kopf schütteln über die schlechte Erfindung.
> Damit der Leser Handlungen und Personen für wirklich nehme, muss der Autor seine Arbeit tun: auseinanderreißen, zusammenfügen, verlieren, finden, erfinden.
> Im Sinne dieser Ansicht sind die Personen und Vorkommnisse dieses Buches aufzufassen. Sie sind, in juristischem Verstande, nicht existent.«

Rühle-Gerstel verfasste ihren Roman in Prager Deutsch, in einer für sie typischen Färbung, die später im Zuge von Ottos sprachlichen Korrekturen des Romans fast beseitigt wurde. Der Roman ist zum einen eine stark biografisch geprägte Abrechnung mit einer politisch-sozialen Illusion, zugleich ist er aber auch eine Liebeserklärung an Prag.

> »Die siebzehn Jahre in Deutschland erschienen ihr mit einem Mal wie ein Fremdkörper in ihrem Leben. Wie eine mit Papier umwickelte, mit Bindfaden verschnürte Schachtel, gefüllt mit lauter nichtigem Kram, die man in einen Koffer voll wirklicher Dinge gesteckt hat und die man mit einem Mal nicht mehr braucht: man hebt die Schachtel heraus, die wirklichen Dinge bekommen ihren usurpierten Platz zurück, schlagen über der Lücke zusammen, es fehlt nichts... Sie hob die siebzehn Jahre Deutschland aus ihrem Leben heraus und legte sie neben sich hin. Vor der Welt, in die sie jung, trotzig und sehnsüchtig dereinst hinausgezogen war – ›hinaus‹ sagten die Prager, wenn sie ›nach Deutschland‹ meinten – wie recht sie hatten! –, zog sich der Vorhang des Hradschins zusammen. Ein Akt war aus, vielleicht ein ganzes Stück, wer könnte das wissen ...«[20]

Der Umbruch ist zum einen ein Synonym für das Befinden von Hanna Last wie auch für die gesellschaftlichen Umwälzung der Zeit, spielt zugleich aber auch als Fachausdruck auf das journalistische Milieu an, in dem Rühle-Gerstels Roman angesiedelt ist:

> »... Umbruch. Zum ersten Mal kam ihr die Doppelbedeutung des Wortes ins Bewusstsein. Jeden Tag ist Umbruch, jeden Tag zur selben Stunde. Komisch. Es heißt weiter nichts, als die langen, mageren Kolonnen blitzblanker Bleizeilen so anordnen, dass Zeitungsseiten daraus werden. Und außerdem heißt es noch so was wie Revolution, innerer Umsturz. Man glaubt, das kommt nur ein- oder zweimal im Leben vor. Man glaubt, es sei ein Ereignis, das Fugen sprengt, Häuser stürzt, Welten umwirft, das Unterste zuoberst kehrt und das Innerste nach außen. Aber nein. Umbruch ist jeden Tag.«[21]

Freunde und Verwandte Rühle-Gerstels kommen im Roman verschlüsselt als Leit- oder Randfiguren vor. Die Protagonistin Hanna Last trägt den Vornamen von Rühle-Gerstels Stiefenkelin. Hinter Karlíček verbirgt sich Rudi Thomas-Taussig, der stellvertretende Chefredakteur des »Prager Tagblattes«, während Anatol Svoboda an Dr. Sigmund Blau, den Chefredakteur der Prager deutschsprachigen Zeitung »Bohemia« und später des »Prager Tagblattes«, erinnert. Mit Anatol lässt sich zudem das gleichnamige Schauspiel von Arthur Schnitzler aus dem Jahr 1893 assoziieren, das die österreichisch sozialisierte Alice Rühle-Gerstel – die übrigens über die Familie ihrer Mutter mit Schnitzler entfernt verwandt war – gut kannte.

In der Figur der Jarmila finden sich Parallelen zu Rühle-Gerstels Freundinnen Jarmila Ambrožová und Milena Jesenská. Letztere hatte tatsächlich in »Svět práce« (Die Welt der Arbeit) zum Teil die selben Reportagen veröffentlicht wie Jarmila im Roman. Jesenská war bis 1936 für die Zeitschrift tätig, und Alice hatte dort unter Milenas Namen publiziert. Jenda soll Kurt Konrad-Beer sein – ein junger marxistischer Historiker und Journalist, der Milenas Weggefährte war.

Einen Befragungsbogen über das private Leben, wie er im Roman vorkommt, wurde von der KPČ an ihre Mitglieder verteilt. Milena Jesenská füllte diesen zusammen mit Kurt Konrad-Beer aus, was Alice Rühle-Gerstel zuvor ihrem Mann in einem Brief nach Mexiko mitgeteilt hatte.[22]

Manche Protagonistinnen und Protagonisten haben im Buch das gleiche Lebensschicksal und behielten sogar ihren bürgerlichen Namen und ihre Adresse, als ob ihnen Rühle-Gerstel damit ein Denkmal hätte schaffen wollen.

Viele Schilderungen ihres Romans kommen auch im Briefwechsel mit Otto Rühle vor, beispielweise dass der König von England ausgerechnet nachts um dreiviertel eins gestorben war, zehn Minuten vor Redaktionsschluss der zweiten Ausgabe des »Prager Tagblattes«.

Die Milchaffäre im Roman erinnert an eine Folge des von Georges Duhamels 1927 herausgegebenen »Journal de Salavin« (Salavins Tagebuch) in welchem der Angestellte Salavin die betrügerischen Machenschaften seines Arbeitgebers, des Inhabers eines Milchkonzerns, entdeckt. Elf Jahre nach Duhamel griff Alice in ihrem mexikanischen Exil die literarische Vorlage der Milchaffäre wieder auf. Der reale Grund dafür war der Erlass des neuen tschechoslowakischen Kartellgesetzes,[23] das die stärkere Monopolisierung der Produktion in der ČSR dokumentierte und verbriefte. Alice Rühle-Gerstel verlegte ihre Milchaffäre ins journalistische Milieu und verknüpfte sie mit Konkurrenzkampf und politischen Machenschaften, mit Intrigen, Liebeskampf, Verrat und Missverständnissen. Ein Mitglied des Zentralkomitees kauft in Rühle-Gerstels Roman »mit Geldern, die für Rote Hilfe, für den Arbeitslosenfond und ähnliche löbliche Zwecke gesammelt worden waren, durch einen Strohmann das größte und besteingerichtete Milchgut Böhmens«[24], um das Milchmonopol nach der Parteiparole »Der Zweck heiligt die Mittel« zu zerstören, durch Macht- und politische Schiebereien ein Vermögen zu verdienen und alle Gegner am Ende als Senator zu besiegen.

An ihre Freundin Gina Kaus schrieb Alice Rühle-Gerstel 1938 über ihren Roman »Der Umbruch oder Hanna und die Freiheit«:

> »Ob ich den Roman schicken soll, müssen Sie selbst bestimmen. Sein Inhalt eignet sich offenbar nicht für die Passierung mehrerer Grenzen. Ich habe mir das nicht ausgesucht, gar nichts damit geplant, will nichts damit erreichen, ändern oder verbessern, und fürchte, dass ein Durcheinander von Schuften, Feiglingen und armen Teufeln, wie sie mein Roman ist, auch einem Verleger nicht gefallen wird. Trotzdem möchte ich gern, dass Sie ihn lesen, und inzwischen, bis Ihre Antwort hier sein kann, werde ich ihn auch schon ins Reine geschrieben haben. Die Arbeit selbst hat mir enormes Vergnügen gemacht, ich glaube, es ist ein gutes Buch, vielleicht aber – leider – kein »brauchbares«. Nun, das wird sich herausstellen, sobald es mit der Wirklichkeit zusammenstösst.«[25]

Im mexikanischen Exil wurde Alice Rühle-Gerstel zu einer der wichtigsten Vertreterinnen tschechoslowakischer und altösterreichischer Kultur. Bis 1939 erledigte sie die Presse- und Übersetzungsarbeiten für die tschechoslowakische Gesandtschaft in Mexiko und übersetzte neben ihren eigenen journalistischen und literarischen Arbeiten zahlreiche Werke tschechischer Autoren wie Karel Čapek oder Ivan Olbracht, aber auch Lieder und Libretti von zahlreichen Operetten wie »Die Fledermaus« von Johann Strauss und auch Friedrich Smetanas Oper »Die verkaufte Braut« ins Spanische. 1940 wurde Alicia Gerstel de Ruehle an der Universidad Michoacana, Colegio de San Nicolás de Hidalgo, der Ehrentitel »profesora de honor de psicología« verliehen.

Im Exil veränderte sich Rühles berufliche wie auch private Existenz, ihre harmonische Beziehung wurde – entgegen ihres kurz vor der Ausreise nach Mexiko an Otto Rühle herangetragenen Wunsches, ihm gleichberechtigt zu sein – immer mehr von der traditionellen Rollenverteilung gekennzeichnet. Otto Rühle wurde im Februar 1939 aus dem mexikanischen Ministerium für Erziehung und Bildung, wo er als Berater angestellt war, entlassen. Hinter seiner Kündigung hatte er stets die mexikanischen stalinistischen Gewerkschaften vermutet, die ihm seine »Beisitzerrolle« in der Dewey-Kommission nicht verzeihen konnten. Alice Rühle-Gerstel verließ ihre Stelle als Übersetzerin im gleichen Ministerium ein halbes Jahr später. Eine ähnliche Situation ergab sich auch in der Tschechoslowakischen Gesandtschaft in Mexiko ab 1942, wo Rühle-Gerstel als Antistalinistin nicht hineinpasste. Schon ab 1940 versuchten Otto und Alice ihren Lebensunterhalt durch die Produktion von Kunstpostkarten, die Otto Rühle malte und Alice Rühle Gerstel als Straßenhändlerin verkaufte, zu sichern.

In ihren letzten Lebensjahren holte auch ein privater Konflikt die Rühles ein. Das Verhältnis zu Grete, Otto Rühles Tochter aus erster Ehe, und ihrem Mann sorgte mehr und mehr für Spannungen. Dabei ging es nicht nur um unterschiedliche politische Ansichten, sondern auch um Eifersucht, die ihre Wurzeln in ganz verschiedenen Sozialisierungsmustern der beiden Frauen hatte: Grete konnte sich nicht mit Alice Rühle-Gerstels intellektuellem Einfluss auf Otto Rühle und ihrem anderen Lebensstil abfinden. Zudem hatte Alice schon immer alle gemeinsamen Rühle-Projekte finanziert, in Deutschland, in der Tschechoslowakei und anfangs auch in Mexiko, zunächst aus ihrer gut angelegten Prager Mitgift, später aus ihrem Einkommen. Durch ihre frühere finanzielle Unabhängigkeit hatte sie Rühle ermöglicht, eine neue Identität zu entwickeln – eine Welt, die Grete fremd war. Durch seine um zwanzig Jahren jüngere zweite Frau kam Rühle in Kontakt mit einer ganz anderen Generation. Durch ihren Einfluss fing er an, sich als Weltbürger zu begreifen.

Am 25. April 1939 heirateten die Rühles zum zweiten Mal. Otto Rühle bekam im Januar 1938 die mexikanische Staatsbürgerschaft, da aber zu dieser Zeit ihre Heiratsurkunde aus dem Jahr 1922 noch fehlte, konnte Rühle-Gerstel nicht automatisch als Gattin die mexikanische Staatsbürgerschaft bekommen. So hatten sie – wie viele andere Emigranten damals – noch einmal geheiratet, um weiteren bürokratischen Gängelungen zu entgehen. Ihre Neuvermählung[26], die darauf folgende Hochzeitsreise wie auch die Verleihung der mexikanischen Staatsbürgerschaft[27] standen im starken Kontrast zu den Selbstmorden vieler ihrer Freunde in Prag: Sigmund Blau, Rudi Thomas-Taussig und seine Frau Grete, Gustav Kauder und Julia Rábl. Beeinflusst durch diese großen persönlichen Verluste setzte bei Alice Rühle-Gerstel die Erkenntnis ein, dass sie nicht mehr leben wollte. Anfang Juni 1940 schrieb sie einen dreiseitigen Brief an ihren Jugendfreund Arno Schirokauer, in dem sie ihren Lebensüberdruss schildert. Die beiden waren verbunden durch ihren freiwilligen Einsatz im Ersten Weltkrieg, ihre Studienzeit in München und vor allem durch ihre gemeinsame Arbeit im Radio:

> »... Ich fühle ja auch hier die Erdbeben voraus und sie kommen auch dann immer. Vielleicht schreibt sich diese Ahnung von einem tiefen Lebensüberdruss her, der mich je länger je mehr gefangen hält. Es ist so gar nichts mehr da - für uns - das sich zu erwarten lohnte. Das Beste, was man sich noch erhoffen kann, ist nach dem Krieg und nach Hitler wieder hinüber zu können, und was dann dort, alt, entwurzelt, arm, und das, was wir wollen, noch weit entfernt auch dann noch? Eins mag ich bestimmt nicht mehr: leiden. Zwar habe ich, im Vergleich zu den meisten andern, ein herrliches Leben gehabt und habe es noch: aber gelitten habe ich immer ausgiebig und immer Grund und Anlass gefunden. Wie-

viel mehr jetzt, wo so ziemlich alles und alle, das und die einem was bedeuteten, futsch sind.«[28]

Ab 1941 wurde ihre Lage immer schwieriger: Alice Rühle-Gerstel hielt als revolutionäre Marxistin stets Distanz zu den stalinistischen Kommunisten und zum Kreis um die Exilgruppierung in Mexiko »Freies Deutschland« – und so war es auch umgekehrt. Sie begegnete in Mexiko weder ihrem ebenfalls dort lebenden Jugendfreund Egon Erwin Kisch noch der ehemals von ihr verehrten Anna Seghers.

Am Donnerstag, dem 24. Juni 1943, als ein solches Unwetter in Mexiko City herrschte, dass Anna Seghers auf der Straße verletzt und ins Krankenhaus eingeliefert wurde, wählte Alice Rühle-Gerstel den Freitod. Das Ableben von Otto Rühle am gleichen Tag, nur einige Stunden vorher, war ein begleitendes Indiz, wohl der Auslöser, nicht aber die Ursache. Alice Rühle-Gerstel war 49 Jahre, in einem Alter, in dem ihre Mutter den Freitod gewählt hatte, in dem auch ihr Vater gestorben war. Sie empfand eine tiefe humane und politische Desillusionierung bezüglich einer Welt, in der totalitäre Regime einander abwechselten. Eine Welt war im Kommen, in der sie für sich keine Zukunft mehr sah.

Alice Rühle-Gerstel und Otto Rühle hatten 1929 geschrieben:

»... Leben in seiner erfolgreichen Totalität ist eben Ergebnis einer Gemeinschaftsleistung. Ist die Gemeinschaft mangelhaft oder hört sie auf, so ist das Leben nicht mehr lebbar. Es endet in der Neurose, im Verbrechen, in der Perversion, in der Krankheit, im Selbstmord – in irgendeiner Konsequenz letzter Gemeinschaftsunfähigkeit.«[29]

Alice Rühle-Gerstel hinterließ eine reiche Korrespondenz mit ihrem Freundeskreis und viele Manuskripte und Entwürfe in verschiedensten Sprachen. Zu den Arbeiten, an denen sie zuletzt gearbeitet hatte, gehörte u.a. eine Übersetzung von Ludwig van Beethovens »Fidelio« für Erich Kleiber.

Durch die kommunistische und nationalistische Nachkriegsgeschichtsschreibung in der Tschechoslowakei wurde Alice Rühle-Gerstel und ihr Werk, wie auch die geschichtliche Bedeutung ihrer Familie, die einst den Sprung von einer jüdischen Manufaktur zum international anerkannten Prager Industriekunsthandwerk gewagt hatte, aus dem kulturellen Gedächtnis gestrichen. In der neuen tschechisierten Gesellschaftsstruktur wurde die einstige Rolle einer ihrer Minderheiten, der deutschsprachigen Juden, wie auch ihres Organs, des deutschsprachigen »Prager Tageblatts«, verschwiegen oder umgedeutet.

Das theoretische und literarische Werk Alice Rühle-Gerstels verschwand durch diese Politik des Vergessens für einige Jahrzehnte aus dem öffentlichen Bewusstsein. Erst in den 1970er Jahren wurden ihre politischen, emanzipatorischen und erziehungstheoretischen Schriften teilweise wiederveröffentlicht. Der Roman aus dem Nachlass Rühle-Gerstels, »Der Umbruch oder Hanna und die Freiheit«, kam erst in den 1980er Jahren in einer Reihe über Exilliteratur zur Veröffentlichung.

Heute fasziniert er noch immer durch die Schilderung des politischen Exils und der gesellschaftlichen Umbrüche der 1930er Jahre, vor allem jedoch durch seine literarische Qualität.

Anmerkungen

[1] Alice Gerstel promovierte am 3. März 1921 über Friedrich Schlegel und Chamfort und bekam dafür die Note summa cum laude.
[2] Leonhard Seif (1866-1949) hatte nach dem Ersten Weltkrieg die erste individualpsychologische Erziehungsberatungsstelle Deutschlands für schwererziehbare Kinder und deren Eltern aufgebaut.
[3] Otto Rühle folgte am 20. März 1915 Karl Liebknechts Beschluss vom 2. Dezember 1914. Zu dieser Zeit waren sie die Einzigen gewesen, die gegen die Bewilligung der Kriegsanleihen gestimmt hatten. Rosa Luxemburg konnte nicht an diesem parlamentarischen Beschluss mitwirken, da es damals kein Wahlrecht für Frauen gab.
[4] 1926-27. Alice und Otto sind nicht nur Herausgeber, sie beteiligen sich auch als Autoren.
[5] Freud y Adler: »Introducción al psícoanálisis«, México City 1941.
[6] In den erhaltenen Fotoaufnahmen sieht es wie ein Männerbündnis aus.
[7] Erwin Leopold Wexberg (1881-1957), Psychiater und einer der wichtigsten Mitarbeiter Alfred Adlers.
[8] Beispielweise »In welchem Alter sind die Frauen alt?«
[9] Vgl. Erich Später: »Kein Frieden mit Tschechien. Die Sudetendeutschen und ihre Landsmannschaft«, Konkret Verlag, Hamburg 2005, S. 13.
[10] Hugo Sonnenschein (1889-1953), kommunistischer Dichter und Schriftsteller. Regelmäßige Teilnehmer an den von ihm veranstalteten Treffen waren u.a. Willy Haas, Johannes Urzidill, Gertrud Spirk, Paul Kornfeld, Emil Utitz, Prof. Willi Novak, Heynemann von der Frankfurter Zeitung, der zur »Bohemia« überging.
[11] Milena Jesenská-Pollaková-Krejcarová (1896-1944 KZ Ravensbrück). Aus der Weltliteratur wurde sie vor allem durch Franz Kafkas »Briefe an Milena« berühmt.
[12] Jarmila Ambrožova-Reinerová-Haasová-Nečasová (1896-1994). Kommunistische Journalistin und Übersetzerin.
[13] Alice Rühle-Gerstel an Otto Rühle, 4. 5 .1936.
[14] Alice Rühle-Gerstel an Otto Rühle, 9. 3 .1936.
[15] Die Fotoreportagen »Markttag in Michoacán« und »Indianerinsel in Mexiko« begleiten Fotos Alice Rühle-Gerstels .»Marktgang in Mexiko« wurde illustriert mit Skizzen von Otto Rühle.
[16] 1er Octobre - 1er Novembre 1937. Tome CCLXXIX.
[17] Alice Rühle-Gerstel an Gina Kaus, 15.12.1937.
[18] Alle Angaben und Zitate nach: »Die Geschichte eines literarischen Preisausschreibens«. In: Walter Zadek (Hg.): »Sie flohen vor dem Hakenkreuz«, Rowohlt, Reinbek 1983.
[19] Alice Rühle-Gerstel an Eva Schumann, 4. 8. 1938.
[20] »Der Umbruch oder Hanna und die Freiheit«, AvivA Verlag, Berlin 2007, S. 110 f.
[21] »Der Umbruch oder Hanna und die Freiheit«, S. 260.

[22] Alice Rühle-Gerstel an Otto Rühle, 30. 1. 1936.
[23] Erlass vom 27. 3 .1933.
[24] »Der Umbruch oder Hanna und die Freiheit«, S. 325.
[25] Alice Rühle-Gerstel an Gina Kaus, 5. 5. 1938.
[26] Dem Gesetz des Zufalls folgend, tauchte kurz nach ihrer Vermählung die alte deutsche Heiratsurkunde der Rühles in Mexiko wieder auf.
[27] Am 22. Juni 1939 wurde Alicia Gerstel de Ruehle die mexikanische Staatsbürgerschaft verliehen.
[28] Alice Rühle-Gerstel an Arno (Arnold) Schirokauer (1899-1954), 3. 6 .1940.
[29] Vgl. Otto und Alice Rühle: »Sexual-Analyse. Psychologie des Liebes- und Ehelebens«, Greifenverlag, Rudolfstadt i. Th. 1929, S. 158.

Die Herausgeberin

Marta Marková, Nachlassverwalterin von Alice Rühle-Gerstel, wurde 1947 in der Tschechischen Republik geboren und studierte an der Fakultät für Sozialwissenschaften und Publizistik der Prager Karlsuniversität. Sie arbeitete für Rundfunk und Verlage in Prag und emigrierte 1980 nach Österreich. Sie war Universitätslektorin, ist als Kulturpublizistin tätig und veröffentlichte Anfang 2007 im Studienverlag Innsbruck die Alice Rühle-Gerstel-Biografie »Auf ins Wunderland! Das Leben der Alice Rühle-Gerstel«

Bild- und Textnachweise

Unsere Ausgabe folgt der Fassung der Erstausgabe von »Der Umbruch oder Hanna und die Freiheit«. Mit einer Einleitung von Ingrid Herbst und Bernd Klemm und einem Nachwort von Stephen S. Kalmar. Fischer Taschenbuch Verlag GmbH, Frankfurt am Main 1984. Rechtschreibung und Zeichensetzung richten sich nach dem Originalmanuskript.

Bei den Abbildungen im Innenteil des Buches handelt es sich um historische Ansichtskarten aus dem Verlagsarchiv.

Weitere Titel der AvivA-Reihe

»Wiederentdeckte Autorinnen«:

Vicki Baum: *Pariser Platz 13. Eine Komödie aus dem Schönheitssalon und andere Texte über Kosmetik, Schönheit und Mode.* Hg. u. m. Nachwort v. Julia Bertschik. Geb., 221 S., 16,50 €. ISBN 978-3-932338-27-4.
Mit Vicki Baum im Schönheitssalon.

Alice Berend: *Die Bräutigame der Babette Bomberling.* M. Nachwort v. Britta Jürgs. Geb., 149 S., 16,50 €. ISBN 978-3-932338-03-8.
Berliner Sargfabrikantengattin sucht Schwiegersohn.

Alice Berend: *Der Herr Direktor.* Mit Nachwort v. Britta Jürgs. Geb., 187 S., 17,50 €. ISBN 978-3-932338-07-6.
Glühbirnen, Radrennen und Autofahrten im Berlin der 1920er Jahre.

Ruth Landshoff-Yorck: *Roman einer Tänzerin.* Erstausgabe aus dem Nachlass. Hg. u. m. Nachwort v. Walter Fähnders. Geb., 157 S., 16,50 €. ISBN 978-3-932338-15-1.
Eine skandalumwitterte Tänzerin in Paris.

Ruth Landshoff-Yorck: *Die Schatzsucher von Venedig.* Erstausgabe aus dem Nachlass. Hg. u. m. Nachwort v. Walter Fähnders. M. Stadtplan u. Venedigfotos. Geb., 166 S., 16,50 €. ISBN 978-3-932338-23-6.
Eine junge Amerikanerin am Canale Grande.

Ruth Landshoff-Yorck: *Die Vielen und der Eine.* Hg. u. m. Nachwort v. Walter Fähnders. Geb., 190 S., 16,50 €. ISBN 978-3-932338-14-4.
Eine Berliner Reporterin in New York und in anderen Metropolen der 1920er Jahre.

Victoria Wolff: *Das weiße Abendkleid.* Hg. u. m. Nachwort v. Anke Heimberg. M. Stadtplan u. Parisfotos. Geb., 280 S., 18,00 €. ISBN 978-3-932338-28-1.
Vier Frauen im Paris der 1930er Jahre, deren Leben von einem Kleid verändert wird.

Mehr Informationen über unser Programm
finden Sie unter www.aviva-verlag.de

Wir schicken Ihnen gerne unser Verlagsprogramm zu.

ISBN: 978-3-932338-31-1

Umschlaggestaltung: Britta Jürgs, unter Verwendung einer
Porträtstudie von Trude Fleischmann (Foto: Ullstein Bild)

Druck: Ayalon Printing, Jerusalem

1. Auflage 2007

AvivA Britta Jürgs GmbH
Dorfstr. 56, 17375 Grambin
Emdener Str. 33, 10551 Berlin
fon (0 30) 39 73 13 72; fax (0 30) 39 73 13 71
info@aviva-verlag.de
www.aviva-verlag.de

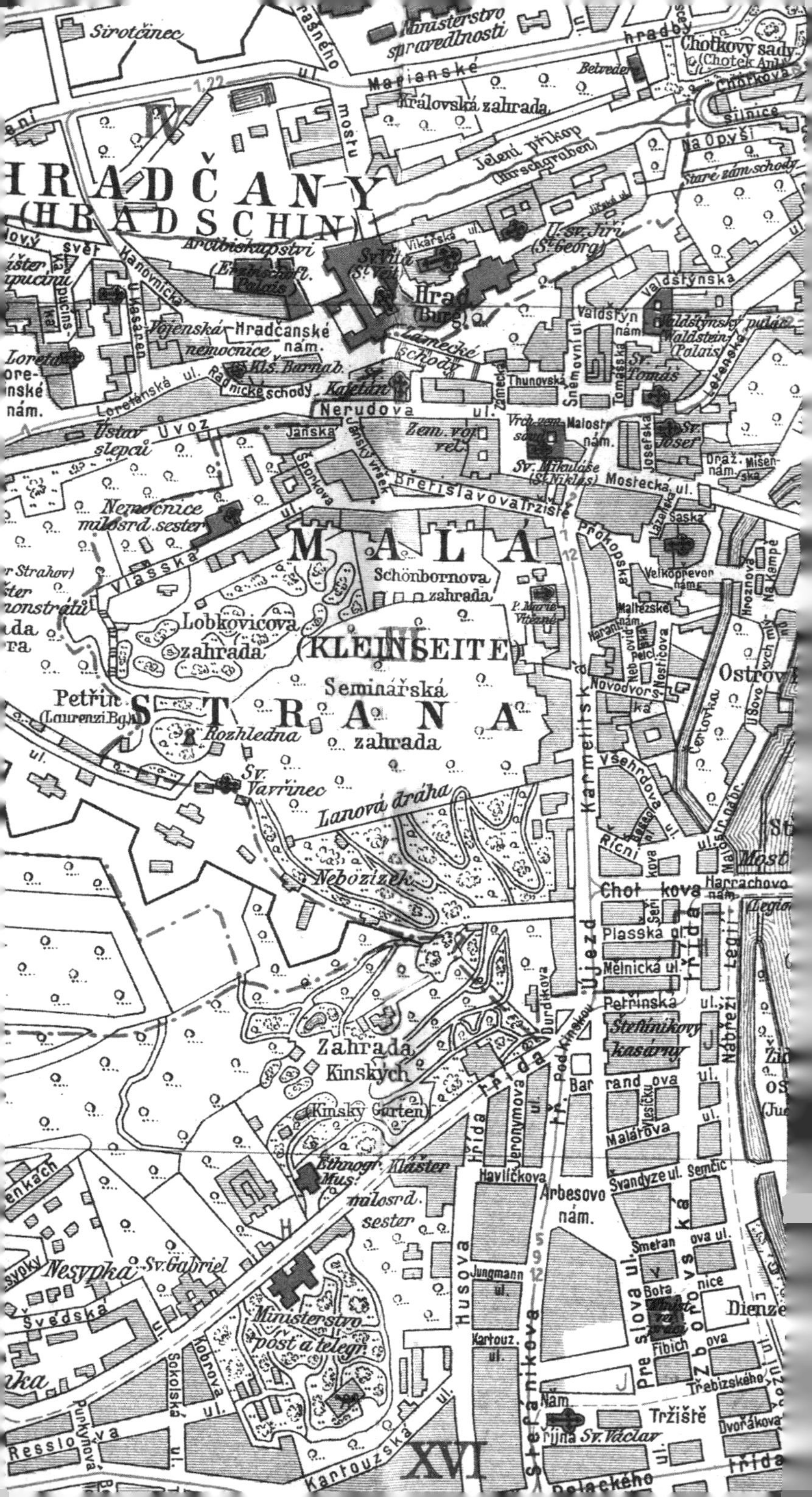

Sirotčinec
Ministerstvo spravedlnosti
Mariánské
hradby
Chotkovy sady
(Chotek Anl.)
Chotkova
silnice
Belveder
Královská zahrada
mostu
Jelení příkop
(Hirschgraben)
Na Opyši
Staré zám. schody
IV
HRADČANY
(HRADSCHIN)
Arcibiskupství
(Erzbischöfl. Palais)
Sv. Vít
(St. Veit)
Vikářská ul.
Jiřská ul.
U sv. Jiří
(St. Georg)
Hrad
(Burg)
Kanovnická
U kasáren
Vojenská nemocnice
Hradčanské nám.
Kls. Barnab.
Loreta
Loretánské nám.
Loretánská ul.
Radnické schody
Zámecké schody
Kajetán
Nerudova ul.
Zámecká
Thunovská
Sněmovní ul.
Valdštýn nám.
Valdštýnská
Valdštýnský palác
(Waldstein Palais)
Tomášská
Sv. Tomáš
Letenská
Ústav slepců
Úvoz
Janská
Jánský vršek
Zem. voj. vel.
Vrch. zem. soud
Malostr. nám.
Josefská
Sv. Josef
Dražic. nám.
Míšeňská
Sv. Mikuláše
(St. Niklas)
Mostecká ul.
Břetislavova
Tržiště
Sporkova
Nemocnice milosrd. sester
Vlašská ul.
MALÁ
Schönbornova zahrada
Prokopská
Lázeňská
Saská
Velkopřevor. nám.
Hroznova
Na Kampě
P. Marie Vítězné
Maltézské nám.
Lobkovicova zahrada
(KLEINSEITE)
III
Seminářská zahrada
Nosticova
Novodvorská
Ostrov
Čertovka
U Sovových ml.
Petřín
(Laurenzi Bg.)
STRANA
Rozhledna
Sv. Vavřinec
Karmelitská
Všehrdova
Lanová dráha
Říční
Malostr. nábř.
Most
Nebozízek
Chotkova
Harrachovo nám.
Legií
Plaská
Mělnická ul.
Újezd
Petřínská ul.
Štefánikovy kasárny
Nábřeží Legií
Zahrada Kinských
(Kinsky Garten)
Pod Kinskou
Barrandova
Vltavská
Malátova
Ethnogr. Mus.
Klášter milosrd. sester
Havlíčkova
Arbesovo nám.
Švandovo ul.
Nesypka
Sv. Gabriel
Švédská
Ministerstvo pošt a telegr.
Jungmannova ul.
Husova
Kartouzská ul.
Kobrova
Sokolská
Fibichova
Třebízského
Dienzenhoferova
Tržiště
Dvořákova
Sv. Václav
Palackého
Štefánikova
Resslova
Kartouzská
XVI